Robert Maxeiner

Geheime Teilhaber

Erzählungen

Robert Maxeiner

Geheime Teilhaber

Erzählungen

Bibliografische Information der Deutschen Bibliothek:
Die Deutsche Bibliothek verzeichnet diese Publikation in der
Deutschen Nationalbibliografie; detaillierte bibliografische
Daten sind im Internet unter <http://dnb.ddb.de> abrufbar.

Impressum
© 2025 Robert Maxeiner
Satz, Layout und Umschlaggestaltung:
    burcom ı *kommunikation unternehmen*,
    München
Abbildungen Cover:
    Robert Maxeiner
Verlag:
    BoD · Books on Demand GmbH, Überseering 33,
    22297 Hamburg, bod@bod.de
Druck:
    Libri Plureos GmbH, Friedensallee 273, 22763 Hamburg
ISBN: 978-3-7693-5022-7

Inhaltsverzeichnis

Inhaltsverzeichnis ... Fortsetzung

Der schwarze Sergio

Damals kamen sie jedes Jahr um dieselbe Zeit. Sie stellten ihre Wohnwagen immer auf der Wiese vom alten Bert ab. Er ging täglich dort vorbei und kassierte die Miete ab. Wasser holten sie vom Brunnen unten an der Hauptstraße. Die Leute im Ort nannten sie nicht Sinti oder Roma – diese Bezeichnung kannten sie gar nicht –, sondern Hare; ein Ausdruck, den ich nur aus unserem Dorf kannte und später nie wieder gehört habe. Sie nahmen die Wäsche von der Leine, denn sie behaupteten, die im Wohnwagen würden klauen wie die Raben.

Im ersten Schuljahr begann der Unterricht erst um zehn Uhr, und ich ging vorher an der Wiese vorbei. Die Männer waren meistens nicht da. Sie handelten mit Teppichen, alten Möbeln und Metallkram. Sie fuhren große Autos, meistens amerikanische Marken, wie damals üblich mit spitz zulaufenden Kotflügeln. Mein Vater fuhr nur ein altes Motorrad, und vor Kurzem hatte er unser Pferd verkauft und sich einen Traktor für die Feldarbeit zugelegt. Manchmal kamen Frauen aus den Wohnwagen, um Wasser zu holen oder Wäsche aufzuhängen. Einige trugen bunte Kopftücher und große, golden schimmernde Ohrringe. Andere sahen aus wie die Frauen im Dorf, nur waren ihre Haare besonders dunkel, und es fiel auf, dass sie wie die Männer Zigaretten rauchten. Ältere Kinder sah ich nie. Wahrscheinlich mussten sie wie wir auch zur Schule.

An einem Nachmittag klopften sie auch bei uns an. Mutter öffnete ihnen. Es waren drei Männer, zwei ältere und ein jüngerer. Wie sich später herausstellte, waren sie Brüder. Ich erinnere mich noch genau an die Szene, obwohl es ein ganzes Leben her ist. Sie standen an der Tür, ich lehnte am anderen Ende des Raums am Sofa, während Mama Papa vom Hof holte, der dort die Deichsel des Wagens reparierte. Das Material war eher der Arbeit mit einem Pferd angepasst. Und Pferde sind natürlich vorsichtiger als Maschinen. Daran musste sich mein Vater erst noch gewöhnen.

Ich hatte keine Angst vor den Männern, eher war ich neugierig, was sie wollten. Sie blieben an der Tür stehen, lächelten höflich und sahen sich in der Küche um. Der Jüngere, dessen Haar, das er mit Pomade nach hinten gekämmt hatte wie die amerikanischen Musiker damals, bläulich schimmerte, wenn es ein Sonnenstrahl traf, der durch das kleine Fenster des alten Fachwerkhauses fiel, sah mich freundlich an und sagte:

»Na, Jungchen, gehst du noch nicht zur Schule?«

Ich beeilte mich, klarzustellen, dass die Schule erst später anfangen würde, und er nickte anerkennend.

Ich konnte es am Gesicht meines Vaters ablesen, als er mit Mama hereinkam, dass er sich unwirsch fühlte, wahrscheinlich, weil die Männer ihn von der Arbeit abgehalten hatten oder weil er sie einfach nicht im Haus haben wollte.

Der Älteste, der mit dem Oberlippenbärtchen, den die anderen Ivan nannten, erkundigte sich nach alten Möbeln. Mit Teppichen in unserem Bauernhaus rechneten sie erst gar nicht.

Papa winkte gleich ab. Er wollte wieder zurück zu seiner Arbeit. Die Männer warteten, als hätten sie die Reaktion meines Vaters gar nicht bemerkt. Mama hatte sich neben mich an das Sofa gelehnt. Der Jüngere mit der Entenschwanzfrisur beobachtete sie aus dem Augenwinkel.

»Wir haben noch den Tisch im Schuppen«, schien es Papa eben einzufallen, aber ich erkannte an seinem Gesichtsausdruck, dass er schon vorher daran gedacht hatte, denn er konnte sich überhaupt nicht verstellen. »Das ist ein gutes Stück. Er hat eine dicke Buchenplatte. Großvater hat ihn damals aus der Mühle mitgebracht.«

»Dürfen wir ihn mal sehen?«, fragte der mit dem Bärtchen.

Papa war unschlüssig, weil er weder mit ihnen zum Schuppen gehen, noch den Tisch herholen wollte.

»Wir können ihn herüberholen«, schlug der Mittlere nach kurzer Zeit des Schweigens vor.

Papa zögerte noch, weil der Tisch im Schuppen nicht gut untergebracht und voller Staub war, eine schlechte Ausgangslage fürs spätere Feilschen. Ich weiß nicht mehr, was ich Knirps damals schon an nicht Ausgesprochenem verstand, und was ich mir später zusammenreimte.

Ich lief neben den Männern her, als sie über den Hof gingen. Ivan, der Ältere, sah das Werkzeug neben dem Wagen liegen.

»Sergio kann das machen«, sagte er.

Der Jüngere nickte sofort zustimmend. Papa tat so, als habe er ihr Angebot nicht gehört.

Der Tisch hatte keine Beine, sondern stattdessen zwei Unterteile, nicht ganz so dick wie die Platte, die mit ihr verzapft wurden. Die Tischplatte und die beiden Unterteile waren auseinandergeschraubt. Die beiden jüngeren Brüder trugen die Platte hinein, Vater und Ivan nahmen jeweils ein Unterteil. In der Küche legten sie die Platte provisorisch auf die beiden Unterteile.

»Man muss die Holzverstrebungen neu machen, damit die Platte fest sitzt«, meinte der Ältere. »Sehen Sie, hier!«

Es klang, als wollte er auf eine entscheidende Wertminderung aufmerksam machen.

»Ja, ich weiß«, sagte Papa, jetzt wieder etwas unwirsch, als würde er es bereuen, sich mit ihnen eingelassen zu haben.

»Stochelo kann das machen«, sagte er höflich.

Der Angesprochene ging näher an den Tisch, sah es sich genauer an, wo zwei kleine Teile fehlten, und nickte bestätigend, obwohl er es vorher längst bemerkt haben musste.

»Also, wie viel?«, fragte Vater ungeduldig.

Ivan lächelte, der Mittlere, Stochelo, auch, während Sergio vor sich hinschaute und an etwas anderes zu denken schien. Mutter tat so, als habe sie mit allem nichts zu tun, obwohl der Tisch ihrem Großvater, dem Müller gehört hatte.

»Was wollen Sie haben?«, fragte der Ältere zurück. Stochelo lächelte noch immer. Dies schien ihn zu verraten, als besage das Lächeln, dass Papa nun in der Falle säße, indem er den Anfang machen musste.

Der hatte natürlich keine Ahnung, was ein solcher Tisch wert sein konnte, und dies schienen die Brüder genau zu wissen. Sie hatten jede Menge Erfahrung damit, den Bauern etwas zu für sie günstigen Preisen abzuschwatzen. Umgekehrt schien Papa zu ahnen, in welche Zwickmühle er da geraten war. Er setze alles auf eine Karte.

»Ich verkaufe nicht«, erklärte er lapidar.

Diese Behauptung war nicht nur ein Risiko, sie gab ihm auch eine Blöße, denn er hätte dies gleich sagen können, dann hätten sie sich erst gar nicht die Mühe machen brauchen, den Tisch aus dem Schuppen zu holen und hierher zu schaffen. Bei Männern im Dorf hätte er sich dies nicht erlaubt, das wusste schon ich kleiner Knirps, aber bei Hare machte dies angeblich nichts. Schließlich wollten die was von ihm.

Der Ältere schien zu ahnen, dass mein Vater stur genug war, bei seiner Meinung zu bleiben, wenn er kein Angebot machte. Also nannte er einen Preis. Dabei fuhr er mit der Hand über die Platte und wischte Staub weg, sodass winzige Haarrisse hie und da sichtbar wurden.

»Das ist viel zu wenig«, sagte Papa sofort. »Der Tisch ist … alt.«

Diese Bemerkung meines Vaters verstand ich damals nicht, hatte doch ein alter Tisch einen geringeren Wert als ein neuer. Später wusste ich, dass er antiquarisch gemeint hatte, aber diese Bezeichnung war ihm nicht eingefallen.

Die Männer waren klug genug, ihn weder zu verbessern noch daraus Vorteile nehmen zu wollen, indem der Tisch nur alt war. Aber Ivan forderte ihn auch nicht noch einmal auf, seinen Preis zu nennen. Papa wand sich etwas und sagte dann:

»Dreihundert!«

Das war glatt das Doppelte, das der Ältere ihm geboten hatte. Dieser lächelte und schüttelte leicht den Kopf. Stochelo grinste nach wie vor und im Gesicht von Sergio regte sich keine Miene.

»Nein«, sagte er schließlich, »diesen Preis werden Sie nirgendwo bekommen. Sie können sich erkundigen.«

Er wusste wohl, dass Papa dies nicht tun würde. Mama schien dies peinlich. Sie wurde plötzlich munter.

»Ich mache uns mal einen Kaffee«, schlug sie vor. »Dann ist das Feilschen leichter.«

Ich ahnte an der Betonung des Wortes, dass ihr das Feilschen unangenehm war.

Die Männer winkten freundlich ab.

»Machen Sie sich keine Mühe«, sagte Stochelo. Aber es klang in meinen Ohren so, als fühlten sie sich geschmeichelt über dieses Angebot und lehnten es deshalb nur höflich, aber halbherzig ab.

Papa konnte es nicht unterdrücken, sie verärgert anzuschauen. Jetzt wollte sie denen auch noch Kaffee anbieten. Sie aber wartete nicht lange und holte die Kaffeemühle aus dem Schrank. Ich erwartete, einer der Brüder würde sich anbieten, ihr zu helfen und den Kaffee mahlen, aber dies taten sie nicht.

Das Gefeilsche ging weiter. Ich wurde geschickt, die Milch auf der Kellertreppe zu holen, während der Wasserkessel summte. Dieses Feilschen kam mir vor wie eine Art Aufführung, wusste der Ältere doch genau, wie hoch er gehen wollte, und seine Erfahrung sagte ihm, wie weit sich sein Gegenüber herunterhandeln ließ.

Meinem Vater ging es nicht nur darum, ein gutes Geschäft zu machen, sondern keinesfalls das Gesicht zu verlieren. Wenn er zu billig verkaufte, entging uns nicht nur das Geld, das wir dringend gebrauchen konnten, sie würden auch über ihn lachen, wenn sie mit ihrer Beute abgezogen waren. Vordergründig ging es immer um den Tisch, tatsächlich wollte keiner der Männer die Aufmerksamkeit und Gunst in den Augen von Mama verlieren. Dies ahnte ich damals diffus, nicht nur aufgrund ihres theatralischen Verhaltens. Ich beobachtete sie ganz genau, wie sie auf das Hervortun der Männer reagierte, weil ich mir selbst von den Männern etwas abgucken wollte, das ich spielerisch nachahmen konnte.

Auch zwischen Papa und mir gab es solche Szenen. Mama lächelte mich dann oft bestätigend an. Aber sie durfte es damit nicht übertreiben, sonst fühlte ich mich nicht ernst genommen und war beleidigt, was ihr wiederum leidtat. Papa schenkte diesen Szenen kaum Aufmerksamkeit, was mich bestätigte, diese zu suchen, damit ich deren Wahrnehmung mit Mama alleine hatte. Deshalb war mir nicht ganz fremd, was sich gerade in der Küche abspielte.

Nur den Jüngeren, Sergio, schien das ganze Gerede und Gespreitze nicht zu interessieren. Vielleicht hielt er sich aber nur deshalb zurück, weil klar war, dass der ältere Bruder das Wort führen würde. Daher hielt er gleich den Mund, statt wie sein älterer Bruder Stochelo, vor sich hin zu grinsen oder beifällige Bemerkungen zu machen.

Als der Kaffee fertig war, kam zugleich das Geschäft zum Abschluss. Also wurde er wie zur Besiegelung getrunken. Die Brüder nahmen ihn mit viel Zucker und ohne Milch. Der Ältere zahlte meinem Vater die vereinbarte Summe, genau 200 D-Mark, und sie nahmen den Tisch gleich mit.

Auf dem Weg nach draußen entdeckte Sergio die alte Gitarre, die am Treppenaufgang an der Wand hing. Wahrscheinlich hatte er sie schon vorher gesehen, aber auf eine Gelegenheit gewartet, auf sie aufmerksam zu machen.

»Gehört sie dir?«, fragte er mich, während er sich eine Zigarette in den Mundwinkel schob.

Die Gitarre hatte da schon immer gehangen und wurde nur zum Abstauben heruntergenommen.

»Ich zieh dir die Saiten neu auf und stimme sie, wenn ich morgen komme, und die Deichsel mache«, sagte er, ohne meine Antwort abzuwarten.

Er sagte nicht flicken oder reparieren, sondern machen. Daran erinnere ich mich genau nach all den Jahren. Dann zündete er sich die Zigarette an.

Am nächsten Vormittag kam Sergio tatsächlich, um die Deichsel zu reparieren. Vater hatte nicht mehr damit gerechnet, nachdem das Geschäft mit dem Tisch abgeschlossen war.

Ich schaute ihm zu. Er war sehr geschickt im Umgang mit Werkzeug. Ich war noch zu klein, um das Alter von Menschen einschätzen zu können. Hier im Hof, ohne seine älteren Brüder, war mir sofort klar, dass er ein Mann war, wenn auch um einige Jahre jünger als Papa und obwohl etwas Drahtiges in seinen Bewegungen war und Offenheit aus seinen Augen strahlte, die Menschen meistens ablegen, wenn sie das Erwachsenenalter erreichen. Nicht, dass die jungen Kerle überzeugt waren von irgendwelchen Reden oder einer Verhaltensweise, dies bemerkte ich erst, als ich selber in dieses Alter kam. Sie meinten einfach, Erwachsene müssten sich so verhalten, oder es sei geradezu deren Kennzeichen. Papa schien Sergio überhaupt nicht zu interessieren, er schaute nur auf die Deichsel.

Wir waren schnell fertig damit. Sergio wischte sich die Hände an einem Lappen ab und forderte mich auf, die Gitarre zu holen. Die Zigarette hing ihm schief im Mundwinkel.

»Geht nur rein!«, sagte Papa, was mich überraschte.

Wir nahmen die Gitarre mit in die Küche. Mama war beim Bügeln. Sie forderte Sergio auf, sich zu setzen, denn im Stehen konnte er schwer die Saiten neu aufziehen. Die hohe E-Saite fehlte. Das hatte er offenbar gestern schon bemerkt und eine neue mitgebracht. Es dauerte eine Zeit lang, bis er sie gestimmt hatte, denn die Gitarre war seit Jahren nicht benutzt worden.

Sergio steckte sich eine neue Zigarette an und fuhr mit dem Daumen über die Saiten. Dann begann er zu spielen. Ich hatte etwas Romantisches erwartet, aber er spielte eine Abfolge von Tönen in ungeheurer Geschwindigkeit, die mir total fremd klangen und in meinem Gefühl nicht harmonierten, aber doch irgendwie zusammenzupassen schienen. Mama stellte das Bügeleisen ab. Ihr Gesichtsausdruck zeigte, dass sie ebenso überrascht war wie ich. Ich konnte nicht erraten, ob die Musik ihr gefiel, aber sie war fasziniert davon, wie Sergio spielte, das sah ich ihr an. Während er sich schräg von oben über die Gitarre beugte, die brennende Zigarette im Mundwinkel hielt, sodass er ständig die Lider zusammenkneifen musste, um den Rauch nicht in die Augen zu bekommen, flitzten die Finger seiner linken Hand über die Saiten, während er in der rechten ein kleines Plastikding hielt, das man Plektrum nannte, wie ich bald erfuhr, und damit die Saiten anschlug oder auch nur anriss. Er wechselte überraschend von Akkorden zu schnell aufeinander folgenden Einzeltönen und Läufen. Die Asche an der Zigarette wurde immer länger bis sie auf den Küchenboden fiel.

»Das ist von Django«, sagte er, als er geendet hatte. Ich wusste nicht, was oder wen er meinte. »Von ihm habe ich es gelernt«, ergänzte er.

Dieser Django lebte nicht mehr, hätte nur noch drei Finger an der linken Hand gehabt und trotzdem so gut spielen können wie keiner vor ihm. Sergio tat so, als hätte er ihn persönlich gekannt, und der hätte ihn das Stück gelehrt.

Mama fragte, ob er einen Kaffee wolle, und dieses Mal lehnte er nicht ab. Er spielte noch ein Stück. Es war ein Walzer, aber er klang ganz anders als bei den Musikanten auf der Kirmes. Dieses Mal erkannte ich gleich die wiederkehrende Grundmelodie.

Als wir Kaffee tranken – ich bekam immer etwas heißes Wasser und viel Milch dazu – und ein Stück Streuselkuchen dazu aßen – Mama backte ihn immer auf einem großen Blech unten am Brunnen im Backes –, fragte sie, ob seine Leute immer im Wohnwagen lebten. Er erklärte schmunzelnd, sie wohnten in einem Haus wie andere Leute, am Rand einer kleinen Stadt, aber im Frühjahr und im Herbst müssten sie losziehen.

»Warum müssen Sie das?«, fragte Mama neugierig.

»Es liegt uns im Blut«, sagte er. »All unsere Vorfahren waren so – Nomaden eben, fahrendes Volk.«

»Was sind Nomaden?«, fragte ich nicht ihn, sondern wandte mich an Mama.

»Leute, die keine feste Bleibe haben und herumziehen«, erklärte sie. »So ist es doch?«, fragte sie Sergio.

»Und klauen tun sie wie die Raben«, ergänzte dieser grinsend.

Trotz meiner sieben Jahre, vielleicht zum ersten Mal, verstand ich, was Ironie ist. Bei Sergio klang sie leicht, gar nicht bitter. Später hörte ich bei Papas Rede genau hin, ob er auch ironisch sein konnte. Er konnte, aber es klang anders bei ihm, ohne Leichtigkeit, und es konnte schnell wechseln zu etwas Bitterem. Aber das hing sicher auch mit den folgenden Ereignissen zusammen.

An ihren Fragen und Blicken spürte ich, dass Mama an Sergio interessiert war. Wenn sie ihn etwas fragte, sollte es so klingen, als ginge es ihr um das Leben der Sinti, aber ich merkte genau, dass sie ihn als Person meinte, was mich wunderte und neugierig machte.

In unserem Dorf gab es keinen Kindergarten. Außer der Schule existierten überhaupt keine Einrichtungen für Kinder. Dies war damals nicht ungewöhnlich in den kleinen Dörfern. Es war mir selbstverständlich, dass ich die Tage oft mit Mama allein verbrachte, sobald ich aus der Schule kam und wenn Papa auf dem Feld war. Erst in letzter Zeit, seit wir den Traktor hatten, nahm er mich manchmal mit. Am Beispiel meiner Eltern, aber hauptsächlich an dem von Mama, lernte ich, in den Gesichtern von Menschen zu lesen. Ich hielt es nicht für ein Unrecht, wenn Mama sich für Sergio interessierte, obwohl ich wusste, dass andere Erwachsene es als solches betrachteten. Aber ich war sofort, als ich es merkte, voller Eifersucht. Als Siebenjähriger erlebte ich diese wie etwas Körperliches, ohne dieses Gefühl orten zu können, und ich wäre in diesem Moment bereit gewesen, sie deshalb eines Unrechts zu bezichtigen, zumindest in Gedanken, obwohl ich es nicht für eines hielt. Später lernte ich, dass viele Menschen so handelten, weil sie die Zustände, die ihnen das Schicksal bescherte, nicht ertragen wollten oder konnten.

Damit meiner Verwirrung nicht genug, bewunderte ich diesen Sergio, sein Aussehen, sein Lächeln, seine Weise, etwas zu sagen, und vor allem seine Musik, und wie er sie spielte.

Mama hatte immer einen Blick auf mich, in allen Lebenssituationen. Sie wusste oder ahnte, was mich bewegte, was ich dachte und fühlte, merkte, wenn sich eine Kinderkrankheit anbahnte, bevor ich selbst es fühlte.

Offenbar war sie selbst über sich und von ihren Regungen so überrascht, dass sie zwar weiterhin ein aufmerksames Auge auf mich hatte, und womöglich genau spürte, was in mir vorging, aber nicht darauf einging, was mich in diesem Augenblick wütend machte, obwohl ich Verständnis für ihre Reaktion hatte.

Ich habe die Ereignisse dieser Tage, ihre Ursachen und Auswirkungen in Gedanken so oft hin und her gedreht, dass ich nicht mehr weiß, was ich damals schon erkannte oder nur ahnte und was ich später diesem Siebenjährigen an Erkenntnissen unterlegte. Manchmal denke ich Wochen lang nicht daran zurück, und dann, bei einem Spaziergang am Strand, scheinbar ohne äußeren Anlass, fällt mir alles wieder ein, als sei es gestern gewesen.

Und Sergio selber? Ich kann nicht sagen, ob er unschuldig oder raffiniert vorging. Er warb nicht um meine Mutter, mit keiner Geste, jedenfalls nicht in meiner Gegenwart, oder er tat es so geschickt, dass es meiner Aufmerksamkeit entging, was ich aber nicht glaube. Aber er wusste sicher um seine Ausstrahlung, und dass er sich auf seine Musik und ihre Wirkung verlassen konnte. Irgendwann als Jugendlicher, wahrscheinlich schon als Kind, hatte er gemerkt, wie anders als seine Brüder er war. Nicht in irgendeinem zu bewertenden Sinn, denn sie hatten andere Begabungen, um die er sie bewunderte. Es als natürlichen Charme oder künstlerische Begabung zu bezeichnen nähert sich der Sache an, beschreibt sie aber nicht wirklich. Und genau diese Zurückhaltung, die man auch als Desinteresse missverstehen konnte, schien Mama in einer Art herauszufordern.

Am Abend hörte ich ihn vom Haus aus spielen, denn die Wiese, auf der der Clan kampierte, war nicht weit von unserem Grundstück entfernt. Ich schlich mich unbemerkt nach draußen. Mein Vater saß um diese Zeit am Esstisch vor der Kuckucksuhr und las die Zeitung.

Es war schon dämmrig. Sergio saß mit zwei Frauen und seinem Bruder Stochelo vor dem Wohnwagen. Auf dem Tisch stand eine Kerosinlampe. Er hielt wie am Nachmittag eine brennende Zigarette im Mundwinkel. Dieses Mal spielte er ein Stück mit einer langsamen, getragenen Melodie, in die er aber immer wieder verschnörkelte Seitenlinien einflocht. Und da er das Tempo für diese beschleunigte, musste er große Fingerfertigkeit dafür aufwänden, weil er ja im Takt bleiben musste.

Ich blieb im Halbdunkel unter einem Apfelbaum stehen, weil ich mich nicht traute, hinzugehen und weil ich die Szene nicht durch meine Anwesenheit beeinflussen, nur beobachten, alles in mich aufnehmen wollte.

Ich hörte ein leises Knacken und drückte mich noch mehr in den Schatten des Baumes. Ich sah, wie Mama sich hinter einem Weißdornbusch näherte. Ihr blondes Haar hob sich trotz der Dämmerung deutlich ab. Sie bemerkte mich nicht. Ich beobachtete sie. Ihr Gesicht, spärlich vom Licht des aufgehenden Mondes beleuchtet, hatte einen anderen Ausdruck, den ich nicht von ihr kannte, was mich verwunderte und auch erschreckte, denn ich glaubte bis dahin, nichts könnte mir an Mama jemals fremd sein. Aber dieser Ausdruck, das Glänzen ihrer Augen, der Zug um ihren Mund war auch schön und erhaben.

Am nächsten Tag kam ich wie zufällig nach der Schule an der Wiese vorbei. Stochelo hantierte gerade am Kofferraum seines großen Wagens mit den ausgezogenen Heckspitzen. Als er mich sah, winkte er mir zu und rief etwas in einen der Wohnwagen hinein. Sergio kam heraus und winkte mich zu sich.

»Hol deine Gitarre!«, sagte er. Es klang wie eine Selbstverständlichkeit, und ich kam seinem Ansinnen sofort nach und flitzte los. Ich wäre selber nicht auf die Idee gekommen. Die Vorstellung lag einfach zu weit weg. Erwachsene Männer in unserem Dorf arbeiteten tagsüber, entweder auf dem Feld oder in der Fabrik, einige wenige auch in einem Büro. Mit Kindern befassten sie sich, wenn überhaupt, dann nicht um diese Tageszeit. Und zu Fremden hielt man Abstand. Selbst Leute, die zugezogen waren, wurden noch nach Jahren als Auswärtige angesehen, die andere Gewohnheiten hatten und vor allem anders sprachen.

Papa arbeitete auf dem Feld. Mama stampfte Wäsche im Kessel in der Waschküche. Ich meldete mich bei ihr ab. An ihrem Ausdruck konnte ich erkennen, dass sie Bedenken äußern wollte, weshalb ich mich beeilte.

»Hat er denn nichts Besseres zu tun?«, fragte sie, ohne eine Antwort zu erwarten. »In einer Stunde gibt's Mittagessen«, rief sie mir noch nach. Ich eilte nach oben und nahm die Gitarre von der Wand.

Es war ein milder Herbsttag, und wir konnten draußen sitzen. Sergio zeigte mir zuerst, wie ich die Gitarre halten und die Finger der rechten Hand auf die Saiten legen sollte. Mit der linken Hand war es viel schwieriger. Sergio machte mich immer wieder darauf aufmerksam, von oben zu greifen, wie er es nannte, aber sowohl meine Arme, als auch meine Finger schienen dafür zu kurz. An diesem ersten Tag zeigte er mir nur, wie man Akkorde griff, aber er brachte mir erst in den nächsten Tagen einige einfache bei.

Nach einer halben Stunde hatte ich genug. Es war nicht nur zu anstrengend, ich fühlte mich auch gekränkt, weil ich merkte, wie schwierig es war und wie lange es dauern würde, – tatsächlich noch viel länger –, bis ich auch nur die einfachsten Dinge beherrschen würde.

Nach einiger Zeit kam Stochelo aus einem der Wohnwagen. Er schaute uns eine Zeit lang zu. Dann meinte er, meine Gitarre sei von keiner guten Qualität. Ich sollte sie nachher mal dalassen, er würde die Vertiefungen zwischen den Bünden mit dem Taschenmesser etwas nacharbeiten. Er lächelte und zeigte ein kleines Klappmesser mit einem Silberknauf. Als ich am nächsten Tag wieder kam, hatte Stochelo seine Arbeit erledigt. Nun war es noch schwerer, weil ich nun fester auf die Saiten drücken musste und die Fingerkuppen mir weh taten, aber dafür kamen die Töne klarer. Sergio schaute etwas besorgt, ohne sich dies anmerken lassen zu wollen. Ich war einfach noch zu klein, um Gitarre spielen zu lernen. Meine Finger waren zu kurz und vor allem nicht kräftig genug, um die Saiten so zu drücken, dass klare Töne herauskamen.

An diesem ersten Tag ging ich nicht wie sonst am Nachmittag zum Eichenwäldchen. Man konnte es vom Küchenfenster aus sehen. Es stand auf einem kleinen, halbrunden Hügel mitten in einem ebenen Feld. Wenn Getreide darauf gesät war, durfte ich natürlich nicht darüber laufen. Papa hätte mir was erzählt, wenn ich Gottes Gabe mutwillig runtergetreten hätte. Aber es gab einen kleinen Pfad von der anderen Seite zwischen zwei Feldern, den ich benutzte. In diesem Jahr war dies nicht nötig, weil Mais auf dem Feld wuchs. Durch ein Maisfeld zu laufen war gestattet. Ich erinnere mich noch, dass die Stauden um diese Jahreszeit so hoch wuchsen, dass ich wie in einem dichten Wald darin verschwinden konnte. Der alte Bert hatte erzählt, dass sich unter dem Hügel ein Grab befinde, in dem Hünen bestattet seien. Hünen waren große Menschen aus grauer Vorzeit, fast so groß wie Riesen, aber ich wusste damals schon, dass es keine Riesen gibt.

Am folgenden Nachmittag ging ich wieder hin. Nicht, dass es mich gedrängt hätte, denn die neuen Eindrücke bei den Sinti nahmen meine ganze Aufmerksamkeit in Kauf, es war mehr ein bewährtes Gegengewicht, das ich gewohnt war und das mir Sicherheit gab. Ich fühlte mich wie ein Eroberer, der sich immer wieder des Landes, das er schon eingenommen hat, versichern musste, bevor er neue Vorstöße unternimmt. Unter den krüppeligen Ei chen, die zwischen Schlehen- und Weißdornbüschen wuchsen, fühlte ich mich eigentlich zu Hause. Der Hügel gehörte mir natürlich nicht im Sinn eines Besitzes, und den Unterschied zwischen Besitz und beispielsweise Pacht kennt jedes Bauernkind von frühester Kindheit, aber er war mir eigen, nur mir allein, als wäre ich der einzige legitime Nachkomme der Hünen, die dort unten begraben lagen. Nur hier fühlte ich mich ganz als ich selber und war nicht zuallererst wie im Dorf angesehen, das Kind meiner Eltern. Dies war keine Überlegung oder eine Art Erkenntnis, sondern mehr ein diffuses Gefühl, das aber feste Ränder zu haben schien. Nicht mehr dorthin zu gehen, weil ich jetzt an anderem interessiert war oder wichtigeres zu tun hatte, wäre mir wie ein Verrat vorgekommen. Andererseits fühlte ich mich in dem Wohnwagencamp mit jedem Tag mehr heimisch. Den Frauen dort schien es ähnlich mit mir zu gehen. Zuerst betrachteten sie mich skeptisch und blieben auf Distanz, als dächten sie an ihre eigenen Kinder, die jetzt zu Hause zur Schule gehen mussten und von den Großeltern versorgt wurden, dann wurden sie immer freundlicher, stellten mir Plätzchen hin und strichen mir wie zufällig übers Haar. Auf sie erweckte ich möglicherweise einen ähnlichen Eindruck wie Sergio zu Anfang auf Mama, obwohl ich noch kein Mann und er ein Erwachsener war. Aber als Siebenjähriger fühlte ich mich so, wenn auch klein. Und wie viele Jungs in diesem Alter oder etwas jünger hatte ich, als ich vier war, Mama mit aller Gewissheit unterbreitet, ich würde sie heiraten, wenn ich groß bin, wofür ich mich wenige Monate später schämte. Wenn es das Schicksal so gewollt hätte, wäre ich als Sinti geboren worden, diese Vorstellung lag mir nach wenigen Tagen sehr nahe. Deshalb kam ich gerne zu ihnen und nahm neugierig alles auf, was sie mit uns, den Leuten aus dem Dorf, gemeinsam hatten und was uns von ihnen unterschied. Sie beteten zum Beispiel nicht vor und nach dem Essen und sprachen mit vollem Mund. Einige Jahre später begeisterten sich die Jungs in meinem Alter in der Schule für die Geschichten von Karl May. Ich zog Hawkeye, den Trapper in Fenimore Cooper's Büchern, Old Shatterhand vor, weil er wirklich mit den Indianern lebte, sie zutiefst in ihrer Eigenart respektierte und sich darüber im Klaren war, dass er weder zu ihnen noch zu den Weißen gehörte, von deren Lebensweise er längst entwurzelt war. Hawkeye war gar kein Mitglied einer Gemeinschaft oder eines Stammes, sondern gehörte nur sich selbst, wie ich auf dem Hügel zwischen den Eichen über dem Hünengrab nur mir selbst gehörte. Deshalb konnte ich hierhin wie dorthin gehen und mich in dem Wohnwagenlager wie zu Hause fühlen, so widersprüchlich dies klingen mag. Wenn es einen beziehungsmäßigen, keinen individuellen Verrat gegeben hätte, dann meinem Vater gegenüber. Dieser – so sage ich es heute, für den Siebenjährigen war es ein diffuses Gefühl – lebte zwar seine Eigenarten und liebte seine Heimat, aber er untergrub sein Ich. Er benannte sich immer als einen aus einer Gemeinschaft der Leute aus dem Dorf, der Bauern, des Gesangsvereins, der Kriegsteilnehmer, aber ich hörte ihn selten »ich« sagen. Als Kind achtete ich ihn dafür. Ich liebte ihn auch, obwohl es nur wenige Gelegenheiten gab, an denen er mir zeigen konnte, dass er auch mich liebte. Früher, bevor er den Traktor gekauft hatte, waren wir mit dem Pferd zum Schmied in den Nachbarort geritten, wenn es neue Hufe brauchte. Ich hatte vor ihm gesessen, und er hatte mir eine Hand auf die Schulter gelegt. Oben auf dem Pferderücken hatte ich mich mit ihm erhaben gefühlt. Ich mochte den Geruch des Pferdes, seine Bewegungen, die Art und Weise, wie es den Kopf hob und senkte. Man konnte ihm blind vertrauen. Ich mochte vor allem seinen treuen und warmen Blick, der sich nicht änderte, auch wenn der Schmied das Eisen an seine Hufe nagelte. Beim ersten Mal war ich erschreckt, aber Vater hatte mir erklärt, dass es ihm nicht wehtun würde. In diesem Blick des Pferdes ist in meiner Erinnerung das ganze Gefühl meiner früher Kindheit zusammengefasst, die sich außerhalb des Hauses und der Welt meiner Mutter abspielte. Papa stieg immer zuerst ab, breitete die Arme aus, und ich rutsche vom Pferderücken vertrauensvoll in diese hinein. Einmal war ich nach der Heuernte vom Wagen heruntergefallen und für einige Sekunden, wohl vor Schreck, außer Besinnung gewesen. Als ich die Augen aufschlug, blickte ich in die von Papa, sie waren voller Zuneigung und Sorge um mich. Einige Sekunden später hatte er womöglich schroff gesagt, ich solle beim nächsten Mal besser aufpassen. Aber er hatte sich längst zu erkennen gegeben, worüber er aus irgendeinem Grund beschämt zu sein schien. Er konnte einfach nicht zeigen, dass er einen mochte, aber richtig verbergen konnte er es auch nicht. Später gab es eine Phase, in der ich ihn für sein mangelndes Ich-Bewusstsein verachtete. Als Erwachsener leistete ich innerlich Abbitte dafür, weil ich wusste, dass er nicht anders konnte.

Wenn Sergio nachmittags keine Zeit hatte, kam ich gegen Abend auf die Wiese, und er übte mit mir eine Stunde. Am dritten Tag hatte er freudestrahlend eine andere Gitarre aus dem Wohnwagen geholt. Sie war gebraucht und wahrscheinlich hatte er sie jemandem abgeschwatzt, als seine Brüder um einen Teppich oder ein altes Möbelstück gehandelt hatten. Dieses Instrument hatte Darmsaiten, die viel leichter herunterzudrücken waren. Vor allem taten die Fingerkuppen nicht mehr so weh. Im Kopf lernte ich schneller als mit meinen Fingern. Einmal meinte Sergio, bei seinen Leuten sei die Fingerfertigkeit für das Gitarrespielen wohl angeboren. Ich war etwas beleidigt, was er mir sofort ansah. Nein, so sei es nicht gemeint gewesen, verbesserte er sich, er müsse heute noch jeden Tag üben. Aber eines Tages würde er mit dem großen Schnuckenack spielen. Der sei ein berühmter Geiger und spielte auf den großen Bühnen, nicht nur in Deutschland. Auch mit der anderen Gitarre fiel es mir schwer, Akkorde zu greifen. Also ließ Sergio es dabei bewenden, mir nur einige einfache beizubringen. Stattdessen lehrte er mich einzelne Töne und Melodien zu spielen.

Meine Eltern stritten selten und dann niemals laut. Eher verstummten sie voreinander, wenn sie Meinungsverschiedenheiten hatten. Mama war dickköpfig, Papa eher unnachgiebig. Er wurde dann innerlich kalt und sein Gesicht versteinerte. »Das hat der Krieg mit ihm gemacht«, sagte Mama einmal, als ich längst erwachsen war. Irgendwann gab sie nach und richtete wieder das Wort an ihn. Ich spürte, dass er darüber ganz erleichtert war, obwohl er sich dies nicht anmerken lassen wollte, denn er hätte den Zeitpunkt, bevor es sich weiter verhärtete, verpasst. Einerseits erkannte sie seine stille Dankbarkeit, wenn sie es war, die nachgab und wieder das Wort an ihn richtete, andererseits fühlte sie sich benachteiligt, eigentlich die Stärkere zu sein und trotzdem nachzugeben. Diese merkwürdige Unausgewogenheit zwischen Männern und Frauen sollte mir noch oft im Leben begegnen. Frauen waren oft klüger, besser gesagt, weiser, während Männer nicht anders konnten, als zwanghaft die Überlegenen zu spielen. Nun hätte man ja denken können, sanfte Männer wären bei Frauen beliebt. Dies war aber eher selten der Fall, die meisten Frauen haben bis heute einen Faible für Machos.

Eigentlich hätte der Clan längst wieder aufbrechen wollen. In den Jahren davor waren sie nie so lang geblieben. Ihre Anhänger waren voll mit alten Möbeln und gebrauchten Teppichen.

Als ich schon im Bett lag, hörte ich meine Eltern unten reden. Sie sprachen leise. Dass sie miteinander stritten, hörte ich daran, wie Papa seine Stimme, die scharf klang, zurücknahm, während Mamas Stimme etwas bedrohlich Zischendes innehatte. Ohne dass ich etwas verstand, ahnte ich, worum es ging.

Am nächsten Tag ging ich nicht zu Sergio. Ich hatte das Empfinden, dass Mama mir eine Erklärung schuldig sei, wofür auch immer. Statt um sie herum zu schleichen und zu warten, bis sie es endlich ansprechen würde, ging ich hinüber zum Eichenwäldchen. An anderen Tagen festigte ich mich dort. Heute war es nicht so, im Gegenteil fühlte ich mich noch mehr zerrissen. Dass ich nirgendwohin und nur mir gehörte, schien mir jetzt zum Verhängnis zu werden, mich jedenfalls auf eine harte Probe zu stellen.

Am nächsten Tag brachen sie auf. Ich war ein wenig traurig darüber, aber in der Hauptsache ungeheuer erleichtert, denn was ich insgeheim befürchtet hatte, war ausgeblieben. Der alte Bert rauchte seine Pfeife und meinte, er wolle noch einige Tage warten, bis das Gras sich wieder aufgestellt hätte und dann die Wiese mit der Sense mähen. Ich konnte genau die Stellen erkennen, wo die Wohnwagen gestanden hatten. Dort war das Gras kürzer und heller.

Beim Mittagessen herrschte eisiges Schweigen. Als Vater nach dem Tischgebet aufstand und nach draußen ging, blieb Mutter neben mir sitzen. Ich erstarrte, weil ich sofort wusste, dass alles zurückgekommen war, obwohl Sergio und seine Leute fortgezogen waren. Sie holte mehrmals tief Luft und räusperte sich, bevor sie es sagte:

»Ich werde mit Sergio fortgehen.« Und nach einer Pause: »Du gehst doch mit mir?«

Es klang weder wie eine Frage noch wie eine richtige Aufforderung. Nein, es war nicht halbherzig gemeint, sie wollte mich nur nicht überrumpeln. Aber ich fühlte mich trotzdem so.

»Du sollst hierbleiben!« Ich gab mir Mühe, damit es energisch klang, aber ich war dem Weinen nahe. »Ich will nicht, dass du fortgehst.«

»Ich weiß«, sagte sie beschwichtigend. Nach einiger Zeit ergänzte sie: »Ich kann nicht hierbleiben.«

»Warum?«, fragte ich trotzig und unterdrückte wieder das Weinen, obwohl ich genau wusste, warum sie ging. Erwachsene trauen Kindern nicht zu, dass sie solche Entscheidungen kapieren, aber auch, wenn es ihre Reaktion nicht verrät, wissen sie trotzdem alles, weil sie es erfühlen.

»Dein Vater und ich ... «, setzte sie an, aber ich schüttelte den Kopf und hielt mir die Ohren zu.

Wir saßen schweigend nebeneinander. Nachher im Eichenwäldchen würde ich weinen können, hier nicht. Ich wollte es auf keinen Fall.

»Sergio hat dich auch gern ... «

»Aber ich mag ihn nicht.«

Sie wartete wieder, als müsse sie ihre Erwiderung genau abwägen.

»Aber das stimmt doch gar nicht.«

»Doch, es stimmt, und du sollst hierbleiben.«

»Ich verstehe dich ja ... «

»Nein, tust du nicht.«

Schon als ich den Satz ausgesprochen hatte, wusste ich, dass er nicht der Wahrheit entsprach. Sie verstand mich ganz genau, denn ich war wie sie, und sie war wie ich.

»Ich verstehe dich ja«, sagte sie noch einmal, »du musst das erst mal verdauen.«

Dies war eine gute Gelegenheit, dieser Situation zu entrinnen. Ich hätte es nicht über mich gebracht, Mama einfach so sitzen zu lassen. Ich rannte aus dem Haus und zum Wäldchen hinüber. Auf dem Hügel setzte ich mich zwischen die verschlungenen Wurzeln einer Eiche, lehnte mich an ihren Stamm und blickte hinüber zu unserem Haus. Ich war voller Wut. Ich hasste sie. Ich hasste sie, weil ich sie liebte, und sie mir deshalb diesen Schmerz zufügen konnte. Ich wollte um diese Wut drum herumkommen, weil sie alles in mir kaputt machen wollte, steigerte mich aber immer mehr in sie hinein, weil sonst mit jedem Moment in mir drinnen etwas bersten konnte. Dann war der Weg frei, und ich konnte weinen, hier ließ ich es zu, zuerst noch aus Wut und Trotz unter Beschimpfungen und Bedrohungen, dann aus Verzweiflung und schließlich aus entbundenem Schmerz. Am Anfang drehte sich alles um mich und das Unglück, das mir widerfahren war. Hätte ich es doch selbst herbeigeführt, wäre zumindest direkt beteiligt gewesen, hätte ich mit mir hadern, mich wie einer fühlen können, der selbst bestimmt, in welches Glück oder Unglück er sich stürzt, und bereit ist, das Risiko zu tragen. So war ich nur eine Nebensache der Erwachsenen, die vielleicht überredet werden könnte, es so oder so zu nehmen, aber letzten Endes nicht selbst über sich entscheiden durfte.

So nah ich bei mir selber war, konnte ich mich auch in die anderen hineinversetzen. In diesem Fall war es wie ein Reflex, den ich nicht steuern konnte, zuerst aus

Angst, ich würde schuldig werden, später, weil ich immer begreifen wollte, warum diese Erwachsenen so anders fühlten, wann und warum sie diese Gefühle unterdrückten oder sie plötzlich auf der Oberfläche ihres Seins gewähren ließen. Es mag widersprüchlich klingen, aber es war ein Teil des um mich selbst Drehens, mich mit den Schicksalen der anderen Beteiligten zu befassen, als hätte nur ich diese Fähigkeit, innerlich aus der eigenen Seelenhaut herauszuschlüpfen und in die der anderen hinein. Es tröstete mich ein wenig, damit wieder Herr über mein Schicksal zu werden, indem ich die anderen glaubte, genau zu verstehen, und sie damit in meiner Fantasie neu zu erschaffen oder sie in einer Art und Weise zu lenken. Dies konnte ich nur hier so empfinden, an meinem, diesem geheimnisvollen Ort, dem etwas Heiliges anhaftete.

Als Siebenjähriger dachte ich dies natürlich nicht, wie Erwachsene es denken mögen, es war eine Kraft, die in mir dachte, und die ich wie in einem Traum in beweglichen Bildern vor mir sah. Dies erschien mir nicht im Geringsten befremdlich oder gar unheimlich, weil ich das wenn schon Besondere daran weniger mit mir als Person im Zusammenhang sah, sondern mit dem geweihten Ort, an dem ich mich befand. Ich verstand nicht nur meine Mutter, die in diesem Dorf geboren war, die ihr zukünftiges, vorhersehbares Leben hier verbringen und hier sterben und auf dem Friedhof am anderen Ende des Dorfes begraben werden würde, wenn sie nicht mit Sergio ging. Eigentlich, wenn es mich nicht selber so schmerzlich betreffen würde, könnte ich ihr sogar zustimmen. Genau aus diesem Grund wären die meisten anderen Kinder, wenn auch unter Protest, selbstverständlich mit ihr gegangen. Einmal, einmal nur musste sie sich für sich selber entscheiden, sonst würde sie es nie wieder tun, würde untergepflügt wie die stehen gebliebenen Stoppeln von der letzten Ernte. Lange wehrte ich mich dagegen, ihre Gefühle und ihre Entscheidung zu verstehen, sie auf diese Weise zu verstehen, weil die Wut mir immer wieder hoch- und dazwischenkam, die, begleitet von heftigem Schluchzen, mich immer wieder überwältigte. Die Wut kannte nur ein Verständnis, nämlich dass sie mich verließ. Innerhalb von Sekunden wechselten meine Gefühle von Hass, zu Wut, zu Begreifen und wieder zurück. Dann dachte ich an Sergio und an Papa. Es ging in Mamas Entscheidung nicht nur um diesen oder jenen. Dass sie mich mitnehmen wollte, zählte nicht. Ich war doch kein Anhängsel, das man einfach so mitnehmen oder auch dalassen konnte. Im Gefühl war ich immer ihr Nächster gewesen, nicht mein mürrischer Vater, der schwieg, wenn er hätten reden sollen.

Nein, sie verließ mich, wenn sie mit Sergio ging. Und deshalb würde ich niemals mit ihr gehen. Aber das konnte ich ihr nicht sagen, nicht jetzt, der Gedanke an die Konsequenzen war viel zu schwer für mich. Und ich hätte es, einmal ausgesprochen, und sei es, weil Wut und Enttäuschung es mir befahlen, und sie immer Verständnis dafür gehabt hätte, niemals zurückgenommen, dafür war ich viel zu stolz und so dickköpfig wie sie. Und es hätte sie bestätigt, dass ich nur ein launisches Kind war, das sie einfach überreden konnte. Und Papa kam aus dem selben Grund wie Mama, nur umgekehrt, nicht aus seiner Haut heraus: Er konnte sich keinen anderen Ort zu leben vorstellen. Hier hatte Gott ihn hingestellt, und hier würde er sein Leben lang bleiben. Es war keine Entscheidung, es war ihm so vorbestimmt. Manche, denen ein ähnliches Schicksal wie ihm beschieden war, hatten Glück gehabt und den Krieg wie ein Abenteuer erlebt, von dem sie ihr

Leben lang erzählen konnten, wenn sie schon nicht wegkamen. Für Vater, das ahnte ich nur, weil er niemals darüber sprach, war der Krieg und alles, was mit diesem verbunden war, überhaupt die ganze Welt da draußen, auch die zukünftige, mit Not, Elend und Tod verbunden. Ich bin hundertprozentig sicher, dass er Mama liebte, aber seine Möglichkeiten, es ihr zu zeigen, waren sehr begrenzt.

Der Grund, warum ich hierbleiben wollte, war nicht der, dass ich mich gegen Mama und für ihn entschied. Meine Entscheidung galt nur mir. Er konnte nicht anders, als es so aufzufassen, als stünde ich auf seiner Seite. Aber Vater war immer ein geradliniger Mann gewesen, weshalb er es nicht für sich oder gegen Mama verwenden würde. Obwohl ich selbst litt, muss ich zugeben, dass ich mir nicht vorstellen konnte, was ein Mann in seinem Schmerz, seinem verletzten Stolz und seinem gebrochenen Herzen – diese Bezeichnung habe ich mein ganzes Erwachsenenleben vermieden – zu tun bereit war.

Und Sergio? Vielleicht verstand ich ihn von allen Erwachsenen am besten, aber das hätte ich mir damals niemals eingestanden. Eigentlich hätte ich ihn am meisten hassen müssen, dafür, dass er mir Mama wegnahm. Aber ich tat es nicht. Er war ein Mann, aber er war nicht wie andere Erwachsene, vielleicht galt diese Einordnung für ihn gar nicht. Er war nicht selbstbewusst wie andere große Leute, wie ich sie damals nannte, dies für sich in Anspruch nahmen oder es ihnen zugeschrieben wurde. Wie ich es empfand, wenn ich mich hier im Wäldchen aufhielt, so war er immer und grundsätzlich. Wenn ich heute darüber nachdenke, war er das Gegenteil von dem, wie Leute meinten, dass diese Leute seien – berechnend. Er hatte meine Mutter in sich verliebt gemacht, weil er es so wollte und weil er sich in sie verliebt hatte. Zugleich war es das Gegenteil von dem, er unternahm nichts weiter, als auf seiner Gitarre ein Lied zu spielen. Aber er konnte sich auch sicher sein, welche Wirkung er damit erzielte. Und zugleich hatte er vom ersten Augenblick an geahnt, dass Mama dafür empfänglich war. Andere Frauen im Dorf hätten dies niemals auch nur im Traum zugelassen. Sie hätten vielleicht gesagt, Sergio sei ein gutaussehender Kerl, aber das war's auch schon. Gerade solche Männer waren für sie nicht bestimmt. Das machte sie in ihren Augen gefährlich. Deshalb war es leichter, Männer wie ihn für raffiniert zu halten, charmante Typen, die nichts weiter im Sinn hatten, als Männer übers Ohr zu hauen und ihre Frauen zu verführen. Ivan, Sergios ältester Bruder, spielte diese Rolle des berechnenden Machos perfekt, wenn es darum ging, ein Geschäft zu machen. Sergio dachte nicht weiter über die Folgen nach, wenn er sich in sie und sie sich in ihn verliebte. Es war selbstverständlich, dass sie mit ihm ging. Auch wenn seine Familie Einwände dagegen gehabt hätte, würde er sich darüber hinwegsetzen.

Sinti haben auch Konventionen, darüber sollte ich später noch mehr erfahren. Ihr Leben ist wie in diesem Lied, oftmals gesungen, selten lustig, und es geht nicht nur darum, sich eine möglichst freie Lebensweise zu bewahren, sondern auch die eigenen Werte und Traditionen zu pflegen, vor allem die Regeln des Andersseins als eine Tugend zu bewahren. Wenn es ein Volk über so viele Jahrhunderte, vielleicht Jahrtausende, geschafft hatte, für sich zu bleiben und nicht in den anderen auf- oder unterzugehen, dann hatten sie allen Grund, ihre Eigenarten aufrecht zu erhalten. Den Teil, welchen die anderen dazu beigetragen hatten, indem sie Sinti und Roma mieden, verachteten, ablehnten oder, wie oft in der Geschichte, verfolgt hatten, verstärkte nur ihren Stolz.

Sergios Brüder hätten selbstverständlich von ihrem Stolz gesprochen, bei vielen Gelegenheiten, wenn sie unter sich waren, er selber hätte dieses Wort niemals in den Mund genommen. Er wollte einfach nur sein Leben leben, wie es sich für ihn ergab. Darin waren wir uns ähnlich. Aber ich würde mich anders entwickeln. Die Ereignisse dieser Tage stellten die entscheidenden Weichen für diese Entwicklung.

Sergio war verliebt in Mama. Aber was würde geschehen, wenn diese Verliebtheit eines Tages enden würde? Ich ahnte, dass dies geschehen konnte, weil Verliebtheit etwas anderes ist als Liebe. Diese war dauerhaft und selbstverständlich. Mama und Papa würden mich immer lieben, egal, was zwischen uns geschehen würde. Verliebtsein dagegen hatte einen Anfang, also auch ein mögliches Ende. Und Sergio sah ich als den Mann an, dem das eine begegnete, ohne dass er darauf vorbereitet war oder darüber nachdachte, also konnte ihm auch das andere passieren. Würde er es mit derselben Selbstverständlichkeit leben? Vor allem, sollte ich mich darüber freuen oder darauf warten, weil Mama dann zurück käme? Klar wünschte ich mir dies um meinetwillen, nicht nur, dass es geschehe, ich würde es bald herbeisehnen. Aber es würde weder Papas gebrochenes Herz ganz, noch sie je wieder glücklich machen. Oder könnten Erwachsene so etwas ungeschehen machen, einfach auslöschen, was vorher gewesen war? Es gab Leute im Dorf, die es konnten. Sie stellten einfach den vorherigen Zustand wieder her und lebten weiter. Ich ging zu jeder Beerdigung mit. Alle Leute im Dorf taten dies, außer den Männern, die werktags in der Fabrik arbeiteten. Manche weinten herzzerreißend um ihre Toten. Kurze Zeit später lebten sie wieder wie vorher. Es war nichts Falsches daran oder Verstellung, es war so. Der Schmerz versiegte. Entweder hatten die großen Leute sich dies Unbeschwerte aus der Kindheit bewahrt, oder, was ich eher glaubte, verfügten sie über eine Art Anpassungsmechanismus, der auch ihr Innerstes betraf, dem sie ohnehin keine bedeutende Rolle zumaßen. Aber eigentlich stimmten meine Überlegungen nicht, denn wer sich niemals so verliebte wie Mama oder sich das Herz brechen ließ wie Papa, der brauchte auch nichts zurückzugewinnen. Er machte einfach weiter, wo er vorher aufgehört hatte.

So sehr ich mir wünschte, es begehrte, dass Mama bald wieder zurückkäme, war auch ein Stimmchen in mir, das dies befürchtete, weil es kein gutes Ende nehmen könnte. In dieser Stunde, als ich am Fuß der Eiche lehnte, und hemmungslos weinte, mochte ich Sergio hassen, aber ich tat es nicht wirklich oder grundsätzlich. Ich hoffte auch, er sei ein Mann, der Mama auf Händen tragen, sie glücklich machen und immer lieben würde, auch wenn die Verliebtheit, die wie ein Frühling ist, in eine andere Jahreszeit überging. Sergio war ein Mann, wie ich eines Tages einer sein wollte. Eigentlich war ich es jetzt schon, aber ich musste erst noch groß werden. Ich spürte, dass ich die Veranlagung dazu in mir hatte. In dieser Lebenssituation ahnte ich es nur diffus, wie sehr ich der Sohn meines Vaters war, nicht in dem Sinne, dass ich der Scholle so verbunden war oder nicht meine Gefühle zeigen konnte, sondern dass ich nicht leicht sein konnte. Bis jetzt war meine Kindheit unbeschwert gewesen. Dies war nun, durch die Ereignisse ausgelöst, für immer vorbei. Aber es war auch etwas in mir, das auch ohne diese, irgendwann früher oder später, ausgelöst worden wäre. Mit Siebzehn hatte ich einen Jugendfreund, der sich unglücklich verliebte und sich sein ganzes Leben nicht mehr davon erholte. Er litt an einer seelischen Wunde, die niemals richtig vernarbte.

Ich wusste nun ziemlich genau, dass ich nicht mit Mama gehen würde. Meine Liebe zu ihr wollte mich wegziehen, aber mein Ich gehörte hierher, auf diesen Hügel zwischen die verwachsenen Bäume. Und ich ahnte, dass ich eines Tages wurzellos sein würde, um meine Freiheit zu bewahren, ein Nomade wie Sergio. Womöglich würde Sergio durch Mama ein Sesshafter werden und ich sein nomadisches Erbe antreten. Hänschen klein bleibt in der Fremde, läuft nicht geschwind nach Hause zurück. Mutter ist ohnehin nicht mehr dort.

Am nächsten Morgen wartete Sergio in dem großen Wagen mit den spitzen Flügeln in der Hofeinfahrt, während Mama im Haus Sachen einpackte. Papa war im Stall und fütterte das Vieh. Mama versuchte, die Situation zu entspannen, indem sie einfach sagte: »Falls du es dir anders überlegst, kommen Sergio und ich dich holen.« Dabei war sie es, die Unruhe verbreitete und alles andere als entschlossen wirkte. Aber als sie dann die Reisetasche zumachte und das Kopftuch umband, schmerzte es mich plötzlich so, dass ich wie erstarrt am Esstisch stehen blieb. Die ganze Zeit war alles so gewesen, dass man es nicht glauben konnte – Mama geht mit ihm fort –, oder als wären die entscheidenden Tatsachen noch aufzuhalten gewesen. Sobald sie das Haus verlassen würde, in wenigen Sekunden, war das Leben ein anderes und nie wieder so wie vorher.

Sie bückte sich zu mir herunter, umarmte mich inniglich und weinte, wie ich es nie zuvor erlebt habe bei ihr. Es kam von ganz innen aus einer tiefen Quelle aus ihr heraus, und da ich so erstarrt war, konnte ich nicht nachgeben oder irgendetwas an meinem oder ihrem Zustand ändern. Ich stand da wie ein Holzklotz. Als meine Mutter hätte sie sich mir in diesem aufgelösten Zustand niemals zugemutet, weil sie wusste, dass ihr kleiner Sohn mit dieser Situation völlig überfordert war. Aber so ging es ihr in diesem Augenblick auch mit sich selber, wobei ich keinen Menschen kannte und auch im späteren Leben nicht kennenlernen würde, der sich einer solchen Tiefe der Gefühle aussetzte. In sich selbst war sie ein reines Wesen. Kein Mensch ist dies ganz und gar, aber meine Mutter gab sich diesen Tiefen des Gefühls hin, auch des Schmerzes. Dies sehe ich bis zum heutigen Tag so, auch wenn ich mir selbstkritisch vorhalten muss, dass es in dieser Situation um mich ging, und es leichter für mich gewesen war, sie zu idealisieren und sie als meine Mutter zu erhöhen, um meine abgrundtiefe Kränkung zu kaschieren. Außerdem ging es zwar in dieser Situation in unserer Küche um mich, aber schließlich hatte der schwarze Sergio, der draußen im Auto auf sie wartete, das ganze Unglück ausgelöst.

Zum endgültigen Abschied drückte mir Mutter einen Zettel mit einer Adresse in die Hand. Es schmerzte mich zu sehr und es war auch ein letzter Widerstand im Trotz, dass ich nicht sehen wollte, wie sie mit Sergio wegfuhr. Aber dann war ich doch stark genug, mich aus meiner Erstarrung zu lösen und lief nach draußen. Sergio hatte den Kofferraum geöffnet und verstaute Mamas Tasche. Vielleicht hatte er ihr vorgeschlagen, zu mir zu gehen und sich zu verabschieden, aber sie hatte es abgelehnt, weil sie ahnte, dass ich dies nicht wollte. Ich sollte in diesem Moment wenigstens ihn hassen oder verantwortlich für alles Unglück machen können, um meinen Schmerz zu ertragen. Papa hatte es offenbar von der Stalltür aus gesehen, dass ich rausgekommen war. Deshalb schlurfte er in Gummistiefeln über den Hof, stellte sich hinter mich und legte mir eine Hand auf die Schulter. Wegen Mama wäre er nicht gekommen, dies verbot ihm sein Stolz.

Sergio und Mama winkten vom Auto aus, eine unbeholfene und unangebrachte Geste, als würden sie nur mal für eine Weile wegfahren. Aber welch eine andere hätte überhaupt gepasst? Papa und ich blieben unbeweglich. Wir waren jetzt eine Einheit, die sich an ihre Zweisamkeit gewöhnen musste.

In den nächsten Tag lebte ich wie in einem Schockzustand. Vielleicht trifft dieses Wie nicht zu, und er hat nur einen anderen Namen. Etwas verkapselte sich in mir wie in Vater während des Krieges. Wir waren beide Verlassene. Er versuchte erst gar nicht, mit mir zu sprechen, mich gar zu trösten oder mir etwas zu erklären, weil er wusste, dass er dazu auch unter größter Überwindung nicht fähig war. Ich erwartete es auch gar nicht von ihm. Womöglich hätten nicht seine Worte, sondern seine unbeholfene Art der Zuwendung mich getröstet. Bestimmt hätten sie das, aber sie lagen nicht einmal im Bereich des Wünschbaren.

Zum Mittagessen briet er uns Kartoffeln und Spiegeleier. Am Abend saß er mit seiner Zeitung am Tisch, aber er las nicht darin und war mit seinen Gedanken woanders. Er vergaß dabei, mich ins Bett zu schicken, eine Situation, die ich zu anderen Zeiten weidlich ausgenutzt hätte. Aber bald war ich so müde und erschöpft, dass ich am Tisch einnickte, und ich merkte noch ganz entfernt im Halbschlaf, wie er mich sanft aufhob, aus dem Zimmer trug und nach oben brachte. Er zog mir nur Schuhe und Hose aus und legte mich so ins Bett, damit ich nicht wieder aufwachte, und ich empfand ein dankbares Gefühl dafür und erlebte mich ein bisschen weniger verlassen.

Am nächsten Morgen nach dem Frühstück ging er zur Scheune und kurze Zeit später sah ich ihn zu meiner Überraschung sein altes Motorrad auf den Hof schieben. Die Lederkappe hatte er schon aufgesetzt, die Druckknöpfe unter dem Kinn noch nicht geschlossen. Ich ging nach draußen.

»Geh heute Mittag zu Tante Marie zum Essen«, sagte er. Auch ohne dass er es mir sagte, wusste ich, dass er einen letzten Versuch unternehmen würde, Mama zurückzuholen.

Nie wieder vorher oder nachher habe ich erlebt, dass Vater in einer solchen Weise die Initiative ergriffen hat. Es musste ihn eine unglaubliche Überwindung gekostet haben, diesen Schritt zu gehen. Andere Männer in seiner Situation hätten es selbstverständlich gefunden, schon vorher zu kämpfen, um Mutters Liebe, gegen Sergio, sich womöglich mit ihm zu schlagen. Vater tat von alledem nichts, weil es nicht seine Art war. Während er mit dem Hebel an der Seite den Motor in Gang setzte, erschien er mir wie aus einer Betäubung erwacht, sich den Befehl einzugeben, dass er dies jetzt unbedingt tun musste – sie zurückholen. Ich war ganz das Gegenteil von ihm und bin es noch heute. Wenn ich etwas erkannt habe, muss ich es sofort in Handlung umsetzen. Er war nicht träge oder schwerfällig, er hielt einfach die Konsequenzen seines Handelns oder Nicht-Handelns innerlich unter Verschluss. Vielleicht war er vor dem Krieg einmal anders gewesen. Mutter hatte dies ihm gegenüber mal behauptet und nicht gemerkt, dass ich im Raum war und ihren Vorwurf, der mehr eine Feststellung war, auch hörte. In anderen Dingen steckte mein Vater niemals auf. Auch wenn noch so viele Kartoffelkäfer über ein Feld herfielen, hätte er niemals aufgegeben, und wenn er sie einzeln hätte abpflücken müssen. Bauern lernen es von früh auf, sich nicht gegen die Mächte der Natur aufzulehnen, was aber nicht hieß, alles zu versuchen, was in ihrer eigenen Macht stand, so gute Erträge wie möglich zu erzielen. Er stach Disteln im Getreidefeld, holte Wasser aus großen Entfernungen, wenn die Ernte drohte, zu vertrocknen, sammelte Steine von den Feldern und grub Wurzeln aus. Aber wie er es jetzt anstellen wollte, Mutter zurückzuholen, entzog sich meiner Vorstellungskraft. Er wusste, dass er es tun musste, und wenn nicht heute, dann niemals wieder, aber wie, dafür fehlte ihm eine Idee und ein klares Bild von sich selbst. Vielleicht würde er ihr befehlen, zurückzukommen, aber auch davon konnte ich mir kein Bild machen, und sie hätte sich nichts befehlen lassen. Aus all diesen Gründen, machte ich mir nicht wirklich Hoffnungen, obwohl sich mein Glauben an der Vorstellung festzuklammern versuchte, er würde mit ihr zurückkommen.

Obwohl es nie geschehen ist, habe ich dieses Bild verinnerlicht, Vater in verschlissener Lederjacke mit seiner Ledermütze, eng anliegend auf dem Kopf und der Brille mit der grünlichen Glasfärbung vor den Augen, vorgebeugt auf dem Motorrad, sie hinten mit straff heruntergezogenem Rock im fest zugeknöpften Mantel, denn es konnte sehr kalt werden auf der Maschine, das bunte Kopftuch unter dem Kinn verknotet.

Am Mittag ging ich zu Tante Marie. Sie fragte nicht danach, wohin Papa gefahren sci, sagte aber gehässig: »Es se also met dem schworze Harekerl fort, die Schlamp.« Es war also schon im Dorf herum. In anderen Situationen hätte ich mich geschämt wie ein Bettnässer, der ich bald werden sollte, aber heute war es mir egal. So tat ich jedenfalls.

Papa kam erst am Abend zurück – allein. Ich war schon drinnen, als ich das bekannte Motorengeräusch in der Hofeinfahrt vernahm. Als er hereinkam, war er schon umgezogen.

»Hast du sie gefunden? Was hat sie gesagt?«

Er zuckte nur mit den Schultern. Bis heute habe ich nicht erfahren, ob nur das Erste zutraf oder ob er mit ihr gesprochen hatte.

In den nächsten Tagen wurde es nicht allmählich besser, sondern eher schlimmer, weil der geschilderte Schockzustand sich allmählich lockerte und löste und darunter ein nackter Schmerz hervortrat. Alles, jede kleinste Kleinigkeit in meinem Leben war von Mama geprägt gewesen. Es fing mit dem Aufstehen an und dauerte, bis ich wieder zu Bett ging. Das Essen schmeckte nicht, die Kleider kratzten am Körper, meine Nägel waren schief geschnitten, auch Dinge, zum Beispiel wie die Taschentücher rochen, was mir vorher völlig egal gewesen war, brachten mich auf. Ich heulte nicht, aber ich war voller Jähzorn. Manchmal half Agnes, eine Cousine von Papa im Haushalt, die noch nicht verheiratet war. Sie machte alles sehr sorgfältig und erwähnte mit keinem Wort mein nasses Bettzeug, aber ich war ihr nicht dankbar für ihre Hilfe. Wenn ich mit Papa allein war, wünschte ich mir, Agnes würde kommen, weil sie wenigstens redete, und ein Lied, das im Radio gespielt wurde, mitpfiff. Aber wenn sie da war, hatte ich den Eindruck, sie machte alles falsch, weil sie es anders als Mama machte, und weil sie mir einfach auf die Nerven ging.

Ich ging täglich hinüber zu meinem Hügel und setzte mich zwischen die Eichenbäume. Niemals ging ich direkt dorthin, weil ich auf keinen Fall wollte, dass mich jemand dabei beobachtete. Meine Gedanken kreisten immerzu darum, ob Mama wusste, wie sehr ich sie vermisste, und ob es ihr umgekehrt auch so ging. Eigentlich war ich mir hundertprozentig sicher, dass sie auch so empfand wie ich. Aber warum kam sie dann nicht und erlöste mich aus dieser Situation? Mittlerweile musste sie doch genug haben von diesem Sergio, und selbst wenn nicht, konnte sie doch mal an mich denken. Eigentlich wusste ich ja, dass sie es tat, aber warum kam sie nicht? Den Grund ahnte ich, aber weil er mir so fremd war, wollte ich ihn nicht in den Vordergrund meines Denkens kommen lassen. Wenn sie käme, wie sollte es dann weitergehen? Es wäre wie eine Wunde, die hinterher, wenn sie wieder wegfuhr, noch mehr schmerzen würde. Aber dies würde ich in Kauf nehmen, wenn ich sie jetzt sehen könnte, nur fünf Minuten. Alles andere war ohne Bedeutung, alle Folgen würde ich ertragen. Aber sie wollte es mir, aber auch sich nicht zumuten. Es gab dabei keinen Vorrang, denn wir waren uns in unseren Empfindungen so ähnlich, dass dies keine Rolle spielte. Aber dies würde doch heißen, dass sie es genau so wenig aushielt wie ich, selbst wenn ich mir das blöde Argument ins Feld führte, dass Erwachsene vernünftiger sind als Kinder und das Schicksal nicht unnötig herausforderten. Ich ging niemals lange oder weit von zu Hause weg, weil ich den Moment, wenn sie kam, auf keinen Fall verpassen wollte. Hier oben auf meinem Platz hatte ich zugleich einen sicheren Aussichtspunkt. Ich sah mir oft den Zettel an, den Mama mir gegeben hatte. Es war eine Adresse in gedruckten Großbuchstaben, die ich inzwischen lesen konnte. Den Namen der Stadt hatte ich noch nie gehört.

Manchmal war die Sehnsucht nach Mama so groß, dass ich es körperlich spürte.

An einem Sonntagnachmittag sah ich endlich von meinem Hügel aus den großen Wagen mit den spitzen Heckflossen auf unser Haus zufahren. Ich verließ sofort meinen Platz und rannte durch das Maisfeld. Auf dem Hof fiel ich ihr in die Arme. Papa war vor die Tür getreten und schaute missmutig auf die Szene. Seinen Gram hielt er verborgen, vielleicht spürte er ihn inzwischen auch nicht mehr. Es dauerte lange, bis Papa uns hereinbat. Es musste ihn jede Menge Überwindung gekostet haben.

»Du weißt ja, wo der Kaffee steht«, sagte er zu ihr, ohne sie dabei anzublicken, als wir in der Küche waren, und verließ den Raum.

Ich redete die ganze Zeit, obwohl ich gar nichts zu berichten hatte. Ich erzählte ihr Dinge, die sie längst wusste, zeigte ihr Spielzeug, dass sie kannte, und führte ihr meine neuen Schuhe vor, die Papa mir letzte Woche gekauft hatte, weil die alten mich schon seit einiger Zeit gedrückt hatten. Sie sah mich immerzu an, und ich spürte, welche Mühe sie sich gab, ihre Tränen zurückzuhalten. Sergio hielt sich im Hintergrund, überließ mir selbstverständlich die Bühne.

Alle Beteiligten schienen damit zu rechnen, was nun folgen würde, auch Papa. Nur mir selber wurde es in dem Augenblick erst bewusst, als Mama vom Tisch aufstand. Ich wollte mit. Mama und Sergio zeigten sich nicht überrascht und schienen sich vorher darüber verständigt zu haben. Als Mama mit mir nach oben gehen wollte, erschien Papa in der Tür.

»Der Junge bleibt hier.«

Ich hielt vor Staunen den Mund offen. Mit einer solchen Reaktion von ihm hatte ich nicht gerechnet.

»Wenn der Junge mit mir gehen will, dann werde ich ihn auch mitnehmen«, sagte sie energisch und zeigte dabei nicht die geringsten Anzeichen, weinen zu müssen.

»Sein zu Hause ist hier«, erwiderte Papa.

»Und ich bin seine Mutter«, sagte sie darauf, »und ich werde ihn mitnehmen.«

Papa wusste sofort, dass er nur verlieren konnte, wenn er weiter dagegenhielt. Keine Macht der Welt hätte sie in diesem Augenblick zurückgehalten, mich mitzunehmen. Im Hinausgehen kündigte er an:

»Das wird noch ein Nachspiel haben.«

Und es hatte eines.

Ich war noch niemals eine so weite Strecke mit dem Auto gefahren. Nach der Aufregung der vergangenen Stunden spürte ich einfach nur Erleichterung und Freude, bei Mama zu sein, und genoss den Ausblick aus dem Fenster über die Landschaft. Wir fuhren nur zwei Mal durch eine Stadt. Das Land war hügelig wie bei uns zu Hause. Abgeerntete Felder wechselten sich mit Wiesen und Wäldern ab. Die Laubbäume verfärbten sich bereits. Zwischen gelb, braun und blassem Grün leuchtete es hier und da in unterschiedlichen Rottönen. Die Straße führte mitten durch die Dörfer. Manchmal sahen wir Leute im Sonntagsstaat spazieren gehen. Frauen trugen zumeist Kopftücher, die Männer Hüte. Die Oktobersonne schien angenehm warm, typisch für den Altweibersommer. Sergio hatte das Seitenfenster herunter gedreht und ließ den linken Arm heraushängen. Sein Haar leuchtete bläulich in der Nachmittagssonne. Wir fuhren nicht schnell. Einmal wollte er den Arm um Mamas Schulter legen, aber sie wehrte dies ab, lächelte ihn aber dabei an. Das große Auto wippte angenehm beim Fahren und machte mich schläfrig, was ich aber unterdrückte, weil ich nichts von dem

Weg verpassen wollte. In den Kurven gaben die Reifen hin und wieder ein quietschendes Geräusch von sich. Sergio blickte öfter in den Rückspiegel und lächelte mich zufrieden an. Mama drehte sich oft zu mir um, und die Freude, dass sie mich wieder hatte, war ihr deutlich anzumerken. Ich genoss es in vollen Zügen. Mama sah besonders schön aus an diesem Nachmittag, weil sie glücklich war. Das letzte Wegstück fuhren wir auf einer Autobahn. Sergio führte mir vor, wie viel in dem Wagen drinsteckte. Aber mir war es lieber, wenn wir langsam dahinglitten, weil ich dann die Landschaft besser betrachten konnte. Einmal habe ich ein abstraktes Bild eines unbekannten Malers in einer Ausstellung gesehen, in dem unterschiedliche Grün– und Brauntöne und ein helles Rot dominierten, das mich an diese Fahrt und den Nachmittag erinnerte.

An der Abfahrt bogen wir nicht nach rechts in Richtung der Stadt ab, die ich schon von der Autobahn aus gesehen hatte, sondern fuhren in die andere Richtung und gleich links einen Hügel hinauf. Dort standen zehn kleine Häuser, jeweils fünf nebeneinander an der Straße und fünf schräg dahinter, alle gleich aussehend und so gebaut, als könnte man sie leicht wieder abbauen und woanders hinstellen. Die Wohnwagen standen einzeln hinter jedem Haus auf der Wiese.

Ich war müde und zugleich neugierig, was mich hier erwartete. Obwohl es doch naheliegend gewesen wäre, dachte ich nicht daran, dass ich nun hier leben würde. Mein zukünftiges Leben bezog ich nicht auf einen Ort, sondern nur auf das Zusammensein mit Mama.

Sergio nahm meine Tasche und ging zu einem der Häuser voraus. Einige Kinder, etwas älter als ich, blickten uns neugierig entgegen. In unserem Haus auf dem Bauernhof war alles alt gewesen. In diesem Haus waren Möbel und Küchengeräte neu, aber sie sahen aus, als wären sie in kurzer Zeit verschleißt und nicht mehr zu gebrauchen. Alles war aufgeräumt und hatte seinen festen Platz. Ich bekam ein eigenes Zimmer, in dem Lollo, Sergios Neffe, der älteste Sohn von Stochelo, geschlafen hatte, der in einen der Wohnwagen umziehen musste, was ihm aber nichts auszumachen schien.

Kurze Zeit später wurden wir von seiner Schwester Jasmina, die etwa drei Jahre älter als ich war, ins Haus nebenan zum Abendessen gerufen. Dort wohnten Stochelo und seine Familie. Seine Frau mit großen, goldenen Ohrringen und lockigem, schwarzen Haar, die aber nicht so aussah wie die Frauen auf den bunten Bildern, nicht nur weniger schön und strahlend, sondern auch alltäglicher, hielt ein kleines Kind im Arm, das ich schon von dem Aufenthalt auf der Wiese kannte. Es gab Brot mit Wurst und Käse und für uns Kinder keine Dickmilch, die ich von zu Hause gewohnt war, sondern Limonade, die mir sehr gut schmeckte. Die Erwachsenen, auch die Frauen, tranken Bier. Die älteren Kinder knufften sich während des Essens, und Stochelo ermahnte sie kurz, als es ihm zu bunt wurde. Sie unterließen es dann, aber nach kurzer Zeit begann das Gezanke von Neuem. Nach dem Essen standen die Kinder auf und die Erwachsenen, außer Mama, rauchten Zigaretten. Die beiden Brüder standen kurz auf und redeten etwas miteinander in einer anderen Sprache, einer Mischung aus Französisch und verschiedenen Dialekten, wie ich später erfuhr. Dabei gestikulierten beide heftig mit den Armen. Nach kurzer Zeit gingen wir rüber ins andere Haus. Zum Abschied bedankte sich Mama bei Stochelos Frau für das Abendessen. Bald brachte sie mich in mein Zimmer, denn ich war von all den Ereignissen an diesem Tag sehr müde. Bevor ich die Augen schloss, genoss ich noch ihren liebevollen Blick, der in diesem Augenblick nur mir galt. Aber ich war zu müde, und nach kurzer Zeit kämpfte ich nicht mehr gegen den Schlaf an.

Am nächsten Morgen nach dem Frühstück stand die Polizei vor der Tür. Sergio glaubte zuerst, die wollten zu ihm. Dies kam nämlich öfter vor, wie ich später mitbekam, weil Leute im Ort sie anzeigten, also nicht ihn oder einen seiner Brüder, sondern pauschal alle Sinti und Roma, etwas gestohlen oder etwas angestellt zu haben, das irgendwo in der Stadt oder der näheren Umgebung geschehen war. Manchmal stellten auch Leute Geschäfte, die ordnungsgemäß abgewickelt worden waren, wieder infrage und erstatteten Anzeige, weil sie sich übervorteilt fühlten. Die Anschuldigungen bestätigten sich nie, aber trotzdem stand die Polizei regelmäßig vor der Tür.

Aber zum Entsetzen von Mama fragten sie dieses Mal nach mir. Natürlich hatte ich nichts gestohlen oder sonst etwas angestellt. Sie hätten Auftrag, mich hier abzuholen und mitzunehmen, erklärten sie etwas ungelenk. Das müsste ein Irrtum oder eine Verwechslung sein, meinte Mama zuerst, denn sie konnte sich ganz und gar nicht vorstellen, dass ihr Sohn nicht selbstverständlich bei seiner Mutter sein sollte, aber die beiden Polizisten hatten genaue Angaben, und es war sicher, dass sie mich meinten. Ich merkte, wie sich Mamas Gesichtsausdruck veränderte, dahingehend, dass sie vorher nur aufgeregt war, jetzt aber eine kämpferische Miene zeigte, als wollte sie sagen: Das werden wir doch mal sehen. Sie stellte sich hinter mich und legte als Zeichen ihre Arme demonstrativ auf meine Schultern, um zu zeigen, dass sie mich nicht herausgeben wollte. Die Polizisten blieben ganz freundlich und sagten etwas von Aufenthaltsbestimmungsrecht und staatlichem Gewaltmonopol, was ich natürlich damals nicht verstand und in keinen Zusammenhang bringen konnte. Überhaupt war ich von der Szene so überrascht, dass ich keine Angst verspürte, sondern eher neugierig war, wie es weitergehen würde. Die Uniformen der Polizisten und ihr Auftreten beeindruckten mich zwar und dass sie offenbar extra wegen mir gekommen waren, aber ich betrachtete sie selbstverständlich als meine Verbündeten, obwohl Mamas Haltung gar nicht dazu passen wollte. Womöglich brachte ich die Szene auch irgendwie in Zusammenhang mit den üblichen Vorurteilen in meinem Dorf, dass die Polizei öfter Grund habe, bei den Sinti aufzutauchen. Der zweifache Gedanke, dass ich selbstverständlich bei Mama war und sein durfte und Sergio oder sein Clan mich zugleich entführt hatten, widersprach nicht meiner kindlichen Fantasie.

Es lief alles darauf hinaus, dass Mama mich unter allen Umständen hier behalten wollte. Nun griff Sergio ein, der sich bisher zurückgehalten hatte, gab den Polizisten ein Zeichen, noch etwas zu warten, nahm Mama etwas zur Seite und sprach leise, und wie ich am Tonfall merkte, beruhigend auf sie ein, ohne dass ich oder die Polizisten etwas verstanden. Er hatte notgedrungen jede Menge Erfahrung im Umgang mit Polizisten und Behörden und wusste, dass man die Situation auf keinen Fall eskalieren lassen durfte und in diesem Fall besser klein beigab. Mama sträubte sich noch eine Weile, aber Sergio setzte sich schließlich durch, was nicht nur die Situation rettete, sondern die Weichen für meine weitere Kindheit stellen sollte.

Mama gab mich also frei. Sie holte meine Sachen, kämmte mich noch einmal, als müsse ich bei der Polizei einen besonders guten Eindruck machen, und umarmte mich heftig beim Abschied, nicht ohne mir vorher noch einmal zuzusprechen, tapfer zu sein, mit den Männern zu gehen und zu tun, was sie mir sagten. Ich verstand nicht recht, wozu ich Tapferkeit brauchen sollte, waren die Polizisten doch extra zu einer Art Geleitschutz für mich da, nahm den Hinweis aber gerne an und fühlte mich sogar etwas erhaben. Nur wegen mir waren extra zwei Polizisten gekommen. Sergio wirkte verständlicherweise viel entspannter als Mama und verabschiedete sich so, als würden wir uns noch heute oder spätestens morgen wiedersehen.

Einer der Polizisten nahm mich bei der Hand, der andere meine Tasche. Die beiden älteren Kinder standen draußen und betrachteten sich neugierig die Szene, als ihre Mutter vom Haus aus rief, es sei Zeit für die Schule.

In einem VW-Käfer, der schlecht roch, fuhren wir zur Polizeistation in der Stadt in der Nähe einer großen, verfallenen Kirche, nur einige Minuten entfernt. Dort lieferten mich die Polizisten ab und verabschiedeten sich freundlich von mir. Dies enttäuschte mich etwas. Der Diensthabende, ein dicklicher Mann mit rotem Kopf, wies mir einen Stuhl auf der anderen Seite der Schranke zu und erklärte, er rufe jetzt meinen Vater an, der mich bald abholen würde. »Aber wir haben doch gar kein Telefon«, wandte ich ein. Ich solle mir keine Sorgen machen, meinte er freundlich, das ginge schon. Nach dem Telefonat mit der Postfrau von unserem Dorf ging er nach draußen und kam mit einer Sinalco für mich zurück.

Ich saß auf der Bank, trank meine Limo und beobachtete neugierig, wer rein und raus kam, und hörte auf die Telefongespräche. Manchmal kamen auch Funksprüche an. Dann knackte es in der Leitung, und die Stimme war zwar laut, aber undeutlich. Insgesamt hatte ich mir eine

Polizeistation aufregender vorgestellt, denn es wurden weder Einbrüche noch Banküberfälle gemeldet.

Papa kam gegen Mittag. Er trug seine übliche Motorradmontur.

»Hallo, mein Junge!«, begrüßte er mich und fuhr mir mit der Rechten durchs Haar.

Wir mussten noch warten, weil der Diensthabende ein Protokoll aufnehmen musste. Dazu spannte er einen Bogen mit mehreren Durchschlägen, dazwischen Blaupapier, in die Maschine, was sich als ein schwieriges Unterfangen herausstellte, denn irgendein Papier wollte immerzu knicken oder sich querlegen. Dann hämmerte er mit beiden Zeigefingern abwechselnd los. Am Ende der Zeile gab es ein kurzes Klingelgeräusch. Manchmal blieb eines der schmalen Metalldinger, auf denen die Buchstaben waren, auf dem Papier hängen, und er gab ihnen einen kleinen Schubs, damit sie wieder zurückgingen. Zum Schluss musste Papa auf allen Papieren unterschreiben.

Wir fuhren nicht gleich los, sondern gingen in ein Gasthaus, um etwas zu essen. Ich durfte mir Pfannkuchen mit Rosinen und Apfelkompott bestellen. Papa fragte den Wirt nach einem Kriegskameraden, der angeblich in dieser Stadt wohnte, aber der kannte ihn nicht. Als wir draußen waren, meinte Papa, ich könnte auf dem Motorrad hinter ihm sitzen. Ich beeilte mich, diesen Vorschlag zu bestätigen, war ich doch kein kleines Kind mehr. Heute war es diesig und wolkenverhangen, aber es regnete nicht. Papa machte häufiger Pausen, damit ich mich ausruhen konnte. Er fragte mich mehrmals besorgt, ob mir kalt sei, was ich verneinte, obwohl es nicht stimmte. Während wir pausierten, rauchte er. Früher hatte er nie so viel geraucht.

Merkwürdigerweise fragte ich nicht, warum ich nicht bei Mama bleiben durfte, beziehungsweise er wieder mit mir nach Hause fuhr. Ich habe mir auch in den nächsten Tagen, offenbar aus Selbstschutz, keine Gedanken darüber gemacht, wer die Polizei alarmiert hatte. Als ich später seine Rolle in diesem Spiel kapierte, und dass nur er es gewesen sein konnte, war es zu spät, wütend darüber zu sein und ihm dies zu verübeln. Auf der Fahrt nach Hause betrachtete ich die Polizei als die eigentlichen Bestimmer und nahm an, sie hätten mich aufgrund irgendwelcher amtlicher Vorschriften, die womöglich mit dem Leben von Sinti zusammenhingen, abgeholt. So ganz daneben sollte ich, wie sich später zeigte, mit meiner Vorstellung nicht liegen.

Zwischen Papa und mir blieb es selbstverständlich an diesem Tag, als würden wir zusammen einen Ausflug machen. Er schien sehr zufrieden mit dem Ergebnis, und ich wunderte mich etwas darüber, dass er keinen Anstoß daran genommen hatte, so weit zu fahren und mich bei der Polizei abzuholen. Mit der wollte er eigentlich nichts zu tun haben, denn man war entweder Täter oder Opfer. Ich merkte, dass er sich Mühe gab, freundlich zu mir zu sein. In den Pausen erzählte er mir etwas von dem einen oder anderen Dorf, durch das wir gefahren waren, was er dort mal erlebt und wen er gekannt hatte, oder einfach, was man sich über das Dorf und seine Bewohner erzählte. Von vielen Dörfern kannte er die Spitznamen, mit denen deren Bewohner von den Leuten aus den umliegenden Dörfern gerufen wurden. Sie hießen Ometzele (Ameisen), Störche, Schuster, Kesselflicker, Blechköppe, Bibbcher (Küken) oder sogar Buchsescheißer. Als er älter wurde, erzählte er fast nur noch solche Anekdoten, weil er über sich selbst nicht sprechen wollte oder weil es über ihn und sein Leben nichts zu erzählen gab.

Mit dem Motorrad und durch die Pausen, die wir zwischendurch einlegten, brauchten wir für den Rückweg viel länger als für den Hinweg gestern, obwohl es mir nicht gleich so vorkam, weil bei der Autofahrt alles so neu für mich gewesen war.

Sobald wir zu Hause angekommen waren, empfing uns wieder diese Leere und das Leblose, und ich wurde mir wieder meiner Situation bewusst. Meine Traurigkeit kehrte mit einem Schlag zurück, und ich vermisste Mama. Die nächsten Tage waren von einer Erkältung geprägt, und ich erlebte sie verhalten wie die Ruhe vor einem Sturm im Bett. Es würde sich in meinem Leben bald etwas gründlich ändern oder zum Ausbruch kommen. Und auch wenn die Situation so bleiben sollte wie jetzt – ohne Mama –, war dies das Schlimmste, was passieren konnte.

Am Mittwoch kam zum ersten Mal die Frau vom Jugendamt. Sie hieß Fröhlich, sah insgesamt so unscheinbar aus wie ihr Haar, das halblang und glatt war und die Farbe von Asche hatte. Ich wusste nicht, wie ich sie einschätzen sollte, weil sie weder wie die Leute im Dorf war, noch wie die aus der Stadt, die ich kannte, zum Beispiel Tante Else und Onkel Albert, den Versicherungsmann oder den Gasableser.

Sie war sehr freundlich zu mir, stellte mir alle möglichen Fragen über die Beziehung zu meinen Eltern, wie sie gewesen war, bevor Mama mit Sergio weggefahren war, und schrieb dies alles auf gelochte Blätter, die sie nachher in einen Aktenordner heftete. Ich konnte auch nach mehreren Besuchen nicht warm werden mit ihr, obwohl sie mir Buntstifte oder bunte Kreide mitbrachte. Nach einigen Besuchen stellte sie weniger Fragen und meinte öfters, ich habe es doch gut hier bei meinem Vater und Agnes, die immer zugegen war, wenn Frau Fröhlich kam. Sie sei doch sehr nett zu mir und sorgte gut für mich. Dies bestätigte ich vorsorglich und fragte dann, wann ich wieder zu Mama dürfe. Diese Frage gefiel ihr offensichtlich nicht, ich merkte es sofort an ihrem Gesichtsausdruck, und sie gab mir eine ausweichende Antwort. Ab diesem Zeitpunkt hörte ich ihr aufmerksamer zu und versuchte herauszufinden, was die Absichten hinter ihren Fragen waren. Manchmal sprach sie auch mit Papa allein. Als ich sie wieder fragte, ob ich bald zu Mama dürfe, sagte sie, nachdem sie eine Zeit lang die Lippen zusammengekniffen hatte, dies ginge wohl nicht, weil sie keine Genehmigung habe. Ich verstand nicht, warum Mama eine Genehmigung brauche. Trotzdem erklärte ich einfach, dies sei doch ganz einfach, dann solle sie oder die Polizei ihr diese Genehmigung geben. Sie antwortete nicht darauf und meinte stattdessen wieder, ich hätte es doch gut hier auf dem Bauernhof mit den Tieren und bei Papa und in der Schule, und die Kinder im Dorf, die würde ich doch alle schon kennen. Nun war ich mir sicher, auf welcher Seite sie stand, und worauf es bei ihren Besuchen hinauslief. Ich wollte keine Verzweiflung aufkommen lassen, und nachdem Frau Fröhlich an diesem Tag gegangen war, schlich ich mich zu meinem Hügel, und dort fasste ich einen Plan. Ich erinnere mich noch genau, dass es damals regnete, und ich mich unter den überhängenden Ast einer Eiche unterstellte. Ich würde einfach abhauen und zu Mama gehen. Den Weg kannte ich ja jetzt. Natürlich würde ich nicht alles zu Fuß gehen können. Ich musste zuerst den Bus in die Kreisstadt nehmen, mit dem war ich mit Mama schon öfter gefahren. Von dort würde ich schon irgendwie weiterkommen. Das Geld konnte ich aus meinem Sparschwein nehmen. Aber ich musste es tauschen, denn es bestand nur aus ein und zwei Pfennigen, und dies würde einen Busfahrer sofort misstrauisch machen. Ich kannte die Schublade, wo Papa Geld zum Einkaufen in einem Blechkästchen aufbewahrte, in der früher Kekse gewesen waren, die Tante Else mal aus der Stadt mitgebracht hatte. Das würde ich gegen meine Pfennige eintauschen. Morgen früh wollte ich los, sobald Papa aufs Feld gefahren war. Mir würde schon ein Grund einfallen, warum ich nicht mitwollte, denn wir hatten Ferien in dieser Woche. Und Agnes würde morgen erst am Nachmittag kommen.

Es klappte alles wie vorgesehen, aber leider regnete es wieder. Ich ging zur Bushaltestelle neben dem Milchbock an der Hauptstraße. Die Kannen waren schon abgeholt. Ich brauchte nicht lange auf den alten Bus mit der langen Schnauze zu warten. Der Busfahrer meinte:

»Na, mein Freund, so ganz alleine unterwegs.«

»Meine Tante Else holt mich an der Haltestelle am Bahnhof ab«, log ich.

Während der Bus das Dorf verließ und in die Kreisstraße einbog, fühlte ich mich erhaben und voller Tatendrang. Ich freute mich sehr darauf, Mama wiederzusehen und auch Sergio. Die würden sich wundern, wenn ich einfach so vor der Tür stand. Die Fahrt dauerte lang, denn der Busfahrer fuhr alle Dörfer ab, auch die, welche nicht unmittelbar an der Hauptstraße lagen. Als wir am Busbahnhof in der Kreisstadt ankamen, holte mich natürlich keine Tante Else ab, aber da stand zu meiner Verwunderung Frau Fröhlich mit aufgespanntem Regenschirm, als habe sie auf mich gewartet, was sich dann auch bestätigen sollte. Sie fragte mich erst gar nicht, was ich vorgehabt hatte, und brachte mich zu ihrem kleinen Auto, das sie in der Nähe geparkt hatte.

Als ich neben ihr auf dem Beifahrersitz Platz genommen hatte, konnte ich die Tränen nicht mehr zurückhalten. All die Unsicherheiten und Verwirrungen der letzten Wochen brachen hemmungslos aus mir heraus. Es war mir gleichgültig, was sie dachte und zu welchem Ergebnis dies führen konnte. Ich war nur noch voller Verzweiflung und Weh, wollte bei Mama sein und sonst nichts. Sie gab mir ihr Taschentuch, das nach Waschmittel roch. So saßen wir, ich weiß nicht wie lange, ich weinte und schluchzte, während sie stumm in den Regen hinaus schaute, nicht abweisend, sondern als müsste sie angestrengt über etwas nachdenken. Als ich mich wieder etwas beruhigt hatte, und wir losfahren konnten, merkte ich eine Veränderung in Frau Fröhlichs Gesicht, noch bevor sie ein Wort gesagt hatte. Zu Hause schien Papa schon auf uns zu warten. Er machte mir weder Vorwürfe, weil ich abgehauen war, noch versuchte er, mich zu trösten. Wir setzten uns an den Küchentisch, und Papa bot an, für Frau Fröhlich Kaffee und für mich Kakao zu kochen. Sie nahm gerne an, was ich nicht erwartet hätte, denn bisher hatte sie alle Angebote dankend abgewiesen. Sie fragte sogar nach der Kartoffelernte, ob wir Apfelbäume hätten, und um welche Sorten es sich handelte.

Zwei Tage später kam sie wieder und diesmal fragte sie mich über Mama aus und auch über Sergio, was er in meinen Augen für einer sei, ob ich ihn leiden könne und was er arbeitete, und sie wollte auch genau wissen, wie die Sinti lebten. Ich gab mir große Mühe, Mama in einem guten Licht darzustellen, was mir natürlich nicht schwerfiel. Nachher kam Papa herein, und Frau Fröhlich bat ihn, sich doch etwas zu uns zu setzen.

Zuerst fragte sie ihn Sachen über die Größe von Räumen und nach seinen Einkünften, was mich wunderte, denn es passte mir gar nicht in den Zusammenhang ihrer sonstigen Anliegen. Papa schien auch mit diesen Fragen nicht gerechnet zu haben, und sie machten ihn nervös, denn er rauchte ständig. Dann meinte Frau Fröhlich auf einmal und ohne Vorrede:

»Der Junge möchte halt auch bei der Mutter sein.«

Ich erinnere mich noch nach all den Jahren, dass sie »der Mutter« und nicht »seiner Mutter« sagte. Papa zögerte, dann blaffte er:

»Ich habe das Sorgerecht, und bei denen bleibt der Junge nicht, das ist doch wohl klar.«

In diesem Moment begriff ich zum ersten Mal und durchdringend, dass Papa über mich bestimmte und nicht die Polizei, Frau Fröhlich oder irgendein mysteriöses Amt. Auf jeden Fall hatte er seine Finger im Spiel, und die Polizei konnte nur von ihm gewusst haben, dass ich mit Mama und Sergio mitgefahren war. Und vielleicht hatte er auch Frau Fröhlich angerufen, sonst hätte sie mich nicht am Busbahnhof erwartet. Zum ersten Mal im Leben bekam ich eine umrissene Vorstellung davon, was ich für feige hielt. Die ganze Zeit war er es gewesen, der verhindert hatte, dass ich zu Mama konnte, und er hatte mir nicht ein Sterbenswort darüber gesagt. Mir wollten wieder die Tränen hochkommen, aber merkwürdigerweise war ich ihm nicht böse. Entweder unterdrückte ich diesen Impuls, weil ich merkte, wie abhängig ich von ihm war, oder ich nahm seine Haltung als selbstverständlich an, denn mittlerweile hatte ich begriffen, dass alle Beteiligten auf der einen oder der anderen Seite standen, dazwischen gab es nichts. Doch – ich als Einziger stand in der Mitte und empfand es so, als würden alle an mir herumzerren, um mich auf ihre Seite zu ziehen. Mama nahm ich von diesem Bild aus, denn zu ihr gehörte ich selbstverständlich, und sie hätte mich nie nur um ihret-willen leiden lassen, obwohl sie durch ihre Entscheidung, mit Sergio zu gehen, mein ganzes Leid ausgelöst hatte. Aber das war etwas anderes. Nein, Wut war es nicht, was ich in diesem Moment gegen Papa empfand, mehr so et-was wie Verachtung, soweit ein Siebenjähriger dies emp-finden kann. Ich hielt es auch für möglich, dass Frau Fröhlich selbstverständlich die ganze Zeit in seinem Sin-ne, oder er auch in ihrem gehandelt hatte. Und nun hatte sie ihre Position geändert, weil sie mich besser verstand oder weil sie Mama nicht mehr für so eine Rabenmutter oder Schlampe hielt. Womöglich gab dies den Ausschlag, dass ich weniger an Papa und seine Handlungen mir ge-genüber dachte, sondern daran, wie ich es schaffen konn-te, zu Mama zu kommen.

Frau Fröhlich wartete lange mit der Antwort auf Papas Bemerkung, die er gar nicht als Frage gemeint hatte, was ihr wiederum klar zu sein schien. Dann sagte sie be-stimmt:

»Der Amtsrichter wird das entscheiden, und es ist so gut wie sicher, dass Sie das Sorgerecht behalten werden. Schließlich ist ihre Frau ...«, sie zögerte kurz und ergänz-te dann, »weggegangen.« Sie machte wieder eine Pause. »Aber Ihr Sohn will zur Mutter. Und vorausgesetzt, Sie stimmen dem zu, kann er zum Beispiel mal am Wochen-ende oder in den Ferien ...«

»Ja Papa, das kannst du doch machen!«, rief ich erfreut dazwischen.

»Ich muss natürlich vorher die Räumlichkeiten und die Wohn- und Lebensverhältnisse dort inspizieren«, erklärte sie wichtigtuerisch. »Dies geht auch ohne richterliche Ge-nehmigung, wenn Sie ... und natürlich auch ihre ehema-lige Frau zustimmen.«

»Wir sind noch nicht geschieden«, sagte Papa, ohne dass aus dieser Aussage zu erkennen gewesen wäre, ob er auf Frau Fröhlichs Vorschlag einzugehen gedachte.

»Wir würden natürlich eine schriftliche Vereinbarung verfassen, in der alle Bedingungen festgelegt würden.«

Ich blieb stumm, weil ich genau wusste, was in Papas Kopf vorging, und umgekehrt ahnte er, wie es in mir aussah. Ich brauchte nicht zu betteln. Im Gegenteil, es wäre ihm zutiefst unangenehm gewesen, wenn ich dies getan hätte. Und er wusste nur zu gut, ohne dass ich ihn deshalb bedrohen musste, was ich niemals getan hätte, dass es nie wieder zwischen uns ein Einvernehmen geben würde, wenn er Frau Fröhlichs Vorschlag nicht zustimmte. Ich war nicht so ein Kind, das vergaß oder das man mit Spielzeug ablenken konnte. Ich wäre verwundet an der Seele für mein ganzes Leben. Heute weiß ich genau, dass Papa dies in diesem Moment in seiner ganzes Tragweite erfasste, obwohl er diesen Gram, was seine Rolle dabei anging, mit sich herumtrug. Aber gerade, weil er vom Leben so gezeichnet war, spürte er, was es für mich bedeutet hätte, wenn er sich jetzt stur stellte. Und zudem wäre er durch seine Verweigerung zum Täter geworden. Bisher war er nur der Verlassene und um sein Schicksal Geprellte, aber dann wäre ich, der am wenigsten dafür konnte, zum Hauptleidtragenden geworden, weil ich beide Eltern verloren hätte. Dies schien auch Frau Fröhlich begriffen zu haben, vermutlich weniger, dass sie aufgrund des Sachverhalts ihre Meinung geändert hatte, sondern weil ich, das Kind, zu meiner Mutter hielt, auch wenn alle Welt sie für eine Schlampe halten mochte. Dies waren Urteile von Erwachsenen, die sie fällten, mehr um ihrer selbst und ihrer sogenannten Grundsätze willen, denn um das Verständnis für das Fühlen und Handeln einzelner Personen. Heute bin ich ein alter Mann und diese Skepsis gegenüber Menschen und ihrer Urteile ist mir immer eigen geblieben.

»Na meinetwegen!« brummte Papa, und es war versöhnlicher gemeint, als es klang.

In den nächsten Wochen musste Frau Fröhlich manches eruieren, wie sie es nannte, dass ich zum Beispiel bei Mama ein eigenes Zimmer und ein eigenes Bett haben, und dass grundsätzlich gut für mich gesorgt würde. Merkwürdigerweise galten diese Regeln nur für mich, denn wenn zum Beispiel Stochelos oder Ivans Kinder in einem Bett schliefen, wurde dies nicht beanstandet. Aber dies sollte mir egal sein, Hauptsache, ich konnte regelmäßig bei Mama sein. Im nächsten Jahr durfte ich sämtliche Ferien bei ihr verbringen. Die Wochenenden wurden nur am Anfang gezählt, später, als ich allein mit dem Bus fahren durfte, nahmen es beide Seiten nicht mehr so genau mit der Vereinbarung, und ich entschied selber, bei wem ich meine Zeit verbringen wollte. In den ersten Jahren sehnte ich die Zeit bei Mama immer herbei, als ich älter wurde und viel für die Schule lernen musste, blieb ich manchmal auch die Wochenenden über zu Hause. Ich sage bewusst »zu Hause«, denn der Bauernhof, mein Hügel auf dem Steinzeitgrab mit den verwachsenen Eichen darauf und die Felder und Wälder der Umgebung blieben immer meine Heimat, egal, wo in der Welt ich mich aufhielt.

In meiner Jugend- und Studentenzeit strich ich den Begriff »Heimat«, der mir vorher selbstverständlich gewesen war, aus meinem Sprachgebrauch, weil er von Personen und Gruppen okkupiert worden war, die ihn eng führten, verbiederten und ihm vor allem eine politische Bedeutung unterlegten, die ich ganz und gar nicht teilte.

Viele Jahre später sah ich ein, dass meine Sichtweise bezüglich Heimat und ihrer Bedeutung genauso zählte wie die lautstarker und besitzergreifender anderer. Merkwürdigerweise befremdete ich damit zuerst meine Gesinnungsgenossen, die sich in ihren so definierten Kadern eingerichtet hatten und behaupteten, Heimat sei Reaktion wie Muttersohn und Muttersöhnchen für sie ein und dasselbe waren. So wurde ich bald wieder zum Einzelgänger, der ich auch früher gewesen war.

Mit meinem Vater habe ich mich, bis auf eine kurze Phase in der Pubertät, immer gut verstanden. Später heiratete er wieder, eine früh verwitwete Frau aus dem Dorf. Ihr verstorbener Mann, ein Kriegskamerad von Vater, war an den Spätfolgen einer Verletzung gestorben. Sie und ich entwickelten niemals eine besondere Beziehung zueinander, vielleicht der Grund, warum wir miteinander auskamen. Wir kamen uns nicht ins Gehege, denn ich räumte mein Zimmer selbst auf, machte meine Hausaufgaben alleine und wäre nie auf die Idee gekommen, sie nach ihrer Meinung zu was auch immer zu fragen. In der Küche mischte ich mich nicht ein. Sie kochte gerne für mich, weil ich all die typischen einfachen Gerichte, Kartoffel- und Mehlklöße, dicke Suppen, die Mama auch immer zubereitet hatte, gerne mochte. An Dankbarkeit ihr gegenüber ließ ich es nicht fehlen, und sie gab sich bescheiden oder anspruchslos damit zufrieden.

Papa und ich waren uns nah, soweit er dies zulassen konnte, ohne dass es vieler Worte bedurft hätte. Ich fuhr immer gerne mit ihm aufs Feld und mochte es, bei jedem Wetter draußen zu sein und körperlich zu arbeiten. Als er einen Mähdrescher anschaffte, lernte ich zuerst, damit zu fahren und ihn zu bedienen. Wir verdienten uns etwas nebenher, indem ich für Leute im Dorf, die Nebener werbslandwirtschaft betrieben, das Getreide einholte, weil es sich für sie nicht rechnete, einen eigenen Mähdrescher anzuschaffen. Dafür verbrachte ich manche Wochenenden oder Ferientage nicht bei meiner Mutter. Aber zu dieser Zeit spielte dies schon lange keine große Rolle mehr.

Vater blieb sein Leben lang ein wortkarger Mann. Es hatte ihn damals große Überwindung gekostet, meinen Ferienaufenthalten bei Mama zuzustimmen. Vielleicht befürchtete er, ich würde ganz auf ihre Seite wechseln und alle Hebel in Bewegung setzen, ganz von ihm wegzukommen. Aber ich ließ ihn nicht nur spüren, dass ich mich an unsere Abmachungen hielt, sondern dass hier mein eigentliches Zuhause war. Er wusste, dass sich dies nicht nur über die Beziehung zu ihm begründete, obwohl wir niemals darüber sprachen, und es störte ihn nicht, denn dieses schwer zu beschreibende Verhältnis zur Heimaterde hatte ich von ihm. Natürlich, als gehörte dies für ihn zusammen, wählte er grundsätzlich konservativ. Bei mir war es so, dass Heimat für mich wie ein fruchtbarer Boden ist, auf dem sich etwas entwickelt. Ich blieb mein Leben lang ein Nomade, das eine wie das andere ergänzten sich. Später interessierte sich Vater für meine Erfahrungen da draußen, fast so, als hätte ich dies Leben auch für ihn gelebt. Umgekehrt verspürte ich immer Bewunderung und Respekt für die verwurzelte Geradlinigkeit seines Lebens. Als Kind hatte ich ihm gerne zugehört, wenn er mir erzählte, welchen Familien welche Felder gehörten, wer welche Weiden am Bach gepflanzt hatte, Geschichten von Bauern, Holzfällern und Tagelöhnern. Später, wenn ich ihn als Erwachsener besuchte, berührten mich diese Geschichten und die Art und Weise, wie er sie erzählte. Jedes Feld, jedes Waldstück, jeder Weg und jeder Hügel hatten einen Namen. Außer ihm gab es nur noch wenige alte Leute im Dorf, die diese Namen kannten. Womöglich hatten sein Vater oder Großvater diese im Stillen vergeben und sie an die nächste Generation weitergereicht. Obwohl er selbst als Person nur selten in den Geschichten und Anekdoten vorkam, waren sie ein Teil von ihm, als sei er selbst ein Teil dieser Landschaft geworden. Er war hier geboren, und er würde hier begraben sein. Mutter hatte diese Vorstellung erschreckt, während er in ihr aufging.

Bei meinem ersten Ferienaufenthalt bei Mama war sie schwanger. Ich brauchte einige Tage, um mich innerlich darauf einzustellen, dass ich bald ein jüngeres Geschwister haben würde, und vor allem würde das Kind im Gegensatz zu mir ständig in ihrer Nähe sein. Die aufkommende Eifersucht überbrückte ich damit, mich in der Rolle des großen Bruders vorzustellen. Sergio unterstützte mich darin, indem er mir diese schmackhaft zu machen versuchte und ständig etwas mit mir unternahm. Ich war in einem Alter, in dem mir Mamas Nähe und ihr liebevoller Blick Selbstvertrauen einflößten, aber ich war gerne draußen und spielte mit den anderen Kindern in der Siedlung, die mich bald als ihresgleichen betrachteten, obwohl sie mich hin und wieder wegen meiner hellen Haare hänselten. Aber am liebsten unternahm ich etwas mit Sergio. Er lehrte mich weiter Gitarre spielen, schnitzte mit mir Holzpfeifchen, und manchmal durfte ich ihn bei seinen Touren begleiten, wenn es irgendwo eine alte Truhe oder einen Teppich zu erhandeln galt. Er tat dies nicht nur für mich, es war ihm anzumerken, dass er mich gern in seiner Nähe hatte, mir gern etwas zeigte, mich neugierig machte, meine tausend Fragen mit großer Geduld und eigenem Interesse beantwortete. Manchmal wusste er selbst die Antwort nicht, und wenn es sich um Meinungen und Standpunkte handelte, entwickelte er beim Sprechen eine These, die wir dann gemeinsam diskutierten. Er nannte dies »laut denken«. Einmal wollte ich wissen, woher Sinti und Roma eigentlich kommen. Darüber hatte er sich noch nie Gedanken gemacht, und dies war ihm etwas peinlich. Sein gewecktes Interesse und sein sonst üblicher Forschungsgeist kamen mir etwas halbherzig vor, was mich wunderte, aber ich behielt es für mich. Zuerst erkundigte er sich bei Ivan, denn die älteren Brüder wissen meistens mehr. Der wollte nicht zugeben, dass er auch keine Ahnung hatte und erzählte Geschichten, die in keinem Zusammenhang standen und die er irgendwo gehört hatte. Möglicherweise wusste er mehr, als er zugab, aber aus irgendeinem Grund rückte er nicht heraus damit. Am nächsten Tag fuhren wir zu einem alten Mann in der Stadt, dem Sergio vor einiger Zeit einen Teppich abgekauft hatte, und mit dem er ins Gespräch gekommen war, und der selbst kein Sinti war, sich aber im Rahmen seiner Studien mit deren Herkunft beschäftigt hatte. Er sprach auch etwas Romanes und erklärte, die Sprache sei mit Sanskrit verwandt, was wiederum neue Fragen aufwarf, denn Sergio hatte noch nie etwas von dieser Sprache gehört. Wir fanden heraus, dass dieser merkwürdige Dialekt, den er manchmal mit seinen Brüdern sprach, hauptsächlich aus französischen Worten, aber auch aus Romanes, Jiddisch, Rotwelsch und unterschiedlichen deutschen regionalen Ausdrucksweisen bestand. Später nahmen wir einen alten Atlas auseinander, zeichneten mit Farbstiften die Wege der Roma vom Ursprung in Indien auf den Blättern nach und schrieben Jahreszahlen dazu. Wir ordneten Worte ihrem Ursprung nach in Rubriken und verglichen diese miteinander auf

Übereinstimmungen. Darunter fand ich auch viele Dialektausdrücke aus unserem Dorf. Dabei vergaßen wir für Stunden alles andere, bis uns Mama zum Abendessen rief.

Ich war ganz begeistert von unseren Forschungen, während ich bei Sergio spürte, dass er sich darauf einließ, wohl, um mir einen Gefallen zu tun, aber ihn selbst hemmte etwas.

Manchmal fragte ich mich im Stillen, ob ich selbst einer von ihnen sein wollte. Inzwischen verwendete ich die Bezeichnung Sinti. Nein, ein Sinti wollte ich nicht sein, diese Bezeichnung war mir zu abstrakt. Zu dieser Zeit nannte sich kein Mensch in der Siedlung so. Außerdem war ich immer Hawkeye und lebte bei den Indianern, und Chingachcok war mein väterlicher Freund.

Etwas betreten ahnte ich, dass Sergio mit diesem vergleichenden Bild nicht einverstanden sein könnte. Nun war ich derjenige, der etwas ausbrütete. Sergio merkte dies offenbar daran, dass ich ihm in seinen Augen merkwürdige Fragen über sich und sein Volk stellte.

»Weißt du«, sagte er, und für seine Verhältnisse war er etwas aufgebracht, »ich will nichts Besonderes sein.« Er zündete sich eine Zigarette an.

»Diese Sache mit dem Volk bringt nur Unglück. Ich bin ein deutscher ... (Sergio verwendete das heute tabuisierte Z-Wort, das damals noch selbstverständlich gebraucht wurde, sogar als Titel einer Langspielplatte Verwendung fand.) Fertig! Weißt du, warum die Nazis ausgerechnet uns und die Juden verfolgt haben? Ich will es dir sagen: Weil die mitten unter ihnen lebten und anders waren. Die Nazis wollten natürlich selbst das auserwählte Volk sein, deshalb mussten die anderen verschwinden. Ich bin ein Musiker. Ich spiele Manouche. Das ist meine

Basis, auf der ich meine eigene Musik mache. Es gibt Leute, die meinen es gut, und sie sagen, wir sollen stolz darauf sein, uns Sinti zu nennen. Aber ich will das nicht, und es ist meine Angelegenheit, meine ganz persönliche. Ich bin vielleicht stolz darauf, wenn es mir gelingt, ein Musikstück gut zu spielen, aber ich bin nicht stolz darauf, ein Sinti, ein Deutscher oder sonst was zu sein.«

Sergio zog an seiner Zigarette. So impulsiv hatte ich ihn noch nie erlebt, außer wenn er Gitarre spielte, aber dies war eine andere Impulsivität.

»Meine Musik sollen die Leute hören, weil sie ihnen gefällt, egal, wer sie spielt, ist doch wurscht.«

Er zog an seiner Zigarette und schob sie dann in den Mundwinkel.

»Mein Onkel Attila war in einem KZ. Er spricht nicht darüber – niemals. Und es ist seine persönliche Angelegenheit. Wenn er schweigen will, soll er schweigen. Und wenn er eines Tages reden will, werde ich ihm zuhören.«

Als wäre nichts gewesen, stand er auf, holte seine Gitarre und klimperte vor sich hin.

Seine kurze Rede hatte mich erschreckt. Aber ich respektierte, was Sergio gesagt hatte, und ich verstand ihn auch. Das Thema beschäftigte mich noch eine Weile, aber Sergio und ich sprachen nicht mehr darüber.

In den ersten Jahren kam hin und wieder ein Vertreter des örtlichen Jugendamts vorbei, um zu prüfen, ob gut für mich gesorgt wurde, und mein Zimmer die erforderliche Größe aufwies. Der Mann brachte extra einen Zollstock mit und maß aus.

Auch nachdem mein Halbbruder Benjamin, den alle von Anfang an nur Ben nannten, geboren war, nahmen Mama und ich uns immer Zeit, um miteinander zu reden. Sie zeigte mir, wie ich meinen kleinen Bruder anfassen musste, und ich durfte ihn halten. Das machte mich stolz und erleichterte es mir, mich in die Rolle des großen Bruders einzufinden. Von Neid oder Eifersucht konnte nicht mehr die Rede sein, denn all meine fürsorglichen Gefühle waren geweckt. Ben hatte die blauen Augen von Mama und die schwarzen Haare von Sergio, die manchmal bläulich schimmerten, wenn ein Sonnenstrahl darauf fiel. Von den Männern lernte ich die praktischen Dinge des Lebens, von Mama die zwischenmenschlichen. Sie stand immer über den Fixierungen und Gepflogenheiten des Alltags. Andere sagten, sie hause bei den Hare, für sie galt nur, dass Sergio und sie sich liebten und zusammenlebten. Ob Menschen diese oder jene Gewohnheiten und Sitten pflegten, ob sie in einem Haus oder in einem Wohnwagen lebten, goldene Ohrringe trugen oder in der Kittelschürze herumliefen, spielte für sie keine Rolle. Dass der Mensch nicht vom Brot allein lebte, war ihr selbstverständliches Lebensprinzip. Wenn ich heute zurückblicke, ist der Grund, warum ich weder ihr noch Sergio gegenüber lange wütend oder zornig sein konnte, auch nicht in dieser dramatischen Phase, der, dass ich ihre aufrichtige Liebe füreinander von Anfang an gefühlsmäßig erfasst hatte und respektierte.

Ich erlebte Sergio als einen liebevollen Vater. Er zeigte immer Geduld und Verständnis für Ben. Erziehung verstand er als etwas Begleitendes und Unterstützendes, ohne sich dessen bewusst zu sein. Er hatte eine natürliche Autorität inne, die sich dadurch auszeichnete, dass er sie niemals in den Vordergrund stellen musste. Als ich etwas älter war, beschäftigte mich der Gedanke, andere könnten ihm gegenüber dieses Vorurteil haben, er würde seinen Sohn mir vorziehen oder, gerade weil er darum wusste, ihn im Gegenteil so wie Lehrer ihre eigenen Kinder besonders streng behandeln, um sich vor diesem zu schützen. Sergio schien über solche biederen Themen erhaben zu sein, er verschwendete wohl niemals einen Gedanken daran, behandelte uns Halbbrüder aus einem natürlichen Verständnis heraus fair, aber auch unterschiedlich aufgrund unseres Alters. Sergio war ein großer Könner darin, Konventionen anderer sensibel zu durchschauen und sie zu achten, während sie für ihn und sein Leben kaum Bedeutung hatten. Er schaute die Menschen seiner nächsten Umgebung nur nach ihren Bedürfnissen und Begabungen an. Zum Beispiel zeigte Ben niemals Interesse daran, wie sein Vater Gitarre spielen zu wollen. Ich vermute, Sergio bedauerte dies zutiefst, aber er hätte niemals einen Versuch unternommen, ihn zu überzeugen, geschweige denn Druck auszuüben. Sergio selber wurde niemals Mitglied in Schnuckenack Reinhardts Band, wie er es sich immer gewünscht hatte. Dafür gründete er sein eigenes Trio mit einem Cousin als Rhythmusgitarrist und einem Großcousin als Bassisten. Ihr Jazz kam meiner Ansicht nach dem von Django Reinhardt wesentlich näher, da sie auf typisch folkloristische Elemente ganz verzichteten, obwohl Sergio nicht wie Django auf einer halbelektrischen, sondern immer auf einer akustischen Gitarre spielte. Er war technisch perfekt, was ihn aber nicht dazu verführte, synthetisch oder manieristisch zu spielen. Seine Soli waren stets originell und über die Grenzen des Genres hinaus kreativ. Manchmal machte er sich einen Scherz daraus, bekannte Stücke, selbst Gassenhauer, auf verzerrte und witzige Weise in seine Soli einzubauen. Seine Fans warteten schon bei Konzerten auf diese originellen Einlagen wie die von Hitchcock, der in jedem seiner Filme für ein oder zwei Sekunden durchs Bild lief. Aber Sergio kümmerte sich nie um Werbung und Vermarktung und so erlangten er und seine Band nur in der Region und in Fachkreisen eine gewisse Popularität. Ben wurde später sein Roadmanager und studierte parallel Elektrotechnik.

Ich selbst stieg als junger Mann, nachdem ich wegen eines Studienaufenthalts ein Jahr in den USA verbracht hatte, auf die E-Gitarre um, denn ich hatte dort den Blues-Gitarristen B. B. King gehört und war total ergriffen von seiner Musik. Aber für eine Profi-Karriere als Musiker reichte mein Können nicht, zumal Blues auf dem Musikmarkt bis heute immer ein Nischendasein führte. Aber ich spielte über Jahrzehnte in einer Band, welche die alten Bluesstücke ihrer schwarzen Vorbilder neu interpretierte. Bei einer dieser Gelegenheiten lernte ich den etwa zehn Jahre jüngeren Job Kowalsky kennen. Er zog in einem VW-Bus von Auftritt zu Auftritt in kleinen Hallen durchs Land. Hin und wieder, zumeist auf regionalen Festivals, jamten wir zusammen. Job wiederum kannte Romano Weinstein, der gelegentlich mit Sergio zusammen auftrat. Eine gemeinsame Session, die Sinti–Swing und Blues miteinander verband, kam leider niemals zustande.

Beruflich wandte ich mich mit großer Begeisterung der Vor- und Frühgeschichte zu. Mein Spezialgebiet wurde die Megalithkultur. In diesem Kontext befasste ich mich auch mit der Erforschung einer Ursprache. Leider bekam ich niemals eine feste Anstellung, sondern arbeitete immer nur projektbezogen. Aus diesem Grund lebte und arbeitete ich mal in der Nähe von Oldenburg – ich erforschte eine Kultur, welche Langgräber aus der Zeit ab 4500 v. Chr. erbaut hatten –, dann wieder in den Niederlanden in der Provinz Drente, in der Bretagne und auf Malta. In den neunziger Jahren schlug die Landesregierung meines Heimatdorfes vor, die Megalithgräber der Umgebung zu erforschen, unter anderem auch den Hügel meiner Kindheit, auf dem das Eichenwäldchen stand, in dem ich so oft gesessen hatte. Ich konnte dieses Ansinnen erfolgreich abwehren, indem ich vorschlug, die Ausgrabungen späteren Generationen zu überlassen, die noch mehr Wissen und technische Möglichkeiten haben würden. Das zweite Argument mag weiterhin gelten, von dem ersten bin ich mittlerweile nicht mehr überzeugt. Wissen kann leider auch verloren gehen oder verleugnet werden. Aber mein wahrer Grund war ja der, dass dieses nicht nur symbolische Relikt meiner Kindheit unangetastet blieb.

Inzwischen bin ich ein alter Mann und seit einigen Jahren im Ruhestand, lebe an der Westküste Irlands und ab und an begleite ich Touristengruppen zu Hinterlassenschaften der Megalithkultur in Connemara und im Burren.

Mutter und Sergio sind sehr alt geworden und lebten keinen einzigen Tag getrennt voneinander.

Der Unfall

Die Ärzte würden ihr keine Auskunft geben. Sie musste also Hedi und Rolf anrufen. Die würden Eric wieder ganz für sich haben wollen, dessen war sich Nathalie sicher. Sie hatte den ganzen Nachmittag auf seinen Anruf gewartet. Es kam ab und zu vor, dass er erst nach einigen Stunden anrief, wenn er alleine unterwegs war. Er dachte sich nichts dabei, genoss einfach die Fahrt. Wenn sie ihn begleitete, verhielt er sich ihr gegenüber sehr fürsorglich, achtete darauf, dass ihr Helm richtig saß, dass sie warm genug angezogen war, vor allem, dass sie richtig hinter ihm saß und sich gut festhielt. Sie wollte sich dagegen wehren, dass er sie so betütelte, aber weil sie seine liebevolle Art auch genoss, sagte sie nichts.

Er suchte immer schöne Strecken aus, durch abseitige Täler, Wälder, über einsame Landstraßen. Motorradfahrer lieben kurvenreiche Strecken, Nathalie mochte sie nicht besonders. Sie hatte immer geahnt, dass er schnell fuhr, wahrscheinlich auch riskant, wenn sie nicht dabei war. Als sie von Pitt über Erics Unfall erfuhr, überkreuzten sich zwei Gedanken in ihrem Kopf: »Ich hab's ja geahnt« und »ich kann es nicht glauben«. In Anbetracht der Situation hätte sie an etwas anderes denken sollen, aber sie ärgerte sich darüber, dass Pitt es vor ihr erfahren hatte.

Dann war es für eine Weile so, als würde der Fußboden unter ihren Füßen schwanken, in der Hauptsache kein körperliches, sondern ein Seins-Gefühl. Sie musste sich hinsetzen. Das innere Leben entwickelt eine feste Struktur, wie mit Halteseilen durchzogen, dicke und dünne, an denen sich die Seele festhalten kann. Jetzt waren sie an unterschiedlichen Stellen plötzlich gerissen oder gar nicht mehr vorhanden. Es war nicht gleich passiert, nachdem sie es erfahren hatte, sondern allmählich durchgerutscht, bis auf diesen inneren Grund, wo nur noch der Schmerz regierte. Nichts passte mehr zusammen und nichts hielt sie fest, auch wenn sie ihrerseits versucht hätte, nach etwas zu greifen, woran sie sich festhalten konnte; es war unmöglich.

Ein Bild entstand in ihrem Kopf wie eine Zeitlupenaufnahme. Sie sah das Motorrad mit Eric darauf abheben und für einen Augenblick in der Luft schweben. In diesem Moment war die konzentrierte Energie, das Exzerpt seines ganzen Lebens enthalten. Sie versuchte, sich von diesem Bild zu lösen, aber es hielt sie gefangen. Durch den heruntergeklappten Sichtschutz blickte Eric sie an, wissend, damit sie begriff, dass sich für ihn in diesem kurzen Moment alles Leben vereinte.

Dann war das Bild verschwunden. Sie spürte, wie ihre Füße den Boden berührten. Es schwankte nicht mehr. Sie musste jetzt Schritt für Schritt vorgehen: Sie stand auf, ging zum Telefon und wählte die Nummer von Hedi und Rolf.

Dr. Vogt sah nicht sie, sondern die Eltern über seinen Schreibtisch hinweg an, die nebeneinander an dem kleinen Tisch saßen.

»Ihr Sohn liegt in einem tiefen Koma.«

Dann blickte er zu ihr.

»Sie sind die ...«

»... die Freundin.«

Sie mochte diesen Ausdruck nicht, schon gar nicht in diesem Zusammenhang. Was hieß das schon, die Freundin zu sein. Sie konnte ihn letzte Woche zufällig bei einer Fete kennengelernt haben. Hedi schaute wie ein Reh, das sich niemals sicher fühlt, sobald es die Schonung verlassen hat, während Rolf ihre Hand hielt.

»Seine Werte sind erstaunlich stabil. Aber wir müssen damit rechnen, dass er noch lange in diesem Zustand bleiben wird.«

Hedi gab so etwas wie ein Wimmern von sich, und Nathalie beobachtete, wie Rolf ihre Hand etwas fester drückte.

»Es kann durchaus sein«, fuhr Dr. Vogt fort, »dass er nie wieder aus diesem Koma aufwacht.«

Nach dieser Aussage lehnte er sich etwas auf seinem Schreibtischstuhl zurück, als sei er erleichtert, eine passende Formulierung für diese Aussage gefunden zu haben.

»Sie können selbstverständlich jeder Zeit zu ihm.« Er blickte zu Nathalie hinüber. »Sie natürlich auch.«

»Wie kann so etwas geschehen?«, fragte Rolf, und es klang gefasst.

»Nun, Sie müssen sich das so vorstellen«, führte Dr. Vogt sofort aus, als habe er auf diese Frage schon gewartet, dass Ihr Sohn ... Ihr Freund noch an der Unfallstelle gestorben wäre, wenn der Notarzt, in diesem Fall eine Notärztin, nicht sofort gekommen wäre und alle lebenserhaltenden Maßnahmen eingeleitet hätte.

»Was können wir tun?« fragte Rolf, als müsse er diese Frage stellen, obwohl sie keinen Sinn ergab.

»Vorerst können wir nur abwarten«, befand Dr. Vogt in souveränem Ton. »Sollte sich an seinem Zustand etwas ändern, womit in absehbarer Zeit, wie gesagt, nicht zu rechnen ist, werde ich Sie informieren.«

Eric lag, als schliefe er. Seine Gesichtszüge waren entspannt, ohne dass sie darin etwas lesen konnte. An sei nem Körper waren Schläuche befestigt. Aus einer aufgehängten Flasche tropfte eine klare Flüssigkeit in ein Röhrchen, das durch eine Kanüle am Unterarm direkt mit seinem Blutkreislauf verbunden war. An dem Apparat hinter ihm leuchteten rote Zahlen und grüne Lämpchen auf. Nathalie spürte das Bedürfnis, mit ihm alleine zu sein. Rolf ging raus, er musste eine rauchen. Hedi schnäuzte sich. Es klang überlaut und befremdlich in dieser Umgebung, wo man nicht reden, und wenn doch, nur flüstern mochte.

Als sie zu Hause war, schlief sie nach wenigen Minuten im Sessel ein. Im Traum sah sie wieder das Bild vor sich, wie das Motorrad in einer Kurve von der Fahrbahn abkam und in die Luft fuhr. Eric hatte gar nicht versucht, in die Kurve einzubiegen, war einfach geradeaus weitergefahren. In seinen Augen bemerkte sie ein seltsames Leuchten wie ein Triumph.

Nathalie erwachte. Sie ging in die Küche und stellte sich einen Kaffee auf. Solche kurvenreichen Straßen, die nicht durch Leitblanken gesichert waren, gab es hier gar nicht.

Sie spürte, wie sich die Gegenwart der Beziehung zu Eric in eine Vergangenheit verwandelte, als wäre er schon tot. Als Nathalie dies bewusst wurde, wollte sie sich diesen Gedanken verbieten. Sie wusste nicht, warum, war sich jedoch sicher, dass Eric nie wieder erwachen würde. Merkwürdigerweise war sie überzeugt, dass Erics Adoptiveltern dies auch glaubten, mit dem Unterschied, dass Nathalie es vor sich selbst zugab, diesen Gedanken zu haben, während Hedi sich an eine Hoffnung klammern würde, als sei dies ihre moralische Pflicht. Eric hatte einmal gesagt, er werde seinen Adoptiveltern immer dankbar sein, aber er liebe sie nicht. Wofür er ihnen dankbar sei, hatte er nicht gesagt.

Der Schmerz traf sie unmittelbar, als habe ihr jemand von hinten einen Stich versetzt. Sie dachte daran, wie Eric sie angesehen hatte, wenn er morgens aufgewacht war. Dieser Blick hatte sie in Wärme und Klarheit durchdrungen und war mit nichts in ihrem Leben vergleichbar. Sie hatte sich den ganzen Tag danach gesehnt, ihr das sichere Gefühl gegeben, dass das Leben ihr nichts mehr vorenthalten konnte.

Am nächsten Tag erhielt sie die Nachricht, dass Eric tot war. Sie war total überrascht von dieser Mitteilung. Sie vereinbarte mit der Schwester einen Termin für den späten Nachmittag. Sie wollte ihn unbedingt noch einmal sehen – alleine. Als Nächstes meldete sie sich bei ihrer Arbeitsstelle krank für diesen Tag. Sie ging in den nahen Park und setzte sich auf eine Bank. Die Herbstsonne schien noch kräftig. Eine alte Frau schob ihren Rollator vor sich her und setzte sich auf das andere Ende der Bank.

Nathalie versuchte, an Szenen ihres gemeinsamen Lebens zu denken, aber dies war unmöglich. Sie gerieten ihr durcheinander, verformten sich, Realität und Fantasie gingen merkwürdige Verbindungen ein. Sie sah wieder diese Kurve vor sich. Dieses Mal war eine Leitplanke vorhanden. Eric fuhr mit hohem Tempo dagegen. Die Wucht schleuderte ihn aus dem Sattel seines Motorrads, er wurde förmlich hochgeschossen, und dort oben schwebte er einen langen Augenblick, als könnte er fliegen.

Eine Gruppe Schulkinder in Sportsachen lief an ihnen vorbei. Der Lehrer folgte mit Bällen in einem Netz.

»Es ist so schön, jung zu sein«, sagte die alte Frau neben ihr. Und nach einer Weile des Nachdenkens: »Aber ich möchte es nicht mehr. Es wäre mir zu anstrengend, durch dies alles noch einmal hindurchzugehen. Die jungen Leute heutzutage sind nicht zu beneiden, vor allem die Kinder nicht. Sie haben keine Zeit mehr, die Welt zu erkunden.«

Wie, um die Aussage der alten Frau zu bestätigen, schob eine Mutter einen Kinderwagen eilig vor sich her, den gehetzten Blick nach vorne auf ein Nirgendwo gerichtet. Das ältere Kind stand auf einem Trittbrett und hielt sich am Lenker fest.

Eric lag in einer Art Schublade in einem sterilen Raum im Keller des Krankenhauses, wie sie ihn von diversen Kriminalfällen aus dem Fernsehen zu kennen glaubte. Sein Gesicht hatte den selben Ausdruck wie gestern, aber es war unverkennbar das Gesicht eines Toten. Hier in dieser kalten Atmosphäre war Nathalie zu keinem Gefühl fähig, aber sie wusste, es würde zu Hause aus ihr herausbrechen.

Sie sah ihn lange an, ohne einen Gedanken festhalten zu können. Dann folgte sie einem Impuls, den sie auch später nicht begründen konnte. Sie zog das Hemd nach oben und entdeckte die aufgeschnittenen Stellen, wo die Organe entnommen worden waren.

»Wir hätten Sie vorher informieren müssen. Dies tut uns aufrichtig leid«, wiederholte Dr. Vogt, »aber es ging dann alles so schnell.«

»Wo hatten Sie denn die Einverständniserklärung her?«, fragte Rolf. Er bemühte sich um eine gewisse Schärfe in der Stimme, um seine Empörung auszudrücken.

Dr. Vogt räusperte sich kurz.

»Schwester Tania hat sie bei den Unterlagen gefunden, die Ihr Sohn zum Zeitpunkt des Unfalls bei sich trug.«

Hedi seufzte. Dann sagte sie tapfer:

»Gut, dass ich ihn nicht so gesehen habe.« Ein kurzer, seitlicher Blick traf Nathalie. »So hat er im Tod noch ein gutes Werk getan«, fügte sie hinzu.

Am nächsten Tag sprach Nathalie mit Dr. Vogt alleine.

»Der Organspendenausweis, den Sie Erics Eltern und mir gestern gezeigt haben, ist gefälscht«, erklärte sie lapidar.

»Oh«, sagte Dr. Vogt nur und sah sie an. Sein Blick verriet weder, ob er sich ertappt fühlte, noch, dass er ihre Aussage anzweifelte.

»Eric und ich haben noch vor Kurzem darüber gesprochen. Er hat sich so über die Betrugsfälle, über die in letzter Zeit berichtet wurde, geärgert, dass er seinen Spenderausweis, den er seit Jahren in seiner Brieftasche mit sich führte, zerrissen hat – vor meinen Augen.«

»Wahrscheinlich hatte er ein altes Exemplar vergessen …«

»Nein, hatte er bestimmt nicht«, sagte sie energisch.

»Wissen Ihre Schwiegereltern …?«

»Das sind nicht meine Schwiegereltern.«

»Ich meine …«

»Nein, wir haben keinen intensiven Kontakt.«

Dr. Vogt ging zum Computer. Er gab einige Daten ein. Dann schrieb er etwas auf einen Zettel.

»Das ist die Adresse von Frau Hennigs, Telefonnummer und Mail-Adresse habe ich auch aufgeschrieben.«

»Was soll ich damit?«, fragte sie.

»Ihr Mann hat die Nieren ihres Freundes bekommen.«

Nathalie wunderte sich über diese Ausdrucksweise.

Frau Hennings öffnete ihr selbst die Tür.

»Kommen Sie doch herein.«

Sie führte Nathalie durch die halbrunde Eingangshalle in ein weiträumiges Zimmer. Der Parkettboden war mit wertvollen Teppichen ausgelegt. Über dem Kamin, in dem kein Feuer brannte, hing das modern gemalte Porträt eines energisch blickenden Mannes. Sie begaben sich zu einer Sitzecke.

»Möchten Sie etwas trinken, Frau Seidel?«

»Nein, danke.«

Frau Hennings schenkte sich einen Tee ein.

»Wirklich nicht?«

Nathalie verneinte.

»Sehen Sie, es ist so: Mein Mann hing schon seit Jahren drei Mal in der Woche an der Dialyse.«

Sie nahm einen Schluck Tee.

»Er hätte wahrscheinlich nur noch wenige Monate zu leben gehabt, wenn keine Spenderniere zur Verfügung gestanden hätte. Wir warteten, wie gesagt, sehr lange.«

Als Nathalie keine Anstalten machte, etwas zu sagen, fuhr sie fort:

»Ich weiß nicht, ob Sie deshalb gekommen sind, aber ich kann Ihnen versichern, dass die Operation gut verlaufen ist und mein Mann sich sehr wohl fühlt. Wahrscheinlich kann er in den nächsten Tagen aus dem Krankenhaus entlassen werden.«

Nathalie wollte nicht darüber sprechen, weshalb sie gekommen war. Sie hatte auch gar nicht darüber nachgedacht.

»Natürlich wird er intensive Betreuung und eine regelmäßige Nachbehandlung brauchen«, erklärte Frau Hennings weiter.

Nathalie stand auf zum Zeichen, dass sie gehen wollte.

»Ich weiß, wie Ihnen zumute ist«, sagte Frau Hennings

überzeugt. Es sollte tröstend wirken, aber Nathalie empfand es eher abstoßend.

»Darf ich Ihnen dies geben?«, fragte Frau Hennings und ohne eine Antwort abzuwarten, drückte sie Nathalie ein verschlossenes Kuvert in die Hand, das auf dem Kaminsims gelegen hatte.

Sie steckte den Briefumschlag ungeöffnet in die Handtasche.

»Danke!«, sagte sie kurz, um es geistesgegenwärtig als etwas Belangloses erscheinen zu lassen.

Es herrschte immer noch freundliches Herbstwetter. Sie würde in den Park gehen, sich eine Weile auf die Bank setzen und über alles nachdenken.

Klatsche Woi oder Und sie flogen doch

Das alte bikunesische Sprichwort »Torok Heintje« – möglicherweise, da in Bikunien oder Bikunesien keine Schriftsprache existierte, könnte das Adjektiv auch bikunisch lauten – bedeutet in etwa: »Mache eine Revolution, sei aber nicht revolutionär.« Der schwedische Sprachforscher Dr. Olov Sigurson, der bikunisch (bikunesisch) einem verschollenen Zweig einer altfinnischen Sprache zurechnet, kommt zu einer genau umgekehrten Übersetzung, die also lautet: »Mache keine Revolution, sei aber revolutionär.« Er zieht auch die Möglichkeit, »mache eine Revolution, ohne revolutionär zu sein«, in Betracht. Meines Erachtens kommt er zu diesem Schluss, weil bisher nicht geklärt werden konnte, ob im Bikunischen (oder Bikunesischen) zwischen Aktiv und Passiv unterschieden werden konnte, beziehungsweise, ob hinter jeder Bejahung nicht in Wirklichkeit eine Verneinung steckt und umgekehrt. Da es sich bei den Bikuniern oder Bikunesiern um eine ausgestorbene Ethnie handelt – womöglich haben sie sich auch mit den Rekovales und den Schüps (Schyps) vereinigt und so die Holopis gebildet –, musste sich die Forschung durch einen Vergleich mit heutigen Schweizern und Westostwestphalen behelfen, die erstaunlich ähnliche Verhaltensmuster aufweisen, die inzwischen sogar in Gerichtsgutachten Verwendung finden.

Diese moderne Art der Sprachforschung in Verbindung mit Kulturanthropologie zeigt erstaunliche Erfolge, was eine neue Software für Vergleichsdaten, ursprünglich entwickelt für die Isolierung der Gene im Genmais, belegt. Um es mit einem aktuellen Beispiel zu veranschaulichen: Die politisch korrekte Sprache ist, wie der Name schon sagt, politisch korrekt. Außerdem erfüllt sie das Kriterium der Klarheit und Eindeutigkeit, indem eine andere verwendete Formulierung für den selben Sachverhalt politisch nicht korrekt ist. Dabei ergibt sich natürlich, wie Sie sich schon denken werden, das Problem: Welcher Sachverhalt ist schon gleich oder gar identisch? Ich bin mir sicher, dass die Bikunier oder Bikunesier diese Tatsache genau erkannt hatten, weshalb sie es vermieden, zwischen Aktiv und Passiv zu unterscheiden.

Ich möchte diese These untermauern durch den Ausdruck »Klatsche woi«, der in einer Vorform einer altslawischen Sprache häufig Verwendung findet und auf den sich der japanische Regisseur Akira Kurosawa möglicherweise bei seinen Arbeiten, also in seinen Filmen bezogen hat. Er besagt: »Die Wahrheit ist immer auch eine Lüge.« Übrigens steht einer der tausend Buddhas in einer fensterlosen Zelle im Kloster Alchi in Ladakh, welches früher zu Tibet, heute zum indischen Staat gehört, weshalb es immer wieder zu Grenzstreitigkeiten mit China kommt, das Tibet bekanntlich inkorrekterweise als Teil seines Staatsgebietes betrachtet, der Buddha des Lehmbodens, genau für diesen, nennen wir ihn philosophischen Ansatz. Ich möchte jetzt nicht behaupten, dass sich heutige Politiker*innen explizit auf den Buddha des Lehmbodens oder den Ausdruck »Klatsche woi« berufen, aber es geht darum, sich eindeutig und richtig auszudrücken und dies durch korrektes Benehmen zu unterstützen und gleichzeitig das Vage oder Unabwägbare mit einzubeziehen.

Sie müssen sich dieses Phänomen so vorstellen, indem zum Beispiel ein Parlament beschließen würde, nicht mehr in Flussauen zu bauen, um Überschwemmungen zu verhindern oder möglichst zu vermeiden. Aber ich frage

Sie: Wo beginnen Flussauen und wo hören sie auf? Man bezeichnet diesen Argumentationszusammenhang oder, besser gesagt, Sachverhalt auch als die Logik des Ein - Pferd-von-hinten-Aufzäumens, denn komme ich von vorn, sieht das Pferd mich und versucht, diesem Vorhaben auszuweichen. Also muss ich entweder beweisen (oder auch bescheinigen oder beschließen lassen), dass dort, wo ich bauen (lassen) will, keine Flussaue ist. Also wäre es doch am besten, gleich zu beschließen, dass das Bauen in Flussauen keine Überschwemmungen verursacht, oder zur Not, dass dies nicht letztendlich mit wissenschaftlichem Verantwortungsbewusstsein, korrektem selbstverständlich, zu beweisen ist. Es handelt sich also somit um ein unkorrektes politisches Statement, zu behaupten, das Bauen in Flussauen verursache Überschwemmungen oder trage zumindest dazu bei. Falls es der Baubranche jedoch an Aufträgen mangelt, könnte man auch einen Damm errichten lassen, damit mögliche Überschwemmungen vermieden, beziehungsweise ins Nachbarland verlagert werden, durch das der Fluss fließt. Die Regierung dort wird in absehbarer Zeit einsehen, dass sie auch einen Damm bauen muss, bis dann der Fluss nach einigen Jahren verdammt ist. Falls die im Nachbarland kein Geld haben sollten, um einen Damm bauen zu lassen, könnten wir ihnen selbstverständlich welches leihen. Somit könnten unsere Banken ein zusätzliches und einträgliches Geschäft machen. Weil es im Nachbarland keinen Mindestlohn gibt, könnten wir auch einige Subunternehmer dort am Geschäft beteiligen, da dies den Profit noch mehr steigern würde. Und wenn wieder eine Krise bei der Baubranche aufkommt, was nicht unwahrscheinlich ist, weil es keine Dämme mehr zu bauen gibt, ließe sich das ganze Gebiet wieder renaturieren, wenn die anderen gewillt sind, damit anzufangen; aber das ist mehr eine Frage des längeren finanziellen Atems. Genauer gesagt muss die Krise nicht direkt bei der Baubranche auftreten, sondern in irgendwelchen anderen, jedenfalls Finanzbranchen, und das sind ja letztlich alle. Die Versicherungsbranche möchte ich, um das Bespiel nicht zu kompliziert zu gestalten, nur am Rande erwähnen. Auf jeden Fall könnten Gebäude, die in Flussauen errichtet wurden, welche, wie ich beweisen konnte, eigentlich gar keine sind oder jedenfalls nicht als solche zu gelten haben, hoch versichert werden. In Zeiten von Dürren, die, wie wir wissen, zukünftig häufig auftreten werden, ließe sich damit ein gutes Geschäft machen. Sollte es aber dennoch zu einer Überflutung kommen, die eigentlich nach eindeutigen Berechnungen gar nicht eintreten dürfte, obwohl Biologen behaupten, gerade in ausgetrockneten, dadurch quasi versiegelten Böden kann es bei starken Regenfällen zu Überschwemmungen kommen, ja, es muss nach ihrer Ansicht, müsste dieses Faktum als Naturkatastrophe bewertet werden, für welche die Versicherung nicht aufzukommen verpflichtet ist. Der Staat kann jedoch haftbar gemacht werden, weil eine jeweilige Regierung seinerzeit beschlossen hat, dass in solchen Gebieten gebaut werden darf. Die jeweilige Entscheidung von Regierungsbeamten spielt dabei keine Rolle, beziehungsweise können Beamtinnen und Beamten, welche Genehmigungen erteilt haben, nicht haftbar gemacht werden, wenn sie sich auf entsprechende wissenschaftliche Gutachten bezogen haben.

Diesen Vorgang in all seinen diffizilen Dimensionen habe ich sprachlich, ethnologisch und vor allem ökonomisch erforscht. Er findet sich in meiner neuesten, akademischen Veröffentlichung »Die flexible Kompensationsdemokratie« beschrieben. Ich belege meine wissenschaftliche Untersuchung unter anderem durch die erste nachgewiesene Bergung von Eisenerzen in Europa – übrigens Jahrtausende vor der Hallstatt-Kultur.

In Zusammenhang mir meiner Erforschung früher Kulturen ist es mir gelungen, die Schrift auf einer Stele zu entziffern, welche schon 1932 auf der Insel Pup im melanesischen Archipel Sup gefunden worden war. Namhafte Wissenschaftler waren lange davon ausgegangen, dass es sich bei der Schrift um eine Seitenlinie des Prosukkischen handelt, weshalb sie, bildlich gesprochen, mit ihren Forschungen in einer Sackgasse stecken geblieben sind. Nachdem auch ich mich schon mehrere Jahre mit dem Entziffern dieser Schrift befasst hatte, ereignete sich etwas geradezu Triviales, was unter Umständen und wie in diesem Fall, zur Lösung des Rätsels führen kann.

Meine Frau besuchte eine Ausstellung des berühmten Malers Georg Baselitz, der dazu neigt, seine Werke verkehrt herum aufzuhängen oder auch auf den Kopf zu stellen, ganz wie Sie es nennen wollen. Sie werden schon erraten, was ich Ihnen nun im Folgenden berichte: Ich stellte meine Stele, beziehungsweise die Abschrift des Textes, auch mal probeweise auf den Kopf. Zuerst fiel mir nichts auf, aber nach mehreren arbeitsintensiven Tagen und dem Verfolgen unterschiedlicher Spuren, das heißt, der Anwendung diverser vorgeschichtlicher Sprachfamilien auf den Text nach dem Modell der Rasterfahndung, die das Bundeskriminalamt seinerzeit erfolgreich bei der Auffindung von RAF-Mitgliedern angewendet hat, fand ich schließlich heraus, dass die Schrift auf der Stele sich, und jetzt werden Sie erstaunt sein, wenn Sie es nicht schon in »Die flexible Kompensationsdemokratie« gelesen haben, um eine Art Urlatein handelt, wobei man sich nicht vom Altgriechischen in eine falsche Richtung abbringen lassen darf, sondern sich mehr auf Ursprungsformen des Etruskischen konzentriert. Und ich habe nicht nur den Text aus dem Urlateinischen übersetzt, sondern auch den Mythos, der in diesem Text beschrieben ist, entschlüsselt. Die Überschrift lautet: Lobe den Tup! Nun werden Sie sich fragen, was oder wer ein Tup ist. Mit Hilfe kulturanthropologischer Vergleichsforschungen in Staaten am persischen Golf habe ich herausgefunden, dass es sich bei den Tups – möglicherweise lautet die Bezeichnung der Mehrzahl auch Tupen – um Sklaven oder Leibeigene handelt. Der folgende Text besagt, dass man sie deshalb loben soll, weil sie alle sekundären Arbeiten auf der Insel Pup erledigen. Die Rups (oder Rupen) – wörtlich übersetzt: Menschen –, welche die primären Arbeiten erledigen, das heißt, Regieren und Geldgeschäfte machen, sollen ihnen regelmäßig Essen und Kleidung zukommen lassen und sie als Zuschauer zu den Lik-Spielen zulassen, einer Art Gladiatorenkämpfe mit einer Kokosnuss als eine Art Ballersatz. Die Aufrechterhaltung dieses Systems auf ewige Zeiten dient dem Fortschritt, so lautet der letzte Satz auf der Stele.

Inzwischen wissen wir aufgrund von Ausgrabungen, dass die Teilkultur, also die der Tups, nur wenige Jahrzehnte später untergegangen ist. Untersuchungen an menschlichen Skeletten aus dieser Epoche können belegen, dass der Bevölkerungsanteil der Rups etwa 5 Prozent, derjenige der Tups somit 95 Prozent betrug. Die Unterscheidung der beiden Bevölkerungsgruppen lässt sich am unterschiedlichen Knochenbau und der Beschaffenheit der Zähne, welche über die Art der Nahrung Auskunft geben, schlüssig erkennen. Folgerichtig können wir mit ziemlicher Sicherheit davon ausgehen, dass die Nahrung, welche die Rups den Tups verordneten, für das Erlöschen von deren Kultur beziehungsweise des Aussterbens der Tups verantwortlich gemacht werden muss, weil sie zu wenig Kalorien, beziehungsweise Ersatzstoffe derer enthielt. Außerdem konnten die Tupen oder Tups diese Nahrung nicht mehr verdauen.

Diese Erkenntnis ist für die heutige Wissenschaft von unschätzbarem Nutzen. Zurzeit ist ein Wettbewerb in verschiedenen wissenschaftlichen Versuchslaboren auf der ganzen Welt ausgebrochen, die von führenden Vertretern der Pharma- und Nahrungsmittelindustrie gesponsert werden. Es werden nämlich Versuchsanordnungen mit diversen Schweinerassen durchgeführt, um für den menschlichen Verdauungstrakt passende Ersatzstoffe für Grundnahrungsmittel zu entwickeln. Die erste Recyclinganlage für menschliche Nahrungsrückstände wird zurzeit in der arabischen Wüste gebaut. Die persönliche Meinung sei mir erlaubt, dass auch die Wissenschaft sich konstruktiv daran beteiligen will, dass nie wieder Produkte in die Nahrungskette gelangen, die dort nicht hineingehören, wie zum Beispiel Pferdefleisch.

Zu erwähnen sei noch, dass die Rups das Aussterben der Tups überlebten, indem sie den Hubs, welche auf einer unfruchtbaren Inselgruppe weit draußen im Pazifik hausten, durch einen günstigen Finanzdeal, der darin bestand, sie mit für die damalige Zeit hochtechnischen Waffen zu beliefern, womit diese die Nubs auf der Insel Molewes unterwarfen und nach Pub verschleppten, wo sie die Sklavenarbeit der ausgestorbenen Tups übernahmen. Die Hubs besiedelten daraufhin die frei gewordene Insel Molewes. Sie wurden weiterhin von den Rups mit Waffen versorgt, womit sie gegen die Salups Krieg führten, (welche sich selber Salupen nennen, was »die Friedfertigen« bedeutet), und welche vorher in friedlicher Ko-existenz mit den Nubs gelebt hatten. Für die Hups galten die Salups hingegen als Terroristen, weil sie das Fleisch der Hungfrösche aßen, welches den Hups als heilig gal-ten. Der oben erwähnte Dr. Sigurson weist darauf hin, dass in der Sprache der Rups wie auch der Hups das Wort Rucksuck nicht nur Terrorist bedeutet, sondern auch Bundesgenosse, je nachdem, um welches Volk es sich handelt. Ich für mein Teil zweifle diese These an, da das Wort Rucksuck vom altrupischen Drecksuck abgeleitet wurde, was soviel wie Feind bedeutet.

Noch einmal zurück zu der Stele auf der Insel Pup: Da die Schrift auf dieser als eine Form des Urlateini-schen entziffert werden konnte, stellt sich nun die Frage, ob es sich bei dieser Sprache um eine Ursprache han-delt, welche die ersten Siedler der Insel bereits mit-brachten, oder aber, ob diese Stele bei einer späteren Besiedlungs- oder Eroberungswelle aufgestellt wurde. Wer aber waren diese späteren Besiedler oder Eroberer? Es könnte sich um eine Art Urvolk, also Vorfahren so-wohl der Achäer, als auch der Etrusker handeln. Damit wäre, quasi nebenbei, bewiesen, dass das Urgriechische – gemeint ist nicht das Urhellinische – und das Uretrus-kische einer gemeinsamen Sprachfamilie angehören. Weiter ergibt sich die Frage, mit welcher Art Fahrzeugen dieses Volk nach Melanesien gekommen ist und woher? Da unser so erfolgreiches Wirtschaftssystem sich in der alten Welt entwickelt hat, ist davon auszugehen, dass sich auch entsprechende Schriftformen dort etabliert haben. Die Gewagtheit dieser These ist mir durchaus be-wusst, aber der Erfolg der wissenschaftlichen Methode des Ein-Pferd-von-hinten-Aufzäumens gibt uns immer wieder recht.

Ich hoffe, ich konnte Ihnen in meinem kurzen Vortrag einen Einblick in die Arbeitsweise der modernen Wissenschaft geben, insbesondere und vor allem, wie sich unterschiedliche Disziplinen wie Linguistik, Anthropologie, Archäologie, Biologie, Chemie, Physik, oder Soziologie, um nur einige, wenige zu nennen, im Dienste der Forschung miteinander vernetzen.

Zum Schluss sei noch darauf hingewiesen, dass die Bikunier oder Bikunesier eine Art Flugapparat entwickelt hatten – man hat Reste davon bei wissenschaftlich geleiteten Tauchgängen in einer durch einen Tsunami vor etwa 2700 B. C. untergegangenen Stadt, welche auch das bikunesische Atlantis genannt wird, entdeckt –, mit dem sie (die Bikunier oder Bikunesier), die Aufwinde in ihrem Siedlungsgebiet nutzend, bis zu zehn Meter hoch fliegen konnten, um auf diese Weise, quasi im Gleitflug, Kokosnüsse zu ernten.

Flusslandschaft im Spätherbst

Wider Erwarten war es dann ganz leicht, die Stelle zu bekommen. Ich musste nur alle Gedanken, die mir durch den Kopf gingen, zurückstellen und die Fragen der Geschäftsführerin möglichst einfach beantworten, am besten mit ja oder nein. Manchmal beobachte ich bei der Arbeit Leute, die fest davon überzeugt sind, etwas von Kunst zu verstehen, und die sehen es nicht gern, wenn Angestellte wie ich, die nur Aufsicht führen, eine Meinung zu den Bildern haben, womöglich noch eine, die sie begründen können und die auch noch von deren eigenen abweicht. Bei Führungen ist mir aufgefallen, dass sie in solchen Fällen, also, wenn die Geführten vorschnell eine Meinung äußern, ein schlaues Gesicht aufsetzen und so etwas sagen wie »Ach ja, das ist ein interessanter Aspekt« oder »So ähnlich hat es auch der Kritiker Soundso beschrieben«. Kurzum, ich brauchte nur mich selbst zu verleugnen oder diesen anderen Teil meiner Persönlichkeit, um die Stelle zu bekommen.

Und nun führe ich an fünf Tagen in der Woche Aufsicht in einer der bedeutendsten Gemäldegalerien Deutschlands. Ich muss nur unauffällig herumstehen und den Anschein erwecken, als ob ich alle Leute genau im Blick habe. Eingreifen brauche ich nur, wenn sie näher als vorgeschrieben an ein Bild herantreten oder zu viel Lärm machen, Kindergruppen zum Beispiel, aber das passiert wirklich selten. Ab und zu erkläre ich alten Damen wie das Gerät funktioniert, Audio-Guide genannt, das ihnen Informationen über das jeweilige Kunstwerk liefert. Männer sind nicht etwa technisch versierter, sondern lassen sich ungern helfen.

Da die meisten meiner Kolleginnen und Kollegen am Wochenende frei haben möchten, melde ich mich oft für diese Zeit zum Dienst oder übernehme auch kurzfristig Vertretungen. Auch weil ich immer freundlich bin, habe ich einen guten Stand, aber um beliebt zu sein, worauf ich keinen Wert lege, müsste ich zu einer Clique gehören und vor allem mehr von mir erzählen. Aber das möchte ich nicht. Manchmal schauen sie mich schon merkwürdig an, weil sie nichts von mir wissen: ob ich verheiratet bin, Kinder habe, wo ich herkomme, wie ich lebe. Und Gerüchte gibt es auch nicht über mich. Ich bin einfach unscheinbar, uninteressant, funktioniere wie eine Maschine.

Seit drei Jahren arbeite ich nun schon in diesem Museum. Aber alles ist immer noch frisch wie am ersten Tag. Ich habe mich keinen Moment gelangweilt. Ich kenne jeden Raum ganz genau, und in jedem Raum kenne ich jedes Bild. Ich lebe mit den Bildern, manchmal auch in Gedanken in ihnen. Zu jedem Bild habe ich eine Beziehung, als seien sie so eine Art Mitbewohner. Wie bei den Menschen liebe ich manche, andere mag ich, oder sie sind mir sympathisch. Es gibt auch welche, die ich nicht mag, oder die mir Angst einflößen. Aber sie sind mir vertraut, soweit mir dies möglich ist – ich meine, mit ihnen vertraut zu werden. Das ist bei jedem Bild anders. Manche erzeugen sofort Nähe, wenn man sie nur ansieht, was nicht nur am Dargestellten selbst, sondern vor allem an der Art und Weise liegt, wie sie gemalt sind, zum Beispiel, welche Farben verwendet wurden und wie diese sich aufeinander beziehen. Andere sind unnahbar oder geheimnisvoll, manchmal auch gefährlich aufgrund ihrer versteckten Details, einer bestimmten Atmosphäre, die sie ausstrahlen oder verwirrenden Andeutungen, die sich nur dem Geduldigen oder genauen Beobachter erschließen, womit ich nicht sagen will, dass der Maler diese absichtlich im Bild versteckt hat, sondern viel öfter gehören sie zum Bild selbst, als führe dies ein Eigenleben und sei vielfältiger, als es sein Meister mit Wissen gemalt hat. Manchmal, wenn wenig Leute im Museum sind, bleibe ich länger vor einem Bild stehen und betrachte mir jedes Detail oder warte so lange, bis sich seine Ausstrahlung allmählich verändert.

Natürlich lasse ich mir meine Neigungen nicht anmerken, denn ich werde dafür bezahlt, die Leute anzusehen und darauf zu achten, dass sie keinen Unsinn anstellen. Aber wie schon gesagt, sie machen es mir leicht, meistens sind sie sehr diszipliniert. Sie wissen, wie man sich in einem Museum benimmt, kennen die Normen und Verhaltensweisen und richten sich danach. Sie tun es freiwillig. Niemand zwingt sie dazu. Das ist einer der Gründe, warum ich gern in diesem Land lebe. Aber ich habe auch Angst, denn eines Tages könnten die einflussreichen Kräfte, also Unternehmer, Manager von Konzernen, Medienchefs oder Politiker es etwas zu weit treiben mit den Erwartungen, Normen, den Vorschriften, den Gesetzen, den Verhaltensregeln und allem, was man tun und lassen oder sich gefallen lassen soll, denn niemals, auch nicht in einer perfekt funktionierenden Demokratie, können alle gleich oder gerecht behandelt werden. Also, eines Tages könnte es etwas zu viel sein mit dem, was sie Flexibilität nennen, was aber etwas anderes ist, eine Art Verhalten wie gestanzt, und dann würde plötzlich alles aufs Spiel gesetzt. Bitte entschuldigen Sie den Vergleich, aber es ist wie mit den Folterinstrumenten, ein Dreh zu viel, ein Schlag zu heftig, und der Mensch, der reden sollte, Namen nennen, kann es nicht mehr, weil er tot ist. Auch

dem sprichwörtlichen Gürtel, der mal wieder enger ge-
schnallt werden soll, aber eben nicht von allen, könnte
eines Tages ein weiteres Loch fehlen, und sein Besitzer
könnte sich dagegen auflehnen, es einzustanzen. Ich habe
Situationen erlebt, in denen aus Unterwürfigkeit Revolte
wurde. Sie richtete sich in den wenigsten Fällen gegen
diejenigen, welche die Unterwürfigkeit herbeigeführt
hatten, zumal diese niemals greifbar waren, sondern gegen andere, die sich noch weniger wehren konnten.

Manchmal lese ich die Erklärungen, welche neben den
Bildern auf einer kleinen Tafel stehen. Sie sind für Eilige
und solche, denen man erklären will oder muss, nicht
nur, was sie sehen, sondern auch, was sie davon halten
sollen oder womöglich, was die Malerin oder der Maler
mit dem Bild beabsichtigt hat. Aber wer gehört nicht zu
der einen, der anderen oder zu beiden Gruppen? Denn
Menschen in diesem Land haben es fast immer eilig, beziehungsweise, es steht ihnen nur eine bestimmte Zeit für
ein bestimmtes Tun zur Verfügung. Oft fürchten die Leute
auch, sie könnten die falschen Schlussfolgerungen ziehen
aus dem, was sie sehen, oder sie würden etwas Wichtiges
übersehen oder einfach falsch sehen, und dies könnte sie
zu Außenseitern machen, denn sie haben eine grundsätzliche Angst, nicht dazu zu gehören oder einen bestimmten Kreis verlassen zu müssen, weil ihnen etwas fehlt oder
verloren gegangen ist. Fast immer handelt es sich in solchen Fällen um Geld, obwohl das so nicht gesagt wird. Sie
bräuchten es ja den anderen nicht zu sagen, dass sie etwas
übersehen haben von dem, was auf der Kurzbeschreibung
steht. Aber allein vor sich selbst, im Vergleich zu den anderen auch nur ungewöhnlich zu sein führt schon zu Ver-
unsicherungen. Niemals trauen sie dem oder legen Wert
auf das, was ihnen spontan einfällt. Auch, und vielleicht

aus diesen Gründen, gönnen sie einander keinen eigenen Standpunkt, eben weil sie selbst glauben, ihn sich nicht leisten zu können. Aber sie lechzen danach, und deshalb brauchen sie Künstler, die eine eigene Meinung, eine Sichtweise mit ihren Bildern ausdrücken, und die für groß erklärt worden sind, sodass man sie nicht mehr beneiden oder es ihnen missgönnen muss, indem sie eine persönliche Aussage treffen, sondern, dass man sie dafür bewundern kann, wobei den Künstlern oft zugeschrieben wird, was eigentlich für diejenigen gilt, welche die Künstler machen. Das sind die Reichen, welche die Bilder kaufen und die Einflussreichen, die sagen, welche Bilder sie kaufen sollen. Künstler selbst mögen oft gar nicht so viel zu ihren Bildern sagen. Dies habe ich selbst schon bei Premieren erlebt, bei denen sie anwesend waren, während ich am Rande stand. Bilder sprechen für sich selbst.

Unter den Besuchern gibt es so ganz Überschlaue, meistens Männer, die immer wieder behaupten – wie oft habe ich diesen Satz schon gehört, während ich unscheinbar an meinem Platz verharrte –, Kunst käme von Können, womit sie das Handwerkliche meinen, die präzise Pinselführung. Aber wenn sie dann runtergehen, ins neue, untere Stockwerk, wo die ganz Modernen hängen, müssen sie kapitulieren. Oder sie bilden sich ein, die hätten vorher ja was anderes gemacht, was ganz Solides, sozusagen als Eintrittskarte oder Genehmigung dafür, moderne Kunst machen zu dürfen. Oder, wie so häufig und immer selbstverständlicher, das Geld entscheidet. Wenn das Bild so viel gekostet hat, muss es wertvoll sein, und der Künstler ein großer Könner – wenn nicht gar ein Genie. Die Zahl der Künstlerinnen, die für Genies gehalten werden, nimmt allmählich zu, ist aber noch immer viel kleiner.

Die Führungen verlaufen ähnlich. Auch wenn die Teilnehmer zuerst gefragt werden, was sie von dem Bild halten, und auch wenn es die Führerin oder der Führer möglichst lange aushalten, keinen Kommentar oder keine Erklärung abzugeben, tun sie es letzten Endes doch, und es wirkt auf alle Beteiligten wie eine Art Befreiung, eine Offenbarung regelrecht. Auch wenn die Teilnehmer schon alles gesagt haben, fassen Frau Müller-Schulze oder Herr Enders nochmals zusammen und erklären dazu noch den geschichtlichen Hintergrund und die jeweilige Epoche, der das Bild zuzuordnen ist. Was die Militärs in dem Land, aus dem ich komme, nach dem Putsch mit Gewalt zu erreichen versuchten, machen hier Experten mit wissenschaftlichen Erklärungen und Kunstkritik. Irgendwann haben sie jedes Bild so genau und so lange und korrekt erklärt, bis es ganz saftlos, blutleer und trocken an der Wand zu hängen scheint, als sei es tot. Aber es lebt, führt ein Eigenleben, dem all die Gebildeten nichts anhaben können. Es ruht in sich.

Wenn ich morgens als Erster durch die Räume gehe, meine ich manchmal zu spüren, wie sich die Bilder über Nacht erholt, wieder ihren Glanz und ihre Ausstrahlung erlangt haben, und als würden sie jetzt, wenn die ersten Besucher eintreten, erstarren, sich verstellen, ihr Eigenleben verleugnen, um alle die wissenden, selbstsicheren Blicke über sich ergehen lassen zu können.

Dann gibt es auch diese Leute, welche alles verächtlich oder sich darüber lustig machen, meist jüngere Männer, aber die Frauen sind im Vormarsch. Die schauen sich das Bild gar nicht richtig an, picken sich irgendeinen Anhaltspunkt heraus und ziehen darüber her. Es geht ihnen gar nicht um das Bild, sondern nur um sich selbst und ihre Ausstrahlung – ihr Image, an dem sie ständig herumpolieren, bis es ganz glatt ist oder im Gegenteil, es aufrauen, damit es möglichst cool wirkt. Sie haben keine wirkliche Meinung zu etwas, urteilen aber sofort. Dabei sind diese Menschen oft unsicher, weshalb sie diesen Schutzwall aus abwertenden Bemerkungen um sich herum bauen.

Alles, was ich Ihnen hier anvertraue, sind meine persönlichen Gedanken und Erfahrungen. Nichts davon ist richtig oder falsch, und es handelt sich auch nicht um Wahrheiten, auch nicht meine persönlichen. Ich misstraue jeder Ideologie, die über die Zehn Gebote hinausgeht. In dem Land, aus dem ich komme, wurden Menschen wegen Ideologien gefoltert und totgeschlagen. Dabei wurden Moral oder Religion nur benutzt, sie waren so eine Art Form, in die alles angeblich Bedeutsame, Ehrenhafte, Heilige gegossen wurde. In Wirklichkeit ging es jedoch um Habgier, falschen Stolz und Herrschaft. Unter den Gefangenen gab es geheime Zeichen, so wie die frühen Christen einen Fisch auf die Erde malten, um sich zu erkennen. Es gab auch eine geheime Sprache, in der die Worte eine andere Bedeutung hatten. Nicht alle Bilder, aber sehr viele, stecken voller Zeichen oder haben eine verborgene Ausstrahlung, als sollte man sie nicht gleich erkennen. Neben dem gemalten Bild gibt es noch ein zweites, das sich nicht beim flüchtigen Anschauen zu erkennen gibt. Bitte denken Sie jetzt nicht, ich sehe irgendwo geheime Botschaften, die sich nur Eingeweihten erschließen, oder ich hätte nicht mehr alle Tassen im Schrank. Anfangs – das muss ich zugeben – beschlich mich manchmal das Gefühl, ich könnte es zu weit treiben mit meinen Einfällen und Gedanken, aber dann begriff ich schnell, auch wenn ich mich einlasse – den Ausdruck »total« finde ich abgenutzt und in der Regel falsch angewendet –, also auch wenn ich mich von meinen Eidrücken, die von einem Bild ausgehen, davontreiben lasse und keine Vorstellung davon habe, wo ich hingetrieben werde, bleibe ich Herr meiner Sinne. Außerdem: Es gibt keine objektive Verrücktheit, da bin ich ganz sicher, sie ist immer in einer Weise gesellschaftlich, jedenfalls auch durch gesellschaftliche Umstände entstanden und damit politisch determiniert. Dies ist natürlich eine Binsenweisheit, wie es in der deutschen Sprache so trefflich-bildlich heißt, denn jeder Mensch ist, wie auch immer, ein gesellschaftliches Wesen und empfindlich für deren Einfluss. Ich habe erlebt, wie Menschen mit Verrückten zusammengesperrt wurden, so lange, bis sie selber deren Symptome annahmen und nicht mehr wussten, wer sie selber sind oder waren. Umgekehrt habe ich Leute kennengelernt, die sich verrückt stellten, um der Folter zu entgehen und so überlebt haben. Die Folter kann ein Mensch nur überleben, ich meine, nicht nur körperlich, sondern auch seelisch überleben, wenn sein Geist aus seinem eigenen Körper fliehen kann, wenn er sich selbst, seine ganze Persönlichkeit nach außen hin verleugnet, sich mit seinen Gedanken, soweit man diese noch als solche bezeichnen kann, woanders aufhält, in einer Nische, an einem unterirdischen Lebensfluss.

Ich kenne Tage im Museum, und meine berufliche Tätigkeit eignet sich bestens dafür, an denen ist nur mein Körper dort, während mein Geist sich irgendwo anders aufhält. Umgekehrt gibt es an anderen Tagen die Konzentration auf dies eine Bild, vor dem ich stundenlang stehe, genauer gesagt in einer Ecke, von der aus ich es die ganze Zeit unauffällig betrachten kann. Ich habe gelernt, den Körper und seine Bedürfnisse so weit wie möglich zu ignorieren. Natürlich meldet er sich irgendwann vehement, wenn ich es damit übertreibe. Zum Beispiel kann ich tagsüber mein Hungergefühl unterdrücken oder einfach ausblenden. Dafür meldet es sich dann am Abend umso heftiger, und ich kann halbe Wagenladungen vertilgen.

Einen besonderen Faible hege ich für Landschaftsbilder aus der Barockzeit, besonders Holländer haben es mir angetan. Sie arbeiteten präzise und detailverliebt. Jedes Blatt am Baum ist sorgfältig gemalt, jeder Lichtfleck und jede Schattierung. Diese Maler waren Spezialisten im Wolken- und Wettermalen. Die Romantiker haben fast alles von ihnen gelernt. Dabei weiß ich gar nicht, ob die Menschen der Barockzeit romantische Gefühle kannten, geschweige denn darauf aus waren. Natürlich haben sie auch etwas gefühlt, wenn sie sich das Bild betrachtet haben. Aber Romantik ist ein abstraktes Gefühl, quasi ein Mittler zu dem eigentlichen, dahinter oder darunter liegenden. Möglicherweise konnten Menschen im siebzehnten Jahrhundert dies darunter Liegende unmittelbar erfühlen, ohne das Gefühl oder den Begriff der Romantik zu brauchen oder zu kennen. Ich kann mich heute noch nicht einmal nach der Arbeit ans Flussufer setzen und etwas Romantisches empfinden. Die Zeiten sind zu schnelllebig dafür, ein Eindruck folgt auf den vorherigen, und die lebendige Szene vor meinen Augen ist zu vollgestellt und in jeder Weise widersprüchlich. Deshalb mögen so viele Leute keine Windräder. Sie suchen fadenscheinige Sachargumente, um dagegen zu sein, aber der eigentliche Grund ist der, dass sie ihnen nicht ins Bild passen. Aufgrund meiner Erfahrungen in meinem Herkunftsland gelte ich als traumatisiert – das haben mir hier in Deutschland mehrere Psychologen bestätigt – und wahrscheinlich würden sie meinen Mangel an romantischen Gefühlen auf dieses, mein Trauma zurückführen. Da mag etwas dran sein, aber ich empfinde an anderer Stelle, zum Beispiel wenn ich mit einer Frau zusammen bin, in die ich mich verliebt habe, durchaus romantische Gefühle.

Natürlich hängt meine Neigung zur Selbstverleugnung – eher handelt es sich darum, persönliche Spuren zu verwischen – auch mit diesen erlittenen traumatischen Erfahrungen zusammen. Aber warum sollte ich nicht vorsichtig sein? In Deutschland werde ich nicht verfolgt, seit einigen Jahren bin ich sogar deutscher Staatsbürger, aber wie schnell gibt es Vorurteile gegen Menschen, vor allem gegen Fremde. Auf Vorurteile folgen Übergriffe, feindselige Handlungen und so weiter. Deshalb kann es nicht schaden, wenn ich vorsichtig bin. Aber der eigentliche Grund, warum ich vermeide, allzu viel Persönliches zu äußern, ist der, man könnte mich missverstehen oder das, was ich sagen will, anders auslegen. Man könnte zum Beispiel sagen, weil ich aus diesem Land komme, müsste ich diese oder jene Mentalität oder sogar eine bestimmte Meinung oder politische Einstellung haben. Oder weil ich gefoltert wurde, hätte ich einen psychischen Knacks oder würde allen Menschen misstrauen oder ihnen nur Böses unterstellen. Oder ich sei ungebildet oder religiös fanatisch oder ein Dieb oder sexuell pervers. Ich brauche nur bestimmte Verhaltensweisen auch nur anzudeuten, die anders sind, und schon stimmt angeblich was nicht mit mir.

Aus diesem Grund mag ich moderne Kunst. Natürlich ist dies nicht der einzige Grund und mir gefällt noch lange nicht alles. Manche Bilder gehen gar nicht an mich, ich bekomme keine Beziehung zu ihnen. Moderne Kunst mag ich deshalb, weil sie etwas Freies oder Befreites an sich hat. Dies kann man gut an den Reaktionen von Kindern beobachten, vorausgesetzt, sie sind unverdorben. Sie sagen einfach, was sie denken und fühlen. Ein Bild vermittelt ihnen spontan Freude, ein anderes macht ihnen Angst, erinnert an etwas, das aber keinen Namen hat oder sich aus vielen Namen zusammensetzt, die aber im Alltag nicht zusammenpassen, aber doch zusammenpassen könnten und einen in Gedanken fort, und von dort aus wieder woanders hin tragen. Es gibt unendliche Kombinationen der Gedanken. Manche Bilder erwecken ganz andere Gefühle und Gedanken. Sie versuchen einen in einen engen Raum einzufangen, um einen zu stellen, die Augen nicht vor etwas, oft etwas Schrecklichem zu verschließen.

Aber welche Kinder sind noch unverdorben? In einer Diktatur müssen alle dasselbe sagen, oft alle miteinander im Chor. Hier im Museum beobachte ich, wie die kleinen, leider unfreien Schlaumeier, genau wissen, was die Erwachsenen von ihnen hören wollen. Meistens sind es Klischees und Stereotypen, Ähnliches, was auf den kleinen Tafeln neben dem Bild hängt, nur in Kindersprache.

In Diktaturen wird das Lob des Herrschers gesungen wie in den Religionen: Großer Gott, wir loben dich. Hier in Deutschland gibt es einen Spruch, der gut die Zustände beschreibt: »Des Brot ich ess, des Lied ich sing.« Zuerst mochte ich den Satz nur wegen der Genitive. Da deutsch nicht meine Muttersprache ist, musste ich mich lange mit Dativen und Genitiven herumschlagen. Jetzt mag ich ihn, weil er die Zustände bildlich so genau beschreibt. Ich muss zum Glück kein Lied singen bei meiner beruflichen Tätigkeit. Manchmal kann ich den ganzen Tag schweigen und dabei denken, was ich will. Sie können sich gar nicht vorstellen, wie ich diesen Zustand genieße. Wenn sie dich bearbeitet haben mit Tritten und Schlägen und Handwerkzeug, das ich jetzt nicht näher beschreiben will, an Körperstellen, die sie genau studiert haben, denn sie sind Spezialisten in ihrem Fachgebiet, wissen genau, wo es besonders weh tut, aber das Gefühl des Schmerzes selber

99

können sie nicht einmal erahnen, davon bin ich überzeugt, sonst hätten sie dies nicht tun können, ohne selber zugrunde zu gehen. Sie wollten erzwingen, dass du etwas gestehst, dass du Namen nennst, dass du Gedanken preisgibst. Wozu brauchten sie die Bestätigung, dass deine Gedanken andere sind, dass sie sich von den ihren oder den allgemein gängigen unterscheiden? Wollten sie tatsächlich nur quälen und durch die Preisgabe der Gedanken die Bestätigung, dass es rechtens ist, dafür zu quälen? Oder wollten sie alle gleichschalten? Alle sollten dasselbe glauben, denken, fühlen? Sie wollten gefügig machen, unterwürfig, willenlos.

Ich kann es mir nicht oft genug sagen, wie wunderbar, ja wunderbar es ist, hier zu stehen, meine Arbeit zu machen und die Gedanken fliegen zu lassen, wohin sie wollen.

Oft habe ich den Eindruck, diese Freiheit ist für die Menschen hier selbstverständlich, sie denken gar nicht darüber nach und setzen sie leichtfertig aufs Spiel. Manchmal frage ich mich, ob es nicht die Bürgerinnen und Bürger dieses Landes sind, die einfach zu viel wollen, sich zu viel herausnehmen, grenzenlos, indem sie nicht einverstanden sind, demonstrieren, mehr Transparenz, mehr Entscheidungsfreiheit, weniger Manipulation und Beherrschung wollen. Darauf haben sie ein verbrieftes Recht, sicher. Manchmal frage ich mich, ob die einzig mögliche Freiheit nur in den Nischen besteht, wie ich mir eine ausgesucht habe? Wenn uns die Geschichte etwas lehrt, woran ich öfter zweifle, dann doch, dass es immer Revolutionen und Aufstände gab, wenn die Kluft zwischen Armen und Reichen zu groß geworden war, wenn es für große Teile der Bevölkerung tatsächlich um die Existenz ging. In meinem Herkunftsland hat das Militär geputscht, als die ersten Betriebe enteignet wurden.

An Revolutionen glaube ich schon lange nicht mehr, an den Fortschritt, wie auch immer er definiert ist, auch nicht. Technische Entwicklung ist etwas ganz anderes als menschlicher Fortschritt. Wenn der technische und in seiner Folge der wirtschaftliche Fortschritt nicht nach ethischen Gesichtspunkten definiert und kontrolliert wird, kann er uns mehr schaden als nutzen.

Wenn ich mich in Bilder hier im Museum hinein vertiefe, meine persönlichen Meisterwerke, erkenne ich darin den Versuch, den Geist wirklich frei und kreativ zu nutzen, nicht um eines Ergebnisses oder eines Fortschritts willen, sondern einfach, um die Freiheit des Denkens, Fühlens und Gestaltens zu nutzen. Menschen werden im Laufe der Zeit nicht besser, schlauer oder intelligenter. Sie nutzen das, was sie in sich tragen, ob als Team oder Einzelner, hängt ganz von der Neigung und Situation ab. Die Kunst dient weder der Gesellschaft, der Politik schon gar nicht, noch Göttern oder Götzen, auch nicht den verkleideten. Diese heißen zum Beispiel Bruttosozialprodukt, Ergebnisorientierung, Wettbewerbsfähigkeit oder Corporate Identity. Sie haben hunderte von Namen. Ich will nichts damit zu tun haben, noch nicht einmal darüber nachdenken. Nun könnte man mir vorwerfen, ich mache es mir zu leicht, denn nur durch Wettbewerbsfähigkeit und Bruttosozialprodukt könnten wir uns Museen wie diese leisten und Menschen wie mich, die hier arbeiten können. Dem kann ich nur entgegenhalten, dass ich meine Arbeit so gut mache, wie es erwartet wird.

An manchen Tagen schaue ich mir am liebsten impressionistische Bilder an. Sie lassen mich in der genauen Beobachtung verharren, die Atmosphäre aufnehmen. Ich denke nicht mehr nach, empfinde nur noch, sehe und spüre das Licht, das Flirren des Windes in den Bäumen, die sanften Bewegungen des Wassers. Ich brauche nur mehr zu schauen, als schliefe ich und lebte in einem Traum, in dem ich nicht zu handeln brauchte. Einmal erwachte ich in meiner Zelle aus einem solchen Traum auf, wahrscheinlich hatte er nur wenige Sekunden gedauert, und von da an wusste ich, dass es etwas Wesentliches in mir gab, etwas, das nur mir eigen war und das sie mir nicht nehmen konnten, was auch immer sie mit mir machen, wozu sie mich bringen würden. Daran hielt ich mich fest, die ganzen folgenden Monate.

Als ich hier in Deutschland Asyl beantragte, wollten sie mir nicht glauben, dass ich ein Opfer der Militärdiktatur war, zumal der Arm der Junta weit reichte und ein Mann mich als zur anderen Seite gehörig denunziert hatte. Vor diesem Gericht sprachen sie über mich, als sei ich ein Gegenstand, eine Ware, über die sie urteilen konnten. War sie beschädigt oder nicht? Wenn ja, wie irreparabel war diese Beschädigung, und wer hatte sie verursacht? Mein Anwalt hatte mir geraten, mich zurück zu halten, mich nur auf Aufforderung des Gerichts zu äußern. Ich gab mir Mühe, möglichst sicher zu wirken. Ich wollte doch hierbleiben und arbeiten, möglichst selbst für meinen Lebensunterhalt aufkommen und dem Staat nicht auf der Tasche liegen, wie man das hier so treffend nennt. Was sollten sie mit einem seelischen Wrack, das nur Kosten für Unterhalt und Therapie verursacht? Aber je mehr ich mich zusammennahm, um so mehr verfinsterten sich die Mienen des Richters und des Sachverständigen. Ich geriet in Panik und schließlich wusste ich mir nicht mehr anders zu helfen, ich zog mein Hemd aus, damit sie sich selbst ein Bild von meinem geschundenen Körper machen konnten. Als ich auch die Schuhe ausziehen wollte, um ihnen meine verkrüppelten Zehen zu zeigen, die sie mir dutzende Male gebrochen, und die Nägel, die sie abgerissen hatten, hob der Richter die Hand. Ich wurde als asylberechtigt anerkannt.

Sobald es eine neue Sonderausstellung gibt, hoffe ich, dafür eingeteilt zu werden. Weil ich, wie schon gesagt, sehr flexibel bin in Bezug auf meine Dienstzeiten, habe ich meistens gute Chancen. Leider sind die Ausstellungen am Anfang und am Schluss oft überlaufen, und ich muss jede Gelegenheit nutzen, um mir die Bilder genauer anzusehen. Dies gelingt mir nicht immer, denn ich brauche viel Zeit. Ich habe das Bedürfnis, zu einem Bild immer wieder hinzugehen, es mir zu unterschiedlichen Tageszeiten und Stimmungen anzuschauen. Auch meine eigenen Launen spielen eine Rolle, so weit ich sie auch zurückzustellen suche. Manchmal geht von mir aus gedanklich etwas in das Bild hinein, das es dort gar nicht zu sehen gibt. Zeigen sich nur einige dunkle Wolken am Himmel, sehe ich schon ein Unwetter. An einem anderen Tag sind es nur einige graue Wolken, die vorüberziehen werden. Auch wenn ich in einen anderen Raum wechseln muss, beschäftigt mich der Gedanke, ob es einige oder eine kurze Zeit nach der auf dem Bild dargestellten Szene zu regnen begann, ob es gar ein Gewitter gegeben hat oder nur einen kurzen Schauer. Vielleicht wurde der Wind auch heftiger und hat die Wolken davon getrieben, ohne dass neue, womöglich noch dunklere herangeweht wurden. Bei Bildern mit historischem Inhalt oder religiösem Thema weiß man, was als Nächstes geschieht. Maria und Josef werden mit dem Jesuskind sicher in Ägypten ankommen, auch wenn wir jetzt auf dem Bild erst die Flucht dorthin sehen.

Auf den alten Bildern ist immer das Spektakulärste dargestellt: Das abgeschlagene Haupt Johannes des Täu fers, Simson, wie er gerade geblendet wird, das Urteil des Paris. Bei diesem Beispiel kommen die Maler zu unterschiedlichen Schlüssen, welches der spannendste Moment sei: der Moment unmittelbar vor der Wahl des Paris, wenn die Schönheiten mit Spannung das Urteil erwarten, oder der unmittelbar danach, um die Minen der Betroffenen darzustellen. Schon in der Gotik gab es das Verfahren, eine ganze Geschichte beziehungsweise ihre wichtigsten Szenen in einem Bild darzustellen. Oder es gelang dem Maler, die Abfolge ihrer Szenen einer Geschichte, welche die Betrachter bereits kannten, in einem Bild zu vereinigen. So sehen wir Paris mit dem Apfel in der Hand noch unschlüssig, wissen aber bereits, wem er ihn geben wird und erkennen Freude, beziehungsweise Enttäuschung und Wut in den Minen der Betroffenen.

Die Romantiker haben versucht, das Spektakuläre in der Natur, dem gewöhnlich kaum Beachtung geschenkt wurde, herauszustellen, es sogar zum zentralen Thema zu machen: ein solitär stehender Baum, eine Felsengruppe, ein Wiesengrund oder eine Kirchenruine, ein Gipfelkreuz, ein Megalithgrab. Und weil die Romantiker den Blick des Betrachters so gründlich gelenkt hatten, konnten die Realisten darauf verzichten und sich dem Unspektakulären widmen. Es bleibt unklar, warum sie gerade diese Szene gewählt haben, eine Waldlichtung, ein Haus an einem Hang oder einem Seeufer. Menschen dienen auf diesen Bildern meist nur als Staffage. Nun ja, auf Blumen pflückende Kinder oder elegante Frauen, die nur herumstehen, kann ich gern verzichten.

Einige Zeit, nachdem ich als Asylant in Deutschland anerkannt worden war, brachen plötzlich, quasi mitten im persönlichen Frieden, all die schrecklichen Geschehnisse, die ich überwunden geglaubt hatte, wieder hervor.

Mein Körper hatte sie überwunden, besser gesagt, die Wunden auf meinem Körper waren vernarbt, aber meine Seele hatte alles bewahrt, als wäre es gestern geschehen. Und jetzt trat es hervor. Zuerst war ich voller Wut. Diese Wut war aus tiefsten Gründen meines Inneren hervorgekrochen, hatte sich dann schnell meiner bemächtigt und beherrschte mich. Ich kannte mich selbst nicht mehr, hätte jeden Menschen auf der Straße anschreien oder gar schlagen mögen, weil er dies nicht hatte erleben müssen, was ich erlitten hatte, dass hier alles so friedlich war und die Menschen sich populäre, opportune, progressive Ansichten leisten konnten, ohne dass es sie etwas kostete oder sie damit ein Risiko eingingen. Ich wusste nicht mehr, wohin mit dieser, meiner Wut, auf jeden, auf alles. Wenn ich damals schon im Museum gearbeitet hätte, wäre ich mir abwechselnd vorgekommen wie der Gekreuzigte selber oder einer der Märtyrer auf den Bildern aus der Zeit der Gotik oder wie einer der brutalen Häscher und Quäler. Ich hasste mich selbst und gleichzeitig alle anderen. Danach kam die Phase, in der ich mich nur noch selbst verachtete, ich hielt mich für nichts wert, für einen Wurm, ein Häufchen Dreck, ein Nichts. Innerhalb weniger Wochen magerte ich zum Skelett ab, und ich sprach mit keinem Menschen mehr, fürchtete nur, wenn jemand das Wort an mich richtete, man würde mir bestätigen, was ich selber von mir hielt. Schließlich wurde ich in eine Psychiatrie eingewiesen, ich weiß heute nicht mehr wie und in welchem aktuellen Zusammenhang. Dort gaben sie mir starke Medikamente, und ich muss Tage lang geschlafen oder in einem Dämmerzustand verbracht haben, in dem ich so gut wie nichts dachte oder fühlte. Danach begann ich wieder zu essen und ging im Garten spazieren. Manchmal sprach ich mit einem der Ärzte. Irgendwie fühlte ich mich besser, aber zunehmend beschlich mich die Angst, mich selber zu verlieren, als sei ich eine Person, die zwar körperlich existiert, sich aber allmählich auflöst wie eine Person auf einem Foto, das total verwackelt ist oder an seinen Rändern ausfranst. Ich sprach mit dem Arzt darüber, aber er sagte, das sei ganz normal, wäre, zum Teil jedenfalls, auf die Medikamente zurückzuführen. Er merkte gleich, worauf ich hinauswollte, und erklärte mir geduldig, wir müssten noch etwas warten, bis wir die Dosis herabsetzen könnten.

Ich fühlte mich ausgeliefert, und mit diesem Gefühl befiel mich wieder die Angst. Ich kannte solche Situationen; nein, nicht solche, in einer Weise ähnliche aus dem Gefängnis, oder womöglich war ich es, der diesen Vergleich herstellte, wobei es eigentlich nichts zu vergleichen gab, denn die Menschen meinten es gut mit mir, auch wenn sie mich als Person und worunter ich litt, nicht verstanden. Was sie begriffen, war ein Teilaspekt, ein Phänomen, auf das sie ihre ganze Behandlung konzentrierten, als würde meine Seele einen kleinen Teufel beherbergen, den sie mit Hilfe der Medikamente austreiben oder eher noch vergiften müssten.

Wie gesagt, aufgrund meiner Erfahrungen in den Folterkellern der Junta wusste ich mir zu helfen. Ich nahm die Medikamente vor den Augen des Pflegers ein, täuschte ein Schlucken vor und behielt sie in den Backentaschen. Auf die Gefahr hin, dass es irgendwo ein Guckloch gab, durch das man mich beobachtete, nahm ich die Dragees unbemerkt aus dem Mund und verscharrte sie später beim Spaziergang im Garten. Natürlich hätte ich mich weigern können, sie zu nehmen, aber dazu fehlte mir die Kraft. Bei meinem behandelnden Psychiater zeigte ich das Verhalten, was er sich von mir wünschte. Es war nicht schwer, herauszufinden, welches er von mir erwartete, und ihn zu überlisten, zumal er sich lieber mit Phänomenen und Krankheitsbildern als mit Personen befasste.

Ich wurde entlassen, wenn auch nicht als vollständig geheilt.

Eine Zeit lang kehrte ich, wie ich es heute im Rückblick nenne, zu meiner realistischen Phase zurück, das heißt, es gelang mir, keine Sensation in meinem oder für mein Leben zu suchen, nicht wütend, nicht niedergeschlagen, nicht verzweifelt oder todtraurig zu werden und mich stattdessen, bildlich gesprochen, auf einer Waldlichtung aufzuhalten oder am Ufer eines Flusses zu sitzen. Später lernte ich die Landschaftsbilder von Gustave Courbet kennen, und sie drücken für mich genau dieses gleichmütige Dasein aus.

Aber, wie Sie sich denken können, kehrten die Dämonen wieder. Sie waren gar nicht weit weg, hatten nur vorübergehend von mir abgelassen und attackierten mich jetzt um so heftiger. Eine Freundin aus meinem Heimatland, die ein ähnliches Schicksal erlitten hatte, empfahl mir einen Therapeuten, was ich zuerst vehement ablehnte, weil ich nun mein Ich durch eine andere Form von Manipulation in Gefahr sah. Aber weil mein Selbstbewusstsein nur noch aus einer Wunde aus rohem, seelischem Fleisch bestand, und ich auf keinen Fall wieder in die Psychiatrie wollte, ging ich auf ihren Vorschlag ein. Der Mann, bei dem ich landete, war eigentlich gar kein richtiger Therapeut. Statt seiner rechnete eine Kollegin, die eine Lizenz hatte, mit der Krankenkasse ab. Herr L., ein Mann in mittleren Jahren, aber schon vollständig ergraut, hörte mir meistens nur zu. Ab und zu stellte er eine Frage zum Verständnis. In den ersten Wochen war ich nur wütend auf ihn, weil ich nichts über mich erzählen wollte, schon mal gar nicht über mein Schicksal, was Sie bestimmt nachvollziehen können, und außerdem hielt ich mich für ein Häufchen Unrat, das es nicht wert war, dass man ihm auch nur eine Minute zuhörte. Aber Herr L. blieb nicht nur geduldig und beharrlich, ich spürte an seiner Haltung, dass er sich wirklich interessierte – für mich als Person. Dabei wurde er niemals sentimental oder anbiedernd oder kam mir in einer Weise nahe, wie ich es nicht wollte. Er zeigte Mitleid, aber auf eine andere Art, als ich es erwartet hatte, als ginge er innerlich mit mir mit und versuchte es so zu sehen, wie ich es ihm zu beschreiben versuchte, was mittlerweile eine Befreiung für mich war. Und wenn ich in meiner Beschreibung ungenau wurde oder etwas unterließ, fragte er nach. Manchmal ließ er es auch auf sich beruhen, vielleicht weil er merkte, dass die Zeit dafür noch nicht reif war.

Nun gelang es mir nicht nur, um es in meiner jetzigen Verfassung auszudrücken, Maler wie Courbet oder die Impressionisten zu genießen, ich konnte mich auch ohne Angst oder Ablehnung den Bildern von Expressionisten zuwenden, die mich vorher nicht interessiert hatten. Hinter meinem Desinteresse lagen in Wirklichkeit Angst und Erschrecken, denn Bilder von Dix oder Beckmann zeigen Folterungen, Verstümmelungen und grundsätzliche Verachtung der Menschen füreinander. Manche Bilder von Beckmann, jedenfalls habe ich es so empfunden, zeigen eine Beliebigkeit zwischen Tätern und Opfern, so als könnten sie im nächsten Moment die Rollen tauschen oder veränderte Machtverhältnisse würden dies bewirken. Oder bei Dix wirkt eine friedliche Familienidylle, als könnte im nächsten Moment ein schreckliches Unglück oder ein Verbrechen geschehen. Vor allem auf Selbstbildnissen wirkt Dix wie ein seelisch Versehrter, der in eine scheinbar heile Welt zurückgekehrt ist, hinter der sich Ängste, Elend und Gewalt verbergen. Diesen Anblick hatte ich nicht zulassen, nicht ertragen können, und deshalb einfach Gleichgültigkeit gegenüber diesen Werken vorgetäuscht.

Indem schlecht vernarbte und entzündete Seelenwunden noch einmal aufbrachen, kehrte der Schmerz zurück. Und nach dem Schmerz, der niemals wieder ganz verschwand, kam die Trauer, aber sie zerstörte mich nicht. Allmählich konnte ich es ertragen, mit ihr zu leben. Jetzt empfinde ich auch wieder Freude. Es hat sehr lange gedauert, und vor einiger Zeit habe ich mich in eine Kollegin verliebt, aber ich habe mich noch nicht getraut, es ihr zu sagen.

Nein, es ist kein Märchen, an dem alle zum Schluss glücklich und zufrieden sind, obwohl es mir tatsächlich manchmal so vorkommt. Aber die Nächte, in denen ich aus einem schrecklichen Traum erwache, oder wenn mein Misstrauen verhindert, zu einem Menschen, den ich mag, Vertrauen aufzunehmen, belehren mich eines Besseren. Aber ich kann in allen Räumen des Museums meine Arbeit machen, auch in denen mit den Märtyrer- und Kreuzigungsszenen. Ich fühle mich wie ein Versehrter an der Seele. Wenn es den Körper beträfe, hätte ich nur ein Bein, einen Arm oder eine vernarbte, hässliche Gesichtsverletzung, die manchmal noch weh tut, obwohl sie längst nicht mehr da oder verheilt ist. Aber ich bin darüber hinweg, und ich habe meinen Platz im Leben gefunden. Morgen habe ich Dienst in einem Raum, in dem auch ein Bild von Sisley hängt. Es zeigt eine Flusslandschaft im Spätherbst.

Begegnungen mit Naemi

Alle zwei Wochen hat Herr D, ein flüchtiger Bekannter von mir, an Spätnachmittagen beruflich in der Stadt M zu tun. Ihre alten Häuser und winkligen Gässchen sind nicht der einzige Grund, warum er schon einige Stunden vor seinem Arbeitstermin anreist, auch nicht der dichte Berufsverkehr, verbunden mit häufigen Staus. Er will die freien Stunden mal ganz für sich nutzen. Um sich dies einzugestehen, brauchte er einige Zeit, denn bisher war er es gewohnt, Termine möglichst effizient zu gestalten. Die Arbeit, die er dort zu erledigen hat, macht er gerne und mit Aufmerksamkeit. Allmählich spürte er, dass diese Kombination aus Arbeit und Freizeit an diesen Nachmittagen ihn unbeschwert sein ließ. Er bummelt durch die Gassen der Altstadt oder am Fluss entlang, stöbert in Buchläden, besucht Cafés, nimmt sich Zeit, über alles Mögliche nachzudenken oder sich in ein Buch zu vertiefen, denn inzwischen ist er in einer Lebenssituation, in der er sich weder Existenzsorgen zu machen braucht, noch meldet sich sein Gewissen, denn primär ist er ja zum Arbeiten gekommen. All dies erkannte er erst allmählich während dieser Nachmittage.

Im Lauf der Zeit suchte er bestimmte Plätze immer wieder auf, wo er bei schönem Wetter ungestört lesen konnte. So erinnerte er sich, wie er mir kürzlich erzählte, zum Bespiel an die Bank am Fluss, wo er die Stelle bei Faulkner gelesen hatte, als der Junge den Laden betritt, in dem es nach Käse riecht, oder an den Platz im Café, wo er die Seiten las, auf denen Cortázar den Unterschied zwischen Cronopien und Famen erklärt, eine Stelle in der Nähe der Mensa, wo Garcia Márquez für ihn über den Regen in Macondo schreibt, dem ein Mädchen ausgesetzt ist, dessen Namen er vergessen hat. In einem anderen Café auf der anderen Seite des Flusses, das sich nach einem roten Stern benannt hat, und das immer noch so aussieht wie damals in den Aufbruchsjahren der Studentenbewegung, las er in Doris Lessings »Das goldene Notizbuch«. Manchmal nimmt er auch seine Kamera mit, um den Fluss oder die alten Fachwerkhäuser im Wechsel der Jahreszeiten zu fotografieren. Dabei hütet er sich vor festen Vorsätzen, wie er mir erklärte. Einige wenige Gewohnheiten mögen genügen.

Zu diesen gehört auch ein Café in einer mäandernden, alten Straße in der Nähe seines Arbeitsplatzes in der Unterstadt. Um diese Zeit am Spätnachmittag ist dort selten viel los. Die meisten Gäste kennt er inzwischen vom Sehen und nickt ihnen zur Begrüßung zu, ohne weiteren Kontakt mit ihnen aufnehmen zu wollen. Außer zu Naemi hat er bisher mit keinem Menschen eine Unterhaltung geführt. Ein älteres Ehepaar, das oft hier an einem kleinen Tisch in einer Ecke sitzt, gibt ihm mit ihren freundlichen Blicken und einem Nicken zu verstehen, dass sie ihn wiedererkennen. Die alte Dame lächelt ihn an dabei. Möglicherweise geht die Initiative zu dieser Geste auch von ihm aus, ohne dass es ihm bewusst wird.

Meistens bestellt er nur einen Kaffee, ohne sich von seiner Lektüre ablenken zu lassen. Der Besitzer, ein Mann in seinem Alter, kommt nur gelegentlich vorbei. Dass er der Chef ist, hat er zufällig bemerkt, als er einem neuen Mitarbeiter seine Arbeit erklärte. Außerdem hing, als er zu Anfang hierher kam, ein Foto von ihm aus jungen Jahren neben der Theke. Wie Herr D aus einem Gespräch, das dieser mit einem Stammgast führte, mitbekommen hat, geht er um diese Zeit meist zum Boule spielen. Um 17.00

Uhr wechseln die Bedienungen. Herr D vermutet, die meisten Angestellten sind Studierende, die sich nebenher etwas verdienen, zumeist junge Frauen.

»Was machst du die ganze Zeit in M?«, fragte ihn Helen, seine Frau eines Tages, nachdem er von M zurückgekommen war, beim Abendessen. Er erklärte ihr die Verkehrssituation und dass er vor der Arbeit noch gerne eine Weile am Fluss entlang schlendere oder einen Kaffee trinke. Er beschrieb ihr die Altstadtstraße und das kleine Café. Sie schüttelte leicht den Kopf, als wolle sie etwas über seine Schrullen sagen oder sich darüber beschweren, dass er die Zeit nicht mit ihr verbringe, was sie bei anderen Gelegenheiten öfter tut, was er mir nicht direkt erzählt hatte, ich aber aus Bemerkungen schloss.

Naemi war ihm schon aufgefallen, bevor sie sich, als sie ihm den Kaffee hinstellte, der immer wie in Wien mit einem Glas Wasser serviert wird, fragte, was er gerade lese, genauer gesagt erkundigte sie sich vorsichtig, ob sie fragen dürfe. Sie ist hübsch, hat eine gute Figur und strahlt etwas Energisches aus, ohne dass er jetzt behaupten würde, sie wirkte selbstbewusst auf ihn. Er meinte nicht selbstbewusstes Verhalten, was heutzutage mit Selbstbewusstsein gleichgesetzt wird. Herr D findet, wie er mir ausführlich und etwas umständlich erörterte, ein Mensch, der seine Unsicherheit zeigt, sei womöglich selbstbewusster als einer, der sie zu verbergen oder durch entsprechendes Auftreten zu überdecken sucht. Und weiter erzählte er, dass Naemi etwas Offenes, Gefühlsbetontes ausstrahlt, Wissbegier, vielleicht auch Neugier, und eine wache Intelligenz.

Er gab ihr gerne Auskunft, kann sich aber nicht mehr daran erinnern, in welchem Buch er gerade gelesen hatte. Da nicht viele Gäste im Café waren, begannen sie sogleich ein leidenschaftliches Gespräch über Literatur, tauschten sich über persönliche Vorlieben aus und entdeckten ihr gemeinsames Faible für so unterschiedliche Schriftsteller wie Rainer Maria Rilke und Javier Marias. Sie erzählte ihm, dass sie Germanistik studierte, und er ihr, was er beruflich hier mache.

Als er das Café verließ, fühlte er sich etwas beschwingt und es tat seiner Eitelkeit gut, dass eine so junge, zudem gutaussehende Frau das Wort an ihn gerichtet hatte, einen Mann, der vom Alter her ihr Vater sein konnte. Mit dem Hauch eines Gedankens fragte er sich, inwieweit er diese Szene auf lange Sicht inszeniert oder zumindest mit ihr gerechnet hatte. Ein Mann, den keiner der Gäste in dem Viertel, in dem fast jede und jeder jede und jeden kennt, in regelmäßigen Abständen in dies Café kommt, sich an den selben Platz setzt, einen Kaffee bestellt und liest, fällt entsprechenden Menschen schon irgendwie auf. Nachher auf der Rückfahrt beschäftigte ihn dann der Gedanke, was er mit dieser Begegnung anfangen, beziehungsweise ob er sie fortsetzen wollte. Schließlich hatte er seine Gewohnheiten seit Jahren nicht unterbrochen, sich nie auf ein Gespräch eingelassen, und die Zeit bewusst genutzt, ganz für sich alleine zu sein. Dieses Mal hatte ihn ihre Unterhaltung erfreut. Würde er dies bei einem nächsten Mal auch so sehen oder würde er es als lästige Unterbrechung seiner Lektüre empfinden? Da er offenbar mit diesem Gedanken einen anderen vermied, wie ich vermutete, nämlich, sich einfach und ohne großes Nachdenken auf das, was folgen würde, einzulassen, weiß er, als ich ihn damit konfrontierte, bis heute nicht zu beantworten. Außerdem befürchtete er, was mich in meiner Annahme bestärkte, dass, wenn er ihr öfter begegnete, sie zwangsläufig auf die üblichen biografischen Zusammenhänge stoßen würden, die ihn angeblich nicht interessierten. Als junger Mann wäre er sich sicher gewesen, dass er sich mit dieser Behauptung etwas vormachte, wenn ihm dies damals passiert wäre, erzählte er mir mit einem angedeuteten Lächeln, und natürlich, ja, er wäre an der Frau interessiert gewesen, und es ausschließlich um die Frage gegangen wäre, ob er sich traue. Er ließ offen, wozu er sich getraut hätte. Aber bis zu dieser Erkenntnis stieß er nach eigenem Bekunden nicht vor, als habe er sich in seinem Leben wie in einer Kapsel eingerichtet und mit dem Status eines Unbeteiligten oder am Rande Stehenden abgefunden, mehr noch, sei dies seine eigentliche Bestimmung oder sein Schicksal.

Dies war jetzt der Zeitpunkt, an dem er mir gestand, dass er neben seiner beruflichen Tätigkeit auch schreibt, nicht professionell, also, um seinen Lebensunterhalt zu sichern, sondern aus Leidenschaft. Den Literaturbetrieb hingegen scheue er, weshalb er selten, und wenn, dann nur im Stillen, etwas veröffentliche. Er erwähne dies mir gegenüber deshalb, weil er sich als Schriftsteller so definiere, dass er entweder etwas erfinde, dem natürlich eine genaue Beobachtung zugrunde liege, oder das Beobachtete aufschreibe, während er als Person im Hintergrund bleibe. Dies scheint ihm, wie er mir gegenüber betonte, mittlerweile zu einer Art Manie geworden zu sein, sich am zwischenmenschlichen Leben, außer mit seiner Frau und einigen wenigen Freunden, kaum zu beteiligen.

Jedenfalls beschloss er an diesem Abend auf der Heimfahrt, ihr das nächste Mal ein Buch von sich mitzubringen. Was er eigentlich damit bezwecken wollte, außer sich für sie interessant zu machen, darüber dachte er noch nicht einmal nach. War er dabei, sich in sie zu verlieben, fragte er sich. Konnte er dies überhaupt, sich in jemanden verlieben, verbunden mit einem Begehren, und wenn ja, ohne dieses Gefühl des Verliebtseins gleich in etwas anderes zu verwandeln, in eine andere Rolle, die ihn für das tatsächliche Geschehen keinerlei Risiko eingehen ließ? Er weiß gar nicht, ob er sich bei dieser Rückfahrt überhaupt länger mit diesen Gedanken beschäftigte, eigentlich hatte er nur diese Szene wie einen romantischen Filmausschnitt vor Augen, in der sich eine Frau und ein Mann angeregt über Literatur unterhalten. Vielleicht hoffte er auch, weit entfernt von einem konkret gedachten Wunsch, sie würde sich durch die Lektüre seines Buches in ihn verlieben. Aber so weit wollte er, wie er mir erst längere Zeit nach den Ereignissen berichtete, in seinen Gedanken nicht vordringen, weil er keinen Plan gehabt hätte, wie es dann weitergehen sollte mit ihnen. Eine Affäre, die er vor seiner Frau verheimlichte? Eine Liebesbeziehung?

Als er zwei Wochen später wieder um die übliche Zeit ins Café kam, hatte sie keinen Dienst, und er war etwas enttäuscht, aber dieses Gefühl streifte ihn nur kurz, wenn auch heftig, danach widmete ich mich wieder mit Aufmerksamkeit seiner Lektüre. Dass er sich nichts vormachte, beziehungsweise sich ganz auf die Rolle eines nur am Rande Beteiligten, auch innerlich, einstellen konnte, merkte er daran, wie konzentriert er sich in sein Buch vertiefte. In den Tagen danach dachte er hin und wieder an sie, ohne sich dieses Bild innerlich weiter auszumalen.

Wieder vierzehn Tage später war sie da und die Überraschung, die er in ihren schönen Augen ablesen konnte, als er ihr sein Buch übergab, gelang. Zuerst schien sie etwas verlegen und um Worte bemüht, bezog dann sein Geschenk ausschließlich auf ihre gemeinsame Schwärmerei für Literatur, um nach einiger Zeit anzudeuten, zumindest gab sie dies vor, dass sie nicht begriff, warum er ihr, eigentlich einer Fremden, ein solches Geschenk machte. Herr D wusste mir gegenüber nicht mehr, was er ihr darauf geantwortet hatte, jedenfalls war seine Begründung weder charmant noch besonders überzeugend, sonst hätte er sich bestimmt an diese erinnert. So erzählte er es jedenfalls. Sie bestand darauf, dass er ihr eine Widmung ins Buch schrieb, und bei dieser Gelegenheit nannte sie ihm ihren Namen: Naemi – sie nannte ihn fast entschuldigend, weil er so ungewöhnlich sei, auch wegen des e statt des heute üblichen o, aber erklärte ihm dann gar nicht scheu, dass er aus dem Alten Testament stamme.

Widmungen fallen ihm grundsätzlich schwer, und seine Handschrift gefiel ihm noch nie. Als er es geschafft hatte, plauderten sie noch eine Weile über ihre literarischen Vorlieben und sie meinte, sie wolle ihm gern ein Buch von Javier Marias mitbringen, von dem sie ganz begeistert war und das er noch nicht gelesen hatte – sozusagen als Gegengeschenk. Der deutsche Titel lautet »Alle Seelen«, aber er verstand zuerst »Allerseelen« und glaubte, sie verwechselte Marias mit Nooteboom. Hinterher hoffte er, dass sie über seine Unterstellung nicht gekränkt war.

Als er das nächste Mal ins Café kam, spürte er eine gewisse Erwartung, die er auch in den zwei Wochen davor nicht ganz vor sich hatte verleugnen können, und umso enttäuschter war er, dass Naemi nicht im Dienst war. Er erkundigte sich bei ihrer Vertretung und ließ es eher belanglos aussehen, ob sie heute noch käme. Diese verneinte, und er meinte, dass sie ihn dabei etwas merkwürdig anschaute, als fragte sie sich, was er wohl von Naemi wollen könnte, sich womöglich als Gast etwas herausnahm, was ihm nicht zustand. Aber er konnte sich auch täuschen und bildete sich dies bloß ein, weil er etwas Indiskretes und Unaufrichtiges an seiner Handlungsweise zu verspüren glaubte. Indem er sich nicht darüber klarwerden konnte, was er eigentlich von Naemi wollte, beziehungsweise sich noch nicht einmal diese Frage stellte, unterwarf er sie im Geheimen einer Art Test. Wie würde sie auf den Inhalt des Buches reagieren? Was riskierte er schon, allenfalls eine kritische Rückmeldung. Vor dieser war er noch möglicherweise dadurch geschützt, dass er ein Gast war, und sie ihm deshalb keine offene Rückmeldung geben würde.

Vielleicht hatte er von Anfang an nichts weiter beabsichtigt als diesen Test, sich nämlich einerseits davon überraschen zu lassen, was geschah, und ihr die Initiative zu überlassen, oder den Stoff für eine Kurzgeschichte zu finden, die er eben jetzt schreibe, wie er mir lächelnd erzählte. Und damit er sich bei diesem Vorhaben nicht ertappte, begann er zu lesen, bevor er sich selbst auf den Grund kommen konnte.

Beim nächsten Besuch war sie sehr beschäftigt und wirkte etwas verunsichert. Als sie ein wenig Zeit hatte, erklärte sie ihm, es sei ihr peinlich, ihm dies mitzuteilen, aber sie sei noch nicht dazu gekommen, etwas mehr als einige Seiten in seinem Buch zu lesen. Auch das Buch von Marias, das sie ihm mitbringen wollte, habe sie vergessen.

Unaufgeregt meinte er, das mache doch nichts. Aber sie bestand darauf, dass, wenn er ihr so ein Geschenk mache, sie das Buch schon mal wenigstens lesen sollte und ihm eine Rückmeldung geben. Nach einiger Zeit äußerte sie vorsichtige Zweifel an seinem weiteren Abwiegeln. Als Schriftsteller, der seine Leserinnen und Leser selten persönlich kennt, müsse er doch darauf gespannt sein, zu erfahren, was diese von seinem Werk halten. Ihre Verallgemeinerung gab ihm zu denken. Er konnte sie so verstehen, dass, wenn er etwas von ihr als Person wollte, er an ihrer Rückmeldung mehr als interessiert sein müsse. Er hatte bisher weder etwas von sich und seinem Leben erzählt, außer was er beruflich in M machte, noch hatte er in irgendeiner Weise um sie geworben, sondern das Buch als Mittel zum Zweck in den Ring geworfen. Aber zu welchem? Deshalb konnte er auch ihre Nichtlektüre als persönliche Zurückweisung verstehen. So interessant fand sie ihn offenbar als Person nicht, dass sie sein Buch liest. Auf die Idee, sie könnte ahnen, dass er kein Risiko einging, ihr die Initiative überließ und sie damit nur benutzte, kam er offenbar nicht.

Aber immerhin meinte er mir gegenüber im weiteren Verlauf unseres Gesprächs, dass, wer nichts riskiert, auch nichts gewinnt. Aber er war sich in diesem Moment im Café seiner Feigheit nicht mal bewusst, denn vermeintlich wollte er ja gar nichts von ihr. Und deshalb glaubte er plötzlich, so etwas wie Berechnung in ihren Zügen zu erkennen. Jetzt, im Gespräch mit mir könne er sich ja eingestehen: Warum sollte sie nicht tatsächlich berechnend gewesen sein, er war es ja auch.

Bei seinem nächsten Besuch teilte sie ihm wieder mit, dass sie noch immer nicht zum Lesen gekommen wäre, denn sie steckte im Prüfungsstress. Er kann sich kaum noch daran erinnern, worüber sie an diesem Tag sprachen. Möglicherweise hätten sie auch kaum miteinander geredet, weil sie die Gäste bedienen musste und nur wenig Zeit übrig blieb oder er sich inzwischen wieder die Zeit mit Lesen vertrieb.

Vielleicht dachte er auf der Heimfahrt darüber nach, dass es sich nicht lohnte, einen aktiveren Part zu übernehmen in dieser besonderen Situation, womöglich auch

grundsätzlich. Er fühlte sich dabei nicht alt oder einge-
kapselt, sondern wie einer, der rege am Leben beteiligt ist,
indem er es genau beobachtet. Heute sei ihm der Preis für
diese Haltung klarer, ohne dass er eine Bereitschaft ver-
spüre, sie zu ändern beziehungsweise ihn zu bezahlen.

Beim Abendessen erkundigte sich Helen nach seiner
Arbeit. Nebenbei erzählte er ihr auch, dass er sich mit
einer jungen Frau, die in einem Café bediente, angeregt
über Literatur unterhalten habe. Kaum hatte er es ausgesprochen, war ihm klar, dass er, so nebenher er es auch
erwähnt haben mochte, damit an ihre Eifersucht appel-
liert hatte und daraufhin noch mehr zu suggerieren suchte, für wie belanglos er die Begegnungen mit Naemi hielt.
Er wusste bereits, wie er sich mit dieser Haltung verdächtig gemacht hatte, und wie erwartet spitzten sich ihre Lippen leicht und ihr Blick deutete weitere Fragen an. Aber
sie sagte nichts. In zwei Wochen würde sie ihn fragen, ob
er sie wieder getroffen hätte und kurze Zeit danach, ob er
etwas mit Naemi hätte.

Warum hatte er dies provoziert? Wollte er etwa, dass
sich Helen seiner ... – er vermied eine Bezeichnung – nicht
mehr sicher sein sollte? Oder ging es ihm darum, zu demonstrieren, wie attraktiv er noch immer auf andere
Frauen wirkte? Er hatte in die Asche geblasen und darunter die Reste einer Glut entdeckt. Womöglich war es aber
nur eine gewohnte Reaktion, als wäre diese noch vorhanden, dabei war sie längst erkaltet.

Als er wieder ins Café kam, entdeckte er Naemi erst
nach einigen Minuten, denn sie bediente an diesem Tag
nicht, sondern saß mit einer anderen Studentin an einem
der hinteren Tische vor einem aufgeklappten Laptop. Die
junge Frau, die bediente, war dieselbe, die er neulich nach
Naemi gefragt hatte, und er glaubte, eine gewisse Neugier

in ihren Augen zu erkennen, was er wohl unternehmen beziehungsweise wie er sich Naemi gegenüber verhalten würde.

Er ging an ihren Tisch, und sie begrüßten sich artig. So bezeichnete er es mir gegenüber. Sie ließ nicht erkennen, ob sie sich über sein Auftauchen freute oder ob er gerade ungelegen kam, erklärte, sie sei im Prüfungsstress, müsse in den nächsten Tagen eine wichtige Hausarbeit einreichen. Sie erzählte ihm ein wenig darüber. Er glaubt, sich zu erinnern, dass es um Rilke ging. Aber sie kamen nicht richtig ins Gespräch, denn sie wirkte gehetzt, vielleicht passte ihr auch die Anwesenheit der anderen Studentin nicht, oder sie registrierte durch seine Gegenwart, dass der Uni-Betrieb und die Anforderungen an eine Prüfungsarbeit etwas anderes waren als das persönliche Interesse an Literatur. Sie äußerte sich abfällig über die Weise, Literatur akademisch zu beschreiben und zu bewerten, ohne dass dies ihrem Stressgefühl Abbruch getan hätte. Er hingegen fühlte sich aus genau diesen Gründen fehl am Platz. Vielleicht beneidete sie ihn um die Freiheit, über das, was er las, urteilen zu können, wie er wollte, ohne Konsequenzen in Kauf nehmen zu müssen, und war deshalb beschämt, von ihm dabei ertappt zu werden, nicht nur dabei, wie abhängig sie von diesem Bewertungssystem war, sondern wie viel es ihr ausmachte; vielleicht verhielt es sich aber auch ganz anders, und sie fand ihn überheblich oder eigenartig oder aus der Zeit gefallen. Aus diesen Gründen fiel ihm zu Rilke und ihrer Arbeit nicht viel ein, und er verspürte wenig Lust, sich weiter damit zu beschäftigen. Das heißt, mit Rilke und seinem Werk hätte er sich gerne beschäftigt, denn dieser war auch, wenn auch in anderer Weise, einer, der seiner Meinung nach aus der Zeit gefallen war. Ihre gestresste Ausstrahlung und sein Selbstbild korrespondierten nicht. Naemi ging es möglicherweise genau umgekehrt. Sie spürten beide, dass sie einander fremd waren, obwohl es um Literatur und um Rilke ging und sie sich in dem Café befanden, wo sie sich zuvor begegnet waren. Etwas war nicht zu verbinden. Oder aber, weder sie noch er wollten es wirklich verbinden, als sollten diese beiden Welten getrennt voneinander bleiben. Zugleich spürte er, dass er etwas vermied oder vor etwas flüchtete, dessen er sich nicht bewusst wurde, und diese Szene ihm die Bestätigung für seine Fluchttendenzen lieferte.

Am Abend fragte Helen nach der jungen Frau, die im Café bediente. Sie bemerkte an seiner Reaktion sofort, dass etwas abgekühlt war zwischen ihr und ihm und insistierte nicht weiter. Er verspürte einen Drang, ihr etwas von seiner Arbeit in M zu erzählen.

»Trägst du eigentlich immer den Ehering?«, fragte sie plötzlich dazwischen.

»Ja«, antwortete er wahrheitsgemäß.

Als er das nächste Mal nach M fuhr, dachte er weniger über seine Begegnungen mit Naemi als über seine Beziehung zu Helen nach. Ihre Leidenschaft und ihr körperliches Verlangen waren im Lauf der Jahre allmählich versickert, aber er fühlte sich doch selbstverständlich mit ihr verbunden. Als sie sich kennenlernten, lehnte er Treue in einer Beziehung ab. Er hielt sie für konventionell und spießbürgerlich. Helen hatte ihn davon überzeugt, dass es nicht um Einstellungen ging, um politische schon gar nicht, sondern um Gefühle, und da er ihre nicht verletzten wollte, hatte er seine Haltung geändert. Nach einiger Zeit verspürte er auch kaum noch das Bedürfnis, mit anderen Frauen zu schlafen, und das Eroberungsgehabe und Gegockel wurden ihm zunehmend lästig.

Naemi und er begrüßten sich freundlich, wenn sie sich begegneten, hin und wieder plauderten sie kurz miteinander. Mehr war nicht. Über sein Buch sprachen sie nicht, auch nicht über das von Javier Marias, das sie ihm hatte schenken wollen. Eines Nachmittags, nachdem sie sich flüchtig begrüßt hatten, ging sie nach draußen, um zu rauchen. Auch im Winter standen Tische und Stühle in einer Reihe rechts und links vom Eingang. Bei sonnigem Wetter setzen sich die Leute mit einer Decke dorthin. Das alter Paar saß schräg hinter ihm, sodass sie ihn, er aber sie nicht beobachten konnte.

Er war damit beschäftigt, einen Brief an einen Freund zu schreiben, und gerade fiel ihm ein, ihm diese Szene, die sich gerade hier abspielte, zu beschreiben. Zwei junge Männer standen mit Naemi draußen. Einer von ihnen sah etwas exzentrisch aus. Er erinnere nicht mehr, was ihn zu dieser Beschreibung veranlasst habe, äußerte er später mir gegenüber; sein Aussehen, sein Gehabe, oder trug er einen Hut, den Herr D albern fand? Sie unterhielten sich eine Viertelstunde angeregt, was er von drinnen beobachten konnte. Zwischendurch besorgten sie sich drinnen Getränke. Bei dieser Gelegenheit steuerte der Exzentrische mit oder ohne Hut auf seinen Tisch zu und fragte, ob er kurz stören dürfe. Herr D schrieb noch den Satz zu Ende, in dem er seinem Freund berichtete, was gerade geschah.

»Sie schreiben doch«, sagte der, etwas verlegen, und als Herr D dies bestätigte, lud der Mann ihn zu einem Treffen in einem Café auf der anderen Seite des Flusses ein, das er auch kannte. Dort würden sich alle vierzehn Tage mittwochnachmittags Gleichgesinnte treffen, um einander ihre Texte vorzulesen. Herr D bedankte sich höflich für die Einladung, ohne eine feste Zusage zu geben. Der junge Mann begab sich wieder nach draußen und unterhielt sich weiter mit Naemi und dem anderen Mann. Herr D schrieb weiter an seinem Brief. Wenn er aufschaute, meinte er, dass ihn hin und wieder ein flüchtiger Blick von draußen traf. Aber er mochte sich täuschen, die Sicht durch die Scheibe war viel zu ungenau, um Blicke auf der Straße zu erkennen.

Manchmal denkt Herr D an Naemi, wenn er wieder nach M fährt, aber öfter denkt er über Helen und sich nach. Er fragt sich, ob sich Liebe verändert, sich aus anderen Quellen nährt, in einen anderen Zustand übergeht, weniger körperlich, mehr geistig, sich immer mehr auf gemeinsam Erlebtes bezieht. Oder sie löst sich von der einen Person ab, die man liebt oder geliebt hat, und wird zu einer anderen, einer Liebe als solcher. Vielleicht bezeichnete er sie auch nur so als Liebe, und sie war etwas Vergangenes und nur noch die Erinnerung an sie lebte.

Zu diesem Treff ist er nie gegangen. Neulich hat er Naemi mal wieder nach Monaten getroffen. Er glaubte, sie arbeite gar nicht mehr in dem Café, das mittlerweile den Besitzer gewechselt und den Namen geändert hat. Er gehe nur noch selten hin, erzählte er, weil in den Räumen wieder geraucht werden darf. Aber eines Tages trat er ein, und sie stand hinterm Tresen. Er setzte sich auf einen Hocker ihr gegenüber. Naemi begrüßte ihn freundlich und entschuldigte sich gleich, dass sie ihn nicht sofort bedienen könne. Einige Minuten später ging sie mit einem vollen Tablett zu einem Tisch, an dem vier oder fünf Leute saßen. Dann brachte sie ihm seinen Kaffee und eilte zum anderen Ende der Theke, um mit einem gut aussehenden Mann zu sprechen, der schon aufgestanden war, seinen Mantel angezogen und auf sie gewartet hatte. Ihre Unterhaltung schien eher privater Natur, denn beide versuchten, möglichst leise zu sprechen. Er wartete förmlich darauf, dass sie ihn zum Abschied küssen oder wenigstens umarmen würde, aber es geschah nichts dergleichen. Noch bevor er gegangen war, kam eine Frau mittleren Alters und setze sich ebenfalls an die Theke, sprach Naemi an, die sie offenbar von früheren Besuchen kannte, und redete drauf los, als stünde sie unter Strom. Herr D verstand jedes Wort, denn sie sprach artikuliert und laut. Eigentlich habe sie in einem anderen Café ein Stück Kuchen essen wollen, weil der da so gut und warum sie trotzdem hergekommen sei, wo sie gerade herkomme und wie es dort war und wen sie getroffen habe ... Als er seinen Kaffee ausgetrunken hatte, legte Herr D das Geld auf den Tisch und verabschiedete sich.

»Das ist ein Euro zu viel«, rief ihm Naemi noch nach.

»Schon gut«, sagte er und winkte kurz über die Schulter.

»Ich glaube, den Text, den ich geschrieben habe, Naemi zu geben, ist keine so gute Idee«, meinte er bei unserer letzten Begegnung.

Dies bestätigte ich ihm sofort. Ohne Übergang wechselte er das Thema und empfahl mir, eine Erzählung von Joseph Conrad zu lesen. Sie heißt »Der geheime Teilhaber«.

Der Schweinehirt

Später kam er nur noch vor Eintritt des tiefsten Winters mit seinen Schweinen zurück ins Dorf. Niemals ließ er sich jedoch von einem frühen Frost überraschen, der den Tieren hätte Schaden zufügen können. Die Leute im Dorf wunderten sich nicht mehr darüber, obwohl er doch früher so ein Tölpel gewesen war.

Am Tag, als er geboren wurde, klagte sein Vater auf der Dorfstraße, er wäre zu schmächtig und würde den Winter nicht überleben. Aber seine Mutter war nicht bereit, ihn aufzugeben, hielt ihn immer fest an ihren warmen Körper gedrückt, auch während der Arbeit im Haus. Einige Frauen aus der Nachbarschaft, die ihn gesehen hatten, erzählten im Dorf, wie abgrundtief hässlich er war, über und über mit dunklem Haar bewachsen wie ein Tier.

Er überlebte nicht nur diesen Winter, sondern auch die folgenden.

Unter den Dorfbewohnern galt er als dumm und maulfaul. Als er alt genug war, um etwas zu lernen, wusste keiner was mit ihm anzufangen, und so wurde er schließlich mit dem alten Bodo zum Schweinehüten in den Wald geschickt, der von drei Seiten an das kleine Dorf grenzte. Dieser Wald war, wie nicht selten in den alten Zeiten, so riesig und dicht, dass ihn kaum ein Mensch durchschritten und eine Vorstellung davon hatte, wie es auf der anderen Seite aussah.

Der alte Bodo hatte dem jungen Hans so viel beibringen wollen, zum Beispiel wie man sich im Wald verhielt, wie man sich zurecht und den Weg zurück zum Dorf fand, wo die besten Plätze lagen, an denen die Schweine reichlich Nahrung fanden, wie man die Hunde abrichtete und die Wölfe von den Schweinen fern hielt. Aber schon in ihrem ersten gemeinsamen Jahr traf den Alten der Schlag, und der Junge musste alleine mit den Schweinen zurechtkommen.

In den nächsten Tagen ging ein Teil der Herde ein, weil die Schweine etwas Giftiges gefressen hatten, dann verlor er drei Jungtiere bei einem Sturm, als nächstes rissen die Wölfe mehrere Schafe, und im Spätherbst überraschte ihn ein früher Frost im Wald, und er kehrte nur noch mit zwei Säuen ins Dorf zurück.

In ihrem Zorn verprügelten die Leute den Jungen, waren sie doch arm und verzweifelten darüber, wie sie den Winter überstehen sollten, ohne zu verhungern. Am nächsten Morgen schlich sich Hans davon, Wunden und Beulen am ganzen Körper, eine geschwollene Lippe und ein blaues Auge. Seine Mutter stand weinend in der Tür ihrer windschiefen Hütte und sah ihm voller Sorge nach, wie er den Weg zum Wald einschlug, nur begleitet von den zwei struppigen schwarzen Hunden.

Hans ging zurück zu der Stelle im Wald, wo er die drei Jungtiere im Sturm verloren hatte und ließ die Hunde Witterung aufnehmen. Nach zwei Tagen fand er wirklich zwei der Tiere, die unerklärlicherweise überlebt hatten. Sie waren beide trächtig. Er baute ihnen und sich an einer windgeschützten Stelle einen Unterschlupf aus Zweigen und Moos. In der Nacht schlich er unbemerkt zurück ins Dorf. In der Hütte des alten Bodo fand er so manches, dass er für das Überleben im Wald brauchen konnte: Feuerstein, Fallen, ein Messer, eine Grabschaufel, ein rostiges Beil, eine Schleuder, einige Felle. Damit richtete er sich im Wald ein.

Die kleinen Schweine, die im Winter geboren wurden, erwiesen sich als robust und unempfindlich gegen Kälte und Frost. Auf seine Säue, die kein dichtes Fell besaßen, musste er jedoch achten, und sie vor dem Frost schützen. Den Hunden brachte er bei, dass sie seine kleine halbwilde Rotte zusammenhielten und vor den Wölfen schützten. Manchmal schoss Hans sich mit der Schleuder einen Vogel oder einen Hasen oder er kochte sich eine Suppe aus wilden Kräutern. Was ihm in der kurzen Zeit der alte Bodo nicht hatte beibringen können, zum Beispiel wie man giftige von nicht giftigen Pilzen unterschied, welche Kräuter essbar waren, schaute er sich von den Schweinen ab oder wusste seine Erfahrungen zu nutzen. Er hörte auf die Geräusche und Stimmen im Wald und lernte, was sie bedeuteten, roch, was in der Luft lag und schaute genau hin. Das hatte er den Schweinen voraus, denn diese sehen schlecht, dafür hören und riechen sie umso besser.

Er drang immer tiefer in den Wald ein, kannte die Plätze, wo seine Schweine reichlich Eicheln, Bucheckern, Wurzeln und kleines Getier fanden. Es gab keine Wege, nur schmale Pfade durchs Dickicht, welche die Wildtiere getreten hatten. Niemals begegneten ihm Menschen, und irgendwann verlernte er es, sie zu vermissen. Manchmal, in mondhellen Nächten, bemächtigte sich seiner ein Gefühl von Sehnsucht, nach was oder wem, wusste er aber nicht und konnte ihm auch keinen Namen geben. Wenn er im Frühling bei Anbruch des Tages die Vögel zwitschern hörte, erfüllte ihn Freude, aber er vermisste die Musik der Menschen.

Nach drei Jahren kehrte er bei Einbruch des Winters mit einer stattlichen Herde ins Dorf zurück. Die Menschen traten erstaunt vor die Türen ihrer kleinen Häuser und wunderten sich, denn sie hatten ihn längst für tot gehalten. Seine alte Mutter weinte vor Freude in ihre zer schlissene Schürze, und sein Vater wusste vor Erstaunen kein Wort zu sagen. Hans, der Schweinehirt, gab den Leuten zurück, was ihnen gehörte. Als Lohn forderte er nur neue Kleider und einen Dudelsack, und zu Beginn des Frühjahrs ging er mit dem Rest seiner Schweineherde wieder zurück in den Wald.

Er hatte mit den Menschen im Dorf sprechen wollen, aber kaum ein Wort über die Lippen gebracht. Er hatte sie angesehen, mit einer Mischung aus Neugierde, Misstrauen und Verlangen, denn sie waren seinesgleichen, aber sie wichen seinem Blick aus. Nur ein Mädchen, noch fast ein Kind, hatte ihn unschuldig und herausfordernd angelächelt. Als er in einer vorsichtigen, zärtlichen Geste ihre Wange berührt hatte, war sie davongelaufen.

Er blieb bis zum Anbruch des Winters im Wald. Manchmal nahm er seinen Dudelsack dessen Blasebalg aus der Körperhülle einer jungen Ziege gemacht war und kletterte in die höchsten Zweige einer Eiche oder Buche, während seine Schweine unten den Waldboden nach Nahrung absuchten und umgruben. In der ersten Zeit hatte er seinem Instrument nur schaurige Töne entlocken können, welche die Wölfe zum Heulen brachten und sie gleichzeitig abhielten, sich seinem Lager zu nähern. Später gelang es ihm, die Töne glatter zu schleifen, wie man ein Stück Holz mit Hilfe eines Messers und eines glatten Steins schleift.

Manchmal lagerte er am anderen Ende des Waldes in der Nähe einer Köhlersiedlung, bestehend aus einem halben Dutzend ärmlicher Hütten. Tagelang schaute er nur nachts vom Ast eines Baums zu ihren Feuerstellen hinüber oder hörte auf ihre Stimmen. Er sehnte sich danach, ihnen näher zu kommen, aber eine Vorsicht hielt ihn zurück.

Eines Tages begegnete er doch einem der Köhler und seiner Tochter im Wald. Wahrscheinlich hatten sie seine

Musik gehört und waren ihr neugierig gefolgt. Hans beruhigte seine Hunde, entfachte ein Feuer und teilte mit ihnen seine Kräutersuppe. Von der gebratenen Taube wollten sie nichts essen, weil der Fürst die Jagd in seinem Wald bei Strafe verboten hatte. Nachher bedankten sie sich artig und luden ihn zur Köhlersiedlung ein. So kam es, dass sich Hans mit seiner Schweinerotte nun öfter in der Nähe der Köhlerhütten aufhielt, nachts an ihrem Feuer saß und ihnen zuhörte. Den Gebrauch der Sprache musste er neu lernen, und anfangs kamen die Worte nur ungelenk über seine Lippen. Eines nachts brachte einer der Köhler eine Geige zum Vorschein, und nach einigem Vorspiel überredete er Hans, auf seinem Dudelsack mit einzustimmen, aber es brauchte einige Übung, bis das Zusammenspiel sich hören lassen konnte. Immer wieder musste ihn der Köhler auffordern, nicht die Siebente zu intonieren, weil sie nur dem Teufel gehörte. Hans verstand ihn lange nicht, weil er sich das Spielen im Wald selbst beigebracht hatte und von verbotenen Tönen nichts wusste.

An einem Regentag hörte der Schweinehirt mitten im Wald das Rufen von Menschen und das Wiehern von Pferden. Als er näherkam, sah er eine prachtvolle Kutsche mit vier edlen Pferden in kostbarem Geschirr davor gespannt und eine Gruppe von Soldaten mit Hellebarden und Musketen. In der Kutsche saßen ein Edelmann, vielleicht war es sogar der König selber, und seine schöne Tochter, in reiche Gewänder gekleidet. Sie hatten sich verirrt, fuhren schon seit Tagen durch den Wald und mehrmals schon waren die Räder der Kutsche in tiefem Schlamm versunken oder hatten sich im Wurzelwerk der Bäume verheddert, sehr zum Überdruss des Edelmanns. Der Hauptmann fragte Hans, den ersten Menschen, der ihnen begegnet war, wie sie den

Weg aus dieser Wildnis herausfinden konnten. Der Edelmann nickte dazu stumm, was den Hauptmann gar veranlasste, dem Schweinehirt eine Belohnung zu versprechen. Dieser stand nur stumm da und konnte für lange Zeit den Blick nicht von der Tochter des Edelmannes lösen. Dann schärfte er seinen zwei schwarzen Hunden ein, auf seine Schweineherde aufzupassen, und schließlich setzte sich der Tross in Bewegung. Hans ging voran und wies dem Kutscher den Weg. Am Abend errichteten die Soldaten ein Lager auf einer Lichtung und entfachten ein Feuer. Es gab reichlich zu essen und zu trinken. Einmal richtete die Schöne das Wort an ihn und fragte, ob er so ganz alleine in diesem großen Wald lebe und ob er sich nicht fürchte. Am nächsten Tag erreichten sie den Rand des Waldes und fanden einen Weg, der breit genug war, um von der Kutsche befahren zu werden.

Als der Tross sich wieder in Bewegung setzen wollte, fragte Hans nach seiner Belohnung, denn seine Aufgabe war erfüllt, und er wollte wieder zurück zu seinen Schweinen. Die Soldaten lachten nur, und der Hauptmann sagte, wer eine Dame so unverschämt anglotzt, müsse unbedingt eine Belohnung erhalten, an die er noch lange denkt. Während die Kutsche davonfuhr, schlugen die Soldaten auf ihn ein und ließen ihn mehr tot als lebendig auf dem Weg liegen. Als er nach Stunden die Besinnung wiederfand, stand der Mond schon am Himmel und Hans schleppte sich unter Aufbietung aller seiner Kräfte in sein Dorf.

Als er dort mit der aufgehenden Sonne ankam, marode und dem Tode nah, traten die Leute vor ihre Hütten und betrachteten ihn staunend. Aber keiner wagte es, ihm zu helfen, aus Angst, dass ein Fluch auf ihm läge. Schließlich trat seine alte Mutter durch die Menge, bekreuzigte sich und brachte ihn zu ihrer armseligen Hütte am Rand des Dorfes. Dort pflegte sie ihn wie man ein kleines, hilfloses Kind pflegt, denn er konnte sich für Wochen nicht bewegen.

Als er wieder gesund und einigermaßen bei Kräften war, begab sich Hans zurück in den Wald, um seine Schweineherde zu suchen. Er fand sie nicht weit entfernt von der Stelle, wo er sie zurückgelassen hatte. Die Tochter des Köhlers hatte sie dort ohne ihren Hirten gefunden und beschlossen, sie bis zu seiner Rückkehr zu beaufsichtigen. Sie machte das sehr geschickt, sogar die Hunde gehorchten ihr.

Die folgende Nacht blieb sie bei ihm. Er legte sich zu ihr. Beim Abschied am Morgen beschlossen sie, zu heiraten und sich ein kleines Haus am Waldrand zu bauen.

An einem der nächsten Tage hörte Hans den Keiler im Unterholz, den Vater seiner Rotte. Er war brunftig und wütend. In der Dämmerung kam er aus dem Dickicht und raste auf den größten Eber der Rotte zu und versuchte, ihn zu töten. Hans hatte schon auf ihn gewartet und erlegte den Keiler mit seinem Messer, das er an einen langen Stock gebunden hatte.

Am nächsten Tag spielte er auf seinem Dudelsack und bemerkte deshalb erst spät die vorbeiziehenden Soldaten. Als sie ihn nach dem Weg fragten, sahen sie den geschlachteten Keiler, den der Schweinehirt zwischen zwei Bäumen aufgehängt hatte. Dies sei das Jagdgebiet des Fürsten, sagte der Anführer und ließ ihn gleich als Wilddieb in Ketten legen.

Sie nahmen den Schweinehirten mit in die Stadt. Dort warfen sie ihn in ein dunkles Verlies. Zwei Tage später wurde er einem Unterrichter vorgeführt, der ihn ohne großen Prozess zum Tode verurteilte.

Am folgenden Tag wurde er auf ein Rad gebunden und totgeschlagen.

Der Schmetterling

»Mama. Schau mal! Was ist das?«

Das Mädchen zeigte vor sich auf den Boden des Bürgersteigs. Die Mutter blieb etwas missmutig stehen. Dann beugte sie sich vor.

»Oh, es ist ein Tier!«

Das Mädchen bückte sich.

»Nicht anfassen!«, befahl die Mutter. »Es ist bestimmt giftig, oder es kann einen Keim übertragen.«

»Was ist das?« fragte das Mädchen erneut neugierig. »Schau, ich glaube, jetzt hat es sich bewegt.«

»Komm!«, sagte die Mutter und wollte das Kind bei der Hand nehmen. »Ich weiß nicht, was das ist.«

»Nein!«, wehrte sich das Mädchen. »Wenn es noch lebt … Wir müssen was tun!«

Die Mutter kramte in ihrer Tasche, entnahm ihr ein kleines Gerät und machte ein Foto.

»Jetzt hat es sich wieder bewegt«, sagte das Mädchen aufgeregt, während seine Mutter etwas in die kleine Maschine tippte. »Wir müssen das melden.«

»Oh!«, sagte sie nach einiger Zeit und schaute auf den winzigen Bildschirm ihres Apparats. »Es handelt sich um einen Schmetterling. Ich dachte, die seien schon seit langer Zeit ausgestorben.«

»Die gibt es wirklich?«, sagte das Mädchen erstaunt. »Ich dachte, die sind erfunden.«

Als Mutter und Tochter wieder von der kleinen Maschine aufblickten, war das Tier zu ihren Füßen verschwunden.

Kollas

Nachdem er in den vorzeitigen Ruhestand gegangen war, kaufte er sich eine Eigentumswohnung in einer Kleinstadt im Bergischen Land und zog weg aus der Großstadt. Fast jeden Tag und bei jedem Wetter unternahm er am späten Vormittag einen Spaziergang durch die Wiesen zwischen Stadtrand und dem Buchenwald, der direkt auf der anderen Seite des Baches begann. Fast immer begegnete er den selben Leuten, Spaziergängern wie er, Hundehaltern, Müttern, die Kinderwagen vor sich herschoben. Manche grüßten ihn nach einiger Zeit, und Kollas grüßte zurück. Gelegentlich verspürte er das Bedürfnis, mit Menschen seiner neuen Umgebung in näheren Kontakt zu treten, aber dieses Bedürfnis war nicht so stark, dass er sich überwunden hätte, ihn zu suchen.

Nach den ersten Wochen merkte er, wie sich allmählich seine Wahrnehmung veränderte. Kleinigkeiten wie Tautropfen auf einem Blatt, der Gesang einer Amsel, ein kleines Mädchen, das übte, mit seinem Fahrrädchen ohne Stützräder zu fahren, ein alter Mann, der sich kontinuierlich mit seinem Rolli vorwärtsbewegte, erregten nun seine Aufmerksamkeit. Er dachte darüber nach, was er beitragen konnte, beziehungsweise worauf er verzichten konnte, um sich in seine neue Umwelt zu integrieren. Bei seiner beruflichen Tätigkeit hatte er häufig reisen müssen, auch mit dem Flugzeug, um möglichst schnell von Termin zu Termin zu kommen, dafür wollte er es jetzt ruhiger angehen lassen. Dabei ging es ihm nicht nur um einen Ausgleich für sich als Person, sondern auch darum, der Natur möglichst wenig zu schaden.

An einem Wintertag beobachtete er im Vorbeigehen einen Mann, der seinen Schäferhund trainierte. Dieser gab ihm immer wieder den Befehl, sich hinzusetzen, entfernte sich dann etwa zehn Meter, wartete eine Weile und rief dann den Hund zu sich, der schon ungeduldig auf diesen Befehl gewartet hatte. Auf seinem Rückweg sah Kollas schon von Weitem, dass Herr und Hund das Training noch weiter fortsetzten.

Als er etwa auf gleicher Höhe mit ihnen war, wurde der Hund plötzlich auf ihn aufmerksam, sprang auf und stürmte über die Wiese auf ihn zu. Er hörte noch, bereits starr vor Schreck, wie sein Herr ihn zurückrief, aber der Hund rannte weiter auf Kollas zu, der schützend beide Arme nach vorne ausstreckte. Der Hund schnappte ihn am rechten Unterarm und durch die Wucht des Sprungs stürzten beide zu Boden. Der Hund ließ nicht von ihm ab, hatte sich regelrecht in seinen Arm verbissen.

Nach wenigen Sekunden hatte der Besitzer die Stelle erreicht. Kollas sah, dass er seine seit der Coronakrise übliche Gesichtsmaske über Mund und Nase gezogen hatte und eine Leine in der Hand hielt, um den Hund festzubinden. Dabei schrie er immerzu aufgeregt: »Barry aus! Barry aus!« Aber erst nachdem der Mann das Tier mit beiden Händen heftig am Halsband packte, ließ es endlich von Kollas ab, knurrte ihn aber weiterhin mit gefletschten Zähnen an. Der Hund wäre wieder auf ihn losgegangen, wenn der Mann ihn nicht mit aller Kraft zurückgehalten hätte. Er befestigte nun die Leine am Halsband und zog ihn unter derben Flüchen von seinem Opfer weg. Nachdem dies geschehen war, schien sich das Tier schlagartig zu beruhigen. Sein Körper pulsierte noch immer heftig, aber die Augen hatten nicht mehr diesen bestialischen Ausdruck. Mann und Hund drehten sich um und gingen davon, als wäre nichts geschehen.

Kollas versuchte, aufzustehen, was ihm nicht gelang. Er lag auf dem Rücken wie ein Käfer, der sich nicht aus seiner Lage befreien konnte. Später erklärte ihm der behandelnde Arzt, dies sei die Wirkung des Schocks gewesen. Er hatte jegliches Zeitgefühl verloren oder war kurz ohnmächtig geworden. Wahrscheinlich waren nur wenige Sekunden vergangen, bis ein Spaziergänger, etwa in seinem Alter, zu ihm gelaufen war und mit seinem Mobiltelefon einen Krankenwagen alarmierte.

Nachdem Kollas am nächsten Tag, den Arm frisch verbunden und mit Medikamenten versorgt, aus dem Krankenhaus entlassen war, begab er sich gleich zur örtlichen Polizeiwache und erstattete Anzeige gegen Unbekannt. Der diensthabende Polizist, ein Herr Lehbach, behandelte ihn sehr freundlich und nahm alle Details, die er ihm berichtete, ins Protokoll auf.

Als Kollas einige Tage später im Revier nachfragte, wurde ihm gesagt, bisher gäbe es noch keine Spur. Er wunderte sich darüber, denn die Stadt war recht klein, und es konnte doch nicht so schwierig sein, herauszufinden, wer an besagtem Tag seinen Schäferhund im Park trainiert hatte. Der Mann war doch bestimmt schon öfter dort gewesen und wohnte nicht weit weg. Kollas versuchte sich zu erinnern, ob er selber ihn nicht schon vorher gesehen hatte. Als er am übernächsten Tag wieder nachfragte, war der freundliche Herr Lehbach wieder im Dienst und erklärte, der Fall würde zu den Akten gelegt, da man einen Hundebesitzer mit dieser Beschreibung nicht hatte ausfindig machen können. Darüber war nun Kollas sehr verwundert, und er äußerte dies auch Herrn Lehbach gegenüber, was diesen zu einem Schulterzucken und der Bemerkung veranlasste: »Ich kann Sie verstehen, aber da kann man nichts machen.« Dies wiederum mochte er gar nicht so stehen lassen und beschloss, mit dem Mann darüber zu sprechen, der ihn am Tatort aufgefunden und einen Krankenwagen alarmiert hatte. Seine Telefonnummer hatte dieser ihm gegeben, falls es im Nachgang etwas zu besprechen gäbe. Da die Cafés wegen Corona und Lockdown noch immer geschlossen hatten, lud er seinen Retter zu sich nach Hause ein.

Herr Timm teilte seine Ansicht und meinte, es könne kein Problem sein, den Hundebesitzer ausfindig zu machen. Er ginge öfter in besagter Gegend spazieren, und er kenne nur zwei Männer, die regelmäßig mit ihren Schäferhunden auf diese Wiese kämen: Der eine wohnte in der Parallelstraße von ihm, der andere sei Polizist und arbeite hier auf dem örtlichen Polizeirevier. Kollas erschrak etwas über diese Auskunft und ihm schwante Böses.

Um nicht vorschnell seinem Verdacht zu erliegen, suchte er den Mann in der Parallelstraße von Herrn Timms Wohnung auf. Er musste zwei Mal hingehen, da der Mann erst spät von der Arbeit nach Hause kam. Als dieser ihm öffnete, erkannte Kollas sofort aufgrund von Größe und Statur, dass dies nicht der Gesuchte sein konnte. Trotzdem erklärte er ihm sein Anliegen und entschuldigte sich für die Störung. Nachdem der Mann Kollas Beschreibung gehört hatte, nickte er wissend, schien es sich dann aber anders zu überlegen und versuchte, schnell das Gespräch zu beenden.

Am nächsten Tag begab er sich wieder ins Polizeirevier. Unterwegs schon spürte er, wie sein Puls heftig ging, und suchte sich zu bezähmen, um nicht gleich mit seinem Verdacht herauszuplatzen. Diesmal war ein Herr Windrich im Dienst, dem Kollas sofort eine gewisse Nervosität anmerkte, als der ihm den Fall schilderte.

»Nein!« sagte der Diensthabende schließlich lapidar. »Erben kann mit dieser Sache nichts zu tun haben. Er fuhr an besagtem Tag mit einem Kollegen Streife.«

»Aber ...«, wandte Kollas ein, aber Windrich unterbrach ihn sofort scharf:

»Da liegen Sie falsch!«

»Ich könnte mir doch wenigstens den Hund mal ansehen. Den würde ich sofort wieder erkennen.«

Windrich schüttelte energisch den Kopf:

»Den Hund gibt es nicht mehr.«

»Wie ... den gibt es nicht mehr?«

»Er ist weg. Erben hat ihn nicht mehr.«

Von dieser Szene an war sich Kollas sicher, dass er es mit einem Komplott zu tun hatte. Am nächsten Tag nahm er sich einen Anwalt und beschloss, anschließend zur Polizeidienststelle in der Kreisstadt zu fahren, um dort erneut Anzeige zu erstatten. Der Anwalt riet ihm von diesem Vorhaben ab.

»Die werden Sie abwimmeln, weil Sie keine Zeugen haben«, erklärte er. Dann fuhr er fort: »Ich habe da so meine einschlägigen Erfahrungen, wenn es um Anzeigen gegen Polizisten im Dienst geht. Ich habe mal einen Mandanten vertreten, der vor der Dienstelle von einer Polizistin und zwei Polizisten verprügelt worden war. Dies hatte ein Passant als Zeuge bestätigt. Es wurde noch nicht einmal eine Verhandlung zugelassen, da die Beschuldigten angaben und sich gegenseitig bezeugten, mein Mandant habe sie körperlich angegriffen.«

Kollas wollte es trotzdem versuchen. Der Diensthabende in der Kreisstadt erklärte ihm, er würde sich den

Abschlussbericht zugekommen lassen, machte ihm aber keine Hoffnung, dass ihn dies weiterbringen würde.

»Ich kann Ihre Angaben selbstverständlich zu Protokoll geben«, erklärte er, »aber da Sie keine Zeugen haben, wird Ihr Fall mit Sicherheit bei Gericht nicht angenommen.« Er zögerte, als sei er nicht sicher, ob er das Folgende ausführen sollte, sagte es dann aber doch: »Möglicherweise werden Sie mit einer Gegenanzeige rechnen müssen, falls das Verfahren angenommen wird.«

Frustriert und wütend zugleich verließ Kollas das Polizeirevier. Er wollte nicht glauben, dass seinem Verdacht nicht einmal nachgegangen wurde. In den nächsten Tagen beobachtete er immer wieder den Haupteingang der Polizeiwache, weil er sichergehen wollte, dass er keinen falschen Verdacht hegte. Am zweiten Tag verließen zwei Polizisten in Uniform das Gebäude, und er war sich sicher, dass einer der beiden der von ihm Gesuchte war. Der andere ging direkt auf ihn zu, sprach ihn an und forderte ihn auf, seinen Ausweis vorzuzeigen. Der von seinem Kollegen Erben genannte Uniformierte blieb einige Meter entfernt stehen und verfolgte die Szene mit mürrischen Blicken. Kollas tat wie ihm geheißen. Der Polizist warf einen sorgfältigen Blick auf die Karte und gab sie ihm dann zurück.

»Wir beobachten Sie hier schon seit einiger Zeit. Wenn Sie weiterhin ohne Anlass hier herumlungern, werden wir Sie festnehmen.«

»Ich habe durchaus einen Anlass«, widersprach Kollas energisch.

Der Polizist erklärte barsch:

»Wir kennen Ihre völlig grundlosen Verdächtigungen, Herr Kollas. Wenn Sie diese zukünftig nicht unterlassen, werden wir Sie anzeigen, und dann wird es ernst für Sie.«

Damit ließ er ihn stehen, ging zu seinem Kollegen und gemeinsam stiegen diese in einen Streifenwagen ein.

Kollas kam es in den folgenden Tagen vor, als sei er aus seinem alten Leben herausgerissen und in ein anderes hineingeworfen, das keinerlei Gewissheiten mehr bot. Wenn er die Zeitung aufschlug oder Nachrichten hörte, kam es ihm vor, als könnten sich die Ereignisse, über welche berichtet wurde, ganz anders abgespielt haben, oder als existierten parallele Welten, je nach Blickwinkel jeweiliger Betrachter. Er fand Artikel in der Zeitung, die er früher allenfalls überflogen hatte, in denen es darum ging, dass Polizisten vorzugsweise und gezielt Menschen kontrollierten, die nicht weiß waren oder irgendwie anders aussahen. Ein Mann hatte sich, wie er der Zeitung später mitteilte, über diese permanenten Kontrollen auf seinem Weg zur Arbeit im nahen Polizeirevier beschwert und war deshalb aufs Übelste beschimpft und geschlagen worden. Er las über Netzwerke von Neonazis bei der Polizei, von Drohschreiben, hauptsächlich an Frauen, die sich für flüchtende Menschen engagierten. Ein Mann aus Afrika war in seiner Zelle verbrannt. Nach Aussage der diensthabenden Beamten hatte der an sein Bett Gekettete sich selbst angezündet. In einer genauen Nachstellung der Szene konnte bewiesen werden, dass der Mann sich in dieser Lage unmöglich selbst hatte anzünden können. In einem anderen Fall, der sich in Mannheim ereignet hatte, hatten Polizisten einen psychisch kranken Mann so lange auf den Boden gedrückt, bis dieser starb. Da die Aufklärungen solcher Fälle oft gar nicht oder nur schleppend vorangingen, obwohl Ausschüsse bei jeweiligen Landesregierungen eingesetzt worden waren, verlor Kollas ein grundsätzliches Vertrauen, nicht nur in die Polizei, sondern auch in die zuständigen rechtlichen und politischen Instanzen, mehr noch entwickelte er einen Groll und Vorurteile, obwohl von politischer Seite gerade davor immer wieder gewarnt wurde und zumeist in diesem Zusammenhang von Einzelfällen oder schwarzen Schafen die Rede war.

Kollas ertappte sich dabei, dass ihn all diese Ereignisse bisher deshalb nicht interessiert hatten, weil er nicht berührt gewesen war. Er war nie kontrolliert, verachtet, beleidigt oder beschimpft, schon gar nicht körperlich angegangen worden. Betroffen waren immer andere, solche, die auf einer anderen Seite, ein anderes Leben lebten, als gäbe es unsichtbare Trennlinien zwischen ihnen und den anderen. Zuerst war er nur maßlos empört darüber, dass ausgerechnet ihm dies widerfahren war. Sein Gerechtigkeitsempfinden hatte sich erst später gemeldet. In diesem ganz besonderen Fall nun, indem sein Gegner ein Vertreter des Gesetzes war, musste er sich entscheiden, ob er für sein Recht kämpfte um den Preis, auf diese andere Seite verwiesen zu werden, derjenigen, die sich ihr übles Schicksal angeblich selbst zuzuschreiben hatten.

Noch konnte er beschließen, die ganze Sache auf sich beruhen zu lassen, das, was geschehen war, als gegeben hinnehmen und in sein altes Leben zurückkehren. Er wollte nicht zu diesen gehören, die sich entschieden hatten, nicht mehr so mitzumachen, oder nie eine Chance hatten, sich für ein anderes Schicksal zu entscheiden.

Kollas las im Internet von einer geplanten Demo gegen Polizeigewalt und beschloss spontan, daran teilzunehmen. Er hatte sich deshalb schnell entschieden, weil er befürchtete, einen Rückzug zu machen, wenn er zu lange über seinen Entschluss nachdachte. Bei der Demo gingen aufgrund von Corona-Regeln alle in großem Abstand zueinander. Die anschließende Kundgebung war wegen

Abstandsregeln nicht genehmigt worden. Kollas war es in der Menge mulmig zumute. Als er einige Zeit schweigend mitgelaufen war, breitete sich plötzlich eine Angst in ihm aus, diese Masse könnte sich wie ein einziger Körper plötzlich verselbständigen, und er, als ein Teil von ihr, würde mitgezogen, ob er wollte oder nicht. Dann stellte er sich vor, einige Leute würden sich plötzlich aus ihr herauslösen und die Polizisten provozieren. Diese würden panisch reagieren und mit ihren Gummiknüppeln wahllos auf die Leute einschlagen. Möglicherweise brauchten die Polizisten auch gar nicht provoziert zu werden, und einer aus deren Reihen würde aus irgendeinem Grund durchdrehen. Er selbst wäre diesem Treiben hilflos ausgesetzt, denn hier, mitten in der Masse, würde er als Einzelner noch nicht einmal weglaufen können. Wenn er sich aus der Mitte des Pulks entfernte und mehr am Rand ging, kam er zwangsläufig den Polizisten näher, die am Straßenrand standen, bereit, beim geringsten Anzeichen von Gewalt einzuschreiten. Wenn er sie betrachtete mit ihren dunklen Uniformen, den Schilden, den herunter geklappten Helmen und vor allem ihrer Bewaffnung, mochte er sich nicht vorstellen, dass er und die anderen Menschen, die mit ihm gingen, der Anlass für dieses Bedrohungsszenario sein sollten. Er fühlte sich ihnen und ihrer Aufrüstung gegenüber bloßgestellt, nicht nur bedroht, sondern auch abhängig, denn sie konnten jeder Zeit von ihrem Gewaltpotenzial Gebrauch machen. Nach einiger Zeit beruhigte ihn jedoch das Schweigen der Menge, und das Gefühl der Bedrohung entfernte sich, schien über der schweigenden Menge zu schweben. Die gleichmäßigen Schritte unterstrichen dieses Gefühl.

Er erinnerte sich an die Schutzmänner seiner Kinderzeit. Bei ihnen hatte er tatsächlich das Gefühl gehabt, sie würden ihn beschützen, auch vor anderen Menschen, falls diese ihn bedrohten. Sie standen auf seiner Seite. Diese schwer bewaffneten Männer wirkten wie Roboter aus einem Science-Fiction-Film. Sie standen nicht auf seiner Seite und er nicht auf ihrer. Wenn er sich diese für ihn noch immer ungewohnte Situation nicht immer wieder bewusst machte, könnte er zu dem Schluss kommen, er tue etwas Unrechtes, ganz allein, weil er auf der anderen, der ungewohnten Seite stand. Viele seiner Bekannten würden dies auch fast automatisch so verstehen.

Als sich am Ende der vorgegebenen Strecke die Demo allmählich auflöste, traten Mitarbeiter eines lokalen Fernsehsenders auf Kollas zu und baten ihn um ein Interview. Sie interessierten sich dafür, aus welchen Gründen er an der Demonstration teilgenommen hatte. Kollas erklärte lapidar, es sei wichtig, die Demokratie zu schützen und sich als Bürger gegen Polizeigewalt zur Wehr zu setzen.

Am nächsten Tag wurde er in mehreren Presseberichten erwähnt. Eine Zeitung berichtete sogar über seinen Fall. Wie die Redakteure zu Informationen darüber gekommen waren, die sie zudem völlig verdreht und zum Teil falsch darstellten, konnte sich Kollas nicht erklären. Am folgenden Tag befasste sich nicht nur die lokale Presse mit der Geschichte – zu einer solchen waren die Begebenheiten inzwischen geworden –, sondern bekannte, größere Tageszeitungen meldeten sich zu Wort. Bei der Darstellung der Situation musste unzweifelhaft der Eindruck entstehen, Kollas beschuldige hartnäckig einen Menschen, dessen Name nicht genannt wurde, einer Tat, die dieser gar nicht begangen haben konnte, weil er sich zu diesem Zeitpunkt nachweislich ganz woanders aufgehalten habe. Dieser Version schlossen sich in den nächsten beiden Tagen andere Zeitungen an, auch wenn sie nicht solch reißerische Formulierungen gebrauchten wie in dem ersten Artikel.

Kollas Wut wich einem Schrecken und diesem folgte eine tiefe Zermürbung. Sein Anwalt wusste ihm auch keinen Rat, wie er sich gegen solche Verleumdungen zur Wehr setzen konnte. Kollas war so erschreckt und auch enttäuscht über den Verlauf der Ereignisse, dass er sich resigniert zurückzog.

Allmählich begriff er, dass zu viel geschehen war, um in sein vorheriges, sorgloses Leben zurückzukehren. Er wollte es auch nicht mehr, weil er sich sicher war, dort nicht mehr verstanden zu werden. Er würde kein Recht bekommen, wenn er nicht selbst dafür sorgte. So kam er in Kontakt zu der Gruppe, welche die Demo gegen Polizeigewalt vorbereitet hatte, Internetforen veranstaltete und sich mit Redebeiträgen in diesem Zusammenhang beschäftigte. Die meisten Leute in dieser Gruppe waren wesentlich jünger als er, und zuerst fühlte sich Kollas fremd und etwas deplatziert, denn diese Leute verfügten über jede Menge Erfahrungen in außerparlamentarischer Opposition. Die meisten von ihnen hatten einschlägige Erfahrungen mit der Polizei gemacht, einige von ihnen waren schon mehrmals festgenommen worden.

Er lernte Johann kennen, der durch das Land reiste und Seminare über gewaltlosen Widerstand abhielt. Dieser sprach lange mit ihm darüber, wie wichtig es sei, sich keinesfalls zu Gegengewalt hinreißen zu lassen, sonst verkehre sich sein ganzes Ansinnen in ihr Gegenteil. Gewalt, gepaart mit Ohnmachtsgefühlen, macht süchtig, weil man sich immer im Recht fühle, erklärte er lapidar. Kollas fühlte sich nicht betroffen von dieser Rede. Er war fast schon beleidigt darüber, dass Johann ausgerechnet ihn mit dieser Tatsache konfrontiert hatte, bis er eines nachts aus seinen Träumen schweißgebadet von Gewaltfantasien erwachte.

Erben hatte diesem Hund nie richtig getraut. Wenn man sie nicht von jung auf an sich gewöhnte und abrichtete, konnte man nicht beurteilen, was in ihnen vorging und wie sie sich in einer ungewohnten Situation verhielten. Nach dem Vorfall hatte ihm der Kollege Windrich empfohlen, ihn verschwinden und dabei keine Spuren zu hinterlassen.

Erben war durchaus kein ängstlicher Mensch. Seine Kollegen vertraten sogar durchweg die Meinung, er sein ein abgebrühter Hund. Aber in den ersten Tagen nach diesem Vorfall war er doch etwas unsicher geworden und rechnete mit dem Schlimmsten. Aber mit jedem Tag, der verging, fand er zu seiner alten Coolness zurück, was auch darauf zurückzuführen war, dass er sich auf seine Kameraden verlassen konnte. Es war wie bei den Musketieren: einer für alle und alle für einen. Allmählich würde Gras über die Sache wachsen. Und je größer der Abstand zu dem Ereignis, je mehr würde sich ihre Version der Sache durchsetzen. Jedenfalls wäre eine andere nicht mehr zu beweisen.

Dann gab es dieses Interview und die folgenden Presseberichte. Zuerst, das musste er sich schon eingestehen, hatte er einen Schreck bekommen, aber der war nur von kurzer Dauer. Ein Redakteur von BILZ rief ihn an und wollte ihn unbedingt interviewen. Zuerst lehnte er ab, aber Windrich, mit dem er sich besprach, empfahl ihm dringend, das Interview zu geben. Die Sache war dann auch in einer Viertelstunde abgehakt. Der Redakteur hatte seine Geschichte ohne weitere Nachfragen geschluckt. Jedenfalls tat er so. Nur über das Verschwinden des Hundes wollte er Genaueres wissen. Aber so ist das schon mal in ländlichen Gegenden: Hunde laufen einen zu und manchmal verschwinden sie auch, wie sie gekommen sind.

Dann tauchte plötzlich dieses Video auf. Teile davon waren, wenn auch zu einer späten Sendezeit, in einem Feature des öffentlich–rechtlichen Fernsehens zu sehen gewesen. Render hatte ihn am nächsten Tag angerufen und darüber berichtet und ihm eingeschärft, ruhig zu bleiben und die Szene auf keinen Fall mitzuschneiden, falls sie noch einmal gesendet wurde. Er könnte überwacht werden, oder dieser Mitschnitt würde bei einer möglichen Untersuchung bei ihm gefunden.

Erben durfte jetzt nicht durchdrehen. Seine Frau wurde allmählich unruhig und fragte ihn dauernd, was er habe, er sei in letzter Zeit so zerstreut und gereizt. Irgendwann war ihm tatsächlich der Gaul durchgegangen, und er hatte sie angeschrien. Am nächsten Tag, als sie von der Arbeit gekommen war, hatte er sich entschuldigt, und sie war gleich wieder gut mit ihm. Später hatte sie ihn gefragt, ob er was mit einen anderen hätte, und dieser lächerliche Verdacht hatte ihn eine Zeit lang von seinen Sorgen, die er sich nur widerstrebend eingestand, abgelenkt. Er musste dieses Video unbedingt sehen, um sich zu vergewissern, ob man ihn möglicherweise erkennen konnte.

Die nächsten beiden Tage waren Stress pur. Zuerst wollte er sich krankschreiben lassen, aber dann redete er sich ein, er dürfe sich jetzt nicht hängen lassen und nahm sich zusammen. Zwei Tage später nahm ihn Render beiseite und zeigte ihm die Szene auf seinem Smartphone. Ein heftiger Schreck durchfuhr ihn. Wenn auch aus einiger Entfernung, er war deutlich zu erkennen und auch der vermaledeite Köter, wie er auf den Typen zu sprintete und ihn anfiel. Render klopfte ihm kumpelhaft mit der Faust vor die Brust und forderte ihn auf, jetzt bloß die Füße still zu halten und nicht die Nerven zu verlieren. Es genüge schon, wenn Windrich durchdrehte. Das sei bereits einer zu viel.

Windrich war drauf und dran, auszusteigen. Wenn es zu einer Verhandlung kommen sollte, und die Handyaufnahme als Beweismittel anerkannt würde, war nicht nur Erben dran, sondern er auch. Auf gar keinen Fall würde er einen Meineid schwören. Wenn das rauskäme, wäre es vorbei mit dem Polizeidienst. So ein Scheißköter! Was musste Erben sich den auch anschaffen. Und warum musste das blöde Vieh den Mann beißen? Einfach so! Warum, fragte er sich immer wieder, war er auf das blöde Ansinnen von Render eingegangen? Der würde mit Sicherheit dichthalten. Aber was war mit di Lazio? Wenn es eine undichte Stelle zwischen ihnen Vieren gab, dann war dies di Lazio. Der hatte eine ziemliche Zeit lang von Render bearbeitet werden müssen. Aber er, Herbert Windrich, war hinter Erben der Nächste. Er hatte schließlich das eigentliche Alibi geliefert, indem er behauptet hatte, Render sei mit Erben auf Streife gewesen. Im Zweifelsfall konnte er sich damit herausreden, von dem Diensttausch erst im Nachhinein erfahren zu haben. Nein, das konnte er nicht. Ist doch Quatsch. Er war der Diensthabende und als Vorgesetzter konnte er doch nicht einfach behaupten, er habe nichts von einem Diensttausch gewusst. Die Bosse bei VW gaben auch vor, von der Abgasbetrugssoftware nichts gewusst zu haben. Aber der Vergleich hinkte total. Jetzt fing er wohl schon an zu spinnen. Das ist ein großer Konzern, und hier handelte es sich um eine piefige Dienststelle, zudem bei der Polizei, die ja wohl in den eigenen Reihen über alles informiert sein sollte. Eher konnte er Render beschuldigen, ihn angestiftet zu haben. Hatte er ja auch in gewisser Weise. Aber nein, hatte er natürlich nicht. Er hielt zu seinen Kumpels. Er würde dichthalten. Wenn sie alle zusammenhielten, konnte ihnen gar nichts passieren. Wenn nur di Lazio die Backen zusammenkneifen und das Maul halten würde … Und, ja doch … Wenn man Erben kannte, die Art, wie er sich bewegte, gab es nicht den geringsten Zweifel. Aber ein Fremder erkannte auf dieser verwackelten Handyaufnahme gar nix. Sein Gesicht konnte man schon gar nicht erkennen. Viel zu weit weg. Außerdem war die Szene auch nicht besonders deutlich. Würde eine Aufnahme mit einem Handy überhaupt bei einer Verhandlung zugelassen? Noch gab es ja nicht mal eine Verhandlung. Der Fall war abgeschlossen. Wenn sich dieser Kollas nicht meldete, passierte gar nix. Aber der würde sich schon melden, wenn er von der Aufnahme erfuhr. Offenbar hatte eine Spaziergängerin die Szene aufgenommen, die weder er noch Erben bemerkt hatten. Und warum hatte sie sich jetzt erst gemeldet? Und warum war sie nicht zur Polizei gegangen? Die ganze Sache war doch oberfaul. Zuerst musste sie das Ding mal auf richterliche Anordnung rausrücken. Dann konnte man weitersehen. Weder die Justiz noch die Politik waren an einem Polizeiskandal interessiert. Aber diese Sache war ihnen womöglich nicht bedeutend genug, um sich die Finger daran schmutzig zu machen. Die Kleinen hängt man auf, die Großen lässt man laufen. Er musste mit Render reden. Der musste jetzt was tun. Aber vielleicht war es auch besser, einfach abzuwarten. Sonst machte man sich noch unnötig verdächtig. Nein, besser die Füße still halten und gar nichts machen. Erst mal abwarten! Nur jetzt nicht durchdrehen!

Das war zu erwarten gewesen, dachte Render. Dieser Kollas war wieder im Spiel. Er musste sich jetzt zuerst di Lazio und Windrich vorknöpfen, und zwar nacheinander. Es kam jetzt zuerst mal darauf an, dass die nicht panisch reagierten. Die Herausgabe der Aufnahme war bereits veranlasst. Er war sich sicher, dass es als Beweismittel nicht zugelassen wurde. Aber der Richter würde es sich vorher genau ansehen. Wenn das Ding aus dem Verkehr gezogen würde, konnte ihnen nichts mehr passieren.

Die Stimmung bei der Presse war inzwischen umgeschlagen. BILZ hatte seine Story gehabt. Die hielten sich jetzt raus. Die linken Blätter holten nun die ganzen alten Geschichten wieder hervor: Nazi-Drohbriefe an Anwältin, an Politikerin von der Linken, an Kabarettistin! Schwarzer auf dem Polizeirevier zusammengeschlagen! Demo gegen Flüchtlingspolitik brutal aufgelöst! Polizisten ohne Mundschutz! Welche Rolle spielte der V-Mann Temme beim Mord an Halit Yozgat? Da gibt es Spuren bis hinauf zum hessischen Ministerpräsidenten. Aber da hat der Geheimdienst Dreck am Stecken, nicht die Polizei. Die würden schon sehen, dass sie ihre Weste sauber behielten. Render war überzeugt, sie würden sich da schon zu helfen wissen.

Timm traf Frau Maier im Park.

»Da haben Sie mir ja schön was eingebrockt«, sagte sie vorwurfsvoll.

»Wieso? Was meinen Sie?«, fragte Timm und versuchte, freundlich zu klingen.

»Hätte ich Ihnen doch nie etwas von dieser Handyaufnahme gesagt. Zuerst klebten mir irgendwelche windigen Reporter an den Fersen, und dann stand auch noch die

Polizei vor meiner Tür und wollte mein Handy beschlagnahmen.«

»Hatten die einen Gerichtsbeschluss?«, wollte Timm wissen.

»Nein, hatten sie nicht. Ich habe sie freundlich hinaus komplementiert.« Sie gingen schweigend einige Schritte. Dann sagte sie: »Das Video oder wie man das heute nennt, kann ich dem Gericht zur Verfügung stellen, aber ich will mit dieser Sache nichts zu tun haben.«

»Möglicherweise werden Sie als Zeugin vorgeladen, denn sie haben ja gesehen, wie der Hund von Erben auf Kollas zulief.«

»Ich kenne weder einen Herrn Erben noch den Herr Kollas. Ich kam nur zufällig da vorbei und habe gefilmt, als ich bemerkte, wie der Hund immer unruhiger wurde, als der Mann dort vorbeikam.«

»Sie meinen Kollas?«

»Ja, aber zu diesem Zeitpunkt hatte ich ihn noch nie gesehen. Warum gibt er keine Ruhe? Mit der Polizei kann man sich nicht anlegen.« Frau Maier fühlte sich ganz verwirrt.

»Ich kann ihn gut verstehen«, erwiderte Timm. »Er will sein Recht. Der Hund hat ihn angefallen und blutig gebissen. Und dieser Erben geht einfach weg, als wäre nichts geschehen.«

»Aber gerade deshalb werden die nie was zugeben«, sagte Frau Maier fast schon verzweifelt.

»Gerade deshalb muss man sein Recht einfordern«, widersprach Timm. Nach einer kleinen Pause fügte er hinzu: »Wir leben in einer Demokratie. Wenn schon die Polizei ein Gewaltmonopol innehaben muss, trägt sie deshalb dafür eine besondere Verantwortung. Von diesem Gewaltmonopol darf sie nur in einem äußersten

Notfall Gebrauch machen. Leider geschieht in unserer Gesellschaft zunehmend das Gegenteil.«

»Wird das jetzt ein Vortrag über Ihr Demokratieverständnis?«, fragte Frau Maier.

Diesen süffisanten Ton hatte Timm ihr nicht zugetraut. Trotzdem fuhr er fort:

»Wenn es schon diesen Widerspruch in sich geben muss – ich meine Demokratie und Gewaltmonopol –, dann sollte auch die Politik die Polizei nicht missbrauchen. Viele Einsätze der Polizei könnte man sich sparen und stattdessen Kompromisse auf diplomatischer Ebene suchen.«

»Das ist mir zu theoretisch«, meinte Frau Maier. »Könnten Sie mal ein Beispiel nennen?«

»Nehmen Sie Stuttgart 21! Dieser Bahnhof durfte niemals gebaut werden. Die Polizei ist gezwungen, ein völlig unsinniges, zudem noch unrentables Vorhaben zu schützen, dass sich einige geldgierige Investoren ausgedacht haben.«

»Aber das hat doch nichts mit unserem Fall zu tun?«, widersprach Frau Maier.

»Da mögen Sie recht haben«, gab Timm zu. »Aber ich wollte darauf hinweisen, dass ich kein grundsätzliches Vorurteil gegen die Polizei habe.«

»Das habe ich auch nicht angenommen«, sagte Frau Maier.

Timm musste trotzdem noch ergänzen:

»Die Polizistinnen und Polizisten schwanken ständig zwischen Befehlsempfang und Größenwahn.«

Frau Maier ließ diesen vollmundigen Satz unkommentiert.

Di Lazio sieht müde aus, als er sich zu seiner Frau an den Esstisch setzt. Er nimmt zuerst einen kräftigen Schluck Wein, bevor er sich über das Schnitzel und die Pommes hermacht.

»Warst du bis jetzt bei dieser Demo eingesetzt?«, fragt Rita.

Er nickt.

»Sind vor einer Stunde zurück an die Dienstelle gekommen. Ich konnte dann gleich heimfahren.«

»Warst du wieder ganz vorne?«

»Ja, mich schicken sie immer ganz vorne hin.« Er macht eine Pause, weil er den Mund voll hat. »Weil ich Erfahrung habe, und weil sie wissen, dass ich ruhig bleibe und mich nicht provozieren lasse«, fährt er dann fort.

Er spießt einige Pommes auf.

»Nimm doch auch was von dem Salat«, fordert ihn seine Frau auf.

»In dieser Scheißuniform steckst du drin wie in einer Ritterrüstung. Und bei diesem Wetter schwitzt du wie ein Schwein.«

Er folgt Ritas Aufforderung und nimmt von dem Salat.

»Das ist sicher gut, wenn sich deine Vorgesetzten auf dich verlassen können«, meint sie.

Er holt tief Luft und sagt dann:

»Wenn es so einfach wäre … Bei diesen Demos sollst du das Gehirn ausschalten und Befehlen gehorchen. Mal sollst du jegliche Provokation und Eskalation vermeiden. Dann wieder sollst du, ohne lange zu fackeln, hart durchgreifen, dein Pfefferspray benutzen und dreinschlagen, je nachdem, wen du gerade vor dir hast. Dann wieder sollst du Fingerspitzengefühl zeigen und mitdenken, was sie dir aber monatelang systematisch abtrainiert haben, das Fingerspitzengefühl meine ich. Empathie ist das neue Zauberwort. Weichei sein oder Eier zeigen, das ist hier die Frage. Bei jedem Einsatz neu. Das macht dich kirre.«

Er nimmt einen kräftigen Schluck Wein und widmet sich dann wieder seinen Pommes.

»Weißt du, es ist doch so: Was ich nicht einsehe, kann ich noch so oft abtrainieren, irgendwann kommt das Ursprüngliche wieder durch.« Er überlegt kurz. »Der Einsatzleiter sagt: Tu das oder lass das! Aber ich sehe ihm an, dass er auch nur Befehlen gehorcht. Am liebsten würde er es ganz anders machen. Und manchmal tut er es auch, sobald die Kameras weg sind.«

Rita merkt, dass sie es nicht so genau wissen wollte. Ihr Mann stochert eine Weile geistesabwesend im Salat herum.

»Heute war dieser Typ mit dem Transparent wieder da«, sagt er plötzlich.

»Welcher Typ?« fragt sie.

»Ach, das ist eine lange Geschichte.«

»Erzähl doch!«, fordert sie ihn auf.

»Also, der Typ erschien eines Tages bei der Polizeidienststelle und hat behauptet, der Hund von Erben habe ihn gebissen, und der sei anschließend abgehauen, ohne ihm zu helfen.« Er schneidet sich von seinem Schnitzel ab. »Kannst du dich an Erben erinnern? Hab dir von ihm erzählt. Ich war damals ein paar Mal mit ihm auf Streife. Macht immer einen auf dicke Hose. Er hat sich vor einem halben Jahr an eine andere Dienststelle versetzen lassen, obwohl er direkt um die Ecke wohnt.«

»Und hat das gestimmt, was dieser Mann gesagt hat?«

»Ich weiß es nicht. Vorstellen kann ich es mir schon. Erben hat es natürlich bestritten.«

»Warum ist das natürlich?«, fragt sie.

»Ich sag ja nur. Ich kümmere mich nicht um so was. Will damit nichts zu tun haben.«

»Und weiter?«

»In aller Kürze: Erben und Windrich haben behauptet, der Mann würde sich täuschen und ihn verwechseln, weil nämlich Erben mit Render zur fraglichen Zeit auf Streife waren.«

»Und das stimmt?«, fragt sie.

»Nein, es stimmt nicht, denn ich war an diesem Vormittag mit Render auf Streife. Windrich hatte Innendienst.«

»Ach!«, entfährt es ihr.

»Wenn dich mal jemand fragt … «, führt di Lazio weiter aus. »Du weißt von nichts! Die Anzeige wurde abgeschmettert. Der Mann ist dann zur Zentrale gefahren und hat seine Anschuldigungen dort wiederholt. Und auch da wurde er abgeschmettert.«

»Und weißt du, ob er wirklich … ?«, fragt seine Frau.

»Ich will's gar nicht wissen«, erklärt di Lazio. »Jedenfalls war vorerst Ruhe. Dann ist diese Handysequenz in einer Fernsehsendung aufgetaucht, die eine Spaziergängerin aufgenommen hatte. Du fragst dich sicher, warum sie jetzt erst damit herausgerückt ist. Ich hatte damals auch so meine Zweifel, was es damit auf sich hat. Ich habe mir das Teil niemals angeschaut. Aber einige haben behauptet, wenn man Erben kennt, könnte man zu dem Schluss kommen, dass er es ist, und auch sein Hund, der den Mann angefallen hat, war angeblich zu erkennen.«

Er legt Messer und Gabel neben den Teller und trinkt von seinem Wein.

»Und weiter?«, fragt seine Frau neugierig.

»Die Stimmung kippte dann. Nach dieser Fernsehsendung, die noch mehrmals wiederholt wurde und nach den folgenden Presseberichten waren die Leute plötzlich auf der Seite von diesem Kollas. Vorher, durch Berichte von BILZ, sah es danach aus, als würden sie ihn für einen der üblichen Polizeihasser halten. Gibt's ja jede Menge von denen, die jede Gelegenheit nutzen, und sei sie auch noch so an den Haaren herbeigezogen, um die Polizei schlecht zu machen. Bin gespannt, was sie über die Demo berichten. Ach nein, eigentlich ist es mir egal.«

»Und dann?«, fragt seine Frau wieder.

»Das Gericht hat dann angeordnet, das Handy von dieser Frau zu beschlagnahmen.« Er macht eine kleine Pause, bevor er weiter erzählt, als würde er überlegen, was er anfügen, was weglassen soll. »Das Gericht erkannte es nicht als Beweismaterial an. Das Verfahren wurde niedergeschlagen.«

»Wie das?«, fragt sie zurück. »Du hast doch gesagt, dass Erben auf dem Film zu erkennen war.«

»Ja, schon … ich kenne mich im Advokatendeutsch nicht so aus. Jedenfalls haben sie die Aufnahme nicht als Beweismaterial anerkannt. Von daher gibt es keine Indizien, und deshalb gibt es auch keinen Prozess.«

Rita schiebt die Unterlippe etwas vor, wie sie es öfter tat, wenn sie über eine Sache konzentriert nachdachte.

»Das finde ich nicht gut«, erklärt sie dann. »Denken die Leute nicht gerade dann, dass etwas faul ist an der Sache? Wenn Erben sich so sicher fühlt, kann er doch vor Gericht aussagen?«

»Erben ist ein Schwätzer und ein Großmaul. Vor Gericht würde er sich schnell in Widersprüche verstricken«, wendet di Lazio ein.

»Ok, aber so bleibt immer ein Nachgeschmack. Es gibt bestimmt eine Menge Leute, die glauben, da sei etwas vertuscht worden. So was schadet dem Ruf der Polizei.«

»Aber sieh es doch mal umgekehrt!«, fordert di Lazio seine Frau auf. »Wenn sie das Filmchen vor Gericht gezeigt hätten, hätte jeder erkennen können, dass es mit ziemlicher Wahrscheinlichkeit Erben zeigt. Es heißt doch, im Zweifel für den Angeklagten.«

»Nehmen wir dies mal an«, nimmt Rita den Faden auf. »Dann hätte das Gericht dies doch auch feststellen können.«

»Das ist richtig«, bestätigt ihr Mann. »Aber die öffentliche Meinung wäre sofort umgeschwenkt. Sogar Zeitungen wie BILZ hätten sich dann auf die andere Seite geschlagen. Und alle hätten behauptet, der Richter und die Polizei stecken unter einer Decke.«

»Aber ist es denn nicht so?«, rutscht ihr heraus.

»Nein, es ist nicht so!«, widerspricht di Lazio vehement. »Das Gericht braucht hundertprozentige Sicherheit. Vielleicht hatte Erben ja ganz andere Gründe, warum er unbedingt dieses Alibi wollte. Vielleicht hat er was mit 'ner anderen. Render sagt, seine Frau habe ihn ständig im Verdacht.«

Er lässt offen, ob er Renders oder Erbens Frau meint.

»Und weiter?«, fragt sie, ohne von der Vermutung ihres Mannes überzeugt zu sein.

»Ich hätte als Zeuge aussagen müssen, wenn es zu einer Verhandlung gekommen wäre«, erklärt er.

»Wieso das?«

»Ich hätte bestätigen müssen, dass Erben und Render an diesem Tag zusammen Außendienst hatten.«

»Ach ja!«, sagt Rita und beugt sich neugierig vor. »Und dann?«

»Wenn Erben verknackt worden wäre, hätten sie mich wegen Meineid drangekriegt«, antwortet di Lazio.

Rita gibt ihre forschende Haltung auf. Später würde sie über die Sache weiter nachdenken, aber ihren Mann nie wieder darauf ansprechen.

»Und dieser Typ, Kollas, er taucht bei jeder Demo auf. Sogar im Dannenröder Forst habe ich ihn neulich gesehen.« Di Lazio schüttet sich Wein nach. »Heute stand ich ganz dicht vor ihm – er auf der einen, ich auf der anderen Seite. Er hat mich angesehen. Plötzlich hatte ich so eine Wut, dass ich den Gummiknüppel ziehen und ihm eins überbraten wollte.«

Rita führt vor Schreck die Hand zum Mund, als wollte sie unterdrücken, etwas zu sagen, das ihren Schreck verriet.

»Keine Sorge!«, beschwichtigt di Lazio. »Hab ich natürlich nicht gemacht. Ich habe mich immer fest im Griff.« Er nimmt einen Schluck Wein und lehnt sich auf seinem Stuhl zurück. »Aber eines Tages wird er sich nicht im Griff haben. Er braucht nur eine falsche Handbewegung zu machen, und dann ist er dran.«

Rita erschrickt, lässt sich aber vor ihrem Mann nichts anmerken.

Verlassener Ort

Das Boot legte in der kleinen Bucht an. Ciaron und Liam sprangen von Bord und zogen es an den Sandstrand. Mihail, der im Boot geblieben war, zog die Segel ein.

»Wir gehen hinauf«, sagte Ciaron zu Mihail.

Dieser nickte.

Liam nahm den Wasserschlauch und steckte etwas von ihrem Proviant in seinen Sack. So machten sie sich auf den Weg die steilen Stufen hinauf, die entweder in den Fels geschlagen oder mit Steinen ausgelegt waren. Möwen umflogen sie neugierig auf dem Weg nach oben. Sie hielten nach Fressbarem Ausschau, blieben aber auf Abstand. Zwischen den Felsen wuchsen kleine Blumen. Ihre weißen Blüten hatten einen Kropf.

Eigentlich war es keine Insel, sondern ein Fels im Meer, der nach oben spitz zulief. Hinter der kleinen Insel, ganz weiß von Vogelkot, erkannten sie das Festland, wo sie am frühen Morgen abgelegt hatten. Auf der Höhe wandten sich die beiden Männer etwas nach rechts. Von hier aus erkannten sie die Bienenkorbhütten der Mönche, die größere von ihnen in der Mitte der kleinen Siedlung war der Gemeinschaftsraum. Keine Stimmen, nur der Wind war zu hören.

Sie riefen, aber niemand antwortete ihnen.

Beim Eintritt in die Hütten bekreuzigten sie sich. Sie mussten sich bücken, um durch die schmalen Türen ins Innere zu gelangen. Sie fanden nur noch einen der Mönche lebend vor, der in eine Decke gehüllt auf dem nackten Boden lag und sie mit fiebrigen Augen ansah, als wüsste er nicht, ob sie wirklich oder Traumgebilde seien.

Liam gab ihm zu trinken. Der Mönch war so entkräftet, dass er danach wieder in einen tiefen Schlaf fiel, einer Ohnmacht gleich. Als er nach Stunden erwachte, konnte er etwas von dem bereitgestellten Essen zu sich nehmen. Er kaute langsam und bedächtig. Er dankte ihnen mit einem Nicken. Erst Stunden später begann er zu sprechen:

»Sie sind gestorben«, sagte er, »einer nach dem anderen. Zuerst kam das Fieber, und dann waren sie zu schwach, um etwas zu essen.« Er schaute vor sich hin. »Ich bin der Einzige ...?«

Wie zur Bestätigung nickten die beiden Männer.

»Wer hat die Toten begraben?«

Er antwortete nicht gleich.

»Ich habe meine Mitbrüder wie Seeleute, Gott befohlen, mit allen Gebeten dem Meer übergeben.«

Die Männer verbrachten die Nacht in der großen Hütte. Am nächsten Morgen war sein Fieber zurückgegangen. Der Mönch mochte kaum älter als zwanzig Jahre alt sein.

»Wir nehmen Euch mit zurück«, sagte Ciaron.

Der Mönch blickte ihn an, erschreckt.

»Nein«, sagte er, »ich habe ein Gelübde getan. »Ich werde warten, bis wieder Brüder vom Land kommen.«

»Es wird niemand kommen«, erklärte Ciaron. »Wir werden Euch nicht allein hier zurücklassen.«

Widerstrebend beugte sich der Mönch der Anordnung des Seemanns. Er nahm eine Aussegnung der geweihten Räume vor. Gemeinsam sprachen sie ein letztes Gebet. Liam wickelte die Ritualgegenstände in Sackleinen und tat sie in seinen Sack. Der Mönch bestand darauf, das große Kreuz selbst hinunter zum Boot zu tragen.

Die See war ruhig. So verließen sie die Insel. Als sie draußen auf dem Meer waren, weinte der Mönch und richtete seinen Blick zurück zu dem verlassenen Felsen, der seine Bestimmung gewesen war.

Ausflug

Am Nachmittag, nachdem sie seinen alten Vater wieder nach Hause gebracht hatten, beschlossen sie spontan, bei diesem schönen Sommerwetter zum Fluss hinunter zu fahren. Liv wollte sich gerne die Hausboote in dem kleinen Hafen in Balduinstein ansehen. In Holzappel mussten sie feststellen, dass die Straße gesperrt war. Daniel bog kurz entschlossen auf die schmale Landstraße nach Scheidt ab, die er noch nie gefahren war, von der er aber wusste, dass sie später in die andere Richtung, also flussabwärts führte. Liv war einverstanden. Die Hausboote, meinte sie, könne sie sich auch zu einem späteren Zeitpunkt ansehen.

Sie hatten über seinen Vater gesprochen, dem das Gehen in seinem hohen Alter immer schwerer fiel. Mit dem Rollator hatte er Angst, hinzufallen, weil ihm schwindelig wurde. Dies passierte immer öfter. Um so mehr hatte er sich gefreut, mal raus zu kommen. Es machte ihm mittlerweile nichts mehr aus, im Rolli geschoben zu werden.

Die enge Straße schlängelte sich wie im Gebirge in scharfen Windungen abwärts. Liv meinte spontan, es löse in ihr ein Feriengefühl aus. Daniel bestätigte dies. Sie freuten sich, wenn sie entdeckten, dass sie ähnliche Erinnerungen und Empfindungen hatten, wenn sie, so wie jetzt, einfach durch die Gegend fuhren. Ein bestimmtes Ereignis oder der Blick in eine Landschaft lösten ein nicht zu ergründendes Gemisch von Erinnerungen aus, denen sich weitere in einer unbestimmten Reihenfolge anschlossen. Liv nannte dies »die Assoziationskette anwerfen«.

In einer Kurve entdeckten sie eine Burg, genauer gesagt ragte nur der Turm zwischen Felsen und Bäumen heraus. Daniel hielt kurz entschlossen auf dem kleinen Parkplatz an. Die Burg oder das, was von ihr übrig war, interessierten ihn weniger, vielmehr erhoffte er sich vom Turm aus eine gute Aussicht über das Flusstal. Am Tor verkündete ein Zettel, das Gebäude sei wegen der Corona-Pandemie bis auf Weiteres geschlossen. Daniel beobachtete einen Schmetterling, der über ihn hinwegflatterte. Er wollte wieder umdrehen, entschloss sich dann aber spontan, festzustellen, ob das Tor verschlossen war. Siehe da, es war nur angelehnt, und sie gingen hinein und den kurzen Weg zur Burg hinauf, die nur noch aus den Umfassungsmauern, der Plattform und dem gut erhaltenen oder wahrscheinlich wieder vollständig aufgebauten Turm bestand.

Daniel zögerte, als er den Mann bemerkte, der auf der Terrasse etwas wegräumte. Die Burg war geschlossen, und es handelte sich um Privatbesitz. Er wollte schon umkehren, als der Mann aufblicke und hinunterrief:

»Es ist zwar geschlossen, aber sie können sich die Burg ruhig ansehen. Ich muss sie aber darauf aufmerksam machen, dass Sie das Gelände nur auf eigenes Risiko betreten dürfen.« Er zögerte kurz und ergänzte dann: »Aber es besteht keine Gefahr.«

Liv hatte eine Art, schnell und unkompliziert mit Menschen in Kontakt zu kommen. Während Daniel Fotos machte, unterhielt sie sich mit dem Mann, der, wie sich herausstellte, der Besitzer der Burg war. Er hatte sie erst vor Kurzem gekauft und nutzte nun jedes freie Wochenende, wie er bereitwillig erzählte, um die siebzig Kilometer von seinem Wohnort hierher zu fahren. Wenn er erst mal im Ruhestand sei, erklärte er, wolle er den ganzen Sommer hier verbringen. Es klang so, als sei er innerlich bereits auf diesen Ruhestand eingestellt. Im Lauf des Gesprächs würde er mir dies noch mehrmals betonen. Inzwischen hatte sich Daniel zu ihnen gesellt.

Der Mann erzählte ihnen von dem Vorbesitzer der Burg, der aufgrund seines Alters die Stufen nur noch mit äußerster Mühe hatte bewältigen können. Liv fragte ihn, wie man dazu komme, eine Burg zu kaufen. Der Mann schien geradezu auf diese Frage gewartet zu haben.

»Ich habe mich schon in meiner Jugend für Burgen interessiert«, erklärte er, »und hier hatte ich eine günstige Gelegenheit, eine zu kaufen. Gehen sie ruhig rein«, meinte er auffordernd. »Es ist alles stabil.«

Er begleitete sie die Steinstufen hinauf zum Eingang. Sie kamen in einen Raum, der mit rustikalen Möbeln bestückt war, nicht wirklich antik, eher auf Alt hergestellt. An den Wänden hingen Schwerter und Säbel, die wahrscheinlich nie jemand benutzt hatte und die eigens hergestellt worden waren, um solche Räume zu schmücken. Daneben und dazwischen hingen Bilder von preußischen Königen und deutschen Kaisern, Gewehre, Bierseidel, Helme, zumeist solche aus dem 1. und 2. Weltkrieg, Pickelhauben und Kapitänsmützen in unterschiedlichen Ausführungen, Jagdhörner, Trommeln, Schiffsmodelle, verkleinerte Nachbildungen von Rüstungen und Wappen.

»Die stammen noch vom Vorbesitzer«, erklärte der Mann, und Daniel vermeinte eine Entschuldigung in der Art und Weise, wie er es sagte, zu hören. Vielleicht gefallen ihm die Sachen, obwohl sie nicht echt sind, vermutete er.

Der Burgbesitzer kam noch einmal auf seinen baldigen Ruhestand zu sprechen. Dann würde er, wie schon gesagt, mehr Zeit hier verbringen, einiges renovieren und ausbauen. Liv fragte ihn, was er beruflich mache. Die Art und Weise, wie sie dies tat, wirkte ganz selbstverständlich, was aber auch daran lag, dass der Mann einen einsamen Eindruck machte, sich offensichtlich gerne befragen ließ und in einer Weise berichtete, indem er unterschiedliche, auch persönliche Dinge aneinanderreihte, als habe er seit Tagen mit keinem Menschen gesprochen. So erzählte er auch, dass seine Freundin Ukrainerin sei, und er sie seit Monaten nicht gesehen habe, weil sie aufgrund von Corona nicht ausreisen durfte.

Zuerst gebrauchte er die für Liv und Daniel merkwürdige Formulierung, er heile Menschen. Später erklärte er, er sei Arzt und arbeite in der Schweiz als Leichenbeschauer. Er stelle amtliche Totenscheine aus.

Während seiner Ausführungen erklärte er ihnen das Heizsystem der Burg. Die Wände seien auch in der kalten Jahreszeit trocken. Im Sommer sei es angenehm kühl, im Winter aufgrund der dicken Wände warm. Über eine kleine Treppe gelangten sie in sein Schlafzimmer. Sowohl Liv als auch Daniel zögerten, es zu betreten.

»Kommen Sie ruhig herein!«, forderte der Mann sie auf. »Schauen Sie sich die Möbel an. Die habe ich mir extra von einem Schreiner, den ich gut kenne und dessen Arbeit ich sehr schätze, machen lassen. Es gibt nur noch wenige Handwerker, die so etwas können. Das Holz ist sehr lange abgelagert und lässt sich gut verarbeiten. Habe ich aus Polen.« Sie bestätigten, dass ihnen die Möbel auch gefielen. »Ich bin gespannt, wie lange das noch mit Corona dauert und wann ich die Burg wieder für den Besucherverkehr öffnen darf.«

Daniel dachte, der Mann zeige Besuchern gerne seine Burg, so wie ihnen jetzt. Es dränge ihn geradezu danach.

Eigentlich war kein wirklicher Kontakt entstanden, sondern der Mann hatte einfach die Gelegenheit genutzt, ihnen sein kleines Reich zu zeigen. Trotzdem hatte er den Eindruck, mit Liv etwas Außergewöhnliches zu erleben. Er war sich sicher, diese Situation noch lange zu erinnern. Der Grund dafür war aber nicht allein die Begegnung mit dem Burgbesitzer und die individuelle Führung, sondern auch das Licht dieses Nachmittags, das Sommer- und Feriengefühl, die Freude seines Vaters über ihren Spaziergang und vor allem das selbstverständliche Gefühl seiner Zusammengehörigkeit mit Liv, das sich beide scheuten, Liebe zu nennen.

Der Mann führte sie nach oben auf den Turm. Wie Daniel erhofft hatte, gab es einen großartigen Rundumblick auf das Tal, den sich schlängelnden Fluss in dessen Mitte, das schmale, lang gezogene Dorf und die Wälder, die sich über beide Hänge zogen. An einigen Stellen zeigten sich Schneisen im Wald, wo Nadelhölzer, die aufgrund des Wassermangels eingegangen und später abgeholzt worden waren, verkümmert kreuz und quer herumlagen. Er konnte die Boote an der Anlegestelle erkennen, die parkenden Autos auf der Wiese, die umgedrehten Kanus und die Wohnwagen auf dem Campingplatz daneben. Gerade fuhr die Lokalbahn in den Bahnhof ein, der am gegenüberliegenden Ufer etwas abseits des Dorfes lag.

Daniel folgte nicht mehr den Erklärungen des Mannes. Der hatte ohnehin die ganze Zeit zu Liv gewendet gesprochen. Sie unterließ es, ihm weitere Fragen zu stellen oder Stichworte zu geben. Der Mann fand auch ohne dies kein Ende. Irgendwann nutzte sie eine Gesprächspause, um sich bei ihm für seine freundliche Bereitwilligkeit zu bedanken, ihnen trotz Schließung alles gezeigt zu haben. Daniel schloss sich an.

Als sie das Gelände verließen, bestätigten sich beide das Gefühl, etwas Besonderes erlebt zu haben, auch wenn sie den Mann etwas merkwürdig selbstbezogen fanden, vielleicht auch gerade deshalb.

»Meinst du, seine Freundin wird ihn besuchen kommen?«, fragte Liv.

»Keine Ahnung!«, antwortete er. »Wie soll man sich eine Vorstellung von dem Liebesleben eines Menschen machen, dem man auf diese flüchtige Art und Weise begegnet ist?«

»Ich kann das Gespräch mit ihm überhaupt nicht einordnen«, meinte sie nachdenklich. »Einerseits war es eine zufällige, flüchtige Begegnung. Andererseits zeigte er uns sein Schlafzimmer, sprach über seine Freundin und erweckte den Eindruck, als vertraue er uns in jeder Beziehung.«

»Der vertraut niemandem«, widersprach Daniel sofort. »Er kam mir eher menschenscheu vor.«

Ja, mir auch«, bestätigte sie. »Dies fand ich ja gerade das Widersprüchliche. Es war ein ständiger Wechsel von Nähe und Distanz ohne eine Mitte.«

Daniel schaltete in der Kurve einen Gang zurück.

»Hast du gemerkt, wie er auf die Gebote bezüglich Corona reagiert hat?«

Liv antwortete nicht gleich.

»Mir kam es so vor, als wüsste er nicht Bescheid über die Regeln, weil er sich dauernd in der Schweiz aufhält«, sagte sie dann. »Jedenfalls deutete er dies als Begründung an, was ich nicht überzeugend finde, denn er ist ja jetzt hier. Und wenn er sich im Supermarkt was einkauft, muss er ja wissen, wie er sich verhalten muss. Aber vielleicht hat er etwas anderes, etwas Tiefergehendes gemeint.«

»Jedenfalls wollte er den Lockdown – blödes Wort, wir übernehmen hier immer alle primitiven Bezeichnungen von den Amerikanern – nicht kommentieren.«

»Ich denke, es geht ihm nicht alleine so«, sagte sie. »Viele Menschen reagieren auf die Regeln mit ambivalenten Gefühlen, ohne dass sie sich diese erklären können oder verstehen, was in ihnen vorgeht. Sie sind es gewohnt, für oder gegen etwas zu sein, sich auf diese oder jene Seite zu stellen. Bezüglich Corona ist es zudem schwierig, sich zu informieren. Selbst Fachleute wissen noch sehr wenig.«

»Das stimmt«, pflichtet er bei.

»Und sich dann einen Standpunkt zu bilden und diesen womöglich gegen eine Mehrheit zu vertreten ist ohnehin und in diesem Fall extra schwierig«, fuhr sie fort. »Die Leute sind verunsichert und verwirrt. Manche macht dies besonders still, andere eher aggressiv. Oft unterdrücken sie, was mit ihnen geschieht, hören nicht in sich hinein.«

»Sie machen einen Lockdown ihrer Gefühle«, ergänzte Daniel süffisant. »Und dann brechen diese an Stellen aus, die vermeintlich oder tatsächlich mit etwas ganz anderem zu tun haben.«

Inzwischen waren sie unten im Dorf angekommen und parkten den Wagen in einer schmalen Straße hinter dem Uferweg. Sie wollten noch etwas am Fluss entlang spazieren.

»Gefühle werden gedeckt. Nur das Korrekte äußern zu sollen oder zu wollen führt zu noch mehr Deckelung und einer Art Affektstau«, dozierte er, als sie auf dem Uferweg angekommen waren.

»Wie kommt man raus aus diesem Kreislauf?«, fragte sie besorgt.

»Ich weiß auch nicht«, meinte er resigniert. »Man kann nur versuchen, sich eine differenzierte Meinung zu bilden, statt sich auf eine Seite zu schlagen, und möglichst genau wahrnehmen, was in einem vorgeht«

»Demnächst habe ich mehr Zeit dazu«, meinte sie lächelnd.

Daniel entdeckte eine Libelle von dunkler, grünblauer Farbe in der Sonne leuchtend. Er mochte die schweren Gedanken ablegen, aber es gelang ihm nicht. Der schöne Sommernachmittag hier am Fluss stand unverbunden daneben, als lebe er in zwei Welten. Er konnte nicht mehr unbeschwert einen Tag draußen genießen, ohne an die Klimakatastrophe zu denken, welche sie bedrohte. Liv äußerte etwas Ähnliches, als hätten ihre Gedanken miteinander korrespondiert, ohne dass ihnen dies bewusst gewesen wäre.

»Auch die alten, fast schon überwundenen Rollenbilder haben sich während Corona wieder eingenistet, besser gesagt, sie wurden als Folge der Gebote wieder eingerichtet.«

»Ja, die Last tragen diejenigen, die sie immer bei vergleichbaren Gelegenheiten tragen«, führte er aus. »Alte Menschen in Heimen wurden von ihren Mitmenschen isoliert, weil keine Schutzkleidung vorhanden war, Kinder können nicht in die Schule. Aber die Fußball-Bundesliga spielt längst wieder. Mütter schuften sich im Homeoffice mit zig Jobs gleichzeitig ab, und Männer dürfen sich zum Zweck des Geldverdienens im Büro verschanzen«, ergänzte er sarkastisch. »Der Kapitalismus, dessen schlappe Ideologie und verpuffende Nachhaltigkeit sich in der Ausnahmezeit bestätigt hat, wird mit Staatsgeldern aufgeputscht.«

Sie blieben bei einem Angler stehen. Eben hatte er einen Fisch herausgezogen.

»Behalten Sie den?«, fragte Liv in ihrer direkten Art neugierig.

Der Angler nahm ihn vorsichtig vom Haken.

»Nein, der ist noch viel zu klein.« Und warf ihn wieder ins Wasser.

»Kann so ein kleiner Fisch das überleben?«, wollte sie wissen.

»Natürlich«, antwortete er mit Bestimmtheit, »wenn man ihn vorsichtig vom Haken nimmt und ihn nicht verletzt.«

»Möchtest du ein Angler sein?«, fragte sie Daniel, als sie weitergingen.

»Nein«, antwortete er sofort. »Die Beschaulichkeit und das geduldige Warten kann ich auch anders erleben.«

»Du magst keine Fische töten.«

»Ja, so ist es. Ich esse gerne Fisch und … ich überlasse das Töten anderen. Auch eine Form von Teamwork! Zu Zeiten von Jägern und Sammlern hätte ich auch meine Rolle gefunden. Ich hätte die Jagd organisieren und die Rollen verteilen können. Ich muss ja nicht den entscheidenden Wurf machen, der zum Tod führt. Viele Männer haben es gerade darauf abgesehen.«

Sie beobachteten ein kleines Boot, das gerade anlegte. Der Mann stand am Steuer, während die Frau den geeigneten Moment abwartete, um das Seil mit der Schlaufe um den dafür vorgesehene Pfosten zu legen.

»Wollen wir uns ein Boot aussuchen, das uns gefällt?« schlug sie vor, »nur so!«

Sie machten öfter solche Spiele, indem sie sich etwas vorstellten, wie Kinder dies tun. Es stellte sich heraus, dass beide ähnliche Boote wählten, meist klein und mit bescheidener Ausstattung.«

»Betrachtest du mich als deine Muse?«, fragte sie ihn unvermittelt. Sie hatte über weibliche und männliche Rollenbilder nachgedacht.

Er überlegte eine Weile.

»Ja, manchmal tue ich das«, sagte er dann. »Aber es gibt auch Situationen, bei denen ich es verweigere. Dann möchte ich, dass wir Partner sind, also in der gleichen Rolle.«

»Und wann, bei welchen Gelegenheiten möchtest du das?«

»Beantwortest du mir zuerst die Frage, wie du dich als meine Muse fühlst?«

»Ich weiß nicht. Es schmeichelt mir, aber ich möchte es nicht. Ich möchte als Frau nicht auf diese Rolle reduziert sein.«

»Das trifft sich ja gut«, meinte er lächelnd.

»Jetzt du!« forderte sie ihn auf.

»Ach, da gibt es viele«, sagte er. »Manchmal gibst du vor, von einer Sache nichts zu verstehen, nichts darüber zu wissen oder keine Erfahrung damit zu haben.«

»Aber das stimmt doch«, widersprach sie.

»Mag ja sein. Aber oft handelt es sich nicht um eine Frage des Wissens oder eine der Erfahrung.«

»Vielleicht sind Männer und Frauen da unterschiedlich. Männer haben schnell zu allem Möglichen eine Meinung. Frauen greifen erst ein, wenn sie etwas mehr wissen, sich einer Sache etwas sicherer sind.«

»Ich halte dies weniger für eine Eigenart. Die Ursache liegt vielmehr darin, dass Frauen so und Männer so erzogen sind.«

»Aber tatsächlich fehlte Frauen früher die akademische Bildung, ganz einfach, weil sie an den Bildungsstätten nicht zugelassen waren. Deshalb konnten sie nicht so mitreden wie Männer. Und weil sie sich ausgeschlossen und unterdrückt fühlten, litt auch ihr Selbstbewusstsein. Das ist so lange noch nicht her, und es wirkt bis heute nach.«

»Unsere Mütter durften früher noch nicht mal ein Konto eröffnen«, ergänzte er bestätigend.

»Und deren Mütter oder Großmütter nicht wählen«, setzte sie hinzu.

»Woran denkst du?«, fragte sie nach einiger Zeit, als eine Gesprächspause entstanden war. Sie schauten auf das nachmittägliche Sonnenlicht auf dem Wasser.

»Ich denke an Malerpaare.«

»Ah, du hast die Assoziationskette angeworfen«, bemerkte sie lächelnd. »An welche Paare denkst du?«

»Zuerst sind mir Jackson Pollock und Lee Krasner eingefallen. Ich musste nach ihrem Namen suchen, weil ich sie, beziehungsweise ihr Werk, noch nicht so lange kenne. Du weißt ja, das Kurzzeitgedächtnis ... «

Sie waren beide im letzten Jahr in der Ausstellung gewesen und beide begeistert.

»Danach habe ich an Sonia und Robert Delaunay gedacht und dann an Dorothea Tanning und Max Ernst.«

»Stimmt!«, bestätigte sie, obwohl er noch gar nichts weiter ausgeführt hatte. »Zuerst waren die Männer und ihr Werk populär. Danach kamen erst die Frauen. Ich finde, die Frauen waren ebenso gut wie ihre Männer.«

Er dachte darüber nach, ob er Liv nur aus Gründen der Gleichberechtigung zustimmte oder weil er wirklich überzeugt war, dass die Frauen ebenso gute Werke geschaffen hatten wie ihre Männer. Natürlich konnte es auch sein, sagte er sich selbstkritisch, dass auch er zu den Männern gehörte, die, bewusst oder unbewusst, Vorurteile gegen das künstlerische Schaffen von Frauen hegten. Er fand tatsächlich Unterschiede. Die Bilder der Männer kamen ihm teilweise selbstbewusster vor, ohne dass er hätte sagen können, woran sich dies im Ausdruck festmachte, während er die Werke der Frauen intuitiver und unmittelbarer im Ausdruck fand. Auf Dorothea Tanning traf dies bestimmt zu, da war er sich sicher. Ja, auf Sonia Delaunay traf es auch zu, fand er bei weiterem Nachdenken. Man kann so unterschiedliche Werke wie die von Krasner und Pollock schwer miteinander vergleichen. Er schien ihm bei vielen Werken aggressiver im Ausdruck, was in seinen Augen aufgrund des Authentischen ein wesentliches Qualitätsmerkmal darstellte, während er an Krasners Bilder eine unmittelbare Kreativität schätzte. Er überlegte, ob Intellektualität zu sehr männlich geprägt oder gar definiert war. Womöglich gab es einen weiblichen Gegenpart zur männlichen Intellektualität, für den noch gar keine Bezeichnung existierte. Männliche Rationalisten oder solche, die sich dafür hielten, wiesen Frauen gerne die Intuition zu, was den Sachverhalt aber nicht traf. Außerdem war er sich nicht sicher, ob sie, diese männlichen Rationalisten, es nicht doch abwertend meinten, in Richtung Gefühlsduseligkeit. Auch hatte er sich selbst im Verdacht, so zu denken. Dies teilte er Liv mit.

»Männer denken oft zu viel«, meinte sie lapidar. »Ab einem bestimmte Punkt kann es passieren, dass dies dem Werk nicht mehr guttut. Frauen sind unverdorbener.« Dagegen hatte er nichts einzuwenden. »Aber sie sind manchmal zu angepasst«, fügte sie hinzu. »Ich nehme an, das meintest du eben, als du sagtest, ich würde oft behaupten, von etwas nicht genug zu verstehen.«

Er nickte.

Sie waren bis zum Campingplatz weitergegangen. Auf einer Bank saßen eine blonde Frau und zwei Männer, alle drei Anfang bis Mitte Sechzig in Motorradanzügen und mit Bierbüchsen in der Hand.

»Mir fallen noch Münter und Kandinsky ein, und Werefkin und Jawlensky. Die waren Paare, aber nicht verheiratet.«

»Kandinsky hat etwas Geniales, war aber wohl, menschlich betrachtet, ein Arsch.«

»Spontane, undifferenzierte Zustimmung!«, meinte sie nickend. »Und Werefkin hat klug daran getan, den Salonlöwen Jawlensky nicht zu heiraten.«

»Ich mag sein Spätwerk, wie er mit wenigen Strichen einem Gesicht einen Ausdruck verleiht.«

»Ja, ich auch, aber ich frage mich, ob ein solch reduzierter, aber offenbar selbstbewusster künstlerischer Ausdruck bei einer Frau, vor allem zur damaligen Zeit, so anerkannt worden wäre.«

»Da kann man wohl Zweifel hegen«, bestätigte er. »Jedenfalls standen die Frauen lange im Schatten der Männer, und oft wird ihr Werk erst in heutiger Zeit gebührend gewürdigt. Lee Krasner ist ein markantes Beispiel. Bei der Ausstellung hatte ich oft einen Kloß im Hals, so ergriffen war ich.«

»Mir ging es auch so.«

Inzwischen waren sie an der Anlegestelle für größere Boote angekommen. Daniel ging zu einem älteren Boot, das etwas abseits festgemacht war. Er stellte sich vor, wie Liv und er den Sommer auf diesem Boot verbringen würden.

»Mir gefällt es auch«, meinte sie. »Es hat was Nostalgisches.«

Er nickte.

»Für wie alt hältst du es?«

»Sechziger oder siebziger Jahre, bestimmt ein gieriger Spritfresser.«

»Oh ja, das denke ich auch.«

Sie gingen zurück zu dem größeren Boot. Ein älterer Mann lehnte an der Reling. Die Frau mochte etwas jünger sein und kam gerade, eine Zigarette rauchend, aus der Kabine.

»Wollen Sie es kaufen?«, fragte der Mann scherzhaft und wies zu dem Boot, das sie sich angesehen hatten.

»Ist es zu verkaufen?«, fragte Daniel zurück.

»Ja, die Leute haben gerade unseres gekauft.«

»Oh!«, meinte Liv überrascht. »Warum haben Sie das schöne Boot verkauft?«

»Es war mal genug«, antwortete die Frau. »Wir hatten es über zehn Jahre. Jetzt haben wir uns ein Wohnmobil gekauft. Damit ist man flexibler.«

»Und schneller«, ergänzte er, »aber darauf kommt es uns nicht an. In unserem Alter spielt Geschwindigkeit keine Rolle. Zum Glück!«

»Waren Sie immer hier auf dem Fluss?«, fragte Daniel.

»Nein«, nahm sie das Wort wieder auf. »Wir waren auch am Rhein und an der Mosel, an der Rhone, sind die französischen Kanäle durchfahren. Das ist besonders idyllisch. Die mecklenburgischen Seen kennen wir auch. Es ist ganz einfach. Deutschland ist durchzogen von Flüssen und Kanälen. Man kommt fast überall hin. Das macht man sich als Landratte gar nicht bewusst.«

»Wollen Sie ein Boot kaufen?«, fragte der Mann diesmal ernsthaft.

Liv sah zu Daniel hinüber, ob der antworten wollte.

»Wir gehen beide in nächster Zeit in den Ruhestand«, erklärte sie. »Und nun steht uns die Welt offen. Wir wissen noch nicht, wie es sein wird und was wir planen, aber wir können uns ja Zeit nehmen.«

»Das stimmt«, meinte er. »Aber man muss sie, die Zeit, nutzen, solange man es noch kann. Jeder Tag zählt.«

Die Frau bestätigte nickend, während sie ihre Zigarette ausdrückte.

»Wie viel kostet so ein Boot?«, fragte er. »Ich habe überhaupt keine Vorstellung.«

»Das da! Ich glaube, sie wollen Dreiundzwanzigtausend dafür haben. Aber sie müssen sich beeilen. Vielleicht ist es auch schon weg.«

»Wie findest du die Idee?«, fragte Liv, als sie wieder zurückspazierten.

»Wir könnten es uns leisten«, sagt er und ergänzte nach kurzer Überlegung: »Ich kann es mir vorstellen.«

»Was mir eben noch eingefallen ist. Frida Kahlo ist berühmter als ihr Mann, der Maler Diego Rivera.«

»Ja, stimmt!«, meinte er nach einigem Nachdenken.

Aaron

Er liebte seinen Bruder. Ihre Mutter wusste es von Anfang an, dass Gott Mose für diese besondere Aufgabe ausersehen hatte. Das Erstgeburtsrecht gilt für die Menschen. Vor Gott hat es keinen Bestand. Dem hatte er sich als der Ältere unterworfen. Ob er ihn irgendwann beneidete oder bewunderte? Er erinnerte sich nicht mehr. Auch wenn er nicht ausersehen, wusste er, wo sein Platz war. So ist es bis heute geblieben. Es muss immer Menschen geben, die eine Botschaft verkünden und bereit sind, Führung und für ihr Handeln die Verantwortung zu übernehmen. Seine bestand darin, an der Seite seines Bruders zu stehen. Dieser ist demütig vor Gott. Dem Volk zürnt er, wenn es fehlt. Manchmal erbebt er im Zorn, dann wieder handelt er bedächtig. Meist ist er stark, aber er, Aaron, kennt auch Situationen, in denen ihn seine Kräfte verlassen oder er unsicher, gar verzweifelt ist. Um ihm zur Seite stehen zu können, muss er den Willen Gottes erfüllen, der durch seinen Bruder spricht. Oft fällt es ihm schwer, diesen zu ergründen. Er muss nicht nur ihn verstehen, sondern aufrichtig zu sich selbst sein. Das eine bedingt das andere. Dies musste er lernen. Wenn Mose vor das Volk tritt – es ist nicht sein Volk, sondern das des Herrn – muss er diesem Orientierung und Sicherheit geben, denn sie glauben ihm und haben sich ihm anvertraut. Aber es gibt Momente, in denen er sich zermürbt und erschöpft abwendet, auch solche, an denen er mit seinem Schicksal hadert und seine Aufgabe nur noch Bürde für ihn ist. Es ist die größte Ehre für einen Menschen, das Werkzeug Gottes zu sein, aber es gibt Augenblicke in seinem Leben, in denen er sich benutzt fühlt, als würde er weggeworfen werden oder verlöschen, wenn sein Auftrag erfüllt ist. Er, der ältere Bruder, darf sich nicht einbilden, er würde denken und fühlen wie dieser und wüsste deshalb, wie er empfindet, wenn er es ihm nicht selbst sagen kann oder gar wissen, was zu tun sei. Nein, er ist wie ein Blinder, der seinen inneren Bildern nicht trauen darf und langsam ertasten muss, bevor er ahnt und seine Ahnung sich einer Gewissheit nähert. Erst dann kann er es wagen, den Dingen einen Namen zu geben. Und immer muss er damit rechnen, dass er sich getäuscht haben kann. Die falschen Propheten vergeben die Namen zuerst und wollen so die Tatsachen erzwingen. Er ist kein Prophet, noch nicht einmal ein berufener Ratgeber. Er muss immer damit rechnen, sich zu irren. Er wäre seinem Bruder keine gute Hilfe, wenn er dies nicht bemerkte.

Er ist bei ihm, wenn dieser krank ist. Manchmal fühlt der Bruder sich elend in der Nacht, und er überwacht dessen Schlaf. Dieser ahnt es, obwohl er es ihm niemals sagt. Sie sprechen nicht über solche Dinge. Manchmal sagt der Bruder ihm seinen Dank, meist liest er es in seinen Augen. Er empfindet selbst Dankbarkeit für seine Aufgabe. Sie ist nicht bescheiden, und er ist es auch nicht, auch wenn sein Platz im Hintergrund ist. Manchmal kommen Menschen und fragen ihn, weil sie den Gesandten Gottes nicht verstehen oder ihr Respekt vor diesem zu groß ist, sich ihm zu nähern. Er versucht zu vermitteln, ohne von seinem, ihm zugewiesenen Platz zu weichen oder Worte zu sprechen, die ihm nicht zustehen. Es kommt vor, dass er aus diesem Grund ein Ansinnen ablehnt. Er mischt sich nicht ein, wenn es ihm nicht zukommt. Da er die Zusammenhänge erkennt, könnte er sie durch Worte beeinflussen und auf diese Weise Macht erlangen. Dieser Verführung durch andere, aber mehr noch durch sich selbst muss er sich stellen, immer wieder neu. Dieser Same darf niemals auf fruchtbaren Boden fallen. Es nützt nichts, die Gedanken nur abweisen zu wollen, er muss sie durchdenken bis auf ihren Grund, auch in ihrer Hässlichkeit oder Gemeinheit. Sein Handeln ist das, was er fühlt und denkt und anschließend sagt oder aus guten Gründen unterlässt, es auszusprechen. Sein Bruder derjenige, der ausersehen ist, zu handeln, das Volk zu führen und es zu guten Taten aufzufordern. Er selbst ist an der Seite seines Bruders, ihn zu unterstützen, und gehört somit zu den Menschen, deren Aufgabe es ist, gerade nicht zu handeln, und deren Fußabdrücke der Wind schnell wieder verweht.

Seit vielen Jahren schon haben sie die Fleischtöpfe Ägyptens verlassen und wandern mit ihren Herden durch die Wüste. Oft finden sie tagelang kein Wasser und keine Weide für ihr Vieh. Einmal waren ihre letzten Vorräte aufgebraucht. Sie drohten, zu verdursten. Mose suchte den Fingerzeig Gottes zu ergründen, sich seiner wunderbaren Führung zu unterwerfen. Aber Gott zeigte sich ihm nicht. Mose glaubte erschüttert, vor ihm unwürdig geworden zu sein, und flehte um Vergebung. So setzte Gott ein Zeichen. Aber Mose war in seiner Angst und Verzweiflung unfähig, es zu erkennen. Ihr Volk war der Knechtschaft Ägyptens entkommen. Sie waren frei. Gott hatte sie in diese Freiheit geführt, in dem er Mose ausersehen, seine Stimme zu sein und seinen Willen zu erfüllen. Mose sah seinen Bruder Aaron an, und dieser wusste, was seine traurigen Augen ihm verkündeten. Es war nur dieses eine Mal. Der Ältere ließ seinen Blick über das leere, erbarmungslose Land schweifen. Er wartete auf ein Zeichen. Darüber wurden seine Augen müde. Nach Stunden entdeckte er in weiter Ferne einen Schakal, ebenso durstig und erschöpft wie sie selbst. Er sah seinen Bruder an. Dieser nickte unmerklich und hob seinen Stab zum Zeichen des Aufbruchs. Sie traten aus dem Schatten und folgten dem Schakal bis zum Beginn der Dämmerung. Er wies ihnen den Weg zur Quelle. Dort lagerten sie für sieben Tage und labten sich und ihr Vieh. Der Schakal kam jede Nacht zurück, um zu trinken. Zuerst wollten ihn die Männer, welche die Quelle bewachten, verjagen, aber Aaron ermächtigte sich dies eine Mal und befahl, ihn in Frieden zu lassen. Sie dankten Gott und brachten Opfer dar.

Jahr um Jahr durchwanderten Sie die Wüste, lebten von dem wenigen, das sie ihnen gab. Das Volk vergaß es, die Freiheit zu lieben, sie als besonderes Geschenk zu betrachten. Sie war ihm selbstverständlich geworden. Deshalb empfanden sie den Preis, der für sie zu entrichten war, als viel zu hoch. Nein, sie erkannten nicht einmal mehr den Zusammenhang. Mose befiehl darüber eine tiefe Trauer. Sein Bruder Aaron verstand ihn, war dieser es doch, der sie, von Gott gesandt, in diese Freiheit geführt hatte. Er hatte ihre Freiheit mit jeder Faser seines Körpers und seiner Seele erkämpft, und nun sollte sie verloren gehen, aus Ahnungslosigkeit, Leichtfertigkeit oder für zweifelhaften Gewinn. Statt weiter auf der Suche nach dem Gelobten Land durch die Wüste zu ziehen, hätten sie in das Land anderer Stämme flüchten, sich ihnen und ihren Göttern unterwerfen können. Um ein Gebiet zu besetzen und zu verteidigen, waren sie viel zu schwach, und vor allem entsprach es nicht Gottes Gebot, sich fremdes Land zu nehmen. Er würde sie in das Land führen, das er für sie ausersehen hatte. So zogen sie Jahr um Jahr weiter durch die Wüste.

Aber eines Tages begehrten die Jungen auf. Sie wollten ein wohlhabenderes Leben, glaubten, ein Anrecht darauf zu haben. Und deshalb erbebte Mose im Zorn. Aaron fürchtete um ihn und um das Volk, dass es ihm nicht mehr folgen würde. Sollte Mose sich in seinem Zorn mäßigen? Aber war dieser nicht verständlich, indem er der Freiheit ein solches Opfer gebracht hatte? Und nun konnten dessen Früchte so leichtfertig vertan werden. Mose rief ihn zu sich, und im Schatten eines Felsens sprach er zu ihm. Er sprach wie ein Fluss, dessen Lauf lange gehemmt und durch Hindernisse versperrt gewesen war. Im Blick seines Bruders sah Mose, dass er seinen Worten folgte und dass er ihn verstand. Er stellte ihm nicht eine einzige Frage, was er tun oder wie er entscheiden sollte. Er brauchte nur die Gewissheit, dass sein Bruder seinen Worten folgte, seinen Zorn nicht zu mäßigen suchte. Zum Abschluss schenkte er ihm dieses dankbare Nicken, das dieser schon seit Kindheitstagen von ihm kannte.

Als Mose seine Stimme erhob, um zu den Menschen zu sprechen, war sein Zorn noch immer nicht verebbt, aber weder drohte er ihnen, noch verfluchte er ihre Begehrlichkeiten. Er konnte nicht alle davon überzeugen, dass es in ihrer Lage nicht Freiheit und Wohlstand zugleich geben konnte. Dies war gut so, denn wenn ein Volk ausnahmslos und ohne Widerstand folgt, musste dies skeptisch stimmen, wären die Menschen doch weniger überzeugt denn unterwürfig. Und dieser falsche Gehorsam würde eine neue Unfreiheit heraufbeschwören, die einer blinden Gefolgschaft gegenüber einem Führer. So musste Mose aber einstehen für seine Worte, und dies war schwer genug.

Auf ihrer Wanderung durch die Wüste fanden sie Gastfreundschaft bei anderen Stämmen. Sie gaben ihnen zu essen und ließen ihre Herden auf ihren Weiden grasen. Aber sie blieben nicht lange unter ihnen, denn ein Gast, der länger bleibt, wird lästig und irgendwann vertrieben.

So weit wollten sie es nicht kommen lassen. Manche ihrer jungen Leute blieben dort, heirateten ein und fanden eine Heimat.

Die Jahre vergehen und inzwischen sind es nur mehr wenige Betagte, die, wie Aaron und sein Bruder Mose, den Auszug aus Ägypten noch erlebt haben. Für viele ist das Gelobte Land zu einer immerwährenden Sehnsucht geworden, andere fühlen sich als Nomaden, die nirgendwo ein feste Bleibe haben werden.

Einige waren von Gott abgefallen, weil sie nicht mehr daran glaubten, dass Mose als sein Gesandter sie ins Gelobte Land führen werde. Sie verehrten einen Gott der Wüste, der ihnen große Fruchtbarkeit verhieß, weshalb sie ihn in Form eines Kalbs verehrten. In seinem Namen raubten und töteten sie. Mose ließ sie gewähren, weil er nicht mehr die Kraft verspürte, sie umzulenken, und sie ihm diese Autorität auch nicht zugestanden. Später haderte er gegen Aaron, dass dieser ihm in seiner Not und Schwäche nicht mehr geholfen hatte. Aber der neue Gott führte das Volk nicht zu fruchtbaren Weiden, sondern tiefer in die Wüste, und sie drohten unterzugehen. In ihrer Verzweiflung wandten sich die Menschen wieder dem wahren Gott zu, aber dieser befahl durch den Mund seines Bruders Sühne und Vergeltung und verlangte nach Opfern. Als Führer des Volkes und damit Herr über Leben und Tod forderte Mose die bedingungslose Unterstützung seines Bruders Aaron, die Rädelsführer des Aufstands und Anhänger des fremden Gottes zu bestrafen. Er wählte die schlimmste aller Strafen, den Tod. Er erschrak. Hatte nicht Gott durch seines Bruders Mund die zehn Gebote verkündet? Und eines dieser Gebote lautete: Du sollst nicht töten. Wenn er ihm dies eine Mal öffentlich widersprach, würde er dessen Autorität als

Führer des Volkes und Vermittler von Gottes Gebot für immer infrage stellen, denn aus dem Mund Mose sprach Gottes Wille und nicht der der Menschen. Und wenn Gott den Tod forderte, galt es, sich dieser Weisung zu unterwerfen. Er, Aaron, zweifelte mit keiner Faser seines Glaubens an Gottes Willen, sondern an der Einsicht seines Bruders. Mose blickte ihn an und suchte in seinen Augen die stumme Zustimmung für sein Urteil. Als Aaron seinen Blick abwandte, bebten die Lippen des Bruders vor Zorn und Empörung. Mose ließ die Männer ergreifen und sprach das Todesurteil über sie. Aaron blickte in ihre Gesichter. In manchen sah er Angst, in anderen bitterer Stolz. Das Volk blieb stumm. Eine kleine Gruppe von Frauen hegte wie er Zweifel an der Göttlichkeit dieses Urteils. Er erkannte es an ihren Blicken. Aber sie wagten nicht, sich abzuwenden. Die Männer wurden zur Steinigung geführt. Das ganze Volk folgte ihnen, denn keiner durfte sich ausnehmen, jeder musste den Stein werfen. So entluden sich Angst und Zorn, Bitternis und Rache. Denn keiner bleibt ohne Schuld.

Nun sind sie steinalte Männer. Sie wandern stumm nebeneinander im harten Sonnenlicht, sind sich gegenseitig Stütze auf ihrem Weg. Sie haben beide gegen Gott gefrevelt. Deshalb werden sie das Gelobte Land niemals betreten. Mit Mose geht die Verzweiflung, mit Aaron die Scham. Die Menschen erwarten still ihren Tod in der Hoffnung, das Schicksal des Volks möge sich dann endlich erfüllen, und sie würden das Land sehen, das ihnen vorherbestimmt ist, wo Milch und Honig fließen.

Der Lyra–Spieler

Das Altern geschieht kontinuierlich. Und eines Tages – vielleicht beim Rasieren oder während des Nachsinnens beim Frühstück – spürst du: Du wirst nicht alt, du bist es. Diese allmählich gewachsene Erkenntnis, die mit einem Mal so klar vor Augen steht, löst einen Schrecken aus. Aber nach kurzem Sichvertrautmachen schließt sich ein Gewöhnungsprozess an, der sich ebenso Zeit lässt wie das Reifen der genannten Erkenntnis.

Damals stand ich am Ende einer langen Reise. Ich war von Kathmandu über Dakka und Bombay nach Athen zurückgeflogen, der ersten Station meiner Tour, um die letzten Wochen vor meiner Rückkehr nach Deutschland auf Kreta zu verbringen. Der Flug von Kathmandu nach Dakka dauerte nicht lange. Dort wurden die Passagiere, die einen Anschlussflug gebucht hatten, in einen Bus verfrachtet, der sie zu einem Hotel in einem Hochhaus in der Innenstadt fuhr. So verbrachte ich mehrere Stunden in einem klimatisierten Hotelzimmer, das ich nicht verlassen durfte. Die Pässe waren vorher von einem Mitarbeiter der Fluggesellschaft eingesammelt worden. Ich schlief, las in einem Buch von Sillitoe, das ich mir in Thamel in einem Second-Hand-Laden besorgt hatte, oder blickte auf die Dächer der Stadt, ein willkürliches, unförmiges Durcheinander. Mein Gepäck war am Flughafen zurückgeblieben. Später wurden wir wieder abgeholt und in gleicher Weise zum Flughafen zurückgebracht. Von da aus ging es weiter nach Bombay. Hier wurde das Flugzeug vor der Weiterfahrt nach Athen gesäubert und aufgetankt. Ich blieb einfach sitzen und hob die Beine hoch, während die Reinigungskräfte den Boden absaugten. Erinnern kann ich mich noch, dass ich mir von der kalten Luft der Klimaanlage eine Erkältung einfing, die ich erst auf Kreta wieder loswurde. Von dem Weiterflug habe ich lediglich im Gedächtnis, dass ich das Buch kurz vor der Landung zu Ende las.

Allein mit dieser Fluglinie zu reisen und der Tatsache, mit Rucksack unterwegs zu sein, mochte den griechischen Behörden genügen, mich sofort nach der Landung von den anderen Fahrgästen zu isolieren. Mit drei oder vier anderen Männern meines Alters, die vom Aussehen her ebenso wie ich sämtliche Vorurteile von Uniformierten über ausgeflippte Freaks und Drogenkuriere zu bedienen schienen, wurden wir in einen kleinen, fensterlosen Raum geleitet, wo bereits andere warteten. Die zermürbende und demütigende Prozedur, die nun folgen sollte, kannte ich von anderen Grenzübergängen in autoritär regierten Staaten. Die Militärjunta in Griechenland war damals schon lange vorbei, aber ich deutete diese Situation als eine ihrer Nachwirkungen, dachte auch an Mikis Theodorakis und an das Lied von Degenhardt, auch wenn dies nicht direkt mit der Situation zu tun hat: Da sind sie, die Konzern- und Landbesitzer, Generäle, Popen, Panzer, die bekannte Kumpanei …

Nach einiger Zeit wurde das Gepäck gebracht und an die Wand gelehnt. Ein Uniformierter forderte die Mitreisenden und mich im Befehlston auf, uns bis auf die Unterhosen auszuziehen. Einige der Männer sahen sich beschämt an, während andere aus denselben Gründen einen geschützten Platz suchten, um der Aufforderung nachzukommen. Aber dieser Raum war leer, nicht mal ein Stuhl war vorhanden, um die Kleider abzulegen. An die Wand gelehnt warteten wir. Vielleicht waren es nur wenige Minuten, aber in einer solchen Situation mit Wut im Buch, die sich mit jedem Gedanken und dem Bewusstmachen der Situation, in der ich mich befand, steigerte, drohte diese Zeit zu explodieren. In einigen Gesichtern las ich gespielte Langeweile, in anderen die blanke Angst.

Dann kam der Uniformierte in Begleitung eines Soldaten zurück. Er forderte als Ersten mich auf, meinen Rucksack zu öffnen und begann, nachdem ich seiner Anweisung gefolgt war, gleich darin zu wühlen. Dabei hätte er fast eines meiner Teleobjektive fallen gelassen, das ich zwischen Kleidern verstaut hatte, falls mein Rucksack beim Verladen irgendwo angestoßen würde. In einer Mischung aus Schrecken und Ärger pflaumte ich ihn laut und deutlich an: Wenn er hier schon so eine billige Show veranstalte, solle er wenigstens aufpassen. Wenn etwas kaputtgehe, wird er bei seinen Vorgesetzten dafür gerade stehen, darauf könne er sich verlassen.

Einige Sekunden erstarrte die Szene wie beim Standbild eines Films. Ich spürte die Blicke aller im Raum auf mich gerichtet. Mir wurde sofort klar, welches Risiko ich im Affekt eingegangen war. Ich hatte mich nicht weiter demütigen lassen wollen, indem er meine Kleidung betatschte und womöglich hinterher alle Einzelheiten meines nackten Körpers inspizierte. Einen Moment zögerte er, weil er offenbar mit einer solchen Reaktion nicht gerechnet hatte. Dann bemerkte ich den Schrecken, der ihm ins Gesicht geschrieben stand. Und wieder zögerte er, schien fieberhaft zu überschlagen, wie er sich verhalten sollte. Dann stammelte er eine Entschuldigung, ließ von meinem Gepäck ab und forderte mich, um Freundlichkeit bemüht, auf, zu gehen. Die Untersuchung sei beendet. Ich war noch viel zu wütend, um meiner Erleichterung Raum zu geben, zog mich wieder an und nahm meinen Rucksack, während die anderen Mitreisenden noch in Unterhosen auf ihre Gepäckkontrolle und Körpervisitation warteten.

Zehn Minuten später waren alle Einreiseformalitäten erledigt, und ich stand draußen in der nicht mehr heißen Oktobersonne. Ich empfand ein Gefühl von Freiheit. Nach fast vierzig Jahren kann ich mich noch deutlich daran erinnern, allerdings nicht mehr, ob ich direkt zum Hafen nach Piräus fuhr oder eine kurze Zwischenstation in Athen einlegte, wo ich vor 10 Monaten die ersten Tage meiner Reise verbracht hatte.

Wie so oft und bei anderen Gelegenheiten frage ich mich, inwieweit ich meiner Erinnerung trauen kann. Ist sie auf Anekdoten aus, auf Situationen mit treffenden Pointen? Will sie, will ich mich in einem besonderen Licht darstellen? Die Feinfühligkeit, ist sie eine Zugabe der Erinnerung, oder ganz im Gegenteil, gehört sie unbedingt zur Szene und wird mir in ihrem Ausmaß erst in der Erinnerung bewusst? Wie betrachtet der alte Mann, der ich jetzt bin, schon lange vorsichtiger geworden ob seiner nachlassenden Kräfte diesen jungen, ungestümen Kerl, der ich war oder zu sein vorgab? Mein uralter Vater sagte mir einmal, nachdem er mir von seinen lange verkapselten Kriegserlebnissen erzählt und ich ihn nach seiner Angst gefragt hatte, den bemerkenswerten Satz: »Angst konnten wir uns nicht leisten.«

Ich befand mich in keinem Krieg und hätte mir die Angst leisten können. Aber ich war ein Hagestolz und damals davon überzeugt, mich gegen sie wehren zu können. Heute kann ich die Angst zulassen. Nicht immer – möchte ich doch noch etwas spüren von den letzten Resten dieses Ungestümen.

An die Fahrt nach Kreta kann ich mich ebenfalls nicht erinnern. Vermutlich setzte die Fähre in der Nacht über.

Eine Reise bei Tage hätte ich zumindest in Ausschnitten im Gedächtnis behalten. Genau weiß ich noch, dass ich mir »Alexis Sorbas« besorgt hatte, den es auch in deutscher Übersetzung zu kaufen gab und worin ich passenderweise während der Überfahrt las. Da ich den Film kannte, hatte ich beim Lesen immer die Gesichter von Anthony Quinn und Allen Bates vor Augen.

Meine Reisekasse enthielt nur noch bescheidene Reste. Zudem hatte ich mir, um möglichst lange unterwegs sein zu können, sparsame Unterkünfte angewöhnt. In Heraklion fand ich eine private Jugendherberge. In jedem Zimmer waren etwa ein Dutzend Leute in Stockbetten aus billigem Nadelholz untergebracht, die so dicht nebeneinander standen, dass gerade so viel Platz blieb, um in eines der Betten zu steigen. Das einzige Tageslicht drang durch schmale Oberlichter ein. Diese Räumlichkeit teilte ich mir mit einer Gruppe Finnen, die am selben Tag mit einem Flugzeug angekommen waren. Wie sich herausstellen sollte, waren sie jede Nacht sturzbesoffen. Überhaupt schien dies ihr Hauptanliegen zu sein, sich zu besaufen, und sie fingen schon nach dem Frühstück damit an. Ausgerechnet der unter mir Liegende, ein zartes Bürschchen mit fahler Haut, konnte diese Alkoholexzesse am wenigsten vertragen und kotzte regelmäßig in einen Eimer, den ich ihm nach der Erfahrung der ersten Nacht neben sein Bett gestellt hatte. Seine Kumpels schnarchten entweder ihren Rausch aus oder amüsierten sich über den ungeübten Säufer.

Tagsüber durchstreifte ich die Stadt, saß in Cafés und schrieb Briefe oder las im Sorbas. Selbstverständlich besuchte ich auch die berühmten Ausgrabungen von Knossos, um diese Jahreszeit nicht mehr so überlaufen, beschäftigte mich in der Folge mit minoischer Kultur und kritischen Auseinandersetzungen über die Arbeit des englischen Archäologen Arthur Evans, der den Palast ausgegraben hat. H.G Wunderlich zweifelt in seiner Deutung »Wohin der Stier Europa trug« an, dass es sich tatsächlich um einen Palast handelt. Er vertritt vielmehr die Meinung, es sei ein Totentempel gewesen. Ich finde in dem Buch, das ich noch immer besitze, einige mit Bleistift eingetragene Anmerkungen, wo ich Vergleiche anstellte zwischen minoischer, griechischer, ägyptischer, altindischer, keltischer und Megalith–Kultur. Neben dem Interesse für Geschichte und Archäologie konnte mich das für Mythenforschung und dessen Zusammenhänge mit den vorgenannten Themen stundenlang beschäftigen, während ich entspannt unter einem Baum im Schatten saß. Ich sehe mich wie in einem Film durch das archäologische Museum von Heraklion schlendern, fragte mich wie andere Besucher vor mir, ob bei mancher Restauration der Originalfundstücke nicht die Fantasie von Herrn Evans etwas mit ihm durchgegangen sei. An den jungen Mann von damals, seine Leidenschaften und seine ungestüme Art erinnere ich mich wie an ein Bild, das mit den Jahren immer mehr verblasst, während ich mich in dem Leser und Nachdenker so wiedererkenne, als habe die Zeit mich nicht verändert. In bescheidenen Verhältnissen aufgewachsen, zürne ich noch immer meinem Bildungshunger als einer Form von Eitelkeit und Überheblichkeit. Dieser selbst ernannte Freak und Abenteurer, Arbeitersohn, erzogen wie ein Schuster, der bei seinen Leisten bleiben sollte, reifte zu einem Intellektuellen, der ihm ebenfalls zutiefst suspekt und den er als schnöden Bildungsbürger abtun wollte. Nur ja nicht seine Wurzeln verleugnen oder gar die Seiten wechseln!

Abends besuchte ich regelmäßig eine Kneipe im Hafenviertel, die, jedenfalls zu dieser Zeit Ende Oktober, nur von Griechen vom Festland und Kretern besucht wurde. Jeden Abend traten hier einheimische Musiker auf. Dieses Gasthaus glich nicht etwa den typischen Spelunken, wie man sie sich in traditionellen Hafenstädten vorstellt, sondern mehr der Aula einer Dorfschule, eine rechteckige, kleine, spärlich eingerichtete Halle mit einer Bühne auf einer der Stirnseiten.

Die traditionelle, kretische Musik unterscheidet sich wesentlich von der festlandsgriechischen. Bands, welche hier Abend für Abend auftraten, bestanden immer aus drei Musikern: einem Lyra-Spieler und Sänger, flankiert von zwei Lautenspielern, die ihn begleiteten. Die Lyra, eine vierseitige Kniegeige, ist das Soloinstrument, während auf der Laute nur rhythmisch Akkorde angeschlagen werden, weshalb auf weitere Percussion meist verzichtet wird. Um mit den Takten und dem Rhythmus vertraut zu werden, brauchte ich einige Zeit, aber dann blieben sie nicht nur in meinem Kopf, sondern gingen in meinen ganzen Körper über. Kretische Musik klingt so eigen, dass ich sie nach wenigen Tönen sofort erkenne. Mit einiger Fantasie lassen sich osmanische, arabische Einflüsse und solche des Balkans, die schon in sich durch die unterschiedlichsten kulturellen Eigenarten verwoben sind, erkennen. Auf dem Höhepunkt dieser Darbietungen, die im Lauf des Abends mehr Sessions als Konzerten glichen, strömten an manchen Tagen Frauen und Männer auf die Bühne und zerschlugen aus purer Freude oder in einer Art Ekstase jede Menge Geschirr. Entweder sie hatten dies mitgebracht, oder der Veranstalter musste mehrmals die Woche neues einkaufen.

Damals machte ich mir weiter keine Gedanken über dieses merkwürdige Ritual. Es gehörte eben dazu. Heute beschäftigt mich die Frage nach den Ursprüngen dieses mengeweisen Zerdepperns von Tellern und Untertassen. Hatte es etwas mit der Auflehnung gegen osmanische Herrschaft zu tun? Oder mit der Industrialisierung? Englische Weber hatten mechanische Webstühle in Fabriken zertrümmert, weil diese ihnen die Arbeitsplätze wegnahmen, oder deren Besitzer nun ihre Löhne weiter drücken konnten. Dieser Aufstand wurde mit Polizeigewalt unterdrückt. Es gab Tote und Verletzte; mal wieder ein Beleg dafür, dass die Polizei nicht Bürgerinnen und Bürger schützte, sondern das Kapital. Aber womöglich sind die Wurzeln noch viel älter. Jedenfalls handelt es sich um Waren, in diesem Fall solche einer Massenproduktion, und Menschen leben durch das Kaputtmachen dieser Aggressionen aus, ohne ihren Mitmenschen zu schaden. (Zu dieser Zeit galt in unseren Kreisen ganz pauschal: Macht kaputt, was euch kaputt macht.) Zudem zeigen die Menschen damit, dass sie es sich leisten können, zum Beispiel anlässlich eines Festes, einer Hochzeit, einer Taufe, so viel Porzellan wie möglich zu zerschlagen. Warum Scherben Glück bringen sollen, weiß ich nicht. Aber wer dran glaubt: Viel Scherben, viel Glück!

So anders und eigenwillig die Atmosphäre hier auch sein mochte, verglich ich sie mit der in Kneipen an der irischen Westküste, wo die Menschen ebenso leidenschaftlich und hingebungsvoll mit ihrer Musik verbunden sind (auch wenn sie keine Teller zerschlagen).

Die Gäste wechselten von Abend zu Abend. Nur an einem kleinen runden Tisch am Rand, wo er alles überblicken konnte, saß ein älterer Herr mit längerem, welligen Haar, breiten Koteletten und ausgezogenem Schnurrbart. Er war immer besonders gekleidet, im Blazer mit Krawatte und Einstecktuch, strahlte Gelassenheit, Würde und etwas Stolzes aus, ohne dabei herablassend oder ungesellig zu wirken. Deshalb traute ich mich nach einigen Tagen, als kein anderer Platz frei war, mich an seinen Tisch zu setzen. Natürlich hatte ich erst gefragt, und er hatte mich durch ein freundliches Nicken aufgefordert, neben ihm Platz zu nehmen. Er hatte mich auch längst beobachtet, einen Fremden, der zudem immer um dieselbe Zeit und alleine kam. Auch meine Begeisterung für die Musik hatte er schnell bemerkt. Wir müssen ein merkwürdiges Bild abgegeben haben. Ein vornehm gekleideter älterer Herr und ein etwas abgerissener Typ in zerbeulter Jeans und Baumwollhemd. Aber unsere gepflegten Oberlippenbärte glichen sich. Ich hatte in jüngeren Jahren an meinem längere Zeit arbeiten müssen.

Als ich ihn an diesem ersten Abend an seinem Tisch auf seine deutsche Zigarettenmarke ansprach, lächelte er und erzählte mir die Geschichte, wie er in den sechziger Jahren mit seiner Lyra durch Deutschland gezogen war und für die griechischen Gastarbeiter in den Fabriken gespielt hatte. (Wir unterhielten uns in dem Englisch, das mir von meiner Reise gut vertraut war. Keine überflüssigen Vokabeln, keine schwierigen Konjugationen oder Deklinationen. Im Lauf des Abends fielen ihm mehr und mehr Wörter ein, die er wie selbstverständlich in seine Rede einbaute.) Er zählte mehrere Stationen im Ruhrgebietsstädten auf, wo er aufgetreten war. Auch bei Buderus in Wetzlar hatte er für seine Landsleute gespielt. Buderus kannte ich. Mein Vater hatte dort siebzehn Jahre gearbeitet, Früh-, Spät-, Nachtschicht und öfter am Sonntagvormittag. Dazu waren meine Eltern Nebenerwerbslandwirte: eine Kuh, ein oder zwei Schweine, ein Kartoffel-, ein Weizenfeld und einige Wiesen, um Heu für die Kuh zu machen. Ich erinnerte mich an die Crew seiner Arbeitskollegen, die er an freien Vor- oder Nachmittagen oder

Wochenenden mitgebracht hatte, um mit ihnen eine Scheune zu bauen und den Stall zu erweitern: ein griechischer Maurer, ein italienischer und ein spanischer Handlanger. Der Grieche sprach kaum ein Wort, der Spanier nur wenig mehr. Der Italiener redete ununterbrochen über die schönen Frauen seiner Heimat und über Fußball. Er spielte lieber mit uns Kindern, wenn wir mal einen ordentlich aufgepumpten Lederball hatten, statt Speis zu mischen.

Über Buderus hatten wir nun eine gemeinsame Spur in der Vergangenheit. Nicht ohne Stolz erzählte mir der Patron auch, wie er vor Jahren diese Kneipe eröffnet hatte, um eine Alterssicherung zu haben, und selbstredend auch, um Musikern traditioneller kretischer Musik Auftrittsmöglichkeiten zu geben. Er hatte ganz bescheiden angefangen, mit nur wenig Personal. Er selbst hatte Jahre lang abends hinterm Tresen gestanden.

Hinter seinem Tisch stand eine unscheinbare Glasvitrine, die ich jetzt erst entdeckte. Sie enthielt eine Lyra. Auf dem Langspielplattencover daneben war ein junger Lyraspieler mit seinem Instrument in traditioneller kretischer Kleidung mit der typisch netzartigen Kopfbedeckung abgebildet.

»Das sind Sie«, stellte ich nach genauerem Hinsehen fest.

Er nickte lächelnd. Ob ich die Langspielplatte kaufen könne, fragte ich. Er stand eigens auf, holte die Schallplatte für mich aus der Vitrine, fuhr mit einer Serviette darüber, um den Staub abzuwischen, schrieb mir eine Widmung darauf und überreichte sie mir feierlich.

An meinem letzten Abend in Heraklion, saß ich wieder an meinem gewohnten Platz neben dem Chef. Die beiden Lautenspieler waren soeben eingetroffen, packten ihre

Instrumente aus und stimmten. Ein Kellner kam mit einem vollen Tablett an unserem Tisch vorbei, stellte mir ein Viertel Liter Wein hin und teilte seinem Chef flüsternd etwas mit.

Um diese Zeit begann jeden Abend die Musik. Der Patron war etwas unruhig, schaute öfter auf die Uhr, rauchte mehrere Zigaretten hintereinander und rief zwei Mal in kurzer Zeit den Kellner zu sich. Die Lautenspieler schauten herüber und machten bedauernde Gesten, als könnten sie sich auch nicht erklären, warum der Lyraspieler nicht komme. Schließlich ging der Patron zu ihnen. Sie sprachen einige Minuten miteinander. Ich beobachtete die ratlosen Mienen der Musiker. Einer von ihnen eilte in einen der Nebenräume. Offenbar gab es dort ein Telefon. Als er zurückkam, war ihm schon anzusehen, dass sein Anruf keinen Erfolg gehabt hatte. Der Patron kam zurück und griff nach der Zigarettenschachtel.

»Er kommt nicht«, teilte er mir auf Englisch mit.

Wir warteten wieder.

»Wollen Sie nicht spielen?«, fragte ich nach einiger Zeit.

Er lächelte.

»Ich bin lange aus der Übung«, erklärte er.

Wir warteten eine weitere Viertelstunde. Die Gäste schienen weiter nicht beunruhigt, tranken, rauchten und unterhielten sich.

»Ach, spielen Sie doch!«, forderte ich ihn noch einmal auf.

Einige Gäste in der Nähe unseres Tischs und auch die Kellner hatten mein Ansinnen verstanden und unterstützen es durch auffordernde Gesten. Der so Aufgeforderte drückte schließlich seine Zigarette aus, beugte sich zur Vitrine und holte die Lyra heraus, die dort vielleicht schon länger ungenutzt gelegen hatte. Er ging auf die Bühne, nahm den Platz zwischen den beiden Lautenspielern ein und stimmte sein Instrument. Danach steckten die Musiker kurz die Köpfe zusammen, wohl um abzusprechen, was sie spielen wollten.

Für wenige Sekunden wurde es still. Er begann mit einem kurzen Vorspiel auf der Lyra, dann setzten rhythmisch die Lauten ein. Nun war der Bann gebrochen. Das zweite war ein Gesangsstück. Bei den ersten Tönen war noch die Unsicherheit in der Stimme zu hören. Danach war es, als würden sie jeden Abend so miteinander musizieren. Auf dem Höhepunkt der Session wurde wieder jede Menge Geschirr zerschlagen. Hinterher legte der Meister seine Lyra wieder behutsam in den Schrank. Wir tranken noch ein Glas Wein und er bot mir eine von seinen parfümierten Zigaretten an. Danach trottete ich zurück zu den besoffenen Finnen in die Herberge.

Ich habe noch einen Plattenspieler. Manchmal lege ich die Langspielplatte auf und meine Erinnerungen schweifen wieder zurück zu diesem Abend in der Kneipe im Hafenviertel von Heraklion.

Der Mausgraben

»Warum nimmst du ihn nicht?«, antwortete ihre Freundin mit einer Gegenfrage.

Sie brauchte nicht lange zu überlegen:

»Weißt du, der Mausgraben ist mir einfach nicht nachhaltig genug.«

»Die Nachhaltigkeit spielt doch in diesem Fall überhaupt keine Rolle«, mischte er sich jetzt ein.

»Und ob sie eine Rolle spielt«, widersprach sie sofort. »Sie spielt immer eine Rolle, auch wenn man dies zu verdecken droht.«

»Trotzdem könntest du den Mausgraben benutzen«, insistierte ihre Freundin wieder.

»Weil ...?«

»Weil es keine nennenswerte Alternative gibt.«

»Nein, es handelt sich wirklich nicht um eine Frage der Nachhaltigkeit«, mischte er sich wieder ein.

Der andere schwieg die ganze Zeit.

»Was ist denn schon nennenswert, und was ist es nicht, und wer will darüber entscheiden?«

»Es ist bereits vorher entschieden«, erklärte er besserwisserisch. »Es wurde bereits entschieden, bevor du das Produkt gekauft hast.« Er verbesserte sich: »Es wurde schon entschieden, bevor das Produkt zum Verkauf stand, ja sogar, bevor es hergestellt worden ist.«

»Dann müsste doch eigentlich das Verursacherprinzip gelten«, meinte die Freundin.

»Du bist vielleicht naiv«, antwortete sie sofort darauf. »Du findest doch den Verursacher nie heraus.«

»Das dürfte aber nicht so schwer sein«, wehrte sich die Freundin.

»Meinst du? Da wurde ich eines Besseren belehrt, ich habe nämlich angerufen, zuerst bei der PPF …«

»Die ist doch gar nicht zuständig«, erklärte er.

»Das hat man mir auch gesagt. Und weißt du Schlauberger denn, wer zuständig ist?«, fragte sie spitz.

»Nein, weiß ich nicht, aber ich wäre diesen Weg auch nicht gegangen.«

»Du hättest lieber den Mausgraben benutzt«, kommentierte sie ironisch.

»Und wer ist zuständig?«, wollte die Freundin nun wissen.

»Die PPF hat mich an JWJ verwiesen«, erklärte sie. »Diese beriefen sich auf die Schweigepflicht, aber das spielt in diesem Fall keine Rolle, denn sie waren auch nicht zuständig. Sie verwiesen mich weiter an den AKV.«

»Aber die schreiben doch die Gutachten«, wies die Freundin sie zurecht.

»Eben dies«, bestätigte sie. »Aber du wirst es nicht glauben, genau dies ist das Prinzip: Der Gärtner ist immer der Bock – oder umgekehrt.«

»Außerdem spielt es ohnehin keine Rolle, beziehungsweise, auch wenn der Bock nicht immer der Mörder ist – Pardon, der Gärtner ist ja der Mörder. Also auch wenn der Arzt der Fachmann ist, beziehungsweise die Ärztin die Fachfrau, die den Patienten dokumentiert, ich meine diagnostiziert, verdient sie oder er mehr, wenn er ihn, also den Patienten, der zum Kunden erklärt worden ist, kränker schreibt, als er ist – natürlich auch die Patientin, beziehungsweise Kundin –, weil dann nämlich die Krankenkasse einen höheren Zuschuss zu der … beziehungsweise das Krankenhaus von der … Ach, ich komm jetzt nicht drauf.«

»Das wissen wir doch alles«, erklärte er lapidar. »Was hat dann die AKV gesagt?«

»Die AKV?«

»Ja!«

»Ach so! Dort war nur der Anrufbeantworter dran.«

»Garantiert handelt es sich um eine Scheinfirma«, meinte er.

»Der andere schwieg weiterhin beharrlich.

»Und das war's?«, fragte die Freundin enttäuscht.

»Noch nicht ganz. Der Anrufbeantworter hat mich an eine Beraterfirma verwiesen.«

Er schnaubte verächtlich.

»Sag bloß, du hast dort angerufen?«, fragte die Freundin.

»Stell dir vor, ich habe. Ich wollte es mal wissen«, erklärte sie.

»Und?«

»Ich hing erst mal zehn Minuten in der Warteschleife. Sie haben »Die vier Jahreszeiten« von Vivaldi gespielt. Ich habe mich gefragt, ob ich bis zum Herbst warten muss. Dann hatte ich einen jungen Typen dran, der mir in breitem Sächsisch ein Treueangebot unterbreitete. Das habe ich natürlich empört als üble Verschaukelung abgewiesen. Und jetzt kommt der Clou!«

»Da bin ich aber mal gespannt«, sagte er prompt.

»Ich auch«, meinte die Freundin.

Der andere schwieg weiterhin.

»Er schlug mir vor, den Mausgraben zu benutzen.«

»Ist ja nicht wahr.«

»Doch, allen Ernstes! Ich sollte nur niemandem verraten, dass der Vorschlag von ihm ist, sonst sei er dran und könne sich gleich die Papiere abholen. Dieser Weg sei nämlich nicht ganz legal. Als ob ich dies nicht schon vorher gewusst hätte ... Natürlich hat er für diese Information sein Privathandy benutzt, denn die offiziellen Gespräche werden immer mitgeschnitten.«

»Also, er hat das offizielle Gespräch beendet und dich dann nochmals mit seinem Handy angerufen?«, fragte die Freundin zweifelnd.

»Ja, hat er.«

»Und dir den Mausgraben quasi als halblegale Möglichkeit angeboten.«

Sie nickte bestätigend.

»Meine Güte, das ist ja wie bei den polnischen Pflegekräften – ich meine jetzt nicht das Mitschneiden der Gespräche …«

»Nein, darum geht's gar nicht«, winkte er ab. »Das mit den polnischen Pflegekräften ist zwar nicht ganz legal, aber geduldet. Hier geht's doch um die Software. Die brauchst du nämlich für den Mausgraben, und die kannst du dir nicht umsonst runterladen. Zudem kostet sie dich mehr, als das ganze Projekt zusammen. Außerdem werden die Einzelteile aus irgendeinem Ölstaat geliefert, und kein Mensch weiß, ob damit nicht irgendwelche Terrorgruppen in Nahost oder im arabischen Raum finanziert werden. Dazu kommt noch …«

»Das kann ich nicht glauben«, unterbrach ihn die Freundin.

»Ich glaub das sofort«, widersprach sie. »Es ist doch ganz offensichtlich, dass dieser Dingens diesen verleumderischen Brief geschrieben hat. Er hat sogar zugegeben, dass er einen Fehler gemacht hat. Worin der Fehler bestand, hat er allerdings nicht gesagt. Dies liegt jedoch auf der Hand: Er hat sich von der Presse, die offenbar gut recherchiert und nicht gelogen hat, sonst hätte er sie nämlich verklagt, erwischen lassen. Aber – und jetzt kommt der entscheidende Punkt – alle wissen es, keiner glaubt ihm, aber man kann es ihm nicht nachweisen.«

»Die Leute werden bei der nächsten Wahl dran denken«, verkündete die Freundin, als sei sie eingeschnappt,
worüber auch immer.

»Nein, werden sie nicht, bis auf einige wenige, die ihn
ohnehin nicht gewählt hätten«, meinte er süffisant lächelnd.

»Und du lächelst noch darüber«, kommentierte sie
empört.

»Galgenhumor hilft, was anderes bleibt dir ohnehin
nicht übrig.«

»Aber ich könnte doch zum Beispiel einen Onlineauf-
ruf oder eine Petition, eine Unterschriftensammlung…«,
meinte die Freundin.

»Aber worauf willst du dich beziehen? Du hast doch
keinerlei Beweise.«

Er überlegte kurz. Dann sagte er:

»Es gibt natürlich einige Möglichkeiten, die sehr erfolgreich sind, dafür aber unappetitlich. Du kannst zum
Beispiel denunzieren…«

»Kommt ja nicht infrage.«

»Es gibt in solchen Fällen auch noch solche, die pöbeln
und mit Gewalt drohen«, führte er weiter aus. »Die halten sie dann für potenzielle Wähler dieser Dingens, die
vorgeben, eine Partei zu sein, und dann werben sie um
die beziehungsweise deren Stimme.«

»Du bist ein hoffnungsloser Zyniker«, meinte sie.

»Dem werde ich nicht widersprechen«, gestand er ein
oder verkündete es stolz.

»Gibt es denn keine alternative Lösung?«, fragte die
Freundin wieder.

»Es geht gar nicht um eine Lösung«, widersprach er
kopfschüttelnd. »Das Suchen nach der Lösung ist doch
Teil des Problems.«

»Wie meinst du das denn?«

»Ist doch klar«, meinte sie. »Das Suchen nach einer Lösung charakterisiert die Eindimensionalität nicht des Problems, sondern der Problemstellung. Du hast doch eben nach dem Verursacherprinzip gefragt ...«

»Was hat das denn damit zu tun?«, fragte sie barsch.

»Nun, wenn es einen Verursacher gibt – ich gehe davon aus, er ist männlich –, dann hat er das Problem genau so gestaltet, nämlich als Problem und nicht als Aufgabe, damit wir nach einer alternativen Lösung suchen.«

»Ach, ich verstehe, worauf du hinaus willst«, ergänzte die Freundin. »Der Verursacher – ich bleibe dabei, er ist männlich – hat also von vorne herein mit unserer moralischen Empörung gerechnet und verkauft uns nun das passende alternative Produkt.«

»Nein, so schlau ist der nicht«, mischt er sich wieder ein.

»Nein, so schlau ist er tatsächlich nicht«, bestätigte sie zu seiner Verwunderung, um dann fortzufahren: »Aber er hat alle Daten von dir, die ihn schlau machen, sobald er sie auswertet.«

»So einfach ist das doch auch nicht, die Daten auszuwerten«, widersprach die Freundin.

»Doch, ist es«, pflichtete er ihr bei. »Du glaubst ja gar nicht, die beschäftigen die besten, ich meine natürlich die schlauesten Psychologen ...«

»Im Zweifelsfall bewerben sie das Produkt«, unterbrach sie ihn.

»Ach, so blöd sind wir doch nicht, dass wir auf die Werbefritzen reinfallen«, winkte die Freundin ab.

»So einfach machen sie es uns ja auch nicht. Werbung ist heute sehr subtil. Zum Beispiel kann man einem Produkt Eigenschaften zuschreiben, welche es gerade nicht hat.« Sie unterbrach sich selbst, möglicherweise, weil sie von ihrer eigenen Argumentation nicht überzeugt war. »Ist ja auch egal!«, sagte sie dann. »Jedenfalls werden wir Konsumenten in den Kreislauf eingespannt, nicht nur indem wir konsumieren und so zu einem Teil des Problems werden, sondern indem wir versuchen, Probleme zu ergründen und sie zu lösen und damit einen neuen Markt kreieren, der wiederum das Konsumproblem erweitert und weitere Rohstoffe ausbeutet.«

»Also doch der Mausgraben!«, konstatierte er.

»Das ist zynisch!«, meinte die Freundin.

Der andere schwieg noch immer beharrlich.

»Was ich sage oder was sie sagt?«, fragte er nach.

Die Freundin dachte nach.

»Und was ist mit nachwachsenden Rohstoffen?«, fragte sie dann.

»Längst Teil des Geschäfts«, meinte er.

»Macht doch nichts oder umso besser.«

»Eben nicht, denn das Geschäft machen einige wenige, die stinkreich sind und auf diese Weise noch reicher werden und mit ihren überdimensionalen Projekten den Massen auf der ganzen Welt ihre kleinen Lebensgrundlagen kaputt machen. Die nehmen den halben Preis für Lebensmittel, den die Einheimischen schon für den Anbau brauchen, und zwar so lange, bis sie das Monopol haben. Dann schlagen sie wieder auf.«

»Und wenn sie ihre Produkte nicht an die Verbraucher loswerden, verkaufen sie diese den Regierungen«, ergänzte sie. »Diese verkaufen sie gewinnbringend weiter, subventionieren sie oder bearbeiten sie so lange, bis sie alternativlos sind. Sollte auch dies nicht gelingen, können sie sie uns immer noch verordnen.«

»Ich gebe auf!«, rief die Freundin mit erhobenen Händen. »Was seid ihr nur für Zyniker?«

»Nicht wir, die Geschäfte sind zynisch«, widersprach er.

»Also doch der Mausgraben«, meinte die Freundin resigniert.

»So schnell kommst du aus der Nummer nicht raus«, widersprach er erneut. »Die Geländer am Graben wurden mit einer Substanz präpariert, welche bei Hitze hochgiftige Dämpfe freisetzt, welche krebserregend sein können, wenn man auch nur einen geringen Teil davon einatmet.«

»Ist das nachgewiesen?«, fragte die Freundin.

»Es gibt wissenschaftliche Gutachten, die aber nicht hundertprozentig ...«

»Dachte ich mir doch.«

»Außerdem gibt es ein Gegengutachten der Herstellerfirma, dass ...«

»Vergiss es!«

»Wie werden denn diese Werte gemessen?«

»In Mikrogramm. Aber das Problem ist, wie gesagt, dass bisher nicht nachgewiesen werden konnte ...«

»Ach ja, diese Probleme des Problems des Problems und seiner Verursacher kenne ich bereits«, kommentierte die Freundin schlagfertig.

»Du lernst schnell«, meinte sie trocken.

»Es gibt jetzt ein neues Gutachten«, fuhr er unbeirrt fort. »Aber der Gutachter war früher bei einer Firma angestellt, welche die Werbung für eine Zuliefererfirma von Rohstoffen ...«

»Ja, alles klar, du brauchst gar nicht weiter zu erzählen, mit dem Mausgraben ist es also auch nichts.«

»Leider ja«, meinte er zustimmend.

»Gibt es eigentlich noch Gutachter, die keine Gefälligkeitsgutachten schreiben?«, fragte sie süffisant.

»Nein, die gibt es nicht«, erklärte er sofort. »Denn sie würden früher oder später pleite gehen – eher früher, weil sie keine Aufträge bekommen würden. Außerdem stünden sie sofort im Verdacht, korrupt zu sein.«

»Warum das?«, fragte sie.

»Nun, weil ihnen kein Mensch glaubt, dass sie als Gutachter ohne Gefälligkeitsgutachten überleben können. Ihre Auftraggeber müssen also besonders geheim, sprich, besonders gefährlich sein.«

»Und, was schlägst du vor?«, wollte die Freundin wissen.

»Wie?«, fragte er.

»Als Alternative zum Mausgraben«, sagte sie.

»Nimm doch die Bahn!«

»Phh, die haben schon wieder ihre Preise erhöht.«

»Außerdem streiken die Lokführer mal wieder.«

»Besser die Bahn, als … «

»Ja, schon gut! Aber ich ärgere mich, dass sie die Gewinne, statt sie in die Infrastruktur zu stecken … «

»Ja, ich verstehe«, sagten er und die Freundin gleichzeitig.

»Man muss wohl immer das kleinere Übel wählen«, meinte die Freundin abschließend.

»Aber finden wir immer heraus, was das kleinere Übel ist?« hielt er dagegen.

»Willst du damit sagen, dass sich Information nicht lohnt?«, fragte sie.

»Es geht nicht nur um Information, sondern auch um Aufklärung«, verbesserte er.

»Das ist doch Wortklauberei!«

»Was ist da der Unterschied?«, wollte die Freundin wissen.

»Ach, er ist einfach ein Klugscheißer«, meinte sie, »und das muss er ständig unter Beweis stellen.«

Der andere schwieg.

»Ja, du hast schon recht«, gab er zu, was beide Frauen erstaunte. »Ich bin ein Klugscheißer.« Nach einer Kunstpause fuhr er fort: »Es werden ständig neue Kampfbegriffe erfunden, um die Faktenlage schön zu reden, oder sie zu verschleiern oder auch in Misskredit zu bringen. Die einen kommen mit der Differenzierung nicht hinterher, während die anderen die Sprache als Manipulationsinstrument durch immer neue Wortverdrehungen ausbeuten. Fehlt nur noch, dass bestimmte Differenzierungen oder Aufklärungszusammenhänge als nicht mehr konkurrenzfähig angesehen werden, weshalb die Unwahrheit kurzfristig zur Wahrheit erklärt wird, weil sie sich besser als zukunftsfähig verkaufen lässt. Damit ist die Unwahrheit der gestalteten Realität näher, somit tatsächlich wahr, und die Wahrheit ist unwahr.«

»Du spinnst ja, Mann!«, sagte die Freundin.

»Nein, er hat recht!«, pflichtete sie ihm bei.

»Immer in solchen Momenten hältst du zu ihm«, sagte die Freundin beleidigt.

»Wenn ich nun mal seiner Meinung bin ...«

»Ja, schon gut«, sagte die Freundin beschwichtigend. Dann wechselte sie das Thema, um nicht weiter in die Defensive zu geraten. »Ich schaffe übrigens meinen Diesel ab.«

»Gute Idee«, meinte er. »Und was schaffst du dir an, einen Jeep mit Elektromotor?«

»Ich sagte es doch, du bist ein hoffnungsloser Zyniker.«

»Das Hoffnungslos ist neu.«

»Ich glaube, ich nehme doch den Mausgraben«, sagte sie resigniert.

»Ist deine Entscheidung«, sagte die Freundin.

»Ja, weiß ich selber!«

»Sei doch nicht beleidigt!«

»Lass das mal meine Sorge sein!«

»Ist ja gut.«

»Du bist alleine verantwortlich, wenn was raus kommt«, beeilte er sich, sie zu informieren. »Es ist nämlich so, dass du im Fall des Falles niemals die Firma vor Gericht bekommst. Sie werden sich immer an die Person als möglichen Täter halten. Im Zweifelsfall machen sie die üblichen Bauernopfer. Und wenn es ein ganz schlimmes Ding ist, picken sie sich einen aus dem mittleren Management heraus, also ein Pferd oder einen Läufer, im schlimmsten Fall einen Turm. Und der kriegt eine saftige Geldstrafe, die er aus der Portokasse zahlt, und allenfalls eine Bewährungsstrafe. Die ganz Großen haben angeblich nie was gewusst. Wenn dies der Fall wäre, könnte man sie als Führungspersönlichkeiten in der Pfeife rauchen.«

Keine der beiden Frauen sagte was, der andere auch nicht.

»Ist doch so«, versuchte er, das zuvor Gesagte zu bekräftigen. »Unsereiner wäre längst gefeuert.«

»Und deshalb gehst du zu diesen Demos?«, fragte die Freundin empört.

»Bist du verrückt!«, ereiferte er sich noch empörter. »Ich gehe doch nicht zu diesen Dumpfbackendemos.

»Der Dings ... wie heißt er noch? ... behauptet, er habe dich dort gesehen.«

»Das Arschloch, der hat sie doch nicht alle. Nie würde ich zu diesen Demos gehen.«

»Das ist wirklich eine schweinische Behauptung«, sagte sie kopfschüttelnd. »Niemals würde er ausgerechnet zu diesen Demos gehen. Aber offenbar war der dort, sonst könnte er ja nicht behaupten, jemanden gesehen zu haben.«

»Nein, so war es nicht«, winkte die Freundin ab. »Er hat erzählt, er habe jemanden getroffen …«

»Ich weiß selber, wie man Leute fertig zu machen versucht«, unterbrach sie die Freundin.

»Tut mir leid!«, sagte diese. »Nun stehe ich genauso blöd da wie am Anfang.«

»Was mache ich denn nun?«

»Am besten gar nichts«, sagte er, und er meinte es nicht ironisch.

Der andere schwieg weiterhin beharrlich.

Ein neuer Wohlstand

So habe ich mir immer die Suzanne in dem Lied von Leonard Cohen vorgestellt, dachte der ältere Mann mit der Zipfelmütze.

Die Frau, etwa Anfang Dreißig, mit verfilzten, langen Haaren, einem durchdringenden Blick, mit einem Tuch, das sie wie einen Turban um ihren Kopf geschlungen hatte, einem langen Wollrock mit weiten, schlabberigen Oberteil, das ebenso gut Kleid wie Pullover sein konnte, stand mitten auf der Fußgängerzone und predigte.

»Wir brauchen ein neues Verständnis von Wohlstand«, rief sie in die Menge. »Das alte ist nicht nur schlicht nicht mehr umsetzbar, es ist schon in seiner Definition verlogen. Das heißt, die Definition von Wohlstand ist einseitig abhängig von Geld, Besitz und einer Wirtschaftlichkeit, die auf permanentes, um nicht zu sagen, ewiges Wachstum baut. Diese Wachstumsideologie ist hauptverantwortlich für sinnlosen Rohstoffverbrauch und Ausbeutung in der Welt. Dies wiederum begünstigt einen radikalen, gierigen, antidemokratischen Kapitalismus. Machen wir also die Definition von Wohlstand weiterhin abhängig von dieser falschen ökonomischen Heilserwartung, werden wir keine Fantasie für andere Formen des Zusammenlebens entwickeln können.«

Sie machte eine kleine Pause und sprach dann weiter: »Natürlich können wir nicht einfach so aus einem seit 5000 Jahren geprägten Patriarchat ausbrechen. Aber die Gedanken sind doch frei und mit ihnen die Fantasie. Denken wir doch einmal nicht zuerst an die Grenzen, an das, was wir uns angeblich leisten beziehungsweise was wir bezahlen können, auch nicht an Arbeitsplätze und nicht an Sicherheit, denn diese Art zwanghafter Denkstrukturen führen immer wieder in dieselbe Falle des alten Status Quo. Dieser hat sich nämlich nicht bewährt, wie immer wieder behauptet wird, sondern er wird immer wieder neu durch geopolitische Machenschaften konstruiert und künstlich am Leben erhalten.«

Die Leute gingen achtlos an ihr vorüber, waren mit anderem beschäftigt. Nur der Mann mit der Zipfelmütze war stehen geblieben, vielleicht nicht unbedingt aufgrund dessen, was sie sagte, sondern weil sie ihn an die Suzanne in dem Lied von Leonard Cohen erinnerte.

»Was wir brauchen: Zuerst einmal geht es um gesunde Luft zum Atmen, für alle Lebewesen«, fuhr sie energisch fort. »Nichts, aber auch gar nichts kann belegen, weder existenziell noch wissenschaftlich, warum etwas anderes Vorrang haben sollte, beziehungsweise die Luft verunreinigt werden darf, von wem und aus welchen Gründen auch immer. Neben der permanenten Atemluft brauchen wir Trinken und Essen. Leider ist dies nicht überall selbstverständlich. So viele Menschen hungern. Sie kennen das Beispiel, wie viel Liter Wasser gebraucht werden, um eine Jeans herzustellen. Einfach mal umgekehrt denken: Was brauchen Lebewesen an Wasser und Anbauflächen, um gesunde Lebensmittel herzustellen?«

Sie machte wieder eine kurze Pause und fuhr dann fort: »Wenn Sie jetzt auf den Gedanken kommen sollten, dass dies nicht umsetzbar sei, weil Globalisierung, Finanzierbarkeit, wechselseitige Abhängigkeiten, internationale Vereinbarungen … Das meinte ich eben, als ich von vorbestimmten, ausgetretenen Denkpfaden sprach.«

Ein Mädchen in einem roten Anorak, ihren Schulranzen auf dem Rücken, war stehen geblieben.

»Der neue Wohlstand, das ist saubere Luft, trinkbares Wasser, gesundes Essen, Urvertrauen in ein liebevolles Miteinander ...« Sie stockte kurz: »Und falls Sie mich für eine Spinnerin oder Utopistin halten, kann ich dem nicht widersprechen.«

Der Mann mit der Zipfelmütze lächelte und setzte seinen Weg fort. Das Mädchen mit dem Schulranzen ging in die andere Richtung weiter.

Afghanistan

Wie viel von meinem Leben gehört mir, stellte sie sich die banale Frage, die sich bei längerem Nachdenken gar nicht als eine solche erweisen wollte. Und wer nimmt sich aus welchem Grund das Recht, dies über mich entscheiden zu wollen, fragte sie sich weiter. Sie kam zu dem Schluss, dass nur Kinder ein natürliches Recht auf Liebe und Fürsorge haben, aber ausgerechnet ihnen wird sie oft verwehrt.

Nathalie saß auf der Bank, auf der sie damals so oft gesessen hatten, und schaute auf die kleine Stadt hinunter, deren Außenbezirke sich seit einigen Jahren bis in das schmale Seitental ausdehnten. Beide waren sie damals noch sehr jung gewesen, sie sechzehn, Pitt gerade siebzehn geworden. Sie hatten in diesen ersten Wochen jede freie Minute miteinander verbracht. Entweder holte er sie nachmittags von ihrer Lehrstelle ab, oder sie trafen sich gleich hier oben an der Bank. Hin und wieder schlenderten sie auch durch ein kleines Wäldchen, das zum Naherholungsgebiet der Stadt gehörte. Pitt war ihr erster richtiger Freund gewesen. Von jetzt aus zurückblickend fühlte sich diese erste Liebe so rein, so grundehrlich an. Die ganze Welt da draußen hätte ihnen nichts anhaben können, weil sie sich ihrer jungen Liebe so sicher waren und ihr so sehr vertrauten. In dieser Anfangszeit war ihr Pitt geradezu schüchtern vorgekommen. Auch in seinen Worten, die Wünsche ausdrückten, bewegte er sich tastend voran. Eigentlich waren fast alle Jungs so in diesem Alter, hatten Mädchen gegenüber etwas Unbeholfenes.

Pitt war behutsam und zärtlich. In diesen ersten Wochen berührte er sie so vorsichtig, als sei ihr Körper aus

Glas und seine Hände seien in ihrer Grobheit und mangelnden Erfahrung nicht geeignet, ihn anzurühren. Sie betrachtete ihn ihrerseits wie ein flauschiges Tier, das seinen Bau zu früh verlassen hat, und meinte deshalb, ihn vor einer Welt schützen zu müssen, die sich ohne Ankündigung und scheinbar ohne Anlass von ihrer bösen Seite zeigen konnte, als hätte sie eine glatte Oberfläche, unter der sich durch ein unbedachtes Verhalten Risse zeigten und giftige Dämpfe aus diesen hervortraten. Sie hoffte, er würde es sich aneignen, selbstbewusster aufzutreten, um nicht so ungeschützt zu sein, irgendwann eine Lehrstelle finden oder sich gegen seinen Vater durchsetzen.

Als sie sich zum ersten Mal mit seinen Freunden trafen, war Nathalie überrascht, wie anders er sich verhielt, obwohl sie schon früher die Erfahrung gemacht hatte, dass Jungs in ihren Cliquen oft wie aufgeblasen auftraten, um dieses Unbeholfene, für das sie sich voreinander schämten, zu verbergen. Sie gaben vor, selbstbewusst zu sein, indem sie sich Mädchen gegenüber als überlegen aufspielten und ihre körperliche Stärke zur Schau trugen. Sie hatte großzügig darüber hinweggeschaut, wenn Jungs sich von dieser angeberischen Seite zeigten, aber wenn sie es auf ihre Kosten zu übertreiben versuchten, konnte sie auch pampig reagieren und ihnen für ihre plumpen Reden über den Mund fahren. Sie hatte geglaubt, Pitt sei anders. Sie brauchte einige Zeit, um ihre Enttäuschung zu überwinden, wenn er sich bei seinen Freunden aufspielte wie der Obergockel, das große Wort führte und so tat, als stünden ihm alle Wege dieser Welt offen, und wenn er sich diese mit Gewalt nehmen müsste. Weil er so stolz auf sie war und darauf, sie zur Freundin zu haben, behandelte er sie in Gegenwart seiner Kumpels in den ersten Wochen galant und freundlich. Aber je sicherer er sich fühlte, besser gesagt, sich in dieser falschen Sicherheit einrichtete, und je nachgiebiger sie wurde, um so überheblicher und herablassender wurde sein Ton, obwohl sie genau spürte, dass er nur so geschwollen daherredete, um sich bei diesen Typen aufzuspielen. Gerade dies machte sie irgendwann so ärgerlich, auch auf sich selbst, dass sie es sich nicht länger gefallen lassen wollte.

Als er sie einmal ein dummes Mädchen nannte, das keine Ahnung habe, wie es in der Welt zuging, war für sie das Maß voll. Sie wollte ihm postwendend bestätigen, wie aufgeblasen er daherredete, hielt sich dann aber zurück, um ihn nicht vor seinen Freunden bloß zu stellen, obwohl, so wie sie es im Nachhinein beurteilte, sie gerade dies hätte tun sollen. Stattdessen wartete sie, bis Pitt und sie alleine waren, um ihn zur Rede zu stellen und ihm zu sagen, dass sie sich diese Überheblichkeit auf ihre Kosten in Zukunft nicht mehr gefallen lassen und ihm Kontra geben würde. Auch in Gegenwart seiner Kumpels. Zuerst wehrte er sich, als könne er nicht raus aus dieser Rolle, die er bei seinen Freunden spielte, forderte sie vollmundig auf, es ruhig zu versuchen. Sobald er aber merkte, dass es ihr Ernst war und sie sich nicht einschüchtern ließ, fühlte er sich plötzlich ertappt wie ein kleiner Junge, der sich zu Unrecht etwas genommen hat und von Erwachsenen dafür gescholten wird. Er gab sich nachgiebig und niedergedrückt, sodass er ihr schon wieder leidtat, und sie ihn am liebsten wieder aufgerichtet hätte. Aber sie unterdrückte diesen Impuls. Pitt verwandelte sich wieder in den freundlichen Jungen, der er vorher gewesen war, der ihr zuhörte und auf sie einging.

Wenn Nathalie allein war, dachte sie nicht nur darüber nach, was sie von ihm gewollt, sondern auch, was sie von sich und für ihr Leben erwartet hatte. Wenn sie sich jetzt darüber Gedanken machte, kam es ihr merkwürdig vor, wie einfach und geradlinig, ja naiv ihre Vorstellungen damals gewesen waren. Sie wollte glücklich mit ihm sein, etwas sparen und erst einmal abwarten, wie es sich mit ihnen weiter entwickeln würde. Sie waren ja noch so jung. Die einzige Bedingung: Sie sollten es ehrlich miteinander meinen und einander vertrauen. Für ihn stand längst fest, dass sie heiraten und in naher Zukunft eine Familie gründen würden. Heute fragte sie sich, warum sie sich nicht trotz aller Verliebtheit ihre eigenen Vorstellungen von einem zukünftigen Leben gemacht hatte. Sie war immer eine gute Schülerin gewesen. Und niemals hatte ihr die Welt offener gestanden als damals. Aber sie hatte es nicht begriffen, oder wenn doch, hatte sie keinen Wert darauf gelegt. Bildung oder Aufstieg waren für andere Menschen gewesen, zu denen sie nicht gehörte, die sie einerseits hoch einschätzte, zum anderen verachtete. Noch heute fiel es ihr schwer, ihre persönlichen Perspektiven von denen biederer Bürgervorstellungen zu trennen. Andererseits ahnte sie schon damals, dass ihre kühnen, romantischen Vorstellungen, bei denen nur die Liebe zählte, verbunden damit, ein ehrliches Leben zu führen und allen Menschen aufrichtig ins Gesicht zu blicken, nicht in diese Welt passten.

Pitt hatte einen Schulabschluss, aber er hatte keinen Job. Er sprach davon, zur Bundeswehr zu gehen und in Afghanistan eingesetzt zu werden. Nathalie hatte einen gewaltigen Schreck bekommen, aber dann betrachtete sie dieses Vorhaben als eine fixe Idee, nur mal so daher gesagt, und schenkte ihr keine weitere Beachtung mehr. Aber nach einigen Wochen fing Pitt wieder davon an, begeisterte sich geradezu für diese Idee, und seine Pläne nahmen konkrete Formen an. Er hatte sich inzwischen über alle möglichen Details des Einsatzes informiert. Nun konnte sie ihre Angst nicht mehr vor sich selbst verleugnen. Sie konnte sie körperlich spüren. Nathalie stellte sich vor, Pitt und sie wären über Monate getrennt, aber vor allem, dass ihm etwas passieren könnte. In Afghanistan herrschte seit vielen Jahren ein brutaler Krieg. Jeder Krieg ist brutal und fordert seinen Tribut an Todesopfern. Ihr Puls pochte, das Herz schlug ihr bis zum Hals hinauf. Nachts lag sie wach und malte sich schreckliche Szenen aus, die in ihrem realen Bezug durch aktuelle Nachrichten immer wieder Bestätigung fanden. Je ängstlicher sie wurde, umso mehr gab er sich cool und war sich seiner Sache sicher, als würde er ihr alle Gefühle aufladen, die er selbst nicht tragen konnte oder die ihm einfach lästig waren, um dann um so lässiger seine angepeilten Ziele zu verfolgen. In seinen Vorstellungen schien dieser Krieg eine Art Sportveranstaltung zu sein, auf die sich ein Mann körperlich und taktisch vorbereiten und dem dann nichts passieren konnte. Deshalb besorgte er sich Unterlagen über Kriegsgeräte und absolvierte Kraft-, Geschicklichkeits- und Ausdauertrainings.

Nathalie versuchte ihn umzustimmen, aber je mehr sie dies anstrebte, um so vehementer steigerte er sich in die Sache hinein. Sie könnten doch, wenn auch bescheiden, von dem leben, was sie verdiente und solange, bis er einen eigenen Job gefunden hatte, schlug sie ihm vor. Dieser Gedanke, dass er von ihr abhängig sein sollte, kränkte ihn in seiner Männlichkeit und brachte ihn deshalb noch mehr auf. Sie bemerkte zum ersten Mal diese Wut in seinen Augen, als sie hier, auf dieser Bank gesessen und darüber gestritten hatten. Das heißt, eigentlich hatte sie es für eine gute Idee gehalten und ihn besänftigen und ein Zeichen geben wollen, dass sie, egal wie, immer zusammenhalten würden. Er war aufgesprungen, hatte wild gestikuliert und die Fäuste geballt: Nein, gerade das kam für ihn gar nicht infrage.

Heute fragte sie sich, ob dies der Zeitpunkt gewesen war, an dem sie Pitt verloren hatte. Nicht nur, dass er sich in diese Vorstellung verrannt hatte, etwas in ihm, von dem er unbedingt überzeugt war, ein Teil seiner männlichen Existenz war aus einem tiefen Unbewussten geweckt und an die Oberfläche des Bewusstseins gespült worden. Womöglich, dachte sie, lebt dieses Element, mehr oder weniger ausgeprägt, in allen Männern, und wenn einmal entzündet, gibt es kein Zurück.

Nathalie schaute auf die Uhr. Sie hatte noch Zeit. Die Kleine war im Kindergarten und die beiden Großen im Hort.

Bei der ersten Bewerbung war er durchgefallen. Die Prüfer glaubten bei diesem ersten Gespräch, eine charakterliche Labilität an ihm festgestellt zu haben. Vielleicht hatten sie es auch schon aus seinem Bewerbungsschreiben herausgelesen. Pitt war tief enttäuscht gewesen. Und in seiner Ehre gekränkt. Obwohl Nathalie erleichtert war, sagte sie kein Wort darüber und hielt zu ihm, denn er hätte dies als ihren Triumph missverstanden und sich noch mehr in seinen Zorn hineingesteigert, welcher der Kränkung, abgewiesen worden zu sein, gewichen war. Er würde es diesen Lackaffen schon zeigen, die nur vom grünen Tisch aus urteilten.

Pitt fand dann eine Halbtagsstelle in einer dieser Muckibuden. Die Typen, denen der Laden gehörte, zahlten schlecht und nutzten ihn nur aus. Trotzdem reichte es, indem sie zusammenlegten, für eine kleine Wohnung. Aber das Wichtigste in diesem Center war für ihn, dass er dort trainieren konnte. Indem sich sein Körper veränderte, er Muskelmasse ansetzte, formte sich ein Bild von sich selbst in seinem Kopf, das er einer kühnen Vorstellung entnahm, die er in der fernen Vergangenheit einer wütenden Kindheit gebildet hatte. Er war davon überzeugt, es handele sich um sein eigentliches, sein wahres Wesen, das endlich konkrete Gestalt in seinem austrainierten, muskulösen Körper angenommen hatte, mit dem er für einen Kriegseinsatz optimal vorbereitet wäre. Wie die Helden seiner Kindheit fühlte er sich unbesiegbar. Aber da er nur ein Mensch aus Fleisch und Blut war wie andere Menschen auch, war er in ihrer Vorstellung noch ungeschützter – indem er glaubte, diesen Schutz nicht nötig zu haben – dieser Welt aus metallener Präzisionstechnik ausgesetzt.

Er entfernte sich von ihr, in jeder Beziehung. Sie fühlte sich zunehmend von ihm vernachlässigt, nicht nur weil er die meiste Zeit an den Geräten verbrachte, sondern weil er in einer anderen Welt, weit entfernt von der ihren lebte. Die Typen, die er aus dem Center kannte und mit denen er auch seine freie Zeit verbrachte, mochte sie nicht leiden. Auch nicht deren Freundinnen. Die ließen sich von den Kerlen aushalten und hielten deren Verhalten aus. Als Pitt begann, sie so herablassend zu behandeln, gab sie ihm deutlich zu verstehen, was sie davon hielt. Aber er nahm ihre Vorwürfe nicht ernst. Nathalie wollte ihm nicht mit Trennung drohen, aber sie fürchtete sich davor, sie könnte zu lange warten, und es wäre dann zu spät, weil die Flamme in ihrem Inneren erloschen sein würde. Also nahm sie ihren Mut zusammen und sprach mit ihm über dieses unruhige Flackern. Zuerst sah sie diese wilde Wut in seinen Augen, weil er sich trotz ihrer vorsichtigen Worte bedroht fühlte. Dann wurde sein Gesichtsausdruck ganz mürbe, denn er begriff, dass sie kurz davor war, ihn zu verlassen. Wie es seine Art war, konnte er nicht über seine Gefühle sprechen. Stattdessen überhäufte er sie in den folgenden Tagen mit Geschenken, führte sie in teure Restaurants, die sie sich eigentlich nicht leisten konnten, zum Essen aus und verbrachte die Abende mit ihr zu Hause. Er hatte ihre Verzweiflung als Drohung missverstanden und wollte sie auf keinen Fall verlieren. Sie hoffte, es würde wieder zwischen ihnen sein wie früher, aber bald musste sie einsehen, dass es kein Zurück mehr geben konnte.

Die zweite Bewerbung bei der Bundeswehr hatte geklappt. Dies hatte Pitts letzte Zweifel daran beseitigt, dass er der richtige Mann für diese Mission sein würde. Zuerst musste er nun eine Grundausbildung absolvieren, dann würde endgültig über einen Auslandseinsatz entschieden. Natürlich war die Bundeswehr froh, wenn sich Leute freiwillig für diese Einsätze meldeten, aber die Offiziere, welche die Auswahl vornahmen, hatten ihre Erfahrungen und waren vorsichtig, denn es befanden sich jede Menge Abenteurer, Spinner und verpeilte Typen unter den Freiwilligen. Dies bemerkte selbst Pitt in seiner Euphorie. Als Nathalie und Pitt heirateten, war sie bereits im fünften Monat mit Sven schwanger. Sie dachte nicht mehr über ihre Zukunftspläne nach. Wozu auch? Das Leben ging seine vorgesehenen Wege.

Pitt flog nach Afghanistan, als Sven gerade zwei Monate alt war. Sie klammerte sich an das Kind, liebte es über alles. Egal, was auch immer geschehen würde, ihre bedingungslose Liebe und Fürsorge schenkte sie dem kleinen Sven. Pitt schickte ihr fast jeden Tag eine Nachricht. Es ging ihm gut in Afghanistan. Er berichtete, dass er sich mit seinen Kameraden gut verstehe und seine Vorgesetzten fair seien. Mit Einheimischen kam er kaum in Kontakt. Er hatte geglaubt, die Menschen seien dankbar, dass die Soldaten sie beschützten.

Nathalie schaute auf die Uhr. Sie hatte noch einige Zeit, bis sie die Kinder abholen musste, stellte sie erleichtert fest. Die Sonne war ein Stück weiter gewandert und schien nun auf die roten Dächer der Häuser in dem schmalen Seitental.

Pitt schrieb ihr, wie froh er sei, endlich eine Aufgabe zu haben, in der er einen Sinn sehen konnte. Es war das erste Mal in seinem Leben, dass ihm dies widerfuhr, und es machte ihn selbstsicher. Zugleich entwarf er Pläne für die Zeit nach seinem Einsatz, darüber, was sie sich als kleine Familie leisten könnten und was sie unternehmen würden. Manchmal hatte er sie in seiner Euphorie mitgerissen, und sie hatte ihm in ebensolchen Sätzen geantwortet. Dann gab es aber auch diese Tage, an denen sie ganz auf das Leben hier konzentriert war, und Pitt und Afghanistan Welten entfernt schienen. Oder ihre Pläne nach seiner Rückkehr unterschieden sich grundsätzlich von den seinen, was sie ihm aber nicht mitteilte. Sie wollte das Abitur nachholen und ein Studium beginnen.

Dann erhielt sie die Nachricht von der Explosion dieses Tanklastzuges. Es waren aufgrund falscher Nachrichtenübermittlungen zwischen deutscher und amerikanischer Seite nur Zivilpersonen umgekommen, die sich zufällig dort aufhielten, darunter viele Kinder. Ab diesem Tag war der Ton von Pitts Mails und denen späterer Telefonate ein anderer gewesen. Die Begeisterung, seinen Einsatz betreffend, war zuerst einem schockierten, später einem zurückhaltenden, dann einem zynischen Ton gewichen. Bei seinem nächsten Heimaturlaub hatte er kaum gesprochen, sich wenig um Sven gekümmert, und häufig hatte sie ihn beobachtet, wie er geistesabwesend auf dem kleinen Balkon saß und in eine Ferne schaute, ohne wirklich etwas zu sehen. Im Jahr darauf wurde Marie geboren.

Kurz vor der Geburt, für die Pitt wieder Urlaub bekommen sollte, passierte der Angriff der Taliban auf den Stützpunkt, zu dem er und sein Freund Devit, den er schon seit seiner Grundausbildung kannte, vorübergehend abkommandiert waren, um die Ausbildung einheimischer Rekruten zu unterstützen. Das Feuergefecht hatte mehrere Stunden gedauert. Nur er und drei afghanische Soldaten hatten den Angriff überlebt. Devit war direkt neben ihm von einer Maschinengewehrsalve regelrecht zerfetzt worden. Den genauen Vorgang hatte sie aber erst vor Kurzem erfahren.

Pitt war danach für mehrere Monate auf Heimaturlaub gekommen. Er hatte kaum gesprochen. Bei Maries Geburt war er dabei, konnte aber kaum eine Unterstützung für sie sein. Er sprach weder über die Situation dort noch über ihre Lebenssituation hier. Für die Kinder zeigte er kaum Interesse. Sie wusste, dass er in psychologischer Behandlung war, aber er sprach niemals darüber, nur so viel, dass er nichts hielt von dem Psychogelaber, wie er es abfällig nannte.

Nach einiger Zeit äußerte er seinen Vorgesetzten gegenüber den dringenden Wunsch, nach Afghanistan zurückzukehren. Wahrscheinlich stellte er sich vor, er könnte die erschreckenden Erlebnisse eliminieren, indem er sie mit neuen, für ihn erfolgreicheren überdeckte. Sowohl der behandelnde Psychologe als auch sein zuständiger Offizier zeigten sich diesem Ansinnen gegenüber skeptisch, aber irgendwie gelang es Pitt, sie davon zu überzeugen, dass es das Beste für ihn sei, nach Afghanistan zurückzukehren.

In den ersten Wochen hatte Nathalie aufgrund seiner Nachrichten den Eindruck, dies könne ihm gelingen. Aber dann war sein Ton wieder düsterer geworden. Jedoch hatte sie den Eindruck, dass er seinen Dienst ordnungsgemäß verrichtete. In dieser Zeit wurde seine Sprache härter. Über seine afghanischen Kameraden, die er nicht mehr als solche betrachtete, und auch über die einheimische Bevölkerung sprach und schrieb er nur noch herablassend. Der ganze Afghanistaneinsatz galt für ihn als gescheitert, nicht etwa, weil die Verbündeten kein gutes Konzept oder Fehler gemacht hatten, sondern weil die vorgesehenen Pläne nicht konsequent und mit mehr Waffengewalt durchgesetzt wurden. Die Bevölkerung hatte er im Verdacht, nicht mit dem IS, aber mit den Taliban gemeinsame Sache zu machen. Tatsächlich wäre er zweimal fast in einen Hinterhalt geraten. Es war nur der Erfahrung einiger Offiziere zu verdanken gewesen, dass dies nicht geschehen war. Zuerst hatte Nathalie nur seine harte Oberfläche in ihren Telefongesprächen wahrgenommen, aber dann spürte sie zunehmend: Da war noch etwas anderes. Vorerst hielt sie diese vage Erkenntnis, die eigentlich seine hätte sein müssen, nicht nur von ihm, sondern von sich selbst fern, weil sie ahnte, wie sehr ihn die Auseinandersetzung mit dieser erschüttern würde: Pitt hatte Angst.

Früher hätte sie auf seine Schroffheit und seinen rüden Ton in eben dieser Weise geantwortet oder ihn zur Rede gestellt. Aber je mehr sie seine Angst und seine seelische Gebrechlichkeit erahnte, umso vorsichtiger und liebevoller behandelte sie ihn. Gerade dies, vor allem ihr fürsorglicher Ton, machte ihn regelrecht böse, und er verschloss sich noch mehr vor ihr. Er warf ihr vor, sie habe ja keine Ahnung und wüsste nichts. Dies stimmte natürlich bezüglich der Ereignisse. Wie sollte sie sich von hier aus Afghanistan und die Verhältnisse dort vorstellen? Sie wollte dies auch gar nicht. Sie wollte nur, dass er zurückkam, und dass sie wieder so unbeschwert wie möglich leben konnten. Aber das Leben, auch das mit ihren Kindern, lehrte sie, dass man Erlebtes nicht einfach ungeschehen machen oder überdecken konnte. Sicher, so glaubte sie fest, konnte eine aufrichtige Liebe alle seelischen Wunden heilen. Aber um ihr diese Chance zu geben, musste sie sich entfalten können. Auf Ruinen wachsen so schnell keine Blumen, aber wenn sie Geduld hatte und lange genug wartete, geschah es womöglich doch.

Nathalie holte Pitt an einem milden Novembertag am Flughafen ab, diesmal für immer. Nach einer Rekonvaleszenz würde er seinen Dienst in einer Kaserne etwa dreißig Kilometer entfernt verrichten.

Für alle Familienmitglieder bedeutete Pitts Rückkehr eine große Umstellung. Die Kinder erlebten, dass der Vater nicht wie sonst zu Besuch kam, sondern blieb. Nathalie glaubte nun, einen Partner zu haben, mit dem sie alles besprechen und sich die Arbeit teilen konnte. Die größte Umstellung war es für Pitt selber, nicht mehr in einer Kaserne mit Kameraden zu leben, sondern Teil einer Familie zu sein. Hauptsächlich tat er sich schwer, seine Rolle als Vater zu finden. Manchmal saß er nur herum und war für die Kinder nicht ansprechbar, dann wieder tobte er mit ihnen herum und plötzlich hatte er genug davon. Die Kinder, einmal aufgeputscht, machten natürlich weiter, wenn er ihnen von der einen auf die andere Sekunde versuchte, Grenzen zu setzen. Sie konnten seine Reaktion nicht einordnen. Seine Vaterautorität begriffen sie erst nicht, war er eben doch noch ihr Spielkamerad gewesen. Als Respektsperson in der Familie hatten sie bis zu diesem Zeitpunkt nur die Mutter erlebt.

Zuerst ging Nathalie davon aus, dass sich sowohl Pitt als auch die Kinder aneinander gewöhnen würden, aber dies geschah nicht, im Gegenteil fand Pitt seine Rolle immer weniger, und mit jedem Tag spürte sie mehr, dass er überfordert war. Pitt hingegen deutete die Situation so, dass die Kinder es an Respekt ihm gegenüber vermissen ließen, weil sie diese verzogen habe. In Afghanistan hatte es nur Befehl und Gehorsam gegeben. Die Erkenntnis einer Überforderung gehörte in eine andere Welt, in der er sich nicht zurechtfinden konnte. Auch begriff er nicht, dass es nicht genügte, Verhalten vorzutäuschen. Kinder durchschauen dies sofort und fordern verlässliche Bindungen. Aber dazu war Pitt viel zu sehr mit sich selbst und den erlebten Situationen in Afghanistan beschäftigt, die ihn verfolgten wie böse Geister.

Als Nathalie wieder schwanger wurde, hofften beide inständig, nun würde eine neue Phase in ihrem Leben beginnen und sie würden alles Üble aus der Vergangenheit hinter sich lassen. Nathalie ahnte von Anfang an, dass dies nicht so einfach glücken konnte, während Pitt sich fest an diese Vorstellung klammerte. In den nächsten Monaten schien es so, als würde er recht behalten. Er brachte die Kinder zur Kita und holte sie von dort wieder ab, traf sich regelmäßig mit Kumpels von früher und ging zwei Mal pro Woche zum Kampfsport. Sven begleitete er zum Fußball und Marie zum Ponyreiten. Die Kinder vermieden es aufzubegehren, zum Preis, dass der Vater ihre Wünsche erfüllte. Aber irgendwann zerriss dieses Band wieder. Oft brauchte es nur eine Kleinigkeit, zum Beispiel, indem Marie etwas forderte, was sie nicht bekommen konnte, oder Pitt der Kontakt mit den Kindern ohne besonderen Anlass zu eng wurde. Dann erschien plötzlich ein Ausdruck von Wut in seinem Gesicht wie damals, als ihn Nathalie davon hatte abhalten wollen, nach Afghanistan zu gehen.

Sie nahm sich nun öfter mal einen Nachmittag Zeit, um Freundinnen zu besuchen oder Besorgungen zu erledigen. Wenn sie zurückkam, hatte Pitt die Kinder bereits aus der Kita abgeholt und meist spielten sie etwas, jedes für sich. An einem Abend beim Essen, als Marie aus Unachtsamkeit einen Teller zerbrach, begann sie, mit Blick auf ihren Vater zu weinen. Eine solche Reaktion hatte sie noch nie gezeigt. Nathalie beschloss, nicht weiter über ihre Beobachtung nachzudenken.

Der kleine Per kam einige Wochen früher als erwartet zur Welt. Als er etwa ein halbes Jahr alt war, wachte er jede Nacht auf und begann, ohne Grund zu schreien. Nathalie ging mit ihm zur Kinderärztin, aber diese konnte keine Ursache für das Verhalten des kleinen Per finden. Sie verschrieb ein leichtes Schmerzmittel, das auch eine beruhigende Wirkung haben sollte. Es änderte sich jedoch nichts. Nathalie nahm ihn nächtelang auf den Arm und redete beruhigend auf ihn ein, bis er wieder eingeschlafen war. Hinterher lag sie meist noch lange wach, obwohl sie sich endlos müde fühlte. Eines Nachts, als Pers Geschrei wieder begann, forderte sie Pitt auf, sich um ihn zu kümmern. Dieser wälzte sich zuerst auf die andere Seite, stand aber dann doch nach einiger Zeit auf, als das Geschrei nicht aufhörte und Nathalie keine Anstalten machte, aufzustehen. Sie war zu erschöpft nach durchwachten Nächten. Im Halbschlaf hörte sie, wie Pitt versuchte, beruhigend auf den Kleinen einzureden. Nach kurzer Zeit steigerte sich sein Ton. Nathalie stand auf und ging ins Nebenzimmer, wo Pitt das Kind gerade so heftig schüttelte, als wolle er ihm sämtliche Knochen brechen.

»Gib das Kind her!«, forderte sie ihn zugleich voller Angst und Wut auf. Pitt erschrak und kam ihrer Aufforderung sofort nach. Sie hörte, wie er ins Schlafzimmer ging, sich anzog und die Wohnung verließ, während sie vergeblich versuchte, den kleinen Per zu beruhigen. Als sie am nächsten Morgen mit ihm im Kinderwagen von der Kita zurückkam, begegnete sie Pitt an der Haustür. Wortlos betraten sie die Wohnung, und er setzte sich an den Küchentisch, während sie Kaffee aufstellte.

»Mir sind die Nerven durchgegangen«, erklärte er schließlich mit belegter Stimme. »Es tut mir leid.«

Sie sagte nichts darauf, war noch immer schockiert. Dann begann er zu erzählen, zuerst stockend, dann immer schneller, von Afghanistan und von den Bildern in seinem Kopf, die er nicht loswurde. Am nächsten Tag meldete er sich bei dem Arzt, der ihn seit seiner Rückkehr aus Afghanistan behandelte. Dieser überwies ihn in eine spezielle Therapieeinrichtung der Bundeswehr für posttraumatische Belastungsstörungen.

Nathalie schaute auf die Uhr. Sie musste sich auf den Weg machen, um Per aus der Kita abzuholen. Auch Sven und Marie würden bald vom Hort nach Hause kommen.

Eigentlich hatte Nathalie ihr Studium beginnen wollen, sobald Pitt seine Therapie beendet hatte. Der Psychologe hatte ihm seinerseits empfohlen, ein Studium zu absolvieren, das die Bundeswehr finanzieren würde. Eine erfolgreich absolvierte Ausbildung würde ihn weiter stabilisieren. Er hatte auch mit ihr gesprochen, weil er aus Erfahrung wusste, dass in dieser Phase der Behandlung oft die Ehen in die Brüche gingen, weil die Frauen es nicht mehr aushielten oder aushalten wollten, die einzig tragende Stütze der Familie zu sein. Offenbar hatte sie sich besonders kräftig, selbstbewusst oder auch nur aufopfernd gezeigt, sodass der Psychologe überzeugt war, sie würde die Sache schon meistern. Durch diesen Prozess hatte sich ihre Ehe sehr verändert. Sie erlebte sich zunehmend verhärtet, den Kindern gegenüber streng und manchmal ungeduldig, während ihr Pitt ganz weich und ungeformt erschien. Oft nahm er diesen Hundeblick an und sah dann aus, als würde er gleich zu weinen beginnen. Der kleinste Vorfall, zum Beispiel wenn sich eines der Kinder beim Spielen die Knie aufgeschürft hatte, rührten und besorgten ihn. Der Psychologe hatte sie zu beruhigen versucht, als sie mit ihm darüber sprach. Er erklärte, dies sei eine vorübergehende Phase und Pitts Wesen würde sich wieder festigen. Nathalie beobachtete sich dabei, dass sie mehr um ihn besorgt war, als dass sie sich um sich selbst kümmerte. Sie achtete kaum noch auf ihr Äußeres, kleidete sich nachlässig und fühlte sich übergewichtig. In der Beziehung zu Pitt erlebte sie es oft so, als wäre er wie eines ihrer Kinder, mit dem man fürsorglich, manchmal fordernd, dann wieder nachgiebig, auf jeden Fall liebevoll und zugleich souverän umgehen musste. Niemals durfte sie ihn spüren lassen, wie schwach er war oder ihre dominante Position ihm gegenüber ausnutzen. Irgendwann würde er sein altes Selbstbewusstsein zurückfinden, und dann sollte sie sich wieder zurücknehmen. Eines Tages würde er sein Studium beendet haben, einen Job finden und es nicht mehr für nötig finden, dass sie jetzt auch noch einmal studierte, es sei denn, er nahm wie viele Männer aus ihrem Bekanntenkreis die gönnerhafte Haltung an, nun dürfe sich auch die Frau mal selbst verwirklichen. Sie würde noch oft zu dieser Bank zurückkehren, um zu überlegen, was sie für ihr weiteres Leben wollte.

Manchmal zweifelte Nathalie an sich selbst, nicht an ihrer Kraft, sondern an ihrer Liebe zu Pitt. Diese Liebe zu ihm als Quelle des eigentlichen Sinns könnte irgendwann versiegen, und wenn sie es bemerkte, könnte es zu spät sein.

Jean

Mit einer leisen Wehmut schaute Jean aufs Meer hinaus, wo sich seine Kollegen in ihren bunt angemalten Fischerbooten immer weiter entfernten, bis diese schließlich nur noch als drei kleine, längliche Punkte zu erkennen waren. Seit sein Rücken nicht mehr mitmachte, kam er jeden Morgen pünktlich zur Abfahrtszeit hierher, setze sich in dem kleinen Palmenhain in den Schatten, wartete und schaute aufs Meer hinaus. Die Fischer fuhren jeden Morgen zur selben Zeit hinaus. Sie richteten sich dabei nach dem Stand der Sonne.

An diesem Vormittag gesellte sich Richard zu ihm. Er hatte vor einiger Zeit die Leitung des Hotels Soleil übernommen, das sich direkt hinter der kleinen Dorfstraße befand, die nur von zwei Autos befahren wurde, dem der Inselpolizei und dem des Bürgermeisters. Mehr Autos wurden auf dem kleinen Eiland, das zum großen Teil aus schwer zugänglichem Gebirge bestand, nicht erlaubt, sodass die Straße nur von Fußgängern, Fahrrädern und Ochsenkarren belebt wurde. Hin und wieder trugen die Fischer kleinere Boote, die ausgebessert werden mussten, über die Dorfstraße hinüber zur Werkstatt. Vor einiger Zeit hatte es den ersten Verkehrsunfall auf der Insel gegeben, als ausgerechnet die beiden einzigen Autos zusammengeprallt waren. Sowohl der Bürgermeister, als auch der Vorsteher der Polizeistation waren davon ausgegangen, Vorfahrt zu haben.

Richard füllte aus einer Plastikflasche milchig aussehenden Palmwein in zwei Gläser, die er ebenfalls mitgebracht hatte. Eines reichte er Jean. Er schwieg lange und schaute auch aufs Meer hinaus, bevor er endlich fragte:

»Kannst du eigentlich lesen, Jean?«

Dieser hätte sich Zeit genommen mit der Antwort. Da er es aber nicht riskieren wollte, dass Richard Zweifel an seinem Bekenntnis hatte, antwortete er gleich:

»Ja, ich kann lesen.«

Dann nahm er einen Schluck von dem Palmwein, blickte zur Seite und Richard direkt an, weil er sich fragte, warum dieser das wissen wollte.

Richard wartete mit einer Erklärung. Er wusste, dass Jean sobald nicht aufstehen würde, um nach Hause zu gehen. Warum sollte er auch? Jeans Frau Marie-Claire hatte er eben vorn am Bach stehen sehen, wo sie mit anderen Frauen Wäsche wusch und Neuigkeiten austauschte. Selbst auf so einer kleinen Insel wie der ihren gab es jede Menge zu tratschen, und keiner von ihnen kannte ein anderes Leben mit anderen Begebenheiten. Jeder Neuigkeit wurde entsprechende Beachtung zuteil. So hatten auch schon ihre Vorfahren gelebt, Seeleute aus südfranzösischen Hafenstädten und Bauern aus der Auvergne, versklavte Afrikaner, die auf den Baumwollplantagen arbeiten mussten. Sicher befanden sich auch einige adelige Gutsbesitzer oder Kaufleute unter ihren Vorfahren. Richard hatte mal einige Jahre auf der Hauptinsel gelebt. Dies zählte natürlich hier auf der Insel, auch das Ansehen betreffend, aber tatsächlich war das Leben, mal abgesehen vom Überseehafen, dem Straßenverkehr und dem kleinen Flughafen dort auch nicht viel anders als hier. Nach kurzer Zeit hatte er an Heimweh gelitten, das trotz allmählicher Eingewöhnung nicht weggehen wollte, und so war er auf die Insel zurückgekehrt.

Jean hätte den Teufel getan, Richard danach zu fragen, warum der wissen wollte, ob er lesen konnte. Er würde schon selbst damit herausrücken, wann er es für richtig hielt. Außerdem kannten sie sich alle so gut, dass sie voneinander wussten, wer lesen konnte und wer nicht. Die Jungen konnten es selbstverständlich alle, denn Bildung wurde in einem sozialistischen Staat, der in der Hauptsache von Tourismuseinnahmen lebte, großgeschrieben.

Für einige Sekunden schob sich eine kleine Wolke vor die Sonne. Von der Nachbarinsel Praslin näherte sich ein Segelschiff mit Motorkraft, obwohl der Wind günstig stand. Jean kannte den Kapitän seit seiner Kindheit, und er wusste, dass es dem zu viel Mühe machte, für die kurze Strecke Segel zu setzen.

Richard trank etwas von dem Palmwein.

»Er ist gut«, befand er.

»Hast du ihn von Baptiste?«

Richard nickte.

»Ja, der pflegt seine Palme, und er macht guten Wein«, meinte Jean.

»Stimmt«, bestätigte Richard.

Dann schwiegen sie wieder für eine Weile.

»Ich suche einen Nachtportier, und da habe ich an dich gedacht«, rückte Richard unvermittelt mit seinem Anliegen heraus.

Nun war es an Jean, sich Zeit zu lassen, um auf Richards Anfrage zu reagieren. Es ging ihm nicht darum, ihn hinzuhalten, wirklich nicht. Er musste eine Vorstellung, ein Bild von sich als Nachtportier im Soleil entwickeln. Und das machte er auch.

»Was muss ein Nachtportier machen?«, fragte er nach einiger Zeit, um die Bilder in seinem Kopf zu vervollständigen.

»In der Hauptsache musst du anwesend sein«, antwortete Richard. »Du musst das Telefon bedienen, den Doktor rufen, falls in der Nacht jemand krank wird, und jede

Stunde einen Rundgang machen, um festzustellen, ob alles in Ordnung ist.«

»Was könnte nicht in Ordnung sein?«, fragte Jean.

Richard musste eine Zeit lang überlegen.

»Jemand könnte einbrechen.«

Jean schaute ihn verwundert an.

»Auf der Insel hat noch nie jemand eingebrochen«, sagte er.

»Nun, das soll auch so bleiben«, meinte Richard. »Gelegenheit macht Diebe, und dies wollen wir vermeiden.«

Jean nickte, als wäre er überzeugt.

»Und außerdem«, fuhr Richard fort, »kommen hin und wieder am Abend Gäste an, wenn ein Flugzeug Verspätung hat und das Boot nicht rausfahren kann. Manchmal brechen auch welche früh wieder auf. Aber die Rechnungen bereite ich schon vor. Du musst dann nur noch kassieren und den Leuten mit den Koffern helfen. Halten das deine Knochen aus?«, fragte er besorgt.

»Wird schon gehen«, meinte Jean. »So oft kommt es ja wohl nicht vor. Und außerdem kann ich Cliff um Hilfe bitten.«

Cliff war ein alter Fischer, der nicht mehr arbeiten konnte und den ganzen Tag am Strand herumlungerte.

Jean und Richard blickten aufs Meer hinaus. Inzwischen war es heiß geworden. Er konnte die drei Fischerboote weit draußen erkennen, die ihre übliche Route am Riff entlangfuhren.

Jean ging nach Hause und erzählte Marie-Claire von seinem Vorhaben. Sie war gerade dabei, im Hinterhof die Wäsche aufzuhängen.

»Hast du ihn gefragt, wie viel er zahlen will?«, fragte sie mit einer Wäscheklammer zwischen den Zähnen, während sie eine Bluse aufhängte.

»Daran habe ich nicht gedacht?«, bekannte er freimütig.

Am Abend trat Jean seinen Dienst an. Die Arbeit war nicht schwer. Sein Verdienst war bescheiden, aber auf der Insel gab es wenig Gelegenheit, Geld auszugeben. Für ihre zwei Söhne brauchte er nicht mehr zu sorgen, sie waren längst erwachsen und gingen ihrer eigenen Arbeit nach. Der Ältere arbeitete in einem Hotel als Koch, der Jüngere war beim Zoll auf der Hauptinsel beschäftigt. Alle zwei Wochen kam er nach Hause.

Jean nahm jeden Abend seinen Platz an der Rezeption ein. Wenn er sich langweilte, holte er sich eines der Bücher aus der kleinen Bibliothek. Sie bestand überwiegend aus Exemplaren, die Hotelgäste zurückgelassen hatten: Krimis, Reiseführer, Ratgeber für Taucher, Bestimmungsbücher für Flora und Fauna.

Das Meer und seinen Beruf vermisste Jean jeden Tag. Wenn er seine Arbeit im Hotel beendet hatte, ging er zum Strand und hielt nach seinen ehemaligen Kollegen Ausschau. Wenn sie zurückkamen, sprachen er mit ihnen über den Fang und was er einbringen könnte. Erst dann ging Jean nach Hause, um sich schlafen zu legen. Er war nicht unzufrieden, aber es war nicht das, was er wirklich wollte. Marie-Claire spürte das auch, aber sie redete mit ihm nicht darüber. Was hätte sie auch sagen sollen?

Ein Ehepaar aus der Schweiz, die Hupperts, die er vom Sehen kannte, kam jedes Jahr kurz vor Weihnachten für zwei Wochen auf die Insel, obwohl es zu dieser Jahreszeit oft regnete, hauptsächlich auf dieser Seite. Sie waren schon seit Langem mit Peter befreundet, einem Deutschen, der mit einer Nachbarin verheiratet war und die hiesige Tauchschule leitete. Wenn einer der großen Walhaie gesichtet wurde, machten sie sofort das Boot klar und fuhren hinaus, um ihm Gesellschaft zu leisten. Ihre Filmaufnahmen, speziell über diese gemütlichen Riesenfische, waren angeblich weit über die Schweiz hinaus bekannt. Beruflich war Monseigneur Huppert bei einem Verlag tätig, der Kunstpostkarten druckte und diese in abgepackten Serien in die ganze Welt verschickte, sowohl an Unternehmen als auch an Privatleute. Er überredete Richard, ein Sortiment für die Bibliothek des Hotels zu bestellen. Er war sich sicher, dass Gäste sich dafür interessierten. Richard konnte schwer widersprechen und befürchtete womöglich auch, einen Stammkunden zu verlieren, und so kam jeden Monat ein kleines Paket aus der Schweiz an, das neue Postkarten aus unterschiedlichen Epochen der Malerei enthielt.

Manche Hotelgäste mochten sich tatsächlich für Kunst interessieren, aber wenn sie hier auf der Insel weilten – und manche konnten sich dies nur einmal im Leben leisten –, wollten sie sich nicht mit Werken von Malern des Barock, mit Impressionisten oder den Bildern von Picassos befassen.

So war Jean der einzig Interessierte, der die Karten Nacht für Nacht in eigens dafür vorgesehene Kästen einsortierte, je nach Epoche und Stilrichtung. Es wurde ihm zur idealen Kurzweil, ein Bild nach dem anderen ausführlich zu betrachten und den erklärenden Text in französischer und englischer Sprache geflissentlich zu studieren. Für einen Nachtarbeiter, der bis auf seine kurzen, stündlichen Rundgänge nichts zu tun hatte, war dies die ideale Beschäftigung.

Zuerst schaute er sich lediglich an, was abgebildet war. Für den jeweiligen Stil hatte er keinen Blick, er wusste nicht einmal, dass es so etwas gab. Nach einiger Zeit erkannte er, wo und zu welcher Zeit ein Bild entstanden war. Er bekam eine Vorstellung davon, wie holländische oder belgische Städte zur Zeit des Barock aussahen, oder französische Dörfer im neunzehnten Jahrhundert, italienische oder englische Fischerorte des 18., deutsche Industriestädte in der ersten Hälfte des 20. Jahrhunderts. Er begriff, auf welchem Boden Eichen und Buchen, auf welchem Birken, Eschen oder Erlen gedeihen konnten. Im Prinzip verhielt es sich hier auf der Insel nicht anders. Manche Bäume liebten es feucht, andere trocken, manche bevorzugten sandigen Boden, andere dagegen fetten Lehm. Er konnte bald Landschaftsformen zuordnen, unterschied holländisches Flachland von österreichischem Gebirge oder italienisches von französischem, deutschem oder englischem Küstenland. Aufgrund der Bauweise von Wohnhäusern, Kirchen, Burgen oder Schlössern oder der Kleidung der Menschen unterschied er verschiedene Epochen.

Die Art und Weise, wie Frauen, auch oder gerade in ihrer Nacktheit dargestellt waren, ließ nicht nur auf individuelle Vorlieben der Maler schließen, sie repräsentierte auch den Blick des Zeitgeistes und ließ Rückschlüsse auf den Stil einer Epoche zu, für den er ganz allmählich einen Blick entwickelte. Die Menschen zur Zeit des Barock liebten üppige Frauenkörper, hauptsächlich was den Umfang der Hinterteile betraf. Die Brüste waren im Gegensatz dazu eher klein und rundlich gestaltet. Die Gotik stellte den weiblichen Körper sittsam dar, kein Wunder, wurden doch fast nur heilige Frauen gemalt, neigte aber zur Darstellung von Grausamkeiten an ihm, von denen sich Jean irritiert abwendete. Zur Zeit des Rokoko legten die Frauen wieder mehr Wert auf Schlankheit. Vielleicht waren es auch die Männer, nach welchen die Frauen sich und ihren Geschmack richteten. Zu Beginn des 20. Jahrhunderts wurden weibliche Hinterteile wieder kleiner, im Gegensatz dazu Brüste größer oder anders gesagt, wurde der weibliche Körper ausgeglichener gesehen, das heißt, die Hinterteile kleiner, der Kopf wieder mehr herausgestellt. Exotische Ausstrahlungen wechselten mit als bürgerlich bezeichneten. Diese Phase hielt jedoch nicht lange an. Es folgten Verzerrungen, Vergröberungen, kurz darauf wieder Idealisierungen und Verfeinerungen. Künstler beriefen sich auf vorherige Epochen, afrikanische, asiatische Stilrichtungen oder solche der Südsee. Allein an der Darstellung des Frauenkörpers jedenfalls ließen sich Kunstrichtungen, Stilelemente oder Zeitgeistströmungen unterscheiden, wobei es für Jean von grundsätzlichem Interesse war, das sich aber erst allmählich entwickelte, sich überhaupt mit dergleichen Themen zu befassen. Hier auf der Insel hatte es nie einen Zeitgeist gegeben. Die Leute würden zum Beispiel immer dieselbe Art praktischer Kleidung tragen, wenn nicht die Touristen immer wieder neue Modeeinflüsse einführten. So war es selbstverständlich, dass junge Frauen auf den Inseln Hosen trugen, lange und kurze, weite und knappsitzende, bunte und einfarbige. Was er nicht wissen konnte: So verhielt es sich mit Geschmacksvorstellungen auf der ganzen Welt. Die einen schauten sich von den anderen etwas ab.

Zuerst betrachtete Jean die Karten nur mit gleichbleibender Neugier, ohne weiter darüber nachzudenken, etwas zu bevorzugen oder mit Nachlässigkeit zu behandeln. Diese Drucke von Fotos der Gemälde waren Boten aus einer anderen Welt, die er nur flüchtig und nicht aus unmittelbarer Erfahrung kannte. Er betrachtete Menschen, Landschaften, Städte. Erst allmählich nahm er eine Differenzierung von historischen Zusammenhängen und Epochen wahr. Und wieder sehr viel später befasste er sich mit dem Künstlerischen bei der Kunst. Zuvor hatte er niemals deren Existenz auch nur registriert. In seiner Vorstellung ging alles von der Natur aus und kehrte irgendwann wieder zu ihr zurück. Oben im Gebirge gab es Wälder, die bis auf die wenigen Pfade, die durch sie hindurchführten, noch so aussahen, als habe sie ein Mensch niemals betreten. So empfand er Kunst zwar als etwas von Menschen hergestelltes, aber zugleich war es für ihn ein Werk, nur dass es eben nicht die Natur gemacht hatte. Jean hatte ganze Nächte lang, zumeist an sieben Tagen die Woche, Zeit, sich mit den abgebildeten Kunstwerken zu befassen. Manchmal, wenn er am Vor- oder späten Nachmittag am Strand saß, dachte er über das Gesehene nach. Früher hatte sich sein Denken fast ausschließlich um das Geschehen um ihn herum gedreht. Nun machte sich Jean Gedanken über Geschichte oder über Lebensweisen ferner Orte und Zeiten. Er fragte sich, warum Menschen dies taten oder jenes unterließen. Warum gab es Kriege? Warum beherrschten Menschen einander? Warum ließen Reiche Arme verhungern? Warum verfeindeten sich Menschen über Gott und seinen Willen? Das Interesse an Kunst selber, wofür sie stand, und was sie bewegte, beschäftigte ihn erst nach vielen Monaten nächtlichen Studierens. Schließlich brachte er sie in Zusammenhang mit den grundsätzlichen Fragen, die ihn bewegten.

In seinem Inneren blieb Jean immer ein Fischer, der aber aufgrund seiner morschen Knochen nicht mehr mit den anderen aufs Meer hinaus fahren konnte. Manchmal hatte er Touristen beobachtet, die etwas auf einen Block zeichneten oder mit Wasserfarben die bunten Blumen malten, die auf der Insel wuchsen, oder auch Landschaften, seltener die Menschen. Er war niemals in einer Ausstellung oder einem Museum gewesen. Deshalb unterschied er zwei Welten, diejenige, in der er lebte, und die, welche auf den Postkarten abgebildet war. Dazu zählten auch die Museen in den Städten, in denen die Originale aufgehängt waren und die Menschen, die sie betrachteten. Eine gedankliche Verbindungslinie zwischen diesen Welten stellte er erst her, als er sich zufällig mit einem Hotelgast unterhielt, der nicht schlafen konnte und ihn bei seinen nächtlichen Studien überraschte. Der Mann war ein ausgesprochener Kunstliebhaber und unterhielt sich lange mit Jean über Bilder und Künstler, natürlich auch Künstlerinnen, über Ausstellungen und Museen, über Epochen und Orte wie Worpswede, St. Ives oder den Wald von Fontainebleau, über aktuelle Richtungen und Vorlieben. Er fragte Jean auch, welche Bilder oder Kunstrichtungen er besonders mochte. Dieser war verwundert über die Frage des Gastes, denn zu seinen persönlichen Vorlieben war er noch nicht vorgedrungen. Er konnte zwar sagen, welche Kunst ihm und seinem Verständnis leichter zugänglich war, aber über Geschmack ließ sich in seinen Augen bezüglich Fischmahlzeiten streiten, nicht aber über Kunst. Das hätte er nicht gewagt, es sich zumindest nicht zugetraut. Aber nach diesem Gespräch beschloss er, darüber nachzudenken.

Je naturalistischer Bilder gemalt waren, desto leichter waren sie Jeans Verständnis zugänglich, und umso eher mochte er sie. Seine ersten Vorlieben bezogen sich auf Romantiker und Naturlisten, später auf Barockmaler. Weil er sich sein Leben lang draußen aufgehalten hatte, war ihm ein ausgeprägtes und natürliches Gespür für Wetter, Atmosphäre und Lichtverhältnisse selbstverständlich. Deshalb wurde ihm die impressionistische

Malweise schnell vertraut. Sein Interesse war gleichsam chronologisch den Stilentwicklungen und den Schaffensperioden von Künstlern gefolgt, zum Beispiel den englischen Malern Constable und Turner oder den Franzosen Millet und Corot, aber in der Hauptsache Gustave Courbet. Von den Impressionisten wie Monet, Pissarro, Renoir oder Sisley gelangte er zu van Gogh und von dort bewegte er sich in alle Richtungen weiter. Irgendwann blieb ihm abstrakte Kunst nicht länger fremd. Aber dieser Prozess des Sehens und Verstehens brauchte Zeit. Jean saß nächtelang über einzelnen Bildern, dachte über deren Motiv und Inhalte nach und immer mehr auch über Stil und Techniken. Manchmal benötigte er historische Nachhilfe und blätterte in einem Lexikon, das auf irgendeinem Weg, nachdem es durch eine neuere Ausgabe ersetzt worden war, aus der Zentralbibliothek der Hauptinsel hierher gelangt war.

Ohne dass er selbst etwas dazu getan hätte, verbreitete sich ein gewisser Ruf über die Insel, und manchmal brachten ihm Touristen, die öfter hierherkamen oder von ihm gehört hatten, ausrangierte Kunstbände mit. Richard, der Hotelmanager, hatte sich wie alle Inselbewohner, die etwas davon mitbekamen, über Jeans Interesse gewundert, später freute er sich darüber, denn das kleine Hotel erlangte darüber eine gewisse Berühmtheit.

Jean hatte niemals im Leben Schnee gesehen, kein Wunder, da er die Inseln noch nie verlassen hatte. Deshalb mochte er Bilder, auf denen Winterlandschaften zu sehen waren, von Pieter Breughel, über Hendrik Avercamp, Caspar David Friedrich, Charlotte Wahlström zu Louis Douzette, um nur einige wenige Beispiele zu nennen. Viel später kam auch Peter Doig dazu, der zu dem Zeitpunkt, von dem berichtet wird, noch in die Schule ging. Er griff zu seiner Lupe, die immer neben ihm bereitlag und studierte, wie und auf wie unterschiedliche Weise sich Schnee auf die Leinwand bringen ließ.

Weiterhin kam jeden Monat ein kleines Paket aus der Schweiz mit neuen Postkarten. Jean freute sich immer darauf. Auf vielen Bildern aus unterschiedlichen Zeiten und auf der Welt verstreuten Gestaden waren Fischer abgebildet: Jesus, der zu den Fischern spricht oder mit ihnen aufs Meer hinausfährt, Fischer an holländischen Stränden des 17. Jahrhunderts, an italienischen Küsten im 18., an französischen im 19., an deutschen oder amerikanischen im 20., auch Bilder von Fischern aus Afrika, Indien oder den beiden Amerikas gab es. Ihre Gesichter zeigten zumeist Gleichmut, als seien sie in ihr Schicksal hineingeboren und würden es niemals befragen. Manche Darstellung konzentrierte sich auf eine romantische Sichtweise, andere betonten das harte, arbeitsreiche Leben.

Für Jean blieb es ein selbstverständliches Ritual, am Morgen nach der Arbeit zum Strand zu gehen und die Ankunft seiner Kameraden abzuwarten. Sie begrüßten ihn wie immer, betrachteten ihn wie er sie weiterhin als ihresgleichen. Manchmal begleitete er sie zum kleinen Hafen, wo sie ihren Fang verkauften. Die Preise schwankten nicht sonderlich. Da die großen Flotten nicht in die Hoheitsgebiete der Inseln eindringen durften, blieb der Fischbestand nahezu gleich. Natürlich wussten Jean und die anderen Fischer wie die Preise zustande kamen und wer an ihrem Fang mitverdiente. Solange sie ihr Auskommen hatten, dachten sie nicht weiter darüber nach. Jean konnte erkennen, dass auf den Bildern, überall auf der Welt und zu allen Zeiten die Fischer stolze Leute, aber von niedrigem Stand waren, ihre Kleidung ärmlich, ihr Aussehen wettergegerbt und den Elementen ausgesetzt.

Das Fernsehen hatte Einzug auf den Inseln gehalten. In den ersten zwei, drei Jahren waren die Leute wie verhext von den flimmernden Bildern. Jean hatte schnell wieder das Interesse daran verloren. Die Bilder folgten ihm zu schnell aufeinander. Alles schien ihm eine gewisse Willkür zu demonstrieren, die Auswahl der Sendungen, die Handlungen, die Farben. Bald hatte jeder Haushalt ein Gerät. Es blieb den ganzen Tag angeschaltet, aber nach einigen Monaten schaute kaum noch jemand. Nach einer Phase, in der sich der Strom auf den Inseln enorm verteuert hatte, blieben die Geräte ausgeschaltet. Lediglich die einheimischen Nachrichtensendungen blieben von Interesse.

Jean hatte von einem amerikanischen Maler gehört, der sich auf der Hauptinsel niedergelassen hatte. Eines Tages hatte er auch ihre Insel besucht, um dort Skizzen anzufertigen. Am Nachmittag war er wie durch Zufall im Hotel aufgetaucht, um dort einen Imbiss zu nehmen. Richard hatte Jean rufen lassen, damit sie sich kennenlernten. Harrington, der Maler, war ein zurückhaltender, geradezu schüchterner Mann, was Jean ein wenig verwunderte. Die wenigen US-Amerikaner, die sich auf die Inseln im indischen Ozean verirrten, führten zumeist ein großes Wort. Harrington trug sich mit der Idee, zusammen mit einheimischen Malern in der Hauptstadt auszustellen. Er wollte Jeans Meinung dazu hören, aber dieser hielt sich zurück, denn vom Kunstmarkt hatte er nicht die geringste Ahnung. Aber die Idee gefiel ihm und die Werke einheimischer Künstler interessierten ihn.

Bei seinem nächsten Besuch wurde Harrington von seiner Frau begleitet, einer wesentlich jüngeren, burschikosen Engländerin. Sie fungierte als eine Art Managerin für ihren Gatten, was hieß, er brauchte nur zu malen, alles andere übernahm sie. Auch die Organisation der geplanten Ausstellung würde Mrs. Harrington übernehmen. Sie hatte bereits Ideen entwickelt und Vorbereitungen getroffen.

Die Ausstellung wurde ein voller Erfolg. Der Staatspräsident selber hatte es sich nicht nehmen lassen, sie zu eröffnen. Da der ganze Inselstaat aus weniger als hunderttausend Menschen bestand, war dies keine Besonderheit. Nahezu alle Regierungsvertreter besuchten die Ausstellung. Die Einheimischen waren weniger interessiert, aber da sich die Räume in der Nähe des Flughafens befanden, nutzten mehr als die Hälfte aller Touristen, welche die Inseln besuchten, die Gelegenheit vorbeizukommen, und nicht wenige kauften ein Bild. Im Nachhinein überlegte Mrs. Harrington, sie hätte die einheimischen Kolleginnen und Kollegen ihres Mannes überreden sollen, mit den Preisen für ihre Kunstwerke etwas hinaufzugehen. Jean war auf Einladung von Harrington und seiner Frau mehrmals von der Insel herübergekommen, um sich die Bilder anzuschauen, und er war begeistert von den Werken und auch davon, das erste Mal in seinem Leben bedeutende Originalkunstwerke zu bewundern.

Angespornt vom Erfolg und überredet von einigen Touristen aus der Kunstbranche, beschloss der Staatspräsident, für das nächste Jahr eine Ausstellung mit internationalen Künstlern zu organisieren, wofür er eigens einen Kunstkenner aus Europa, Signore Buggerini, der sich selbst einen Vollprofi nannte, engagierte. Mrs. Harrington war etwas enttäuscht, nicht in der Hauptsache, wie sie mehrmals auch in der Öffentlichkeit betonte, dass der Staatspräsident nicht sie mit der Umsetzung des Projekts betraut hatte, sondern weil die einheimischen Künstler an Einfluss verloren, und der Kommerz über die Kunst zu triumphieren drohte, wie sie es etwas pathetisch ausdrückte. Ihr Mann hatte sich längst wieder in sein Atelier zurückgezogen und vermied jeglichen Kommentar über das Vorhaben. Als Hauptsponsor der Ausstellung fungierte ein gewisser Dr. Öster, der Besitzer der gleichnamigen großen deutschen Firma für Puddingpulver, der vor Kurzem eine kleine Insel als Privatbesitz erworben hatte. Der Verkauf war vom Parlament bewilligt worden, weil die etwa gleich große, unbewohnte Nachbarinsel, auf der eine seltene Seeschwalbenart brütete, die keine Nester baute und ihre Eier ungeschützt auf breiten Ästen ablegte, als Nationalpark ausgewiesen und von Dr. Öster finanziert wurde. Paradiesische Zustände! Die Seeschwalben konnten nur vor dem Aussterben gerettet werden, indem Katzen, Ratten und ähnliches Getier von der Insel ferngehalten wurden, da diese kurzerhand ungeschützte Gelege oder die Jungbrut auffraßen. Dr. Öster versprach, auch auf seiner Insel die Seeschwalben zu schützen.

Die Ausstellung sollte den Titel »Malerei im 20. Jahrhundert« erhalten. Einige Museen in Europa und den USA hatten Werke ausgeliehen, aber es gab auch Bilder von weniger bekannten Künstlern, die zum Verkauf angeboten wurden. Vertreten waren zum Beispiel so unterschiedliche Werke wie die von Georgia O'Keeffe, Edward Hopper, Jean Dubuffet, Willy Baumeister, Otto Freundlich, Bernard Schultze, Piero Dorazio oder Carla Accardi. Die Zusammenstellung hing hauptsächlich davon ab, zu welchen Künstlern oder Museumsvertretern Signore Buggerini Kontakt hatte oder herstellen und zu welchen Konditionen er die Werke ausleihen konnte. Die Fluglinie des Inselstaates verfügte zu diesem Zeitpunkt über nur ein einziges Flugzeug älterer Bauart, das auf ausländischen Flughäfen starten und landen durfte. Viele Museen riskierten erst gar nicht, Werke freizugeben, oder die Versicherungen waren nicht bereit, entsprechende Risiken zu übernehmen. Ein bekannter Kunstkritiker der New York Times sollte eine Einführungsrede halten, aber, wie sich später herausstellte, kam er nicht persönlich, sondern ließ sich von Buggerini vertreten, dessen französische Aussprache etwas holperig klang, zumal er Wort für Wort vom Blatt ablas. Mrs. Harrington hatte sich geweigert, eine englische Übersetzung vorzulesen. Also nutze der Tourismusminister, der zugleich auch für das Außen- und Verteidigungsministerium zuständig war, die Gelegenheit, den Text vorzulesen und zugleich für sein Geschäft zu werben, denn er besaß zwei Hotels ganz in der Nähe des Ausstellungsgeländes. Die Blaskapelle der Polizei eröffnete die Veranstaltung.

Das Tourismusministerium hatte nicht daran gedacht, Jean zur Ausstellungseröffnung einzuladen. Deshalb fuhr er erst in der folgenden Woche mit dem Postschiff zur Hauptinsel, um sich die Bilder zusammen mit Mrs. Harrington anzusehen. Diese war mit Jeans Kunstkenntnissen vertraut, wunderte sich aber trotzdem, dass dieser jedes der ausgestellten Werke entweder sofort erkannte oder benennen konnte, wer es gemalt und in welchem Zeitraum es entstanden war. Manchmal blieb er so lange vor einem Bild stehen, dass Mrs. Harrington schon meinte, es gehe ihm nicht gut oder er befinde sich gedanklich ganz woanders. Aber plötzlich wandte Jean sich ihr zu und gab eine genaue Auskunft über Künstlerin oder Künstler, das Werk und seine Entstehung. Vor einem großen Bild, einem der großen Sehenswürdigkeiten der Ausstellung, blieb er besonders lange stehen. Er ging weiter weg, näher heran, um Details und Stilelemente zu studieren, dann entfernte er sich wieder. Das Bild hatte nur zwei Farben. Auf einen roten Untergrund waren grüne, fransenartige Gebilde gemalt. Schließlich wandte sich Jean zu Mrs. Harrington und sagte leise, aber bestimmt:

»Dieses Bild ist nicht von Carla Accardi.«

In diesem Moment war der Skandal geboren. Er bewegte sich von Mrs. Harrington zu Signor Buggerini, und als dieser ihn durch Verschweigen unterbinden wollte, über den Tourismusminister zum Präsidenten. Auch dort hätte er verebben können, wenn Mrs. Harrington, die Jeans Urteil blind vertraute, sich nicht an die internationale Presse gewandt hätte, nachdem auch die einzige einheimische Zeitung von Format sich geweigert hatte, ihre beziehungsweise Jeans Einwände gegen das Bild zu veröffentlichen. Schließlich brachte Le Monde einen kleinen Artikel über die Ausstellung, in dem Jeans Bedenken gegen die Echtheit des Bildes, das Carla Accardi zugeschrieben wurde, aber nur am Rand erwähnt wurde. Die Zeitung wollte kein Risiko eingehen, indem sie den Bedenken eines Fischers allzu große Bedeutung zumaß. Aber die Story selbst war nicht ohne einen gewissen Reiz, gerade weil ein einfacher Mann von einer kleinen, exotischen Insel ein solches Urteil von sich gegeben hatte. Zeitungsleute haben oft ein instinktives Gespür dafür, was in einer Geschichte drinsteckt, ohne dass die Fakten als solche von besonderer Bedeutung waren. Von dort aus verbreitete sich die Nachricht wie das sprichwörtliche Lauffeuer. Nicht nur der Journalismus lief auf Hochtouren, sondern sämtliche Kunstkritiker und -kenner, in der Hauptsache solche, die sich dafür hielten, mischten sich ein. Jean war innerhalb weniger Tage ein in der Kunstszene bekannter Mann, besser gesagt, nicht er war es, denn mit ihm hatte seither kein Mensch über das Bild gesprochen, sondern sein Name und der der Insel und des kleinen Inselstaats wurden in allen namhaften Zeitungen erwähnt. Die meisten Kritiker, zumeist Männer, beschimpften ihn aufs Übelste, weil er, ein ungebildeter Fischer, der in einem Hotel als Nachtportier arbeitete, sich herausnahm, ein international bekanntes Kunstwerk als Fälschung zu bezeichnen und somit auch Signora Accardi zu beleidigen. Nicht wenige benutzten ehrabschneidende Schimpfworte, weil sie sich selbst durch die Aussage eines verblödeten Banausen, wie ihn ein belgischer Museumsdirektor nannte, beleidigt und in ihrer Berufsehre gekränkt fühlten. Auch Mrs. Harrington bekam ihr Fett ab, weil sie es gewagt hatte, Jeans Aussage ernst zu nehmen und sie an die große Glocke zu hängen. Der Tourismusminister bezeichnete Jean in der einheimischen Presse als Vaterlandsverräter und einige Minister und einflussreiche Beamte forderten den Staatspräsidenten auf, ihm die Staatsbürgerschaft abzuerkennen.

Da durch den Skandal die Ausstellung nun in aller Munde war, gab es kaum einen Touristen auf den Inseln, der es versäumte, sie zu besuchen. So hatte Jean indirekt dafür gesorgt, dass sich auf unerwartete Weise die Staatskassen füllten. Jean selbst hatte zuerst gar nichts davon mitbekommen, welchen Skandal er durch seine schlichte, aber eindeutige Aussage heraufbeschworen hatte, aber dann waren die Ereignisse mit einer ungeheuren Wucht über ihn hergefallen. Er wusste nicht, wie ihm geschah. Innerhalb weniger Tage sprach jedes Kind auf der Insel von dem Skandal. Aber die Leute wunderten sich nur über die Sensation, dass ein Mann von ihrer winzigen Insel, die Insel selbst und der kleine Staat, wahrscheinlich der kleinste auf der Welt, nun solch eine Bekanntheit erlangt hatte. Für den Sachverhalt selber interessierten sie sich weniger, denn Kunst spielte in ihrem Leben nicht die geringste Rolle. Nach einigen Tagen wurde nicht nur über die Ausstellung geschrieben, sondern auch über die Inseln selbst, ihre Bewohner, die Landschaft, die Produkte, die Touristenziele, die Tauchgründe, die wild lebenden Riesenschildkröten, die seltene Elsterdrossel, die nur noch in wenigen Exemplaren auf einer kleinen Insel, noch viel kleiner als ihre, lebte. Auch von dem seltenen schwarzen Papagei war die Rede, der wie die Doppelkokosnuss, die nur auf einer Insel endemisch und streng geschützt war, vom Flycatcher und der blauen Taube. Die einheimische Presse druckte Artikel von Zeitungen aus Europa und den USA und auch aus Australien nach. In der Zeit war ein Foto von Jean zu sehen – weiß der Teufel, woher sie es hatten – im Herold Tribune war der kleine Strand mit den drei Fischerbooten abgebildet, in der Neuen Züricher Zeitung ein Foto des bekannten Silberstrandes und in der Daily Mail konnte man eines des Hotels Soleil bewundern, aus der Zeit, bevor es renoviert worden war. Aber die Leute bezogen keine Stellung für oder gegen Jean. Der Skandal selber interessierte sie nur in seiner äußeren Form. Jean behandelten sie so, wie sie ihn immer behandelt hatten, wie ihresgleichen eben. Marie-Claire ging wie jeden Morgen zum Wäschewaschen an den Bach, und Jean selber saß wie jeden Morgen nach der Arbeit am Strand und wartete auf die Rückkehr seiner Fischerkollegen, während der alte Cliff das Laub im Hotelgarten zusammenfegte.

Einmal kam Mrs. Harrington in einem Bootstaxi herüber. Sie war sehr aufgeregt, und es tat ihr leid, Jean durch ihre Äußerungen in diesen Skandal hineingezogen zu haben. Aber dieser nickte nur und lud sie zu sich nach Hause zu einem frisch gepressten Obstsaft ein. Marie-Claire freute sich auch und bereitete einen ihrer bekannten Octopus-Currys, die Mrs. Harrington inzwischen zu ihren Lieblingsgerichten zählte.

Das Merkwürdige an diesem ungeheuer aufgeblähten Skandal war die Tatsache, dass keiner der Kritiker, Experten und Sachverständigen das Bild selber im Original gesehen hatte. Es ging fast gar nicht mehr um das Kunstwerk selber, war nicht wirklich je darum gegangen, sondern um Jeans Urteil, es sei eine Fälschung, als würde der Ruf der Person darüber bestimmen, was ein Faktum war und was eben nicht. Auch kam in den ersten zwei Wochen, seit der Skandal tobte, niemand auf die Idee, die Malerin Carla Accardi selber zu befragen. Nachher stellte sich heraus, dass mit ihr persönlich nicht einmal verhandelt worden war, ob sie Bilder für die Ausstellung zur Verfügung stellen wollte, sondern irgendeine Galerie in Rom hatte die drei Bilder geschickt, zwei kleinere und eben dieses große, von dem Jean behauptet hatte, sie habe es gar nicht gemalt. Auch war kein Mensch auf die Idee gekommen, Jean danach zu fragen, aufgrund welcher Kriterien er zu diesem Schluss gekommen war. Jahre später fragte sich der Redakteur eines kleinen Magazins, das sich mit Kunst beschäftigte, in einem Artikel, der nur von wenigen Interessierten zur Kenntnis genommen wurde, wie viele Rembrandts wohl in Museen hingen, die gar nicht von ihm selbst gemalt worden waren, sondern nur dort hingen, weil namhafte Sachverständige bestimmt hatten, dass sie echt seien, während andere, die dieses Prädikat nicht erhalten hatten, in Museumskellern verstaubten.

Nach etwa drei Wochen ließ der Entrüstungssturm nach und mit ihm verringerte sich auch die Zahl der Ausstellungsbesucher. Mittlerweile hatten nicht nur Mrs. Harrington, sondern auch einige Presseleute Kontakt zu

Signora Accardi aufgenommen. Diese hatte noch niemals von den Inseln im Indischen Ozean gehört, zeigte sich aber interessiert und wollte die Inspektion ihrer Bilder mit einer kleinen Urlaubsreise verbinden.

An dem Tag, als Signora Accardi auf den Inseln landete, war weder Signor Buggerini anwesend, noch erklärte sich ein Regierungsmitglied bereit, sie zu begleiten. Deshalb holten Mr. und Mrs. Harrington sie vom Flughafen ab, bereiteten ihr einen würdigen Empfang und führten sie anschließend durch die Ausstellung. Signora Accardi zeigte sich erstaunlich gelassen und steuerte nicht gleich auf besagtes Bild zu, sondern sah sich in Ruhe nacheinander alle Bilder an. Die beiden Arbeiten ihres Kollegen Piero Dorazio kannte sie gut und an denen von Bernard Schultze und Otto Freundlich zeigte sie besonderes Interesse. Als sie endlich vor dem großen Bild stand, lächelte sie und erklärte dann:

»Ja, dies ist eine Fälschung.«

Diese Aussage löste natürlich einen neuen Hype aus, der aber erstaunlicherweise schneller verebbte als der vorherige. Einige Kritiker, welche die Echtheit des Bildes bescheinigt hatten, hielten sich verständlicherweise zurück, während andere, die sich nicht so weit aus dem Fenster gelehnt hatten, für einige Zeit das große Wort führten. Der Fokus fiel nun noch mehr als vorher auf Jean als Person. Seine Geschichte, wie er vom Fischer zum Nachtportier und dann zum Kunstkenner geworden war und wie er sich seinen genauen Blick auf Kunstwerke angeeignet hatte, wurden ausführlich und detailverliebt erzählt. Einige Journalisten besuchten sogar die Inseln und wollten mit Jean ein Interview führen. Da dieser sich aber sehr wortkarg gab, beschränkten sie sich darauf, Fotos zu machen und die Insel als kleines Paradies zu beschreiben. In einigen Zeitungen, namentlich denjenigen, welche Jean jedes Sachverständnis abgesprochen hatten, wurde er als Scharlatan bezeichnet. In mehreren der sogenannten Boulevardblätter wurde gar behauptet, er betreibe eine Art Voodoo-Zauber und habe nicht nur das Bild, sondern Signora Accardi selbst verhext. Diese hatte ihn unbedingt kennenlernen wollen und ihn deshalb zusammen mit Mrs. Harrington besucht. Jean selbst war hoch erfreut, sie kennenzulernen, und fühlte sich geehrt durch ihren Besuch, denn er kannte das Werk von Carla Accardi schon lange und war begeistert von ihren Bildern, was sie veranlasste, ihm eines der echten Bilder aus der Ausstellung zu schenken. Wie sich später herausstellte, gehörte es ihr gar nicht mehr, und Jean musste es wieder zurückgeben. Sie unterhielten sich lange über Gruppo Forma 1 und ihr Wirken über Italien hinaus und über Arbeiten ihrer Künstlerkollegen Mario Nigro, Alberto Magnelli, Guilio Turcato oder Giuseppe Capogrossi. Am Nachmittag wanderten sie hinüber auf die andere Seite der Insel zum Grand Anse und am Abend veranstalteten sie ein Picknick am Anse Patatas.

Später machte Signora Accardi Mrs. Harrington gegenüber eine Andeutung, bei den ausgestellten Werken von Otto Freundlich könnte es sich um Raubkunst handeln, also Bildern, welche die Nazis enteignet, also vom Künstler oder dessen Angehörigen gestohlen hatten. Freundlich war in einem Konzentrationslager umgebracht worden. Dieses Mal hüteten sich die Offiziellen, sich zu sperren, dies aufklären zu lassen. Es stellte sich heraus, dass Signora Accardi recht hatte, und die Besitzer konnten ausfindig gemacht und ihnen die Bilder zurückgegeben werden.

Nach einigen Monaten kehrte wieder Ruhe auf den Inseln ein. Der alte Cliff fegte wie jeden Morgen das Laub unter den Bäumen zusammen, Jean wartete auf die Ankunft der Fischer und Marie-Claire wusch mit den anderen Frauen aus dem Dorf Wäsche am Bach. Nach wie vor kam an jedem Monatsanfang ein neues Paket mit Kunstpostkarten aus der Schweiz. Eines Tages stieg eine französische Journalistin, Jeanne Rose, im Soleil ab. Sie blieb für zwei Wochen und eröffnete Jean gleich am ersten Abend, dass sie ein Interview mit ihm führen wolle. Jeanne war eine freie Journalistin, die ihre fertigen Arbeiten Zeitungen oder Zeitschriften anbot. Da sie inzwischen einen guten Namen hatte, war es nicht schwer für sie, ihre Arbeiten zu verkaufen. Gleich am zweiten Tag erzählte sie ihm, sie habe einen Auftrag des Louvre angenommen, den sie nur zu gern ausführte, nämlich ihm zwei Flugtickets für seine Frau und ihn zu überreichen, verbunden mit einem einwöchigen Parisaufenthalt mit Hotelzimmer und natürlich als Hauptprogrammpunkt den Besuch des Louvre. Jean war sehr verlegen und wusste nicht, was er sagen sollte. Mit einem solchen Geschenk hatte er niemals gerechnet. Marie-Claire machte sich am meisten Sorgen darüber, was sie anziehen sollte und befürchtete, sich im winterlichen Europa eine Erkältung zuzuziehen.

Schon zwei Wochen später flogen sie in Begleitung von Jeanne in die französische Hauptstadt. Am nächsten Tag empfing sie der Direktor des Louvre selbst und führte sie durch die umfangreiche Sammlung. Jean nahm alles gelassen in sich auf. Er wusste, er würde in den nächsten Tagen wiederkommen und sich alle Kunstwerke noch einmal ausführlich ansehen. Er würde auf die Inseln zurückkehren und sie nie wieder verlassen, denn er würde sich jeden Tag erinnern, an jedes einzelne Bild. Marie-Claire ging derweil mit Jeanne auf Shopping-Tour, schaute sich den Eiffelturm und Notre Dame an. Jean besuchte natürlich auch das Jeu de Paume, das Museum der Impressionisten. Dort erwartete ihn am dritten Tag eine Überraschung besonderer Art. Ein bisher unbekanntes Bild von Monet sollte einer ausgesuchten Gruppe von Fachleuten und Prominenten vorgestellt werden. Es zeigte ein Spätwerk, eine der vielen Variationen der Brücke über dem Seerosenteich im Haus von Monet in Giverny. Angeblich war es über einen Zwischenhändler dem Museum zum Verkauf angeboten worden. Seine Echtheit war von bedeutenden Kennern der Materie bestätigt worden. Trotzdem wurde Jean, quasi als nicht ganz ernst gemeinte Bestätigung, aufgefordert, einen fachmännischen Blick darauf zu werfen. Offenbar war die Einladung nach Paris doch nicht so ganz uneigennützig gewesen, auch wenn es nur um eine informelle Bestätigung ging. Jean betrachtete das Bild sehr lange und ausführlich. Es entstand eine knisternde Spannung im Raum.

»Es ist ein sehr schönes Bild«, lobte er schließlich anerkennend, »ein typisches Spätwerk Monets, vermutlich 1924 oder 1925 entstanden.«

Zuerst ging ein befreites Raunen durch die Menge, dann begannen einige Leute, Beifall zu klatschen und schließlich fielen alle Beteiligten ein.

Zwei Wochen später saß Jean morgens zusammen mit Richard am Strand und wartete auf die Ankunft der Fischerboote.

»Und das Bild war echt?«, fragte der Hotelmanager.

»Ich weiß es nicht genau«, antwortete Jean, »aber die Leute waren so nett zu mir.«

Sie würden also Hundefleisch essen?

– Sie schließen sich somit der Meinung dieses Herrn an und werden unserem Pakt zur Political Correctness nicht beitreten?
– Nein, mit diesem Herrn hat dies gar nichts zu tun.
– Sind Sie also für oder gegen Political Correctness?
– Ich bin weder dafür noch dagegen …
– Das ist mal wieder typisch. Sie drücken sich vor der Antwort und lavieren nur herum.
– Ich halte es, im Gegenteil, für politisch nicht korrekt, was Sie hier betreiben. Sie lassen mich nicht ausreden und setzen mir die Pistole auf die Brust.
– Aber er hat doch recht. Sie reden nur um den heißen Brei herum. Und Sie sagen gar nichts dazu?
– Also dafür oder dagegen?
– Ich sage lieber gar nichts dazu. Hier wird einem doch das Wort im Munde herumgedreht.
– Wenn Sie vorher derartige Fakten schaffen, bleibt mir gar nichts weiter übrig, als dafür zu sein.
– Sie drücken sich doch nur davor, einen Standpunkt zu äußern.
– Ich sehe schon, Sie antworten mit ja, sind aber überhaupt nicht überzeugt. Dies ist Betrug am Wähler.
– Und an der Wählerin.
– Ich habe schon verstanden: Er ist nicht dafür. Er ist für eine freie Diskussion, und jeder sollte selbst auf seine angemessene Wortwahl achten. Aber er möchte auch nicht dagegen sein, weil er nicht dem falschen Lager zugerechnet werden will.
– Das ist aber spitzfindig.
– Ist es auch, besser gesagt, differenziert.

– Oder unnötig kompliziert.

– Warum meinen Sie, es sei unnötig?

– Zu welchem Sachverhalt sollte ich eine Meinung äußern? Bisher wurde über Inhalte gar nicht geredet.

– Entscheidend ist doch zuerst einmal, wie eine Diskussion geführt wird. Da wir alle Demokraten sind – der Herr zu meiner Rechten mag sich da ausnehmen …

– Nein, eben nicht! Zuerst kommen die Inhalte …

– So habe ich das doch nicht gemeint.

– So haben Sie es aber gesagt.

– Ich fühle mich darin bestätigt, dass wir zuerst einen Pakt über Fairness in der Gesprächsführung …

– Fairness ist etwas anderes als Political Correctness. Über Fairness lässt sich reden.

– Aber Fairness ist doch etwas Selbstverständliches.

– Eben!

– Ich sag's Ihnen rundheraus: Ich halte Political Correctness für eine Worthülse, die jeder gerade so benutzt, wie er es braucht.

– Und sie auch.

– Wer denn?

– Die jede so benutzt, wie sie es braucht.

– Ja, natürlich.

– Aber meistens sind es Männer …

– Political Correctness ist eingenormter Populismus.

– Geht's noch?

– Sie stellen sich also auf die Seite dieses Herrn, der sich einen Dreck darum schert …

– Nein, das verbitte ich mir, und lassen Sie gefälligst diese undifferenzierten Unterstellungen …

– Klar sind Sie meiner Meinung, Sie geben es nur nicht zu, weil Sie meine Partei diffamieren wollen …

– Ach, das ist doch populistisches Geschwätz!

– Wenn Sie meinem Pakt beigetreten wären, könnten wir jetzt schon wesentlich weiter sein.

– In welcher Sache?

– Ich muss nochmals auf das eben Gesagte zurückkommen: Sie finden also Political Correctness nicht sinnvoll?

– Ich auch nicht.

– Aber Sie sind gar nicht gefragt! Von Ihnen wissen wir das ohnehin.

– Genau mit Ihrer Argumentation beweisen Sie die Sinnlosigkeit ihres Unterfangens. Sie argumentieren selbst inkorrekt.

– Genau dies meinte ich eben: Sie verweisen ihn auf eine Seite, der er sich keinesfalls zugehörig fühlt.

– Nun lassen sie doch mal …!

– Sie basteln sich ihre Definitionen doch selbst zusammen. Das ist wiederum populistisch.

– Nein, populistisch ist es nicht, es ist schlichtweg falsch.

– Wie kann etwas als falsch deklariert werden, wenn noch kein Mensch überhaupt eine Meinung dazu geäußert hat?

– Hören Sie zu: Meine Firma hat ein Gutachten in Auftrag gegeben …

– Klar höre ich zu! Aber lenken Sie bitte nicht vom Thema ab.

– Wir sollten doch noch einmal auf die Anfangsfrage zurückkommen: Würden Sie Hundefleisch essen?

– Die Frage hat doch nichts mit Politik zu tun.

– Und ob sie das hat.

– Außerdem lässt sie sich nicht ohne entsprechenden Kontext beantworten.

– Nun kommen Sie mir doch bitte nicht schon wieder mit ihrem Kontext.

- Sicher kommt es auf den Kontext an.
- Stehen Sie jetzt auch auf seiner Seite? Sie drücken sich doch nur vor einer Antwort.
- Dann beantworten Sie doch selbst mal die Frage.
- Ich würde es selbstverständlich nicht tun.
- Das sagen Sie doch bloß wegen der Hundehalter.
- Diese Unterstellung nehmen Sie zurück!
- Ich denke ja nicht daran.
- Amundsen hat seine Hunde auch gegessen.
- Aber das ist doch etwas ganz anderes.
- Sehen Sie, es hat doch etwas mit dem Kontext zu tun.
- Amundsen war nachweislich kein Demokrat.
- Das stimmt nicht.
- Sehen Sie, nun argumentieren Sie auch mit dem Kontext.
- Sie würden also Hundefleisch essen?
- Das habe ich damit doch nicht gesagt.
- Wer war Amundsen?
- Amundsen hat als erster Mensch den Südpol erreicht.
- Aber das rechtfertigt doch nicht, seine Hunde zu essen.
- Das habe ich ja auch nicht behauptet.
- Aber gemeint haben Sie es.
- Das ist eine Unterstellung.
- Und der Zweck heiligt nicht die Mittel.
- In diesem Fall vielleicht doch.
- Sehen Sie, darauf wollte ich hinaus. Sie haben sich verraten.
- Wenn er verhungert wäre, hätte kein Mensch gewusst …
- Doch, er hatte die norwegische Flagge …
- Womöglich war Scott vorher da.
- Sie meinen, Amundsen habe die britische Fahne …?
- Haben Sie nicht Scotts Tagebücher gelesen? Die kennt

doch jedes Kind.

– Die waren vom britischen Geheimdienst gefälscht.

– Amundsen war nachweislich vor Scott da. Das schreibt Scott doch auch in seinem Tagebuch. Warum sollten die Briten das fälschen?

– Das Beispiel benennt doch eine Notwehrsituation, während wir Meinungen diskutieren. Es ist also ungeeignet.

– Behaupten Sie doch nicht so einen Blödsinn.

– Wieso Blödsinn?

– Ich meine ihn, nicht Sie.

– Nein, genau das Gegenteil ist der Fall. Hier zeigt sich doch, wer die wirklich wahren …

– Aber nein, in einer solchen Situation würde doch jeder Hundefleisch essen.

– Das behaupten Sie so einfach.

– So kommen wir nicht weiter.

– Welche »wirklich wahren« meinen Sie denn?

– Nein, ich nicht!

– Sie würden also verhungern?

– Es gab bestimmt andere Alternativen.

– Nein, die gab es gerade nicht.

– Ich würde trotzdem kein Hundefleisch essen. Ich habe selbst einen Hund …

– Aber das ist doch etwas völlig anderes.

– Ich habe da meine ethischen Grundsätze.

– Die hätten Sie am Südpol schnell vergessen.

– Woher wollen Sie das wissen?

– Woher wollen Sie wissen, dass Sie unter solchen Bedingungen an Ihre ethischen Grundsätze auch nur denken würden, geschweige denn danach zu handeln?

– Ich würde in einer solchen Situation bedenkenlos Hundefleisch essen.

– Das »bedenkenlos« verrät Sie.

– Tut es das?

– Was verrät es denn?

– Ihre moralische Skrupellosigkeit.

– Ach du meine Güte!

– Zuerst kommt das Fressen, dann die Moral.

– Ausgerechnet Sie wollen Brecht zitieren?

– Ja, warum nicht? Haben Sie und Ihre Partei ihn etwa okkupiert?

– Unter diesen Umständen hätte ich mich an einem solchen Unternehmen niemals beteiligt.

– Amundsen war alleine.

– Was hat das denn damit zu tun?

– Nun, er hat die alleinige Verantwortung für sein Tun übernommen. Scott hat seine Leute in den Tod geschickt.

– Solche Reden kenne ich von Ihnen: The winner takes it all.

– Mir geht es doch um die Verantwortung.

– Eben!

– Was meinen Sie denn damit?

– Das will ich jetzt auch wissen?

– Die Verantwortung für den Gewinn, das meinten Sie doch!

– Das ist ja ungeheuerlich.

– Was denn?

– Eine solche Unterstellung!

– Was glauben Sie denn? Bei so einer Unternehmung geht es ums Prestige, um Werbung, um Marktanteile.

– Und um Nationalismus!

– Damals doch nicht!

– Was?

– Na, Marktanteile!

– Damals wie heute, es wurde nur anders genannt.

– Wie denn?

– Jedenfalls nicht »political correct« ...

– Jetzt fangen Sie doch nicht wieder damit an!

– Stimmt schon! Auch damals gab es schon die Globalisierung, auch wenn sie nicht so genannt wurde.

– Da kam es auf ein paar gefutterte Schlittenhunde doch nicht an.

– Meine Herren, jetzt werden Sie zynisch.

– Jetzt werfen Sie doch nicht alle und alles in einen Topf.

– Nein, nur die Schlittenhunde ...

– Lassen Sie doch diese blöden Scherze! Darüber kann kein Mensch lachen.

– Also gut: Reden wir über die Arbeiter, die in Katar die Fußballstadien bauen!

– Ja, was ist mit denen?

– Ich ahne es schon, worauf er hinaus will. Bitte nicht diese populistischen Vergleiche!

– Die Fifa hat auf diese Missstände schon vor Jahren aufmerksam gemacht.

– Und was ist geändert worden? Nichts!

– Haben Sie Beweise für Ihre ungeheure Behauptung?

– Dies liegt nicht in unserer Verantwortung.

– Und wir haben keinerlei Einfluss.

– Selbstverständlich haben wir.

– Warum sollen die Scheichs dort unten nicht Beweise vorlegen müssen, dass sie die Missstände beseitigt haben? Schließlich geht es um Menschenleben. Wissen Sie, wie viele Arbeiter bereits umgekommen sind?

– Auf jeder Großbaustelle dieser Art passieren Unfälle.

– Sie machen es sich etwas zu einfach.

– Hat die Fifa die Einzelheiten nachgeprüft?

– Die ist doch gar nicht zuständig.

– Wer ist denn zuständig?

- Sie zwingen uns eine Diskussion auf, die wir nicht vereinbart hatten.
- Ich müsste mich da erst informieren.
- Ja stimmt, auf jeden Fall.
- Aber es geht doch um ethisch-moralische Prinzipien.
- Die Sache ist jedoch viel komplexer, als Sie es uns hier weismachen wollen.
- Nein, ich finde, er hat recht. Wir sind genau beim Kernpunkt der Diskussion.
- Nein, so geht das nicht, so können wir nicht diskutieren.
- Ich würde klare Bedingungen stellen. Wenn die nicht sofort erfüllt würden, würde ich die Sache abblasen.
- Das käme Sie teuer zu stehen.
- Aber die anderen wurden doch zuerst vertragsbrüchig.
- Aber Menschenleben sind uns doch auch teuer. Jedenfalls behaupten wir das.
- Wie Sie sich das vorstellen. Das ist doch unrealistisch.
- Und wenn Sie in der Verantwortung wären, würden Sie nicht so groß tönen.
- Hier die Meinung zu vertreten, kein Hundefleisch zu essen, ist natürlich wesentlich einfacher.
- Sie argumentieren schon wieder populistisch.
- Ja und?
- Jedenfalls würde ich unsere Jungs nicht dahin fliegen lassen.
- Bei dieser Hitze zu spielen, ist ohnehin eine Gefahr für Leib und Leben. Ich habe das vor einiger Zeit mit einem Sportmediziner …
- Nein, das diskutieren wir hier jetzt nicht.
- Wollen Sie das etwa bestimmen?
- Ich sag's nochmal, ich würde die Jungs nicht dahin schicken.

- Das hat mit Realpolitik nicht mehr das Geringste zu tun.
- Außerdem sollten Sie die Jungs nicht bevormunden. Die sind erwachsen und können selbst entscheiden.
- Da lachen ja die Hühner. Die entscheiden gar nix.
- Und was bitte schön soll Realpolitik sein? Wo fängt sie an? Wo hört sie auf?
- Fangen wir jetzt bei Adam und Eva an?
- Sie können doch nicht als einzelnes Land aus der Weltgemeinschaft aussteigen. Das ist der größte diplomatische Blödsinn, den ich je gehört habe.
- Einer muss doch den Anfang machen.
- Außerdem würden Sie mit dieser Maßnahme mehr schaden als nützen. Sie wären als Vertragspartner für die Zukunft geächtet.
- Und denken Sie an die Außenhandelsbilanz.
- Ich denke an die Versklavung von Menschen im 21. Jahrhundert, nichts anderes ist es doch.
- So biedern Sie sich auf billigste Weise dem Boulevard an.
- Und bekommen Beifall von der falschen Seite.
- Vielleicht hat er doch recht. Einer müsste mal einen Anfang machen.
- Sonst ändern sich die Zustände nie.
- Ganz im Gegenteil, wir entwickeln uns zurück in barbarische Zeiten.
- Da sind wir doch längst.
- Den Menschen hierzulande ging es noch nie so gut.
- Sicher, die Kinderarbeit in Asien und Afrika trägt wesentlich dazu bei.
- Mit Ihnen kann man nicht diskutieren. Sie zählen ständig Äpfel und Birnen zusammen.
- Obst, mein Lieber, er spricht über Obst.

– Sollten die Arbeiter in Katar nicht froh sein, dass sie überhaupt Arbeit haben? In ihren Herkunftsländern würden sie und ihre Familien von der Hand in den Mund leben.

– Sollen die doch gehen, die unzufrieden sind.

– Und Sie meinten, mir eben noch Zynismus vorwerfen zu können!

– Nun lassen Sie das doch mal!

– Die Leute können eben nicht einfach so zurückgehen, weil sie sich vorher verschuldet haben, um überhaupt zu ihrer Arbeitsstelle zu kommen.

– Andere warten schon, die nehmen deren Job gerne.

– Was haben Sie nur für ein Menschenbild?

– Dieselbe Frage könnte ich Ihnen auch stellen.

– Es war keine Frage, sondern ein Ausdruck meiner Empörung.

– Auch das noch.

– Nochmal zurück zum Thema: Die Arbeiter könnten gar nicht zurück, weil man ihnen ihre Pässe abgenommen hat.

– Woher wissen Sie das denn?

– Stand in der Zeitung.

– Ich habe ein Interview darüber gesehen.

– Das kann ich nicht glauben.

– Das ist ja wie in einer Diktatur.

– Das ist nicht nur »wie«. Es ist eine Diktatur.

– Mit denen sollten Demokraten keine Geschäfte machen.

– Sag ich doch.

– Nochmals zurück zum Thema: Ich würde kein Hundefleisch essen. Niemals!

– Was sagen Sie?

– Ich habe es mir überlegt. Unter diesen Bedingungen würde ich auch Hundefleisch essen.

– Ich würde mit meinen Hunden sterben.

– Sind Sie sich da so sicher?

– Ehrlich gesagt: Es ist ein Vorsatz. Sicher bin ich mir nicht. Wie sollte ich das jetzt und hier wissen?

Anders

Susann war es nicht selbst, die es zuerst bemerkt hatte, dass sie anders ist. Natürlich hätte sie es früher oder später selbst entdeckt. Bis zu jenem Tag hatte sie sich unter den Kindern und mit ihren Eltern so ganz im Zentrum gefühlt, inmitten einer wohligen Wärme, die sogar körperlich zu spüren gewesen war, wie sie sich heute erinnert. Diese Szene hatte sie noch genau vor Augen, als wäre sie gestern geschehen, die sie aus ihrem bisherigen Leben herausgerissen hatte wie ein Unwetter, das einen Baum entwurzelt. Nichts war mehr wie früher, obwohl sich äußerlich gar nichts verändert hatte, nur eben konnte sie es nach diesem Ereignis nicht mehr vor sich selbst verbergen.

Im Kindergarten hatten die Erzieherinnen einen Faschingsball veranstaltet. Alle waren in bunten Verkleidungen gekommen. Schon Tage vorher hatten die Kinder sich erzählt, als wer oder was sie gehen wollten. Susann hatte sich ihren Auftritt bis in Einzelheiten vorgestellt. Sie war als Prinzessin kostümiert, in ein cremefarbenes Kleidchen aus Satinstoff gehüllt, das in einem geheimnisvollen Hauch rosa geschimmert und sich ganz eng an ihren Körper geschmiegt hatte. Eine Krone, die wie echt aussah, hatte sie auch getragen und Lackschuhe in derselben Farbe – in Gold. Ihre Mutter hatte sie geschminkt, bevor sie in die Kita aufbrachen. Voller Wohlgefallen hatten ihre Blicke auf ihr geruht, nachdem alles fertig war und Susann sich vor ihr immer wieder voller Vorfreude im Kreis gedreht hatte. Die meisten Kinder kamen, wie üblich, als Cowboys und Indianer, aber es gab auch Clowns, Piraten, seltsame Tiere, Feen und Zauberer. Eva, ein Mädchen, so alt wie sie, tanzte in einem Röckchen aus lauter bunten Stoffstreifen durch den Raum. Ihr Gesicht war braun geschminkt, die Lippen in einem grellen Rot. Als Nicole, ein anderes Mädchen aus ihrer Gruppe, die auch wie sie, als Prinzessin gekleidet war, Eva sah, rief sie spontan:

»Guck mal, sie sieht aus wie Susann!«

Dieser Satz hatte den Zweifel gesät. Susann begann, ihr Aussehen mit dem der anderen Kinder zu vergleichen, betrachtete ihr Gesicht im Spiegel anders als sonst – und entdeckte, dass ihre Haut ein kleines bisschen dunkler war als die der anderen, und ihre Haare auch. Dieser kleine Unterschied genügte. Natürlich hatten mehrere Kinder, die sie kannte, dunkle Haare, aber ihre waren wirklich schwarz. Zuerst versuchte sie, diese Szene zu vergessen und wieder so zu sein wie früher. Aber es ging nicht mehr. Sie wollte es ihrer Mutter sagen, aber auch das war irgendwie nicht möglich. Sie wollte wieder unbeschwert und fröhlich sein wie früher, aber dieses Ereignis, das sich in ihre Gedanken eingebrannt hatte, stand immer dazwischen. Später, als sie schon in die Schule ging, bemerkte sie, dass die Farbe der Augen ihrer Mutter blau, die ihres Vaters grau, während ihre eigenen von einem dunklen Braun waren. Ihre Mutter bemerkte Susanns Veränderung, ihre Traurigkeit und einen manchmal kurz aufflammenden Jähzorn, konnte aber den Mut nicht aufbringen, mit ihr darüber zu reden. Als sie es selbst nicht mehr aushielt und sie fragte, warum bin ich anders, begann die Mutter zu weinen, nahm Susann in den Arm und sagte nur immer wieder: »Du bist doch mein gutes Mädchen.«

Monatelang blieb Susann mit ihrem Zweifel allein. Sie wollte gegen ihn aufbegehren, ihn beschwichtigen, ihn vertreiben, als wäre er ein dämonisches Wesen, das ihr nach dem Leben trachtete. Sie zog sich zurück, traf sich nicht mehr mit ihren Freundinnen und lud keine mehr zu sich nach Hause ein, was sie früher gerne und oft getan hatte. Als sie sicher war, dass sie den Dämon nicht vertreiben konnte, wollte sie sich selber hassen. Aber sie hatte doch nichts Böses getan.

In der Schule beobachtete sie genau, wie die anderen sie ansahen, ob sie sich anders ihr gegenüber benahmen. Manchmal konnte sie es kaum aushalten, wollte sie anschreien: »Ja, sagt es nur, ihr braucht gar nicht freundlich tun. Aber sie blieb stumm. Als sie gar keinen Ausweg mehr sah und weil sie sich so ausgeliefert fühlte, wollte sie selbst es sein, die ihr Anderssein zur Schau stellte. Aber da war sie schon viel älter. Sie zog sich anders an, kämmte ihre Haare anders, wollte sich anders benehmen, wie genau, das wusste sie nicht, nur anders als die anderen. Sie gewöhnte sich einen herausfordernden Blick an, der den anderen sagen sollte: Kommt nur! Ich nehme es mit euch auf, ich will ohnehin mit euch nichts zu tun haben«.

Gegen ihre Eltern, hauptsächlich gegenüber der Mutter, wuchs eine Wut in ihr, die immer größer wurde, der sie aber keine Stimme geben konnte. Sie wusste gar nicht, was es eigentlich war, dass sie so wütend auf sie machte. An einem Abend warf ihr Vater ihr vor, Susann sei böse zu ihrer Mutter und das sei nicht gerecht, denn sie würde doch immer alles für sie tun. Und in diesem Moment platze es aus ihr heraus:

»Aber ihr sagt es mir nicht. Ihr sagt mir nicht, dass ihr gar nicht meine richtigen Eltern seid.«

»Wer behauptet denn so was?«, fragte ihr Vater, nachdem er sich wieder in den Griff bekommen hatte.

»Aber ich weiß es doch!«, rief sie immer wieder zornig.

Dann begannen sie alle drei zu weinen, und schließlich setzte der Vater sich neben sie auf das Sofa, und er wollte den Arm um ihre Schultern legen, um sanft und schonend mit ihr zu sprechen, aber Susann schob seine Hand weg, während ihre Mutter immer nur weinte und sich neben ihr ein Berg von Taschentüchern türmte. Dies machte Susann nur noch wütender, meinte sie doch, diejenige zu sein, die allen Grund zum Weinen hatte. Danach weinte sie nur, nicht mehr aus Wut, sondern weil sie sich so verzweifelt fühlte.

Und dann erzählte der Vater, ganz leise und langsam und vorsichtig und freundlich, dass sie Susann adoptiert hatten, als sie noch ein kleines Baby gewesen war, und dass es das Wichtigste im Leben ist, wenn man sich lieb hat, und dass nichts und niemand auf der Weilt sie auseinanderbringen könnte.

Es dauerte Wochen, bis die Wut wieder weggegangen war, wie eine Wunde, die lange braucht, um sich zu verschließen und endlich zu vernarben. Aber dann hatte sie ihre Situation akzeptiert. Es fühlte sich an wie die Befreiung aus einem Gefängnis. Wenn sie nun auch nur einen Hauch von Fremdheit vonseiten anderer Menschen spürte, erklärte sie sofort, sie sei von ihren Eltern adoptiert worden, und es komme darauf an, dass man sich lieb hat. Alles andere sei unwichtig. Susann traf sich wieder mit Freundinnen, ging gerne in die Schule und kurz nach ihrem elften Geburtstag spielte sie bei einer Aufführung des Schultheaters, zu der Eltern und Geschwister und sogar der Bürgermeister eingeladen waren, die weibliche Hauptrolle der Prinzessin aus dem Morgenland. Das Kind und seine ihr eigene kindliche Kraft hatten sie gerettet.

Aber mit dem Ende der Kindheit und dem Blick in die unsichere Zukunft des Erwachsenenlebens mit seinen unverständlichen Kompromissen und vorgeplanten Zugehörigkeiten holte sie der Dämon des Zweifels wieder ein. Diesmal brauchte es keiner bestimmten Situation als Auslöser, er erschien und auch nicht plötzlich und unvermittelt, sondern tastete sich ganz allmählich vor wie ein hinterhältiges Tier auf der Jagd, das sie hartnäckig verfolgte und dessen Blick sie immer im Rücken spürte, ohne dass sich sein tatsächliches Vorhandensein bestätigte. Mit einem Schuldgefühl, das sie plagte, ohne dass ihr Verstand dies akzeptieren wollte, fragte sie sich immer wieder, woher sie gekommen war, aus welchem Land, und wie es dort aussah und wie die Menschen dort lebten. Die wichtigste Frage jedoch konnte sie sich viele Wochen lang nicht eingestehen. Sie war in ihr, immer schon in ihr gewesen, aber Susann konnte sich die Verantwortung nicht nehmen, sie zu stellen. Sie musste warten, bis sie sich von selber nicht mehr vertreiben ließ: Wer ist meine Mutter? Wo lebt sie, und warum hat sie mich weggegeben? Sie spürte, ihre Adoptiveltern und die Menschen ihrer näheren Umgebung wollten nicht, dass sie an diese Fragen rührte. Ohne dass jemals die Rede davon gewesen wäre, bedeuteten sie Undank und Überschreitung einer unsichtbaren Grenze, die nicht überschritten werden durfte.

Ausgenommen von diesem Tabu war Susanns beste Freundin Tina. Sie war ein pausbäckiges Mädchen mit hellen, blauen Augen und strohblonden, langen Haaren, meistens zu einem Pferdeschwanz gebunden. Mit ihr konnte Susann die scheinbar unmöglichsten Themen besprechen. Nach einigen vertrauensbildenden Anläufen auch die heikle Frage, woher sie gekommen war und wer ihre Mutter sei, denn Susann ging selbstverständlich davon aus, dass sie lebte, irgendwo weit weg in der großen Welt. Bei Tina fand sie nicht nur Verständnis für ihre Situation, sondern ihre Fragen weckten auch die Neugier der Freundin und sorgten für ein exotisches Ambiente und geheimnisvolle Fantasien. Von dieser Seite hatte Susann ihre Situation bisher noch nie betrachtet. Das Exotische war zwar, wie die Prinzessin aus dem Morgenland, Teil ihrer kindlichen Fantasie gewesen, aber niemals ein Thema, über dass es sich gelohnt hätte, nachzudenken.

In Susann wuchs immer mehr der sich nur allmählich formende Entschluss, ihre Adoptiveltern, die sie nur im Stillen so nannte, nach ihrer Herkunft zu fragen, aber sie spürte auch, wie schockiert diese darüber wären und dass sie ihnen das nicht antun konnte, noch nicht. Also begnügte sie sich mit den Geheimgesprächen mit Tina, die Verzweiflung und Dringlichkeit durch träumerische Fantasien abzuschwächen versuchten.

Als sie Siebzehn geworden war, zog sie gegen anfängliche Bedenken ihrer Adoptiveltern von zu Hause aus, und nach ihrem Abitur befand sie die Zeit für reif, nicht ohne sich vorher mit Tina gründlich besprochen zu haben, nach ihrer Herkunft zu fragen. Zuerst stieß sie auf hartnäckige Ablehnung, die Adoptivmutter stürzte ihr Ansinnen in zermürbende Weinkrämpfe, aber nach mehreren zuerst sensiblen, dann immer drängenderen, schließlich verzweifelten Anläufen gab ihr Adoptivvater nach. Er ging zum Wohnzimmerschrank, kramte lange in den Tiefen diverser Schubladen, obwohl er genau wusste, was und wo er zu suchen hatte, und brachte schließlich eine Aktenmappe zum Vorschein, die sowohl alt, wie unbenutzt aussah.

Dann begann er zu erzählen, von der Reise nach Süd-indien, vom Besuch der Armenviertel und von der jugo-slawischen Sozialarbeiterin, die ihnen die Adresse einer Kirchengemeinde im Inneren des Landes gegeben hatte. Das Erzählen strengte ihn an, als spräche er über ein lang zurückliegendes Verbrechen, das er begangen und bisher keinem Menschen gestanden hatte, während ihre Adoptivmutter schwieg. Immer wieder entrang sich ihr ein Schluchzen, das sie nicht zu unterdrücken vermoch-te. Susann fühlte ihre Erregung und zugleich eine Art Gelassenheit, als wäre sie eine andere Person, die dane-ben stünde und sie und ihre Verfasstheit beobachtete. Sie spürte ihre Angst, hauptsächlich davor, dass sich bald aus den vielen Möglichkeiten, welche die fantastischsten Schlüsse zugelassen hatten, nur eine einzige Wahrheit herausschälen würde, mit der sie für immer würde leben müssen.

Susann und Tina forschten weiter über Internet, um die alten Spuren, die in der spärlichen Akte dokumen-tiert waren, wieder aufzunehmen und weiter zu verfol-gen. Bald zeigte sich, dass diese lange verwischt oder von hektischem Treiben der Menschen überlagert waren. Statt enttäuscht zu sein, forschten sie akribisch weiter, und als sich weitere Spuren verliefen, beschlossen sie kühn, selbst nach Südindien zu reisen, um Näheres über Susanns Adoption in Erfahrung zu bringen. Für sie fühl-te es sich an, als würden nach Jahren des Wartens, des Stillstands und der Zurückhaltung die Ereignisse sich nun auf unkontrollierbare Art und Weise beschleunigen. Endlich konnte sie selbst aktiv werden, sich um das Rät-sel ihres Schicksals kümmern. Kurz nach ihrem Ent-schluss zu dieser Reise erhielt sie eine Mail von einer Fernsehredakteurin, die zum Bekanntenkreis von Tinas

Eltern gehörte. Diese fragte an, ob sie Susann bei der Suche nach ihrer leiblichen Mutter unterstützen dürfe. Der Sender stelle sogar in Aussicht, dass er ihre Flug- und Aufenthaltskosten und die notwenigen Recherchen übernehmen würde. Als Susann und Tina sich mit ihr trafen, eröffnete Laura LaSalle, eine quirlige, vor Ideen übersprühende kleine Person Anfang dreißig ihnen das Ansinnen, dass sie und ihr Stab mit nach Indien fliegen und eine Dokumentation über Susann und die Reise zu ihren Wurzeln für ihre Kultursendung drehen könnten.

Susann fühlte sich überfallen. Die forsche Art von Laura LaSalle machte sie skeptisch, auch wenn das Angebot ihr schmeichelte. Ausgerechnet das Fernsehen machte ihr dieses Angebot. Andere junge Frauen ihres Alters hätten alles dafür stehen und liegen lassen. Zudem fühlte sie sich unter Druck, sich jetzt gleich entscheiden zu müssen, obwohl Frau LaSalle ihr mehrmals versichert hatte, sie könne es sich in aller Ruhe überlegen. Trotzdem ließ sie nicht locker, Susann immer wieder auf die Vorteile ihres Angebots hinzuweisen. Sie und der Sender würden alles nach ihren Wünschen und Erwartungen vorbereiten. Tina war sofort hin und weg von dieser Idee und musste sich zurückhalten, Susann nicht stürmisch zu überreden, zuzusagen. Erst später wurde Susann sich zu ihrer eigenen Verwunderung ihres allmählich durchdringenden Hangs zur Selbstdarstellung bewusst, ohne dass sie es selbst so bezeichnet hätte. Eher erlebte sie es als eine Form von Offenheit, die Erwachsenen im Allgemeinen abging. Etwas von der Prinzessin war noch immer in ihr und, wenn auch etwas beschämt, bekannte sie sich vor sich selbst dazu. Auf der anderen Seite empfand sie das vage Bedürfnis, ihre Privatsphäre zu schützen. Auch bemerkte sie eine Art von Trotz in sich aufkommen. Früher hatte sie ihr Außenseiterinnenschicksal nicht selten verzweifelt und einsam mit sich selbst abmachen müssen. Nun interessierte sich das Fernsehen für sie. Natürlich war sie nicht so naiv zu glauben, dass es denen in erster Linie um sie als Person ging. Der Sender wollte Quote machen. Mit diesem Thema kannte sie sich aus. In der Oberstufe hatte sie eine Hausarbeit über den Einfluss von Massenmedien geschrieben. Bei aller Selbstbestätigung war sie sich dieses Phänomens sofort bewusst, nachdem Frau LaSalle ihr das Projekt vorgestellt hatte. Noch blieb sie unentschieden, ob dieser Trotz Ausgang für eine Verweigerung sein sollte nach dem Motto: Früher wolltet ihr nichts mit mir zu tun haben, also lasst mich jetzt in Ruhe! Oder überwog die Bestätigung für die verwundete Seele: Seht ihr, damals seid ihr mir aus dem Weg gegangen und jetzt reißt ihr euch um mich und meine Story! Susann fühlte sich jung und in Aufbruchsstimmung und trotz ihrer durch ihr ungewöhnliches Schicksal früh verinnerlichten Ernsthaftigkeit nicht bitter. Zu Hause besprach sie das Angebot mit Tina in allen Einzelheiten und nach reiflicher Überlegung sagte sie zu.

Obwohl Tina sich für die Zusammenarbeit mit Laura LaSalle und dem Sender eingesetzt hatte, fühlte sich die Freundin in der folgenden Zeit und im Hinblick auf die Reise etwas überflüssig. Vielleicht hatte sich auch mit der Rücknahme des Exotischen und der Erwartung von Realem ihr Interesse verflüchtigt. Statt mit Szenen aus Tausend-und-einer-Nacht wurde sie in ihren Fantasien von Bildern der Armut, des Hungers und Entbehrungen überrascht. Dann wieder nahm sie schamhaft wahr, dass die Neugier für die mediale Verarbeitung einen größeren Raum in ihren Gedanken einnahm als Susanns so existenzielle Frage nach ihrer Herkunft. Als sich die beiden

Freundinnen an einem Nachmittag mit ihren Laptops in ihrem Stammcafé trafen, teilte Tina Susann ihren Entschluss mit, sie nicht auf ihrer Reise nach Indien zu begleiten. Zuerst reagierte Susann wie zu Beginn ihrer Freundschaft, indem sie sich wenig selbstbewusst an der unbekümmerten Art der Freundin orientierte und sie zu überreden versuchte, ihren Entschluss zurückzunehmen. Aber als sie merkte, dass Tina sich nicht überzeugen ließ, überwog mit einem Mal ihr neues Lebensgefühl; rasant und forsch tönend, geprägt von sich überstürzenden Ereignissen, in denen sie schwamm wie in einem breiten, schnell fließenden Strom, der sie unmittelbar zu ihrem Ziel bringen sollte.

Ihre Adoptiveltern hatten ein Interview mit Laura La-Salle abgelehnt und wollten Susann auch nicht am Tag ihrer Abreise zum Flughafen begleiten, um den Nachstellungen der Redakteurin zu entgehen, wie sie es nannten. Vielleicht gab es auch noch den anderen Grund, der viel mehr wog, den sie sich aber nicht eingestehen konnten, denn sie liebten ihr Kind. Dass nämlich diese Reise nach Indien, die Suche nach den Wurzeln, eine Entfremdung von ihnen, die ihr ganzes bisheriges Leben geduldig für sie gesorgt hatten, bedeutete. Tina nutzte diese Gelegenheit, um doch noch eine für sie passende Rolle zu finden, sich vor laufenden Kameras mit einer innigen Umarmung von der Freundin zu verabschieden.

Den Flug erlebte Susann in einer merkwürdigen Mischung von Gefühlen, aufgeregt, und das Herz schlug ihr bis zum Hals, dann wieder verhalten, wie in Watte gepackt, als sei es gar nicht sie selbst, die das alles erlebte, sondern als schaue sie jetzt schon den fertigen Film über diesen bedeutendsten Teil ihres Lebens, aber als eine Fremde.

In Mumbai meinte sie, sich wie eine Touristin verhalten zu müssen, neugierig, interessiert, ausgestattet mit dem distanzierten Blick auf das Fremde, nicht weil die allgegenwärtige Kamera ihr suggerierte, sie sei so eine Art Filmstar, sondern weil diese aufdringlichen Bilder, die heftigen Gerüche, der immerwährende Lärm, diese Masse von Menschen mit ihrem allgegenwärtigen Schicksal, sie bedrängten, sie aufsaugen und damit zum Verschwinden zu bringen drohten. Nie in ihrem Leben hatte sich Susann so sehr als Europäerin gefühlt, und nach zwei Stunden in dem Gewühl durch die Straßen Mumbais flüchtete sie sich in ihr Hotelzimmer mit Klimaanlage und abgedunkelten Scheiben im 14. Stock, gab sich dort ihrer Einsamkeit hin, beweinte ihr Schicksal, haderte mit ihrem Mut, und schalt sich eine überhebliche und naive Spinnerin, weil sie an etwas gerührt hatte, das alle anderen Menschen in ihrer Umgebung auf sich beruhen ließen. Aber die hatten auch gut reden. Ihr Lebensweg war so glatt verlaufen wie die Rutschbahn, zu der sie als kleines Kind immer wieder mit ihrer Adoptivmutter gegangen und wo sie mit Wonne und einem Juchzen unzählige Male hinunter gesaust war. Damals war die Welt noch in ihrer Ordnung, sie war ein Kind wie jedes andere und das einzigartige Kind ihrer Eltern gewesen.

Mehrmals rief Laura LaSalle an und fragte, ob alles in Ordnung sei. Susann blieb kurz angebunden und beteuerte sich zusammennehmend, sie wolle allein sein. Sie schlief unruhig und verworrene, sich wiederholende Träume von ausgezehrten Menschen, die ihr mit langen, knochigen Fingern zu Leibe rückten, quälten sie.

Als sie am nächsten Tag in einer kleineren Maschine weiter nach Süden flogen, fühlte sich Susann erstaunlich

frisch und aufgeräumt. Für diese Reise hatte sie gekämpft, Jahrelang davon geträumt, sie herbei gesehnt,
und jetzt wollte sie sich die Auflösung, die Erlösung nicht
nehmen lassen, sie mit all ihren Sinnen erfassen. Ob mit
oder ohne Kamera war ihr egal.

Laura LaSalle war gut vorbereitet. Susann kam es vor,
als habe sie vorrecherchiert und wusste bereits mehr, als
sie zugeben wollte. Susann misstraute ihr, aber im Stillen
erkannte sie den Deal Information gegen Sensation an.
Mit einem Jeep fuhren sie durch endlos erscheinende
Vorstädte, durch verwinkelte, staubige Straßen. Häuser
sahen aus wie Spielzeug, das Kinder gebaut hatten, mick-
rig oder wie von Pappe oder tatsächlich aus diesem oder
anderen Material, das im Regen aufweichte oder in der
Sonne verblich oder brüchig und voller Risse war, wie
von einem Erdbeben verschont. Die Armut war allgegen-
wärtig. Sie nistete in den Straßen, im Gemäuer der Häuser, in Hinterhöfen, in ausgewaschenen Farben, in Gerü-
chen, schwebte in der Luft, im unbarmherzigen Sonnenlicht, der drückenden Hitze, prägte die Gesichter der
Menschen, selbst ihre Sprache, die Susann nicht verstand. Sie klang rau und kehlig, in ihrem Tonfall wie zer-
brechende, trockene Zweige.

In einem winzigen Büro ohne Fenster trafen sie eine
freundliche Sozialarbeiterin mittleren Alters in europäi-
scher Kleidung, Frau Rayneesh, die Susann auf Englisch
nach ihrem Geburtsdatum fragte. Danach verschwand
sie, freundlich, mit routinierter Formulierung um Entschuldigung bittend. Nach wenigen Minuten kam sie mit
einigen vergilbten Aktenordnern zurück. Dabei lächelte
sie vielsagend. Frau LaSalle nickte dezent ihrem Kamera-
mann zu, der sein Gerät sofort einschaltete. Susann verbot sich, darüber nachzudenken, ob diese Szene von lan-

ger Hand vorbereitet war, und wenn, glaubte sie auch zu wissen von wem. Sie konzentrierte sich ganz auf Frau Rayneesh, die gleich zur Sache kam und ihr erklärte, ihre Adoption könnte nur über das kleine Kloster St. Kilda hier in diesem Distrikt und von einer alten, irischen Nonne, Schwester Mary, vermittelt worden sein, die vor drei Jahren verstorben sei. Schwester Mary habe nie lange gefackelt und den Müttern gegenüber keine großen Überredungskünste aufgewendet. In der Regel wurden die Kinder sofort nach der Geburt von ihren Müttern getrennt und diese bekamen sie nie wieder zu Gesicht. Den Grund könne man sich ja denken, erklärte Frau Rayneesh trocken. Es sollte professionell klingen. Sie selbst könne sich noch gut an Schwester Mary erinnern, habe sie schon als junge Frau gekannt. Dabei verrollte sie etwas die Augen und wackelte mit dem Kopf, was offenbar eine indische Gepflogenheit war, eine Aussage zu unterstreichen. Um die Lage hier verstehen zu können, sagte sie in strengem Ton, müsse man wissen, und sie wiederholte diesen Satz noch mehrmals in diesem Gespräch: »Die Leute hier sind sehr, sehr arm.« Es gebe keine Akte über ihren Fall, aber keine Sorge, fügte Frau Rayneesh schnell hinzu, als sie Susanns Schrecken bemerkte, sie brauche nicht lange, um ihre leibliche Mutter zu finden. Den merkwürdigen Ausdruck wombly betonte sie besonders. Sie brauche nur die Leute im Viertel zu fragen. Sie würde dann morgen oder übermorgen Frau LaSalle auf ihrem Mobiltelefon anrufen, und dann würde sie die Zusammenführung arrangieren.

Damit war die Audienz beendet. Die Kamera wurde ausgeschaltet. Auf dem Rückweg durch die verwinkelten Straßen schaute Susann mehrmals zurück, aber außer der Staubfahne, die der Wagen aufwirbelte, war kaum etwas zu erkennen. Jetzt sei sie doch sicher froh, ihrem Ziel so nahe zu sein, meinte Frau LaSalle. »Ja«, beeilte Susann sich zu bestätigen und blickte weiter der Staubwolke hinterher.

Im Hotelzimmer wünschte sich Susann, sie brauche nur auf einen Knopf zu drücken, um die Zeit auszulöschen, bis Frau Rayneesh wieder anrief. Sie schaltete die Klimaanlage zurück, weil diese einen schrecklichen Lärm verursachte. Dann stand sie lange am Fenster, schaute hinunter auf den wuseligen Verkehr und versuchte, an nichts zu denken.

Weil Susann sich wie eine Meditierende auf den entscheidenden Augenblick konzentrierte, vergingen die zwei Tage schnell, bis Frau Rayneesh anrief und in salbungsvollem Ton erklärte, wie Laura LaSalle ihr kurze Zeit später mitteilte, ihre Mutter sei gefunden. Sie lebe noch immer, wie vermutet in diesem Vorort, der zur Zeit von Susanns Geburt noch ein Dorf gewesen war.

Als Laura gegangen war, blickte Susann wieder hinunter auf den Verkehr. Hupen und Motorenlärm drangen nur gedämpft bis hier herauf. Susann stellte sich vor, ein Taxi zu nehmen und ohne Begleitung der Fernsehcrew an den Ort ihrer Geburt zurückzukehren. In den engen Gassen brauchte sie die Leute gar nicht nach dem Weg zu fragen. Es hatte sich längst herumgesprochen, wer sie war. Die Menschen würden ihr lächelnd den Weg zeigen. Irgendwann spürte Susann, dass sie sich selber auskannte. Die geduckten Häuser, die Menschen, Straßen, Laute und Gerüche, Papayabäume in tristen Vorgärten, und die grünen Sittiche in den Zweigen der wenigen Bäume oder auf dem verstaubten Gewirr überall verspannter Drähte waren ihr nicht länger fremd. Im Gegenteil kam es ihr vor, als sei sie seit ihrer Kindheit mit ihnen vertraut. Sie schob den verblassten Vorhang beiseite und trat aus der Hitze in den angenehm kühlen Raum im Halbdunkel. Ihre nackten Fußsohlen fühlten sich angenehm und kühlend an auf dem festgestampften Lehmboden. Ihre Mutter, die einen verwaschenen Sari in blassroter und gelber Farbe trug, forderte Susann auf, den Teig für das Brot zu kneten, als würde sie dies jeden Tag tun und als sei sie niemals weg gewesen. Auch Susann war selbstverständlich mit einem Sari bekleidet, einer Farbkombination aus dumpfem Blau und hellem Grün. Der vorbereitete Teig in der Schüssel war etwas trocken, und Susann goss aus einem Plastikbecher etwas Wasser hinzu. Heute war ein besonderer Tag. Deshalb zerstieß sie etwas Koriander, den sie aus einem Einmachglas von einem aus Abfallteilen gebastelten Regal an der Wand nahm und in einem Mörser zerstieß. Sie ging nach draußen zu den anderen Frauen auf dem kleinen Platz unter einem Banyanbaum. Diese hatten sich schon um den Erdofen gruppiert. Als Susann an der Reihe war, ging sie in die Hocke, verlagerte das Gewicht auf die Fersen. Susann formte Fladenbrote, indem sie den Teig schnell und geschickt von einer in die andere Hand gleiten ließ. Mit jeder Bewegung wurde das Brot dünner und schließlich, ohne ihre Bewegung zu unterbrechen, klebte sie die Flade mit einem besonderen Schwung an die runde Wand des Erdofens.

Hatte sie geschlafen, geträumt oder sich nur etwas vorgestellt? Noch niemals, soweit sie sich erinnern konnte, hatte sie Koriander verwendet.

Am Nachmittag des nächsten Tages fuhr Susann der entscheidenden Wendung ihres Schicksals entgegen. Laura, die neben ihr im Jeep saß, hatte als eine Geste der Beruhigung und Verbundenheit ihre linke auf Susanns rechte Hand gelegt und lächelte sie immerzu an. Vielleicht wollte sie Susann keine Empfehlungen geben, wie sie sich vor der Kamera verhalten sollte, weil diese ohnehin zu aufgeregt schien, um ihr zuzuhören, oder weil sie beabsichtigte, dass diese finale Szene ihrer Reportage möglichst echt und ungezwungen wirken sollte. Aber Susann war gar nicht aufgeregt, jedenfalls nicht so, wie Laura LaSalle es sich vorstellen mochte. Äußerlich war sie ganz ruhig, ihr Geist ganz nach innen gekehrt, während ihre Sinne voller Aufmerksamkeit nach außen strebten wie Tentakel, die jede Regung sensibel und genau erfassen.

Sie hielten am Ende der Straße. Dort stieß Frau Rayneesh zu ihnen. Sie gingen dann die wenigen Schritte bis zu dem Platz unter dem Banyanbaum, den sich Susann etwas kleiner vorgestellt hatte. Eine Gruppe von Frauen in festlichen Saris, die sie trotz erkennbarer Ärmlichkeit in Würde trugen, hatte sich versammelt. Alle warteten, bis die Kamera auf das Stativ montiert war.

Auf ein Zeichen von Frau Rayneesh hin schritt Susann in die Mitte des Kreises, während sich mit einigen Sekunden Verzögerung eine unscheinbare Frau in einem bleichen, orangen und gelben Sari aus der Gruppe der indischen Frauen löste und verhalten auf sie zuging. Als sie sich gegenüberstanden, hob die Frau den Blick, und als sie Susann lächeln sah, zeigte sich auch in ihrem schmalen, faltigen Gesicht ein zaghaftes Lächeln. Nach einem Augenblick, der Susann wie eine Ewigkeit vorkam, gab sie dem Impuls nach, ihre Mutter zu berühren, und dann lagen sie sich weinend in den Armen.

Als Susann wieder aufschaute, wendete ihre Mutter den Blick zu der Gruppe der Frauen hin, aus der sich nun eine junge Frau löste und auf sie zuschritt. Mit einem Schreck, der erst einige Sekunden später der Freude weichen konnte, glaubte Susann, in ihr Spiegelbild zu blicken.

Einige Tage später, Frau LaSalle und ihr Stab waren längst wieder in Europa, erzählte ihr die Zwillingsschwester Chandra von einem Traum, der sie nach Europa geführt hatte, in ihr Mädchenzimmer, das sie bis in Einzelheiten beschreiben konnte.

Der Verwandler

Dieses merkwürdige Phänomen wurde ihm zum ersten Mal bewusst, als er ein Buch von einem Afrikaforscher aus dem 19. Jahrhundert las. Er war gerade an einer Stelle angekommen, wo die Teilnehmer der Expedition durch eine Wüste wanderten und nach einem Sandsturm, der ihr Trinkwasser verdorben hatte, unter qualvollem Durst litten. Während er voller Spannung Seite um Seite umblätterte, spürte er selber heftigen Durst und musste mehrmals seine Lektüre unterbrechen, um sich ein frisches Glas Wasser zu holen. Innerlich mit dem Inhalt des Buchs beschäftigt, führte er dies zuerst noch darauf zurück, dass er an diesem Abend eine etwas versalzene Pizza gegessen hatte. Aber als seine Lippen ganz rau und trocken zu werden begannen und schließlich aufsprangen, genau so, wie es der Afrikareisende an dieser Stelle des Buchs von sich und seinen Leuten berichtete, machte er sich ernsthaft Sorgen um diese Gegebenheit.

In den nächsten Tagen testete er sich selber, indem er die Passage der Wüstendurchquerung noch einmal las. Aber es geschah nichts und nach einiger Zeit verblasste die Erinnerung an diesen Abend, beziehungsweise er führte seine körperlichen Reaktionen wieder auf die versalzene Pizza zurück.

Er las regelmäßig vergnüglich im »Ulysses«, weil er dort immer wieder Neues entdeckte oder aus einem anderen Blickwinkel betrachten konnte, aber was ihm einige Wochen später bei der Lektüre begegnete, verwunderte ihn doch einigermaßen. Er begann genau wie Leopold Bloom zu empfinden, und nicht nur das, die Mädchen am Strand erregten ihn genau wie diesen, obwohl ja eigentlich nichts Besonderes geschah, und er musste sich in derselben Weise wie Leopold Abhilfe schaffen. Am nächsten Morgen eilte er in aller Frühe zum Metzger, um sich Schweinenieren zu besorgen, vor denen er sich bisher geekelt hatte, und die er sich zum Frühstück briet. Ausgerechnet zum Frühstück! Einige Tage später, als er gerade eine Erzählung von Böll las, erinnerte er sich an die gebratenen Nieren, und ein Gefühl der Abscheu kam ihm hoch. Dann trällerte er den ganzen Tag Weihnachtslieder vor sich hin.

Abends lernte er in einer Kneipe eine Frau kennen, Annabelle, Lehrerin für Deutsch, Geographie und Sport, und, weiß der Teufel, was ihn plötzlich überfiel, er schwindelte ihr vor, er sei Spezialist für irische Literatur und habe eine Gastdozentur an der hiesigen Universität inne. Dass sie sich, wie er an ihren Rückmeldungen bemerkte, offenbar mit Literatur auskannte, womöglich mit irischer, erhöhte sogar noch den Reiz. Er parlierte über die großen Short-Story-Schreiber O'Connor, O'Faolain und O'Flaherty, sprach über das irische Theater, Lady Gregory, Sean O'Casey, auch über dessen großartige Autobiografie – er war der festen Überzeugung, nie eine bessere gelesen zu haben –, über Shaw und Synge, räumte dem großen Joyce seinen gebührenden Platz ein, nicht nur wegen »Ulysses«, auch über Swift und Beckett, dessen Romane er neben seinen Theaterstücken zur außergewöhnlichsten Literatur zählte, ließ er sich aus, dozierte über Oscar Wilde, zitierte aus »The Fiddler of Dooney« von W. B. Yeats, ließ auch den Nobelpreisträger Seamus Heaney nicht unerwähnt, schwärmte von Flann O'Brien und Kavanagh – leider fiel ihm der Name der Straße in Dublin nicht ein, die in diesem Gedicht vorkam, das er auch als Lied kannte, vorgetragen von dem großartigen Luke Kelly –, Brendan Behan, den sie vorgab, nicht zu kennen, aber er glaubte, sie wollte ihn nur prüfen, und er fasste deshalb den Inhalt von Borstal Boy kurz für sie zusammen, räumte auch William Trevor und den Aktuellen wie John Banville und auch den Jüngeren unter diesen wie Roddy Doyle, Joseph O'Connor, den er sehr schätzte, Colm Toibin, dessen Einfühlungsvermögen, auch in weibliche Hauptfiguren er herausstellte, Colum McCann, Hugo Hamilton oder Patrick McCabe ihren Platz ein. Sie gab sich nicht verwundert über seine umfangreichen Ausführungen. Schließlich hielt sie ihn für einen studierten Experten, äußerte dann aber spitz den Verdacht, er hätte etwas gegen Frauen, speziell intellektuelle Frauen. Sofort nahm er den Faden auf und sprach über Mary Lavin, Edna, O'Brien, erwähnte auch hierzulande noch unbekannte Autorinnen wie Claire Keegan, Blanaid McKinney oder Anne Enright. Seinen Nachtrag mochte sie jedoch nicht gelten lassen.

»Zu spät und deshalb ertappt!«, befand sie rigoros. Nicht, dass sie auch nur den geringsten Zweifel an seiner falschen Identität gehegt hätte – jedenfalls äußerte sie nichts dergleichen –, durchgefallen war er allein aufgrund der zu spät erwähnten Frauenquote.

»Und sagen Sie«, fragte sie dann noch hinterhältig, »schreiben denn alle Iren in der Sprache der ehemaligen englischen Besatzer?«

Obwohl Geschichte nicht zu den Fächern gehörte, welche sie unterrichtete, kannte sie sich offenbar gut aus. Also erzählte er ihr von Tomás O'Crohans »Die Boote fahren nicht mehr aus« in der schlechten Übersetzung aus dem Gälischen ins Englische und von dort von Annemarie Böll ins Deutsche übertragen, was den Originaltext angeblich noch mehr verhunzt hatte, erwähnte auch Peig Sayers und ihre Autobiografie »So irisch wie ich«, die ebenfalls von den Great-Blasket-Inseln stammte. Aber Annabelle ließ seine Aufzählung wiederum nicht gelten, weil Sayers ihm angeblich zu spät eingefallen war.

Trotz dieser Missstimmung kam es aber dann doch noch zu einem One-Night-Stand. (Er mochte diese amerikanischen Bezeichnungen überhaupt nicht, obwohl er sie selber benutzte.) Als sie am nächsten Morgen im Bad verschwand, nutzte er die Gelegenheit, um in ihrer Handtasche zu kramen. Wie sich herausstellte, hieß sie nicht Annabelle, sondern Jutta, und mit aller Wahrscheinlichkeit war sie auch keine Lehrerin für Deutsch, Geographie und Sport. Ob sie auch in seinen Sachen wühlen würde, wenn er ins Bad ging?

Als er später durch die Einkaufspassage flanierte, hatte er den Geschmack von Guinness im Mund. Soweit er sich erinnern konnte, hatte er noch niemals dieses dunkle, irische Bier getrunken. Also ging er in den nächsten Pub – in jeder mittelgroßen deutschen Stadt gibt es heutzutage mindestens einen solchen – und bestellte sich ein Pint. Es schmeckte tatsächlich genau so, wie er es sich vorgestellt hatte, malzig und etwas bitter. Er versuchte sich zu erinnern. Möglicherweise hatte er doch früher schon einmal Guinness getrunken, und diese Tatsache längst vergessen. Aber er konnte sich nicht darauf besinnen.

Dies kleine Abenteuer mit Jutta amüsierte ihn. Er fand immer mehr Spaß an dieser Art der inneren Verkleidung. Als Nächstes behauptete er in einer Gruppe von Männern, die er bei einem Wochenendaufenthalt an der Bar eines Hotels in Leipzig kennengelernt hatte, er heiße Scopes und sein Großvater stamme aus Jefferson,

Mississippi. Diesmal hatte er es mit Literaturbanausen zu tun – mit Faulkner kannten sie sich jedenfalls nicht aus – und er zog ordentlich vom Leder, unterhielt sie den ganzen Abend mit Geschichten von seinen erdachten Vorfahren und beschrieb ihnen in aller Ausführlichkeit das Yoknapatapha County, woher sie angeblich stammten. Aber an diesem Abend verlor die Sache irgendwann ihren Reiz, weil seine Gesprächspartner zwar aufmerksam zuhörten, aber aus Unkenntnis nicht mitspielen konnten.

Nicht, dass Sie ihn für einen Angeber halten, der mit seiner Bildung protzen will, es macht ihm einfach Spaß, in andere Rollen zu schlüpfen und seinen Grips anzustrengen, um nicht enttarnt zu werden. Es liegt ihm fern, sich dadurch zu bereichern oder andere Menschen zu prellen. Im Gegenteil gibt er bei solchen Gelegenheiten gerne einen aus, was ich aus eigener Erfahrung bestätigen kann. Aus Schadenfreude macht er sich auch nichts, weshalb er seine Tarnung niemals freiwillig aufgibt, und bisher hatte er bis auf einige unbedeutende Ausnahmen immer Erfolg.

Ich habe mich jetzt so einfach in diese Geschichte, in der ich eigentlich nichts verloren habe, eingeschmuggelt. Bevor ich wieder verschwinde, will ich kurz erwähnen, wie ich unseren Protagonisten kennengelernt habe, und weshalb es einen Mittler braucht.

Also, wir kamen auf einer Zugfahrt miteinander in Kontakt. (Bitte denken Sie jetzt nicht an Patricia Highsmith und »Zwei Fremde im Zug«.) Ich las gerade in einem Buch von Joseph Conrad: »Der Nigger von der Narcissus«. (Über die aus heutiger Sicht unkorrekte Ausdrucksweise lasse ich mich jetzt nicht aus.) Unser Protagonist sprach mich auf das Buch an. Er hatte es auch gelesen und war fasziniert davon, wie und an welcher Stelle Conrad den Ich-Erzähler eingeführt hat. Dann sprachen wir über den Kapitän Marlow, eine Art Alter Ego von Conrad, der häufig die Geschichte, über die dieser in seinen Büchern berichtet, erzählt, zum Beispiel in »Lord Jim«. In »Herz der Finsternis« ist er sowohl Erzähler als auch Protagonist, nämlich der Kapitän des Flussboots, der sich auf die Suche nach Kurtz macht. Conrad legt großen Wert darauf, dass er selbst nicht der allwissende Erzähler ist, sondern immer belegen kann, woher er seine jeweiligen Informationen über das aufgeschriebene oder aufzuschreibende Geschehen bezieht. Charlie Marlow ist also Conrads Gewährsmann. Nachdem er, mein Zugbegleiter, mir seine Geschichte erzählt hatte, beschlossen wir spontan, sollte jemals für eine Öffentlichkeit über ihn und seine besondere Geschichte berichtet werden, ich der Erzähler oder Vermittler sein. So, nachdem dies zu Ihrer Information geklärt ist, kann ich wieder verschwinden.

Manchmal führt er bei Diskussionen eine andere Meinung als seine tatsächliche im Munde, durchaus vehement und mit passenden Argumenten. Hin und wieder habe er sich dabei ertappt, dass er sich dann in eine destruktive Haltung geradezu hineinsteigere, vor allem, wenn Leute zu schnell klein beigeben, obwohl sie doch eigentlich fundierte Argumente hätten. So gab er bei einer Diskussion in einer Kneipe vor, gegen Windräder zu sein. Er bauschte das Argument mit den Vögeln, die manchmal in den Propeller kommen, unnötig auf, und als ihm ein Mann am Tresen beipflichtete, der sich vorher gar nicht am Gespräch beteiligte hatte, machte die Frau, die vorher vehement für Windkraft und gegen Atomkraft eingetreten war, plötzlich einen Rückzieher.

Am liebsten hätte er sie aufgefordert, nicht so schnell aufzugeben, aber es war zu spät, um aus der Rolle auszutreten. Also spielte er seinen mephistophelischen Part weiter, nicht ohne dem Windradgegner irgendwann zu stecken, dass es diesem gar nicht um den Schutz der Milane ging, sondern darum, sein verschrobenes Heimatbild aufrechtzuerhalten, das in der Realität niemals existiert hatte.

In einer Bar in einer anderen Stadt traf er einen Handlungsreisenden, mit dem er schnell ins Gespräch kam. Diesem erzählte er, er sei Waffenhändler. Zuerst sah ihn der Mann erstaunt an, dann wurde er zunehmend neugierig. Er brauchte ein glaubwürdiges Motiv, um einem wildfremden Menschen am Tresen einer Bar mit dieser Lebensgeschichte zu kommen. Die Rolle des schuldbewussten Sünders, der Abbitte tut, lag ihm nicht, jedenfalls nicht an diesem Abend und nicht diesem etwas biederen Menschen gegenüber, der in einer kleinen, sicheren Welt zu leben schien, wie er dessen wenigen Ausführungen entnommen hatte. Also trumpfte er ein wenig auf, gab den angeberischen Schwätzer, der sich und seine Taten unbedingt in den Mittelpunkt stellen muss, auch wenn er Geheimnisse preisgab, die er besser für sich behalten sollte. Im Gegenteil, gerade indem er sich in diesem geschäftlichen Graubereich aufhielt, machte er sich interessant. Sein Gesprächspartner nahm den Faden auf, fühlte sich sicher und begann ihn aus der Defensive heraus auszufragen. Er berichtete seinem erstaunten Zuhörer, wie leicht es sei, seine Identität im Internet zu tarnen und sich zugleich an seine potenzielle Kundschaft zu gelangen, beziehungsweise diese zu ihm. Dazu musste er sich noch nicht einmal ins sogenannte Darknet begeben. (Schon wieder diese Anglizismen, die alles aussehen lassen wie morgens Brötchen einkaufen.) Wie er denn zu diesem Job gekommen sei, fragte der Mann neugierig. Nun, zuerst habe er eine ganz normale Anstellung als Verkäufer in einem Rüstungsbetrieb innegehabt, erklärte er. In diesem, seinem Job sei er auf der ganzen Welt herumgeflogen, Frequent Flyer(!) mehrerer Fluggesellschaften. Als er das Metier in und auswendig kannte, sämtliche Gepflogenheiten und Tricks durchschaut und vor allem angewendet und diverse Kontakte zu Mittelsmännern geknüpft habe, sei er in die Selbstständigkeit gegangen. Dies sei dem Konzernmanagement ohnehin lieber gewesen, das selbstverständlich großen Wert auf eine weiße Weste legte, denn im Falle eines Skandals konnte man sich so schnell distanzieren. Er selbst sei freier geworden durch die Selbstständigkeit, auch im Abwägen der persönlichen Risiken. Seinem Gegenüber, der immerzu schwankte – dies war aus seiner Mimik nur unschwer abzulesen –, ob er es lieber nicht so genau wissen wollte oder im Gegenteil seine Lust an Sensation und Thrill (!) sich durch den Bericht weiter steigere, erzählte er weiter, dieses Gespinst zwischen offiziellen Verlautbarungen, Lobbyarbeit, innoffiziellen Treffen und verbotener Waffenschieberei sei äußerst fein gesponnen, ginge jedoch nicht nahtlos ineinander über. Im Gegenteil, wer im höheren Management die Nähte nicht beachtete oder leichtfertig überging, zum Beispiel indem er etwas wusste, und ihm nachgewiesen werden konnte, dass dies der Fall ist, hatte schnell ein Problem, und nicht selten war seine Karriere in der Waffenindustrie damit beendet. Die Dunkelmänner, die ans Licht gezerrt werden konnten, kostete dies in vielen Fällen nicht nur sprichwörtlich den Kopf, denn sie wussten womöglich zu viel. Er hatte fast überall gearbeitet, im Iran, in Pakistan, in Simbabwe, in

Kolumbien. Aber irgendwann habe er sich auf Mexiko spezialisiert. Kleine Waffen, große Waffen, aus offiziellen, halboffiziellen, inoffiziellen Beständen. Je mehr er erzählte, umso kleinlauter wurde sein Gegenüber, und damit hatte er gerechnet. Der war jetzt mit dem Gewissen und der Frage möglicher Skrupel beschäftigt. Er konnte ihn weiter zureden, sodass er sich niemals trauen würde, die Frage zu stellen, oder er konnte ihm eine Brücke bauen, damit er sie stellte. Er konnte sie ihm auch beantworten, ohne dass er konkret gefragt hatte. Er konnte ihm auch vorher einige Schauermärchen erzählen, allerdings sehr reale, aus dem Dschungel, wo mit deutschen Waffen ganze Dörfer, Frauen, Kinder alte Leute zusammengeschossen worden waren. Die Gründe waren vielfältiger Natur. Manchmal standen sie verfeindeten Gruppen, etwa der Drogenmafia, einfach nur im Weg oder waren zwischen die Fronten geraten. In irgendwelchen Provinzen fern der Hauptstadt war oft nicht zu unterscheiden, wer brutaler vorging, die Polizei oder die Banden. In Mexiko weiß man niemals, wer in welcher Region mehr Einfluss hat, die jeweilige Regierung oder die Drogenbosse. Wenn er das Geschäft nicht gemacht hätte, dann ein anderer. Sein Gegenüber schien enttäuscht, weil die Gewissensfrage auf diese Weise einfach beseitigt zu sein schien. Er könne sich das nicht vorstellen, erklärte er, wer alles seine schmutzigen Hände in diesen Geschäften hätte, wer ganz offiziell oder wer indirekt mitverdiene. Der Markt sei so entfesselt, der reiße alles mit. Für Definitionen zwischen Verteidigungsfällen und Angriffskriegen sei jede Menge Platz. Welche Regierungsmitglieder gaben schon zu, in einen Mord verwickelt zu sein. Und welchen konnte man es eindeutig nachweisen? Und sollte eine Regierung, zum Beispiel irgendeines Landes in Europa, wirklich einmal beschließen, nicht zu liefern, weil die Abnehmer der Waffen diese zu offensichtlich und zu brutal gegen die eigenen Leute verwendet oder einen Bürgerkrieg im Nachbarland entfacht hatten, warteten andere, auch innerhalb der EU schon darauf, das lukrative Geschäft zu übernehmen. Es gab immer Argumente, auch humanitäre und vor allem diplomatische, um im Geschäft zu bleiben. Aber Waffenhändler wie er mussten sich vorsehen, weil sie nicht im Regierungsauftrag handelten. Sie konnten als Einzeltäter jederzeit fallengelassen werden. Den Angestellten erging es jedoch nicht viel besser. Ein Boss erteilte einen zweifelhaften Auftrag niemals vor Zeugen, schon gar nicht schriftlich. Wie in der Autoindustrie der beteiligte Ingenieur, der von der Schummelsoftware gewusst haben musste, im Zweifelsfall fallengelassen wurde wie die sprichwörtliche heiße Kartoffel, so konnte der Zwischenhändler vor Ort, der bei krummen Geschäften erwischt wurde, in irgendeiner Bananenrepublik, die zumeist eine Drogen- und/oder Waffenrepublik war, verurteilt werden und dann in irgendeinem verlausten Knast verrotten. Deshalb, verkündete er seinem Zuhörer, bleibe er immer vorsichtig und sichere sich ab. Dies war nicht so einfach, zum Beispiel Material über seine Auftraggeber zu sammeln, damit er diese erpressen konnte, ihn rauszuhauen, falls etwas schiefging. Natürlich konnte dies dazu führen, als Mitwisser zu gefährlich zu werden. Was dann geschehen konnte, das könne er sich ja denken.

»Das ist ja noch schlimmer als in den Krimis«, meinte sein Gegenüber.

»Vor allem ist es verwickelter«, erklärte er. »Freund und Feind lassen sich nicht klar unterscheiden. Wer gestern noch Freund war, ist heute Feind. Eine Regierung kann ein Land von heute auf morgen von der Liste der zu Beliefernden streichen. Sehen Sie mal die Situation der Kurden«, nannte er ein Beispiel. »Sie sind so lange Partner, bis deren Feinde, welche angeblich unsere Freunde sind, auf den Putz hauen. Da die Kurden keinen eigenen Staat haben, also keine nationale Macht, werden sie zuerst aufgerüstet, dann vertröstet und nachher fallengelassen. Wenn es eine neue Diplomatie erfordert, kann es ihnen sogar passieren, dass sie zu Feinden erklärt werden. Moralische Gründe, die für oder gegen jemanden sprechen, lassen sich immer finden, denn wo gehobelt wird, fallen bekanntlich Späne.«

Er merkte, dass sein Gegenüber zunehmend frustrierter reagierte, darüber das Interesse verlor und müde gähnte. Deshalb suchte er ein versöhnliches Ende, indem er kurz das Thema wechselte und sich dann aber bald verabschiedete.

Im Hotelzimmer hatte er das Bedürfnis noch ein Bad zu nehmen, da er seinen säuerlichen Körpergeruch kaum noch zu ertragen glaubte. Als er sich nach dem Bad abtrocknete, sah er in den Spiegel und glaubte zu erkennen, dass sich seine Züge entspannten, die Härte und das Sarkastische allmählich aus seinen Zügen wichen. Nachher träumte er, er könne durch eine geheime Tür von einer in eine andere Identität gehen. Aber einmal habe er diese Tür nicht mehr gefunden und musste nun versuchen, durch einen Dschungel irgendwo in Südamerika zu einer sicheren Grenze zu gelangen. Darüber wachte er am frühen Morgen auf. Er überlegte, dass er, auch wenn er seine Identität wiedergefunden hätte, trotzdem verloren gewesen wäre, da er keinen Pass mehr hatte. Für die Person selber ist es fürchterlich, seine Identität zu verlieren, aber nur, wenn man sich dessen bewusst ist, dass man eine hatte. Offiziell ist dies nicht von Bedeutung. Es kommt ausschließlich auf den Pass an, und hast du keinen, bist du ein Nichts. B. Traven lässt grüßen.

Heutzutage kann man alles googeln (eine Suchmaschine im Internet nutzen), aber es kam ihm nicht darauf an, Daten oder Fachwissen zu sammeln oder sich als ein Spezialist für irgendetwas zu präsentieren. Er fragte sich eher, wie der Mensch zu dem kommt, nicht was er darstellt oder verkörpert, sondern in seinem tiefsten Inneren ist. Womöglich gab es diesen von sich und seinen Einstellungen und Idealen überzeugten Menschen gar nicht, und es war umgekehrt, und er passte sich jeder erdenklichen Situation an und bezeichnete dies als seine Fähigkeit, zu überleben. Möglicherweise war in diesem tiefsten Inneren – nichts.

Er lernte Lara in einer städtischen Leihbücherei kennen, wo sie zufällig nach demselben Buch suchten, Gesammelte Erzählungen von Cesare Pavese. Er spürte gleich, dass er sie nicht mit sensationellen Kunststückchen beeindrucken konnte. Sie trafen sich immer wieder in einer Ecke der Bücherei an einem kleinen Tisch mit zwei Stühlen, wo sie sich flüsternd unterhielten. Er erzählte ihr von seiner Arbeit als Tierpfleger. Da er gleich beabsichtigte, sie noch öfter zu treffen, und dies für Lara ebenso selbstverständlich schien, musste er sich gut absichern, damit sie seine Angaben nicht im Internet oder einem anderen Informationsorgan überprüfen konnte. Er erzählte ihr von den Lemuren, für die er als Pfleger in einem Zoo zuständig gewesen war. Es handelte sich um eine Gruppe von Kattas, leicht erkennbar an den langen Ringelschwänzen. Es gibt sie fast in jedem größeren Zoo. Das Gehege, in dem die Kattas gehalten wurden, verfügte über ein umfangreiches Freigelände, das die Tiere vor allem im Sommer nutzten. Durch eine kleine Tür, die sich leicht öffnen ließ, konnten sie selbständig von innen nach außen gelangen, oder umgekehrt. Die Kattas vermehrten sich, ein Zeichen, dass sie sich wohl fühlten.

Lara fiel auf, dass er von der Vergangenheit sprach. Ja, erklärte er etwas verlegen, er habe den Job nach sieben Jahren aufgegeben. Er hatte es immer schwerer aushalten können, dass die Tiere in Gefangenschaft lebten. Er hatte jeden Tag heftiger zu spüren gemeint, dass sie ihre Freiheit vermissten, selbst diejenigen, die im Zoo geboren worden waren. Wie er das denn gemerkt habe, wollte Lara wissen. Vielleicht habe er es gar nicht wirklich gemerkt, gab er zu, und er fühlte sich bei dieser Aussage auf unsicherem Terrain, aber es habe sich um wilde Tiere gehandelt, gab er zu bedenken. Er kannte sie, jedes einzelne Tier, und natürlich erkannten sie auch ihn, wenn er das Gehege betrat. In seltenen Momenten suchten sie sogar Körperkontakt zu ihm. Am Anfang hatte er dies sehr gemocht, bedeutete es doch, dass sie sich an ihn gewöhnten und er seine Arbeit gut machte. Später kamen ihm Zweifel. Lara schaute sich um. Dann griff sie nach einem Taschentuch und schnäuzte sich die Nase.

»Es riecht hier nach Tier«, meinte sie und gab mit einer Geste zum Ausdruck, dass dies keinesfalls stimmen könne. »Oder bilde ich mir das nur ein?«, fragte sie unsicher.

Jetzt merkte er es auch, ließ ihre Frage aber unbeantwortet. Einmal hatte er ein Junges, dessen Mutter gestorben war, mit der Flasche aufgezogen, setzte er seinen Bericht fort. Dieses Tier, ein Mädchen, liebte er besonders und sie ihn auch. Er hatte ihr einen Namen gegeben, Tara. Später bekam er Zweifel. Zahme Tiere sind wie zahme Menschen, denn Menschen sind auch nur Tiere mit einem Bewusstsein. Womöglich stimmt diese Unterscheidung gar nicht. Tiere haben auch so etwas wie ein Bewusstsein. Die Menschen haben ihres erst sehr spät in ihrer Entwicklung wirklich begriffen. Den Begriff gibt es jedenfalls erst seit der Aufklärung. Er suchte immer wieder nach passenden Worten, um sich verständlich zu machen. Oder sie haben ein Unbewusstsein, das umfangreicher ist als das von Menschen. Dies kommt daher, weil wir Menschen uns vom Werden und Vergehen der Natur, von ihrem ewigen Kreislauf abgekoppelt haben. Deshalb werden wir wieder aussterben, erklärte er mit einem unschlüssigen Schulterzucken, als täte es ihm unendlich leid, nicht, dass es geschehen werde, sondern, dass er zu dieser Erkenntnis gelangt sei. Aber nun ließe ihn diese nicht mehr los. Manchmal hatten ihn die Tiere angeschaut, als wollten sie ihm etwas sagen oder als stünde in ihren Augen, in ihrem Blick ihr Schicksal geschrieben. Irgendwann würde er mal nach Madagaskar fliegen, dies sei sein großer Traum, um wilde Lemuren zu beobachten und um herauszufinden, ob sie auch in Freiheit diesen für ihn so traurigen Blick hätten.

Lara erzählte, es gäbe eine Antilopenart, die in freier Wildbahn ausgestorben gewesen sei. Nur in einigen Zoos auf der ganzen Welt hätten einige Exemplare überlebt. Zuerst sei dies nicht bekannt gewesen und ihr Aussterben galt als besiegelt, weil nur noch Einzeltiere, in einem Zoo nur männliche, in dem anderen nur weibliche Tiere, überlebt hatten. Irgendwann hatte ein Journalist sich die Mühe gemacht, alle überlebenden Tiere ausfindig zu machen. Eine Zoodirektorin hatte dann mit ihm das Überlebensprojekt gegründet. Durch kluge Auswahl in den Zoos hatten sich die Tiere wieder vermehren können. Vor einigen Jahren sei eine kleine Herde von Tieren ausgewildert und unter Schutz gestellt worden. Ja, davon habe er auch gehört. Dann leisten Zoos doch eine wertvolle Arbeit zum Erhalt der Arten, folgerte sie. Dem konnte er zustimmen. Er mochte auch gar nicht widersprechen. Bei ihm sei es so gewesen, dass er sich zunehmend als ein Wärter von Gefangenen vorgekommen sei.

»Ich glaube, ich verstehe dich«, sagte sie. Dies war der schönste Moment für ihn gewesen, seit er Lara kennengelernt hatte. Erst später an diesem Tag dachte er darüber nach, dass dieses Verständnis ja eigentlich dem Mann gegolten hatte, der als Pfleger von Katta-Lemuren in einem Zoo gearbeitet hatte. Aber er streifte den Gedanken nur kurz, denn er war ja der Mann, der so empfunden hatte, unabhängig davon, ob es sich tatsächlich so zugetragen hatte. Im Gegenteil stellte er sich den Menschen im allgemeinen am liebsten als einen Schauenden vor, nicht als Handelnden. Wenn er nämlich schaute, empfand er etwas dabei, in der Zeit, wenn er damit beschäftigt war, konnte er nichts anrichten. Deshalb erzählte er Lara später von den Dachsen.

Aber vorher ereignete sich die Geschichte in dem Bistro einer anderen Stadt. Er beobachtete dort drei Männer am Nebentisch, die sich über Fußball unterhielten. In ihrem Gespräch ging es vor allem um die zunehmende Kommerzialisierung, die von allen dreien heftig angeprangert wurde. Daraufhin hatte er sich eingemischt und als Spielervermittler vorgestellt. Dies schien ihm eine leichte Übung, denn beim Thema Fußball kann und darf jedermann mitreden und sich als Fachmann generieren. Für welchen Verein er denn arbeite? wollten die Männer gleich wissen. Er wandte denselben Trick an wie als vermeintlicher Waffenhändler, indem er behauptete, auf eigene Rechnung zu arbeiten. Er reise ständig herum, kenne sich auf hunderten von Fußballplätzen in der Republik aus. Für andere sei es wichtig, sich in der Branche einen möglichst großen Namen zu machen. Er arbeite lieber im Stillen. Für ihn zählten keine zwielichtigen Reputationen, sondern allein sein fachlicher Blick und seine Überzeugungskraft. Sein Spezialgebiet seien die ganz Jungen. Er habe ein geschultes Auge für Talente. Oft habe er schon bei Jungs in der D- oder E-Jugend erkannt, was einmal aus ihnen werden könnte. Die Männer wollten Namen hören, und er nannte ihnen welche. Natürlich musste er sich hüten, welche aus dem Kreis der ganz Großen anzugeben, deren Werdegang bis in kleinste Details bekannt war oder recherchiert werden konnte. Außerdem verwischte er geschickt seine Spuren, indem er die Geschichte so einfädelte, dass sein Name niemals offen benannt wurde. Er wusste, dass sein Bericht für die Männer erst dann glaubhaft wurde, wenn er eine stichhaltige Erklärung abgeben konnte, wie er zu seinen Honoraren kam. Also beeilte er sich in souveränem Ton zu erklären, dass er die offiziellen Scouts der Vereine kontaktiere, wenn er einen begabten Jungen an der Angel hatte. Der Vermittler des Vereins bezahlte ihm entweder gleich den geforderten Preis, oder sie arbeiteten einen Vertrag aus, der ihm garantierte, dass sein Anteil erhöht wurde, sobald sein Schützling auf der Karriereleiter stieg. Dafür musste er schon mal einige Jahre des Wartens in Kauf nehmen, was ihn aber nicht sonderlich störte. Die großen Konzerne nutzen diese Marktstrategie auch, indem sie lange warten und sogar ein Minusgeschäft riskieren. Mit ihrem langen finanziellen Atem gelingt es ihnen, die anderen zum Aufgeben zu zwingen. Wenn sie erst mal das Monopol haben, gehen sie mit den Preisen wieder rauf. Er war lange genug im Geschäft und seine Einnahmequellen waren gesichert. Einer der Männer meinte, nach so langer Zeit würden doch bestimmt einige Laumänner der Szene vertragsbrüchig werden. Das komme vor, gab er sofort zu. Aber er habe eine interessante Erfahrung diesbezüglich gemacht, dass nämlich bei Geldgeschäften, selbst bei windigen, viele Typen verlässlicher seien, als man es ihnen zutraue. Ein bulgarischer Unternehmer aus dem Baugewerbe, den er mal kennengelernt habe, prellte seine Arbeiter, die in der Regel keine Verträge hatten, um ihren Lohn. Da kannte er keine Skrupel. Aber seine Spielschulden zahlte er pünktlich, und da er einen Verein sponserte, hatte er auch seinen Spielervermittler immer bezahlt und sich dabei nicht lumpen lassen. Einer der Männer lächelte und meinte dann, dies habe wohl weniger mit der Einstellung, sondern mehr mit den Folgen oder Nichtfolgen dieser Handlungen zu tun, denn die bulgarischen oder rumänischen Arbeiter ohne Papiere hätten keinerlei Lobby, weder hier noch dort. Die deutschen Behörden, sonst päpstlicher als der Papst, zeigten kaum Interesse, den betrogenen Arbeitern zur Seite zu stehen. Dieses Argument ließ er gelten, wollte sich nämlich auf keinen Fall in eine politische Diskussion hineinziehen lassen, nicht an diesem Abend, an dem er nur als Spielervermittler überzeugen wollte. Ob er denn keine Skrupel habe, die Kinder schon so früh in eine solch fragwürdige Laufbahn hineinzuziehen, fragte derselbe Mann. Nun, er stehe den Entwicklungen im Fußball, vor allem der rasant zunehmenden Kapitalisierung auch kritisch gegenüber, erklärte er, aber er mache seinen Job so seriös wie möglich. Dies beginne schon damit, dass er keine Jungs vermittele, wenn er auch nur die geringsten Zweifel an deren Fähigkeiten hätte. Seine Trefferquote läge bei über 80 Prozent, indem seine Schützlinge in der ersten, zweiten oder dritten Liga Karriere machten. Er setze weder den Kindern noch ihren Eltern einen Floh ins Ohr, sondern informiere realistisch über die nächsten Schritte, und auch darüber, wie sein Vater immer gesagt habe, dass die Bäume nicht in den Himmel wachsen. Natürlich könne er nicht vermeiden, dass die Kinder sich in der Fantasie bereits in der Nationalmannschaft spielen sahen, wenn er ihnen eine gewisse Begabung attestierte oder ihnen Chancen auf dem Transfermarkt eröffnete. Dabei machte er die Erfahrung, dass die Kinder natürlich davon träumten, in einem großen Verein eine tragende Rolle zu spielen, während manchen Eltern mehr horrende Summen vor Augen schwebten und was sie sich alles dafür kaufen konnten. Natürlich galt es, nicht nur die spielerische Begabung, sondern auch die charakterlichen Fähigkeiten zu erkennen. Aber das ginge doch nur sehr bedingt, wandte derselbe Mann ein, der schon vorher kritische Fragen gestellt hatte. Die beiden anderen nickten zustimmend. Ja, dies sei in der Tat schwierig, bestätigte er, wenn die Buben noch so jung seien. Sobald die Pubertät beginne, und sie ein Mädchen kennenlernten, könne es schwierig werden mit dem Training. Deshalb versuchten die verantwortlichen Leute in den Fußballinternaten, sie in eine bestimmte Richtung abzulenken, indem sie ihnen den Aufenthalt so angenehm wie möglich gestalteten. Und suche uns nicht in der Unterführung, pflegte er scherzhaft bei solchen Gelegenheiten zu sagen. Diesen Spruch hatte er schon in manche Diskussion eingeflochten, und er hatte noch nie seine entspannende Wirkung verfehlt. Aber man durfte die Jungs auch nicht so sehr verwöhnen, sonst stieg ihnen dies zu Kopf, und sie hielten sich bereits für die großen Stars und glaubten, auf dem Trainingsplatz keine Leistung mehr bringen zu müssen. Sicher, man konnte dies als das alte System von Zuckerbrot und Peitsche ansehen. Er jedoch nannte es Fordern und Fördern, und zwar in dieser Reihenfolge. Er sei davon überzeugt, dass es sich auszahle, wenn man seinen Job verantwortungsbewusst mache. Sicher kam es vor, dass manche Kinder das Internat abbrachen oder ihre eben begonnene, vielversprechende Karriere einen Knick bekam. Das gab es in allen Branchen und sei unvermeidlich. Wenn er den Eindruck habe, dass der Junge die Trainings- und Stabilisierungsphase nicht durchhielte, und wenn er auch noch so begabt war, riet er den Eltern ab, beziehungsweise, er sprach sie erst gar nicht an. Aber mittlerweile war er in der Szene bekannt wie ein bunter Hund, auch wenn sein Name in den offiziellen Verlautbarungen nicht auftauche, und deshalb kamen oft Eltern, Trainer oder Vereinsvorstände auf ihn zu. Aber er ließ sich niemals beschwatzen, sondern richtete sich nach seiner Einschätzung. Er selbst stamme aus kleinen Verhältnissen, wie man dies so nannte. Sein Vater habe sich seinen Beruf nicht ausgesucht, sondern das genommen, was frei war auf dem Arbeitsmarkt und einigermaßen krisensicher, soweit man dies einschätzen konnte.

»Dann kamen die besseren Zeiten«, dozierte er, »und es zählt plötzlich auch in den unteren Schichten, wofür einer besonders begabt und vor allem was einer werden will. Selbst zum Bund geht man nicht mehr selbstverständlich, sondern wird Zivi, wenn man dies für die sinnvollere Variante hält. Überhaupt wird der Sinn einer Tätigkeit in dieser Zeit ganz großgeschrieben, der Sinn und das Bedürfnis.« Er machte eine kleine Pause, um seine Ausführungen wirken zu lassen. »Das ist längst vorbei, hat sich als eine Nische in der Arbeitsmarktgeschichte herausgestellt, die sich selbst für eine Entwicklung hielt. Heute geht es um Karriereplanung«, führte er vollmundig aus. »Die Eltern denken schon dran, wenn ihre Knirpse noch in den Kindergarten gehen. Und sie haben recht damit, denn früh entscheidet sich, je nach Bildung, besser gesagt Bildungsgrad – der Unterschied ist gewaltiger, als man denken könnte –, welche Karrieremöglichkeiten offen, welche geschlossen sind. Denn auch bei der Bildung gibt es ein Ranking, und wer beim Ranking ganz oben steht, seien wir doch mal ehrlich, ist nicht unbedingt besonders gebildet. Aber in den entscheidenden Momenten weiß er die passende Antwort auf eine nicht unbedingt passende Frage. Der Fußball ist eine große Ausnahme in einer Klassengesellschaft, und dass wir wieder eine sind, beziehungsweise immer eine waren, ist doch inzwischen unbestritten, auch wenn wir andere Namen dafür verwenden. Fußball läuft nach anderen Kriterien. Auch ein Kind aus dem sogenannten Prekariat kann Profifußballer werden, wenn es begabt und fleißig ist.«

Die Männer blieben unschlüssig, ob sie ihm zustimmen oder widersprechen sollten, konnten sie doch nicht einschätzen, worauf er eigentlich hinauswollte. Es entspann sich eine Diskussion zwischen ihnen, wie sich herausstellte, alle drei Väter von Kindern in unterschiedlichem Alter, wie und auf welche Weise sie Einfluss auf den Lebensweg ihrer Kinder genommen hatten oder noch nehmen wollten, beziehungsweise inwieweit dieser begrenzt war. Er hielt sich zurück und wartete geduldig auf eine Gelegenheit, das Geschehen wieder an sich ziehen zu können. Man wurde sich aufgrund unterschiedlichster Erfahrungen einig darüber, dass es immer darum ging, Leistung zu bringen und dadurch erfolgreich zu sein.

Natürlich mache Geld nicht glücklich, sagten die Männer abschätzig, aber ohne Geld sei man nicht nur unglücklich, sondern weg vom Fenster. Zwischenstufen waren nicht planbar, sondern ergaben sich aus bestimmten Umständen. Und der Fußball sei ein extremes Beispiel, aber er sei auch ein Ausdruck dieser Leistungsgesellschaft. Besonders die Kombination von Leistung, Spiel und Geld sei besonders interessant, Geld fürs Spielen, spielerische Leistung, leistungsorientiertes Spiel. Der besonders Kritische unter den dreien meinte gar, es handele sich beim Fußballgeschäft um ein modernes Feudal– oder Sklavenhaltersystem. Die anderen wandten sofort ein, diese Ansicht sei falsch oder zumindest maßlos übertrieben. Sie stellten sich Kettensträflinge vor, dachten dabei wohl an Filme wie Ben Hur oder Spartacus. Aber im alten Rom hatte es auch reiche Sklaven gegeben, argumentierte der Wortführer, die zum Beispiel besonders gut mit Geld umgehen konnten oder diplomatische Fähigkeiten aufzuweisen hatten. Zum Glück ginge es bei Fußballspielen nicht wie bei Gladiatorenkämpfen um Leben und Tod, aber ihre Knochen müssten auch die Fußballer hinhalten. Und wie oft gäbe es schwere Verletzungen. Das Volk im alten Rom war begierig nach einem blutrünstigen Spektakel. Diese Zeiten seien zum Glück überwunden, wandte einer der Männer geradezu erleichtert ein. Oder verlagert, fuhr der Kritische dazwischen. Nie habe es so viele Kriege auf der Welt gegeben. Was das denn mit Fußball zu tun habe? Eine ganze Menge, kam es wie aus der Pistole geschossen von dem Wortführer. Fußball horte Kapital, das dringend in den Sozialsystemen gebraucht werde. Es mache wenige reich und sehr viele arm. Es führe sogar zu Unruhen und Verteilungskämpfe, vor allem in Krisenzeiten und so letzten Endes zu Kriegen.

»Jedenfalls wissen wir in Zeiten von Globalisierung mehr über die Zusammenhänge«, führte er weiter aus, »und auch, in welcher Weise scheinbar unbeteiligte Staaten zu gefährlichen Krisen beitragen, mittelbar oder unmittelbar, durch Waffenlieferungen, Ausbeutung, Marktmanipulationen.« Die beiden anderen schwiegen verdutzt. »Würden Sie Ihren Beruf aufgeben, wenn eine bestimmte Grenze der Vermarktung von Menschen oder Kapitalisierung überschritten ist?«, fragte ihn der Kritische plötzlich sehr direkt.

Er hätte es unfair gefunden, zurückzufragen, was der Mann denn zum Beispiel mit Grenzen der Vermarktung von Menschen meine, da er den Sinn der Frage sehr wohl verstanden hatte, und dass es an ihm selber war, diese Grenze zu definieren. An dieser Stelle gingen die meisten Diskussionen, sowohl im Parlament als auch in den Talkshows, baden, weil die Angefragten in die Defensive gingen und keine Verantwortung für ihren Standpunkt übernahmen. Sie gaben dem Fragesteller seine Frage mit einem Hinweis zurück oder verwiesen auf normative oder gar objektivierbare Kriterien, von denen sie genau wussten, dass es sie nicht gab. Oder sie verlangten vom politischen Gegner zuzugeben, dass diese Frage unlauter sei, gerade indem sie auf Haltungen und moralische Skrupel hinwies und der Fragesteller erst beweisen müsse, wie er es selber damit hielt, um überhaupt erst eine Legitimation zu erlangen, eine solche Frage stellen zu dürfen. Selbst wenn es dem Fragesteller gelänge, all diese Hürden einigermaßen zu überwinden, was äußerst selten der Fall war, konnte man immer noch Zweifel an der Durchführung anmelden. Man würde ja gerne seriöser beschließen und auch handeln, aber die Umstände ließen es nicht zu. Deshalb sei es besser, hinter vorgehaltener Hand gesagt, gleich die Seriosität selber als unzeitgemäß zu verbannen.

Aber im Gegensatz dazu war hier und jetzt das Feld eröffnet, über Skrupel, ethische Einwände und Grenzen der Verantwortung zu sprechen. Vielleicht hatte er es ja gewollt und deshalb erst das ganze Rollenspiel inszeniert. Oder wollte er mit allen Mitteln, Winkelzügen und Tricks arbeiten, um in der Rolle überzeugend zu sein? Oder hat man schon mal einen Spielervermittler mit moralischen Skrupeln erlebt? Das Geschäft als solches infrage zu stellen kostete nicht viel, man konnte sich immer als kleines Rädchen ausgeben, egal, wie hoch die Summen auch waren. Zeugte eine individuelle Ethik nicht gar von einer Hybris, einer moralischen Arroganz? Wer war man denn, dass man ausgerechnet in diesem Geschäft glaubte, durch Haltung etwas bewirken zu können? Es war wie bei den Waffengeschäften: Wenn dieses Unternehmen das Geschäft nicht machte, weil sie moralische Skrupel hatten – man nehme also mal an, dass dies wirklich vorkam –, die anderen warteten schon in den Startlöchern und scharrten mit den Hufen. Am besten war natürlich, man stieg auf und ließ dann die anderen die Drecksarbeit machen. Im Zweifel, wenn es ganz schlimm kam, hatte man von nichts etwas gewusst.

Er könne keine Zahl nennen, antwortete er mit falschem Bedauern, aber er zweifle häufig, und manchmal denke er daran, auszusteigen. Die Summen, die für Spieler gezahlt wurden, waren immer verrückter, die Fifa entwickelte sich zunehmend zu einer Mafia, die wirklich großen Vereine glichen mehr und mehr Konzernen, die keinerlei Identifikation mit der Region, der Stadt oder den Traditionen des jeweiligen Vereins aufbrachten. Er habe schon recht, sagte er mit Blick auf den Kritischen, es ginge oft zu wie im alten Rom. Modernes Söldnertum! Man stelle dem seine Arbeitskraft zur Verfügung, der am meisten zahle. Das waren ungewohnte Töne für einen Spielervermittler, der in den Augen der Männer etwas von einem Windhund hatte, haben musste, um in dieser Branche auf einen grünen Zweig zu kommen.

Der Kritische blieb skeptisch, traute ihm nicht, weil er sich angeblich so leicht auf seine Seite hatte ziehen lassen. Man konnte es seiner Mimik ansehen und vor allem in seinen Augen lesen. Nach kurzem Überlegen führte er aus. Selbst den Einstellungen sei nicht mehr zu trauen, sie wechselten doch wie die Hemden. Irgendwann mal sei Geiz eine Todsünde gewesen, dann sei er mitsamt der Bezeichnung aus der Mode gekommen, dann geil geworden – eine andere ehemalige Todsünde –, dann angeprangert und schließlich vermieden worden. Heute nehme das Wort besser keiner mehr in den Mund, der sich für einigermaßen seriös hielte, besser gesagt, sich dafür ausgeben wolle. Mit der Seriosität sei es genauso gewesen, griff er sein Beispiel wieder auf. Die sei was gewesen für alte Männer, die kleine Familienunternehmen oder Handwerksbetriebe leiteten, oder für Sozialkundelehrer kurz vor der Pensionierung. Die jungen Dynamischen glaubten, sich dies, noch nicht einmal das Wort Seriosität leisten zu können. Galt als Ladenhüter, als schlechte Verkaufsstrategie. Dann kam die vorübergehende moralische Wende. Gebrauchtwagenverkäufer haben ein großes Gespür, Trends zu erfassen, weil sie am nächsten dran sind. Er bewundere sie dafür. Von einem auf den anderen Tag wollten sie plötzlich wieder seriös sein und seriöse Geschäfte machen. Das Faktische sei doch scheißegal, Hauptsache das Image stimmte. Vertrauen werde hergestellt. Der sachliche Zusammenhang, der dafür gesorgt hatte, dass es verloren gegangen war, spielte genauso wenig eine Rolle wie der, es nun wieder gewinnen zu wollen, als handele es sich um einen Preis, der wie bei einer Lotterie ausgelost wurde. Entscheidend ist wie im Mittelalter nicht, was man weiß, sondern was man glaubt zu wissen. Und er glaube einem Spielervermittler wie ihm, egal was der ihm auch sage, gar nichts, weil die Branche Fußball selber in sich verkommen sei – grundsätzlich. Dieser ganze Zirkus sei kein Fakt, sondern eine Fiktion. Aber die Spiele sind doch Realität, wandten die anderen zwei in einer Mischung aus Verzweiflung und Empörung ein, während er, der nicht hatte überzeugen können, dem nicht geglaubt wurde, schwieg. Was denn der Unterschied zwischen einem Fußballspiel und einer Spielfilmhandlung sei, fragte der zurück. Nun, das eine sei fiktional, das andere sei Realität. Ja, ja, schob einer der zwei ein, er verstehe schon. Ein Fußballspiel sei heutzutage von so vielen Kriterien vorbestimmt, dass zumeist der finanzkräftigste Verein gewinnen müsse oder zumindest in der Liga spielen müsse, in die er laut finanziellem Untergrund oder Klasse gehöre. Der Kritische nickte zum Zeichen, dass er sich verstanden fühlte. Aber für ihn bestünde doch ein wesentlicher Unterschied, führte der andere weiter aus, nämlich der, dass auch mal der Unvorhergesehene, der Underdog das Spiel für sich entscheide. Okay, diesen kleinen Unterschied müsse er auch eingestehen, erklärte der Zweifler, wenn nicht eine Wettmafia dahinter stünde, welche den Schiedsrichter bestochen habe. Was meint ihr, fragte er in die Runde, wie hoch die Aufklärungsquote bei Schiedsrichterskandalen sei? »Was sagt der Spielervermittler und Szenekenner?«

Für einige Zeit schwiegen alle vier. Das sei unfair, meinte dann derjenige, der sich bisher am wenigsten am Gespräch beteiligt hatte, denn so argumentiert, könne man sich auf nichts mehr verlassen.

Genau so sei es doch, meinte der Kritikaster als unvorhergesehene Bestätigung für den anderen. Und gerade indem der Underdog gewinnt, gleiche ein reales Fußballspiel doch einer Filmhandlung. Die bezieht nämlich ihre Befriedigung für die Zuschauer genau dadurch, dass der Underdog mal gewinnt. Die Geschichte von David und Goliath wird immer wieder neu erzählt. Was dann später geschieht, indem der Underdog alles wieder verliert, wird in einem anderen Film und in einem anderen Genre gezeigt.

Nun war der wortgewaltige in Schwung und führte weiter aus: Wenn ein Politiker in jeder Legislaturperiode ein anderes Ministeramt übernehmen könne, von dem er keine Sachkenntnis habe, könne jeder so gut wie jeden Job machen, von solidem Handwerk mal abgesehen. Jeder könne Spielervermittler sein oder auch nur vorgeben, es zu sein, wenn er sich auch nur ein bisschen in der Branche auskenne. Sie selbst könnten es auch. Es sei weniger eine Frage der Sachkenntnis, sondern der des Umgangs mit Skrupeln, und zwar den eigenen. Der Kritische schaute ihm dabei durchdringend in die Augen, als habe er ihn vollends durchschaut. Nein, er wich dessen Blick nicht aus, im Gegenteil erwiderte er ihn. Er fühlte sich erleichtert, nicht entlarvt, beziehungsweise wenn entlarvt, dann in seiner angenommenen Rolle, aber durchschaut, sogar verstanden, verstanden als er selber. Das Spiel selber machte keinen Spaß mehr oder womöglich ganz im Gegenteil, machte es jetzt erst richtig Spaß, weil es von einer vordergründigen Lüge oder Wahrheit befreit war. Es ging gar nicht um Spaß, es ging um Sinn, und entweder hatte sich dieser erfüllt, indem er durchschaut worden war, oder gerade deshalb machte es keinen mehr, dieses Spiel fortzusetzen. Und es war schon lange kein Spiel mehr, auch wenn von ihm als solches angelegt. Er verkaufte keine Waffen, er riss nicht Kinder aus ihrem vertrauten Umfeld, er prägte nicht das Schicksal anderer Menschen. Er war ein Niemand, ein Nowhere Man. Wenn er einmal aus diesem Leben schied, würde es womöglich keiner bemerken. Und dies war gut so, wenn auch traurig.

Später in seinem Hotelzimmer juckte es ihn am ganzen Körper. Am nächsten Morgen entdeckte er einige offene Stellen an seinen Beinen, die er sich in der Nacht aufgekratzt hatte.

Als er sich das nächste Mal mit Lara in der Leihbücherei traf, erzählte er ihr die Geschichte vom Dachs. Einmal in seinem Leben hatte er einen Dachs gesehen. Dies war schon lange her. Kurz nachdem er den Führerschein gemacht hatte, war er am Abend über eine Landstraße gebrettert, hatte versucht, jede Kurve so schnell wie möglich zu nehmen. Er hatte gerade noch bei der Dämmerung und in dem kurzen Augenblick erkannt, dass es sich um einen Dachs handelte. Dann hörte er ein kurzes Klopfen unter dem Auto. Hinter der Kurve hatte er angehalten, aber das Tier war verschwunden. Immer wieder hatte er an diese Szene denken müssen, noch Jahre lang, und nach dem Tier gesucht, aber es war verschwunden. Es hatte ihm unendlich leidgetan. Einmal im Leben sah er so ein seltenes Tier, eines, das sich vor der ungeheuren Dominanz des Menschen schützen konnte, indem es nur nachts seinen Bau verließ. Und er hatte es überfahren. Er verspürte viel Respekt für Tiere, die es schafften, in dieser von Menschen so absolut untergetanen Welt zu überleben. Wildschweine empfand er nicht wie so viele Leute als eine Plage, sondern er freute sich über ihre Schlauheit. Für ihn waren sie Überlebenskünstler.

Es war schwer gewesen, die Dachse ausfindig zu machen. Dickköpfig und eigensinnig wollte er nicht in einem Ratgeber nachschlagen oder im Internet recherchieren, wie und wo er sie am leichtesten finden konnte. Er ging einfach in den Wald und suchte sie, hielt nach Bauten unter Baumwurzeln Ausschau. In der Dämmerung auf einem Hochsitz hoffte er einfach, einem Dachs bei seinen nächtlichen Wanderungen zu begegnen. Lara unterbrach ihn bei seinen Ausführungen, weil sie wissen wollte, woher er sich so viel Zeit nehmen konnte. Er begriff zuerst nicht, worauf sie hinauswollte. Ob er denn keine anderen Verpflichtungen gehabt habe? Zu dieser Zeit sei er arbeitslos gewesen, antwortete er und fuhr in seinem Bericht fort. Lara war nun wieder neugierig geworden, denn, wie sie ihm später erzählte, hatte es sie beunruhigt, dass er bei der Dachssuche womöglich irgendwelche Termine versäumt oder Pflichten vernachlässigt habe. Tatsächlich gestand er daraufhin, dass er Termine beim Jobcenter versäumt habe und ihm deshalb Leistungen gestrichen worden waren. Aber da er alleinstehend sei und niemanden sonst zu versorgen habe, wäre dies für ihn nicht so schlimm gewesen. Zu dieser Zeit sei er häufig ganze Nächte im Wald geblieben und habe bei klarem Wetter den nächtlichen Sternenhimmel bewundert. Einmal habe er wieder in der Dämmerung auf einem Hochsitz gewartet, der Einblick in zwei Schneisen zwischen Schonungen frei gab, und da habe er sie gesehen. Sie seien aus zwei verschieden Richtungen gekommen, vielleicht eine Frau und ein Mann. Sie trafen sich in der Mitte des Grünstreifens, beschnupperten sich ausführlich – er hatte es genau durchs Fernglas beobachtet – und trotteten dann gemeinsam in eine andere Richtung davon. »Das war's?«, fragte sie, als er nicht mehr weiter erzählte. »Das war's«, bestätigte er.

Lara schien etwas enttäuscht. Er versuchte nicht, ihr zu vermitteln, dass er froh gewesen war, die Dachse überhaupt gesehen zu haben, und dann auch noch zwei, nicht nur, um so die alte, böse Geschichte zu überdecken. Dachse hatten kein geheimes Leben, aber ein verborgenes. Es waren Wildtiere wie andere auch. Der Zufall oder sein hartnäckiges Ausharren hatten ihm diese Szene beschert. Das hatte ihn beglückt. Vielleicht lag es daran, dass er sich im Wald als Fremdkörper fühlte, der allenfalls ein vorübergehendes Gastrecht hatte, in diesen einzudringen und sich dort aufzuhalten. Als Gast konnte er nicht einfach hingehen, wohin er wollte. Dies stand ihm nicht zu. Dennoch hütete er sich davor, Lara von seinem sensiblen Rollenverständnis eines nächtlichen Waldläufers zu erzählen, als sei es nicht das Geheimnis der Dachse, sondern sein eigenes.

Lara war eine Frau in seinem Alter. In seinen Gedanken bezeichnete er sie als hübsch, lebhaft und aufgeschlossen. Sie arbeitete als Beamtin bei der Stadtverwaltung, wie sie ihm beiläufig einmal bei einem Spaziergang erzählt hatte. Was sie dort genau machte, erzählte sie ihm nicht, es schien ihr kein Bedürfnis zu sein. Oder wartete sie darauf, dass er sie danach fragte, sich für sie interessierte? Der Gedanke kam ihm erst, als sie sich schon zwei Monate kannten. Es war etwas geschehen, womit er nicht gerechnet hatte, nämlich, dass er schon Tage vorher ihre nächste Begegnung erwartete. Er spürte etwas in der Beziehung zu ihr, das ihm nicht vertraut war und das über ein bloßes Begehren hinausging.

Bei ihrer nächsten Begegnung hatte Lara das Bedürfnis, ihm von sich, ihrer Familie und ihrer Herkunft zu erzählen. Sie spazierten durch den Stadtpark. Für diese Jahreszeit war es ungewöhnlich warm. Da es in diesem Herbst weder Stürme noch heftige Regenfälle gegeben hatte, waren kaum Blätter von den Bäumen gefallen. Das Laub leuchtete in den schönsten Farben in der Nachmittagssonne. Es gab Kombinationen unterschiedlicher Beige- und Brauntöne, dunklem Rot und kräftigem Grün, hellen Grün- und Gelbtönen, und solchen, die vom Bräunlichen ins Orange und von dort in ein zartes Rot übergingen. Lara hängte sich bei ihm ein, was sie vorher noch nie getan hatte.

»Ich bin eigentlich Jüdin und stamme aus dem hintersten Winkel Sibiriens«, begann sie unvermittelt, als habe sie vorher lange darüber nachgedacht, wie sie dieses Gespräch beginnen solle. »Ich sage deshalb eigentlich, weil es nie eine Rolle in meinem Leben gespielt hat, also von mir aus gesehen, dass ich Jüdin bin. Weder bin ich religiös noch irgendwie traditionsgebunden. Mein Vater sagte immer, ich solle besser nicht darüber reden, übers Jüdischsein, es gebe keinen Grund dafür. In der Sowjetunion konnte man nie genau einschätzen, wann es politisch frieren würde und wann Tauwetter angesagt war und dann auch tatsächlich einsetzte, welche Einstellungen geduldet, gar propagiert, welche unterdrückt wurden. Dasselbe galt für Bevölkerungsgruppen. Egal, in welchen Staaten Juden leben, müssen sie sich als Minderheit immer in Acht nehmen. Nicht nur nationalistische Deutsche kombinieren Religion und Ethnie oder Staatszugehörigkeit miteinander. Die Grenzen vom nationalistischen zum völkischen Denken sind fließend. Für mich gibt es weder Deutsche noch Juden noch Russen. Wir sind Deutsche oder Israelis oder Russen, weil wir einen deutschen, einen israelischen oder einen russischen Pass haben. Wir könnten auch irgendeinen anderen haben, wenn uns das Schicksal da- oder dorthin verschlagen hätte. Ich bin Deutsche, obwohl nicht als solche geboren. Du wunderst dich wohl, dass ich nicht mit Akzent spreche. Ich bin fünf Jahre alt gewesen, meine Schwester erst drei, als wir nach Deutschland auswanderten. Unsere Eltern haben großen Wert darauf gelegt, dass wir den Akzent schon in jungen Jahren wegschleiften. Dafür bin ich ihnen bis heute dankbar. Es erspart lästige, immer wieder gestellte Fragen. Mir selber ist es letztendlich egal, wie und in welcher Sprache ich spreche, Hauptsache, ich kann mich klar ausdrücken, in meinen Worten. Aber andere Menschen meinen immer, Rückschlüsse ziehen zu müssen oder etwas einordnen – Sprache, Herkunft, Schicht. Sie müssen alles einordnen, registrieren, interpretieren, bewerten. Damit es seine Richtigkeit habe. Alles Dazwischenliegende, das nicht Einzuordnende ist ihnen suspekt. Menschen werden zu Fanatikern, weil sie es nicht ertragen. Dabei interessierten diese Leute zumeist gar nicht, was Menschen denken oder fühlen, die Themen, Inhalte oder Einstellungen, die ihnen wichtig sind im Leben. Sie legen großen Wert auf Tradition, und eindeutige Identität, während sie sich im Gegensatz dazu karrieremäßig immer wieder neu erfinden wollten. Aber eine eindeutige Identität gibt es nicht. Mit dieser Doppeldeutigkeit, die sie nicht anerkennen können, weder bei sich noch bei anderen, mühen sie sich ihr Leben lang ab. Leider kann sich kein Mensch diesen Einordnungen entziehen. Man muss immerzu mitspielen bei diesem Spiel der scheinbar eindeutigen Identitäten.«

Dies bestätigte er ihr sofort. Durch ihr Bekenntnis spürte er nicht nur ihr selbstverständliches Vertrauen, in sich und ihre Worte, sondern auch in ihn. Sie hatte ihm nicht nur etwas von sich erzählen wollen, sondern auch verstanden werden, möglichst ohne Vorbehalt. Etwas verunsichert fragte er sich, ob in ihren Worten eine indirekte Aufforderung steckte, dass nun auch er ein Bekenntnis über sein Leben abgebe. Lara konnte er vertrauen. Dessen war er sich inzwischen sicher. Dies war jedoch gar nicht sein Problem, sondern er befürchtete ein Beziehungslabyrinth, aus dem er nicht mehr herausfinden könnte. Sie war eine Ariadne für ihn, aber nicht eine, die ihm den Faden in die Hand geben würde, mit dem er den Ausgang finden könnte, sondern sie wollte ihn im Gegenteil in die Höhle locken, sicher eine kuschelige Höhle, eine des Behagens und wohliger Wärme. Aber er spürte eine tiefe Angst, nie wieder den Ausgang zu finden. Oder vielleicht doch, überlegte er. Aber würde er später wieder zurückfinden? Aber er wusste auch nicht, was von sich er eigentlich bekennen sollte, wer er war und wo er hingehörte. Womöglich bildete er sich auch nur ein, er sei der Heros oder als solcher angesprochen. In Wahrheit war er dieses Mischwesen, halb Mensch und halb Stier.

Lara, immer noch bei ihm eingehakt, machte ihn auf die bunten Blätter eines Ahornbaums aufmerksam, wahrscheinlich ein Zuckerahorn, aus Kanada importiert. Er sah aus wie gepfropft. Auf der einen Seite waren seine Blätter noch grün, auf der anderen schon gelblich-orange. Sie machte einen befreiten Eindruck, ihm endlich etwas von sich und ihrer Herkunft erzählt zu haben. Vielleicht erwartete sie gar nicht von ihm, irgendetwas aus seinem Leben zu bekennen. Sollte er sich darüber wundern? Oder gar gekränkt sein? Aber dies war ein Gefühl, das ihm schon vor langer Zeit abhandengekommen war. Vielleicht mutete sie ihm gar keine Biografie zu. Er war ein Jedermann, und es spielte keine Rolle, welchen Beruf er ausübte, wo er herstammte oder welche Leute seine Eltern waren oder gewesen waren.

Die Sonne stand jetzt schon sehr tief und verbreitete ihren letzten, intensiven Glanz. Sie habe noch einmal darüber nachgedacht, was er ihr über die Dachse erzählt hatte, erklärte sie, als sie den Park verließen. Sie meinte, seine Ausführungen, auch über den Wald und seinen Aufenthalt dort, jetzt besser verstanden zu haben. Sie bezeichnete es als sein Credo, obwohl sie ihm manches, was seine Haltung anbetraf, nur angedeutet hatte. Dabei sah sie ihn von der Seite an und lächelte.

Am Abend, auf dem Weg nach Hause, juckte es ihn wieder am ganzen Körper.

An dem folgenden Wochenende fuhr er nicht weg. Im Spätprogramm schaute er sich einen Film über eine Polarexpedition an. Die Forscher waren von einem frühen Winter überrascht worden und ihr Schiff im Packeis eingefroren. Nach Monaten hatte sich eine kleine Gruppe zu Fuß auf den Weg gemacht, um Rettung zu holen. Die Handlung nahm ihn sehr mit. Er erwartete üblicherweise körperliche Reaktionen. Diese blieben jedoch aus. Weder bekam er Frostbeulen, noch verspürte er heftigen Appetit auf frisches Gemüse oder Salat. Anschließend schlief er unruhig und wurde von wilden Träumen geplagt. Am nächsten Tag herrschte sonniges Herbstwetter, und er machte einen langen Spaziergang am Fluss entlang. Unterwegs beobachtete er zwei Kinder, die voller Begeisterung Nutrias mit Mohrrüben und Kartoffelschalen fütterten. Die Kinder hockten direkt neben den Tieren, und diese zeigten nicht die geringste Scheu.

Lara stapfte über die aufgeweichte Wiese des Campingplatzes am Fluss. Es war bereits dunkel, und sie hatte

Mühe, den gesuchten Wohnwagen zu finden. Sie traute sich nicht, einfach anzuklopfen. Deshalb wählte sie seine Handynummer. Er ging gleich dran, öffnete ihr die Tür und bat sie herein. Es war ihm offensichtlich peinlich, dass sie herausgefunden hatte, wo und wie er lebte.

»Du musst mir nichts erklären«, sagte sie beschwichtigend. Er bot ihr einen Platz an, räumte Papiere und ungespültes Geschirr vom Tisch und kochte dann Tee auf einem alten Zweiflammenherd. Dann setzte er sich zu ihr und erzählte seine Geschichte, diejenige, welche ihn hierher geführt hatte.

Die Erscheinung

Ein Sturm vom Meer her fegte über die kahle Ebene. Der Mönch hatte sich unter einen Felsvorsprung geflüchtet. Als der Wind nachließ, begann es heftiger zu regnen. Er fror in seiner zerschlissenen Kutte. Aus einem Beutel entnahm er sein letztes, hart gewordenes Stück Brot. Er ließ sich Zeit mit den wenigen Bissen, schöpfte mit der hohlen Hand Wasser, das direkt vor ihm über den Felsen herunterrann und schaute kauend in den Regen, der die Landschaft in einem verschwommenen Licht erscheinen ließ.

Als das Unwetter abnahm, wanderte er weiter. Er kannte seinen Weg. Der Wind trieb die Wolken vor sich her, trieb sie auseinander und wieder zusammen, bis bald die Sonne wieder zwischen einzelnen Fetzen hervortrat. Schon von Weitem entdeckte er die zerfallene Hütte am Fuß des Hügels, die der Meereswind zum Land hingedrückt hatte.

Als er näherkam, sah er den alten Mann, der davor auf einem groben Holzklotz saß. Er schien ihn nicht zu bemerken. Sein Blick war nach innen gerichtet. Die Kleidung des Mannes bestand nur noch aus Fetzen, die er willkürlich um sich geschlungen hatte.

Der Mönch öffnete die niedrige Tür, die nur noch lose in den Angeln hing, und ging ins Innere der Hütte. Von dort kam er mit einer grob geschnitzten Holzschüssel zurück. Er ging hinter die Hütte, wo er am Fuß des Abhangs die Quelle wusste. Dort schöpfte er Wasser, das er dem Alten brachte. Dieser hob den Blick, nahm die Schüssel und trank gierig. Dabei schaute er den Mönch fragend von unten herauf an.

»Erkennst Du mich nicht?«, fragte ihn der Sohn.

Der Alte antwortete nicht und stierte vor sich hin.

Den Mönch befiehl ein Zorn, den er zu mäßigen suchte. In der Nacht träumte er, er sehe die Mutter Gottes mit dem Jesusknaben auf dem Arm in einem strahlenden Licht. Sanft blickte sie zu ihm herab. Ihr Blick sagte ihm, dass er nichts Unrechtes tat. Sein Gelübde würde er nicht brechen.

Am nächsten Morgen erwachte er früh und ging zur Quelle, um Wasser zu trinken. Dann begann er, das Unkraut zu jäten und die Erde umzugraben.

Blick in die Vergangenheit

Mehner hielt es nicht mehr aus, schnellte nach oben, riss sich die Taucherbrille vom Gesicht und rang nach Luft. Sein Herz pochte heftig, weniger der Anstrengung als dem Panikgefühl geschuldet. Als Dehm nach einigen Minuten auftauchte, hielt sich Mehner am Beckenrand fest und atmete noch immer schwer.

»Warum bist so schnell rauf?«, fragte sie ihren Buddy; so bezeichneten sie sich gegenseitig, um ihr Gemeinschaftsgefühl auszudrücken. Obwohl sie sich gleich geduzt hatten, verwendeten sie noch immer ihre Familiennamen.

»Ich hab das Wasser nicht aus der Brille bekommen, und auf einmal empfand ich nur noch Panik und wollte nach oben«, antwortete er, noch immer außer Atem.

»Das hatte ich auch mal ganz zu Anfang«, gestand Dehm, um dem Älteren über die Situation hinwegzuhelfen.

Inzwischen war auch der Tauchlehrer wieder oben.

»Immer deinem Buddy ein Zeichen geben, um ihn darüber zu informieren, was du vorhast«, erklärte er.

Es sollte möglichst unaufgeregt klingen. Mehner nickte missmutig.

»Warum machst du diesen Kurs eigentlich?«, erkundigte sich Dehm später, als sie gemeinsam das Schwimmbad verließen.

Mehner überlegte eine Zeit lang.

»Es handelt sich um so eine Art Jugendtraum«, antwortete er dann, ohne weiter auszuführen, was er damit meinte, oder worin dieser bestand, was sie als Wink betrachtete, nicht weiter zu fragen.

Bei der nächsten Übungseinheit in der folgenden Woche ließ Mehner sich entschuldigen, und Dehm vermutete, dass dies auf das panische Erlebnis ihres Buddy auf dem Beckengrund zurückzuführen war. Sie hatten sich erst zu Beginn des Tauchkurses kennengelernt, und deshalb fand es Dehm nicht angebracht, den Kumpel anzurufen, fragte sich aber, wie es erst für ihn werden würde, wenn sie im Baggersee in größerer Tiefe tauchen würden. Möglicherweise kam Mehner auch gar nicht mehr. Dann würde ihr ein anderer Buddy zugewiesen.

Bei der nächsten Übungseinheit war er aber wieder anwesend, demonstrierte gute Laune und machte zu ihrer Verwunderung bei allen Übungen problemlos mit. Sogar die Taucherbrille nahm er unter Wasser für mehrere Sekunden ab, setzte sie wieder auf und blies das Wasser bis auf den letzten Rest aus. Sie machte ihm das Handzeichen für »alles OK«, und er bestätigte mit einem auch unter Wasser unverkennbaren Grinsen durch dasselbe Zeichen. Als er auftauchte, war an seiner Miene abzulesen, welche Überwindung ihn die Übungen gekostet hatten.

Nach der nächsten Übungseinheit eine Woche später im Baggersee, die Mehner gegen sehr viele Widerstände absolvierte, denn es gelang ihm nur schwer, trotz jeder Menge Blei, nach unten zu kommen, setzten sich die Buddys anschließend noch in der Kneipe auf dem nahen Campingplatz zu einem Kaffee zusammen.

»Ich müsste abnehmen«, erklärte Mehner. »Ich brauche zu viel Blei.«

»Ich denke, es liegt mehr an deiner Aufregung, dass du nicht runterkommst.«

»Das auch«, bestätigte er nickend.

Sie wechselte das Thema.

»Gestern habe ich für meine Freundin und mich die Flugtickets zum Roten Meer besorgt«, verkündete sie. Anschließend schwärmte sie von Riffhaien, Muränen, Mantarochen und Zackenbarschen.

»Taucht deine Freundin auch?«, fragte er neugierig.

»Nein«, antwortete sie sofort, »sie traut sich das nicht. Ich will erst gar nicht versuchen, sie zu überreden.«

»Und was macht sie, wenn du tauchst?«, erkundigte sich Mehner.

»Sie hat sich auch eine Taucherbrille und Flossen gekauft. Schnorcheln genügt ihr. Wenn es ins Tiefe geht, bekommt sie sofort Angst.« Sie wechselte das Thema. »Und was ist mit dir, Buddy, wo zieht es dich hin, wenn du deinen Tauchschein hast?«, fragte sie lächelnd.

Mehner dachte eine Zeit lang nach, nicht über das Ziel, sondern darüber, ob er Dehm die Geschichte, die zu seinem Ziel führte, erzählen sollte und ob die ihn nicht für etwas verschroben halten würde. Und wenn er sie ihr erzählte: Wie viele Einzelheiten und wo beginnen? Zwischen den Zelten und Wohnwagen hindurch blickte er hinunter zum See.

»Was hier wohl vorher gewesen ist, ich meine, bevor sie den See angelegt haben?«, fragte er mehr sich selbst als seine Tauchpartnerin.

»Ich habe mal als Kind hier in der Nähe gewohnt«, erklärte sie. »Mein Vater hat erzählt, dass fast das gesamte Areal von Buchenwald bestanden war.«

Mehner nickte, als entnehme er dieser Antwort eine Bestätigung für das, was er sich vorgestellt hatte. Die meisten Wohnwagen standen offenbar das ganze Jahr über hier. Ihre Besitzer hatten das Gelände begradigt und kleine Blumenbeete angepflanzt. Einige hatten auch Gartenzwerge aufgestellt und Fahnen ihres Fußballvereins gehisst.

»Zum Roten Meer oder in die Karibik will ich nicht«, begann er umständlich mit seiner Geschichte. »In meinem Alter fängt man nichts Neues mehr an, knüpft eher an das Alte.«

Sie überlegte kurz, ob sie ihren Kumpel unterbrechen sollte, denn darüber konnte man durchaus unterschiedlicher Meinung sein, sowohl, was das Alter betraf, als auch, was man Neues anfangen konnte.

»So alt bist du doch noch gar nicht«, sagte sie dann nur.

Er lächelte etwas unsicher.

»Ich möchte zu einem Stausee in den Alpen«, erklärte er dann. Er schaute zu seinem Buddy hinüber, um festzustellen, wie sie diese Information aufnahm, aber Dehm schlürfte nur an ihrem Latte Macchiato und wartete geduldig auf weitere Informationen.

»Meine Vorfahren väterlicherseits kommen von dort, genauer gesagt von einem kleinen Dorf, das geflutet wurde, nachdem damals die Staumauer gebaut worden war – 1905«, ergänzte er nach einer kurzen Pause.

»Fünfzehn Jahre vorher hatten sie noch die Brücke über das Flüsschen fertiggestellt, und kein Mensch hatte damit gerechnet, dass hier ein Staudamm entstehen sollte.«

Er erzählte, als sei es letzten Monat passiert, winkte der Kellnerin und bestellte noch einen Kaffee. Zwei kleine Mädchen warteten an der Theke und tauschten sich offenbar darüber aus, welche Eissorten sie wählen sollten.

»Das ganze Dorf sollte überschwemmt und die Einwohner evakuiert werden. Diese wehrten sich bis zum Schluss, ihre Häuser und das Dorf, in dem die meisten von ihnen geboren worden waren, zu verlassen, wie du dir vorstellen kannst.« Davon ging er selbstverständlich aus, nämlich, dass sie es sich so vorstellte. »Auch noch, als die Staumauer bereits fertig gestellt war, aber natürlich hatten sie nicht die geringste Chance. Die Tatsachen waren geschaffen. Die Abfindungen, welche die einzelnen Familien bekamen, waren damals lächerlich gering. Und wer sich nicht fügte, musste mit einer Enteignung rechnen.«

Die Bedienung brachte den neuen Kaffee und fragte höflich, ob sie noch mit etwas anderem dienlich sein konnte. Die beiden Mädchen hatten sich entschieden, welches Eis sie nehmen wollten.

»Die Leute waren verwurzelt in diesem Dorf, konnten sich kein Leben woanders vorstellen. In der kleinen Kirche hatte jeder seinen eigenen Platz, die Frauen auf der einen, die Männer auf der anderen Seite, und den nahmen sie jeden Sonntag ein, bis sie starben, und dann folgten ihnen ihre Söhne und Töchter.« Nach einer Pause ergänzte er: »Einige der Leute schlugen ihre Fachwerkhäuser ab, als ihnen klar wurde, dass sie keine Chance hatten zu bleiben, und bauten sie im Nachbardorf oben auf dem Kamm wieder auf. Zwei Familien verkauften ihr Vieh und siedelten sich als Tagelöhner in Brixen an.«

Dehm glaubte, die Szene deutlich vor sich sehen zu können: das Halbdunkel der Kirche, die spärliche Kerzenbeleuchtung, die furchigen Gesichter der Alten, ihre von der harten Arbeit schwieligen Hände, die Kinder mit ihrem klaren Blick. Und die Madonna auf dem Sockel in Golden, Hellblau und Weiss blickte wohlwollend und verständnisvoll auf sie herab. Sie kannte das Schicksal der Leute, das jeder und jedes Einzelnen, und verstand es in ihrem Herzen.

»Mein Urgroßvater war der einzige Bewohner, der nicht im Dorf geboren war. Er hatte als Tagelöhner angefangen und sich den wenigen Besitz vom Munde abgespart. Er wehrte sich bis zum Schluss, als die anderen schon lange vor der Obrigkeit kapituliert hatten.«

»Wurde das Dorf vor der Überflutung gesprengt?«, wollte sie wissen. »Oben am Edersee haben sie es, so weit ich weiß, so gemacht.«

»Ja, ich war schon mal dort und habe mir die Stellen angesehen, in dem Sommer vor zwei Jahren, als es so wenig geregnet hat. Die Grundmauern haben alle wieder frei gelegen. Aber man sieht nicht mehr viel. Aber die Brücke von Asel ist noch ganz erhalten.«

Sie nickte.

»Ja, ich war auch mal dort.«

Dann ging er auf ihre Frage ein:

»Dort wurde das Dorf vollständig geräumt, aber die Häuser blieben stehen. Der Kirchturm schaut heute noch heraus, wenn der Wasserstand im Sommer niedrig ist.«

»Ich glaube, ich bin vor Jahren schon mal da vorbeigefahren.«

»Du meinst bestimmt den Reschensee«, fiel ihr Mehnert gleich ins Wort. »Der ist es aber nicht. Mein See ist viel kleiner, aber sehr tief.«

Warum bezeichnete er ihn als seinen Besitz? fragte er sich und ärgerte sich über sich selbst und seinen kritteligen Einwand.

»Und da willst du runter?«, konstatierte sie lächelnd.

»Da will ich runter«, bestätigte Mehner mit einem kaum hörbaren Seufzer.

Als sie sich nach dem nächsten Kursabschnitt wieder zusammensetzten, faltete Mehner eine zerknitterte Karte auseinander, die sich offenbar – abgenutzt, an den Seiten eingerissen und mehrmals geklebt – schon lange in seinem Besitz befand. Ihr schwante, dass der Kumpel sie womöglich dazu bewegen wollte, das lange geplante Vorhaben mit ihr gemeinsam zu unternehmen.

»Hier ist die Kirche«, erklärte Mehner und zeigte auf einen Punkt nicht sehr weit vom Ufer entfernt. »Und hier, an dieser Stelle, befindet sich eine kleine Bucht, wo man gut reingehen könnte.« Sie wartete ruhig ab, was er weiter erklären würde. »Hier befand sich das Dorf, rund um die Kirche herum, und dies ist die Hauptstraße. Dort ist das Schulhaus, und hier führt eine kleine Gasse entlang, man kann es auf der Karte schlecht erkennen. Hier wohnte Minichmeyer, daneben Kantioler, dann der Altmüller und daneben das hier ...« Er deutete auf einen winzigen Punkt am Rand des Dorfes. »Dort stand das Häuschen meiner Urgroßeltern. Ursprünglich hatte dort immer der Schweinehirt des Dorfs gewohnt, aber als es den nicht mehr gab, kaufte mein Urgroßvater das Häuschen, eigentlich mehr eine Hütte. Sie hausten dort mit ihren sieben Kindern.«

»Woher weißt du die ganzen Namen? Hier stehen doch nur Zahlen.«

Mehner schmunzelte.

»Familientradition«, erklärte er. »Von meiner Urgroßmutter auf meinen Großvater, von dem auf meinen Vater, und von diesem ging die Geschichte an mich weiter.«

»Was war mit deinem Urgroßvater?«, fragte sie neugierig, da sie sofort bemerkt hatte, dass der in der Aufzählung nicht vorkam.

Mehner zögerte kurz, weil er wieder unschlüssig wurde, was und wie viel er ihr erzählen sollte.

»Mein Urgroßvater hat sich, wie gesagt, bis zum Schluss gewehrt, als die anderen schon längst ihre Abfindung kassiert hatten. Das Dorf war bereits vollständig geräumt, nur er und seine Familie verharrten noch immer in ihrem Häuschen. Die Nachbarn kamen nacheinander und versuchten, ihn zu überzeugen, dass alles Aufbegehren keinen Zweck mehr hatte. Meine Urgroßmutter hielt es irgendwann nicht mehr aus, packte die wenigen Habseligkeiten auf einen Leiterwagen, spannte die einzige Kuh, die sie besaßen, davor, nahm die Kinder und ging. Zwei Tage später begannen sie, das Dorf zu fluten. Bis der See vollgelaufen war, das dauerte mehrere Tage, wenn nicht Wochen, wie du dir vorstellen kannst. Mein Urgroßvater ging jeden Tag mit seinem ältesten Sohn hinunter. Als sie das Dorf zu Fuß nicht mehr erreichen konnten, ruderten sie mit einem Boot hinaus, machten es am oberen Stock von Kantiolers Haus fest – unser kleines Haus war längst überflutet –, warteten und schauten hinaus über den neu entstandenen Stausee. Mein Urgroßvater sprach kein einziges Wort, schaute nur immer in die Ferne.«

Er spricht so, als sei er dabei gewesen, und es wäre gestern geschehen, dachte sie.

»An dem letzten Abend, als nur noch einige Dächer rausguckten, sah der alte Minichmeyer meinen Urgroßvater allein unter dem Mond hinausrudern.« Mehner machte eine kleine Pause, während der sie ihn erwartungsvoll anschaute. »Er wurde nie wieder gesehen.« Mehner zuckte mit den Schultern.

»Wie denn, einfach so verschwunden?«, fragte sie erstaunt.

»Einfach so verschwunden«, wiederholte er und zog die Schultern hoch.

Sie überlegte eine Zeit lang.

»Du denkst, seine Überreste, wenn noch etwas von ihnen vorhanden ist, liegen da unten.«

»Alle dachten damals, dass er da unten geblieben ist.«

»Aber eine Leiche kommt irgendwann wieder hoch.«

Er zuckte wieder mit den Schultern.

»Und du meinst, du findest da auf dem Grund des Sees …«

»Nein, das meine ich nicht«, unterbrach Mehner sie sofort. »Ich will es mir nur mal ansehen.«

Sie nickte.

»Du hast mich angesteckt mit deiner merkwürdigen Familiengeschichte«, sagte sie lächelnd. »Wie wär's, wenn wir zusammen da runtergehen, Buddy?«

»Ich hatte gehofft, du würdest das vorschlagen«, antwortete Mehner erleichtert.

Er tat sich mit den Tauchübungen weiterhin schwer, konnte eine tief sitzende Angst nie wirklich überwinden, vor allem wenn er auf der Wasseroberfläche lag und sich vorstellte, dass er da jetzt hinunter sollte, vor allem wenn das Wasser trüb war und man nur in eine gräuliche oder grünliche Tiefe blickte. Ihm war, als verschlinge ihn der See und würde ihn da unten festhalten. Die Abschlussprüfung erwies sich dann leichter als gedacht, denn der Tauchlehrer lebte nicht nur von den Lehrgängen, sondern hauptsächlich von seinen Exkursionen zu bedeutenden Tauchplätzen auf der ganzen Welt. Zusammen mit ihrem Zertifikat überreichte er ihnen die Ausschreibung für eine von ihm geleitete Tauchexkursion zu den Malediven.

Mehner und Dehm hatten anderes im Sinn, bereiteten sich akribisch auf ihr Projekt vor, das sie im kommenden Sommer starten wollten; der eine betrachtete es geradezu ehrfürchtig und fast wie eine Passion, die andere nahm es leicht, mit einer Portion jugendlicher Neugierde und Abenteuerlust. Bei den Vortreffen lernten sich auch seine Frau und ihre Freundin kennen, mochten aber kaum etwas miteinander anfangen. Für das Projekt entwickelten beide kaum Interesse. Im Gegenteil, Mehners Frau ging die beknackte Idee ihres Mannes, wie sie es abfällig nannte, schon lange auf die Nerven. Sie erhoffte sich, wenn er denn endlich handelte und da runter tauchte, käme sein Spleen endlich an ein Ende, und er brauchte nicht mehr länger darüber zu fantasieren. Dazu kam, dass sie sich in Gegenwart der beiden etwas jüngeren Frauen nicht wohl fühlte und sich nicht entscheiden konnte, auf die Tauchpartnerin ihres Mannes eifersüchtig zu sein. Nach dem Treffen fragte sie ihn, ob die beiden ein Paar seien. Mehnert zuckte nur mit den Schultern, zum Zeichen, dass ihn dieses Thema überhaupt nicht interessierte, was sie wiederum zu beruhigen schien.

In den Wochen, bevor es losgehen sollte, bemächtigte sich Mehners eine ständige innerliche Unruhe. Sein Blutdruck war zu hoch, er zeigte sich bei jeder Gelegenheit launig und unausgeglichen, was sonst gar nicht seine Art war. Beim geringsten Problem reagierte er nicht wie sonst beschwichtigend, sondern im Gegenteil, mit seiner nervösen Haltung trug er noch zur Eskalation bei. Dann hatte er wieder Phasen, in denen er sich wochenlang zurückzog, verschlossen vor sich hinstarrte und ihm kaum ein Wort zu entlocken war. Im Traum sah er Bilder vor sich, ganze Filmabschnitte, schreckliche Szenarien, wie ihm unter Wasser die Luft ausging, weil er in seiner Aufregung so heftig geatmet hatte, dass die Pressluftflasche schon nach wenigen Minuten leer war. Er versuchte, Dehm ein Zeichen zu geben, aber diese war in die Kirche getaucht und bemerkte ihn nicht in seiner Not. Oder seine Taucherbrille verhedderte sich zwischen Wasserpflanzen, als befände er sich in einem undurchdringlichen Unterwasserschungel, oder eine Dichtung zerbröselte, und er sah die Luft in unzähligen, schnellen Blubbern aus der Flasche entweichen. Oder er blieb mit dem Fuß in einer Spalte hängen und konnte sich nicht mehr befreien. Kurz vor dem geträumten Ertrinken wachte er schweißüberströmt auf, rang heftig nach Luft, als wenn er tatsächlich fast erstickt wäre, und oft war sein Schrecken über das Geträumte so heftig, dass er bis zum Morgen wach lag. Einmal berichtete seine Frau ihm am nächsten Morgen, er habe im Traum um sich geschlagen und dabei mit Südtiroler Akzent gesprochen, was er in keiner Lebensphase vorher getan hatte. In einem anderen Traum war das Wasser ganz klar, und er schwamm in leichten, ruhigen Bewegungen neben Dehm her durch die Hauptstraße des Dorfes. Sie schlenderten, wie früher junge Männer am Sonntag über die Straßen spaziert waren und nach den Mädchen Ausschau gehalten hatten, die etwas schüchtern lächelnd vor die Türen getreten waren. Sie schwammen bis zur Kirche, an der sich seit damals kaum etwas verändert hatte. Nur das Dach war zum Teil ein-, die Fensterscheiben herausgefallen, und neben der Eingangstür wuchsen Wasserpflanzen, zwischen denen sich Fische tummelten. Auch wenn die Bewohner das Bild der fürsorglich blickenden Madonna mit dem Kind damals mitgenommen hatten in das Dorf auf dem Hügel, wussten die beiden doch ihren fürsorglichen Blick auf sich ruhen. Sie schwammen weiter, ließen sich von der leisen Strömung treiben, bis zu dem Häuschen seiner Urgroßeltern, das unversehrt dastand, als sei es erst vor Kurzem im See untergegangen. Sie war es, die zuerst neben dem ehemaligen Schweinestall das Skelett bemerkte, das rechte Bein hing an einer Kette, deren anderes Ende an einem Mühlstein festgemacht war.

Die beiden Buddys bereiteten sich akribisch auf ihren Trip vor: Taucheranzüge, Brillen, Flossen, Gürtel, Bleigewichte besorgten sie sich in einem Fachgeschäft, Tarierwesten, Pressluftflaschen und Atmungsgeräte mit Uhr und Tiefenmesser wollten sie sich vor Ort ausleihen. Mehner hatte schon eine Tauchschule in der Nähe des Sees dafür ausfindig gemacht. Sie bestand darauf, ein Tauchermesser mitzunehmen, und besorgte sich auch über einen Freund eine Unterwasserkamera. Immer wieder übten sie ihre Verständigungszeichen für Unterwasser, sie zuerst belustigt, später mehr genervt, er fahrig, nervös, mit den Gedanken nicht richtig bei der Sache.

Sie fuhren bei strahlendem Wetter los, besorgten schon am Tag ihrer Ankunft, was ihnen an Ausrüstung noch fehlte, holten Informationen bei dem Tauchlehrer vor Ort ein, der, wie sich herausstellte, schon mehrmals in dem überfluteten Dorf getaucht war und sogar Fotos davon in seinem Laden aufgehängt hatte, was der romantischen Stimmung und dem Pioniergeist der beiden einen geringfügigen Abbruch tat.

In der Nacht vor ihrem Tauchgang tat Mehner kein Auge zu, während Dehm am nächsten Morgen ausgeruht und guter Laune zu Werke ging.

»Was ist los mit dir?«, fragte sie und klopfte ihrem Kumpel aufmunternd auf die Schulter.

»Ehrlich gesagt, ich hab einen Riesenschiss«, bekannte Mehner.

»Wird schon!«, meinte sein Buddy. »Wenn wir erst mal auf dem Weg nach unten sind, packt dich das Abenteuerfieber.«

Es packte ihn nicht. Sie fanden die günstige, flache Stelle am Ufer, die sie schon auf der Karte ausfindig gemacht und die ihnen der einheimische Tauchlehrer bestätigt hatte, aber als sie auf vier, fünf Metern Tiefe waren, – es war empfindlich kalt, denn der See lag auf fast tausend Metern Höhe, und sie waren froh über ihre Neoprenanzüge –

trieb Mehner nach oben wie ein aufgeblasener Luftballon. Dehm gab ihm ein Zeichen, es noch einmal zu versuchen, aber er kam einfach nicht runter. Sie prüften noch einmal, ob wirklich alle Luft aus der Tarierweste war, aber als es wieder nicht klappte, schwammen sie zurück, und Mehner fügte noch zwei Bleigewichte an seinen Gürtel. Mehr traute er sich nicht zu nehmen, weil er befürchtete, er würde zwar sinken damit, aber anschließend nicht wieder hochkommen. Auch dieser Versuch schlug fehl.

Am nächsten Tag probierten sie es wieder, und als er wieder nicht runterkam, gab sie ihm ein Zeichen und verschwand alleine in der Tiefe, obwohl die Tauchregeln dies streng verboten. Mehner lag wie eine Plastikente auf der Oberfläche und litt Höllenqualen, indem er sich die schlimmsten Dramen ausmalte, was seinem Kumpel dort unten zustoßen konnte.

Nach einer halben Stunde tauchte sie genau neben dem Kirchturm auf, dessen Spitze etwa einen Meter aus dem Wasser ragte.

In der Nacht regnete und stürmte es. Trotzdem wollte Mehner noch einen weiteren Versuch wagen. Er versuchte, seinen Atem flach zu halten, als er auf der Wasseroberfläche lag, und an nichts zu denken, das ihn panisch machen konnte. Er legte den Kopf auf die Brust und stieß sich nach unten. Er orientierte sich an Dehms gelben Flossen unmittelbar unter ihm. Die Sicht denkbar schlecht, überall war feiner Sand aufgewirbelt und kleine Partikel schwammen im Wasser. Alles war verschwommen, unwirklich und zugleich hyperreal in seinen einzelner Bestandteilen. Jeder Stein auf dem Grund, jedes einzelne Pflänzchen stachen heraus, ganz anderes als die Traumgebilde, welche ein ganzes Szenarium unmittelbar entfalteten. Diesmal gelangte Mehner bis zu den ersten Häusern des versunkenen Dorfes, und weil er spürte, dass er wieder nach oben trieb, hielt er sich an einem eisernen Ring fest, der in eine Mauer eingelassen war, an die früher wohl Haustiere angebunden worden waren. So bekam er wenigstens einen flüchtigen Eindruck, obwohl die Sicht wie eine Mischung aus Sandsturm und Nebel wirkte. Nach wenigen Minuten ließ er den Ring los und trieb sofort nach oben.

Dehms Fotos waren wenig sensationell. Später bei einer Party zu Hause erregte der Schnappschuss eines Hechts die größte Aufmerksamkeit.

Auf der Heimfahrt blieb Mehner schweigsam, während seine Tauchpartnerin ohne Unterlass von ihren Abenteuern unter Wasser schwärmte. Schließlich forderte er sie auf, endlich mal die Klappe zu halten.

Etwa ein halbes Jahr nach ihrer Exkursion – die beiden hatten sich seit der Party nicht mehr getroffen – erhielt Mehner einen Brief aus Oregon, USA. Da er von Berufs wegen häufig mit Amerikanern korrespondierte, machte es ihm keine Schwierigkeiten, den Inhalt zu übersetzen.

Coos Bay, Oregon, 18.12.2013

Lieber Herr Mehner,
Sie werden sich sicherlich wundern, einen Brief von einem Fremden aus den USA zu erhalten, der zudem noch den selben Familiennamen trägt wie Sie. Seit ich im Ruhestand bin, beschäftige ich mich mit meinen Vorfahren und deren Herkunft. Dies mag Sie wundern, aber in den USA ist dies nichts Besonderes, weil alle von irgendwoher ausgewandert sind. Inzwischen bin ich aufgrund meiner Nachforschungen zu dem sicheren Schluss gekommen, dass wir miteinander ver-

wandt sind, genauer gesagt habe ich Anlass, mit großer Wahrscheinlichkeit anzunehmen, dass ihr Urgroßvater, Anatol Mehner, mein Großvater war. Er stammte, wenn ich den historischen Spuren korrekt gefolgt bin, aus dem damaligen König- und Kaiserreich Österreich-Ungarn.

Nach meinen Recherchen und den mündlichen Überlieferungen meines Vaters kam er aus dem kleinen Ort Eppich in Südtirol, das 1905 aufgrund der Inbetriebnahme des Staudamms an der Enz überflutet wurde und ließ sich 1906 hier in Coos Bay, Oregon, nieder, wo er 1907 meine Großmutter heiratete, deren Eltern übrigens aus Polen stammten. Er arbeitete bis kurz vor seinem Tod als Holzfäller in den Redwoods nahe der Küste. Sein Sohn, mein Vater, stieg nach seinem Tod in die Holzindustrie ein. Unsere Firma habe ich seit meinem Eintritt 1962 immer weiter ausgebaut. Inzwischen sind die Wälder, oder was von ihnen übriggeblieben ist, zum State Parc erklärt worden, und ich habe meinen Anteil an die Regierung von Oregon verkauft und mich zur Ruhe gesetzt. Merkwürdige Begebenheiten geschehen in fast jeder Familie, so auch in unserer, das will ich in diesem Zusammenhang nicht unerwähnt lassen. Meine einzige Tochter Emily hat sich in den neunziger Jahren des letzten Jahrhunderts für vier Monate ununterbrochen in einem Baumhaus auf einem der Redwoods aufgehalten, um gegen die weitere Abholzung der alten Bäume zu protestieren.

Im nächsten Jahr werde ich Europa besuchen, und es würde mich freuen, wenn Sie mir die von mir recherchierten Angaben, Ihren Urgroßvater betreffend, soweit Ihnen bekannt, bestätigen könnten, damit ich meiner Sache ganz sicher sein kann. Wenn es auch Ihrem Interesse entgegenkommt, wäre ich einer Begegnung nicht abgeneigt.

Hochachtungsvoll

Ihr

John Mehner

Mehner blieb noch eine Zeit lang unschlüssig am Tisch sitzen. Dann stand er auf, ging zum Computer und gab den Ort Coos Bay, Oregon in die Suchmaschine ein.

Zwielichtigkeiten

Manche Geschichten lassen sich nur von hinten nach vorne erzählen. Dies hatte Marina, nachdem sie den Job bei der Neuen Altheimer Presse angenommen hatte, bald begriffen. Möglicherweise stehen sie aber auch auf dem Kopf, und es nutzt nichts, sie auf die Füße stellen zu wollen, wenn alle Leserinnen und Leser der Zeitung selbstverständlich annehmen, sie stünden genau so, wie sie erzählt sind, auf den Füßen. Außerdem steigern auf dem Kopf stehende Geschichten die Auflage, vor allem wenn sie in Serien veröffentlicht werden, ist dies doch nur folgerichtig, denn dieser Effekt erhöht die Spannung. Eventuell stellt sich das Hauptthema der Geschichte, oder was als solches betrachtet werden soll oder sich auch von selbst dahingehend entwickelt, erst im Verlaufe ihres Erzählens heraus beziehungsweise formen unterschiedliche Interessenlagen und Affekte oder Effekte ihren Fortgang, nicht zuletzt auch durch die Art und Weise des Erzählens selbst. Dies hatte Marina längst begriffen, gehörte mittlerweile zu ihrer Alltagserfahrung, aber sie vermied es, sich dies zunutze zu machen, indem sie möglichst nüchtern berichtete, keine Gefühlsausbrüche zu entfachen schürte, keine Sensationen unnötig aufbauschte oder aus dem Hut zauberte. Dafür hatte sie der Chefredakteur gelobt, denn er schätzte investigativen Journalismus, wie er bei sich bietenden Gelegenheiten immer wieder betonte. Der Produktionsleiter hingegen, mit dem sie vor zwei Jahren eine kurze Affäre hatte, kurz nachdem sie eingestellt worden war, hatte sie aus demselben Grund heftig gerügt.

Der Fall, um den es hier geht, begann damit – also nicht die eigentliche Geschichte, die begann viel früher, und ihr eigentlicher Anfang, wenn es denn einen solchen geben sollte, ist kaum mehr festzulegen; also die Berichterstattung in LUK –, dass die allseits bekannte Filmdiva Lilo S. behauptete, dass der bekannte Regisseur Werner Wentlich, kurz Wewe genannt, sie damals bei den Dreharbeiten zu dem seinerzeit populären Film Liebesgewisper vergewaltigt habe.

Die Story erschien sofort auf den Titelseiten der Boulevardpresse. Marina machte sich immer lustig über diese Bezeichnung: Boulevardpresse! Sie vermutete, diesen Namen hätten LUK oder ein vergleichbares Presserzeugnis selbst erfunden, um ihre, nennen wir sie besondere Art des Journalismus in ein anderes, helleres, seriöseres Licht zu setzen, wenn diese Bezeichnung nicht bereits in selbstverständlichem Gebrauch gewesen wäre. Assoziiert werden sollte eben ein Boulevard, eine Prachtstraße, wo die Leute bei schönem Wetter auf und ab patrouillieren, gelegentlich stehen bleiben oder sich auf eine Bank setzen und in einer Zeitung wie LUK die neuesten Nachrichten lesen. Alles würde wahrheitsgemäß berichtet. Es gab nur Eindeutiges, Faktisches, klar zu Beurteilendes. Es existierte auch nicht der Hauch eines Zweifels, der bei Leserinnen oder Lesern zu einer Verunsicherung hätte führen können. Sicher brachen auch schon einmal sprichwörtliche Krüge auf dem Weg zu ebensolchen Brunnen, aber der Zeitpunkt, wann genau diese zu brechen hatten, das Maß also voll war, schien der Boulevard, die Stimme eines anonymen Volkes, wie auf ein inneres Kommando selbst festzulegen. Dabei blieb weitgehend unbemerkt, dass in den Redaktionen längst über das Maß entschieden war. Und eben dieses Urteil galt als die Säule einer ehernen Gerechtigkeit. Die Zeitung selbst hatte ihren Sitz längst hinter den Glasfassaden eben dieses Boulevard, ausgestattet mit neuester Technik, spielte aber noch immer mit den Bildern des Anfangs, wie sie, die Stimme des Volkes in einer schäbigen Hinterhofgasse, gesäumt von Unrat und Schmutz mit einer uralten, mechanischen Druckmaschine, unter Blut, Schweiß und Tränen die Wahrheit des kleinen Mannes ans Licht des Tages befördert hatte. Früher, als es noch keine Waschmaschinen gab, war in diesen Gassen, in die kaum Sonnenlicht drang, schmutzige Wäsche gewaschen worden. Nun zeigte sich diese nicht nur als sauber, sondern auch als rein.

Zwei Tage nach diesen Anschuldigungen meldete sich besagter Regisseur in derselben Zeitung zu Wort und wies alle Vorwürfe als erstunken und erlogen zurück. Eigentlich hätte er zu einem anderen Boulevardblatt Zuflucht suchen müssen, aber LUK hatte längst sämtliche hochkarätige Konkurrenz ausgeschaltet, und als Monopolist konnte sie es sich leisten, aus Gründen der Wahrheitssuche auch der Gegenpartei die Möglichkeit zu geben, Stellung zu beziehen. Außerdem behielten die Leute von LUK so die Kontrolle über das Geschehen, konnten es beliebig anfeuern und so für gute Umsatzzahlen sorgen. Dies war nun genug Anlass, dass sich sämtliche Zeitungen im Lande auf die Spur des sich entfaltenden Skandals setzen. (Das benachbarte Ausland hatte zu diesem Zeitpunkt jeweils eigene Aufmacher mit jeweils einheimischen populären Personen oder solchen, die es einmal waren oder in Zukunft werden wollten.) Schon nach wenigen Tagen bildete sich eine Meinungs-, besser gesagt Beurteilungsfront, zuerst bei den Presseleuten, die entweder auf Seiten von Lilo S. oder auf der von Wewe standen, dann bei der Bevölkerung, und nicht nur bei Leuten, die Zeitung lesen, denn Radio und Fernsehen nahmen sich des Themas schnell und bereitwillig an. (Die Berichterstattung über die mögliche Rodung eines alten Waldes zwecks Abbaus von Braunkohle ging zeitgleich massiv zurück.) Dabei ist keinesfalls gesagt, dass Frauen überwiegend auf dieser, Männer auf jener Seite standen. Eine namhafte Frauenorganisation rief für das kommende Wochenende in der Filmstadt Babelsberg zu einer Demo für Frauenrechte und für die konsequente Ahndung von Sexualverbrechen auf. Daraufhin formierte sich auch die Gegenseite zu einer Demo gegen Vorverurteilungen und für die Unabhängigkeit der Justiz, wobei bemerkt werden muss, dass diese gar nicht zur Debatte stand.

Marina wurde von ihrer Redaktion dorthin geschickt, um darüber zu berichten, möglicherweise etwas über Hintergründe herauszufinden. Beide Demos fanden zeitgleich statt, wurden aber so geleitet, dass die Protestierenden nicht in Kontakt miteinander kommen sollten. Aus Sicherheitsgründen wurde Polizei aus anderen Bundesländern in die Hauptstadt beordert. Einer Demonstration gegen Klimawandel und Erderwärmung, die auch an diesem Tag stattfinden sollte, wurde die Genehmigung wieder entzogen, da angeblich die Brandschutzbestimmungen nicht eingehalten werden konnten. Aber es sollte zeitnah ein neuer Termin anberaumt werden. Die beiden Demonstrationen verliefen, der Polizeisprecherin zufolge, überwiegend friedlich.

Über eine Bekannte kam Marina mit Vera K. in Kontakt, einer Schauspielerin, die damals eine Nebenrolle in Liebesgewisper gespielt hatte. Diese erzählte ihr, zu Anfang sei nicht entschieden gewesen, wer die Hauptrolle bekommen sollte, weshalb sich Lilo S. Wewe an den Hals geschmissen habe und nicht nur das. Deshalb und nur deshalb habe sie die Hauptrolle bekommen, obwohl sie eine lausige Schauspielerin sei. Dies hatte nun konkret nichts mit dem Vorwurf der Vergewaltigung zu tun. Marina beschloss trotzdem, darüber zu schreiben. Sowohl Chefredakteur, als auch Verlagsleiter schwiegen darüber. Schon am Tag nach der Veröffentlichung ihres Berichts in der Neuen Altheimer Presse meldete sich Lilo S. über LUK und behauptete, Vera K. sei eine infame Lügnerin und aus ihr spreche nur der Neid, denn sie habe damals selber die Hauptrolle spielen wollen. Parallel meldeten sich 14 Schauspielerinnen via Twitter, sie seien bei diversen Filmprojekten von Wewe begrapscht und angemacht worden. Daraufhin wurden sie befragt, weshalb sie sich nicht gewehrt beziehungsweise die Sache nicht zur Anzeige gebracht hätten. Daraufhin antworteten mehrere, damals seien sexuelle Übergriffe kein Thema gewesen, was auch immer diese Aussage bedeuten oder worauf sie hinweisen sollte. Andere sagten aus, sie seien existenziell abhängig von ihrem Job gewesen, denn sie wären mit Sicherheit gefeuert worden oder gar, sie hätten ihre Karriere als Schauspielerinnen in den Wind schreiben können, wenn sie Wewe verklagt hätten. Eine ehemalige Schauspielerin, Carola B., erzählte in einer lokalen Tageszeitung, Wewe habe sie auch blöd angemacht, und sie habe ihm daraufhin eine schallende Ohrfeige verpasst. (Ohrfeigen in der Zeitung sind immer schallend wie Hattricks beim Fußball immer lupenrein sind.) Er habe ihr danach mit einer Anzeige wegen Körperverletzung gedroht, weiter sei aber nichts geschehen. Als Folge dieser Veröffentlichung ging in den sozialen Netzwerken über Carola B. nieder, was heutzutage ein Shitstorm genannt wird. Einige der ehemaligen Kolleginnen empörten sich über ihre Aussage, zogen deren Wahrheitsgehalt in Zweifel oder bezichtigten sie der Unsolidarität.

Marina versuchte, Kontakt zu Carola B. aufzunehmen, was sich als gar nicht so leicht erwies. Schließlich fand sie heraus, dass diese gar nicht so weit entfernt in einer

Kleinstadt lebte. Am Telefon meinte Carola, es sei doch schon alles zu dem Fall gesagt, ließ sich dann aber zu einem Interview überreden. Marina besuchte Carola in ihrer Drei-Zimmer-Wohnung in einer Wohnsiedlung am Rande der Stadt. Sie begrüßte sie freundlich, hatte grünen Tee gekocht und einen Kuchen gebacken. Marina hatte sie sich etwas jünger und robuster vorgestellt.

»Ich war damals noch etwas fülliger«, erklärte Carola, »der ideale Gegenpart zu diesem zarten Schneewittchentyp.« Sie forderte Marina auf, sich Kuchen zu nehmen. »Wewe war damals noch Regieassistent. Wir drehten so eine Art alternativen Heimatfilm. So etwas Ähnliches, wie es Edgar Reitz gemacht hat, leider nicht auf diesem Niveau. Die Zeiten waren ganz andere damals. In den Folgen der Achtundsechziger gaben sich alle in sexueller Hinsicht als freizügig. Feste Paarbeziehungen waren out. Wer zwei Mal mit derselben pennt, gehört schon zum Establishment. Natürlich waren es die Machos, die solche Sätze prägten. Die Frauen passten sich, wie immer, brav an, obwohl viele diese sogenannte Freizügigkeit von einer in die andere persönliche Krise stürzte. Wie Marx schon sagte, bestimmte das Sein das Bewusstsein und nicht umgekehrt.«

Mit Marx hatte sich Marina bisher kaum beschäftigt.

»Hast du Politik oder Soziologie studiert?«, fragte sie vorsichtig.

»Nein, ich hatte einen Bio-Laden«, erklärte Carola und fuhr dann fort: »Aber ich will damit nicht sagen, dass nicht auch Männer unter diesen merkwürdigen Vorstellungen sexueller Freiheit litten, die nicht als bieder und spießbürgerlich gelten wollten. Leute wie Wewe nutzen diesen Zeitgeist und ihre Stellung und schliefen sich an den Drehorten durch ganze weibliche Sets. Wer eine Filmrolle haben wollte, ließ sich erst mal anbaggern. Dies war so selbstverständlich wie das Amen in der Kirche. Ich bildete mit einigen anderen Frauen eine Ausnahme. Ich hatte keine Lust, mich nach den biederen Formen des Zusammenlebens unserer Eltern nun nach denen pseudoprogressiver Machos zu richten. Die hatten ihren Marx oder Marcuse gelesen und nun glaubten sie unwiderruflich zu wissen, wo es langging. Zudem passte ich nicht in ihr Frauenbild, allein schon weil ich nicht der Typ war, der sich von jetzt auf gleich anbaggern ließ.«

Carola machte eine kurze Pause, um dann auf das Thema zu sprechen zu kommen, weshalb Marina gekommen war.

»Vergewaltigungen kamen nicht vor, weil alles freiwillig gemacht wurde. Aber diese Freiwilligkeit war, wie ich schon sagte, in vielen Fällen keine echte. Frau ließ sich freiwillig vergewaltigen, wenn du so willst. Aus heutiger Sicht lassen sich kaum einzelne Fälle untersuchen. Man muss alles im Kontext dieses Zeitgeistes und auch dieser speziellen Szene betrachten. Natürlich sollte eine Frau jeder Zeit nein sagen können, egal wie weit sie es oder ihn hatte kommen lassen. Ich hatte ein Gespür für solche Szenen, wie sie sich anbahnten und wie sie sich entwickelten. Deshalb zog ich so früh wie möglich die Reißleine, wenn ich mir nicht sicher war, dass ich bis zum Letzten gehen wollte. Bis hierher und nicht weiter! Wewe hat das nicht akzeptieren wollen, und deshalb habe ich ihm eine gescheuert. Dies war natürlich gegen die Spielregeln. Er hat nur gelacht, zuerst gekränkt, dann verlegen und dann sarkastisch und warf mir vor, prüde zu sein. Damit hatte ich gerechnet und ließ es über mich ergehen. Andere Frauen haben anders reagiert. Dies ist ihre Entscheidung. Einige verübeln mir dies heute, auch welche von denen, die es damals bewundert haben.«

»Aber eine Frau sollte sich doch so frei fühlen können, so weit zu gehen, wie sie Lust hat«, wandte Marina ein. »Ein Nein gilt zu jedem Zeitpunkt.«

»Das stimmt«, erklärte Carola zu ihrer Verwunderung. »Aber ich mache mir keine Illusionen darüber, wie sich der Zeitgeist ändert und dass eine Gesellschaft Minderheiten und deren Haltung vorgibt, schützen zu wollen. Aber sie tut es nicht, weil der alte Chauvi-Geist noch immer weht, wann und wo er will. Meine Freiheit zeichnet sich auch darüber aus, dass ich ihre Möglichkeiten selber auslote. Selbst ist die Frau, verstehst du?«

Carola goss ihnen etwas Tee nach.

»Ich weiß nicht, ob du dies von mir wissen wolltest und ob deine Leserinnen und Leser sich für diese Statements zum Thema interessieren. Ich gebe dir mal die Telefonnummer von Pam. Sie hat damals bei diesem Film auch mitgespielt.«

Carola gab ihr einen Zettel.

Einige Tage nach diesem Gespräch wurde in einigen großen Presseorganen über zwei weitere Vergewaltigungen berichtet. Bei der ersten habe ein syrischer Flüchtling seine Deutschlehrerin zu Hause überfallen. Sein Anwalt behauptete später, er habe ihre Freundlichkeit und Zugewandtheit missverstanden. Dieser Fall hatte zur Folge, dass die rechte Szene zu einer Demonstration aufrief. Als diese sich, wie mittlerweile üblich, für Deutsche und gegen Ausländer ereiferte, wurde ein zweiter Fall publik: Ein deutscher Bediensteter eines dieser sogenannten neuen Ankerzentren sollte eine Jesidin vergewaltigt haben. Eine Therapeutin sprach in diesem Zusammenhang von einer Retraumatisierung, da diese Frau Gefangene des IS gewesen war. Dank starken Polizeiaufgebots konnten auch dieses Mal bei beiden Demos Gewaltexzesse weitgehend verhindert werden, obwohl die Stimmung, wie fast alle Beteiligten bekundeten, emotional sehr aufgebracht gewesen sei.

Ein pensionierter Bundesrichter meldete sich bei einer Talkshow zu Wort. Er erklärte, es gebe jeden Tag hunderte von Vergewaltigungen in Deutschland. Er wolle diese Fälle nicht verharmlosen, aber dies sei nun einmal so. Er bedauere dies sehr. Man solle es doch der Justiz überlassen, die einzelnen Fälle zu beurteilen. Daraufhin warfen ihm einzelne Frauen vor, er als Mann habe gut reden, was auch Marina in ähnlicher Weise in einem ihrem Kommentare so schrieb. Der Justiz fehle es immer noch am nötigen Fingerspitzengefühl bezüglich dieses Themas. Von Rechten wurde ihm vorgeworfen, ausländische Täter hätten es nach einer solch schrecklichen Tat verwirkt, nach deutschem Recht behandelt zu werden. Dieses Recht sei ohnehin viel zu lasch.

Marina wählte die Nummer von Pam, die sie von Carola B. bekommen hatte. Pam war gleich zu einem Gespräch mit ihr bereit, wollte aber auf keinen Fall, dass ihr Name in der Öffentlichkeit auftauchte. Pam lebte in einem Dorf im Taunus. Sie gehörte immer noch zum festen Ensemble eines Theaters und spielte gelegentlich kleinere Rolle im Fernsehen. Die beiden Frauen trafen sich in einem Café und unternahmen von dort aus einen Spaziergang am Flussufer entlang.

»Ich habe damals unbedingt diese Rolle haben wollen«, erzählte sie. »Ich hatte den Eindruck, sie war wie für mich geschrieben. Diese Frau lebte eine natürliche Weiblichkeit, frei von Ängsten und Ressentiments. Ich weiß nicht, wie viele Frauen sie zum Casting bestellt hatten. Ich war mir so sicher, dass ich die Rolle bekommen würde, weil ich sie einfach lebte. Ich war diese Person. Tatsächlich, um es gleich vorweg zu sagen, hatte ich nicht die geringste Chance. Wewe war sehr freundlich und zuvorkommend zu mir. Naiv und völlig unerfahren, wie ich damals war, fasste ich gleich Vertrauen zu ihm. Er überschüttete mich mit Komplimenten, malte mir eine tolle Zukunft als Schauspielerin aus, lud mich zum Essen ein und machte mir teure Geschenke. Sie werden es mir nicht glauben, aber ich war damals davon überzeugt, er meinte es ehrlich, und er sei tatsächlich von meinem Talent überzeugt. Eines Abends kam er dann noch zu einem Drink mit zu mir herauf.«

Sie hielt einen Moment inne.

»… und dann ist es passiert.«

»Er hat … Er hat mich vergewaltigt.«

»Haben Sie ihn angezeigt?«

»Was denken Sie? Ich war so perplex und nur noch beschämt. Ich machte mir selbst Vorwürfe, dass ich so naiv gewesen war. Der Ersten, der ich es erzählt habe, war meine Schwester, und dies erst ein halbes Jahr danach.«

»Sie könnten ihn immer noch anzeigen.«

»Ja, könnte ich. Ich sollte es sogar, damit sich endlich etwas ändert. Diesen Mistkerlen gehört das Handwerk gelegt. Aber ich lasse diese Prozedur nicht über mich ergehen, die peinlichen Befragungen, die Unterstellungen und Behauptungen …«

Marina fertigte einen ausführlichen Bericht an. Ihr Chefredakteur meinte, der Text sei sehr gut recherchiert, aber viel zu lang. Außerdem würden sich Leserinnen und Leser weniger für Hintergründe und mehr dafür interessieren, welche Seite die Oberhand gewinnen würde, der sie sich dann anschließen könnten. Marinas Bericht erschien leicht verkürzt in der Wochenendausgabe der Neuen Altheimer Presse. In den folgenden Tagen erhielt die

Redaktion zahlreiche Leserbriefe, welche sowohl Beschimpfungen gegenüber Wewe enthielten, als auch unflätige Bemerkungen den Frauen gegenüber, die ihn anschuldigten.

Marina wurde zu einer Talkshow im öffentlich rechtlichen Fernsehen eingeladen. Die Sendung wurde live zur besten Sendezeit im Abendprogramm ausgestrahlt. Marina war sehr aufgeregt. Es war ihr erster Fernsehauftritt. Wider Erwarten entstand gar keine Diskussion, vielmehr hielten die Beteiligten langatmige Monologe und antworteten auf Fragen, welche die Moderatorin ihnen gar nicht gestellt hatte. Über die einzelnen Statements brach ein Streit aus, der wiederum zu neuen Statements führte. Marina fühlte sich äußerst unwohl. Sie war bisher kaum zu Wort gekommen. Wenn sie sich auf eine Aussage beziehen wollte, war diese längst wieder von anderen überlagert, die sich nicht unmittelbar darauf bezogen. Auch schien es darum zu gehen, die einzelnen Wortmeldungen der als Gegnerin oder Gegner erkannten Person bewusst misszuverstehen, um darüber einen neuen Angriff oder Gegenangriff zu starten.

Schließlich holte Marina tief Luft und nutzte eine kurze Pause, in der gerade niemand etwas sagte, um Grundsätzliches zu erörtern: Es sei schon hilfreich, dass es Gesetze geben müsse, die Vergewaltigung bestrafen. Da dürfe es keine Ausreden geben. Aber dies allein genüge nicht. Es brauche Gleichberechtigung für alle Menschen in einer Gesellschaft, wirklich gelebte Gleichberechtigung und Gleichheit vor dem Gesetz. Diese könne nur durch Einsicht gefunden werden, indem Menschen sich selbst erkannten, das, was sie tun und welche Ursachen und Auswirkungen ihr Tun habe, indem sie sich in andere einfühlten, indem sie Mitgefühl zeigten. Der Nährboden, der zu jeglicher Form von Unmenschlichkeit, von Verrohung und Gewalt führe, sei in dieser Gesellschaft leider immer wieder fruchtbar. »Wir können nicht Gesetze beschließen, und dann immer weiter machen wie vorher«, erklärte sie fast schon verzweifelt.

Weiter kam sie nicht. Es hagelte Gegenpositionen und Beschimpfungen. Ihr wurde vorgeworfen, gerade sie als Journalistin könne nicht dermaßen naiv und fern jeglicher Realität argumentieren. Danach verlief die Diskussion wie vorher, und Martina ergriff nicht wieder das Wort.

Die Reaktionen in der Presse der nächsten Tage waren bis auf wenige Ausnahmen vernichtend. Man warf ihr vor allem mangelnde Differenzierung vor. Sie würde ja so reden, als sei die Medienlandschaft im Land gleichgeschaltet.

Marina wurde zum Chefredakteur der Neuen Altheimer Presse bestellt. Zu ihrer Verwunderung ging dieser gar nicht auf die Talkshow und ihren Auftritt dort ein. Er meinte vielmehr, sie sei nun eine bekannte Person, bekannter als ihre Zeitung selbst. Dies sei doch die beste Gelegenheit, die sie keinesfalls verpassen dürfe, um in die erste Liga der deutschen Medienlandschaft aufzusteigen. Sie wüsste doch selbst, wie schnell Nachrichten als solche von gestern betrachtet würden. Es galt, das sprichwörtliche Eisen zu schmieden, wenn es noch glühte. Sie habe doch sicher inzwischen Angebote genug von den wirklich Großen. Und besser sei es allemal, auf Honorarbasis zu arbeiten. Da sei sie unabhängiger. Wenn er ein paar Jahre jünger wäre, er würde eine solche Gelegenheit sofort ergreifen. Das Gespräch war dann schnell beendet und Martina ihren Job los.

Der Fall Wewe verebbte plötzlich. Er landete niemals vor Gericht. Das Interesse an dem alten Wald, der noch nicht gefällt war und unter dem die Braunkohle lagerte, nahm wieder zu und schaffte es sogar auf die Titelseiten einiger Zeitungen, aber erst, nachdem ein Demonstrant bei einem Polizeieinsatz vom Baum gefallen und zu Tode gekommen war. Der Regisseur Wewe verlor seinen aktuellen Job und verschwand in der Versenkung. Lilo S. arbeitet jetzt als Darstellerin in der Serie Sex und die Insel.

Die letzte Prärie

Das Land ist leer. Nicht einmal den Ruf eines Vogels hört er. Nur den Wind. Die Vögel waren zu Tausenden über die Kadaver der toten Bisons hergefallen. Und die Kojoten. Berge von Aas, dessen Gestank über Wochen die Luft verpestet hatte. Danach waren sie verschwunden. Nun ist es still. Die weißen Jäger hatten alle Bisons getötet, damit die Cheyenne und ihre Brüder verhungerten und sie so das Land nehmen können. Die Felle hatten sie den Büffeln abgezogen und die Kadaver liegen lassen.

Der Mann steigt vom Rücken seines Pferdes. Wenn er es nicht schont, wird es bald entkräftet unter ihm zusammenbrechen. Die hohe Sonne an einem blauen, wolkenlosen Himmel brennt unbarmherzig herab. Das Leben, das sie gespendet, saugt sie nun aus den Poren der Erde. Wie sein dürres Pferd und wie er selbst ist das Land schutzlos der Sonne und der Kälte der Nacht ausgesetzt. Der Mann besitzt noch drei Patronen. Aber seit Tagen sieht er kein Wild, nicht einmal ein Wildkaninchen. Warum ist er noch hier? Warum liegt er nicht längst unter der kargen Erde begraben? Aber da ist niemand mehr, der ihn begraben kann. Seine Knochen würden in diesem Land des Todes unter der grausamen Sonne bleichen. Auch die Quellen sind verseucht. Er will den Fluss finden. Vielleicht führt er noch Wasser.

Die Bilder seiner Erinnerung verschwimmen. Der Hunger lässt sie ausdörren. Er war mit Tahmelpashme geritten, Morgenstern, den die Weißen Stumpfes Messer nannten. Er hätte die Decken nicht nehmen und das Papier nicht unterschreiben sollen. Nachdem die Soldaten ihre Frauen und Kinder am Sand Creek getötet hatten, während die Krieger auf der Jagd waren, hätte man ihnen niemals wieder trauen dürfen.

Am Abend erreicht er den Fluss. Sein durstiges Pferd hat ihn schon von Weitem gewittert. Sie können ausreichend trinken. Das Pferd findet frisches Gras. Er muss hungrig bleiben. Die wenigen Fische entweichen seinem ungeschickten Speerwurf. Er war nicht mitgezogen mit den Letzten zum Reservat am Tongue Fluss. Sie würden Essen und Kleidung dort haben, aber ihr Herz wird in ihren Körpern sterben, bevor es aufhört zu schlagen. In der Dämmerung hört er einen Kojoten rufen. Er sammelt Holz am Flussufer und entfacht ein kleines Feuer.

Am nächsten Morgen zieht er weiter. Er weiß nicht mehr, wohin er sich wenden soll. Er spürt nicht mehr die Stunden, die vergehen. Die Zeit ist stehen geblieben oder sie hat niemals existiert. Das Wort hatte unter uns gewohnt. Nun sind wir nicht mehr, und es ist versiegt wie der sprudelnde Fluss nach dem Ende der Schneeschmelze.

Das Pferd wirft den Kopf nach vorne, als wäre jeder Schritt eine Anstrengung, die seinem Willen unterworfen werden muss. Ein leichter Wind setzt ein, zuerst nur ganz zart und tastend, dann heftiger. Er fragt sich, ob er schon zwischen den Winden wandert, die ihn nicht in die ewigen Jagdgründe einlassen.

Er hört ein fremdes Geräusch, ein blechernes Klappern, das sich von Weitem nähert. Dann erkennt er die Bewegung am Horizont. Langsam nähert es sich, genau auf ihn zu. Allmählich erkennt er. Ein Mann auf einem Pferd. Er selber hat noch drei Patronen. Er bleibt stehen und hält sein Gewehr im Anschlag. Der Reiter nähert sich. Er führt einen Packesel an einem Strick. Beim Näherkommen erkennt er einen Fallensteller auf einem dürren, grauen Pferd, bei dem ebenso wie bei dem seinen die Rippen heraussteten. Die gegerbte Lederkleidung des Mannes ist oftmals geflickt, löchrig und ausgebleicht. Ein langer, zerzauster Bart umweht sein schmales Gesicht. Seine kleinen, tiefsitzenden Augen schauen nicht zu ihm hin, sondern in eine andere Welt. Das blecherne Kochgeschirr am Sattel des Packesels klappert in hellem, gleichmäßigem Rhythmus. Es gibt nur einen Ton von sich wie ein einsames Glöckchen, das ein Führer der Soldaten benutzt hatte, um Gespräche zu eröffnen, welche die Weißen Friedensverhandlung nannten. Aber sie hatten mit gespaltenen Zungen gesprochen wie die Schlangen. Für die Weißen hatte Frieden Sieg bedeutet, für seine eigenen Leute Vertreibung, Hunger und Krankheiten.

Der bärtige Mann sieht ihn nicht. Er reitet vorbei, ohne den Blick zurück zu finden aus einer anderen Welt. Er lässt das Gewehr sinken, denn Geister kann man nicht mit Gewehrkugeln töten. Ist er selber schon ein Geist, der einem anderen Geist zwischen den Winden begegnet ist?

Als die Sonne am höchsten steht, findet er einen einzigen, toten Baum, dessen Stamm einen schmalen Schatten spendet. An diesen lehnt er sich an. Sein Pferd reckt den Kopf weit vor, um ihn im Schatten ruhen lassen zu können.

Er schläft ein. Im Traum schwebt er, auf seinem Pferd sitzend, über das frisch ergrünte Grasland. Büffel in unendlicher Zahl durchwandern grasend die Weiten. Die Tipis sind an der Biegung des Flusses aufgeschlagen. Frauen haben die Felle zum Gerben aufgespannt. Kinder spielen am Flussufer. Eine Fanfare ertönt. Reiter in blauen Uniformen preschen mit Gewehren im Anschlag und gezogenen Säbeln im Galopp durch das hohe Gras.

Er erwacht und blinzelt in die hohe Sonne. Seine Augen brennen und sein Mund ist trocken. Er zieht weiter, und das Pferd folgt ihm widerwillig. Am Abend erreicht er eine spärlich bewachsene Senke. Er wartet lange geduckt vor einem Kaninchenbau. Endlich bewegt sich ein kleines Tier, vorsichtig schnuppernd, nach draußen. Der Schuss trifft. Noch halb roh zwingt er sich, seine Mahlzeit nicht hinunterzuschlingen. Hinterher ist ihm, als könne er spüren, wie das Blut in seinen Adern wieder fließt.

Am nächsten Tag wandert er weiter durch hügeliges Grasland. Schon aus großer Entfernung entdeckt er die Blockhütte inmitten des Grasmeeres. Beim Näherkommen wird das dunkle Feld größer, und die sich darauf bewegenden Figuren zeichnen sich ab. Er verbirgt sich im hohen Gras. Er erkennt einen Mann hinter einem Gerät, das von einem Ochsen gezogen wird. Vor langer Zeit hat er ein solches Gerät der Weißen in der Nähe eines Forts gesehen, Man gräbt damit das Grasland um und legt anschließend Getreidesamen in die Erde, wie es die Menschen jenseits des Graslandes tun. Der Mann trägt Drillichhosen und einen breitkrempigen Hut, die Frau, die den Ochsen am Zügel führt, ein langes Kleid und eine Haube, sodass ihr Gesicht nicht zu erkennen ist. Ein Kind läuft hinter dem Gespann und liest Steine auf.

Er wartet lange, bis er sicher ist, dass sich keine weitere Person in der Hütte befindet.

Er hat noch zwei Patronen.

Am Abend kehrt er zu der Senke zurück. Er wartet vor einem anderen Kaninchenbau. Dieses Mal verfehlt er sein Ziel und muss sich hungrig und erschöpft neben dem warmen Körper seines Pferds zum Schlaf niederlegen.

Am nächsten Tag kehrt er zu dem Farmhaus zurück. Wieder pflügt der Mann die Erde um, und die Frau führt den Ochsen am Zügel. Das Kind sammelt Steine auf. Er hat noch eine Patrone. Als sie von der Jagd an den Sand

Creek zurückgekommen waren, hatten sie die verstümmelten Leichen ihrer Leute gefunden. Frauen, Kinder und alte Männer hatten sie mit ihren Säbeln in Stücke gehauen. In ihrem Schmerz hatten sie zur Rache aufgerufen. Aber das Blut der Weißen hatte ihren Schmerz nicht gelindert.

Am Nachmittag kehrt er wieder zu der Senke zurück. Dieses Mal zeigt sich nicht einmal ein Opossum und auch kein Präriehuhn. Kein Laut ist zu hören, nur der Wind rauscht gleichmäßig über die Grashalme. Wieder legt er sich neben dem warmen Körper seines Pferdes zu einem tiefen Schlaf hin.

Er träumt von hunderten Männern, die von überall herkommen, Ochsen vor ihre Pflüge gespannt pflügen sie das Grasland um.

Als Johannsen am nächsten Vormittag eine kurze Pause einlegt und aufblickt, sieht er einen ausgehungerten Indianer vor einem ebenso ausgehungerten Pferd durch das lange Grass auf seine Blockhütte zu trotten. Als er nah genug heran ist, führt er eine Hand zum Mund, zum Zeichen, dass er hungrig ist. Johannsen will ihn gleich verjagen, aber seine Frau macht ihm ein Zeichen und geht mit dem Kind zur Hütte. Die beiden Männer lassen sich nicht aus den Augen, bis das Mädchen mit einem Teller aus der Hütte zurückkehrt, auf dem etwas Grütze und ein Brotranken liegen. Der Indianer stellt sein Gewehr beiseite und beginnt gierig, mit den bloßen Fingern zu essen. Danach gibt er dem Kind den Teller zurück.

Er sieht den Mann an und deutet auf seine Flinte. Johannsen wird in diesem Augenblick mit einem Schreck bewusst, dass er dem Mann wehrlos ausgesetzt ist, da er sein Gewehr an den Pflug gelehnt hat stehen lassen. Also packt er die Flinte der Rothaut, bevor dieser sie ergreifen kann. Der Indianer hebt abwehrend die Arme und geht auf Johannsen zu. Dieser drückt sofort ab. Die letzte Kugel trifft.

Nachher wirft er die Leiche auf einen Karren und fährt sie zum ausgetrockneten Flussbett. Dort hebt er eine Grube aus. Das Grab beschwert er mit Steinen, damit die Kojoten es nicht aufbrechen. Als er zurückkommt, sitzen die Frau und das Kind am Tisch. Er spricht das Gebet, bittet den Herrn um das tägliche Brot, das ihnen das neue Land geben soll. In der Nacht hören sie, wie so oft, das einsame Rufen eines Präriewolfs von dem nahen Hügel.

Die Kritik

»Hören Sie, Theo!«, sagte er. »Wir sind uns nie begegnet.«

»Was meinen Sie?«, fragte der Angesprochene zurück.

»Nun«, antwortete der Kritiker in einer etwas herablassenden Geste, indem er den Mund vor und nach dem Sprechen leicht zuspitze, »es würde keinen so guten Eindruck erwecken, wenn wir, also Sie, der Bruder des Malers, der zudem noch in seiner Galerie dessen künstlerischen Nachlass verkauft, und ich, der Kritiker, uns kennen.«

»Ich verstehe«, antwortete Theo kurz. Er wandte sich ab, um in ein Taschentuch zu husten.

»Ist ihnen nicht wohl?«, fragte sein Gegenüber besorgt.

»Nein, schon gut«, winkte Theo ab und steckte sein Taschentuch wieder ein.

»Ich hätte es besser gefunden, Sie würden eine größere Ausstellung für die Werke ihres Bruders in einer der bekannten Galerien organisieren«, fuhr der Kritiker fort.

»Ja, das würde ich auch gerne«, bestätigte Theo etwas schuldbewusst und räusperte sich mehrmals, »aber, um es offen zuzugeben, Monseigneur, mir fehlen die nötigen Mittel dazu.«

»Ich verstehe«, meinte der Kritiker nickend. Nach einer Weile fuhr er fort: »Das Werk ihres Bruders hätte es verdient. Er war ein ganz besonderer Maler.«

Theo nickte bestätigend und wartete gespannt, was der Kritiker weiter auszuführen gedachte.

»Das Problem ist«, hob dieser an, »dass kein Mensch, schon mal gar kein Kritiker, wie sie sich in Massen in den Salons herumtreiben und sich aufspielen, den eigentlichen Wert der Werke ihres Bruders erkennen kann.«

Theo wartete wieder gespannt, was er weiter ausführen würde.

»Ihr Bruder malte dilettantisch, hastig und oberflächlich«, führte der Kritiker apodiktisch aus.

»Oh …«, entfuhr es dem überraschten Bruder des Verstorbenen.

»Er war ein Getriebener und voller Ungeduld. Das sieht man den Bildern an, auf den ersten Blick.«

Nun verengte sich sein Mund zu einem schmalen Strich. Dann fuhr er fort:

»Wahrscheinlich dachte er schon an das nächste Werk, während er sich mit den Details des Bildes beschäftigte, an dem er gerade malte und die ihm schnell lästig wurden.«

»Aber …«, wandte Theo, seine Entrüstung nur schwer unterdrückend, ein. »Sie sehen nicht …«

Der Kritiker unterbrach in barsch:

»Doch, sehe ich.«

Er wartete eine Weile, als bestünde er darauf, dass der offensichtlich erregte Theo sich beruhigte und aufmerksam seinen nun folgenden Worten folgte:

»Es ist die Leidenschaft, eine unbändige Leidenschaft, die ihn dazu brachte, so zu malen.«

Er stand auf und ging zu einem der Bilder.

»Sehen Sie hier! Er brauchte nur wenige Striche, um etwas anzudeuten. Der Betrachter kann spüren, was diese wenigen Striche in diesem kräftigen Gelb ausdrücken …«

Er machte wieder eine kleine Pause, um seinen Worten Nachdruck zu verleihen.

»…Voraussetzung ist, er will es. Es spüren, meine ich. Besser gesagt, er kann und er will es zulassen.«

Der Kritiker begab sich wieder auf seinen Stuhl.

»Die Werke ihres Bruders sind das eine, die Betrachter dieser Werke sind das andere, verstehen Sie?«

»Können Sie das noch etwas weiter ausführen?«, fragte Theo nach einer Weile, nachdem er sich überlegt hatte, ob es ratsam sei, diese Frage zu äußern.

Der Kritiker holte etwas weiter aus:

»Wenn einer heute ein Bild malt, das er verkaufen will, muss er sich zuerst darüber im Klaren sein, was die möglichen Käufer von ihm sehen wollen.«

»Natürlich!«, bestätigte Theo. »Ich bin Kunsthändler. Damit bin ich sozusagen ein Vermittler zwischen Künstler, Werk und den möglichen Käufern.«

»Sie sagen es«, bestätigte der Kritiker.

»Aber mein Bruder Vincent …«

Der Kritiker nickte und unterbrach ihn im selben Moment wieder:

»Ihr Bruder Vincent meinte, für ihn gelte diese Regel nicht.« Er unterbrach und verbesserte sich: »Nein, er kannte diese Regel gar nicht. Oder er ignorierte sie einfach. Er wollte nur das malen, was er unmittelbar empfand oder wie er es empfand, wie er es sah.«

Theo nickte wieder bestätigend.

»Und das, was er sah und empfand war ganz sein Eigenes. Es betraf die Landschaft, das Licht, die Farben … eben seine Empfindung, die Regungen seiner Seele.«

Theo achtete auf die Mimik des Kritikers, um zu ergründen, ob er es wirklich ernst meinte, was er sagte, oder ob er womöglich das Gesagte nur ironisierte oder die Werke seines verstorbenen Bruders gar lächerlich machen wollte.

»Ihr Bruder malte radikal und kompromisslos. Wäre er Politiker geworden statt Maler, hätte man ihn wohl des Terrorismus oder zumindest des Extremismus bezichtigt und ihn bestimmt daran zu hindern versucht, eine Revolution anzuzetteln.«

»Sie übertreiben da etwas«, wandte Theo vorsichtig ein.

»Das mag sein«, bestätigte sein Besucher.

»Er wusste um seine Impulsivität, weshalb er niemals einen Gedanken daran verschwendet hätte, sich politisch zu betätigen«, erläuterte Theo im Namen seines Bruders etwas gekränkt und fügte hinzu: »Mit Radikalität hat das nichts zu tun.«

»Da bin ich etwas anderer Meinung«, erwiderte der Kritiker. »Zumeist befindet der politische Gegner darüber, was als radikal zu gelten hat. Aber lassen wir das! Es trägt nichts zur Erhellung des Werks ihres Bruders bei. Über die Impulsivität ihres Bruders sollte ich mir kein Urteil erlauben, denn ich haben ihren Bruder nicht persönlich gekannt.«

Theo wandte sich wieder ab und hustete mehrmals in ein Taschentuch. Er verließ für kurze Zeit den Raum. Von nebenan war ein längeres Husten und Röcheln zu hören. Gefasst betrat er nach kurzer Zeit wieder das Zimmer.

»Ist ihnen nicht wohl?«, fragte der Kritiker wieder besorgt.

»Schon gut«, beschwichtigte der Hausherr.

»Um es geradeheraus zu sagen: Mit seiner Einstellung hätte es ihr Bruder nicht verdient, auch nur ein einziges Bild zu verkaufen.«

Theo dachte daran, dass eben dies geschehen war: Sein Bruder Vincent hatte nicht ein einziges Bild verkauft, bevor er sich das Leben nahm.

»Sein Werk jedoch verdient höchste Anerkennung«, fuhr der Kritiker fort. »Nicht, dass mir seine Bilder persönlich gefielen ...« Er ließ den Satz unvollendet.

»Ihr Bruder malte Landschaften. Er malte, was er sah, aber zugleich sind es Landschaften seiner Seele, einer reinen Seele, um dies noch hinzuzufügen.«

Nach einer kurzen Pause fuhr er fort:

»Diese Bilder sind nur aus sich selbst heraus zu verstehen. Wenn der Betrachter dies erfasst, schaut er in sein eigenes Innerstes. Er erkennt sich selbst. Wahrscheinlich hat ein Dr. Gachet seine Werke so verstanden.«

»Und Sie?«, fragte Theo gespannt und dachte nicht mehr an seine Vorsicht dem Kritiker gegenüber.

Dieser lächelte.

»Als Kritiker muss ich diesen möglichen psychologischen Sachverhalt mit einbeziehen.«

Theo zeigte sich von dieser Antwort enttäuscht. Sein schmal werdender Mund schien dies zu verraten. Der Kritiker bemerkte es.

»Es ist nicht von Belang, was ich davon halte, sondern ob ich es erkenne und in meine Kritik mit einbeziehe«, führte er aus.

»Aber Sie entscheiden sich doch, ob Sie schreiben, aus dem Werk spreche Ungeduld oder Leidenschaft«, wandte Theo ein.

»Ganz so einfach ist es nicht«, widersprach der Kritiker, »weil ich mich mit Beschreibungen hervortun und mit Bewertungen zurückhalten sollte.«

Dann sind Sie eine große Ausnahme ihre Zunft betreffend«, entgegnete Theo forsch. »Zumeist machen es ihre Kollegen genau umgekehrt: Sie bewerten schon, bevor sie etwas begriffen und dies beschrieben haben.«

»Sie tun gut daran«, bestätigte der Kritiker zu Theos Verwunderung sofort. »Die Leute wollen schnell erfahren, was von einem Kunstwerk zu halten ist.«

»Aber ist dies nicht ein Widerspruch zu dem, was Sie vorhin ausführten?«, bemerkte Theo kritisch.

»Durchaus«, bestätigte der Kritiker fast schon schmunzelnd, »wenn ich es nur vom Sachverhalt her betrachte.

Aber ich muss mich, wie ich eben ausführte, als Mittler zwischen Werk und Betrachter verstehen.«

»Wollen Sie damit sagen, sie handelten als Pädagoge?«

Der Kritiker lächelte.

»Dies würde zu weit gehen«, sagte er, »aber ganz von der Hand zu weisen ist ihr Einwand nicht.«

Er dachte eine Weile nach und eröffnete dann:

»Ich finde, es ist an der Zeit. Hätte ihr Bruder auch nur wenige Jahre früher so gemalt, wie er es tat, hätten ihn die Leute nicht einmal annähernd verstanden. Seine Werke wären wohl gar nicht beachtet worden, und dies ist das schlimmste, was einem Künstler widerfahren kann. Er wäre belächelt worden wie ein Kind.«

»Aber genau dies hat Vincent doch so bitter erleben müssen«, unterbrach ihn Theo fast schon flehentlich.

»Ich bedaure sehr, dass Ihr Bruder niemals die Anerkennung für sein großes Werk bekommen hat. Er muss sehr darunter gelitten haben.«

»Das hat er«, bestätigte Theo.

»Gerade aus diesem Grund halte ich es für so wichtig, dass sein Werk nun die Aufmerksamkeit erhält, die ihm, so möchte ich es ausdrücken, unbedingt zusteht«, erklärte der Kritiker vehement. »Die Zeit ist reif dafür.«

Er überlegte kurz und erklärte dann mit Pathos in der Stimme:

»Manet ist große Schritte hin zu einer Moderne gegangen. Ihm folgte Monet, der die Malerei geradezu aus Fesseln befreit hat. Und nun erfolgt der nächste, entscheidende Schritt zu einer Moderne mit dem Werk Vincent van Goghs.«

Theo nahm die Worte seines Gegenübers noch immer mit Skepsis auf. Irgendetwas, das er nicht ergründen konnte, ließen ihn in dieser skeptischen Haltung beharren.

»Einige Jahre später wäre sein Werk eines unter vielen gewesen«, führte der Kritiker weiter aus. »Sie werden sehen. Ausgelöst durch diese Bilder, welche ich der Öffentlichkeit zugänglich machen werde, wollen in wenigen Jahren Horden junger Künstler sich diesem Einfluss unterwerfen und so malen wie Vincent.«

Dabei mühte er sich, als habe er es übertrieben mit seinem Pathos, seinen Enthusiasmus wieder zu zügeln. Im Gegenteil setzte er seine Worte berechnend wie ein Lehrer, der über eine Mathematikaufgabe doziert.

»Wir werden es klug anfangen müssen, damit sich nicht genau das fortsetzt, was sie beschrieben haben. Kritiker werden sich ihr Mütchen kühlen und das Werk ihres Bruders als naiv, kindisch und dilettantisch verunglimpfen.«

»Sie sagen dies so süffisant, als seien Sie selbst nicht wirklich überzeugt von seinen Bildern«, rutschte es Theo heraus. Zu lange hatte er mit seinem Bruder gelitten, ihn mit seinem Geld unterstützt, damit er sich Farben und Leinwand kaufen konnte. »Und haben Sie selbst nicht eben eine ähnliche Kritik formuliert?«

Der Kritiker zeigte sich nicht im Geringsten beeindruckt.

»Es gilt jetzt, einen kühlen Kopf zu bewahren. Wie ich ausführte, spricht die Leidenschaft aus dem Werk ihres Bruders. Wenn sie allzu früh aus unseren begeisterten Worten spricht, werden wir mit einer ebenso heftigen Gegenreaktion rechnen müssen. Wissen Sie, es gibt Menschen, namentlich Fachleute oder solche, die sich dafür halten, die geradezu wütend reagieren, wenn sich einer wie ihr Bruder traut, dermaßen von der Norm oder dem Geschmack eines Zeitgeistes abzuweichen. Er wirkt auf sie wie einer, der die Sitten verdirbt.«

»Aber mein Bruder war doch ein gutherziger Mann ...«

»Sicher war er dies. Aber er war auch ein Revolutionär, jedenfalls in künstlerischer Hinsicht. Wenn ich mir seine Bilder mit den wirren Strichen und dicken Farbklecksen anschaue, bin ich davon überzeugt, er war auch jähzornig und voller Wut.«

Theo schüttelte missmutig und fast schon verzweifelt den Kopf.

»Ja, das haben Sie richtig erkannt.«

»Um dies klarzustellen«, fuhr der Kritiker fort, »ich will damit nicht sagen, dass es gegen ihn spricht, ganz im Gegenteil, diese heftigen Gefühlsregungen haben sein Werk zu einem wirklichen Erblühen, zu größtmöglicher Entfaltung gebracht.«

Theo räusperte sich und drehte sich zur Seite, um wieder in sein Taschentuch zu husten.

»Er darf ...«, der Kritiker verbesserte sich, »... er durfte sich dies erlauben, weil er unschuldig wie ein Kind war.« Er machte eine kleine Pause, um dann fortzufahren. »... und weil sein Werk diese Haltung rechtfertigt. Dies ist nämlich der entscheidende Punkt. Menschen, die nicht etwas so Außergewöhnliches leisten, wie er es fertig brachte, lässt man eine solche Haltung nicht durchgehen. Sie dürfen es sich nicht leisten. Wenn sie es trotzdem tun, werden sie mit Missachtung bestraft. Dies ist für einen Künstler die höchste Strafe. Oder sie werden belächelt. Sie werden missverstanden. Sie werden abgewertet. Die Abwertung ist nicht die höchste, sondern die niedrigste, die am wenigsten kränkende Steigerung. Sie kann wenigstens noch Zorn hervorrufen. Wesentlich besser, als deprimiert in Selbstzweifel zu verfallen.«

Theo nickte geistesabwesend, war sich nicht bewusst darüber, ob er sich oder seinen Bruder verstanden fühlte, oder ob er sich einfach dem Faktischen der Ausführungen des Kritikers unterwarf.

»Aber sehen Sie das Licht ...«, erklärte er, ohne auf ein bestimmtes Bild zu zeigen, als wollte er den Kritiker von der Konsequenz von dessen Rede ablenken, »... die Menschen, die im Sonnenschein frohgemut der Härte ihrer Arbeit nachgehen, ... diesen Himmel in seinem klaren Blau ... Man kann es nicht nur sehen, man kann es auch riechen, schmecken ...«

»Aus Ihnen hätte ein hervorragender Kunstkritiker werden können«, wurde er unterbrochen. »Das Problem ist: Weder die Kritiker, geschweige denn die Betrachter, außer einige Kinder, deren Urteil nichts gilt, sehen und spüren das, was Sie sehen und spüren. Ich möchte nicht so hart urteilen. Vielleicht sehen und spüren es einige, wenige, aber sie vertrauen ihrem Gespür nicht. Oder sie wagen nicht, zu äußern, was sie sehen, aus Angst, selbst für naiv, weltfremd oder gar verrückt angesehen, wenn nicht erklärt zu werden.«

»Ihre Rede verwirrt mich«, gestand Theo ein und unterdrückte ein weiteres Husten. »Mal habe ich den Eindruck, Sie urteilen sehr wohlwollend über das Werk meines Bruders, dann wieder kommt mir ihre Kritik geradezu vernichtend vor.«

»Es geht gar nicht darum, ob mir die Bilder gefallen oder nicht«, führte der Kritiker aus, »sondern welcher Wert ihnen für die Gesellschaft beizumessen ist.«

»Erkennt man dies nicht erst im Rückblick?«, fragte Theo zweifelnd.

»Durchaus nicht«, antwortete der Kritiker sofort, ohne dies weiter auszuführen.

»Tut mir leid«, wandte Theo ein, »das ist mir zu theoretisch, beziehungsweise glaube ich, Sie werden nur dann etwas Wohlwollendes über die Werke schreiben, wenn sie Ihnen auch gefallen.«

In diesem Augenblick klopfte es. Theo eilte sofort zur Tür und öffnete.

»Oh, ich wollte nicht stören«, entschuldigte sich die junge Frau mit dem Kind auf dem Arm.

»Komm doch herein!«, forderte Theo sie auf. Er wandte sich an den Kritiker.

»Darf ich Ihnen meine Frau Johanna und unseren kleinen Vincent vorstellen.«

»Sehr angenehm«, beeilte sich der Kritiker höflich zu sagen.

Theo bot ihr an, Platz zu nehmen, aber sie bekundete, lieber stehen zu wollen, um so den Kleinen leichter in den Schlaf wiegen zu können.

»Wir waren gerade mit der Frage beschäftigt, ob ein Kritiker das Werk eines Künstlers schätzen muss, um wohlwollend darüber schreiben zu können«, führte Theo sie in das Gespräch ein.

»Oh, das ist ein interessantes Thema«, sagte sie.

»Genauer gesagt gebrauchte ihr Gatte die Formulierung, ob es mir gefallen müsste, wenn ich eine wohlwollende Kritik darüber schreiben sollte.«

»Darf ich Sie so direkt fragen, wie Sie darüber denken?«, fragte Johanna.

»Natürlich dürfen Sie«, antwortete der Kritiker sofort. »Nur so werden wir zu einem gemeinsamen Verständnis kommen, auf das ich einen unbedingten Wert lege.«

Er versuchte, bequem zu sitzen und zog die Bügelfalten seiner Hose etwas nach oben.

»Offen gestanden, versuche ich mir die Frage, ob mir ein Bild gefällt, erst gar nicht zu stellen oder sie zumindest zurückzuschieben«, führte er sodann aus. »Vielmehr rufe ich mir alle möglichen Kriterien ins Gedächtnis, um das Werk an diesen zu messen, nicht nur ganz Praktische wie Farbgebung, Perspektivgestaltung oder detaillierte Ausführung, sondern auch Atmosphärisches oder Ausstrahlendes.«

»Ich verstehe, Sie möchten ein Werk möglichst objektiv betrachten«, konstatierte sie lächelnd.

»Ja, so weit dies möglich ist«, bestätigte der Angesprochene.

»Und gelingt ihnen dies?«, fragte sie weiter. »Schließlich geht es um spontane Reaktionen.«

»Ich glaube, zu verstehen, worauf Sie hinauswollen«, beeilte sich der Kritiker auszuführen. »Natürlich kann ich meine spontanen Eindrücke beim Betrachten eines Bildes nicht gänzlich unterdrücken. Aber ich versuche es, so gut wie möglich.«

»Bei mir ist es genau umgekehrt«, erklärte Johanna. »Aber ich bin auch eine Frau, und Frauen reagieren bekanntlich gefühlsbetonter. Ich mache mir den spontanen Eindruck bewusst und frage mich dann, welche Kriterien mich zu diesem veranlasst haben.«

»Nun ja«, gab er lächelnd zu, »viele Wege führen nach Rom.«

Der kleine Vincent war wach geworden und greinte etwas vor sich hin.

»Bitte entschuldigen Sie«, sagte sie mit Blick auf den Kritiker.

Theo eilte herzu.

»Ich nehme ihn dir eine Weile ab.«

Sie überreichte ihm den Kleinen. Er ging mit ihm im Zimmer auf und ab, ihm beschwichtigende Worte zuflüsternd, die ihn schnell wieder beruhigten.

»Das Werk von Vincent hat für mich etwas Unmittelbares und etwas Empfindliches. Keine Frage, dass ich jedes seiner Bilder auf seine Art liebe. Obwohl er diese kräftigen Farben verwendete und sie dick aufgetragen hat ...« Sie ging zu einem der Bilder hin, das eine Gruppe blühender Pfirsichbäume zeigte, und deutete auf die entsprechenden Stellen, »... kommen sie mir so sanft und zerbrechlich vor, als könnten die Farben unter meinem Blick wieder verblassen oder dieser Eindruck von Licht und Helle wieder unsichtbar werden.«

»Verwechseln Sie da nicht den Künstler mit seinem Werk?«, wandte der Kritiker ein.

»Oh«, erwiderte sie keinesfalls verunsichert oder gar gekränkt, »da gibt es nichts zu verwechseln. Künstler und Werk sind in Haltung und Ausdruck nicht zu unterscheiden. Sie gehen sozusagen ineinander auf.«

Ihr Mann Theo mit dem Kleinen im Arm, der wieder eingeschlafen war, warf ihr einen bewundernden Blick zu.

»Ich kann ihre Sichtweise nachvollziehen«, sagte der Kritiker. »Unsere Sichtweisen unterscheiden sich bezüglich Person und Werk, Madam. Ich sprach bereits mit ihrem Mann darüber, bevor Sie uns Gesellschaft leisteten.«

Er machte eine seiner üblichen Kunstpausen. Dann fuhr er fort:

»Sie müssen dies als seine nächsten Angehörigen so betrachten.« Er unterließ es zu ergänzen, weil sie seine Bilder verkaufen wollen.

»Ich bin der Meinung, dass die besondere Qualität gerade darin besteht, dass Werk und Künstler diese Einheit bilden, die nicht getrennt werden kann, auch nicht im Auge des Betrachters«, schaltete sich Theo wieder in das Gespräch ein.«

Der Kritiker schien zu überlegen, ob er zustimmen oder nach einem Gegenargument suchen sollte. Schließlich meinte er nach kurzer Überlegung:

»Ich bin der Meinung, der Widerspruch zwischen Künstler und Werk ist augenscheinlich.«

Er machte wieder eine kleine Pause.

»Warten Sie! Ich möchte dies noch etwas erläutern. Dieser Widerspruch schafft eine besondere Spannung. In manchen Bildern zeigt sich diese mehr, in anderen weniger.«

Er ging zu einem Bild hin, das ein Getreidefeld vor einem düsteren Himmel zeigte, über dem Krähen flogen.

»Sehen Sie, dieses Bild ist voller Widersprüche. Meines Erachtens zeigt es die innere Zerrissenheit des Malers und zugleich das Sein und Werden in der Natur.«

»Vincent hat es gemalt, als er sich in einer sehr deprimierenden Stimmung befand. Ich erinnere mich genau«, erklärte Theo.

»Das kann ich mir denken«, befand der Kritiker lakonisch.

»Mich macht es immer traurig, wenn ich es ansehe«, sagte Johanna. »Unmittelbar nach Vincents Tod konnte ich diese Gefühle kaum aushalten. Mittlerweile ist es so, dass dieses Bild mir Trost gibt. Ich kann mich in die Trauer hineinfallen lassen, ohne dass sie Besitz von mir ergreift.«

Sie schwiegen eine Weile. Nur der Atem des kleinen Vincent war als leises Schnarcheln zu vernehmen. Theo öffnete mit der Linken eines der Fenster, um etwas frische Luft hereinzulassen. Er warf einen kurzen Blick hinunter auf die belebte Straße, auf der soeben ein Einspänner mit einen vornehmen Paar vorbeifuhr.

»Ich werde in meiner Kritik keine abschließende Bewertung vornehmen und auch keine Empfehlung aussprechen«, erklärte der Kritiker in die Stille hinein.

Das Paar blickte erwartungsvoll zu ihm hinüber.

»Man wird mich der Feigheit bezichtigen. Da bin ich mir sicher«, fuhr er fort. »Ein Werk wie dieses in seiner Widersprüchlichkeit wird sowohl starke Befürworter wie auch starke Gegner auf dem Plan rufen. Mein Verdienst soll es sein, mit dem Werk bekannt zu machen und darüber hinaus diese Ambivalenz in all ihren Facetten aufzuzeigen. Wenn mir dies gelingt, wird es eine rege Diskussion, hoffentlich nicht nur in der französischen Presse hervorrufen, welche dem Werk nicht schaden kann. Ganz im Gegenteil wird es dessen Popularität fördern.«

»Werden Sie auch etwas über Vincent als Person schreiben?«, fragte der Bruder des Verstorbenen etwas besorgt.

»Wenn ich es nicht tue, wird es ein anderer tun«, befand der Kritiker kühl. »Es wird nicht ausbleiben, dass auch über den Zwist mit Gauguin, das abgeschnittene Ohr und den Aufenthalt in Saint Remy berichtet wird.«

»Ich bitte Sie, darüber nichts zu schreiben. Das Werk meines Bruders spricht für sich«, erklärte Theo erregt.

Der Kritiker fragte sich, ob er dem Händler van Gogh erklären sollte, dass diese Episoden aus dem Leben des Künstlers den Verkauf der Bilder steigern würde, wenn es gelang, sie in geeigneter Weise darzustellen. Deshalb sagte er:

»Ich kann Ihnen nicht zusagen, es zu unterlassen, aber ich kann ihnen versprechen, auf seriöse Weise mit diesen Fakten umzugehen.«

Dann ergänzte er nach der üblichen Pause:

»Ich werde den Namen ihres Bruders und den ihrer Familie in Ehren halten.«

Johanna nahm Theo, den wieder dieser keuchende Husten plagte, das Kind ab und setzte sich etwas abseits an den Tisch.

»Ich glaube«, sagte sie dann, »wir können nicht zurück. Theo wollte, dass sein Werk der Öffentlichkeit zugänglich gemacht wird. Auf seine Person nahm er keine Rücksicht. Mit dieser Haltung überforderte er sich immer wieder. Aber Vincent war entschieden, seine ganze Kraft für sein Werk zu opfern.«

»Ja«, bestätigte Theo, »das hast du treffend gesagt.«

Der Kritiker fühlte sich etwas unwohl in seiner Haut. Er war es nicht gewohnt, sich dermaßen persönlich in seiner Arbeit zu engagieren. Hier ging es nicht nur um Fleiß oder Sachkenntnis, sondern um das eigene Befinden.

»Was ich tun kann«, führte er deshalb aus, »ist, darauf hinzuweisen, wie sehr unser Urteil von unseren eigenen Launen abhängt, den Einflüssen unserer Mitmenschen, den gesellschaftlichen Gepflogenheiten, und vor allem der Ehrlichkeit, die wir uns selbst und unseren inneren Regungen zugestehen. Aber damit werde ich mich auf dünnes Eis beziehungsweise auf ein klitschiges Parkett begeben. Ich werde damit rechnen müssen, dass ich nicht oder gar falsch verstanden werde, unabhängig davon, wie differenziert ich mich auszudrücken in der Lage sein werde. Es gibt Leute, die können es sich leisten, Bilder zu kaufen, die stellvertretend für sie selbst und ihre inneren Regungen etwas ausdrücken. Sie hängen sich diese an die Wand, damit sie repräsentieren, was sie selbst in sich nicht erforschen wollen, zum Beispiel die eigene Verletzbarkeit, die empfindliche Substanz der Seele. Wir Kritiker sollen ihnen erklären, was ein Bild aussagt, wie es zu verstehen sei und was der Künstler damit ausdrücken wollte. Wir können versuchen, uns einzufühlen, aber es wäre anmaßend, zu behaupten, dass wir wirklich wüsten, was er mit seinem Werk ausdrücken wollte. Zumal, und dies sei hier besonders betont, kann kein Kunstwerk eine eindeutige Interpretation erfahren. Eine solche wird ihm nicht gerecht.«

Der Kleine war wieder aufgewacht und schaute sich neugierig im Raum um. Sein Blick fiel auf den Kritiker. Er verzog sein Schnütchen ob des fremden Anblicks. Aber dann entschied er sich, die Bilder seines Onkels, die überall im Zimmer herumstanden, ins Visier zu nehmen.

»Ich habe noch ein Anliegen«, sagte der Kritiker, und es klang abschließend. »Ich würde gerne dieses Bild mit den blühenden Pfirsichbäumen kaufen. Meine Frau hat demnächst Geburtstag.«

Er wandte sich an Theo.

»Sagen Sie mir bitte den Preis!«

Dieser hatte mit einer solchen Anforderung nicht gerechnet. Dann sagte er zögernd:

»Ich schenke es Ihnen im Namen meines Bruders.«

»Das ist sehr nobel«, erklärte der Kritiker sofort, »aber ich kann dies auf gar keinen Fall annehmen. Es könnte unsere ganze Unterhaltung in Misskredit bringen.«

Johanna wollte das Wort ergreifen, aber Theo gab ihr ein vorsichtiges Zeichen mit den Augen, damit noch zu warten.

»Sie können es sich ja noch überlegen«, meinte der Kritiker. »Ich schicken ihnen nächste Woche eine Person meines Vertrauens, die es bei ihnen abholen wird.«

Als der Kritiker auf dem Weg nach Hause war, überkamen ihn Zweifel, ob er seine Leser wirklich mit ihren eigenen Befindlichkeiten konfrontieren sollte.

Oben in Michigan

»Nicht ein Wort glaube ich von dem, was die alles gegen ihn vorbringen«, meint Crouch lapidar und wirft die Angelschnur in weitem Bogen aus.

Wir haben uns an diesem Nachmittag an der üblichen Stelle auf der schmalen Landzunge am Sable See getroffen. Ted leiht sich, wie fast immer, seine Köder von Mack aus. Während er einen festmacht, auch das passiert ihm fast jeden Mittwoch, wird ihm nämlich die Zigarre kalt, und statt sie wieder anzuzünden, wirft er sie irgendwann völlig zerkaut weg.

»Aber immerhin haben sie so viele Beweise gegen ihn, dass es reicht, um ihn an die Deutschen auszuliefern«, erklärt er, um nach einiger Zeit hinzuzufügen: »Und das machen sie nicht mit einem amerikanischen Staatsbürger, wenn sie nichts Dingfestes haben. Darauf kannst du dich verlassen in unserem Land. Selbst der CIA erlaubt sich da keine Ausnahme.«

»Woher weißt du denn das schon wieder?«, fragt Crouch übellaunig.

»Hast du nicht gehört, es kam heute morgen im Radio?«, schaltet sich Mack ein, der bis jetzt noch nichts dazu gesagt hat. Mack sagt meistens nicht viel. Dafür fängt er immer die dicksten Fische. Er behauptet, das ist reine Gefühlssache, habe er von seinem Großvater väterlicherseits, der aus Schottland stammt, wo angeblich alle Männer als Angler geboren werden.

»Gestern Abend ist sogar ein kurzer Bericht über Johnny in den Abendnachrichten gebracht worden.«

»Das Foto, dass sie von ihm gezeigt haben, war ja wohl schon ziemlich alt«, meint Jake und zieht sich mit der

Linken die Hose hoch, die ihm nach der Operation vor einem halben Jahr zu weit geworden ist.

»Wahrscheinlich haben sie es aus einem alten Pass«, vermutet Ted. »Burt wird ihnen doch wohl kein neues Bild mitgegeben haben, wenn sie ihn dermaßen anschuldigen, damit das ganze Land weiß, wie er heute aussieht.«

Den Haken hat er inzwischen fest und wirft die Leine mit Wucht aus, als will er seine Aussage damit bekräftigen.

»Er hätte damals seinen Namen gefälscht«, wirft Half-Pint kopfschüttelnd ein. »Angeblich heißt er nicht John Smith, sondern Wassily Grunschky oder so ähnlich.«

»Soll das doch glauben, wer will, ich jedenfalls nicht«, wiederholt Crouch.

Grozky – mit einem Z«, verbessert ihn Ted.

»Und aus der Ukraine soll er stammen«, ergänzt Half-Pint. »Ich weiß gar nicht, wo genau das liegt.«

»Du weißt vieles nicht«, kommentiert Ted und schiebt seine inzwischen kalt gewordene Zigarre in den anderen Mundwinkel.

»Was soll denn das schon wieder heißen?«, fragt Half-Pint zurück.

»Eben das, was ich sage«, erklärt Ted.

Ted und Half-Pint kennen sich, solange sie leben, und das sind immerhin an die achtzig Jahre, und genau so lange kabbeln sie sich, genauer gesagt, Ted muss Half-Pint bei jeder sich bietenden Gelegenheit eine verpassen.

»Als ob du Klugscheißer wüsstest, wo die Ukraine liegt.«

»Und ob ich das weiß.«

»Sicher hat Ted auf dem Schulatlas seines Enkels nachgeschaut«, feixt Jake.

»Ukrainer heißen jedenfalls anders«, behauptet Crouch, »irgendwas mit einem Ky hinten.«

»Das sind doch Polen«, meint Ted.

»Nein, Jugoslawen«, verbessert Mack, »aber die gibt's ja nicht mehr.«

»Trotzdem!«, sagt Half-Pint bestätigend.

Wir sprechen dann darüber, wie Johnny damals mit Ella aus Chicago heraufgekommen war.

»Sie hatten gerade geheiratet«, erzählt Ted. »Burt war unterwegs.«

»Bist du da sicher?«, fragt Crouch zurück. »Ich meine, sie hätten den Jungen dabeigehabt.«

Er schiebt seinen Hut in den Nacken, den er trägt, so weit ich zurückdenken kann.

»Ich weiß es genau«, behauptet Ted. »Sie hatte einen dicken Bauch. Kurz danach wurde ich eingezogen.«

Ted und Half-Pint sind die beiden Jüngsten in unserer Clique, und Ted war der einzige, der nach Korea musste. Half-Pint wollten sie damals nicht haben. Wahrscheinlich lag es daran, weil sein linkes Bein etwas kürzer ist als das rechte.

»War er eigentlich im Krieg?«, fragt Jake.

Wir schauen zu Crouch hinüber, der aber so tut, als geht ihn diese Frage nichts an, und weiterhin auf die Stelle stiert, wohin er seine Schnur ausgeworfen hat. Dabei weiß kein Mensch in unserem Städtchen besser über den Zweiten Weltkrieg Bescheid als er. Crouch hatte am Monte Casino gekämpft, und obwohl er niemals darüber redet, auch damals nicht, als er zurück gekommen war, wissen doch alle, dass er eine Tapferkeitsmedaille bekommen hat.

Crouch war damals als Erster von uns aus dem Krieg zurückgekommen, hatte sich Monate lang nirgendwo blicken lassen und kein Wort geredet. Nachts lief er in seiner Ausgehuniform allein am Ufer des Großen Sees auf und ab. Die Leute erzählten sich damals, er hätte einen seelischen Knacks oder so was abbekommen. Das gab's oft. Kein Wunder, was wir Jungs damals mitgemacht haben!

Irgendwann traute er sich dann wieder unter die Leute, erzählte auch eine Menge über den Krieg, nicht, was er erlebt hatte, aber er wusste alles, über Frontverläufe, Truppenstärken, Marschbefehle. Er wurde so eine Art lebendes Lexikon, sammelte Zeitungsausschnitte und hatte alle Bücher gelesen, die jemals von einem Amerikaner über den Zweiten Weltkrieg geschrieben worden waren, und natürlich hatte er nicht nur mit jedem im Städtchen gesprochen, der überm Teich gewesen war, sondern er wusste auch, wo, wie lange und sogar bei welcher Einheit er eingesetzt gewesen war.

»Ich glaube, er war in Deutschland«, sagt Crouch schließlich, und es ist ihm wohl klar, dass wir uns mit dieser Antwort nicht zufriedengeben.

»Du weißt doch sonst immer alles darüber, genauer als jede Zeitung«, forscht Ted denn auch prompt.

»Ach, lass mich mit dem alten Kram in Ruhe!«, schnauzt Crouch. »Johnny war eben an der Vergangenheit nicht interessiert«, fügt er dann noch hinzu. »Er sagte immer: Vorbei ist vorbei. Für ihn zählte nur, was jetzt ist.«

»Stimmt!«, bestätigt Half-Pint. »Das hat er immer gesagt.«

Es ruckelt an seiner Leine, aber er hat dann doch nichts gefangen.

»Ist trotzdem bisschen ungewöhnlich«, hakt Ted nach. »Und woher hatte er eigentlich diesen merkwürdigen Akzent? So reden doch die Leute in Chicago nicht.«

»Ich habe auch einen merkwürdigen Akzent, obwohl ich hier geboren bin«, erklärt Half-Pint.

»Was ist an dir nicht merkwürdig, Half-Pint?«, foppt Ted.

»Bei mir sind auch noch Reste von einem schottischen Akzent vorhanden, obwohl ich nie in Schottland gewesen bin«, verteidigt ihn Mack.

»Bei mir ist es das Jiddische«, erklärt Half-Pint.

»Dann müsste ich was Französisches in der Sprache haben«, behauptet Ted.

»Natürlich, das musste jetzt kommen, wir wissen es ja«, sagt Half-Pint mit süffisantem Unterton und wirft seine Leine wieder aus. »Dein Urururgroßvater, vielleicht habe ich auch ein paar Urs vergessen, gehörte zu den Voyageuren und war bei der Gründung der Stadt dabei. Das heißt, von einer Stadt konnte damals nicht die Rede sein. Es handelte sich um eine Anlegestelle für Kanus, einen Platz zum Felle tauschen, dort, wo jetzt der alte Anker liegt und drei Blockhütten an der Stelle, wo das Kriegerdenkmal steht.«

»Dann hast du ja womöglich indianisches Blut in dir, Ted«, feixt Jake grinsend.

»Und müsstest somit mit indianischem Akzent sprechen«, ergänzt Half-Pint. »Hurone, Delaware, oder vielleicht Crow?«

»Er erzählte, seine Eltern seien aus Weißrussland gekommen und hätten zu Hause nur russisch gesprochen?«

»Wer?«, fragt Half-Pint.

»Es muss wessen heißen«, korrigiert ihn Ted.

Mit dieser Besserwisserei kommt er uns immer bei solchen Gelegenheiten, wenn er wieder Oberwasser gewinnen will.

»Wie? Was soll das jetzt?«

»Wessen Eltern!«

»Johnnys«, erklärt Jake stattdessen.

»Ich dachte, sie wären Georgier gewesen«, meint Half-Pint. »Oder waren es Armenier?«

»Du wirfst ohnehin alles durcheinander«, nutzt Ted die Gelegenheit, um Half-Pint wieder eins überzubraten.

»Alles unhaltbares Zeug!«, behauptet Crouch. »Und daraus wollen sie jetzt in Deutschland eine Anklage machen.«

»Ich habe gehört, die Deutschen wollten ihn gar nicht haben«, sagt Ted.

»Woher hast du denn das schon wieder?«, will Crouch wissen.

»Billy, der Junge vom Sheriff, hat es erzählt.«

»Was der sagt, darauf kannst du nun wirklich gar nichts geben.«

»Der erzählt auch, sein Vater hat gesagt, und der weiß es von einem Typen vom CIA, der israelische Geheimdienst hat die ganze Sache mit Johnny auskundschaftet. Deine Brüder, Half-Pint!«

»Was heißt hier meine Brüder? Ich werfe dir auch nicht vor, was die Franzosen in Algerien gemacht haben.«

»Von den Indianern ganz zu schweigen«, ergänzt Jake grinsend.

Dann ruckt es an Macks Angel, und er zieht einen großen Weißfisch aus dem Wasser.

»Ein kräftiger Bursche!«, bestätigt Half-Pint.

Mack löst den Haken von seinem Maul und wirft den Fisch in den dafür vorgesehenen Eimer.

»Emmy hat ein neues Rezept«, erzählt er. »Sie brät sie mit Mandelscheiben.«

»Das ist doch schon alt«, winkt Ted ab. »Eigentlich passt es nur zu Forellen.«

»Und wie machst du sie?«

Alle in der Clique wissen nämlich, dass Teds Frau Maureen keine frischen Fische anfassen kann, weil sie sich ekelt, und er sie sich selber zubereiten muss.

»Ich wende sie in Bierteig und werfe sie in heißes Fett, fertig.«

»Wenn du welche fängst«, sagt Half-Pint scheinbar nebenher.

»Außerdem ist es ein Rezept für Karpfen«, bemerkt Mack und wirft seine Leine wieder aus.

»Heute haben sie's aber mit dir«, sage ich zu Ted gewandt.

»Ach, ich hab mich dran gewöhnt.«

Eine Gruppe von Kanadagänsen fliegt schreiend über den See.

»Dieses Jahr gibt es mehr als sonst«, meint Half-Pint. »Vielleicht kommt mir das auch jedes Jahr so vor.«

»Kurzzeitgedächtnis«, sagt Ted nur.

»Ja, was ist damit?«

»Es lässt mit zunehmendem Alter nach.«

»Wahrscheinlich hast du das irgendwo gelesen, Ted. Wenn es nämlich eine Selbsterkenntnis wäre, würdest du dich nicht daran erinnern.«

»Das ist nicht logisch«, verteidigt der sich, nachdem er zwei, drei Mal tief Luft geholt hat. »Sonst müsste ich ja auch vergessen haben, was ich gelesen habe.«

»Wie war das eigentlich, als der Sheriff vor ein paar Jahren bei Johnny aufgekreuzt ist? Hey Abe, du musst das doch mitgekriegt haben«, meint Crouch. »Du wohnst doch schräg gegenüber.«

»Nein, selber hab ich nichts mitbekommen. Burt hat damals mit Rufus gesprochen.«

»Und? Mensch, Abe, nun lass dir nicht alles aus der Nase ziehen!«

»Ach, ihr kennt doch Finch! Der redet an zwei Tagen mehr als an einem. Er hat Johnny nur nach ein paar Daten gefragt, weiter nichts.«

»Weiter nichts ist gut«, mischt sich Ted wieder ein. »Offenbar waren sie ihm damals schon auf der Spur.«

»Von welcher Spur redest du?«, fragt ihn Crouch barsch.

»Aber wenn was dran wäre, hätte ihn der Sheriff doch damit gewarnt durch seine Fragerei«, wendet Jake ein.

»Was beweist, dass nichts dran ist«, konstatiert Crouch.

»Ich sag dir was, Crouch«, erklärt Ted mit erhobenem Zeigefinger. Seine Zigarre sieht schon ganz zerfleddert aus. »So kommst du der Sache nicht bei. Du musst die Wahrheit schon auch wissen wollen.«

»Was heißt das nun schon wieder?«, blafft Crouch zurück. »Willst du behaupten, ich will nicht wissen, wie es wirklich gewesen ist?«

»Genau das, Crouch.«

»Ich finde, er hat recht«, pflichtet Jake Ted ausnahmsweise bei. Und weiter: »Nach welchen Daten hat ihn der Sheriff denn gefragt, Abe?«

Ich sage, dies wüsste ich auch nicht so genau. Rufus erzählt mir doch nicht alles, was er mit Burt bespricht.

»Und Ella, die hat doch damals noch gelebt, was hat sie denn gesagt?«, will Jake wissen.

»Weiß ich doch auch nicht, verdammt nochmal!«, sage ich. »Das ist jetzt drei oder vier Jahre her. Und wenn: Ella hätte nie was gesagt, auch wenn sie was gewusst hätte.«

Jetzt ruckelt es wieder an Macks Leine, und er zieht noch so einen kräftigen Burschen aus dem Wasser.

»Dein Glück möchte ich haben.«

»Das hat mit Glück nichts zu tun, Ted.«

»Ja, ich weiß, Mack, dein schottischer Großvater, der hatte es auch schon im Blut.«

»Warum hat er nie was gesagt, Johnny, meine ich?«, will Half-Pint nun wissen.

»Würdest du darüber reden wollen, wenn dich der Sheriff fragt, was du dann und dort gemacht hast?«, fragt Crouch zurück.

»Na, dem würd ich was erzählen. Ich war in Korea und hab mich mit den Schlitzaugen rumgeplagt, während du noch in die Windeln geschissen hast. Das hätt ich ihm gesagt. Und ich hätt ihm auch gesagt, er braucht sich nicht nochmal blicken lassen, auch wenn ihn der CIA, das FBI oder sonst wer schickt. Ich hab in Korea meinen Arsch hingehalten, genau wie du, Crouch, in Monte Casino, und Abe und Mack bei den Krauts und Jake an der Heimatfront, und über Half-Pint wollen wir hier ja nicht weiter reden.«

»Ist ja gut, Ted«, versucht ihn Jake zu beruhigen.

Ein leichter Wind kommt auf und lässt die Blätter der Pappeln über uns rascheln.

»Also, es war ganz anders. Der Sheriff hat ihn doch nicht beschuldigt, noch nicht mal gefragt hat er. Er wollte nur ein paar Daten bestätigt haben.«

»Warum sagst du das nicht gleich, Abe. Ich bin sicher, du weißt noch mehr.«

»Nein, Ted, ich weiß nur das, was Rufus mir erzählt hat. Die beiden sind schon immer die besten Freunde, haben ihre ganze Schulzeit nebeneinander gesessen, und Rufus wird mir keine Geheimnisse über Burt ...«

»Wieso Geheimnisse?«, unterbricht mich Ted.

»Ach, nun legt mal nicht alles gleich auf die Goldwaage.«

»Er hätte doch nur sagen brauchen, der Sheriff war da, er wollte dies und das wissen, handelt sich wohl um einen Irrtum und fertig. Hätte doch jeder von uns so gemacht«, zieht Ted den Faden wieder auf.

»Eben nicht!«, widerspricht Crouch wieder. »Bei dir klang es nämlich eben ganz anders.«

»Jeder nach seinem Naturell!«, ergänzt Half-Pint. »Der eine regt sich künstlich auf, einer wie Ted«, sagt er mit schrägem Seitenblick auf den Angesprochenen, »der andere sagt gerade so viel, wie er sagen muss.«

Jetzt hängt auch was an seiner Leine, aber als er sie eingeholt hat, stellt sich heraus, dass es nur ein kleiner Barsch ist, den er gleich vom Haken befreit und fast behutsam zurück ins Wasser setzt.

»Für dich ist es noch zu früh, mein Kleiner, kannst ruhig noch ein bisschen wachsen.«

Auch an Teds Leine regt es sich. Er muss vorsichtig ziehen, denn der Fisch hält eine ganze Zeit lang dagegen. Wie sich herausstellt, hat auch er einen dicken Weißfisch am Haken, den größten für heute.

»Das liegt nur daran, weil du meine Köder benutzt«, sagt Mack trocken.

»Ich dachte, es wär das Blut«, gibt der zurück.

»Ja, das auch«, bestätigt Mack wider Erwarten. »Indianer sind schon immer gute Fischer gewesen, ob mit der Angel oder dem Netz.«

»Wann hört ihr endlich mit den Indianern auf? Ich habe kein verdammtes Indianerblut in mir.«

»Woher willst du das wissen, Ted?«, fragt Half-Pint keifend. »Die Voyageurs haben es doch alle mit den Indianerinnen getrieben, und unten im Süden mit den Schwarzen. So sind die Kreolen entstanden.«

»Ach Half-Pint, halt du doch dein ungeschliffenes Maul! Wer weiß, von welcher Mischpoke du abstammst.«

»Ich hab's dir schon immer gesagt, Ted, du verträgst nichts«, sagt Jake. »Wer austeilt, muss auch einstecken können.«

»Wieso pisst du mich dafür an? Es geht immer hin und her, ein Wort gibt das andere. Habe ich vielleicht mit dem Indianerblut angefangen?«

Ab jetzt hat dauernd einer von uns einen Fisch an der Angel. Vielleicht liegt es daran, dass es etwas schwül geworden ist, und sie jetzt besser anbeißen. Die Schwalben über dem See fliegen sehr niedrig.

»Warum haben ihn eigentlich die Israelis nicht genommen?«, fragt Crouch nach einiger Zeit unvermittelt.

»Die hätten ihn gerne genommen, aber er durfte nicht an Israel ausgeliefert werden«, erklärt Jake. »Damals, als sich die ganze Sache abgespielt hat, gab es noch keinen Staat Israel, und die Deutschen sind als Nachfolgestaat verantwortlich.«

»Und wie war das damals mit Eichmann?«, fragt Ted. »Dem haben sie doch in Israel den Prozess gemacht.«

»Du willst doch Johnny nicht mit Eichmann vergleichen?«, fährt ihn Crouch an. »Eichmann war ein Schwerverbrecher, ein Monster ... «

»Sicher will ich das nicht«, lenkt Ted sofort ein, »aber juristisch ist die Sache schon vergleichbar.«

»Die Israelis haben damals nicht lange gefackelt, sondern sich ihn einfach geholt, aus Paraguay, glaube ich, oder irgendeinem anderen kleinen Land da unten.«

»Es ist eben nicht vergleichbar, denn Eichmann war schon vorher eindeutig identifiziert.«

Crouch holt seine Leine ein und wirft sie ein Stück weiter weg wieder aus.

Johnny ist auch eindeutig identifiziert?«, höre ich mich plötzlich sagen.

»Was hast du gesagt?«, fragt Crouch zurück.

»Dass er eindeutig identifiziert ist«, wiederholt Half-Pint.

»Davon haben sie in den Nachrichten aber nichts gesagt«, meint Ted.

»Haben sie auch nicht. Burt hat es gestern Abend Rufus erzählt.«

»Und damit kommst du jetzt erst?«

»Nun, ich dachte, es ist nicht wichtig.«

»Was du denkst«, sagt Ted kopfschüttelnd.

»Wo haben sie denn die Zeugen her?«, fragt Crouch zweifelnd. »Nach all den Jahren kann ihn doch keiner eindeutig erkannt haben.«

»Sie haben nicht nur Zeugen, hat Burt gesagt. Sie haben seine Spuren verfolgt, von diesem Lager, über New York, Chicago, bis hierher.«

»Das ist doch Quatsch«, winkt Crouch wieder ab. »Sie können doch nicht über sechzig Jahre seine Spur verfolgen.«

»Doch, das geht. Die Kriminaler und die vom Geheimdienst machen das heutzutage mit Computern und Datenbanken und all so was«, erklärt Ted.

»Trotzdem!«, beharrt Crouch.

»Burt wollte es zuerst auch nicht glauben, aber sie haben es ihm Schritt für Schritt auseinandergelegt. Die kannten nicht nur die Meldestellen in den USA, die wussten sogar, wer ihm in Deutschland nach dem Krieg den Pass gefälscht hat. Die Adresse ist längst bekannt, weil sich das unter den alten Nazis rumgesprochen hatte.«

»Und wenn sich herausstellt, dass er nur einen Bruchteil von dem gemacht hat, was sie ihm vorwerfen …« Jake hält einen Moment inne, als ob ihm erst beim Reden klargeworden ist, was er da angesprochen hat. »Das vergisst du ein Leben lang nicht«, ergänzt er dann.

Wir schweigen lange Zeit, und jeder starrt auf irgendeinen Punkt im See.

»Hat denn Burt vorher was gewusst?«, erkundigt sich Jake.

»Nein, keine Spur, er ist auch aus allen Wolken gefallen, als die damit angefangen haben.«

»Und das hat er alles Rufus erzählt?«, fragt Crouch zweifelnd.

»Ja, Burt war ganz verwirrt, völlig außer sich. Er hat zu Rufus gesagt, er hält das nicht mehr aus. Er will seine Sachen zusammenpacken und mit seiner Familie wegziehen.«

»Mein Gott ... Burt? Der war doch in seinem Leben noch nie von hier weg. Wo will er denn hin?«, fragt Jake besorgt.

»Irgendwohin, wo ihn keiner kennt. Er will mit der ganzen Sache nichts mehr zu tun haben.«

»Aber er kann doch nichts dafür, wenn sein Vater ... «

»Sag du ihm das mal, Ted! Auf dich wird er bestimmt hören. Ich kann ihn gut verstehen«, meint Half-Pint, »ich würde es nicht anders machen.«

»Ihr tut so, als wäre er schon verurteilt«, knurrt Crouch verächtlich.

»Was spielt das jetzt noch für eine Rolle?«, fragt Ted zurück.

»Es geht doch nicht darum, ob er die Person ist, für die er gehalten wird, sondern, was er gemacht hat.«

»Schon richtig«, bestätigt Jake.

»Aber wenn er seinen Namen geändert hat, wird er auch was zu verbergen haben.«

»Ach, nicht unbedingt«, widerspricht Half-Pint. »Viele Leute haben ihren Namen geändert. Ich wollte auch nicht Kusebutzky oder Pjotrovich oder so ähnlich heißen, allein schon wegen der Aussprache.«

»Ja, das haben viele gemacht«, bestätigt auch Crouch. »Du kennst doch Snyder, dessen Vater noch in den Kupferminen gearbeitet hat. Der ist deutscher Herkunft und hieß früher ganz anders.«

»Nein, der hieß nicht ganz anders«, widerspricht jetzt Ted wieder. »Der hieß so ähnlich, hat nur ein paar Buchstaben zur besseren Aussprache weggelassen. Aber von Wassily Grozky zu John Smith, das ist schon was anderes.«

»John Smith und Pocahontas!«, sagt Half-Pint kopfschüttelnd. »Einen blöderen Namen kann sich ja wohl keiner aussuchen.«

Darauf fällt Ted ein:

»Könnt ihr euch übrigens an diese Fernsehserie erinnern? Zwei Männer und ein Junge lebten auf einer Farm zusammen. Ich meine, einer der Schauspieler hieß auch John Smith, der nette, der nicht so waghalsig war wie der andere.«

»Ach, Ted, hör doch damit auf!«, blafft Crouch.

»Ich mein doch nur, Crouch ... du machst deinem Spitznamen übrigens heute mal wieder alle Ehre.«

Crouch holt die Leine ein, legt seine Angel weg und setzt sich missmutig in seinen Campingstuhl.

»Wie kommt ein Ukrainer oder Weißrusse überhaupt in die deutsche Armee?«

»Das kam relativ oft vor«, Erklärt Jake gleich. »Viele jungen Kerle aus den besetzten Gebieten haben sich damals freiwillig in die deutsche Armee gemeldet, stimmt's nicht, Mack? Du warst doch da drüben mit deiner Einheit?«

Mack nickt nur zustimmend.

»Wie war das denn mit diesen Lagern?«, fragt Crouch nach einigen Minuten, und es ist ihm anzumerken, dass er die ganze Zeit darüber nachgedacht hat.

»Du meinst die Konzentrationslager der Nazis?«, fragt Half-Pint zurück, obwohl er garantiert genau weiß, dass Crouch die gemeint hat.

Zuerst antwortet keiner, dann sagt Ted, er hat mal vor langer Zeit einen Bericht darüber im Fernsehen gesehen.

»Es war schrecklich, ich konnt es gar nicht mit ansehen.«

»Was war denn schrecklich?«, fragt Crouch bissig zurück. »Monte Casino war auch schrecklich.« Er ist plötzlich ganz rot im Gesicht, und man kann seinen Kehlkopf rauf- und runtergehen sehen.

»Mir sind die Körperteile meiner Kammeraden nur so um die Ohren geflogen. Vor zehn Sekunden liegt er noch neben mir und sieht mich an. Und dann sind nur noch ein paar blutige Fetzen von ihm übrig.«

Wir schweigen betreten. Alle haben ihre Angeln beiseitegelegt.

»Man sollte das nicht vergleichen«, sagt Ted nach einiger Zeit vorsichtig und wirft seine zerfledderte Zigarre weg. »Ich meine … das mit den Lagern, das war doch was ganz anderes.«

Wir beginnen, unsere Sachen einzupacken. Ted schaut Crouch von der Seite an, weil er vielleicht denkt, er hat ihm das Wort abgeschnitten. Aber Crouch hat wieder zugemacht. Wir schauen einer Gruppe Gänsen nach, die über den See fliegen. Mack, der die ganze Zeit geschwiegen hat, sagt jetzt:

»Ich war dort, ich habe es gesehen.« Crouch, der gerade wegfahren wollte, bleibt an seinen Pick-up gelehnt stehen. »Wir haben mit unserer Einheit eines von diesen Lagern befreit«, sagt er stockend. Und nach einer endlos erscheinenden Pause: »Sie sahen aus wie Gespenster, nur noch Haut und Knochen, die Lebenden wie die Toten. Wir haben ganze Berge von Leichen eingesammelt. Das Schlimmste war: Viele der Überlebenden sind nach kurzer Zeit gestorben, jetzt, als wir sie gerade gerettet hatten.«

Jake und ich fahren nachher zusammen runter ins Städtchen. Als wir vor meinem Haus halten, sehen wir Burt und seine Frau ihren Laster beladen. Die Kleine sitzt mit einer Puppe im Arm auf dem Rasen und schaut zu uns herüber, als wir aussteigen.

Der Karl

»Möchten Sie lieber einen Kaffee oder einen Tee?«, fragte die Nichte, die auch schon die Sechzig überschritten hatte.

»Machen Sie sich keine Umstände«, wehrte Marlow ab.

»Es macht mir nichts aus. Ich koche Tante Marga und mir auch um diese Zeit immer einen Kaffee.« Sie beugte sich zu der Cousine ihrer Mutter hinunter, die offenbar etwas schwer hörte, und sagte laut: »Tante Marga, ich mache uns einen Kaffee.«

Die alte Frau nickte. Dann lehnte sie sich in ihrem Sessel zurück und schaute Marlow erwartungsvoll an. Dieser überlegte, wie und womit er sein Interview beginnen sollte. Die alte Frau blickte auf:

»Sie sind wegen dem Karl gekommen, nicht wahr?« Marlow beeilte sich, dies zu bestätigen. »So hätte er nich enden sollen«, sagte sie kopfschüttelnd. »Das hatte er nich verdient.«

»Ja, eine schreckliche Sache!«, bestätigte er. »Mein aufrichtiges Beileid«

»Er hat im ganzen Leben nie jemanden etwas zuleide getan, nie nich.« Marlow nickte. »Rita, bei der der Karl eine Zeit lang gewohnt hat, als ihre Mutter, Karls Schwester, nicht mehr lebte, hat gesagt, sie haben die Kerle geschnappt.«

»Ja, so ist es«, sagte er. »Der Termin für die Verhandlung wurde gestern bekannt gegeben.«

»Es stand auch in der Zeitung«, rief Rita durch die offene Küchentür.

»Warum machen Menschen so etwas Schreckliches? Er war ein alter Mann, und er hat niemanden etwas zuleide

getan, nie nich«, wiederholte Tante Marga leise kopfschüttelnd.

»Das waren Verrückte«, rief die Nichte aus der Küche.
»Einen alten Mann umzubringen, der mit dem Fahrrad
an ihnen vorbei fährt, und den sie noch nie im Leben gesehen haben ...«

Nach einer Pause fragte die alte Frau:

»Und Sie, Herr Marlow, sind Sie von der Zeitung?«

»Nein, Tante Marga, Herr Marlow ist Psychologe bei
der Bundeswehr. Er schreibt ein Buch ... über Kriegstrau-
matisierte«, ergänzte sie nach kurzer Überlegung.

Die alte Frau sackte wieder etwas in sich zusammen, als
wäre sie kurz eingenickt. Nach einiger Zeit hob sie den
Kopf und fragte:

»Was ist das ... diese Leute?«

Marlow legte sich eine Erklärung zurecht:

»Es geht um Menschen, die einen Krieg mitgemacht
und Schreckliches erlebt haben, das sie ihr ganzes Leben
lang nicht vergessen können.«

Sie überlegte kurz und nickte dann.

»Schade, dass Sie nicht mit dem Karl selber darüber
reden konnten, der war so einer, der nix vergessen konnte«, sagte sie bedauernd. »Nun is er tot.«

»Ja«, bestätigte Marlow.

»Jahrelang hat er gar nix erzählt, nicht ein einziges
Wort über den Krieg. Dann fing er plötzlich damit an, da
war er schon weit über die Achtzig.« Sie schaute eine Zeit
lang vor sich hin, als würde sie darauf warten, dass die
Bilder aus den Kammern ihrer Erinnerung hochsteigen.
»Er wusste alles noch so genau, als wär's gestern passiert.
Die Bombenflugzeuge, das Feuer ...« Dann schwieg sie
eine Weile. »Ich war erst sieben Jahre alt, als der Krieg zu
Ende ging«, erklärte sie.

»Waren Sie bei Ihren Eltern?«, wollte Marlow wissen.

»Ja, meine Eltern und die vom Karl, wir waren ausgebombt«, erzählte sie nach kurzem Zögern. »Es war eine schreckliche Nacht. Wir saßen im Luftschutzbunker, Mama, Papa, mein kleiner Bruder Albert und ich. Mama hat immer gebetet. Das Lottchen von unserer Nachbarin hat die ganze Zeit geweint.« Sie zögerte einen Moment, ob sie weitererzählen sollte. »Dann setzten bei der Frau die Wehen ein.«

»Ach, Tante Marga, erzähl doch nicht die alten Geschichten«, sagte Rita von der Küchentür aus. »Dann musst du dich nur wieder aufregen, und das ist nicht gut für deinen Blutdruck. Weißt du doch.«

Die alte Frau schwieg. Marlow glaubte an der Art und Weise, wie sie vor sich hinsah, zu erraten, dass sie die ganze Szene wieder vor sich sah, als sei sie gestern geschehen.

»Die Frauen machten einen Kreis um sie herum«, erzählte sie mit einem Mal weiter. »Mama ist auch hingegangen und Tante Irene. Sie haben bei der Geburt geholfen. Ich hatte Angst, wusste mit meinen sieben Jahren ja nich mal, was da passierte.«

Die Nichte brachte drei Tassen, Kaffeekanne, Milch und Zucker.

»Na, Tante Marga, nun trink mal einen schönen, heißen Kaffee. Wollen Sie lieber so ein Klümpchen statt Zucker, Herr Marlow? Wie heißen die Dinger noch?«

»Nein, danke.«

»Ich hab mir die Ohren zugehalten, weil ich die Schreie nicht mehr hören konnte. Es ging dann aber alles gut. Das Mädchen wurde am Morgen geboren, gerade als die Bombenflugzeuge weggeflogen waren. Dann gingen wir raus. Die Erde war ganz heiß. Ich dachte, wir sind ganz woanders, in der Hölle oder wo. Unsere ganze Straße war weg, alle Häuser, kein Stein mehr auf dem anderen.«

Sie schüttete sich noch etwas Milch nach.

»Und dann?« fragte Marlow vorsichtig.

»Wir sind dann zu der Familie von meinem Onkel, einem Bruder von Mama, nach Nippes. Tante Irene, die Mutter vom Karl und seine Schwester Käth waren auch dabei.«

»Und da hat sie der Karl nicht gefunden?«

»Der hat uns da gar nicht gesucht«, erklärte sie. »Der hat gedacht, wir wären alle tot, unter den Trümmern vom Haus begraben.«

Sie saß vor ihrer Tasse und dachte nach. Nach einiger Zeit sagte sie:

»Der Karl war ja erst zwei Wochen vorher eingezogen worden. Gerade mal siebzehn Jahre alt, der war ja noch ein Kind. Die haben die Jungs mit einem alten Kerl, so einem Veteranen aus dem ersten Krieg, da rausgeschickt, irgendwas bewachen. Waren doch Kinder, die hatten keine Ahnung von gar nix.«

Die Empörung war noch immer aus ihrer Stimme herauszuhören. Die Nichte schien unschlüssig, ob sie ihre Tante bei ihren Ausführungen bremsen oder sie einfach weiterreden lassen sollte. Sie schaute Marlow an, als könnte er für sie entscheiden.

»Die sind alle umgekommen, die Jungs da draußen«, sagte die alte Frau. »Nur der Karl hat überlebt. Dabei hat er sein Auge verloren. Aber mehr weiß ich darüber nich. Der Karl hat ja nie nich darüber gesprochen, nur nachher, als er schon ganz alt war, aber nich davon.«

Sie erklärte dies in ihrer melodiösen, rheinischen Dialektfärbung.

»Das ist es, was der Herr Marlow mit Traumatisierung meint«, erklärte Rita. »Der Karl war so schockiert, sein ganzes Leben lang, dass er nicht darüber reden konnte. Und deshalb dachte er auch, als er die Trümmer des Hauses gesehen hat, dass ihr alle tot seid. Und dann is er mit dem alten Fahrrad weggefahren, aus der Stadt raus, einfach raus, nur weg von allem.«

Marlow nickte bestätigend. Plötzlich schüttelte es ihn, und er sah die Häuserruinen, die zerfetzten Körper der Kameraden, abgetrennte Gliedmaßen, das viele Blut vor sich und die verwirrten, verzweifelten Menschen und diesen Jungen mit der Augenbinde, der auf einem alten Fahrrad aus dieser verglühten, verkohlten Stadt flieht.

»Und jetzt is er tot«, sagte die alte Frau, »weil zwei Kerle ihn erschossen haben, die denken, dass alte Leute zu nix mehr wert sind und nur noch den Jungen auf der Tasche liegen.«

»Ach Tante Marga, denk darüber nicht nach! Das waren Idioten, die hatten nich alle Tassen im Schrank. Was die heute im Internet lesen. Da gibt's böse Menschen, die andere auffordern, jemanden umzubringen. Einfach so! Ich hab Helga gesagt, die soll genau aufpassen, wo die Kinder rumsurfen. Und wenn sie's ihnen verbietet. Man kann heutzutage gar nich genug aufpassen, was die Kinder machen und wer sie beeinflusst.«

Sie lehnte sich zurück, um wieder auf andere Gedanken zu kommen.

»Wollen Sie noch einen Kaffee, Herr Marlow?«

»Ja, gerne.«

»Wissen Sie, ich hab den alten Kaffeefilter wieder aus dem Keller geholt und gieße mit der Hand auf. Ich finde, der Kaffee schmeckt besser. Thomas, mein Mann, meint das auch.«

Ja, der Kaffee ist sehr gut«, bestätigte Marlow.

»Haben Sie bei Ihren Erkundigungen herausgefunden, wo der Karl dann hin is?«, fragte die alte Frau. »Sie haben doch erzählt, dass Sie schon mit ganz vielen Leuten gesprochen haben.«

Marlow nickte.

»Ich weiß viele Bruchstücke, aber einige Zwischenräume sind leer geblieben«, antwortete er, »und eine genaue Reihenfolge weiß ich nicht.« Er nahm einen Schluck Kaffee. »Er hat doch auch eine Zeit lang bei ihrer Mutter und später auch bei Ihnen gewohnt«, wandte er sich an Rita.

»Ja, mehrmals, aber er hat es nie besonders lange bei uns ausgehalten. Meine Mutter sagte immer: Wenn die Buschwindröschen durchkommen, dat is die Zeit vom Karl. Dann juckt's ihn, und er muss wieder auf Trebe. Zuerst hat meine Mutter versucht, ihn zurückzuhalten. Aber später hat sie ihm nur noch Stullen gemacht und ließ ihn ziehen.«

»Und dann?«, fragte Marlow interessiert.

»Ich denke, es war jedes Jahr ähnlich«, versuchte die Nichte zu erklären. »Er ist immer dahin, wo es was zu arbeiten gab und er sich ein paar Kröten verdienen konnte.«

»Ja, dies habe ich auch so recherchiert«, bestätigte Marlow, »obwohl es auch einige Ausnahmen und Unregelmäßigkeiten gibt. Im Rheingau habe ich mit einem alten Winzer gesprochen. Dort war er in den Fünfziger- und Sechzigerjahren fast immer zur Weinlese. Ich habe ihn übrigens auch gekannt – wenn auch nur flüchtig«, fügte er dann hinzu.

Er räusperte sich.

»Ach, das haben Sie ja noch gar nicht erzählt«, sagten Tante und Nichte fast gleichzeitig.

»Nun ja, gekannt ist etwas übertrieben«, meinte Marlow zurückhaltend. »Wir Jungs trieben uns meistens am Dorfbrunnen herum. Das Backes war damals schon lange abgerissen, und den Dorfweiher hatten sie vor Kurzem zugeschüttet, damit da keine Kinder reinfallen konnten. Da war jetzt Gras drüber gewachsen, und wir spielten da Kopfball. Manchmal war auch der kleine Waldemar dabei. Neulich habe ich gehört, dass dessen Sohn ein großer Fußballer geworden ist. Bei einem Pokalspiel hat er den Ball kurz hinter der Mittellinie angenommen und abgezogen. In einem großen Bogen direkt ins Tor! Der Heinzje wohnte auf der Vordergass. Der kannte alle, die regelmäßig die Diezer Straße rauf und runter fuhren. Das Äppelche in seinem Lastwagen. Der hatte immer voll geladen und musste sehr langsam fahren, wenn er von Hambach rauf kam. Weil er so rote Bäckchen hatte, nannten ihn alle Leute Äppelche. Und der Metzger Schmidt fuhr zwei Mal die Woche rauf und runter, weil wir keine Metzgerei im Dorf hatten. Der Erwin, der Busfahrer, der bremste immer so scharf, dass sämtliche Taschen vom Gepäcknetz flogen und das Zeug in der Gegend herum kullerte, und der Schrotthändler Treiling kam mit seiner uralten Kiste von Niedererbach die Bitz runter, weil ihm die Vordergass zu steil war. Sammelt Lumpen und Alteisen. Und der alte Johann Franz schob das Fahrrad die steile Gass runter, weil er da mal vor Jahren gestürzt war. Aber das sind ja alles Geschichten für sich.«

So ausführlich hatte er es gar nicht erzählen wollen.

»Der Karl kam zwei Mal im Jahr, im Frühjahr die Straße rauf und im Herbst wieder runter. Er war schon von Weitem an seinem alten Fahrrad und der schwarzen Augenklappe zu erkennen. Wir Jungs sagten dann immer: ›Tach Karl‹, als würden wir ihn schon ewig kennen. Und der Karl antwortete: ›Tach Jungs, wie jet et?‹ Dann trank er Wasser vom Brunnen, füllte sich seine Feldflasche, setzte sich in die Böschung und aß sein Hasenbrot. Auf seiner Fahrradstange war eine kleine Figur aus Eisen, ein Pferd mit Flügeln, das wir uns immer genau anschauten. Der Karl erzählte uns, es sei ein Pegasus. Das Fahrrad war schon sehr alt, das konnte man sehen, auch an den alten Ledertaschen, die ganz abgewetzt waren. Eigentlich waren wir mehr an neuen Sachen interessiert. Aber bei dem Karl war das was anderes. Der sah aus, als wäre er aus einer anderen Zeit, in der es noch richtige Abenteuer gab, mit seinem Fahrrad in die Welt unserer Kindheit gefahren. Mit seiner Augenklappe sah er aus wie ein Pirat. Seine Joppe hatte überall Flicken. Er trug hohe Schuhe, die solche Metallklammern hatten, und so eine Art Wickelgamaschen um die Hosenbeine. Aber alles, was er anhatte, war sorgsam gepflegt, das konnte man erkennen. Die Schuhe waren immer gewichst, und er hatte keine Barstoppel im Gesicht. Nach einer Viertelstunde stand er auf und sagte: ›Dann macht et mal jut, Jungs‹, stieg auf und fuhr weiter.«

Marlow zuckte mit den Schultern.

»Das ist alles. Und Heinzje hat immer gesagt, dass er der Karl ist, über den die Karl-Witze erzählt wurden, die jedes Kind kannte. Das machte uns besonderen Eindruck.« Er lächelte. »Einmal hatte der Karl eine Audienz beim Papst. Davon gab es sogar ein Foto in der Zeitung, behauptete Heinzje. Da fragte das Fritzchen seine Mama: Du, Mama, wer ist denn der alte Mann mit den weißen Klamotten und den roten Schuhen, der neben dem Karl steht?«

»Ja, den kennen wir auch«, sagte die Nichte. »Dem Karl war dat immer peinlich, wenn in der Runde Karl-Witze erzählt wurden.«

»Ich habe auch mit der Journalistin von der Westerwälder Zeitung gesprochen. Das ist ein Lokalteil von der Rheinzeitung. Die hat damals das erste Interview mit dem Karl geführt.«

»Ja, die war hier zu der Zeit. Die kennen wir doch«, erinnerte sich die Tante und nickte bestätigend. »Später kamen ihre Artikel auch bei uns in der Zeitung. Die ist dann noch öfter zu Besuch gekommen, eine sehr nette Frau. Die hat später den Fond für alte Landfahrer eingerichtet, so was Ähnliches wie ein Seemannsheim. Nicht nur für den Karl. Der hat's da eh nicht lange ausgehalten. Und sie hat viele Leute gekannt, denen der Karl begegnet ist, auch im Ausland.«

»Wissen Sie darüber etwas Näheres?«, fragte Marlow neugierig.

»Ja, warten Sie einen Moment«, sagte Rita. »Ich hole mal Mamas Unterlagen. Sie hat damals alle Zeitungsausschnitte sorgfältig gesammelt.«

Nach kurzer Zeit kam sie mit einigen Ordnern zurück.

»Als die Sache ins Rollen gekommen war, und der Karl für diese große Fahrradfirma Werbung gemacht hat, kam jede Woche was. Nicht nur in der Rheinzeitung. Sehen Sie hier!« Sie öffnete den Ordner mit den Zeitungs- und Zeitschriftenausschnitten. »Die Leute wollten jede Kleinigkeit aus seinem Leben wissen. Aber der Karl hat ja kaum was erzählt. Ich glaube, manchmal haben sie auch was erfunden, wenn ihnen der Stoff ausgegangen war, oder etwas aufgebauscht bis zum Gehtnichtmehr. Bei einigen Geschichten habe ich nicht wirklich herausgefunden, ob sie tatsächlich wahr sind und wie es sich ursprünglich zugetragen hat.«

Die Tochter öffnete einen anderen Ordner und blätterte darin.

»Herr Marlow, glauben Sie, dass der Karl wirklich in Irland gewesen ist? Er soll dort in den Sechzigern ein Jahr lang als Fischer gearbeitet haben. Andere sagen auch, er habe Torf gestochen. Ich kann mir das nicht vorstellen. Wie soll er denn dahin gekommen sein? Das Geld für eine Fähre hatte er bestimmt nicht. Es gibt auch kein einziges Foto von diesem Aufenthalt.«

Marlow grinste spitzbübisch und klappte dann seinen Computer auf.

»Es dauert etwas, bis er hochgeladen ist«, erklärte er.

»Ja, ich kenne das«, bestätigte sie.

Die alte Frau schien eine Zeit lang eingeschlafen zu sein. Plötzlich hob sie den Kopf und schaute ihre Nichte an. Nach wenigen Minuten rückte Marlow den Bildschirm etwas auf die Seite, damit Tante und Nichte Einblick nehmen konnten.

»Das ist ein Foto von dem Karl mit einem Fischer, das der einem Ehepaar aus Frankfurt gezeigt hat, die jedes Jahr nach Irland fahren, und der die Berichte über den Karl gelesen hatte.«

»Ist ja interessant«, sagte die Nichte.

»Ja, dat is der Karl«, bestätigte die Tante, nachdem sie die Brille aufgesetzt und das Bild in Augenschein genommen hatte.

»Das Foto wurde in Kilmore Quay, einem Fischerdorf an der Südostküste, aufgenommen«, erklärte Marlow.

»Und wie ist er dahin gekommen?«, fragte Rita.

»Genau weiß ich es auch nicht, also nur aus dritter Hand. Der Karl hatte Sean, einen Iren, bei der Apfelernte in der Normandie kennengelernt. Der wollte anschließend nach Hause und hat ihn mitgenommen. Sean kannte einen LKW-Fahrer, der die Strecke von Cherbourg nach Rosslare regelmäßig fuhr. Natürlich hatten die beiden

Kumpel kaum was drauf. Als Erntehelfer wird man ja bekanntlich nicht reich. Er hat also die zwei in seinem Dreißigtonner versteckt. Man muss wissen, dass es streng verboten ist, während der Überfahrt im Wagen zu bleiben. Alle Passagiere müssen aus Sicherheitsgründen zu den Personendecks hinauf. Offenbar wurden sie nicht erwischt.«

»Und was wollte der Karl dort?«

»Er hat in Irland als Fischer gearbeitet. Der Kumpel hier auf dem Bild hatte einen Cousin, der ein kleines Boot hatte. Aber auf Dauer konnte das Boot nur eine Familie ernähren. Dies ist wahrscheinlich der Grund, warum der Karl nach einem Jahr wieder zurück aufs Festland ist.«

»Und die Geschichte mit dem Delfin?«, fragte die Nichte. »Stimmt die auch?« Sie nahm einen Zeitungsartikel aus der Hülle, auf der ein Delfin zu sehen war, der vor einem Fischerboot herschwimmt.

»Das Foto kenne ich auch. Es hat mit dem Karl gar nichts zu tun, wurde in den 2000er Jahren in der Bay von Dingle an der Westküste aufgenommen. Dort gab es einen Delfin, der eines Tages mit den Fischern vom offenen Meer zurückgekommen ist. Vielleicht haben ihn Reste oder Beifang, den sie zurück ins Meer geworfen haben, gelockt. Jedenfalls ist er in der Bucht geblieben. Die Leute nannten ihn Fungi, also nach dem italienischen Wort für Pilz. Er wurde eine richtige Touristenattraktion. Ständig fuhren Boote voll mit Besuchern aus dem In- und Ausland in der Bucht herum, und Fungi machte sich einen Spaß daraus, auf- und abzutauchen, sie zu narren, indem er mal vor, mal hinter dem Boot auftauchte und kühne Sprünge vollführte oder auf der Schwanzflosse tanzte. Er konnte sich sehr fotogen präsentieren, ein perfektes Model. Bäcker backten Brot und

Kuchen in Delfinform, Holzschnitzer fertigten Porträts von Fungi an, es gab Puzzles mit Fungi-Porträt, handgenähte Stoffdelfine, Zeitschriften brachten Fotoserien, im Fernsehen gab es regelmäßig Berichte. In Deutschland wurden eigens Kurzreisen auf die Dingle-Halbinsel ausgeschrieben. Die ganze Region profitierte vom Fungi-Business. Eine Sache war nicht mehr hip oder cool, sondern fungi. Bei Unternehmensberatern und Managern etablierten sich gar Begriffe wie Dolfining und Fungi-Event. Du musst alles im Leben daraufhin überprüfen, ob und wie du es zu Geld machen kannst, und vor allem: Der Produktträger wird selber zum Produkt gemacht und es genügt, ihn mit einigen Fischresten bei Laune zu halten.«

Die alte Frau schaute sich das Bild des Delfins an. Sein Oberkörper ragte aus dem Wasser, sein Mund war geöffnet, die Augen glänzten, und es sah aus, als würde er verschmitzt lächeln. Vielleicht wusste auch er, wer mit wem und wozu welches Geschäft machte.

»Wahrscheinlich hat irgendein Schlauberger beide Geschichten miteinander verwoben, um die Zeitschrift, für die er arbeitete, zu neuen Quoten zu verhelfen«, erklärte Marlow.

Die Nichte goss noch einmal für alle Kaffee nach.

»Kennen sie eigentlich auch die Geschichte von dem anderen Karl?«, fragte sie.

»Welchem anderen? Gibt es denn noch einen?«

»Nein, natürlich nicht! Unseren Karl gab es nur einmal. Ich meine diesen Modetypen mit der Sonnenbrille und dem Pferdeschwänzchen.«

»Ach, Sie meinen den Lagerfeld. Was sollte denn ausgerechnet der, außer dem Vornamen nach, mit unserem Karl zu tun haben?«

»Eben, wie Sie schon sagen, den Namen. In einer Zeitung wurde angeblich ein Foto von ihm mit einer Augenklappe gezeigt. Womöglich hatte er sich an einem Auge mal verletzt, oder er hatte eine Entzündung. Wahrscheinlich stimmt dies aber gar nicht, und er hat im ganzen Leben nie mal eine Augenklappe getragen. Wahrscheinlich haben sich die Leute nur gefragt, warum er denn immer diese affige, dunkle Sonnenbrille aufhat. Jedenfalls wollte diese Zeitung wohl sein Geheimnis lüften, oder sie wollten nur mal wieder ne Sensation bringen. Und da kam ihnen der Karl in den Sinn. Sie haben diesen Lagerfeld als der Karl bezeichnet. Ich weiß nicht, ob das ihre Absicht war, jedenfalls ging es dann los mit den Verwechslungen. Das muss man sich mal vorstellen! Unser Karl, der die Fuffies, die er jemals in der Tasche gehabt hatte, an seinen zwei Händen abzählen konnte. Mal abgesehen von der kurzen Zeit, als er für diese Fahrradfirma arbeitete. Und dann dieser Modefuzzi ... Der eine hat das letzte Hemd am Arsch, der andere hat wahrscheinlich einen begehbaren Kleiderschrank, so viel Zeug hat der. Aber wie es kommen musste oder sollte: Die beiden wurden miteinander verwechselt. Dieser Lagerfeld, dat wurde auf einmal behauptet, wäre als junger Kerl ohne einen Pfennig in der Tasche mit einem alten Fahrrad durch Deutschland geradelt. Und unser Karl wäre zu einem berühmten Modeschöpfer geworden, nachdem er jahrzehntelang von der Hand in den Mund gelebt hatte. Sie kennen doch die Story, als diese französische Fahrradfirma ihn und sein altes Rad entdeckt hatten und dann einen Werbefeldzug mit ihm startete.«

Jetzt meldete sich die Tante, die die ganze Zeit nur lethargisch dagesessen und den Eindruck gemacht hatte, als würde sie dem Gespräch gar nicht folgen:

»Ach herrje, der Karl sah vielleicht aus! Sie haben ihn in diese affigen Klamotten gesteckt – Knickerbocker! Alles Karo! Ich glaube, sogar seine Unterhosen hatten ein Karomuster. Und dann haben sie ihn zum Zahnarzt geschickt. Der Karl war sein Leben lang noch nie bei einem Zahndoktor gewesen. Da war kaum noch was zu retten. Sah aus wie ein Steinbruch! Da haben sie ihm die Stümpfe rausgeholt und ließen nur noch die paar intakte Hauerchen stehen und ihm dann ein nagelneues Gebiss verpasst. Dat hat einige Zeit gedauert, bis dat fertig war. Und die mussten alle warten, die Fotografen, die Beleuchter, die Kosmetikerin, und wie die alle heißen. Dat hat die Fahrradfirma ein Vermögen gekostet. Dann war dat Gebiss zu groß. Sie mussten es nachschleifen, aber es passte nie so ganz richtig. Deshalb hat es immer beim Reden geklappert. Aber der Karl brauchte ja nix zu sagen. Deshalb haben sie es gelassen. Hat geglänzt wie ne Speckschwarte. Und immer vor den Aufnahmen haben sie dem Karl zugerufen: ›Karl, lächeln, zeich deine Beißerchen!‹ Sonst hätte der vergessen, den Mund aufzumachen. Hinterher hat er die Zähne wieder rausgenommen und die ganze Woche in Corega-Tabs gelegt. Sonntags haben die Käth und ich ihn immer mit zur Messe genommen. Da hat er sie angezogen. Kannst ja nicht mit dem Steinbruch im Mund vor dem Herrn erscheinen.«

Die Nichte übernahm wieder:

»Jedenfalls haben die Leute von der Zeitung behauptet, der Karl habe diese albernen karierten Knickerbocker selbst entworfen. Der Karl, phh! Der hat im Leben nich einen Stift in der Hand gehabt, außer für Kreuzworträtsel. Wind am Gardasee, poetisch für Storch, im Jahr auf Latein, Handelsbrauch, Farbe der Haut, Vorname der Garbo! Bei seinen Touren hat er immer die alten Zeitungen aus den Abfallkörben gefischt und die Kreuzworträtsel gelöst. Also, die Knickerbocker entworfen, dat is keine Ente, schon eher ne Gans oder en Schwan. Trotzdem machte die Geschichte die Runde. Umgekehrt wurde der andere Karl immer nach seinem frühen Boheme-Leben gefragt. So nannten die das. Am Anfang schien dem das Spaß zu machen. Aber als die dann anfingen, über irgendwelche angeblichen Kriegstraumata zu berichten, hat er sofort mehrere Anwälte beauftragt, und die Sache war schnell wieder vom Tisch. Aber an unserem Karl blieb das ganze Zeug noch lange hängen. Die Leute wollten wissen, warum er denn von seiner Sonnenbrille auf diese alberne Augenklappe umgestiegen wäre. Die Sonnenbrille wäre ja nicht so aufgefallen, aber diese Klappe … Bestimmt aus Prestigegründen oder zu Werbezwecken, behauptete eine Modezeitschrift für Frauen. Ich kann Ihnen den Artikel zeigen. Ich hab ihn noch. Der Karl und Prestige! Der wusste nicht mal, wat dat is, ein Prestige, es sei denn, es kam im Kreuzworträtsel vor. Der wollte in Ruhe gelassen werden, nix weiter.«

»Der hat doch eine Zeit lang hier bei Ihnen gewohnt?«

»Ja, sicher«, antwortete seine Nichte. »Der hat's gut gehabt hier. Ich hab extra das Zimmer von meinen Jungs frei geräumt. Aber der Karl wollte nich, dass ich wegen ihm so en Aufwand machte. Das war der ja gar nich gewohnt. Wenn der was zu essen und nen Platz zum Schlafen hatte, hat er sich gefühlt wie ein kleiner König. Aber, wissen Sie, der Karl war ein Getriebener, der konnte nirgendwo länger bleiben, auch hier nich. Wie ich schon erzählt habe, eines Tages im Frühjahr hat er seinen alten Rucksack von der Wand genommen und seine Fahrradtasche und ne Stunde später war er weg, ganz unsentimental.«

»Ich habe die Geschichte schon mehrmals gelesen, wie Ihre Mutter und er sich gefunden haben«, schob Marlow dazwischen.

Die Nicht nickte und die alte Frau seufzte leise.

»So romantisch wie die dat in den Zeitungen geschrieben haben, war et in Wirklichkeit nich«, erklärte sie. Sie machte eine kleine Pause, als suche sie nach den passenden Worten. »Er saß da oben an der Linde auf der Bank. Wissen Sie, früher, in den Fünfzigern und auch noch in den Sechzigern, da gab's viele Leute auf Trebe. Wir nannten sie fortgelaufene Handwerksburschen oder Tippelbrüder. Unser Lehrer sagte immer ironisch: handgelaufene Fortwerksburschen. Alle wussten natürlich genau. Die waren vom Krieg übrig. Die hatten einen weg. Wie haben Sie dat genannt?«

»Traumatisierung, Tante Marga.«

»Ja, dat hatten die. Die kamen nich drüber weg.

»Ja«, zitierte die Nichte aus dem Lied der kölschen Rockgruppe, weil ihr dies gerade eingefallen war: »Der Jupp, von Stalingrad, da schwätzt dä nie.«

Die Tante hörte nicht auf die Unterbrechung und erzählte weiter:

»Denen haben die Leute immer wat gegeben, den Tippelbrüdern. Für die körperlich Versehrten wurde gut gesorgt. Damals war dat noch gewöhnlich, Männer mit nur einem Arm oder einem Bein auf der Straße zu sehen. Die mit den Glasaugen hat man nich so bemerkt. Aber die in der Seele verkrüppelt waren, mit denen wusste man nix anzufangen. Aber der Mann da, von dem sich dann herausgestellt hat, dass er mein Cousin war, der da unter der Linde auf der Bank gesessen hat, der hatte Hunger, dat konnt man ihm ansehen. Dat Käth, ihre Mutter, wat seine Schwester war, is dann heim und hat ihm eine Stulle mit dick Butter gemacht. Als er die gegessen hatte, is er dann mitgegangen und hat hier noch einen großen Teller Erbsensuppe gegessen.«

»Und wie hat seine Schwester ihn dann erkannt?«, fragte Marlow.

»Sie hätt ihn nie nich erkannt. Er hat sie erkannt. Eigentlich haben es ja die Kinder leichter, jemanden wieder zu erkennen, weil die Älteren sich nicht mehr so sehr verändern. Aber irgendwann, als er satt war, hat er dat Käth, die ja damals noch ein Kind war, lange angeguckt, und dann hat er auf einmal gesagt, du bist ja dat Kätchen. Dann hat sie ihn auch erkannt, mehr wegen der Stimme als wegen dem Aussehen.«

Die alte Frau wischte sich ein paar Tränen weg.

»Ach, wissen Sie, der Karl, der konnt nich raus aus sich. Der war ein lieber Kerl, immer nett, immer freundlich. Der konnt keiner Fliege wat zuleide tun. Aber er konnt nich raus aus sich. Dat war in dem drinnen vom Krieg. Dat war wie eine harte Nuss. Wenn er wat erzählt hätte von damals, dann wär dat raus gewesen. Ich meine, erzählt hat der Karl schon. Aber wissen Sie, dat war nur die Oberfläche oder dat, wat man auch in der Zeitung lesen kann. Er wusste noch genau, wie die Flugzeuge ausgesehen haben. Er konnte den Himmel beschreiben. Aber wat der gesehen hat, ich meine, wie die anderen Jungs gestorben sind, davon hat der nix gesagt, außer paar Andeutungen vielleicht. Die Leute hier im Dorf, die konnten den Karl gut leiden, die ganze Zeit, als er hier gewohnt hat. Er hat denen im Garten oder auf dem Bau geholfen oder bei der Landwirtschaft. Der Karl kam mit allen Leuten klar, und er konnte anpacken. Aber wat wirklich in dem vorging, wusste kein Mensch nich, seine Schwester und ich auch nich.«

Sie überlegte. Dann meinte sie:

»Wissen Sie, die meisten Leute, die wollen gar nix wissen von den anderen, ich meine, von Schicksalsschlägen und so und vom Krieg schon gar nix. Und der Karl, bei dem sah's so aus, als ob ausgerechnet er gar kein Schicksal hätte. Deshalb dachten alle, der is einer von ihnen. Wenn er da in Irland geblieben wäre, hätten die Leute wohl nach einigen Jahren gedacht, der wäre aus ihrem Dorf und nie woanders gewesen, und wenn er im Rheingau bei der Weinlese half, dachten die Leute, der wär von dort, und die Italiener sagten Carlo, und die Franzosen sagten Charly. Aber sie sprachen es nicht aus wie die Engländer, sondern ganz weich.«

Marlow nickte, als leuchtete ihm diese Erklärung sofort ein.

»Dem passte jeder Anzug, aber unterm Anzug war er er selber, aber keiner kannte ihn so.«

»Die meisten Leute sind so, aber weil sie es wollen«, pflichtete die Nichte bei. »Je nachdem, wo sie sich gerade aufhalten, ziehen sie die passenden Sachen an, Anzug oder Kleid, Blaumann, Latzhose oder Abendkleid. Aber dann gibt's welche«, sagte sie spitz, »die werden immer mehr, die haben unterm Anzug nix mehr drunter. Die halten sich für den, als welchen sie gerade auftreten, das ganze Jahr Karneval.«

»Ich hab als Kind auch gedacht, wenn der Karl am Brunnen gesessen und sein Hasenbrot gegessen hat, der sei aus der Gegend«, bestätigte Marlow. »Nur seine Dialektfärbung, die war etwas befremdlich. Aber als ich ein Kind war, hatten die Leute in jedem Dorf einen eigenen Dialekt. Da fiel dies nicht so auf.«

»Daran denke ich oft«, sagte die Nichte. »Man müsste mal die ganzen Dialekte von den Dörfern sammeln und aufschreiben. Meine Kinder kennen das gar nicht mehr, Dialekt reden. Ich wollte das damals auch nicht, dass sie platt reden, damit sie in der Schule mitkommen. Wahrscheinlich ist es schon zu spät. In einigen Jahren reden alle Leute gleich.«

»Ich habe ein kleines Büchlein, da trage ich alle Dialektwörter ein, die ich aufgrund ihrer Aussprache nicht übersetzen kann.«

»Sagen Sie mal eins!«, forderte Rita auf.

»Bochtisch!«, sagte Marlow. »Es bedeutet schwül. Und kennen Sie das Wort schro?«

»Nein, nie gehört!«

»Doch sicher, es bedeutet hässlich oder unansehnlich«, mischte sich die Tante ein.

»Was meinen Sie, kommt es von Schrot?«, fragte Marlow.

»Weiß nich«, meinte sie, »hab mir nie Gedanken gemacht.«

»Ich sammele alte Apfelsorten«, berichtete die Nichte. »Wir haben eine Streuobstwiese. Boskoop, Blenheim, Rheinischer Krummstiel, Holzapfel …«

»Ich mag Rockmusik der Sechziger- und Siebzigerjahre, auch so eine Sammelleidenschaft«, erklärte Marlow lachend, »Fleetwood Mac, Cream, Santana, der hieß Carlos mit Vornamen.«

»Wer?«

»Santana.«

»Sehen Sie, noch ein Karl«, sagte die Tochter. »In Spanien nannten sie den Karl auch Carlos. Er hat manchmal bei der Weinlese in Andalusien geholfen.«

»Wissen Sie, ob die Geschichte mit den Löffeln stimmt?«, fragte Marlow.

»Welche Löffel? Ich kenne die gar nicht.«

»Nun, in den irischen Kneipen machen die Leute oft Musik. Statt eines Schlagzeugs benutzen sie eine Trommel. Sie heißt Bodhran. Und wenn sie kein Bodhran haben, und früher waren die Leute sehr arm, dann verbiegen sie zwei Löffel, die sie mit der einen Hand, die Dellen jeweils aufeinander, festhalten und mit der anderen gegen die Oberschenkel schlagen. Und der Karl hat das in dem irischen Fischerdorf gelernt und durfte deshalb immer bei den Sessions im Pub mitmachen. Die Musiker bekommen öfter mal eine Runde spendiert. Und diese verbogenen Löffel hat der Karl nach Spanien mitgebracht. Dort benutzen sie beim Flamenco Kastagnetten. Der Karl hat in der Bodega einfach seine Löffel aus der Tasche gezogen und mitgespielt. Und stellen Sie sich vor: Die stolzen Spanier waren ganz begeistert. Es gibt sogar eine alte Live-Schallplatte von Paco de Lucia, da spielt bei einem Stück der Karl auf seinen Löffeln mit. Aber man hört ihn nur ganz leise im Hintergrund. Jedenfalls behaupten dies seine Fans. Beweisen lässt es sich natürlich nicht, also ich meine, dass der Karl da wirklich mitgespielt hat. Aber Paco de Lucia hat die Geschichte niemals dementiert, was natürlich auch daran gelegen haben mag, dass er sie gar nicht kannte.«

»Woher haben Sie denn die Geschichte, Herr Marlow. Ich habe sie noch nie gehört.«

»Ein irischer Musiker, der viel in der Welt herumgekommen ist, Harry Ryan, hat sie mir erzählt.«

»Ach, den kenne ich auch«, erzählte Rita. »Er spielt gelegentlich hier bei uns im Folk-Club. Der geht auch schon auf die Achtzig zu.«

»Ich kenne ihn seit den Siebzigerjahren. Ich hatte mal eine Freundin, als ich so sechzehn oder siebzehn war. Die war in einem Konzert, da haben sie Irish-Folk gespielt. Daraufhin hat sie sich in den Kopf gesetzt, den irischen

Dudelsack spielen zu lernen. Das ist eines der am schwersten zu erlernenden Instrumente. Sie ist dann später nach Irland ausgewandert und hat es tatsächlich geschafft.«

»Das gefällt mir, wenn Frauen sich etwas in den Kopf setzen, und es dann auch durchführen«, sagte die Nichte, was Marlow etwas verwunderte.

Dann änderte er das Gesprächsthema.

»Eine Frage, die mich schon lange beschäftigt. Hatte der Karl einen Pass, und wenn ja, wie ist er daran gekommen?«

Tante Marga fühlte sich angesprochen und erklärte:

»Als wir den Karl wiedergesehen haben, hatte er den Pass schon. Später hat die Käth ihn dann auch gefragt, wie er dazu gekommen is.« Sie überlegte eine Zeit lang. »Zuerst, nach dem Krieg, war er ja noch ein Milchgesicht. Trotz seiner Augenklappe sah er noch wie ein Jungchen aus. Die Besatzungssoldaten haben ihn immer durchgewunken. Nur einmal, das hat er mir erzählt, auf der französischen Seite, als er auf die amerikanische rüber wollte, haben sie ihn angehalten. Er musste mit ihnen in so ein Kabuff kommen, und dort musste er sich ganz ausziehen. Die Franzosen guckten immer, ob die ehemaligen Wehrmachtssoldaten so ein Totenkopfzeichen hatten oder Runenschrift. Wissen Sie, die waren dann bei der SS oder bei der Waffen–SS oder bei Kommando Todt. Das hat dem Karl einen ganz schönen Schreck eingejagt, sonst hätte er es mir nich erzählt. Später waren es dann deutsche Polizisten an der Grenze der Besatzungszonen, die die ausländischen ersetzten.«

»Ja, ich weiß«, sagte Marlow. »mein Vater war Grenzpolizist. Und in dem Dorf an der französisch-amerikanischen Grenze, wo er Dienst geleistet hat, lernte er meine Mutter kennen.«

Die alte Frau lächelte.

»Vielleicht hat ihr Vater den Karl gekannt und dafür gesorgt, dass er einen Pass bekam. Jedenfalls war es ein Grenzpolizist, der dem Karl seine Adresse gegeben hat. Mit der ist er dann in die Kreisstadt und hat einen Pass beantragt.«

»Ach, da sollte ich mal meinen alten Vater fragen«, sagte Marlow. »Er ist fünfundneunzig, aber er kann sich noch gut an die Zeit damals erinnern.«

»Soll ich noch einmal frischen Kaffee aufsetzen?«, fragte Rita.

»Nein, vielen Dank!«

»Aber vielleicht möchten Sie etwas anderes ... ein Glas Wein?«

»Nein danke«, wehrte Marlow ab, »keinen Alkohol um diese Tageszeit!«

»Der Karl hat tagsüber auch nie was getrunken.«

»Wissen Sie, ob Ihr Cousin, beziehungsweise Ihr Onkel damals mal in den Ländern des Ostblocks gewesen ist?«

»Er war mehrmals in Jugoslawien, aber das kann man ja nur halb zum Ostblock zählen«, erklärte die Ältere.

»In Ungarn war er auch«, ergänzte die Jüngere.

»Weshalb zählen sie Jugoslawien nur halb?«, fragte Marlow lächelnd.

»Der Karl hat es mir so erklärt, dass die eigenen Leute raus und die fremden rein konnten. Das macht einen grundsätzlichen Unterschied im Lebensgefühl, das ihnen viel wichtiger ist als Sozialismus oder Nicht-Sozialismus. Die in der DDR waren doch eingesperrt.«

Marlow nickte verständig.

»Außerdem blieb in den anderen Ländern für ihn kein Lücke, die er hätte füllen können«, erklärte die Nichte.

»Wie meinen Sie das?«

»Nun, in jedem Land im Westen konnte der Karl einen Job finden, wenn auch schlecht bezahlt und zumeist nur für kurze Zeit. Im Osten war es genau umgekehrt: Gab es in der Stadt auch nur ein einziges Pferd in öffentlichen Diensten, wurde ein Rossäpfelbeseitiger eingestellt. Der Karl hat es aber trotzdem in die DDR geschafft.« Marlow merkte, neugierig geworden, auf. »Stellen Sie sich vor, weil er aus dem Westen kam, wollten die im Osten ein Exempel statuieren.«

Marlow merkte der jungen Frau an, dass sie die nun folgende Geschichte schon öfter zum Besten gegeben hatte und auf ihre frühere Wortwahl zurückgreifen konnte. Sie fuhr fort:

»Sie haben extra für den Karl den Beruf des Fahrradkuriers in Ost-Berlin erfunden, lange bevor es so was im Westen gab. Seine Aufgabe bestand darin, Nachrichten von den Ministerien zu den offiziellen Presseorganen zu transportieren.«

»Da hatte er aber in der DDR bestimmt nicht viel zu tun«, meinte Marlow lachend.

»Das war doch nur Show, um denen im Westen zu zeigen, dass ihr Tippelbruder, der im Westen keine Chance hatte, auf einen grünen Zweig zu kommen, im real existierenden Sozialismus etwas werden konnte. Und dann hat sich der Karl verliebt.«

»Verliebt?«, wiederholte Marlow neugierig.

»Ja«, bestätigte jetzt die Tante. »Er hat sich in eine Postbotin verliebt, die auch mit dem Fahrrad unterwegs war. Wenn die so nebeneinander hergefahren sind oder ihre Räder geschoben haben, hätte man denken können, dass die sich auch ineinander verguckt hätten.«

»Wer?«, fragte Marlow.

»Die Fahrräder.«

»Ach so!«

»Ich glaube, der Karl wusste gar nicht, wie das geht, sich verlieben. Oder er merkte es und wusste nicht, dass dieser merkwürdige Zustand Verliebtheit ist. Das hing alles damit zusammen, dass er mit siebzehn einfach auf das Fahrrad gestiegen und aus seinem alten Leben weggefahren is, verstehen Sie dat?«

»Natürlich versteht Herr Marlow dat«, verbesserte ihre Tochter. »Das sind doch genau die Folgen von der Traumatisierung, von der der Herr Marlow spricht. Oder es ist die Traumatisierung selber, ich meine, wie sie sich zeigt. Is dat nich so, Herr Marlow?«

Der Angesprochene war etwas in der Bredouille, weil er sich nicht einfach so auf die Seite der Nichte gegen die Tante stellen wollte. Aber die alte Frau erzählte weiter, als nehme sie den Einschub nicht wahr:

»Die Frau wollte dann mit ihm raus aus der DDR. Der Karl verstand dat gar nich. Dem gefiel es eigentlich ganz gut da. Er hatte sogar das erste Mal in seinem Leben ein eigenes Zimmer, dat er mühelos bezahlen konnte. Die Mauer war schon gebaut, und daher war et gar nich so leicht, rüberzumachen. Ich hab keine Ahnung, wie die dat geschafft haben.«

»Vielleicht haben sie den Karl für die Stasi geworben«, sagte die Tochter lachend. »Würde sich doch gut für die Witze eignen. Fragt der Karl den Ulbricht ... «

»Ne, dat is nich zum Lachen«, erklärte die Tante Marga ernst. »Der Karl hat doch nicht für die Stasi ... niemals. Vielleicht war die Frau ja bei dem Verein und deshalb konnten die so leicht raus. Als sie dann hüben warn, wollt die Frau gleich alles haben, ne Wohnung, nen VW-Käfer, ne gut bezahlte Arbeit. Nun ging dat Spielchen andersrum, aber nur für sie. Der Karl war ganz verdattert, weil er den Führerschein machen, ne ordentliche Arbeit und ne Wohnung finden sollte. Die Frau merkte schnell, dat der Karl für die Marktwirtschaft völlig ungeeignet war. Den hätt's de doch in keine Fabrik und in kein Büro gekriecht. Den hätt die Panik geholt. Sie hat dann einen netten, losledigen Gebrauchtwagenhändler kennengelernt und dem Karl den Laufpass gegeben. Als der zwei Jahre später mal wieder durch den Ort kam, war der Gebrauchtwagenhändler mit der Frau vom Standesbeamten durchgegangen und hatte sie mit dem Kind sitzen lassen. Aber der Karl war jetzt wieder richtig auf Trebe und wollte nich bleiben.« Die alte Frau faltete die Hände über dem Bauch: »Ja, dat war dat einzige Mal, dat der Karl mal für kurze Zeit liiert war.«

»Für mich war der Karl immer das Beispiel für einen Menschen, der wirklich frei ist«, sagte Marlow jetzt, was beide Frauen etwas verwunderte, weil sie es in Zusammenhang mit der ehemaligen Freundin sahen. »Ich meine das so«, führte Marlow aus, als er dies bemerkte. »Er war so selbstverständlich frei, dass er es sich gar nicht bewusst zu machen brauchte. Unsereiner muss sich innerlich und äußerlich erst befreien, von Abhängigkeiten wie Besitz und Konsum. Der Karl kannte gar kein anderes Leben.«

»Aber er hatte doch das Trauma ...«, setzte die Nichte zu einem Widerspruch an.

»Ja, daran hatte ich gerade nicht gedacht«, gab Marlow zu und überlegte. »Aber andererseits hat ihm dieses Trauma ein von Verpflichtungen freies Leben beschert«, fügte er dann an, aber er sah nicht so aus, als sei er wirklich von seinem Argument überzeugt.

»Sehen Sie das nicht etwas romantisch?«, fragte Rita skeptisch, worauf die Tante, nachdem sie verstanden hatte, worum es ging, energisch ergänzte:

»Wenn du Kohldampf hast, kennste keine Freiheit, weder außen noch innen. Und der Karl hat oft im Leben Kohldampf geschoben, auch, als der Krieg schon lange vorbei war.«

»Ja, stimmt«, sagte Marlow etwas kleinlaut geworden, »das hatte ich nicht bedacht. »Vielleicht ist der Mensch wirklich niemals frei oder nur in seltenen Augenblicken.«

»Wie meinen Sie das jetzt?«, fragte die Nichte und ärgerte sich über sich selbst, schon als sie es aussprach, weil sie nicht unhöflich Marlow gegenüber erscheinen oder zugeben wollte, dass sie etwas nicht verstanden hatte.

»Entweder mangelt es uns an existenzieller Freiheit«, antwortete dieser nach einigem Überlegen, »weil wir gefangen sind, nichts zu essen haben, Krieg herrscht, keine Arbeit, kein Einkommen haben, oder die innere Freiheit ist uns verloren gegangen, weil wir bequem geworden sind oder nur dem schnöden Mammon hinterherjagen.«

Die beiden Frauen schwiegen.

»Wir sind im Leben knappgehalten worden«, sagte die alte Frau schließlich. »Wir mussten immer arbeiten und die Groschen zusammenhalten, da kommt man nicht auf dumme Gedanken. Wenn ich ganz ehrlich bin, Herr Marlow, ich weiß gar nich richtig, wat dat is, Freiheit, außer dat einer nicht im Bulles sitzt.«

»Sie haben vollkommen recht«, beeilte sich Marlow ihr beizupflichten. »Wahrscheinlich hat der Karl niemals an Freiheit gedacht. Er hat einfach so gelebt, wie es ihm richtig erschien, oder weil er nicht anders konnte. Das macht keinen Unterschied.«

»Für ihn vielleicht nicht«, meinte die Nichte, »aber für unsere Generation war das schon anders. Wir haben nie einen Krieg erlebt, und das bedeutet schon Freiheit. Wir konnten planen, wie wir unser Leben leben wollten. Inwieweit uns dat gelungen is, dat is eine andere Frage.«

»Der Karl war bestimmt zufrieden mit seinem Leben«, erklärte Tante Marga. »Er hatte manches, woran er sich erinnern konnte. Er hat gern von der Zeit erzählt, als er drüben war.«

»Von seiner Zeit als Fahrradkurier?«, fragte Marlow etwas verwundert.

»Nein, dat mein ich nich«, widersprach sie. »Nach der Wende is er noch mal rüber und hat bei den jungen Leuten gelebt.«

Rita kramte in einem der Ordner und reichte Marlow einen Packen Fotos. Sie zeigten ihn zusammen mit jungen Leuten, die wie Hippies aus den sechziger Jahren aussahen. Beim Bau eines Hausboots oder inmitten einer Schar schmutziger Kinder, die sich eine Hütte im Wald bauten, an einer Feuerstelle beim gemeinschaftlichen Singen, in einem Birkenrindenkanu zusammen mit zwei jungen Frauen auf einem Fluss.

»Oh, von dieser Zeit wusste ich gar nichts«, sagte Marlow, während er die Fotos interessiert anschaute.

»Das braucht Sie nicht zu wundern«, meinte die Nichte trocken. »Die neuen Bundesländer, die waren doch nach der Wende Kolonialgebiet. Die blühenden Landschaften … Was glauben Sie, woran Kohl damals dachte? Bestimmt nicht an so was. Blühende Verkaufslandschaften oder blühende Fabriklandschaften, dat hatten die aus dem Westen im Kopp.«

Marlow war verwundert, denn diese kritische Einstellung hatte er von ihr nicht erwartet.

»Vielleicht ist das die Freiheit, die sie meinten«, sagte sie, etwas süffisant lächelnd.«

»Wie ist es dazu gekommen?«, fragte Marlow.

»Das weiß ich nicht genau. Irgendwann Anfang der Neunziger bekam der Karl die Rappel, wie er das nannte, wenn er weg musste und fuhr mit seinem Fahrrad in die in ihren letzten Zügen liegende DDR, immer an den Flüssen entlang, Werra Unstrut, Saale, Elbe, Havel, Spree. Irgendwo in der Lausitz stieß er auf diese Gruppe junger Leute. Sie hatten ihre großen Jurtenzelte am Rande eines Waldstücks in der Nähe eines Seeufers aufgestellt. Das Grundstück hatten sie von einer LPG für kleines Geld übernommen. Wer wollte schon nach der Grenzöffnung in einer für die Landwirtschaft unrentablen Gegend in der Lausitz leben? Die Gruppe bestand aus jungen Paaren verschiedenster Couleur und Familien mit kleinen Kindern. Sie lebten sehr sparsam, hatten aber ein großes Ziel. Sozialismus fanden sie gut, aber von der DDR und ihren Machenschaften waren sie total enttäuscht. Dem Westen standen sie skeptisch gegenüber, was sie nicht davon abhielt, den Karl als eine Art Faktotum und Ersatzgroßvater in ihre Gemeinschaft aufzunehmen.«

Marlow fiel auf, dass die Erzählung der Nichte so ganz anders klang als bei Dialogen, bei denen ihr Dialekt deutlich herauszuhören war.

»Sie begannen mit dem Bau von Blockhäusern, die sie zu Anfang selbst bewohnten, aber als die ersten Touristen aus dem Westen in die Gegend kamen, an diese vermieteten. Die Leute sprudelten nur so vor Ideen, die sie abends am Lagerfeuer austauschten. Die meisten, Männer als auch Frauen, waren handwerklich sehr geschickt. Wer nicht mit Hammer, Hobel oder Kettensäge umgehen konnte, schwang den Kochlöffel, versuchte sich an Gartenarbeit oder beschäftigte die Schar der Kinder, die sich ständig vergrößerte. Nach den Blockhütten entstanden

Baumhäuser, die bei Touristen sehr beliebt waren. Sie waren roh, aber sehr fantasievoll gezimmert und bunt angestrichen. Alles war, wenn immer möglich, naturbelassen. Inzwischen waren im Westen, auch in Frankreich, den Beneluxländern, der Schweiz und Österreich Werbepartner gefunden, und das Geschäft blühte. Deutschland war wiedervereinigt. Dann trat die Treuhand auf den Plan und mit ihr die Profiteure aus dem Westen, die Lunte gerochen hatten, dass hier was zu holen war. Das gesamte Gebiet der ehemaligen LPG stand zum Verkauf. Obwohl die Gruppe mittlerweile über recht hohe Einnahmen verfügte, hätten sie den Kauf eines Grundstücks dieser Größe niemals stemmen können. Ihre eigene Geschäftsidee war ihnen zum Verhängnis geworden. Aber es nahte eine Retterin. Eine amerikanische Filmdiva, die mit einem ehemaligen englischen Fußballstar verheiratet war, sponserte das Unternehmen im Sinn der Gruppe. Nun nahmen sie das Projekt Hausboot am nahen See in Angriff. Es entstanden mit großer Sorgfalt und Stilgefühl entworfene, komfortable, mit handwerklichem Geschick gebaute Hausboote. Als Vorbild dienten Exemplare aus dem Kaschmir Tal in Nordindien. Zur Einweihung des ersten Wohnboots kam das Sponsorenpaar aus den USA und verbrachte die Nacht dort. Eine bessere Werbung für das Projekt hätte es gar nicht geben können. Inzwischen hatte die Gemeinschaft längst eine Struktur und eine Aufgaben- und Rollenverteilung in basisdemokratischem Stil aufgebaut. Es gab Finanz- und Buchhaltungsfachleute, Handwerksmeisterinnen und -meister unterschiedlicher Branchen, Gourmetköchinnen und -köche, sogar Spezialisten für Geldanlagen. Zusammen mit zwei Gemeinden wurde eine eigene Waldorfschule gegründet. Flusstouren auf selbst angefertigten Kanus wurden angeboten, Instrumente gebaut und Kurse angeboten, wie Frau und Mann darauf spielen lernen konnte. Und der Karl mittendrin fungierte als guter Geist der Gemeinschaft. Bei den Kindern war er besonders beliebt. Mit der Zeit wuchs das Projekt so sehr, dass kaum noch die Gefahr bestand, von größeren Unternehmerhaien geschluckt zu werden.«

»Ich habe nie von dieser Gemeinschaft gehört«, bekannte Marlow erstaunt. »Gibt es sie noch?«

»Ja, es gibt sie noch«, bestätigte sie mit einem bedauernden Seufzer. »Aber es endet nicht wie im Märchen.«

»Wie meinen Sie das?«

»Nun, nicht die Politik oder böse Konzerne haben die Gemeinschaft verändert, sondern die Leute selbst fielen ihrem eigenen unternehmerischen Ehrgeiz zum Opfer. Mit den Jahren stand nicht mehr die kreative Idee oder die alternative Lebensweise im Vordergrund, sondern was Rendite und Profit versprachen. Ganz langsam hatte sich das Gift des Immermehr, Immergrößer, Immerteurer in die Herzen geschlichen. Die Geschäftsführer und Finanzverwalter der Gruppe bildeten eine Elite, die bei sämtlichen Projekten den Daumen drauf hatten. Die Bezahlung war nicht mehr wie früher für alle die gleiche, sondern die Leute in den handwerklichen Berufen bekamen weniger. Hilfskräfte wurden wie in herkömmlichen Unternehmen schlecht bezahlt. Es dauerte längere Zeit, bis einigen rückblickend bewusst wurde, was mit ihnen geschehen war. Die Mehrheit wollte davon nichts wissen. Viele Gründungsmitglieder stiegen aus. Heute ist das Unternehmen Teil eines Konzerns, der Hotelanlagen nach diesem Vorbild in den USA, Kanada und Neuseeland betreibt. Der Karl blieb mehrere Jahre. Eines Tages verabschiedete er sich von den Kindern und den wenigen

Erwachsenen aus der Gründungsphase, zu denen er noch Kontakt hatte, nahm seinen Rucksack vom Haken, stieg auf sein altes Fahrrad und fuhr davon.«

»Dat is aber ne traurige Geschichte«, bekannte Tante Marga.

Marlow fand lange keine Worte und starrte vor sich hin, als würde er über etwas Grundsätzliches nachdenken.

»Ja, so is dat mit der Freiheit«, resümierte die Nichte, nun wieder in rheinischem Idiom. »Entweder du has nix, oder et steicht dir zu Kopp.«

»Wissen Sie eigentlich wat Näheres über die Kerle, die den Karl erschossen haben?«, wandte sich die Tante nach einiger Zeit an Marlow. »Ich hatte gleich so ein merkwürdiges Gefühl, als et in den Zeitungen stand und durch die Nachrichten ging, dat et dieser Nordenfeld nich gewesen is.«

Marlow kam aus seinem tiefen Nachdenken zurück und schaute die beiden Frauen an, als habe er sie oder seine Anwesenheit hier vorübergehend vergessen.

»Die Polizei hat bei der Durchsuchung ihrer Wohnung einige Plakatentwürfe in ihrem Computer gefunden, die darauf schließen lassen, dass sie Teil des nationalsozialistischen Untergrunds waren oder diesem nahe standen. Wenn sie die Macht erlangen würden, so der Text, wollten sie alle Flüchtlinge ausweisen, Migranten und deren Nachkommen die deutsche Staatsbürgerschaft aberkennen und Wohnsitzlose in Lager einsperren oder auf andere Art beseitigen. Ihr Slogan lautete: Deutschland muss wieder deutsch werden. Bisher konnte nicht ermittelt werden, ob noch mehr Leute zu dem Duo gehörten. Auch konnte noch nicht festgestellt werden, ob sie den Karl aus alten Zeitungsausschnitten kannten und deshalb gezielt nach ihm gesucht hatten, oder ob es sich um einen Zufall handelte, und sie einfach einen Wohnsitzlosen umbringen wollten, um ein Exempel zu statuieren.«

»Dat is ja schrecklich«, entfuhr es der alten Frau.

Marlow nickte.

»Gibt es eigentlich noch viele Leute, die den Krieg erlebt haben, und die sie befragen können?«, erkundigte sich die Nichte, offenbar um das Thema zu wechseln.

»Es werden jeden Tag weniger«, erklärte Marlow. »Aber ich spreche auch mit jungen Leuten, die in Afghanistan gewesen sind.«

»Ach so.«

Aber bei den Traumatisierten des zweiten Weltkriegs, hauptsächlich bei den ehemaligen Soldaten, zeigt sich noch ein besonderes Phänomen.« Marlow unterbrach sich, weil er unsicher war, inwieweit er es den Frauen erklären konnte, und ob er überhaupt darüber sprechen wollte. Aber nun hatte er schon mal angefangen. »Die Männer waren nicht nur häufig traumatisiert, ihr Land hatte auch den Krieg verloren, und vor allem hatten sie Hitler und einem Regime des abgrundtief Bösen gedient. Sie waren Angehörige des Tätervolkes. Sie fürchteten, und damit hatten sie wohl überwiegend recht, keiner würde sie auch als Opfer dieses Krieges anerkennen. Viele waren auch innerlich so deformiert, dass sie es als Verrat betrachtet hätten oder als Unterwerfung ihren ehemaligen Feinden gegenüber.«

»Aber sehen Sie mal Leute wie den Karl, der war doch noch ein Kind. Wir haben doch nix anderes gekannt als das, was die Nazis uns als Wahrheit verkündet haben«, erklärte Tante Marga mit leichter Empörung in der Stimme.

»Ja, ein schreckliches Dilemma!«, sagte Marlow. »Manche sind innerlich Nazis geblieben, haben es sogar bewusst oder unbewusst an ihre Kinder weitergegeben. Brauchen Sie bloß heute so manche rechtsextremistische Partei wie die AfD anzugucken. Andere, und dies waren viele, haben nie darüber gesprochen, auch weil sie Angst hatten, das Falsche zu sagen. Sie haben ihr Trauma verkapselt.«

Rita meinte: »Wenn ich daran denke, wie es den Menschen aus Syrien gehen mag. Bestimmt sind viele von ihnen auch traumatisiert.«

»Ja, es gibt eine Gruppe von Therapeutinnen, die ohne Entgelt hauptsächlich mit Frauen und Kindern arbeiten. Oft erfahren diese wieder neues Leid, das sie retraumatisiert, indem sie von Ausweisung bedroht sind.«

»Das ist doch merkwürdig«, sagte die Nichte nach einiger Zeit nachdenklich. »Wir haben keine wirkliche Freiheit oder können sie nicht halten, aber wir müssen immer wieder nach ihr suchen.«

Dann erzählte sie:

»Am Sonntag war ich mit meinem Mann Thomas unten am Rhein. Er ist seit zwei Wochen in Rente. Wir haben am Ufer gesessen und den Schiffen zugeschaut, die rauf und runter fuhren. Zum Glück war der Winter nicht gar so trocken. Dann kam eine junge Frau auf einem Fahrrad vorbei, hielt an und setzte sich auf die Bank neben unserer. Sie war auf großer Tour, das sah man gleich an ihrem vielen Gepäck, hinten zwei Tragetaschen und eine quer drüber. Sogar vorne am Rad hatte sie zwei Taschen festgemacht. Thomas hat sie gefragt, wo sie denn hinwill. Sie hat erzählt, sie fährt quer durch Deutschland. Es geht ihr in der Hauptsache darum, dass sie ohne Geld durchkommen will, erzählte sie uns. Sie bettelt nicht. Sie fragt die Leute, ob sie auf ihrer Wiese zelten darf, manchmal auch, ob sie was zu essen für sie übrig haben.«

»Wie früher die Tippelbrüder«, bemerkte Marlow, »nur dass es sich hier um eine Schwester handelt.«

»Meistens sind die Leute freundlich«, erzählte Rita weiter, »und sehr freigebig, hauptsächlich ältere, die Kinder in ihrem Alter haben könnten. Aber die junge Frau hat auch erzählt, dass es auch welche gibt, die sie beschimpfen, sie solle etwas arbeiten und den Leuten nicht auf der Tasche liegen. Frauengruppen, denen sie begegnet, sind fast immer sehr nett. Bei Männern ist sie vorsichtig. Sie erzählte das bedauernd, weil sie die Erfahrung gemacht hat, dass die meisten Männer zu Frauen sehr freundlich und galant sind. Aber es gibt eben auch andere. Deshalb bleibt sie vorsichtig.«

Sie machte eine Pause.

»Die junge Frau hieß Carla«, erzählte sie lächelnd weiter, »aber sie nennt sich Charly.«

Tante Marga war eingedöst. Ihr Kopf war etwas nach hinten gesunken, und sie ließ ein leises Schnarchen vernehmen. Ihre Nichte und Marlow schauten sich verständnisvoll an und lächelten.

Der Innerliche

Bis zu meinem zwölften Lebensjahr lebte ich mit meiner Mutter in einem kleinen Haus, das nur zwei Zimmer hatte, am Rande einer Stadt. An meinen Vater habe ich keine Erinnerung. Meine Mutter sagte immer wieder, er sei ein böser Mann gewesen. Sie sprach selten mit anderen Menschen, aber mir erzählte sie alles, was sie über das Leben wusste.

Weil ich in der Schule wenig sprach, untersuchte mich ein Psychologe, derselbe, der in meine Akte schrieb, ich hätte eine Störung, weil ich keinen Kontakt zu anderen Menschen pflegte, und es sei nicht gut für meine Entwicklung, wenn ich so nah mit meiner Mutter zusammenlebte. Die folgenden Monate waren für meine Mutter sehr schwer, bis sie sich daran gewöhnt hatte, dass ich regelmäßig mit anderen Menschen in Kontakt kam. Aber sie sagte oft zu mir, dass ich ihr leidtue.

Als ich vierzehn war, starb meine Mutter nach einem kurzen Krankenhausaufenthalt. Von einem auf den anderen Tag war ich allein. Ein Ehepaar, das keine Kinder hatten, nahm mich auf. Zu den Jungs in meiner Klasse hatte ich keinen Kontakt. Vor Mädchen fürchtete ich mich. Ich wäre gern in ihrer Nähe gewesen. Innerlich wusste ich genau, was die Leute über mich dachten, und warum sie mich für anders hielten. Dieser Innerliche, der dies wusste, ist auch der, der jetzt alles in den Heften aufschreibt, wie ich es in der Erinnerung habe.

Als ich erwachsen war, zog ich in eine leer stehende Hütte am Rand eines Dorfes, das an ein großes Moor grenzte. Dort blieb ich für mich. Jahrelang wanderte ich über die Pfade zwischen den Sümpfen, bis ich jeden Winkel kannte, an dem ich nicht versinken würde. Dann fragten mich manchmal Leute, ob ich sie durch das Moor zu dem Dorf auf der anderen Seite führen könnte. Später kamen ganze Gruppen. Einmal wollten zwei junge Frauen, die gar kein Ziel hatten, sondern nur das Moor sehen wollten, dass ich mit ihnen gehe. Mir war nicht wohl dabei. Unterwegs lachten sie über mich, weil ich so schweigsam war, aber es machte mich nicht wütend. Die eine ging zu weit vom Pfad ab, obwohl ich das nicht wollte, und rutschte in den Sumpf. Ich musste meinen Gürtel ausziehen, um ihr herauszuhelfen, und wäre beinahe selbst versunken. Später warfen mir die Frauen vor, ich hätte ein Seil dabeihaben müssen. Zwei Polizisten kamen und holten mich ab. Sie ließen mich bald wieder gehen, weil ich keinen Auftrag hatte. So nannten sie das.

Dann kam der Mann vom Amt und sagte, ich hätte schon seit Jahren Steuern zahlen müssen, weil das ein Gewerbe ist, wenn man die Leute durch das Moor führt. Ich sollte Geld nachzahlen, aber ich hatte nur so wenig, dass ich davon etwas zu essen kaufen konnte. Deshalb sollte ich ins Gefängnis oder in die Psychiatrie. Zwei Mal bin ich abgehauen. Beim zweiten Mal haben sie über zwei Jahre nach mir gesucht. Der Innerliche in mir wusste genau, wo sie mich suchen würden, und was ich tun musste. Ich versteckte mich in Wäldern und Sümpfen und abgelegenen Gegenden und kam nur nachts raus. Deshalb nennen sie mich jetzt den Wilden. So stand es auch in der Zeitung, als sie mich wieder eingefangen haben.

Dann war ich in einem Haus mit einer hohen Mauer drum herum und Stacheldraht darauf und vergitterten Fenstern. Aber die Männer in Uniformen sagten immer wieder, dass es kein Gefängnis ist. Dort habe ich den Äußerlichen ganz aufgegeben. Er sprach auch schon lange nicht mehr. Der Innerliche zog sich noch weiter nach innen zurück und schaute von dort hinaus, was geschah. Ein Mann besuchte mich und stellte fest, dass ich dort nicht gegen meinen Willen festgehalten werden durfte. Nach einigen Monaten fragte man mich, ob ich gehen wolle. Ich kehrte zurück in das Dorf am Rande des Moores.

Immer freue ich mich auf den vollen Mond, wenn die Nächte klar sind.

A hard Rain

Ich bin jede zweite Nacht unterwegs. Der Zeitpunkt ist wichtig. Wenn ich zu früh mit meiner Tour beginne, treffe ich womöglich noch Leute an den Schränken, die sich fragen, was ich mit den vielen Büchern vorhabe, die ich mitnehme. So eine Menge Bücher liest doch kein Mensch. Bin ich zu spät unterwegs, haben andere schon vor mir die besten Sachen ausgeräumt.

Ich kenne alle Bücherschränke, die über die Stadt verteilt aufgestellt sind. Man kann dort kostenlos Bücher entnehmen oder welche hineinstellen. Es verbietet sich, mit diesen Büchern Geschäfte zu machen, obwohl es offiziell nicht verboten ist. In den meisten dieser Schränke befinden sich Nachlässe aus Wohnungen, die aufgelöst wurden, weil die Leute verstorben sind. Dies lässt sich auch daran erkennen, dass von einem auf den anderen Tag mengenweise Bücher in den jeweiligen Schrank einsortiert wurden. Nicht selten stehen auch noch mit Büchern gefüllte Plastiktaschen daneben. Zurzeit häufen sich Bände, die in den fünfziger bis siebziger Jahren von Leseringen und -clubs vertrieben wurden, also Simmel, Konsalik, Brückner, manchmal auch Böll oder Grass, seltener Bergengruen, Rinser, Andersch oder Aichinger, die, wenn im Nachlass vorhanden, wahrscheinlich für kleines Geld an moderne Antiquariate verkauft werden. Daneben stehen in fast jedem Schrank Bücher in unterschiedlichen Ausgaben, die zu einer bestimmten Zeit massenweise gelesen, vielleicht auch nur gekauft oder verschenkt wurden, wie »Vom Winde verweht«, »Götter Gräber und Gelehrte«, »Via Mala«, »Die Päpstin«, »Der Medicus« oder »Die Säulen der Erde«. Oft wurden diese Werke verfilmt und danach war das Interesse

419

verloschen, das Buch zu lesen. Diese Werke gehören zu einer bestimmten Zeit, in der bestimmte Autorinnen und Autoren angesagt waren, die nach einigen Jahren unwiederbringlich vorbei ist. Manche Dinge gewinnen mit zunehmendem Alter an Wert, andere verlieren ihn und landen auf dem Müll. Kinder interessieren sich in einem bestimmten Alter für Dinosaurier, und wenn die Phase vorbei ist, vielleicht für Flugzeuge oder Rennwagen. Erwachsene wechseln ihre Hobbys, oder sie bleiben ihnen ein Leben lang treu. Eine Cousine von mir las ausschließlich Bücher von Willi Heinrich, den heute kaum noch jemand kennt. Möglicherweise werden sich Menschen in einigen Jahrzehnten kaum noch an den Hype erinnern können, den die Harry-Potter-Bücher ausgelöst haben.

Angesagte Bücher lasse ich meistens stehen, es sei denn, sie sind noch originalverpackt oder sehen wie neu aus. Ich halte Ausschau nach Werken mit Sammlerwert, zum Beispiel Kunstbände oder Romane in besonderer Aufmachung oder geringer Auflage. Ich kenne mich aus, da ich ein begeisterter Leser bin und früher mal in einem Antiquariat gearbeitet habe, das auch neuere Bücher vertrieben hat. Irgendwann waren wir gezwungen, mit dem Geschäft online zu gehen, weil kaum noch Leute in den Laden kamen. Diese Geschäfte im Netz schossen damals wie Pilze aus dem Boden. Der Konkurrenzdruck war ungeheuer groß. Nach einigen Jahren musste der Inhaber aufgeben, und ich hatte keinen Job mehr. Seitdem betreibe ich das Geschäft quasi auf eigene Rechnung und tingele mit meinen Fundsachen über Flohmärkte. Ein Büro oder einen Laden brauche ich nicht, es genügt ein Wagen mit genügend Stauraum, ein guter PC, schnelles Netz und ein Tapeziertisch.

Meine besondere Aufmerksamkeit finden Bücher aus DDR-Verlagen. In Bücherschränken lassen sie sich nur ausnahmsweise finden. Einmal entdeckte ich drei Bände von Faulkner, die sogenannte Snopes-Trilogie. Zufällig hatte ich dieselben Bücher aus einem Westverlag und konnte die Übersetzungen miteinander vergleichen. Auch wenn ich mir die kreativen Möglichkeiten, welche die Übertragung aus einer anderen Sprache bietet, gut vorstellen kann, war ich doch erstaunt. Die Übersetzungen des Ostverlags bescheinigen Faulkner einen besonderen Blick auf soziale Ungerechtigkeiten und rassistische Haltungen, während die aus dem Westen Deutschlands die lakonische und genaue Sichtweise, soziale Zusammenhänge betreffend, herausarbeiten. Ich wage nicht, einer der beiden Übersetzungen den Vorzug zu geben beziehungsweise sie zu bewerten, wer besser im Sinne Faulkners übersetzt hat. Dazu reichen meine Englischkenntnisse nicht aus, und ich hätte mich intensiver mit dem Original befassen müssen. Jedenfalls halte ich Faulkner für einen der großen Meister in der Beobachtung und Beschreibung sowohl zwischenmenschlicher Alltäglichkeiten als auch deren Abgründe.

Bei meinen Nachtgängen bin ich entweder zu Fuß oder mit dem Fahrrad unterwegs. Für meine Fundstücke habe ich immer einen großen Rucksack dabei, in dem ich die Bücher verstaue. Ich lasse mir, wie schon gesagt, bei meiner Arbeit nicht gerne über die Schulter schauen. Die Leute finden das unseriös, mit Büchern, die eigentlich der Gemeinschaft gehören, Geschäfte zu machen. Eigentlich teile ich ihre Meinung, aber gebrauchte Bücher haben, im Gegensatz zu Comicheften, noch nicht einmal einen Sammlerwert.

Beim Detailblick erweisen sich die Inhalte der Schränke als doch recht unterschiedlich. Je nach Stadtviertel findet sich überwiegend triviale Literatur, Produkte des Bildungsbürgertums, Reise- oder Fachliteratur, nicht zu vergessen die verschiedensten Ratgeber, Lexika oder Autoatlanten.

In der Nacht werde ich selten von anderen Lesestoffhungrigen überrascht. Zumeist sind es wohl Menschen, die nicht schlafen können. Sie nehmen einzelne Bücher aus dem Schrank, um die Titel unter dem Licht einer Straßenlaterne zu lesen. Ich als Profi arbeite natürlich mit Taschenlampe, die ich an einem Stirnband befestigt habe, um blättern zu können.

Wie schon gesagt, in der Regel weiß ich, wonach ich suche und was einen Verkaufswert besitzt. Aber hin und wieder werde auch ich überrascht. Vor einiger Zeit entdeckte ich ein unscheinbares Buch, noch im original Schutzumschlag, ein helles Grün mit weißen Bändern. Es handelte sich um einen Roman, der bereits in den siebziger Jahren in geringer Menge aufgelegt worden war. Der Name der Autorin sagte mir nichts. Ohne besondere Erwartungen steckte ich das Buch ein. Am nächsten Morgen begann ich zu Hause darin zu lesen. Der Titel lautete: Aufbruch aus der Zeitlosigkeit. Erzählt wurde die Geschichte einer Gruppe von Jägern und Sammlern der Altsteinzeit, die auf dem Gebiet etwa des heutigen Marokko gelebt hatten. Die Autorin kam, die Gespräche dieser frühen Art des Homo sapiens betreffend, ganz ohne wörtliche Rede aus. Ich nahm an, sie wollte vermeiden, dass die Art der Kommunikation dieser Menschen primitiv oder aufgesetzt klangen. Wahrscheinlich konnte sie sich auch einfach nicht vorstellen, wie sie gesprochen hatten, und vermied es deshalb, ihre Sprache in wörtliche Rede zu fassen. Wie ich erst nach einiger Zeit bemerkte, ging es ihr nicht nur darum, die spannende Geschichte dieser Menschen in einer offenen Savannenlandschaft zu erzählen, sondern sie war auch um wissenschaftlich genaue Angaben oder wohl überlegten Thesen zu deren Lebensweise bemüht. Erst an dieser Stelle bemerkte ich die Parallelhandlung, genauer gesagt, spielte sich das ganze Geschehen in der Fantasie eines Archäologen ab, der in eben dieser Gegend den Schädel eines Frühmenschen ausgegraben hatte. Die Handlung des Buches ließ mich nicht mehr los. Vielleicht kennen Sie das auch: Sie vergessen, Ihre Besorgungen zu erledigen, lassen das Frühstücksgeschirr auf dem Tisch stehen, Telefonanrufe unerledigt, versäumen Termine, vergessen sogar, dass sie Hunger haben. Dann schlingen sie etwas in sich hinein, von dem sie kaum wissen, was es ist, und lesen dabei weiter.

Als ich das Buch zu Ende gelesen hatte, versuchte ich, etwas über die Autorin heraus zu finden. Wie sich herausstellte, ist sie bis heute unbekannt geblieben und vor etwa zehn Jahren in hohem Alter verstorben. Ich fand die Telefonnummer ihres Neffen heraus, der wenig über seine Tante und noch weniger über das Buch wusste, eines von dreien, die sie geschrieben hatte. Beruflich hatte sie weder mit Literatur noch mit Frühgeschichte zu tun gehabt. Sie betrieb ein Schuhgeschäft in einer Kleinstadt, das schon zu Anfang des neuen Jahrtausends geschlossen worden war.

Im Internet begann ich nun, über Frühmenschen zu forschen, genauer gesagt, frühe Formen des Homo Sapiens Sapiens. Die entscheidende Frage war, wann und wo die Spezies unserer Art zuerst aufgetaucht war. Dabei stieß ich auf eine Sensation. Jedenfalls handelt es sich nach meinem Verständnis und den inzwischen erworbenen Erkenntnissen um eine solche. Dazu muss ich etwas weiter ausholen:

In den sechziger Jahren hatte ein Archäologe tatsächlich einen menschlichen Schädel in dem von der Autorin exakt beschriebenen Gebiet entdeckt. Dieser entsprach im Aussehen ziemlich genau dem von uns heutigen Menschen. Er war damals mit Hilfe der Radiokarbonmethode auf ein Alter von etwa 40 000 Jahren geschätzt worden. Die Autorin beziehungsweise die Figur des Archäologen im Buch nahmen jedoch an, dieser Schädel, den er in einer Höhle gefunden hatte, sei wesentlich älter, nämlich etwa 300 000 Jahre. Die anthropologische Wissenschaft ging jedoch zu diesem Zeitpunkt davon aus, dass unsere Art, also Menschen, die so aussehen wie wir heutigen, frühestens vor 200 000 Jahren entstanden ist. Die Autorin kommt jedoch aus unterschiedlichen Gründen, die sie genau beschreibt und die hier vorzustellen, zu viel Umstände machen würde, zu ihrer These, beziehungsweise lässt ihren Protagonisten diese Schlüsse ziehen. Nur ein kurzes Beispiel zur Erläuterung: Sie vergleicht die Art der Faustkeile, die in der Nähe gefunden wurden, und die Weise, wie diese hergestellt worden waren. Außerdem stellt sie Überlegungen zum Klima in dieser Region nördlich der Sahara an und kommt zu dem Schluss, dass es dort wesentlich anders ausgesehen hat als heute.

Damit unterbreche ich die Geschichte über die Autorin, den Roman und seine Entstehung und berichte über die tatsächlichen Vorgänge. Der Schädel landete in einer Vitrine in einem wissenschaftlichen Institut und wurde dort fast vergessen. Jedenfalls spielte er für die Forschung kaum noch eine Rolle. Zu Beginn der 2000er-Jahre schrieb ein junger Wissenschaftler eine vergleichende Doktorarbeit über diesen Schädel. Dadurch geriet dieser erneut in den Blickpunkt der wissenschaftlichen Erforschung der Frühgeschichte. Ich kann dies jetzt nicht exakt wiedergeben, jedenfalls sind die Möglichkeiten wissenschaftlicher Forschung heute um ein Vielfaches exakter und umfangreicher, als dies noch vor einigen Jahrzehnten der Fall war. Da arbeiten nicht nur Archäologen und Anthropologen, sondern auch Chemiker, Biologen, Klimaforscher, Gentechniker und Computerspezialisten zusammen, um nur einige zu nennen. Man begann daraufhin erneut mit Grabungen an Ort und Stelle, was sich natürlich als schwierig erwies nach so vielen Jahrzehnten der Unterbrechung. Um es kurz zu machen: In geduldiger Kleinarbeit wurde Schicht um Schicht mit Teelöffelchen, Pinzetten und Pinseln abgetragen und ganz unten kamen menschliche Kochen zum Vorschein. Wie sich bestätigte, stammten diese aus derselben Zeit wie der Schädel. Und heute kann man unter Zuhilfenahme moderner Gentechnik das Alter dieser Knochen ziemlich genau bestimmen. Sie werden sich inzwischen denken können, wie alt sie sind, nämlich 300 000 Jahre, genau wie die Autorin des unbekannten Meisterwerks es beschrieben hatte. Und nicht nur das: Lebensweise, Aussehen der Landschaft – vergleichbar der im heutigen Tansania – Beschreibungen der Tierpopulationen, des Klimas, der Werkzeuge stimmten genauestens mit den wissenschaftlichen Erkenntnissen überein.

Woher hatte die Autorin dies gewusst? Oder hatte sie es erraten oder erahnt? Oder machte sie sich einfach die Mühe, bestimmte, feststehende Tatsachen miteinander zu kombinieren und so zu realistischen Schlüssen zu gelangen? Welche Rolle spielte dabei die Fantasie und die Vorstellungsgabe? Oder hatte sie einfach den Kopf frei zum Denken, weil sie über scheinbar feststehende, wissenschaftliche Grundüberzeugungen nichts wusste?

In einer Fernsehsendung wurde einmal mehr darauf hingewiesen, welche Bedeutung den Flintsteinen für die zeitliche Einordnung dieser Kultur zukam, ihre Beschaffenheit und die Art und Weise, wie sie bearbeitet worden warten. Die Ausgräber fanden auch die Stelle, wo sie gefunden und zugeschlagen worden waren.

Nun hätte ich doch gerne gewusst, ob der Wissenschaftler, der in seiner Doktorarbeit den Schädel beschrieben und damit die ganze Sache erneut ins Rollen gebracht hatte, den Roman der unbekannten Autorin gelesen hatte. Ich fand seine Internetadresse heraus, aber er ging auf meine mehrmaligen Anschreiben leider nicht ein.

Wenn wir als Laien auf dem Gebiet der Vor- und Frühgeschichte von Pyramiden sprechen oder Megalithgräbern, stellen wir die Bedeutung ihres Alters heraus. Diese sind für uns sehr alt. Jedes Jahrtausend Differenz, jedes Jahrhundert, sind von enormer Bedeutung. Aber hier handelt es sich, die menschliche Spezies betreffend, um einhunderttausend Jahre. Ich habe mit Bekannten darüber gesprochen. Sie haben genickt, einige Sätze dazu gesagt, aber ihr Interesse war schnell erloschen. Für sie, hauptsächlich für die männliche Spezies, beginnt Geschichte erst mit technischen Errungenschaften, die der Fortbewegung, der Architektur und der Kriegführung dienen. Und diese Geschichte ist, verglichen mit der von Frühmenschen, relativ kurz. Sie erfasst gerade mal einige läppische tausend Jahre. Heute sehen wir deutlich, wie schnell wir diesen Planeten in jeder nur uns dienlichen Weise ausbeuten. Spiegelt dieses Interesse für Technik oder umgekehrt das mangelnde Interesse für unsere wahre Geschichte, unsere verrückte Haltung zu uns selbst und unserer so bezeichneten Kultur wider?

Ich möchte hier den Namen der bis zu ihrem Tod und darüber hinaus unbekannten Autorin nennen, aus Respekt und Bewunderung für ihren Weitblick, ihre Fantasie und Kombinationsgabe. Sie hieß Melanie Klein, nicht zu verwechseln mit der gleichnamigen Psychoanalytikerin, die zu den Baby-Watchers gehörte und mit Anna Freud befreundet war.

Etwas später begegnete ich an einem Bücherschrank in der Nacht einem Mann, schon etwas älter, ungepflegt aussehend, mit langen, strähnigen grauen Haaren. Wir kamen ins Gespräch miteinander und setzen uns zu diesem Zweck auf eine Bank direkt neben dem Bücherschrank. Er erzählte mir die ganze Nacht von Bob Dylan, der seiner Meinung nach eine multiple Persönlichkeit ist. Ich hatte nur eine Ahnung, was er damit meinte, und bat ihn deshalb, mir zu erklären, was er darunter verstand. Dies ließ er sich nicht zwei Mal sagen. Er sprach von Dylans Jugend, in der er als Tramp durch die USA gereist war, von Dylan als Folkie, als Friedensbewegter, als Prophet, als Popstar, als Jude, als Christ, als Atheist, als Nonkonformist. Aber sind wir dies nicht alle, warf ich ein, handelt es sich nicht um Rollen, Lebensphasen und so weiter? Sicher sei dies so, bestätigte er, als habe er auf diesen Einwand gewartet, um ihn zugleich zu widerlegen. Bei Dylan sei dies etwas anderes. Er sei so überzeugt, geradezu besessen, dass er die jeweilige Persönlichkeit mit all ihren Facetten annehme und durchlebe, als sei er jedes Mal ein anderer. Ich versuchte eine Erklärung mit der Philosophie Wittgensteins. Aber mein Gegenüber wollte nicht gelten lassen, dass Dylan ein Mensch wie jeder andere sei, der, zwar etwas ausgeprägter, aber bestimmte Phasen in seinem Leben durchlief. Zu meinem Erstaunen ließ sich der Mann nun auf meine Argumentation ein und sprach von einer projektiven Aufladung. Er fragte mich suggestiv, ob der Messias sich selber als ein solcher erkennt und zeigt oder ob die Massen in ihrer Not und ihrer Verzweiflung den Messias suchen und ihn erst zu dem machen, der er dann ist? Ich argumentierte, es handele sich um eine Wechselwirkung und in der Uneindeutigkeit liege der Schlüssel. Dem stimmte er zu. Aber das Besondere an Dylan sei eben, dass er in seinen jungen Jahren als Hobo, der er übrigens niemals wirklich gewesen sei – wahrscheinlich habe er Jack Koreac gelesen und diesen auf kongeniale Weise imitiert –, älter ausgesehen habe als in seiner Zeit als Popstar. (Ah, I was so much older than, I'm younger than that now.) Ich solle mir mal die Fotos von damals genau ansehen. Kaum zu glauben, dass es sich um den selben Menschen handele. Das seien doch ganz normale Verkleidungen, wie sie fast alle Jugendlichen oder junge Erwachsene auf der Suche nach sich selbst praktizieren, wandte ich ein. Daraufhin begann der Mann, Texte zu zitieren. Besonders hatte es ihm »A hard rain's gonna fall« angetan. Das sei nicht irgendein Lied. Dylan sei wirklich ein Prophet gewesen, und dieser Song bezeuge seine prophetische Gabe. Alles, was in diesem Song beschrieben sei, treffe, mehr oder weniger wörtlich, auf unsere heutige Zeit zu. Umweltzerstörung, Klimawandel, die Verzweiflung der Menschen im Angesicht von Katastrophen, das habe Dylan alles vorausgesagt. Ich gab zu, dass dieser Mann etwas Geniales habe, sonst wäre er nicht zu dem geworden, was er ist. Wer er ist, verbesserte er mich. In Kathmandu gäbe es eine lebende Göttin, Kumari, wechselte der Mann nun scheinbar das Thema. Sie lebte abgeschottet in einem Palast mitten in der Stadt. Jedenfalls sei dies früher so gewesen, als er sich als junger Mann Monate lang dort herumgetrieben habe. Da Göttinnen und Götter nicht bluten, könne oder dürfe sie, je nachdem, wie sie sich selbst versteht, nach ihrer ersten Menstruation den Tempel verlassen und ein ganz normales Leben als Mensch führen. Er wolle jetzt nicht behaupten, Dylan sei ein Gott, aber er lasse seine Botschaften in sich reifen und verkünde sie dann. Aber er will ein ganz normales Leben führen wie andere Leute auch. Er weiß, dass es ihm letzten Endes nicht möglich ist, weil er nun einmal Dylan ist. Aber er versucht es immer wieder. Zugleich hält er es aber nicht aus, in der Versenkung des öffentlichen Lebens zu verschwinden. Dann taucht er wieder auf und gibt Hunderte von Konzerten überall auf der Welt. Um ganz ehrlich zu sein, meinte der Mann, manchmal komme ihm Dylan auch albern vor, wenn er versuche, sich selbst zu imitieren und herumlaufe wie ein Clown. Aber auch dies sei Dylan, ein trauriger Clown, der niemals wirklich zu sich selber finde. Nicht nur, dass er sich verleugne, auch die Gesellschaft tue dies. Die Folkies und Friedensbewegten wollten ihn nicht als Rocker und buhten ihn aus. Und als sie ihm dann endlich den Nobelpreis verliehen, wollte er, Dylan, ihn längst nicht mehr haben. Damals, als der Vietnamkrieg tobte und die Gesellschaft spaltete, wäre es ein, nein, das Zeichen gewesen, ihm diesen Preis zu verleihen, als er den Mächtigen dieser Welt in aller Offenheit den Spiegel vorhielt. Damals hätte es das Zeichen gesetzt, die Welt etwas besser zu machen. Heute kostet dieser Nobelpreis niemanden etwas, er ist eine Reminiszenz, allenfalls eine Gewissensberuhigung der Mächtigen ohne jegliche Reue. Und was will der alte Mann mit dieser späten Genugtuung, die ihm wahrscheinlich keine ist? So erläuterte er es mir.

Die Menschen verdrängten und verleugneten, zögen die Köpfe ein, bis die Gefahr vorbei sei. Dann werden die Trümmer beseitigt, und es geht, wenn irgend möglich, weiter wie vorher, führte er verbittert aus. Langzeitschäden und Traumata werden nicht berechnet. Sie kommen über uns, wenn wir deren Ursachen längst nicht mehr in einen Zusammenhang setzen können oder es unbedingt vermeiden wollen. Dies sei auch eine der vielen Botschaften von A hard rain. So wiederholen sich die Fehler der Geschichte. Der Mensch braucht seine Nahrung nicht mehr roh verzehren oder als Aas. Deshalb nimmt er die Gefahren des Feuers immer wieder in Kauf, beziehungsweise unterschätzt sie permanent, indem er sich und seine Fähigkeiten überschätzt.

Ich fragte ihn, ob er Dylan mal kennenlernen wolle, oder ihn zu einem bestimmten Zeitpunkt seines Lebens gerne kenngelernt hätte. Nein, nein, winkte er gleich ab. Womöglich sei our Bobness privat ein Arschloch oder ein arroganter Spinner und würde ihn gar nicht beachten. Aber ein Messias, protestierte ich. Ein Messias, ein Messias, wiederholte er sarkastisch, der vertreibe wütend die Händler aus dem Tempel, dem Haus seines Herrn. Und wir seien alle solche Händler, als Masse, als Gesellschaft. Oder wie sollte ein Dylan ausgerechnet ihn, einen bedeutungslosen alten Mann als seinen wahren Adepten oder Apostel erkennen? Zudem: Dylan lehne es natürlich ab, ein Prophet oder gar ein Messias zu sein. Folglich könne er selbst ernannte Anhänger nicht ausstehen. Vielleicht sei er einmal Werkzeug einer guten Macht in sich gewesen. Aber auch dies habe er nicht ausgehalten und sich davon befreit.

Und als was er sich denn sehe, wollte ich von meinem Banknachbarn wissen. Er repräsentiere diese Zeit, antwortete er sofort, er repräsentiere den Inhalt und die Botschaft von A hard rain's gonna fall. Wie er das denn mache, fragte ich weiter. Ich tue möglichst nichts, antwortete er zu meinem Erstaunen. Nichtstun, fragte ich zurück. Nun, er esse möglichst das Gemüse, was in seinem Garten wachse. Er vermeide Abfall, er lese nur gebrauchte Bücher, weshalb ich ihn hier am Bücherschrank angetroffen habe. Kurz, er versuche, so wenig Fußabdrücke wie möglich in seinem Leben und auf dieser Erde zu hinterlassen. »Das Leben ist ein Segen, das Außergewöhnlichste, das großartigste Geschenk der Natur, das uns passieren kann«, verkündete er mit Inbrunst. Und gerade deshalb sollten wir so bescheiden wie möglich damit umgehen, möglichst nichts vergeuden, auf Überfluss und jeglichen Schnickschnack der Konsumgesellschaft verzichten. Ob er einer Partei angehöre, fragte ich. Nein, natürlich nicht. Ob er religiös sei? Iwo! Vegetarier? Er würde möglichst kein Fleisch essen, aber er möge diese Bezeichnungen und Einordnungen nicht. Gehöre er überhaupt zu irgendeiner Gruppe oder Gemeinschaft? Sicher, er sei Weltbürger, aus Überzeugung.

Aber einmal im Jahr gönne er sich etwas, erklärte er mit einem Blitzen in den Augen. Er ginge zu einem Dylan-Konzert, vermutete ich. Nein, antwortete er lächelnd. Er besuche eine Aufführung des Sommernachtstraum. Ich schaute ihn verwundert an, was er im Licht der Straßenlaterne gleich bemerkte. Shakespeare sei auch so ein hochbegabter Multipler gewesen, genau wie Dylan, führte er aus. »Und Zettl, der Weber, die wahre Hauptfigur des Stücks, er will immer alles spielen, alles sein, der Liebhaber, der Held, sogar den Löwen will er geben.« Und indem er sich dieses Stück immer wieder anschaue, bei dem sich alle ständig verwandelten, amüsiere er sich köstlich und genieße diese Leichtigkeit, das Schwebende, Traumwandlerische. Und er selber könne das sein, was er sein möchte – im Kopf so umtriebig wie nur irgend möglich, im Handeln zurückgenommen. Und eines Tages würde er verschwinden. Der Übergang vom Sein zum Schatten vollziehe sich fast unmerklich.

Wie innerlich entleert ging er zum Bücherschrank, nahm ein Buch heraus, verabschiedete sich mit einem Winken und verschwand. Ich hätte gerne gesehen, welches Buch er genommen hatte, aber es blieb mir verwehrt. Und so verschwand er auch wieder aus meinem Leben, wie er gekommen war, als hätte ich ihn geträumt.

Einige Zeit später entdeckte ich bei meinen nächtlichen Streifzügen durch die Welt der Literatur einen Liebesbrief. Er steckte in einer Sonderausgabe von Sigmund Freuds »Drei Abhandlungen zur Sexualtheorie«. Eine Maria M hatte ihn 1947 an einen Peter S geschrieben. Dessen Name und Adresse fand ich auf der Innenseite des Buchdeckels. Wahrscheinlich war dieser vor Kurzem verstorben, und es befanden sich noch mehr Bücher von ihm in dem Schrank, in dem ich das Werk mit dem Brief entdeckt hatte, was mir jedoch nicht aufgefallen war. Der Inhalt des Briefes rührte mich dermaßen, auch die Art und Weise, wie er geschrieben war, dass ich beschloss, die Autorin, falls sie noch lebte, ausfindig zu machen. Ich kann schwer beschreiben, was mich so berührte, es hatte mit der aufrichtigen Weise zu tun, in der er abgefasst war. Menschen heutzutage sind besser informiert, womit ich nicht sagen will, sie seien aufgeklärter oder offener. Im Gegenteil meine ich, dass es einerseits kaum noch Geheimnisse gibt – im Internet werden persönliche Lebenssituationen scham- und schonungslos ausgebreitet –, andererseits werden einfache Sachzusammenhänge nicht erkannt, verdreht oder verleugnet. Frau oder Mann liked etwas, hütet sich aber davor, eine eigene Meinung zu bilden und sie gar noch zu äußern. Man könnte ja ins falsche Lager verwiesen werden oder zwischen den Stühlen landen und somit alleine dastehen. Aber diese, meine Überlegungen führen schon weit über den Inhalt dieses offenen und, mir fällt kein passenderes Wort ein, unschuldigen Liebesbriefes hinaus.

In Zeiten des Internets können sich Menschen kaum noch vor der Öffentlichkeit verstecken. Es kostete mich einige Recherchen, bis ich herausgefunden hatte, dass die Frau tatsächlich noch lebte und wo sie wohnte. Nun, so überlegte ich, konnte ich sie nicht einfach anrufen, dies hätte bestimmt ihr Misstrauen erregt. Heutzutage werden alte Menschen von Betrügern attackiert, die ihnen am Telefon unter Vorkehrung falscher Tatsachen ihr gespartes Geld abluchsen wollen. Zurzeit ist der Enkeltrick sehr beliebt, wie mir neulich ein Bekannter erzählte, dessen alte Mutter fast jede Woche von einer anderen Person angerufen wird, die sich als ihre Enkelin oder ihren Enkel ausgibt, und sie mit Schauergeschichten in Angst und Schrecken zu versetzen sucht. Oder jemand gibt sich als Polizistin oder Polizist aus und insistiert, Wertgegenstände und Geld abzuholen, angeblich, um es für die Besitzerin zu sichern.

Ich schrieb Maria M also einen Brief, in dem ich ihr die kurze Geschichte erzählte, wie ich zu ihrem Liebesbrief an Peter S aus dem Jahr 1947 gekommen war. Zu meiner Verwunderung antwortete sie schon nach wenigen Tagen. Sie konnte sich noch genau an den Brief erinnern, den sie als Zwanzigjährige geschrieben hatte. Diesen Peter S hatte sie während seines Fronturlaubs im Herbst 1944 kennengelernt. Nach Kriegsende galt er als vermisst. Maria hatte sich nicht damit abfinden wollen, dass er tot sei, und wartete beharrlich auf seine Rückkehr. Ziemlich genau zwei Jahre nach ihrer letzten Begegnung tauchte er tatsächlich wieder auf. Er war mit einem Kameraden den weiten Weg aus der Ukraine über die Türkei zurück nach Hause gewandert. Die Freude war groß. Maria und Peter beschlossen, zu heiraten. Wenn sie auch nur einen Tag getrennt waren, schrieben sie sich gegenseitig Liebesbriefe. Dann passierte es wieder: Zwei Wochen vor dem anberaumten Hochzeitstermin war Peter S plötzlich wieder verschwunden. Ich kann mir vorstellen, wie untröstlich Maria gewesen sein muss, was sie aber in ihrem Brief mit einer lakonischen Bemerkung abtat. Nun, sie kannte mich ja auch nicht, und ein solches Trauma wirkt für ein ganzes, langes

Leben. Sie kontaktierte die wenigen Verwandten und Bekannten von ihm, die er ihr vorgestellt hatte, wandte sich auch an die Polizei und gab eine Suchmeldung beim Roten Kreuz ab. Es nutzte alles nichts. Peter S war und blieb verschwunden.

Ich überlegte, ob ich diese Episode in meinem zeitweise eintönigen Leben mit diesem Antwortbrief beschließen sollte, aber wie ein Detektiv hatte ich Lunte gerochen und beschloss, auf der Spur zu bleiben. So schlug ich Maria M in einem weiteren Brief eine Begegnung vor. Zu meiner Freude willigte sie ein.

Wir trafen uns in einem Café in der Nähe ihrer Wohnung. Ich musste dafür eigens eine Stunde Fahrt mit dem ICE auf mich nehmen, was zu einem Loch in meiner Haushaltskasse führte, denn mein Auto hatte den Geist aufgegeben. Aber diese Begegnung war es mir wert. Maria M hatte, wie ich mir vorher ausrechnen konnte, die Neunzig bereits überschritten. Sie kam mit ihrem Rollator, an dem sie sich sehr gerade zu halten versuchte, zu unserer Verabredung. Ihr Auftreten hatte etwas Respektvolles, zugleich wirkte sie freundlich, der altbackene Ausdruck sanftmütig scheint mir angebracht. Sie legte Wert darauf, mich zuerst etwas auszufragen, bevor wir auf die alte Geschichte zu sprechen kamen. Sie hatte Fotos von sich und Peter S mitgebracht. Für einen Moment war ich geneigt, dies alles, also den Liebesbrief, unsere Korrespondenz und schließlich diese Begegnung für den Ausschnitt eines Romans oder eine Filmszene zu halten. Aber dann deckte sich die Wirklichkeit, die Anwesenheit von Maria M, unsere Begegnung in diesem Café über diese Vorstellung einer Fiktion.

Die beiden waren ein attraktives Paar, wie sie so in die Kamera lächelten. Ich wollte wissen, ob sie sich erinnern könnte, wer das Foto aufgenommen habe. Das konnte sie. Sie hatte einfach einen Passanten gefragt. Der Mann habe einen umgearbeiteten Militärmantel getragen, wie sie sich noch erinnern konnte. Sie wollte ihrerseits das Buch sehen. Sie lächelte, als sie den Titel las. Drei Abhandlungen zur Sexualtheorie. Sie lächelte wieder. Mehr wollte sie darüber wohl nicht erzählen.

Er hätte in Zusammenhang mit dem Werk von Sigmund Freud und seiner Kriegserfahrung häufig darüber gesprochen, dass viele der Männer, die an der Front gewesen waren, traumatisiert worden seien. Kaum jemand hätte sich damals dafür interessiert, geschweige denn, diesen Männern zuzuhören und zu verstehen, was diese erlebt hatten und nicht bewältigen konnten. Alle wollten diesen Krieg vergessen, den Schutt wegräumen und neu anfangen. Aber die Schuld, das Unrecht und die eigene seelische Verwundung würden uns noch für Generationen verfolgen. Darüber hatte sie damals mit Peter S häufig debattiert.

Sie fragte mich, ob sie den Brief und das Buch behalten dürfe, wovon ich vorher schon selbstverständlich ausgegangen war. Sie hatte vorher die Adresse im Buchdeckel mit der damaligen verglichen.

»So kann ich mir bestätigen, dass es wirklich geschehen ist«, erklärte sie, »falls ich mal daran zweifeln sollte. Je älter ich werde, desto öfter denke ich an diese Zeit. Ich sehe sie so deutlich vor Augen, als seien die Geschehnisse gestern gewesen. Auch meine Empfindungen von damals sind mir noch ganz nah. Trotzdem traue ich meiner Erinnerung nicht. Auch Fälschungen können äußerst genau sein.«

Wiederum kurze Zeit später begegnete mir auf einem Flohmarkt die Feminotin. Sie war in jeder Beziehung eine imposante Erscheinung, mit ihren vieldeutigen Gesichtszügen, ständig in Bewegung zwischen Freundlichkeit, Sanftmut, Strenge, Ironie und Geheimnis, ihren ausgeprägten Körperformen, dem langen, bis zum Hintern reichenden Haar, der als schmiegsame, biegsame Fluke eines Mandolinenhinterns beschrieben worden war. Als sie mich gleich bei unserer ersten Begegnung Ndrya nannte, den sie mit ihrem Boot zwischen Skylla und Charybdis hindurch manövriert hatte, wusste ich, woran ich war. Bisher habe sie den Mann noch nicht gefunden, der zu ihrem Club gehöre. Aber ich hätte durch meine Kenntnis des »Horcynus Orca« beste Voraussetzungen. Sie hielte sich, die Clubmitglieder betreffend, an Julio Cortázar und seine Ausführungen in »Reise um den Tag in 80 Welten«, ergänzt um dessen eigenes, grandioses Werk »Rayuela«. Die anderen Werke, die zur Mitgliedschaft im Club führen sollten, der, wie sich herausstellte, auch ein imaginärer Club ihrer Liebhaber war, sind »Paradiso«, »Der Mann ohne Eigenschaften« und »Der Tod des Vergil«. Die Feminotin meinte, an anderer Stelle habe Cortázar auch noch den »Ulysses« dazu gezählt. Oder habe nur ich diesen selbstverständlich hinzugefügt?

Ich konnte mir gute Chancen bei ihr ausrechnen, also Mitglied im Club zu werden, fehlte mir doch nur noch »Der Tod des Vergil«, den ich mir vornahm, bei nächster Gelegenheit zu lesen. Das Werk erwies sich als bereichernde, aber harte Kost, was mich nicht im Geringsten verwunderte. Wie bei »Ulysses« musste ich drei Mal Anlauf nehmen. Ich brauchte an die drei Monate für das Projekt. Während dieser Zeit trafen die Feminotin und ich uns regelmäßig auf Flohmärkten. Unsere Gespräche drehten sich um eine Mixtur aus Literatur und Erotik, wobei speziell erotische Literatur kein Thema war. Sie konnte Stunden lang über Joyce, Faulkner, Borges oder Musil sprechen, wobei es weniger um Inhalte jeweiliger

Werke ging, sondern um den Geist, der aus ihnen sprach. Dies erzeugte eine knisternde, erotische Spannung in mir, als surfte ich immerzu auf einer Welle, deren ekstatischen Aufschlag ich einerseits herbeisehnte, andererseits unbedingt hinauszuzögern suchte, um die erotische Spannung so lange wie möglich aufrecht zu erhalten.

Schließlich hatte ich das Werk vollendet. Die Feminotin und ich verbrachten eine unvergessliche Nacht in einem Hotel in einer uns beiden bis zu diesem Zeitpunkt fremden Stadt, eine Nacht, welche meine Fantasie überflügelte, was in meinem Leben bisher äußerst selten vorgekommen war. Seitdem empfehlen wir uns wechselseitig alle drei, vier Monate ein Buch, das unseres Erachtens in den Club passt. Ihre letzte Empfehlung bezog sich auf »2666« von Roberto Bolano, meine auf »Ragna und Nils« von Hans Henny Jahnn. Die Wahl war mir schwergefallen, weil ich gerade mit »Mason & Dixon« von Thomas Pynchon beschäftigt war. Wir vermeiden es nicht, uns auch Autorinnen zu empfehlen, sehen jedoch von einer Quotenregelung ab, ohne dies jemals thematisiert zu haben.

Vor einiger Zeit unterhielt ich mich mit Hardy, der regelmäßig über den Flohmarkt in D streift und dem ich den Roman von Melanie Klein zu lesen gegeben hatte. Über die neuesten Erkenntnisse der Forschung über den frühen Homo Sapiens war er bestens informiert. Er setzte sich mit einem Bier auf den Campingstuhl neben meinem improvisierten Verkaufsstand und referierte über die Geisel der Zeit. Damals, so führte er aus, kam es auf ein paar tausend Jahre nicht an. Sicher existierte die Zeit für die Menschen damals, Tageszeit oder Jahreszeit, aber ob sie dieses Phänomen Zeit auch so benannten, ob und wie sie sich danach richteten, sei nach seinem Dafürhalten fraglich. Für uns heute sei es genau umgekehrt. Wir richteten uns zwanghaft nach der Zeit. Diese bestimme, wann wir was zu tun oder zu lassen haben. Dabei vernachlässigten wir systematisch die Folgen unseres Tuns, vor allem die schädlichen. »Aber dies tun wir pünktlich«, erklärte er. Wir lebten ein falsches Leben, ein Leben nach der Zeit, die möglicherweise abgelaufen sei, ohne dass wir es bemerkt hätten. Zum Schluss meinte er noch: »Wir führen Kriege, obwohl wir wissen, welch ungeheuer schädliche Folgen sie haben. Wir tun ständig die schrecklichsten Dinge und betrachten dies als unvermeidlich. Offenbar sind wir verrückt. Diese Frühmenschen, sie scheinen so eine Art inneren Rhythmus gehabt zu haben, der sie dazu bewog, im Ausgleich mit der Natur zu leben, beziehungsweise, ein Teil von ihr zu sein. Das hat einige hunderttausend Jahre so geklappt. Ich weiß nicht, was den Ausschlag gegeben hat, dass wir aus der Zeitlosigkeit und in die Zeit gefallen sind. Sicher gibt es für dieses Phänomen der Menschheitsgeschichte nicht die eine Ursache. Vielleicht hätten wir nicht sesshaft werden sollen.«

Wenn ich Hardy das nächste Mal auf dem Flohmarkt in D treffe, was mit an Sicherheit grenzender Wahrscheinlichkeit der Fall sein wird, werden wir das Thema wieder aufnehmen.

Meine kleine Wohnung quillt über von Büchern. Wenn ich sie nicht auf Flohmärkten verkaufen kann oder an Bekannte weitergebe, fülle ich manchmal meinen Rucksack mit einigen Exemplaren, die ich ausgelesen habe und von denen ich mich nach gründlichem Abwägen trennen kann, und bringe sie zurück in einen der Bücherschränke. Vor vielen Jahren habe ich selbst mal ein Buch geschrieben. Über dessen Anliegen oder Inhalt zu sprechen möchte ich an dieser Stelle vermeiden. Das Buch war nicht erfolgreich, was den Verleger, einen ehrgeizigen Menschen, daraufhin veranlasste, keine weiteren Werke von mir in seinen Verlag aufzunehmen. Ich hatte den Eindruck, dass er Erfolglosigkeit, womit auch immer sie begründet war, als eine Schwäche betrachtete, und er solche, in seinen Augen schwache Menschen in seiner Umgebung nicht dulden konnte. Ich glaube, der ganze Literaturbetrieb strebt wie nahezu alle Betriebe nach Erfolg. Gemeint ist Verkaufserfolg. Ein Künstler verkaufte einmal Konserven als Kunstprodukte, von denen er behauptete, sie seien mit seiner Scheiße gefüllt.

Von meinem Buch wurden zu viele Exemplare gedruckt. Selbst auf Flohmärkten lassen sie sich und auch nicht zu Schnäppchenpreisen verkaufen. Also nehme ich jedes Mal, wenn ich gelesene Bücher in einem dieser Schränke einstelle, ein oder zwei Exemplare meines eigenen Werkes mit und stelle sie dazu.

Dann setze ich mich erleichtert auf eine Bank in der Nähe und denke mir eine Geschichte aus, darüber, was nun alles geschehen könnte. Die Enden der Parabel baumeln lose herum.

Schiffbruch

Er fühlte, wie sich der Sand zwischen seinen Fingern hindurchpresste. Als wäre es nicht er, der dies geschehen ließ, sondern es geschehe von selbst. Er wusste nicht, in welcher Welt er sich befand, noch nicht einmal, ob überhaupt in einer oder einem Zwischenraum, der kein Bewusstsein zulässt. Deshalb wagte er noch nicht, die Augen zu öffnen, denn er fürchtete, er sei nicht mehr in der Welt, der einzigen, die er kannte. Er wartete.

Allmählich spürte er, sein Herz schlagen. Dann erst erfasste sein Bewusstsein den Wind auf seinem Gesicht, und er spürte die ihm vertraute, salzige Seeluft. Er hörte den Schrei einer Möwe. Mit jedem neuen Atemzug fühlte er das vertraute Leben in seinen Gliedern pulsieren bis hinunter zu seinen Zehen. Jetzt war er es, der den Sand presste und durch seine Finger gleiten ließ, als müsste er sich davon überzeugen, dies tun zu können. Er hörte die gleichmäßige, ruhige Brandung. Er wollte noch nicht die Augen öffnen, nicht nur aus der Furcht heraus, seine Wahrnehmungen würden ihn täuschen, und er befinde sich außerhalb der Welt oder in einem Zustand, der nicht in diese gehörte, sondern, wenn er wirklich lebte, er diese Gewissheit des Lebendigen noch einige Sekunden festhalten wollte.

Er hörte wieder den Schrei einer Möwe und weiter entfernt das boshafte Krächzen von Krähen, das ihm lange vertraut gewesen war, was er aber vor langer Zeit vergessen hatte. Er roch die salzige Luft.

Dann öffnete er die Augen. Zuerst blickte er nach oben. Graue, sich zerfetzende Wolken zogen schnell über ihn hinweg. Er hatte Zeit, ihnen noch eine Weile zuzuschauen, während er tief ein- und ausatmete. Er setzte sich auf. Er blickte über die auslaufenden Wellen, die seine Füße umspülten, aufs Meer hinaus. Da draußen lag das Schiff. Der Hauptmast war zerbrochen und hing mit zerfetzter Takelage schief nach der Seite. Mit jeder Welle vollführte es die gleichen schrägen und schaukelnden Bewegungen. Er glaubte, das Ächzen und Stöhnen des Schiffskörpers zu hören, obwohl dies gar nicht möglich war, denn das Wrack lag viel zu weit draußen, um seine Geräusche wahrnehmen zu können.

Die Möwen kamen näher, schwebten über ihm und krächzten drohend, als forderten sie einen Tribut von ihm, weil er hier war.

Es machte ihm Mühe, auf die Füße zu kommen und sich zu erheben. Wie zur Probe, als habe er es verlernt, setzte er einen Fuß vor den anderen. Er meinte, die Erde unter ihm müsste schwanken. Die ersten vorsichtigen Schritte begleiteten ein Zittern in den Beinen, das mit jedem Schritt nachließ. Jetzt erst spürte er den ungeheuren Durst in seiner Kehle.

Er torkelte auf den leblosen Körper zu, der auf den Strand gespült worden war wie er und mit dem Kopf nach unten lag. Er bückte sich und drehte ihn vorsichtig um. Es war sein Kamerad und Landsmann O'Grady. In sein lebloses Antlitz stand noch immer der Schrecken über den Sturm geschrieben, die Berge von Wellen, die sich vor ihnen aufgetürmt hatten. Unter Aufbietung all seiner Kräfte packte er den erstarrten Körper des Kameraden unter den Achseln und zog ihn den Strand hinauf, wo ihn die Flutwellen vorläufig nicht erreichen konnten.

Er wandte seinen Blick vom Meer ab. Als er das grasbewachsene Land und den kleinen Fußpfad betrat, lenkten ihn seine Schritte in die vertraute Richtung. Er wunderte sich nicht darüber, als befände er sich in einem Traum, der ihn lenkte. Der Pfad führte über eine niedrige, von Gras bewachsene Dünung. Dahinter konnte er das kleine Haus, gebaut aus unförmigen Bruchsteinen, einsam in der Ebene liegen sehen. Statt der Möwen begleiteten ihn Scharen zerrupfter Krähen, die ihn nur wenig scheu mit aufgeregtem Krächzen umschwirrten. Über dem Land lag ein Geruch von Fäulnis und Verwesung.

Er durchschritt ein Feld, das einmal ein Kartoffelacker gewesen war. Die Haustür stand offen. Bevor er ins Haus ging, schöpfte er mit beiden Händen Wasser aus der Regentonne und trank. Er zögerte einen Moment und lauschte, obwohl er nicht damit rechnete, von drinnen Stimmen zu hören. Dann ging er hinein. Allmählich gewöhnten seine Augen sich an das Halbdunkel. Eine Frau saß an dem grob gezimmerten Holztisch, den Kopf auf die verschränkten Arme gelegt. Er berührte sie behutsam an der Schulter, aber sie bewegte sich nicht. Er nahm den Becher, der auf dem Tisch stand, ging nach draußen und schöpfte Wasser aus der Regentonne. Den gefüllten Becher stellte er wieder neben sie auf den Tisch. Er wartete. Endlich hob sie den Kopf und sah ihn aus hohlen Augen an. Er hielt ihr den Becher hin, aber sie schien dies gar nicht zu bemerken, blickte durch ihn hindurch irgendwohin. Sie tat einen letzten Atemzug wie einen Seufzer, bei dem sich ihr Körper wie in einer letzten Kraftanstrengung aufbäumte. So, schräg nach hinten geneigt, verharrte ihr Körper auf dem Stuhl.

Er rührte sich lange nicht von seinem Platz ihr gegenüber. Dann ging er nach draußen, lehnte sich an die Hauswand und blickte hinüber zu den Dünen, hinter denen er das Meer hören konnte. Es war jetzt friedlich, hatte seine Kräfte im Sturm der vergangenen Nacht ausgetobt. Er erinnerte sich daran, dass dieses kleine Haus eine ganze Familie beherbergt hatte. Er wusste noch genau, wo welches Kind am Tisch bei der einzigen gemeinsamen Mahlzeit des Tages seinen Platz hatte, Mutter und Vater an den Kopfenden. Er erinnerte jede Stimme, wenn sie vor dem Essen das Gebet gesprochen hatten.

Er erwartete nicht, etwas zu essen zu finden. Er ging die wenigen Schritte zu dem baufälligen Schuppen, der sich an die Hauswand lehnte. Dort fand er den Spaten, den er gesucht hatte.

Nur wenige Meter hinter dem Haus befanden sich drei frische Gräber mit unförmigen Holzkreuzen, die aus am Strand gesammelten, vom Meer geschliffenen Holzstücken hergestellt waren, und zwei schon ältere Kindergräber. Er fragte sich nicht, warum die Menschen hier begraben worden waren und nicht auf dem Dorffriedhof. Auf einem der frischen Gräber stand in ungelenker Schrift sein eigener Name: Ciaron Ryan.

Daneben hob er eine Grube aus. Die Erde war sandig. Er grub tief, weil er an all die hungrigen Hunde dachte. Im Haus fand er ein zerschlissenes Betttuch, worin er den knochigen Körper einwickelte. Die Tote war so leicht, dass er sie, obwohl hungrig und entkräftet, mühelos tragen konnte. Mit aller Vorsicht, als könnte er sie verletzten, legte er sie in die Grube. Zurück im Haus fand er die zerschlissene Bibel an ihrem Platz unter der Fensterbank. Da er außer seinem Namen nichts lesen konnte, sprach er ein Vaterunser und legte das Buch neben die Verstorbene. Nachdem er dies getan hatte, schaufelte er das Grab zu.

Er ging zum Strand und begrub den Matrosen O'Grady, seinen Kameraden, in den Dünen mit dem Gesicht zum Meer. Auch hier sprach er das einzige Gebet, an das er sich erinnerte. Dieses Mal kamen die Worte leichter über seine Lippen. Dann suchte er passende Holzstücke am Strand, die er am Haus zu zwei Kreuzen zusammennagelte und auf die er mit Pech, das er im Schuppen gefunden hatte, die Jahreszahl 1848 einschrieb.

Als die Nacht kam, wickelte er sich in eine Decke und legte sich hungrig zum Schlafen auf den Fußboden. Sein Schlaf war schwer. Er träumte von der See, den Wellenbergen und -tälern.

Am nächsten Morgen ging er zum Strand, wo ihm drei zerlumpte Männer begegneten, die einen alten Curragh trugen, mit dem sie zum Wrack hinausrudern wollten. Einen von ihnen erkannte er als seinen Vetter Arthur McBride, der ihn damals davor bewahrt hatte, sich von der sächsischen Armee anheuern zu lassen. Wenn dieser auch ihn erkannt hatte, ließ er es sich jedoch nicht anmerken.

Er half ihnen, das Boot über den Wellenaufschlag zu schieben. Mit einem kühnen Schwung stieg er im letzten Moment selbst ein. Sie wagten es nicht, ihn wieder über Bord zu stoßen, weil sonst das Boot gekentert wäre.

Zwei und zwei wechselten sie sich mit dem Rudern ab. Am Schiff angekommen, suchten sie eine passende Stelle, um an Bord zu gehen. Sie taten dies mit großer Vorsicht, weil sie befürchteten, dass bei der geringsten Bewegung der gesamte Rumpf nach der Seite abkippte. Sie durchsuchten die Kajüten, fanden aber nur wenig Essbares, etwas Zwieback und einen Rest Pökelfleisch, das ranzig roch. Zurück am Strand teilten sie die Beute untereinander auf. Damit gingen die drei Männer wortlos wieder fort.

Er ging zurück zu dem einsamen Haus. Unterwegs verscheuchte er die Hunde, die ihm schnuppernd und jaulend folgten. Nach kurzer Zeit näherte sich ein Berittener und zwei Uniformierte. Die Feder auf dem Hut des Reiters wippte im Wind, und die Goldknöpfe seines Waffenrocks blinkten in der Sonne. Der Säbel steckte in einem mit roten Samt verzierten Futteral. Die Soldaten in ihren schmucken Uniformen hatten die Musketen geschultert. Der vornehme Reiter forderte ihn im Namen des Landlords auf, von dessen Hab und Gut zu verschwinden. Als er der Forderung nicht gleich nachkommen wollte, nahmen die Soldaten ihre Musketen von den Schultern und stießen ihn mit den Kolben zu Boden.

Er griff nach seinem Sack mit dem wenigen Essbaren und machte sich davon. Als er sich noch einmal umdrehte, sah er die Flammen, die bereits das Strohdach ergriffen hatten.

Unterwegs begegnete er zwei hungrigen Mönchen auf der Landstraße. Er gab ihnen von dem Fleisch und dem Zwieback aus seinem Sack. Die Mönche versprachen, ihn mitzunehmen zu ihrem Kloster, das hinter der Hügelkette lag, die am Horizont zu erkennen war.

Firlefanz

»Du bist Achtundfünfzig. Wenn du die paar Jahre noch machst, kannst du ganz regulär in den Vorruhestand gehen«, meinte Annas direkte Vorgesetzte Helen, als sie von ihrer Personalakte aufblickte. Ihre Lesebrille war fast bis auf die Nasenspitze gerutscht, und sie schaute Anna dahinter mit einem fragenden Blick an, der zugleich etwas von einer Ungeduld verriet. »Kündigst du jetzt, schenkst du dem Staat eine Menge Geld, das du vielleicht noch einmal gut gebrauchen kannst«, führte sie weiter aus. Natürlich wusste Anna dies auch und hätte gerne auf die gut gemeinte Belehrung verzichtet, die ihre Vorgesetzte auch aus eben diesem Grund als überflüssig erachtete, aber nicht darauf verzichten wollte, weil sie der festen Meinung war, aus Gründen der eigenen Rollensicherheit darauf zu bestehen. »Und du weißt, dass wir dich hier in der Firma noch gut brauchen können. Oder hast du einen anderen Job?« Mehr an Entgegenkommen war nun wirklich nicht drin, befand Helen. Das grenze sonst an Anbiederung. Sie war der Meinung, Angestellte könnten solche entgegenkommenden Äußerungen nur missverstehen, indem sie ihre Bedeutung in der Firma zu hoch einschätzen. Und mit den Folgen dieser falschen Einschätzung wollte sich Helen nicht herumärgern.

»Nein«, sagte Anna nur.

»Können wir irgendetwas verändern? Gefällt dir etwas nicht?«

Diese oder eine ähnliche Frage, die nicht zu vermeiden gewesen war, hatte sie erwartet. Ihre Vorgesetzte sagte bei solchen Gelegenheiten gerne »wir«, und es war nicht ganz klar, wen sie damit meinte. Mir gefällt gar nichts mehr, hätte Anna sagen können. Aber mit dieser Aussage könnte Helen nichts anfangen.

»Du hattest nur drei Fehltage in diesem Jahr«, stellte die Vorgesetzte beim erneuten Blick in die Akte fest. »Vielleicht brauchst du mal einen längeren Urlaub. Fahr doch mal weg mit deinem Mann, irgendwohin, wo man an nichts denken braucht und nur die Beine baumeln lassen kann.«

»Nein«, sagte sie wieder, und es fiel ihr auf, dass sie seit ihrer Kindheit dieses Wort kaum benutzt hatte. »Wir haben uns getrennt.«

Sofort, nachdem sie diesen Satz ausgesprochen hatte, bereute sie es. Helen legte den Personalordner auf den Tisch und schaute hinter ihrer Lesebrille auf.

»Oh, das wusste ich gar nicht«, erklärte sie, und es klang ein wenig beleidigt. »Ist das der Grund …?«

»Nein«, beeilte Anna sich wieder zu sagen. »Wir sind schon seit zwei Jahren nicht mehr zusammen.«

»Ist er …? Helen unterbrach ihr Ansinnen und sagte stattdessen: »Geht mich ja nichts an.«

Sie war sich nun sicher – eine Erfahrung aus den vielen Jahren in der Personalabteilung –, dass es nun nichts mehr zu intervenieren gab. Die Gründe, welche ihre Angestellte zu einer Kündigung bewogen hatten, lagen in einem Bereich, zu dem sie keinen Zugang hatte. Früher war sie der Überzeugung gewesen, in ihrer Branche gäbe es solche Bereiche nicht. Wenn sie es verbal nur geschickt anstellte, würden Angestellte ihr intimste Geheimnisse verraten, wenn sie glaubten, es wirke sich gut für den Job aus. Aber im Lauf der Jahre ihrer beruflichen Tätigkeit hatte sie eingesehen, dass es eine Sorte gab, zu der Anna ganz bestimmt gehörte, die über eine innere Grenze verfügten, die sie nicht preisgaben.

So war das Gespräch dann auch schnell beendet.

Da sie noch Resturlaub zu bekommen hatte, konnte Anna am Freitag der darauffolgenden Woche ihre Arbeit beenden. Sie verzichtete auf eine großartige Verabschiedung, obwohl sie über zwanzig Jahre in der Firma gearbeitet hatte. Ihre Kollegin Karin meinte zum Abschied, es sei eine gute Idee, zu gehen. »Worauf soll man noch warten? Das Leben ist kurz«, begründete sie lapidar ihre Aussage.

Anne ging in ein Café und bestellte sich eine heiße Schokolade. Sie konnte sich jetzt Zeit nehmen. Niemand wartete auf sie. Zuerst fühlte sie sich unruhig, als hätte sie vergessen, etwas zu erledigen, oder müsse zu einem Termin oder einer Verabredung. Nach einiger Zeit überkam sie eine langmütige Stimmung, und sie merkte, dass sie diese unbewusst seit Jahren herbeigesehnt hatte. Sie fühlte sich befreit. Eigentlich hatte sie angenommen, sie würde nun beginnen, Pläne zu machen, aber danach war ihr jetzt gar nicht zumute. Sie wollte diese Stimmung nicht mit einer neuen überdecken. Sie mochte auch nicht zielgerichtet nachdenken, sondern nur hier sitzen, in kleinen Schlucken ihren Kakao trinken und sich diesem Gefühl überlassen. Für kurze Zeit dachte sie an ihre Arbeit und fragte sich, womit die anderen jetzt beschäftigt waren. Aber sie spürte auch, dass sie dabei war, sich von diesem Impuls zu verabschieden, ihn wegzulegen wie ein Kleidungsstück, das sie nicht mehr tragen wollte.

Auf dem Weg nach Hause verbrachte sie einige Zeit in einem kleinen Lebensmittelladen, von denen es jetzt wieder mehr gab, um nach einer bestimmten Gewürzmischung zu suchen, die sie schon lange besorgen wollte, aber nicht dazu gekommen war oder es einfach vergessen hatte. Draußen vor dem Laden hörte sie die Rufe vorbeiziehender Kraniche und schaute nach oben, wo sie pfeilförmig direkt über ihr am klaren Vorabendhimmel flogen. Sie spürte, wie ihr Herz heftig schlug. Sie genoss den Anblick bis die letzte Gruppe vorbeigezogen war. Die Rufe der Vögel waren ihr noch für Stunden gegenwärtig.

In ihrer Wohnung probierte sie ihren Fund gleich aus. Sie ließ die Kartoffeln, die sie vorher gesäubert hatte, eine Viertelstunde mit der Schale kochen und stellte sie dann zum Kühlen auf den Balkon. Dann las sie noch eine halbe Stunde in der Zeitung, ehe sie mit der Zubereitung ihrer Bratkartoffeln mit der neuen Gewürzmischung begann. Dabei sah sie innerlich das Bild der über ihr fliegenden Kraniche, hörte ihr Rufen und atmete bei offener Balkontür die Herbstluft ein, die der Jahreszeit entsprechend einen bestimmten Geruch hatte, ohne dass sie diesen hätte benennen können. Womöglich täuschte sie sich und dieser Geruch war nur Teil ihrer Erinnerung aus einer anderen Zeit.

Als sie nachher auf dem Sofa saß, überfiel sie plötzlich eine heftige Existenzangst. Sie hatte mit dieser gerechnet, wunderte sich nun aber trotzdem, dass diese sich jetzt erst, aber so unvermittelt meldete. Die innere Stimme machte ihr Vorwürfe, sie hätte leichtfertig und überheblich ihre Arbeit aufgegeben, und dies würde sie noch bitter bereuen. Sie kannte sich und diese Stimme gut genug, um zu wissen, dass sachliche Argumente als Gegenmaßnahme nicht griffen, zum Beispiel, dass sie akribisch ihre Ersparnisse zusammen gerechnet und eine Einteilung vorgenommen hatte, mit der sie ein Auskommen hatte. Allenfalls halfen sie zu einer vorübergehenden Besänftigung oder Ablenkung. Wirklich überzeugen ließ sich diese innere Gegenspielerin niemals, denn sie verfügte über eine perfide Erfindungsgabe, die mit immer wieder neuen Schicksalsschlägen aufwartete, welche die beruhigende Vorstellung einer sicheren Existenz unmöglich machte. Es sollte gelten, niemals nachzulassen in der materiellen Vorsorge und zugleich damit zu rechnen, dass alles jederzeit verloren gehen konnte. Jede und jeder sei seines Glückes Schmied, es sei denn, ein Stahlkonzern ginge pleite und riss, nicht anders als eine Naturkatastrophe und auch so gedeutet und verstanden, alle einzelnen Schmiedeschicksale der näheren und weiteren Umgebung mit sich fort. Trotz ihrer Erfahrung mit der Radikalität dieser, ihrer inneren Stimme, vielleicht auch einfach aus Gewohnheit entnahm Anna ihrer Schreibtischschublade ein Heft, das dazu dienen sollte, ihre Ausgaben zu notieren. Es beruhigte sie für eine Weile, eine Kategorisierung vorzunehmen. Danach nahm sie ein Buch und begann zu lesen. Es handelte von einer jungen Frau in den USA der 1950er-Jahre, die vor Kurzem aus Irland eingewandert war und nicht so leben wollte, wie es der enge Rahmen für Frauen in ihren Kreisen vorsah. Aber zu allererst galt: Niemals wieder arm sein, was gleichbedeutend war mit, niemals wieder würdelos behandelt werden.

In den nächsten Tagen versuchte Anna, sich an ihre neue Lebenssituation zu gewöhnen und Rituale zu entwickeln. Sie kaufte nur noch wenig auf Vorrat ein und überlegte sich erst am Vormittag, was sie kochen wollte. Sie ging viel spazieren und besuchte Museen und Ausstellungen. Hinterher nahm sie sich Zeit, um über das Erfahrene nachzudenken und über die Künstlerinnen oder Künstler, deren Werke sie sich angesehen hatte, noch etwas mehr in Erfahrung zu bringen. Schon lange hatte sie sich vorgenommen, einmal in ihrem Leben nach New York zu kommen, um die weltberühmten Museen dort zu besuchen. Aber sie spürte, dass dieser Zeitpunkt noch nicht gekommen war, denn sie hatte sich in ihrem neuen Leben noch nicht eingerichtet. Möglicherweise würde es auch ein Wunsch bleiben, wie eine Sehnsucht, mit der Menschen ihr Leben verbringen und die sich nie erfüllt.

Hin und wieder besuchte sie ihre Schwester in der Vorstadt. Sie fuhr drei Stationen mit der S-Bahn und stieg dann in den Bus um. Manchmal ging sie das letzte Stück auch zu Fuß. Diese war Witwe und lebte mit ihrer erwachsenen Tochter zusammen. Sie hatte heftige Bedenken geäußert, als Anna ihr mitgeteilt hatte, dass sie beabsichtige, ihre Arbeit zu kündigen. Die Zeiten seien zu unsicher für ein solches Vorhaben. Anna dachte im Stillen, dass es für ihre Schwester niemals Zeiten gab, die nicht aus irgendwelchen Gründen unsicher waren.

Alle paar Tage fuhr sie zum Wandern aufs Land, die beste Prävention gegen Existenzängste. Beim Wandern konnte sie ganz im Hier-und-Jetzt bleiben. Sie wunderte sich kaum noch darüber, dass sie nichts vermisste und sich niemals einsam fühlte. In absehbarer Zeit wollte sie sich eine kleinere Wohnung suchen, entweder in einer kleinen Stadt oder auf einem Dorf. Sie würde merken, wenn es so weit war, sich von ihrer bisherigen Umgebung zu trennen.

In einem Park lernte sie einen Mann kennen, etwas jünger als sie und arbeitslos, wie er ihr gleich bei ihrer ersten Begegnung mitteilte. Es klang wie ein Geständnis. Jedenfalls wollte er von vornherein nicht in den Verdacht geraten, diesen wesentlichen Lebensumstand zu verheimlichen. In den folgenden Wochen trafen sie sich häufiger. In ihrer beider Zurückhaltung verstanden sie sich in jeder Beziehung gut. Hin und wieder verbrachten sie die Nächte miteinander. Für Anna war dies ein besonderes Ereignis, weshalb sie es nicht zur Gewohnheit werden lassen wollte, um es weiter wie bisher genießen zu können. Er empfand genau umgekehrt und wollte nach einer anfänglichen Zurückhaltung jede Nacht mit ihr verbringen. Es war das erste Mal, dass sie entdeckten, eine so unterschiedliche Ansicht zu haben. Einige Tage später schlug er ihr vor, zusammen zu ziehen. Dies lehnte sie sofort ab. Daran zerbrach ihre Beziehung nach kurzer Zeit.

Als die Kraniche im Frühling zurückkehrten, spürte sie, dass sie auch aufbrechen und wegziehen konnte. Für die Wohnungssuche nahm sie sich Zeit. Sie fand bald Angebote weiter weg von der Großstadt in einer Gegend mit viel Wald, die ihr gefiel, aber die Lagen mitten im Ortskern oder in einem dicht bebauten Viertel sagten ihr nicht zu. Die Preise für Immobilien waren vergleichsweise niedrig, die nächste Autobahnauffahrt fünfzig Kilometer entfernt. Einige Wochen später entdeckte sie ein Inserat für ein Wochenendhaus am Rand eines Dorfes an einem Hügel zum Wald hin gelegen, das zum Verkauf stand. Es gefiel ihr sofort. Das Haus hatte nur zwei Zimmer und eine kleine Küche. Sie hatte einen bestimmten Betrag für den Ankauf einer Immobilie vorgesehen, den sie nicht überschreiten wollte, damit ihr genügend Reserven für Notzeiten blieben. Der Preis für dieses vergleichsweise kleine Anwesen war ihr eigentlich zu hoch. Aber das Häuschen ging ihr in den folgenden Tagen nicht aus dem Kopf. Sie stellte sich vor, wie sie es einrichten und darin leben und wie sie vom Hang aus über das Tal blicken würde. Mit ihrer Schwester, die wahrscheinlich nur Bedenken äußern würde und in ihrer Ablehnung schnell pragmatisch reagierte, wollte sie über ihre Entscheidung nicht reden. Also rief sie eine alte Freundin in Norddeutschland an, die sie schon seit ihrer Jugend kannte und mit der sie sich ein bis zwei Mal im Jahr traf. Diese riet ihr spontan, das Häuschen zu kaufen. Sie könnte es ja erst mal als Ferienwohnung vermieten. In den Zeiten, wenn sich keine Mieter fanden, konnte sie es selbst nutzen. Die Idee gefiel ihr, und um kein zu hohes Risiko einzugehen, erkundigte sie sich im Dorf, wie die Leute dort die Chancen einschätzten, das Häuschen an Feriengäste zu vermieten. Der Wirt der einzigen Dorfkneipe riet ihr, auch mit dem Besitzer zu sprechen, denn der hätte es auch meistens vermietet. Das tat sie. Der Eigentümer lud sie sofort ein, zeigte ihr gleich seine Unterlagen und war bereit, ihr die Adressen der Mieter zu überlassen, die jedes Jahr zur selben Zeit wieder kamen, falls sie sich zum Kauf entschließen sollte. Schließlich gelang es ihr, den Kaufpreis um einige tausend Euro herunterzuhandeln. Sie schlief noch einmal eine Nacht darüber und am nächsten Wochenende unterschrieb sie den Kaufvertrag.

Die Mitarbeiterin des Notars lebte zufälligerweise im selben Dorf und erzählte ihr, dass dort eine Wohnung frei war, die für eine Alleinstehende gut passte. Anna sah sich diese noch am selben Tag an. Die Lage mitten im Dorf gefiel ihr nicht besonders, aber sie wollte ja nur wenige Jahre dort wohnen. Auf dem Weg zurück, nachdem sie den Mietvertrag unterschrieben hatte, wunderte sie sich über sich selbst und ihre Entscheidungsfreudigkeit, als habe sich etwas in ihr gelöst oder als gehörte, etwas pathetisch gedacht, zum ersten Mal ihr Leben ganz ihr selbst. Eigentlich waren dies nicht wirklich ihre Gedanken, sondern sie fühlte so, ohne es in Worte zu fassen.

Der nächste Schritt war nun der, sich von überflüssigen Dingen zu trennen. Sie machte sich eine Liste und teilte diese in mehrere Kategorien ein. Welche Dinge wollte sie behalten, welche konnte sie verkaufen, welche sollten verschenkt, welche weggeworfen werden? Sie wunderte sich öfter über sich selbst, weil sie manche alten Bücher oder

Schallplatten nicht unbedingt behalten wollte, während es ihr leichtfiel, Kleider und Haushaltgegenstände zu entsorgen. Am Anfang tat sie sich schwer mit den Entscheidungen, nach einigen Tagen wurde sie immer kühner und allmählich leerte sich die Wohnung. Ganz unbefangen rief sie ihren Ex-Mann an, von dem sie inzwischen geschieden war, und fragte ihn, ob er das eine oder andere aus ihrer gemeinsamen Vergangenheit haben wollte. Sie verabredeten sich für den nächsten Tag. Anna kochte Kaffee, und Andreas brachte Kuchen mit, Bienenstich, den sie gerne aß, was er sich gemerkt hatte. Sie wunderte sich, wie unbefangen sie miteinander reden konnten. Er nahm einen Toaster, eine, Bratpfanne, ein Sortiment Töpfe und einen Wecker mit, und sie ahnte, dass er mit einigen Gegenständen nostalgische Erinnerungen verband, aber sie sprachen nicht darüber. Auch die Schallplatten von Leonard Cohen und Neil Young, die er mit in die Ehe gebracht hatte, packte er ein. Bei dieser Gelegenheit erinnerte sie sich an ein Konzert mit Leonhard Cohen in den Achtzigerjahren.

Sie überlegte genau, wie sie die Zimmer einteilen, wo sie was hinstellen wollte. Es machte ihr Freude, aber manchmal fühlte sie sich auch unsicher und glaubte, nie wieder dem Chaos entrinnen zu können. Sie freundete sich mit Sabine, der Mitarbeiterin des Notars an. Die Initiative dazu ging mehr von dieser aus, als sie sich im Dorfladen trafen. Sabines Mann war Hausmeister einer Schule. Sie bot an, dass er und sein Bruder ihr beim Umzug helfen könnten. Anna wunderte sich über dieses Ansinnen, vor allem, dass Sabine nicht nur für ihren Mann, sondern auch für ihren Schwager sprach. Das sei selbstverständlich im Dorf, meinte sie, als Anna etwas verlegen wurde, auf dieses Angebot einzugehen. Später bestätigten dies sowohl der Ehemann als auch dessen Bruder, der gerade von seiner Frau geschieden worden war. Er erzählte es bemüht beiläufig, so kam es Anna jedenfalls vor. Sie beschloss, freundlich zu bleiben und jede Art von Annäherung, mit der sie rechnete, einfach nicht zu bemerken. Aber es geschah nichts dergleichen. Der Umzug ging dann zügig vonstatten und in wenigen Tagen waren nur noch Kleinigkeiten, vornehmlich Elektroarbeiten zu erledigen.

Anna freute sich darüber, dass sie die Initiative ergriffen hatte und nun alles so gekommen war. Manchmal saß sie nur in ihrer Küche, blickte aus dem Fenster und malte sich aus, was sie von ihrer neuen Basis aus unternehmen konnte. Es handelte sich um bescheidene Vorhaben wie Spaziergänge, Wanderungen und Ausflüge, im Sommer öfter an einen nahen See zu fahren, im Winter eine Futterstelle für Reh- und Rotwild im Wald aufzusuchen, oder sich einen Gemüsegarten anzulegen. Die Träume von großen Reisen, die vorher eine wesentliche Rolle in ihren Überlegungen gespielt hatten, waren in den Hintergrund ihres Denkens getreten.

Sie unternahm lange Spaziergänge durch den Buchenwald, der hinter dem Dorf am Hang begann. In den ersten Wochen war sie noch etwas ängstlich, alleine zu gehen, vor allem, wenn ihr unterwegs ein einzelner Mann begegnete, aber allmählich schwand diese Angst und an ihre Stelle trat eine Neugier, ein aufmerksames Beobachten und Lauschen. Der Wald blieb ihr nicht länger fremd, sie fühlte sich dort sogar geborgen. Besonders gerne ging sie in der Abenddämmerung hinaus. Oder sie war schon im Wald, bevor der erste Vogel zwitscherte. Manchmal ging sie erst am Nachmittag los und blieb, bis die ersten Nachtvögel riefen. Oder sie versorgte sich mit Verpflegung und wanderte den ganzen Tag. Sie lernte die unterschiedliche Beschaffenheit des Waldes kennen, seine Dichte und seinen Geruch, der mit dem Wetter und den Jahreszeiten wechselte.

Im Frühjahr ihres ersten Jahres entdeckte sie bei einer ihrer Wanderungen mehrere Fuchswelpen vor ihrem Bau unter den Wurzeln einer Fichte. Sie waren noch sehr klein, und womöglich war es einer ihrer ersten Ausflüge ins Freie. Am nächsten Tag ging sie wieder hin, und diesmal beobachtete sie die Fähe in einiger Entfernung mit einer Maus im Maul, die zögerte, sich dem Bau zu nähern, weil sie ihr Versteck nicht verraten wollte. Tags darauf brachte Anna ein Stück Fleisch mit und legte es in einiger Entfernung vom Bau auf einen Baumstumpf. Sie wartete lange, aber es ließ sich kein Fuchs blicken. Am anderen Tag war das Fleischstück weg, und sie legte ein neues an dieselbe Stelle. Dieses Mal beobachtete sie aus einiger Entfernung, wie sich die Fähe vorsichtig näherte, immer wieder witterte und sie im Auge behielt, das Fleischstück mehrmals beroch und schließlich mitnahm. Nach einigen Tagen holte sie ohne jede Scheu immer um die gleiche Zeit ihr Fleischstück ab. Als die Jungen größer waren, brachte sie es zu ihnen in den Bau. Wieder einige Tage später waren die Jungfüchse wieder draußen, und Anna konnte beobachten, wie sie sich um das Fleisch balgten. Sie beschloss, die Fleischrationen nicht zu vergrößern, obwohl die jungen Füchse jetzt das Mehrfache fressen konnten, weil sie nicht wollte, dass die Tiere sich ihrer gewohnten Lebensweise entfremdeten. Mit jedem Tag entfernten sich die Jungfüchse weiter vom Bau, spielten herum, balgten sich, untersuchten neugierig alles, was ihnen vor die Schnauze kam und eines Tages waren sie ganz verschwunden.

Im selben Frühjahr pachtete Anna ein Gartengrundstück am Rand des Dorfes. Sie hatte sich in ihrem bisherigen Leben noch nie mit Gartenarbeit beschäftigt und sich deshalb ein Buch darüber besorgt. Sie begann mit dem Umgraben. Danach fuhr sie in die Stadt und kaufte Samen. Die Frau in dem kleinen Geschäft beriet sie gerne über die Vor- und Nachteile verschiedener Sorten. Am nächsten Tag regnete es ununterbrochen. Der Nachmittag des folgenden Tages war sonnig und die Luft nach dem Regen klar. Im Garten neben dem ihren arbeitete eine Frau, etwas älter als sie, die nur kurz den Kopf hob, um auf ihren Gruß kurz zu antworten und sich dann weiter ihrer Arbeit zu widmen. Sie trug ein Kopftuch, eine enge Latzhose und Gummistiefel und war gerade dabei, Bohnenstangen aufzustellen. Es dauerte eine Zeit lang, bis sie sich gestattete, offen zu Anna hinüberzublicken und ihrer Neugierde, was die Fremde denn da tat und wie sie es anstellte, keinen Einhalt mehr zu gebieten. Anna ihrerseits suchte ihre Unsicherheit und mangelnde Erfahrung nicht zu verbergen, sah sogar öfter, es hilfesuchend zu nennen, wäre leicht übertrieben, zu der Frau auf der anderen Seite des Zauns. Diese verstand, gab nach einiger Zeit ihre Zurückhaltung auf und trat an den Zaun. Sie rief etwas hinüber, was Anna nicht gleich verstand. Es klang sowohl freundlich als auch etwas spöttisch. Nun trat auch Anna an den Zaun und stellte sich vor. Statt nun ihren Namen zu sagen, begann die Frau, Anna nach ihrem Vorhaben zu fragen. Wie sich nach kurzer Unterhaltung herausstellte, lebte Marlene schon ihr ganzes Leben hier im Dorf. Es wäre ihr gar nicht in den Sinn gekommen, sich nun ebenfalls vorzustellen, weil ja alle im Dorf sie kannten, und Anna nun auch hier lebte und selbstverständlich wüsste, wer sie sei. Sicher hatte Marlene die Vorstellung, dass Fremde, die hierherzogen, sich an die Gepflogenheiten anzupassen hatten, aber dies war keine Form von Überheblichkeit, sondern einfach selbstverständlich. Die Menschen hier kannten es nicht anders, es sei denn, sie arbeiteten wie Sabine in der Stadt, wo es wiederum als Selbstverständlichkeit galt, sich dort anzupassen. Zu Hause waren die Dörfler selbstverständlich stolz, weit entfernt von jeglicher Arroganz, ein selbstverständlicher Stolz, hier zu leben, wie Anna erst allmählich begriff, während sie sich auswärts schnell unsicher fühlten und möglichst nicht als Hinterwäldler erkannt werden wollten, was sie durchaus nicht als Widerspruch erlebten. Marlene bemühte sich, ihren Dialekt etwas glatt zu bügeln, aber er klang nach wie vor rau, und die ungewohnte Ausdrucksweise etwas ungelenk. Im Dorf wurde dieses Bemühen, das alle noch von ihren Eltern und Großeltern kannten, als Hochdeutsch mit S-Kurven bezeichnet. Anna musste sich um Verständnis bemühen, das ein oder andere wie bei einer Fremdsprache im Kopf übersetzen. Nach kurzer Zeit waren die meisten Distanzen und Unverständlichkeiten einer freundlichen Neugier gewichen, und die beiden Frauen arbeiteten gemeinsam, zuerst in dem einen, dann in dem anderen Garten. Marlene, die ältere und erfahrenere, führte nun stolz ihr Geschick und ihre Erfahrung vor, führte die Jüngere in diesem Frühling in die Geheimnisse eines Bauerngartens ein. Was passte nebeneinander? Welche Pflanzen bevorzugten welchen Boden oder welche Bodenbeschaffenheit? Wie wurde gedüngt? Wie wurden Schnecken und anderes Ungeziefer ferngehalten? Manchmal saßen sie auch zwischendurch auf einer Bank unter einem Apfelbaum und schwatzen. Die Zugezogene erfuhr die Neuigkeiten aus dem Dorf und wurde über die Verwandtschaftsverhältnisse der Bewohner aufgeklärt, wer eingeboren, wer hingezogen war. Umgekehrt erzählte Anna vom Leben in einer Großstadt, und was sie motiviert hatte, ihr altes Leben aufzugeben.

Ihr Häuschen am Hang konnte sie regelmäßig vermieten. Die Leute im Dorf grüßten freundlich, waren aber reserviert geblieben, bevor sie die Bekanntschaft ihrer Gartennachbarin Marlene gemacht hatte. Danach hatte sie quasi die erste Stufe der Integration bestanden, galt nicht mehr als Fremde, sondern als Zugezogene.

Sabine, ihre Freundin vom Immobilienbüro und sie besuchten sich ab und zu, meist an Wochenenden zu Kaffee und Kuchen. Sabines Mann war bei diesen Treffen nur dann zugegen, wenn es sich zufällig ergab. Eines Tages nahm Sabine Anna mit zu einer Unterkunft für Flüchtlinge in einem ehemaligen Kinderheim am Rand der Kreisstadt. Sie arbeitete dort ehrenamtlich mit anderen Leuten, meist Frauen, in einer Kleiderkammer und half den Flüchtlingskindern bei ihren Hausaufgaben, sobald diese die Erlaubnis hatten, in eine Schule zu gehen. Da Anna Interesse zeigte und bereit war, mitzuhelfen, wurde ihr Zamira, ein achtjähriges Mädchen aus Afghanistan zugeteilt.

Sie trafen sich drei Mal in der Woche. Zamira hatte einen Deutschkurs für Kinder im Grundschulalter besucht und war dann in die zweite Klasse eingeschult worden. Aber ihre Kenntnisse waren so gering, dass Anna sich fragte, wie das Mädchen dem Unterricht folgen konnte. Sie ging selbstverständlich davon aus, dass ihr mangelndes Sprachvermögen der Grund war, warum das Mädchen beharrlich schwieg. Da es keine gemeinsame Sprache gab, erklärte Anna alles auf deutsch und zeigte auf die Dinge, über die sie sprach. Zamira folgte aufmerksam jede ihrer Bewegungen mit ihren großen, dunklen Augen, blieb aber stumm. Anna kam es vor, als ob nur die Augen des Mädchens auf ihre Kontaktversuche eingingen, während sie selbst sich woanders aufhielt, in einer Welt, die Anna verschlossen blieb. Nach einigen Wochen fragte sie sich, ob das Kind sie auch nur ansatzweise verstand. Einmal beobachtete Anna am späten Nachmittag, wie Zamira mit anderen Kindern ihres Alters auf dem Hof hinter dem Asylantenheim spielte. Zu ihrer Verwunderung zeigte sich das Kind lebhaft und kontaktfreudig. Sie sprach mit den anderen Kindern, die offenbar eine andere Muttersprache hatten, in einer Art selbst erfundener oder Geheimsprache, die sich im Lauf der Zeit bei den Spielen entwickelt hatte. Ihre Gesichtszüge waren entspannt, und sie lachte oft. Auch wenn Anna die Sprache der Kinder nicht verstehen konnte, wurde doch deutlich, dass Zamira, wenn auch nicht die Älteste in der Gruppe, die Anführerin war. Anna ertappte sich dabei, dass sie ihre Beobachtung mit einer gewissen Eifersucht aufnahm. Sie fragte sich, ob sich das Kind ihr gegenüber undankbar zeigte. Später nahm sie Abstand von diesem spontanen Affekt, schämte sich auch deshalb. Kinder möchten unbeschwert sein. Und außerdem: Wer weiß, was diese Kinder auf der Flucht erlebt haben?

Sie besuchte den Vortrag eines Mannes aus Syrien, der schon seit Jahren in Deutschland lebte. Sie lernte vieles darüber, was sie tun konnte, was besser unterlassen und welche Fragen sie nicht stellen sollte. Wie sie verstehen konnte, auf einzelne Menschen eingehen, speziell auf ein Kind, das musste sie sich selbst erarbeiten. Es war wie in ihrem Beruf oder anderen Situationen: Immer gab es mengenweise Verhaltensanregungen bis hin zu Forderungen, aber das Verständnis für eine einzelne Person war nicht gefragt. Im Gegenteil wurde erwartet, dass die Person sich den jeweiligen Gegebenheiten unterwarf, was als Anpassungs- oder gar mit dem hoch gestochenen Wort Assimilationsfähigkeit bezeichnet wurde. Anna erinnerte sich an diverse Situationen in ihrem Leben, in denen diese Anpassung, zumeist selbstverständlich und unausgesprochen erwartet wurde. Mehr noch hatte sie diese Art Erwartung tief verinnerlicht oder war schon darauf eingegangen, bevor sie in irgendeiner Weise geäußert worden war. Dies dachte Anna nicht etwa oder folgerte es aus dem, was sie im Zusammensein mit Zamira erlebte, eher handelte sich um eine flüchtige Ahnung, die sie sich scheute, weiter in Gedanken zu konkretisieren. Sie würde sich dagegen wehren müssen wie gegen Existenzängste. Sie brachte ein inneres Gefüge in Unordnung, das eigentlich vertrauen wollte, davon ausging, dass Menschen es gut miteinander meinten.

In manchen Situationen hätte Anna Zamiras Verschlossenheit als eine Art Trotz oder Verweigerung verstehen können. Möglicherweise ging es nicht nur darum, dass sie sich etwas aneignen sollte, nämlich die deutsche Sprache, sondern auch etwas aufgeben, nämlich so gut wie alles, das sie aus Afghanistan mitgebracht hatte, und was sie ausmachte. Anna spürte oft, dass sie nicht wirklich wissen wollte, warum Menschen ihre Heimat verließen, was sie motivierte, alles zurückzulassen und sich auf eine Flucht voller Gefahren für Leib und Leben zu begeben. Die Menschen in Asylantenheimen waren ein lebendiges Beispiel dafür, dass Menschen es nicht nur nicht gut miteinander meinten, sondern übel aneinander handelten. Mit ihrem Hiersein widersprachen sie grundsätzlich dem Führen von Kriegen und den allgemein gängigen Wirtschaftsordnungen. Um so stärker wurden moralische Gründe als ethische Grundsätze angeführt, mehr oder weniger durchsichtig mit Rechtsvorstellungen verkleidet, die beweisen sollten, dass diese Menschen hier falsch seien.

Im Lesebuch waren Kinder beim Spielen abgebildet. Anna entdeckte ein Spiel, das sie selbst als Kind auf der Straße gespielt hatte. Laut sagte sie den Namen: »Hickelhäuschen«. Zamira sah sie aufmerksam an, und ein Lächeln huschte über ihr Gesicht. Anna wiederholte das fremd klingende Wort und beide lachten darüber. Zamira wiederholte: Hickelhäuschen! Und noch einmal: Hickelhäuschen!

Dieses Wort wurde nun zum Begrüßungsritual, einer Art Geheimcode. Zamira nickte, wenn sie ein Wort oder einen Satz verstanden hatte, den Anna ihr vorsprach. Ihre Gesichtszüge entspannten sich bei dieser Übereinstimmung. Einige Tage später begann sie zu wiederholen, was Anna vorgesprochen hatte. Anna dachte an Kleinkinder, die ihre Muttersprache lernen. Einige plappern schon früh vor sich hin, zumeist Unverständliches. Andere warten lange und können sich dann oft schon recht gut ausdrücken, wenn der Bann gebrochen ist. Zamira bekräftigte ihr Verständnis nun mit einen Ja, zuerst nur dahingehuscht, dann etwas deutlicher und schließlich laut und mit Überzeugung ausgesprochen. Einige Zeit später wiederholte sie alle Sätze, die Anna ihr vorsprach. Wenn dies beim ersten Mal nicht gleich gelang, haderte sie mit sich, indem sie mürrisch den Kopf schüttelte. Manchmal mussten aber auch beide lachen, wenn Zamira eine merkwürdig klingende Wortschöpfung bildete. Allmählich eignete sie sich die Sprache an, nicht nur als Lern-, sondern auch als Vertrauensprozess. Zamira drehte die Worte so lange in ihrem Mund hin und her, bis sie sich fügten. Sie lächelte erleichtert, wenn es ihr von Tag zu Tag besser gelang. Zamiras Muttersprache Puschto klang für Anna, im Gegensatz zu anderen, europäischen Sprachen, die häufig Ähnlichkeiten in Herkunft und Aussprache aufweisen, total fremd. Manchmal tauschten sie die Rollen und Zamira übersetzte ins Puschto, und Anna versuchte zu wiederholen, was sie gesagt hatte.

Natürlich gab es auch Situationen, in denen es nicht so klappen, die Worte sich nicht fügen wollten. Eins gab das andere und so entstanden zeitweise Rückfälle. In der Anfangszeit zog sich Zamira dann zurück, reagierte schüchtern und zurückgezogen. Später, mit zunehmender Sicherheit, wurde sie wütend darüber, was sich derart steigern konnte, dass sie mit dem Fuß aufstampfte, in ihrer Muttersprache schimpfte und Türe knallend den Raum verließ. Anna hatte inzwischen begriffen, dieses Verhalten des Mädchens nicht auf sich und ihre Art der Vermittlung des Lernstoffes zu beziehen. Zamira würde sich beruhigen und nach kurzer Zeit zurückkommen, sich neben sie setzen und bereitwillig weiter arbeiten. Anna war immer wieder erstaunt, in welch ungeheurer Geschwindigkeit Zamira nun lernte, als habe sie das Gehörte langsam und beständig verarbeitet, regelrecht verdaut, um dann auf der Grundlage dessen geradezu begierig weiter zu lernen. Sie lächelte, wenn sie ein Lob bekam oder selber den Eindruck hatte, etwas besonders gut gemacht zu haben, und zeigte dabei ihre schönen, ebenmäßigen Zähne. An anderen Tagen war es ihr nicht genug, und sie verweigerte das kleinste Lob. Auf vorsichtige Versuche einer Annäherung folgten immer wieder Phasen der Zurückhaltung, als müsse sie sich versichern, dass ihr der Rückweg zu den Stellen innerer Sicherheit nicht versperrt sei. Anfangs vermied sie jeglichen Körperkontakt Anna gegenüber, später berührte sie wie zufällig ihre Hand oder ihren Unterarm. Anna ihrerseits versuchte, nicht zu sehr in die Offensive zu gehen, um das Kind selbst entscheiden zu lassen.

Sie fuhr nun jeden Werktag zum Flüchtlingsheim, um Zamira bei den Hausaufgaben zu helfen. Manchmal setzte sich Zamiras Mutter mit dem kleinen Bruder mit an den Tisch und brachte eine Tasse Tee und etwas Gebäck. Der Bruder sprach niemals, wandte sich nur ab und zu schüchtern an seine Mutter und flüsterte ihr etwas ins Ohr. Anna fragte sich insgeheim, ob er eine Behinderung habe. Auffällig waren seine hellen, blauen Augen. Zamira schickte sie jedoch bald wieder weg, weil sie sich beim Lernen gestört fühlte, vielleicht auch, weil sie Annas Aufmerksamkeit für sich alleine wollte. Mit jedem Tag schien sie mehr in der Welt des Lernens aufzugehen. Da das Mädchen niemals über sich selbst, über ihre Heimat oder die Gründe der Flucht ihrer Familie und den Weg hierher sprach, konnte Anna nur Vermutungen anstellen über das, was sie erlebt haben und welchen möglichen Zusammenhang es mit ihrer Lernbegierigkeit geben mochte. Bestimmt war es nicht allein der Wille, in der Schule mitzukommen und so zu sein wie die anderen Kinder, obwohl dies wohl die größte Rolle spielte. Anna entnahm dies einigen vorsichtigen Andeutungen, die Zamira äußerte, nachdem sie die deutsche Sprache immer selbständiger handhaben konnte. Zamira wollte unbedingt hierbleiben dürfen. Kinder begreifen schnell, unter welchem Druck ihre Eltern stehen und was diesen Sorgen macht, auch wenn sie noch so klein sind. Dazu kam, dass sowohl die Sprache wie auch der Stoff, den sie in der Schule durchnahmen, für Zamira eine neue Welt bedeuteten. Sie wollte diese nicht nur kennenlernen, sondern selbst zu einem Teil dieser Welt werden. Die Beherrschung der Sprache erwies sich dabei als eine Art Eintrittskarte, die das Anderssein überwinden und mit den Gewohnheiten, Werten, Regeln und Alltagsgepflogenheiten vertraut machen sollten. Womöglich suchte sie dieses neue Leben über ihr altes zu decken. Aber dies blieb aufgrund von Zamiras vorsichtigen Andeutungen kaum mehr als eine Vermutung Annas. Sie wusste ja nicht, worüber die Familie sprach, wenn sie unter sich war. Andere Kinder in dem Asylantenheim schienen sich, zumindest vorerst, damit zufrieden zu geben, mit anderen Kindern in der gemeinsamen Unterkunft Freundschaften zu schließen. Da Menschen aus unterschiedlichen Kulturkreisen, die oft keine gemeinsame Sprache hatten, um sich zu verständigen, hier auf engstem Raum zusammenleben mussten, konnte die Entwicklung einer Gemeinschaft nicht ohne Konflikte vonstatten gehen. So blieben oft die Familien mit einer gemeinsamen Sprache unter sich und mieden andere bewusst, nicht selten aufgrund von Vorurteilen oder Fremdheitsgefühlen ihnen gegenüber. Die Kinder in ihrer Spontanität taten sich leichter, auch weil sie die Sprache schneller lernten, aber Freundschaften mit Kindern außerhalb der Einrichtung kamen selten vor.

Zamira hatte sich schnell im Asylantenheim eingewöhnt und war zu einer Wortführerin unter den Kindern aufgestiegen. Aber je besser sie die deutsche Sprache beherrschte, um so mehr versuchte sie, mit deutschen Kindern in Kontakt zu kommen. Dies blieb natürlich für die anderen Kinder in der Einrichtung nicht unbemerkt. Einmal beobachtet Anna die Kinder nach den Hausaufgaben auf dem Hof bei einem Spiel. Zwei der älteren Mädchen gerieten mit Zamira in einen Streit. Zuerst verstand Anna nicht, worum es ging, dann wurde immer deutlicher, dass die Mädchen Zamira einer Überheblichkeit oder eines Verrats bezichtigten, weil sie in der Pause nicht mit ihnen, sondern einem deutschen Mädchen gespielt hatte. Schließlich verließ Zamira den Hof und

Anna beobachtete, dass sie nur mühsam ihre Tränen zurückhalten konnte.

Einige Zeit später erzählte Zamira von Paola aus ihrer Klasse, die nach ihrer eindeutigen Meinung am besten lesen konnte und nach der Schule immer von ihrer Mutter in einem großen Auto abgeholt wurde. Zamiras Stolz hinderte sie, Anna gegenüber zu erwähnen, dass sie darauf hoffte, von Paola eingeladen zu werden. Anna spürte, wie sehr Zamira sich die Anerkennung durch die Mitschülerin wünschte, und machte sich deshalb Sorgen, weil sie ihren Schützling gerne vor möglichen Kränkungen und Enttäuschungen bewahrt hätte. Die anderen Kinder in der Schule waren nicht selten Migrantenkindern gegenüber zurückhaltend, manche sogar feindlich eingestellt. Kinder können grausam sein, was oft auf den Einfluss der Eltern oder anderer Erwachsener zurückzuführen war. Diese Phase hielt zum Glück zumeist nicht lange vor, weil Kinder, so schnell sie sich zanken, auch wieder vertragen können. Sowohl die Anerkennung und folglich auch die Einladung durch Paola fielen aus. Zamira blieb stumm, aber Anna spürte, wie sehr sie unter der Nichtbeachtung litt. Eines Nachmittags erschien Zamira mit einem breiten Lächeln und erklärte, Helen, ein anderes Mädchen aus ihrer Klasse, habe sie zu ihrer Geburtstagsfeier eingeladen. Sie würde mit dem Bus ins Nachbardorf fahren.

Je besser sie deutsch sprach, um so mehr wollte Zamira wissen und stellte bei den Hausaufgaben alle Fragen, die sie in der Schule nicht loswerden konnte. Es handelte sich nicht nur um Fragen, die den Schulstoff betrafen. Dabei lächelte sie und ihre großen braunen Augen schauten Anna erwartungsvoll an. Manchmal hatte Anna Mühe, auf alle diese Fragen einzugehen. Oft saß sie abends forschend am Computer oder blätterte im Lexikon oder einem Fachbuch. Das Interesse des Kindes regte sie selbst an, sich über Dinge und Ereignisse zu informieren, sich einen Standpunkt zu bilden, immer wieder nachzudenken, auch über Fragen, deren Beantwortung einfach und selbstverständlich zu sein scheinen. Und dann gab es diese Fragen, deren Antworten sich nicht in einem Lexikon nachschlagen ließen und die meist mit einem Warum begannen. In den Medien wurden diese Fragen nicht gestellt, weil sie als naiv abgetan und die Fragestellerinnen, meist waren es Frauen oder Kinder, sich bereits schämten, wenn sie ihnen ins Bewusstsein drangen: Warum herrscht Krieg? Warum müssen Menschen sich bekämpfen? Warum müssen Menschen aus ihrer Heimat flüchten? Warum gibt es Grenzen? Warum dürfen Menschen innerhalb, warum müssen andere außerhalb dieser Grenzen leben? Warum müssen Menschen hungern? Eigentlich waren dies Fragen, die Zamira gar nicht so direkt stellte, jedenfalls nicht, als sie damit begann, sondern die Anna hinter ihren vorsichtig oder harmlos gestellten Fragen vermutete. Umgekehrt begann sie, quasi durch die Hilfestellung des Kindes, selbst den Mut aufzubringen, sich selber diesen Fragen zu stellen. Anna erinnerte sich, dass solche Fragen sie als Jugendliche heftig bewegt hatten. Später hatte sie diese vergessen oder sie waren im Alltag aufgrund anderer, vermeintlich existenzieller Herausforderungen untergegangen. Zudem, und womöglich war dies sogar die Hauptursache, aber diese Erklärung wurde ihr erst allmählich bewusst, hätte sie sich schon damals für naiv oder weltfremd gehalten und sich dafür geschämt.

Anna zögerte lange, ob sie Zamira nach ihrem Leben in Afghanistan fragen sollte. Zu ihrer Verwunderung, als sie nämlich schon gar nicht mehr damit rechnete, fing das Mädchen eines Tages selbst an, davon zu erzählen. Als sie merkte, dass Anna sich interessierte und nachfragte, schien sie erleichtert, geradezu darauf gewartet zu haben, und es sprudelte nur so aus ihr heraus. Zuerst erzählte sie von den Menschen, von ihrer Großmutter, die kaum noch sehen konnte und die Gegenstände im Haushalt durch Ertasten erkannte, ihrem Großvater, der Geschichten erzählen konnte von früher und aus einer anderen Zeit, wobei sie sich nicht sicher war, ob der Großvater dies tatsächlich erlebt hatte oder ob er sich in ein Märchen hineinversetzt hatte, in dem es um Prinzessinnen und Prinzen, um Paläste und Schätze, um edle Pferde und böse Schlangen ging. Sie erzählte von ihrer Mutter, die Fladenbrote in einem Erdofen zubereitet hatte, und von ihrem Vater, der immer ein Gewehr bei sich getragen hatte. Alle erwachsenen Männer in Puschtonien hatten Gewehre getragen. Ihr Vater besaß ein kleines Motorrad, auf dem die ganze Familie Platz hatte. Die Mutter saß hinter dem Vater und hielt sich mit beiden Armen an diesem fest. Sie selbst saß hinter der Mutter und umklammerte diese, während ihr kleiner Bruder vor dem Vater auf dem Tank saß. So etwas wäre hier in Deutschland natürlich streng verboten. Man durfte noch nicht mal ohne Helm fahren. In ihrer Heimat war es dagegen gar nicht gerne gesehen, wenn Frauen unverschleiert auf die Straße gingen. Zamira erzählte auch von den Menschen, die auf dem Feld arbeiteten, von den Tieren, Kamelen, Schafen, Ziegen, Pferden und Eseln, von Besuchen in der Stadt und den Geschäften, die es dort gab. Sie beschrieb die karge Landschaft, die schroffen Berge, die wilden Flüsse, die aus den Bergen kamen, die bepflanzten Felder, die grün in der Sonne leuchteten. Sie erzählte auch von ihrer Muttersprache, die so ganz andere Wörter hatte.

Zamira las in einer Werbung das Wort Firlefanz. Sie sagte es mehrmals vor sich hin, während Anna versuchte, seine Bedeutung zu erklären, was ihr nicht gelingen wollte. Nach dem dritten Versuch mussten beide lachen, konnten gar nicht mehr damit aufhören. Andere Kinder kamen hinzu und riefen immer wieder im Chor: »Firlefanz!«

»Wenn ich Deutsch lerne«, fragte Zamira eines Tages unvermittelt und mit besorgter Miene, »muss ich meine puschtonische Sprache dann ganz vergessen?«

Anna wunderte sich über diese Frage, und deshalb musste sie eine Zeit lang überlegen, wie sie antworten sollte.

»Nein, das geht gar nicht«, erklärte sie dann. »Deine Muttersprache vergisst du niemals, auch wenn du sie lange nicht mehr gesprochen hast. Kein Mensch tut das. Sie gehört zu dir.«

Zamira schien erleichtert, aber noch nicht ganz überzeugt.

»Dann darf das nebeneinander sein?«

»Ja, sicher«, antwortete Anna schnell, um nur ja keine Unsicherheit darüber aufkommen zu lassen. »Früher lebte ich in einer großen Stadt und hatte einen Beruf. Heute lebe ich in einem Dorf und habe einen Garten.«

»Aber es ist doch nacheinander«, widersprach Zamira.

»Schon, die Ereignisse erfolgen nacheinander, aber die Erinnerungen in meinem Kopf sind alle nebeneinander.«

»So ist es bei mir auch«, sagte Zamira erleichtert. »Ich denke an hier, weil ich jetzt hier zu Hause bin, aber ich denke auch oft an Puschtonien. Ich weiß, wie die Wörter in Deutsch heißen und wie in Puschto.«

»Ja, natürlich«, bestätigte Anna. Sie hätte Zamira gerne gefragt, warum sie Puschtonien statt Afghanistan sagte, aber sie hielt diese Frage aus einer Vorsicht heraus zurück.

»Die Kinder hier im Heim haben alle zwei Sprachen, die deutschen Kinder in der Schule nur eine.«

Anna wartete, ob Zamira noch mehr dazu sagen würde.

»Die älteren Kinder in der Schule sagen, wenn man hier lebt, darf man nur noch deutsch sein«, sagte sie schließlich verdruckst.

»Das ist Quatsch«, entfuhr es Anna.

»Aber sie sagen es«, erklärte Zamira, und es klang verzweifelt.

Anna überlegte.

»Du hast eben eine alte Heimat, und du hast eine neue Heimat«, schlug sie vor.

Zamira schwieg lange.

»Anna, was ist eine Eselsbrücke?«, fragte sie dann.

»Eine Eselsbrücke ...? Da muss ich nachdenken, denn das ist schwer zu erklären.« Sie überlegte. »Nun, ursprünglich war es wohl tatsächlich mal eine Brücke, über die Esel gingen. Heute meint man damit, dass man sich zum Beispiel ein Wort merken will, was einem aber schwerfällt und deshalb an ein anderes Wort denkt, das man sich gut merken kann, und das so ähnlich klingt. Ich konnte mir nie das Wort Hortensie merken. Das ist eine Blume. Deshalb dachte ich an Hort. Dort gehen die Kinder nach der Schule hin.«

»Ja, ich verstehe«, sagte Zamira. »Fenster heißt auf Englisch Window. Man muss sich nur den Wind merken, der hereinkommt, wenn das Fenster auf ist. Auf Französisch ist es ganz einfach, weil Fenetre ganz ähnlich klingt wie das deutsche Wort Fenster.«

Anna wunderte sich immer wieder über Zamiras Begabung.

»Aber in Deutschland gibt es doch gar keine Esel und auch keine Brücken für Esel«, wandte diese jetzt ein.

»Wahrscheinlich ist das Wort schon sehr alt, denn früher, als es noch keine Autos und keine Traktoren gab, haben die Leute Sachen mit Eseln transportiert.«

»In Puschtonien gibt es noch viele Esel.«

»Und gibt es auch Brücken für Esel?«, fragte Anna, neugierig geworden, den Zusammenhang zu erkennen.

»Meistens benutzen die Esel dieselben Brücken wie die Pferde und die Autos«, erklärte Zamira. Dann fügte sie an: »Aber die Pferde haben längere Beine, und sie haben keine Angst, durch den Fluss zu gehen, wenn das Wasser hoch ist und es keine Brücke gibt. Aber die Esel haben Angst.«

»Ach, jetzt verstehe ich, warum man immer von störrischen Eseln redet.«

»Was heißt störrisch?«, fragte Zamira. »Das Wort habe ich noch nie gehört.«

»Wenn sich jemand weigert, etwas zu tun, was man von ihm will«, erklärte Anna.

»Vielleicht ist er gar nicht störrisch, sondern hat nur Angst, wie der Esel«, meinte Zamira. »Deshalb muss man ihm eine Brücke bauen, damit er sich nicht weigert und keine Angst haben muss, über den Fluss zu gehen.«

Sie lachten und klatschten sich in die Hände, wie dies Kinder tun, wenn sie etwas gemeinsam geschafft haben.

Ein anderes Mal fragte Zamira, was das Wort auflesen bedeute. Anna erklärte es ihr, aber Zamira war nicht zufrieden, weil ihr der logische Zusammenhang zwischen lesen und auflesen fehlte, beziehungsweise sie Annas Erklärung als unzureichend empfand. Später dachte Anna darüber nach, dass sie im alltäglichen Leben viele Dinge hinnahm, die in einen bestimmten Zusammenhang gestellt wurden, ohne dass es überzeugende Gründe dafür gab. Es fing schon mit Plastiktüten an. Sie wurden zur Verpackung von allem möglichen benutzt, ohne dass es eine Notwendigkeit dafür gegeben hätte.

In Anna reifte ein Beschluss. Ohne sich vorher mit den anderen Frauen, die ehrenamtlich im Asylantenheim arbeiteten, abgesprochen zu haben, lud sie an einem sonnigen Samstagnachmittag Zamiras Familie zu einem Picknick in ihrem Garten ein. Auch Sabine und ihr Mann und ihre Gartennachbarin Marlene, die zu diesem Anlass einen Zwetschgenkuchen gebacken hatte, kamen. Zamiras Mutter freute sich sehr über die Einladung. Für sie war es ein großer Schritt aus der Isolation der Aufnahmeeinrichtung heraus hin zu einem neuen Leben in diesem für sie immer noch so fremden Land. Trotz ihrer spärlichen Deutschkenntnisse versuchte sie, auf Gesprächsangebote einzugehen. Dabei zeigte sie sich zunehmend entspannt und plauderte drauf los. Zamira sprach inzwischen so gut deutsch, dass sie sich häufig als Dolmetscherin für ihre Mutter bewährte. Dabei achtete sie darauf, dass die Mutter nicht Dinge aussprach, welche die Einheimischen befremden könnten. Aus diesem Grund und obwohl sie wusste, dass dies als unhöflich galt, sprach sie mit ihrer Mutter in Puschto, wenn es sich nicht anders vermeiden ließ. Der kleine Bruder spielte derweil auf der Wiese. Der Vater, zu dem Anna bisher kaum Kontakt hatte, war auch mitgekommen. Er blieb sehr verschlossen, saß am Rande des Geschehens auf einer Bank. Hin und wieder stand er auf und schaute sich die Gemüsepflanzen im Garten an. Anna beobachtete, dass seine Frau ab und zu einen Seitenblick zu ihm hinüberwarf, wohl nicht, um zu sehen, was er gerade machte, sondern um sicher zu gehen, dass dieser ihr Handeln nicht missbilligte. Aber der hatte weniger seine Frau, sondern Zamira in einer Mischung aus offensichtlichem Stolz auf ihre Sprachfähigkeiten, aber auch mit einem gewissen Argwohn im Blick. Jedenfalls nahm Anna es so wahr. Einmal trat er hinzu, unterbrach Zamira, die gerade etwas über die hygienischen Bedingungen im Asylantenheim erzählte, und redete in der Muttersprache auf seine Tochter ein, offensichtlich tadelnd. Zamira sah missmutig und ein wenig eingeschüchtert in eine andere Richtung und schwieg. Die Gastgeberin ahnte, dass früher oder später ein grundsätzlicher Konflikt zwischen Vater und Tochter ausbrechen würde, indem diese sich der traditionellen Lebensweise und der für Mädchen vorgesehenen Rolle nicht länger fügen würde.

Bei der Begrüßung hatte es einen Eklat gegeben, der später zwischen Anna und Sabine und ihrem Mann heftig diskutiert wurde. Zamira war die Szene so peinlich, dass sie fast in Tränen ausgebrochen wäre. Ihr Vater hatte es nämlich vermieden, den Frauen bei der Begrüßung die Hand zu reichen. Eine Sozialarbeiterin, die im Asylantenheim arbeitete, hatte später erklärt, dies sei bei streng gläubigen Muslimen in Afghanistan so üblich. Sabine hat später lapidar erklärt, im Koran stehe nichts davon, und diese Machos sollten sich gefälligst den Sitten hier anpassen. Schließlich seien Frauen und Männer gleichberechtigt und dürften selbstverständlich auch die gleiche Behandlung erwarten.

Marlene hatte zuerst nicht kommen wollen. Sie war sich nicht sicher gewesen, wie es im Dorf angesehen wurde, eine Familie aus einem Asylantenheim einzuladen. Aber dann hatte ihre Neugierde die Oberhand gewonnen. Später erzählte sie Anna, ihr Dorf in diesem vergessenen Tal, wie sie es nannte, sei immer isoliert gewesen, kaum, dass einmal jemand aus einem benachbarten Dorf hierhergezogen sei, weil die Verkehrsverbindungen so schlecht seien. In den letzten Jahren stürme so viel Neues auf sie ein, dass es sie verwirrte und sie nicht wisse, wie sie einen Überblick finden könnte und wie sie zu diesem und jenem stehen sollte. Deshalb mache sie oft gar nichts, bestünde auf ihren Gewohnheiten und wollte in Ruhe gelassen werden.

Manchmal holte Anna Zamira ab und nahm sie mit zu Spaziergängen. Es war wieder Frühling geworden, und sie besuchten die Fähe, die zum Ausgang des Winters drei Welpen geboren hatte, an ihrem Bau. Zamira war beeindruckt von dieser Entdeckung und erzählte voller Begeisterung ihren Freundinnen in der Schule davon. Auch die Lehrerin hörte davon und ließ Zamira vor der Klasse von ihrem Erlebnis erzählen, wovon diese nachmittags stolz berichtete und hielt anschließend einen kleinen Vortrag über das Leben der Füchse.

An einem Nachmittag brachte sie ihren Bruder an der Hand mit. Anna wunderte sich, dass er ohne die Mutter mit ihnen gehen wollte.

»Bei mir hat er keine Angst«, erklärte Zamira stolz. Als sie schon im Wald waren, sagte sie: »Du hast sicher schon gemerkt, dass er nicht spricht.«

Anna nickte bestätigend.

»Er kann sprechen«, versicherte sie. »Aber er redet nur ganz leise und nur mit Mama.«

In der Nähe des Fuchsbaus warteten sie, damit die Tiere nicht scheu wurden. Die vier kleinen Füchse spielten vor dem Bau in der Nachmittagssonne, die in Streifen durch die Baumkronen fiel. Plötzlich löste sich der Junge von der

Hand seiner großen Schwester und ging auf die kleinen Füchse zu. Zamira wollte ihn zurückhalten, aber Anna gab ihr ein Zeichen, ihn zu lassen. Die kleinen Füchse zeigten keinerlei Scheu, als der Junge näherkam. Während er in die Hocke ging und seine Hände faltete, ging ein breites Lächeln über sein Gesicht und seine blauen Augen leuchteten. Auf dem Weg zurück erzählte Zamira:

»Er redet nicht, seit er das Böse gesehen hat.«

»Was ist das Böse?«, fragte Anna spontan.

»Was ein Mann mit einem anderen Mann gemacht hat.« Als Anna nicht weiter nachfragte, fuhr das Mädchen fort: »Mama wollte dich fragen, ob du einen Arzt weißt, der ihm helfen kann, damit er wieder spricht. Aber Papa will das nicht, weil er meint, die deutschen Ärzte könnten ihm nicht helfen.«

Als sie fast schon wieder im Dorf ankamen, erzählte Zamira:

»Alle Leute hier fragen mich immer, warum er blaue Augen hat. Zuerst wusste ich es auch nicht, aber ein Lehrer in der Schule hat mir erzählt, er ist ein Nachkomme von Alexander dem Großen.«

»Von Alexander dem Großen?«, fragte Anna erstaunt.

»Ja, Alexander der Große ist mit seiner Armee bis zum Cyber-Pass gekommen. Dort hat er viele Leute zurückgelassen, um den Pass zu bewachen. Und diese Leute, Griechen und Mazedonier, hatten blaue Augen.«

»Ach, so ist das«, sagte Anna lächelnd.

Einige Monate später erhielt die Familie die Erlaubnis, aus der Unterkunft ausziehen zu dürfen, was aber nicht bedeutete, dass sie nun endgültig bleiben durften. Anna hatte lange überlegt und dann zuerst mit ihrer Freundin Sabine vom Immobilienbüro und dann mit ihrem Vermieter gesprochen. Dieser hatte sich bereit erklärt, die

Wohnung der afghanischen Familie zu geben, wenn sie garantierte, dass er seine geforderte Miete erhielt. So kam es, dass Anna nun früher als erwartet in ihr Häuschen am Hang ziehen würde. Sie freute sich darauf, es für sich persönlich einzurichten und jeden Morgen vor die Tür zu treten oder bei schlechtem Wetter aus dem Fenster über das Tal blicken zu können. Die Nachricht über den bevorstehenden Einzug einer afghanischen Familie sprach sich schnell im Dorf herum. Zwei Tage vor ihrem Umzug, als sie abends lesend in der Küche saß, wurde sie plötzlich von einem lauten klirrenden Geräusch aufgeschreckt. Jemand hatte einen faustgroßen Stein durch ihr Wohnzimmerfenster geworfen.

Am nächsten Tag las sie in der Zeitung, dass Leuten, die Bootsflüchtlinge im Mittelmeer vor dem Ertrinken retteten, unterstellt wurde, sie arbeiteten mit Schleppern zusammen und Menschen, die in Frankreich Flüchtlinge bei sich versteckten, dafür angezeigt und von Gerichten zu Geldstrafen oder gar zu Gefängnis verurteilt wurden. Sie fragte sich, wie eines Tages die Geschichte darüber urteilen würde.

Zamira kam jetzt nachmittags zu Anna nach Hause, um die Hausaufgaben zu erledigen. Schon lange ging es nicht mehr nur um die Schule, sondern sie war für Zamira zu einer Mittlerin in ihre neue Welt geworden, die sie mit ihrer Hilfe immer weiter erforschte und sich dort einrichtete. Oft wusste Anna keine Antwort auf Fragen, warum Menschen anderen Menschen Böses antaten. Es gab Erklärungen, aber Anna war sich oft nicht sicher, ob diese Zamira nicht unnötig erschrecken würden. Zamiras Begabung, vor allem für Sprachen, entfaltete sich immer mehr. Anna gegenüber scheute sie sich nicht, Zusammenhänge, die sie nicht verstand, zu erfragen.

476

»Anna, warum heißt es Gas geben?« fragte sie zum Beispiel.

Anna brauchte eine Zeit lang, um sich eine Erklärung einfallen zu lassen.

»Nun, es meint, dass jemand schneller fahren will und deshalb auf das Gaspedal drückt.«

Diese Erklärung gefiel ihr selber nicht, und Zamira würde sich nicht damit zufriedengeben, was sich auch gleich bestätigte.

»Das weiß ich auch, aber Autos fahren doch gar nicht mit Gas, sondern mit Benzin. Also müsste es heißen, Benzin geben und Benzinpedal.«

»Vielleicht haben die Erfinder ihre ersten Versuche mit Gas gemacht, und so ist es dann bei der Bezeichnung geblieben.«

Auch mit dieser Erklärung war sie nicht zufrieden, aber es beruhigte sie, dass Zamira nicht weiter nachfragte. Später dachte sie darüber nach, wo und in welchen Zusammenhängen Gas gegeben worden war. Dieses Gasgemisch hieß Zyklon B. Ursprünglich war es als Schädlingsbekämpfungsmittel erfunden worden. Nachher hatten Leute gesagt, sie hätten nichts von Konzentrationslagern gewusst. Aber die Bezeichnung Gas geben kannte jeder.

Oft besuchten sie die Fähe, deren Junge mit jedem Tag lebhafter wurden und die immer größere Streifzüge unternahmen, um ihre Umgebung zu erforschen. Der kleine Bruder wollte immer dabei sein. Er freute sich jedes Mal am Anblick der kleinen Füchse. Sie hatten sich längst an die menschlichen Besucher gewöhnt und zeigten kaum noch Scheu. Manchmal ging Anna auch in den Abendstunden allein in den Wald, nahm sich etwas Verpflegung und warme Kleidung mit und blieb über Nacht. Sie mochte es, an einem windgeschützten Platz zu sitzen und die nächtliche Stimmung im Wald aufzunehmen. Jedes einzelne Geräusch löste sich aus der umgebenden Stille heraus. Die Nacht bewahrte etwas Ursprüngliches, Unverfälschtes in sich.

Im Gymnasium in der Kreisstatt wurde von den Lehrern der Oberstufe ein Abend mit Holocaust-Überlebenden veranstaltet, zu der auch Anwohner kommen konnten. Anna überlegte, ob sie allein hingehen oder jemanden einladen wollte, sie zu begleiten. Sie entschied sich, die Eindrücke zuerst allein verarbeiten zu wollen.

Als sie in der Aula der Schule einen Platz gefunden hatte, bemerkte sie plötzlich zu ihrer Überraschung, dass Zamira auf den Platz neben ihr huschte und sie erfreut anlächelte. Eine Frau aus dem Dorf hatte sie im Auto mitgenommen. Zuerst sprach ein alter Mann aus Polen, der im Auschwitz-Stammlager überlebt hatte. Er konnte den Tagesablauf, die Appelle, den Hunger, die Erschießungen so genau beschreiben, als wäre es gestern passiert. Er sprach nicht über seine Gefühle, weil er diese auch damals, auch vor sich selber verbergen musste. Dann sprach eine jüdische Frau aus Deutschland, die einige Jahre jünger war. Sie erzählte, dass sie und ihre ältere Schwester noch Kinder waren, und ihre Eltern hätten versucht, sie mit einem Kindertransport nach England bringen zu lassen. Dies sei nicht gelungen. Auch sie in die Schweiz zu bringen war fehlgeschlagen. Während die Frau in kargen, klaren Worten immer weitererzählte, spürte Anna, wie Zamira ihre Hand nahm und diese während des gesamten Vortrags festhielt. Später hatten die Eltern sie unter falschem Namen auf einen Bauernhof im Odenwald gebracht. Die Leute dort hatten sie nicht freundlich behandelt, aber sie gaben ihnen wenigstens zu essen. Aber sie wurden verraten, waren aber vorher gewarnt worden und konnten in den Wald fliehen. Dort hatten sie zwei andere jüdische Mädchen getroffen, etwas älter als sie. Diese bekamen ab und zu Essen gebracht, das in einem hohlen Baum versteckt wurde. Von den Mädchen lernten sie, wie sie im Wald überleben konnten. Oft mussten sie Hunger leiden und in den Winternächten frieren. Manchmal riskierten sie es, in Ställen oder Scheunen zu übernachten, wenn es besonders kalt gewesen war. Viele Leute seien gut zu ihnen gewesen, sonst hätten sie nicht überleben können. Nachdem sie ihren Bericht beendet hatte, fragte ein Mädchen aus der Oberstufe, was aus ihrer Schwester geworden sei. Sie sei nach Israel ausgewandert, erzählte die alte Frau. Dort besuche sie sie jedes Jahr. Sie selbst wohne noch immer in ihrer Heimatstadt. Ihre anderen, älteren Verwandten seien alle umgekommen. Ihren eigenen Kindern habe sie lange nicht erzählen können, wie sie überlebt habe, aber später hätten diese nicht aufgehört zu fragen. Dafür sei sie ihnen dankbar. So etwas dürfe nie wieder geschehen, und deshalb will sie immer wieder davon erzählen.

Am nächsten Morgen trat Anna vor ihr Haus und schaute in das Tal hinunter. Sie mochte die roten Dächer der Häuser, die im ersten Sonnenlicht leuchteten. Bis auf die Niederungen und sanften Hänge zu beiden Seiten des Bachtals war die Gegend von Mischwald umgeben, hauptsächlich Buchen. An einigen Stellen am Hang hatte vor einigen Jahren ein Sturm gewütet und alle Fichtenbestände gefällt. Dort wuchs jetzt ein junger Wald heran. Oben auf den Kämmen stand noch der alte Buchenwald, der seit einigen Jahren vor Abholzung geschützt war. Im Seitental, in das sie von ihrem Haus aus blicken konnte, reichte der Wald bis fast zu den sumpfigen Wiesen am Bach. Nun lebte Anna seit fast vier Jahren hier, und sie fühlte sich beheimatet, weniger bezogen auf die Menschen, sondern mehr auf die Landschaft.

Zamiras Glück und das ihrer Familie in der neuen Wohnung währte nur wenige Monate. Die Familie erhielt einen Brief, dass ihr Asylantrag abgelehnt worden sei und dass sie in ihr Heimatland zurückkehren müssten. Verzweifelt rief Anna bei ihrer Freundin Sabine an, die es auch schon erfahren hatte und dabei war, mit dem örtlichen Pfarrer, einigen Gemeindemitgliedern und einem Anwalt eine Initiative zu gründen, Rechtsmittel einzulegen und der Familie eventuell ein Kirchenasyl anzubieten. Alles musste schnell gehen, denn die Behörden waren bemüht, zügig Fakten zu schaffen. Der Anwalt erarbeitete einen Widerspruch, der jedoch abgelehnt wurde. In der Gemeinde bildete sich eine Gegeninitiative, die sich nicht direkt gegen die Familie richtete, sondern allgemein forderte, keine weiteren Flüchtlinge mehr aufzunehmen. Auch der Mann von Marlene, Annas Gartennachbarin, hatte sich dieser angeschlossen. Für die Unterstützer verstrich wertvolle Zeit. An einem Nachmittag, als Anna mit Zamira bei den Hausaufgaben saß, begann diese zu weinen.

»Papa sagt, wir müssen wieder zurück nach Afghanistan«, sagte sie. Anna registrierte, dass sie seit einiger Zeit nicht mehr von Puschtonien sprach. »Er sagt, dann kann er ja gleich das Geld nehmen und freiwillig zurückgehen.« Sie seufzte eine Zeit lang. Dann erklärte sie fest: »Aber ich werde nicht mitgehen.«

Anna informierte den Anwalt, damit dieser noch einmal mit Zamiras Vater sprach.

An einem frühen Morgen stand die Polizei an der Tür, um die Familie abzuholen. Obwohl die Beamten diesen frühen Zeitpunkt gewählt hatten, fanden sie Zamira nicht im Haus. Die Eltern hatten dies selbst noch nicht bemerkt. Eine Polizistin und ein Polizist warteten bis Unterrichtsbeginn vor der Schule und begaben sich dann in Zamiras Klasse. Die Lehrerin und ihre Mitschüler waren sehr aufgeregt. Einige Kinder weinten. Aber Zamira war nicht dort. Die Polizei suchte das ganze Dorf ab – ohne Erfolg. Später äußerte der zuständige Polizeichef den Verdacht, das Kind sei illegal an einen anderen Ort gebracht worden.

Aus Sorge um Zamira konnte Anna die ganze Nacht nicht schlafen. Als sie am nächsten Morgen vor ihr Häuschen trat, trieb der Wind einzelne Nebelschwaden den Hügel hinauf. Für einige Sekunden entdeckte sie Zamira oberhalb ihres Häuschens am Waldrand. Dann wurde sie wieder vom Nebel verschluckt. Als sie wieder freie Sicht auf die Stelle hatte, war das Mädchen verschwunden.

Moderne Zeiten

Moran begab sich verärgert zur Post. Er wollte ohnehin einen kleinen Spaziergang machen an diesem milden Oktobervormittag, da könnte er auch gleich dorthin gehen und sich beschweren. Es war schon das zweite Mal, dass er die Post für eine Woche hatte zurückstellen lassen, und sie war trotzdem gekommen. Ein übervoller Briefkasten zieht bekanntlich Einbrecher an. In seinem Viertel war schon öfter eingebrochen worden. Früher hatte es nur eine Post gegeben, und diese war zuverlässig gewesen. Postbotinnen oder Postboten blieben meist über mehrere Jahre im selben Bezirk und kannten die meisten Bewohnerinnen und Bewohner persönlich. Moran betrachtete sich nicht als einen Nostalgiker, aber er fand, wenn er für diesen Auftrag extra bezahlen und ein Formular ausfüllen musste, konnte er erwarten, dass seine Post bis zum vereinbarten Zeitpunkt gelagert und am entsprechenden Termin ausgeliefert wurde. Aber nichts war geschehen, und dies nun schon zum zweiten Mal. Nicht selten landeten Sendungen in seinem Briefkasten, die an eine andere Person adressiert waren. Er hatte sie dann schon öfter selbst ausgetragen. Umgekehrt passierte es dann wohl auch, dass seine Post in einem anderen Briefkasten landete. Jedenfalls war es ihm schon öfter so ergangen, dass seine Post ihm erst viel später zugestellt worden war. Er fragte sich, ob er mittlerweile zu den griesgrämigen Zeitgenossen gehörte, die felsenfest glaubten, früher sei alles besser gewesen.

Er hatte bereits eine genaue Vorstellung davon, was geschehen würde. Die Frau am Schalter – ganz selten machten Männer diese Arbeit – würde höflich erklären, sie seien nicht zuständig. In solchen Fällen wurde grundsätzlich in der Mehrzahl gesprochen. Möglicherweise würde sie ihn noch freundlich auf die Mail-Adresse oder die Telefonnummer aufmerksam machen, an die er sich wenden könne. Und wenn es ganz hoch käme, würde sie bekunden, seinen Unmut zu verstehen. Ärger zu äußern, ging notfalls auch noch, wenn das Versehen zum Beispiel, wie in seinem Fall, schon öfter vorgekommen war. Aber wütend sein, ist tabu, hat sofort eine pauschale Kategorisierung des Unrechts zur Folge. Zu der Bezeichnung Wutbürger ist es von da aus nicht mehr weit, und wie man weiß, bereits an einen bestimmten Personenkreis vergeben. Zu diesem wollte Moran nicht gezählt werden, weshalb er sich in Acht nehmen sollte. Die gesellschaftliche Norm sieht für solche Fälle, immer noch als geringfügige Anlässe eingeordnet, allenfalls Ärger vor. Gerne wird die Floskel »Jammern auf hohem Niveau« verwendet. Also jammern, zudem als Mann, ist – Vorsicht, die nächste abgenutzte Floskel, diesmal in Denglish – ein No-Go. Wut gilt als Kategorie, die, unabhängig vom Anlass, immer ins Unrecht setzt. Er würde sich am Schalter also mäßigen müssen, um nicht gesagt zu bekommen, so ließe sie nicht mit sich reden, zumal gar nicht zuständig für dieses Versehen, oder wie der Vorgang verharmlosend genannt werden würde.

Moran überlegte, er könne es doch gleich lassen, sich zu beschweren. Er würde weder sein Geld zurückbekommen, noch seinen Ärger wirklich loswerden. Die Person, welche den Vorgang verursacht hatte, würde er zudem niemals finden. Im Zweifelsfall würde die eine beteiligte Person es auf die andere schieben. War gar ein Subunternehmen an der Sache beteiligt, ließ sich mit Sicherheit nicht herausfinden, wo der Fehler lag. Möglicherweise stellte sich heraus, dass er strukturell bedingt war, oder, was häufig vorkam, die entsprechende Aufgabe konnte nicht erledigt werden, weil das Personal fehlte. Die oft von Unternehmen beklagte Personalnot war natürlich hausgemacht, was grundsätzlich verleugnet wurde. Moran überlegte, er müsse sich jetzt Einhalt gebieten in seinen Überlegungen, um sich nicht noch weiter in seinen Ärger hineinzusteigern. Allein die Zeit, die er aufgewendet hatte und noch aufwenden würde, überstieg bereits den Wert der ganzen Aktion. Und ging es ums Prinzip? Oder anders gefragt: Sollte er seine Energie dafür aufwenden, diesen Schlampladen zu kritisieren? Und würde seine Kritik zur Abhilfe dieser Schlamperei beitragen? Im Zweifelsfall würde man der zuständigen Postbotin oder dem Postboten einen Rüffel verpassen. Diese Arbeiternehmerinnen und Arbeitnehmer waren das letzte Glied einer hierarchischen Kette. Das oberste Management machte sich die Taschen voll, die unterste Riege arbeitete zu üblen Bedingungen und zudem schlecht bezahlt. So funktionieren Konzerne heutzutage, beziehungsweise, sie funktionierten eben zumeist nicht, wenn der Altruismus oder das Pflichtbewusstsein der Ausführenden die Schlampereien des Managements nicht kompensierten. Moran kamen öfter Überlegungen dieser Art. Deshalb hatte er sich längst im Verdacht, zu einem Verschwörungstheoretiker geworden zu sein oder zumindest dafür gehalten zu werden. Diese Vokabel kannte man früher kaum. Inzwischen feierte sie Hochkonjunktur. Verschwörungstheorien kursierten in allen Branchen und die ganze Gesellschaft war von Verschwörungstheoretikern unterlaufen. Dabei spielte es keine Rolle, mit welchen Fakten man es zu tun hatte. Wenn Fake lange genug postuliert wird – eine nette Bezeichnung, postuliert, befand er sich doch auf dem Weg zur Post, um Fakten zu benennen, die falsch gelaufen waren –, wird Fake fast automatisch zu Fakt und bewahrheitet sich, wenn auch in völlig anderer Weise. Vom ursprünglichen Fakt ist nämlich abgelenkt, und der neue Fakt, ehemals Fake, ist nun handlungsleitend.

Moran war nicht nur zum Verschwörungstheoretiker, sondern auch zum Zyniker geworden. Je nach Laune sah er dies selbstkritisch oder machte die Umstände dafür verantwortlich, beziehungsweise diejenigen Personen, welche diese Zustände herbeigeführt hatten. Diese waren in der Regel immer unsichtbar, ihre Machenschaften schwer zu durchschauen, ihr Verantwortungsbewusstsein entweder nicht vorhanden oder nur sehr schwach entwickelt. Die Strukturen dieser Konzerne waren von außen nicht durchschaubar, von innen oft auch nicht mehr, weil das Management gar nicht mehr wusste, was und wie ihre Angestellten arbeiteten. Es ging alles von oben runter, nur noch in den seltensten Fällen von unter rauf. Dies galt sowohl für die Umsetzung von Arbeitsaufträgen als auch für die Unternehmenspolitik.

Moran versuchte, sich von seinen verbohrten Gedanken abzulenken. In den letzten Tagen war viel Laub heruntergefallen. Schon seit Langem hatte er ein Fotoprojekt im Sinn: Er wollte das bunte Laub auf dem Boden fotografieren, einfach so. Es ging ihm um die unterschiedlichen Formen der Blätter, ihre verwirrende Anordnung und die durch Zufall entstandenen Farbkombinationen. Wenn er die Fotos nebeneinanderlegen würde, bildeten sie einen interessanten Kontrast. Im Museum hatte er ein Kunstwerk bewundert, das aus sechzehn Fotos in einem Rahmen bestand, auf denen jeweils das Innere einer Höhle fotografiert war. Keine sensationellen Aufnahmen oder irgendwie besonders auffallende Höhlen, es ging nur um das Nebeneinander des Ähnlichen und doch Unterschiedlichen. Gestern hatte er, ausgehend von Einsteins Relativitätstheorie, etwas über das Relative in der Natur und Kultur gelesen. Er beschloss, das Projekt auf den nächsten Herbst zu verschieben.

Er war bei der Post angekommen. Heute gab es, wie sonst oft, keine langen Schlangen, obwohl nur einer von vier Schaltern besetzt war. Sobald die Kundin vor ihm weggegangen war, richtete die Postangestellte demonstrativ ihren Blick auf den Bildschirm ihres PCs. Höflich wartete er, bis ihn diese auffordern würde, aus der Schlange an den Schalter zu treten. Die Papiere hatte er bereits seiner Jackentasche entnommen. Als sie aufblickte und ihn kurz ansah, verließ sie, statt ihm das besagte Zeichen zu geben, den Raum. Nun stand er vor vier leeren Schaltern. Er wartete. Was sollte er anderes tun? Hinter ihm bildete sich eine Schlange.

Die Frau kehrte nach wenigen Minuten an ihren Arbeitsplatz zurück. Er ging nun unaufgefordert zum Schalter und formulierte sein Anliegen. Er sprach deutlich und bestimmt und gab sich große Mühe, nicht laut zu werden. Seinen Ärger sollte sie schon registrieren. Das tat sie. Sie habe schon vorher, aufgrund der Papiere in seiner Hand gewusst, worum es ging. Ob sie deshalb geflohen sei, fragte er ironisch, aber in leichtem, humorvollen Ton. Er überlegte für einen kurzen Moment, ob er mit dieser Aussage zu weit gegangen war. Nein, nein, antwortete sie zu seiner Überraschung lächelnd. Aber sie könne leider nichts machen, sei da nicht zuständig. Aber sie könne seinen Ärger verstehen, schob sie noch nach, als er keine Anstalten machte, zu gehen. Sie zeigte ihm die Telefonnummer auf der Rückseite des Papiers, an die er sich wenden könne.

»Dann hänge ich ewig in der Warteschleife und ärgere mich noch mehr«, entgegnete er, noch immer um Höflichkeit bemüht.

Sie nickte bestätigend und überlegte einen kurzen Moment. Er solle doch mal da rüber auf die andere Seite des Flurs gehen und an die Tür klopfen. Dort hinge zwar ein Zettel mit der Auskunft, dass die Menschen hinter dieser Tür für Kundenverkehr nicht zuständig seien, aber er solle trotzdem da mal klopfen. Dort seien nämlich die zuständigen Verursacher seines Problems. Ohne sich umzuschauen, erkannte Moran wegen der Geräuschkulisse hinter sich, dass sich die Schlange der Wartenden vergrößert hatte, was ihm unangenehm war.

»Ich kann ihren Ärger gut verstehen«, erklärte die Postangestellte noch einmal, »schließlich haben Sie für den Auftrag, der nicht umgesetzt wurde, bezahlt.«

Er bedankte sich und ging. Auf der anderen Seite des Flurs fand er die bezeichnete Zimmertür. Er holte tief Luft und klopfte. Nichts geschah. Er klopfte noch einmal. Als wieder keine Reaktion erfolgte, drückte er kurz entschlossen die Klinke herunter. Abgeschlossen! Er hielt einige Sekunden inne. Dann zerriss er die Papiere und machte sich auf den Heimweg.

Er nahm den Weg durch einen kleinen Park und betrachtete die Stellen, auf denen sich buntes Laub auf dem Boden gesammelt hatte. Er musste noch einen Termin bei seinem Augenarzt vereinbaren. Er sollte sich darauf einstellen, einige Zeit in der Warteschleife zu hängen. Dann würde es auch dauern, bis er einen Termin für eine Untersuchung bekommen würde. Er dachte wieder an das Jammern auf hohem Niveau und die schrecklichen Ereignisse in dieser Welt, worüber er nach dem Frühstück in der Zeitung gelesen hatte. Er fragte sich, welche Art von Wohlstand, von dem ständig die Rede war, es zu bewahren galt.

Wie es der Zufall wollte, kam die Postbotin gerade mit ihrem Fahrrad vorbei und warf die Post im Haus gegenüber ein, als er die Gartenpforte öffnete. Er grüßte sie und begann gleich mit seinem Bericht. Nach zwei Sätzen hatte sie verstanden. Sie habe letzte Woche Urlaub gehabt, erklärte sie. Es tue ihr leid, aber solche und andere Pannen seien schon öfter in ihren Ferien passiert.

»Die Post ist schon lange nicht mehr das, was sie mal war. Sie müssen unbedingt da anrufen und sich beschweren. Diese Zustände sind doch unerträglich. Es muss sich unbedingt was ändern. Interne Kritik nützt da gar nichts. Es wird sich nur was ändern, wenn die Kunden sich beschweren.« Und dann setzte sie noch hinzu: »Die machen das mit Absicht. Die ändern nur was, wenn man sie richtig unter Druck setzt.«

Sie verabschiedete sich freundlich, trat in die Pedale und fuhr zum nächsten Haus. Etwas nachdenklich blieb Moran zurück. Passierten nur ihm solche Dinge, oder fielen sie nur ihm so besonders auf, oder entwickelte er sich zu einem launigen Griesgram, oder war er gerade dabei, eine Verschwörungstheorie zu entwickeln?

Morgen

Von seinem Versteck unter dem Felsvorsprung konnte er in der Morgendämmerung die Herden sehen, die unten in der Ebene vorbeizogen. Er kannte ihre Wege und wusste, an welcher Stelle sie zum Fluss hinuntergingen, um an der seichten Stelle, wo es nur wenige Bäume gab, zu trinken. Die Tiere würden sich mit aller Vorsicht dem Ufer nähern, um nicht von Raubtieren aufgelauert zu werden.

Vom Boden zog die Kälte herauf. Er wollte sich bewegen, hielt sich jedoch zurück, um den Schmerz in seiner Wunde erträglich zu halten.

Die Sterne waren untergegangen, der Mond verblasst. Es roch nach Kräutern, die nur jetzt, in der Stunde zwischen Tag und Nacht ihren Duft entfalteten. Auch sein Körper strömte den Geruch zwischen Tag und Nacht aus.

Der Junge würde bald kommen. Er würde ihm Wasser, Essen und die Kräuter bringen, die den Schmerz zurücknehmen und das Heilen möglich machten. Vielleicht hatten seine Menschen auch schon das passende Holz gefunden, das er für seinen gebrochenen Arm brauchte. Er hatte mehrmals gesehen, wie die Frauen es angebracht hatten, und es sich genau gemerkt.

Er hörte, wie sich von ferne das Donnern großer Huftiere näherte. Seine Menschen hätten hier jagen und nicht weiterziehen müssen. Er dachte an die Jagd. Er wusste, wie sich die Menschen verteilen und wie sie das Wild beschleichen mussten. Er wusste, welche Tiere er auflauern, welche er hetzen, welchen er in einem kurzen, schnellen Lauf so nahe kommen musste, um sie mit einem Speerwurf zu erreichen. Zuerst hatte er es bei den Alten und bei den Wölfen gesehen. Er dachte daran, wie er die Steine für die Spitzen der Speere zurechtschlagen musste. Es waren nur wenige Frauen und Männer in seinem Clan, die dies beherrschten. Der Clan sagte es von Generation zu Generation weiter, wo die passenden Steine zu finden waren, wo das Holz, das gerade und fest wuchs und leicht genug war, sodass es für einen Wurfspeer geeignet war. Für den Nahkampf mit den großen Tieren benutzten sie festeres Holz und größere Klingen. Er meinte, das Birkenpech zu riechen, mit dem sie die Klinge am Holz befestigten.

Er dachte an die Jagd, an frisch aufgebrochene Körper, das gebrochene Auge des toten Tiers, das auf der Seite lag, den Geruch des blutigen Fleisches. Er spürte seiner Gier nach, die ihn niemals hatten vergessen lassen, den Geist des Tieres, das er getötet hatte, um Vergebung zu bitten. Menschen waren nicht wie Raubtiere. Sie durften nicht jagen wie sie. Er spürte diese kurze Hemmung vor dem Töten, kaum, dass er sich ihrer bewusst wurde. Er hatte niemals mit den anderen darüber gesprochen. Er war von ihnen bestimmt, die Verantwortung der Jagd, also die Verantwortung des Tötens zu tragen.

Der Mond ging unter. Er hörte die Büffel im Tal. Manchmal sah er einen Rücken oder einen erhobenen Kopf aus dem hohen Gras ragen.

Die Wunde war sauber. Das Fleisch würde nicht faulen. Wenn der Junge nicht kam, würde er verhungern. Ein Wind kam auf. Die Tiere strömten einen starken Geruch aus. Er dachte an die Frau, ihren Geruch und wie sich ihre Haut anfühlte. Sie würde die Gruppe sicher führen. Er wunderte sich immer wieder über seine Gedanken, dass er etwas als inneres Bild sehen, von dem er eigentlich nichts wissen konnte. So hatte er die stürmische Nacht vorhergesehen, an dem sie das Kind gebären würde.

Die Sonne stieg auf. Er wusste, dass die Tiere am Fluss getrunken hatten und jetzt friedlich grasten. Er horchte. Er musste warten. Er spürte den heftigen Drang, sich zu bewegen. Bewegung war immerwährendes Gebot. Als würde ein Geist in seinem Inneren es ihm befehlen. Er umklammerte mit der linken Hand fest seinen Speer, der neben ihm lag, als wollte er das Spannen seiner Muskeln testen. Den anderen Arm versuchte er, nicht zu bewegen.

Sie hatten das große Tier gejagt. Er hatte den Jägern ihren Platz zugewiesen. Er musste vorher einschätzen, wie und wohin sich das Tier auf der Flucht bewegen, wann es angreifen würde. Auch die Frau konnte die Gedanken des Tieres lesen.

In seiner Holzschale war nur noch wenig Wasser.

Er lehnte sich zurück. Schlaf überkam ihn. Er träumte von der Hetzjagd auf eine Gazelle. Sie liefen über eine baumlose Ebene. Er verlor das Tier niemals aus den Augen. Manchmal blieb es stehen, um sich auszuruhen. Wenn die Männer ihm zu nahekamen, setzte es seine Flucht fort. Es kam ihm vor, als verfolgten sie das Tier viele Stunden. Dann blieb es erschöpft stehen. Sie waren nahe genug, und er erhob seinen Speer. Das Tier blickte ihn direkt an. In seinen Augen war nicht die Angst vor dem Tod. Es sah ihn nur an. Er ließ den Speer sinken, weil er nun wusste, dass er das Tier nicht töten durfte. Die anderen Männer hatten es nicht bemerkt und blickten ihn fragend an. Sie würden das Tier nicht töten, wenn er es nicht tat.

Er erwachte. Durst quälte ihn. Er trank den Rest des Wassers und schlief erneut ein. Er fühlte sich frei, obwohl der Hüter des Traums ihm sagte, dass der Junge nicht kommen würde.

Er erwachte, weil er Stimmen hörte. Er lehnte sich zurück. Aber auch, wenn sie ihn nicht sehen, so würden sie ihn doch riechen können. Er umfasste seinen Speer. Sie näherten sich. Da sie ihn bemerkt haben würden, blieben sie still. Dann erhoben sie sich aus dem Gras und erblickten einander. Die Gruppe bestand aus drei Frauen, vier Kindern und einem alten Mann, der auf einen Stock gestützt ging. Diese Menschen waren nicht wie seine Leute, obwohl ihr Geruch ihm nicht fremd war.

Er versuchte, sich nicht zu bewegen, hielt seinen Speer umklammert. Sie warteten. Endlich öffnete er seine Hand, weniger sein Wille als mehr ein Befehl einer inneren Kraft. Sie warteten noch immer. Dann nickte eine der Frauen, und ein Mädchen trat vor, öffnete ihren Ledersack und schüttete Wasser in seine Schale.

Dann gingen sie, stumm, wie sie gekommen waren.

Er trank und spürte, wie die Geister in ihm sich regten. Er hörte Schritte. Sie waren leicht und näherten sich. Dann stand das Mädchen wieder vor ihm, schaute auf ihn, der sich kaum aufrichten konnte, herab. Sie hielt ein Stück Fleisch in der Hand, das sie nun sorgsam neben ihn ins Gras legte.

Dann drehte sie sich um und ging davon.

Er beroch das Fleisch. Dann riss er gierig mit den Zähnen Stücke heraus. Später träumte er, die fremden Menschen würden zurückkommen, morgen, ihm die heilenden Kräuter für seine Wunde bringen und ein Holz, um den gebrochenen Arm zu stützen. Ihre Männer würden bei ihnen sein.

Die Westküste von Clare

»Are you sure, one of these donkeys will join me?«, fragt sie etwas unsicher.

»Don't worry«, antwortet die Frau auf der anderen Seite der Bruchsteinmauer und ergänzt lächelnd: »Wir können auch Deutsch miteinander reden.«

»Haben Sie das aufgrund meines Namens oder meiner Aussprache erkannt?«

»Es gibt noch eine dritte Erklärung«, sagt sie schmunzelnd. »Ich habe Sie gestern in Doolin gesehen, vor O'Connor's Pub, wie Sie und die zwei Mädchen aus einem Wagen mit deutschem Kennzeichen gestiegen sind. Wir können uns doch duzen, ich heiße Rosalia. Die Leute hier nennen mich Rose.«

»Maria«, stellte sich die Jüngere vor. »Und Sie meinen … ich meine, du glaubst, der Esel geht mit mir und den Kindern?«

»Ja, keine Sorge. Ich gebe Dir Greg mit. Das ist der Hellgraue da drüben mit dem freundlichen Gesicht.«

»Er sieht sympathisch aus. Den hätte ich mir auch ausgesucht. Falls die Mädchen es sich überlegen und auch mit wandern wollen: Werden sie mit den Eseln zurechtkommen?«

»Ich bin sicher, sie werden ihren Spaß haben.«

»Wie bist du auf Esel gekommen?« will Maria wissen.

Die Angesprochene schmunzelt.

»Bei einem unserer ersten Spaziergänge hier entdeckten wir Ben auf einer Weide. Das ist der große mit den spitzen Ohren. Sein Gehege bestand fast nur aus Steinen. Der arme Kerl war ziemlich heruntergekommen, konnte kaum noch laufen, weil seine Hufe ganz verwachsen waren. Das sah aus, als hätte er Schnabelschuhe an. Tierquälerei ist das. Wir haben ihn kurzerhand dem alten Mann abgekauft, der ihn ganz vergessen hatte. Dann kam Bertha dazu. Sie ist ein altes Mädchen, dessen Besitzerin gestorben ist. Die Kinder der alten Frau wussten nicht, was sie mit dem Tier anfangen sollten. Wir haben sie dann von Lisdoonvarna hergeholt.«

Maria überlegt kurz.

»Das liegt hier in der Nähe, nicht wahr?«

Rose nickt zustimmend.

»Ich kenne diesen Song über Lisdoonvarna, in der Stadt war ich allerdings noch nie.«

»Du meinst das Lied von Christy Moore über das Festival.« Rose versucht, ihr den Refrain vorzusingen, unterbricht sich dann aber nach wenigen Tönen und lächelt etwas verlegen.

»Ja, das meine ich«, bestätigt Maria. »Ich kannte den Sänger nicht. Mein Mann Simon hat mich zu einem seiner Konzerte geschleppt. Christy Moore ist großartig. Er ist nicht nur ein toller Musiker. Er sagt zwei Sätze ins Publikum, und die Leute sind sofort auch von ihm als Person eingenommen.«

»Ja, Thomas und ich mögen ihn auch. In den Siebzigern war er mehrmals auf Konzerten der Band, mit der Christy damals gespielt hat. Darauf ist er sehr stolz.«

Du meinst Planxty?«

Rose nickt bestätigend.

»Die kenne ich nur von CDs«, erzählt Maria.

»Ich habe Andy Irvine, der auch zu Planxty gehörte, mit seiner Band Patrick Street in Ennis gesehen.«

Maria schreibt sich den Namen der Band auf einen kleinen Zettel.

»Es gibt auch noch eine schöne CD von einem italienischen Fingerpicking-Gitarristen. Seine Name fällt mir gerade nicht. Die CD heißt »The Road to Lisdoonvarna«. Ich kann nachher mal nachschauen, wie er heißt.«

Maria schaut wieder zur Weide hinüber.

»Welchen Esel sollen die Kinder nehmen?«

»Ich schlage dir Sally vor. Sie weidet auf der anderen Seite des Hauses. Manchmal ist sie etwas eigenwillig. Aber ich gebe euch genügend Möhren mit. Ihr braucht ihr nur eine hinzuhalten, und sie wird euch bis nach Donegal folgen. Die wird auch den Mädchen gefallen, falls sie mitkommen wollen.«

»Oh, so weit wollen wir nicht.«

»Thomas hat Sally beim Pokern gewonnen«, erzählt Rose scherzhaft. »Nun ja, der Vorbesitzer wollte sie ohnehin gerne loswerden und nutzte die Gelegenheit.«

»Seit wann lebst du hier?«

»Zuerst wollten Thomas und ich nur den Sommer hier verbringen, aber da wir beide in diesem Jahr in Rente gegangen waren und noch keine Pläne hatten, was wir machen wollten, haben wir uns nach drei Monaten entschlossen, uns hier fest niederzulassen. Zuerst haben wir in Liscannor und in Doolin nach einer Bleibe gesucht. Aber hauptsächlich in den Sommermonaten herrscht uns da zu viel Trubel. Hier in Fanore ist es ruhiger. Wir leben jetzt seit dreieinhalb Jahren hier.«

»Kann ich verstehen, dass ihr nicht nach Doolin wolltet, obwohl mir die Fisherstreet sehr gut gefällt«, meint Maria. »Wir waren vorgestern an den Cliffs of Moher. Dort wimmelt es nur so von Touristen.«

»Thomas, mein Irland-Nostalgiker, erzählt immer von den Siebziger- und Achtzigerjahren, als es weder ein Touristenzentrum noch Absperrungen an den Cliffs gab.«

»Meine Eltern waren zu dieser Zeit auch mal in Irland«, berichtet die Jüngere. »Sie geraten auch schnell ins Schwärmen, wenn sie von den alten Zeiten erzählen.«

Sie nimmt ihren Rucksack ab.

»Unsere Kinder kommen uns öfter hier besuchen, und Mia, eine unserer Enkelinnen, war letztes Jahr über die Sommerferien hier.«

»Einen tollen Blick habt ihr von hier aus zu der Insel.«

»Heute morgen ist es noch etwas diesig. Wenn es klarer wird, kannst du auf Inisheer den Leuchtturm und das Schiffswrack erkennen. Weiter rechts, das ist ein Zipfel von Inishmaan. Die größte der drei Aran-Inseln, Inishmore kann man von hier aus nicht sehen.«

»Und das da drüben?«

»Das ist Connemara.«

»Aber das gehört doch zum Festland.«

»Ja, man blickt von hier aus über die Galway-Bay.«

»Das Schiffswrack habe ich gestern von dem Weg aus gesehen, der von Doolin zu den Cliffs führt. Liegt es schon lange dort?«

»Bill O'Brien, der Besitzer der Fährlinie, kannte viele der Fischer von Inisheer. Der alte Martin Coneely hat ihm erzählt, er war als junger Mann dabei, als sie das havarierte Schiff ausgeräumt haben. Für die damals noch sehr armen Inselbewohner war das wie Ostern und Weihnachten an einem Tag.«

»War es schwer für dich, aus Deutschland wegzuziehen?«

»Nein, gar nicht, ich habe häufiger im Ausland gelebt.«

»Wie das?«, fragt Maria neugierig. Dann macht sie eine abwehrende Geste. »Entschuldigung, ich will nicht neugierig sein.«

»Nein, schon gut, ich plaudere gerne ein bisschen über alte Zeiten.« Sie überlegt kurz, wo sie beginnen soll. »Ich habe als Sekretärin gearbeitet.«

»Oh!«, entfährt es Maria unwillkürlich, und sie ärgert sich sofort über ihre Reaktion.

»Ich ahne die Ursache deiner Verwunderung, weil ich sie schon öfter erlebt habe«, erklärt Rose lächelnd. »Magst du mir trotzdem sagen, was dein Oh ausgelöst hat?«

Maria ist etwas verlegen.

»Nun ...«, meint sie zögerlich, »ich habe vermutet, du hättest studiert.«

Rose lächelt wieder.

»Nach dem Abi hatte ich die Wahl. Ich wollte lieber etwas Praktisches arbeiten, statt zu studieren. Meine Schulfreundinnen waren damals auch verwundert, beziehungsweise haben mir abgeraten. Außerdem hatten sie völlig andere Vorstellungen von dem Beruf als ich. Ich musste mir damals in den Nach-Achtundsechzigern öfters etwas über das Patriarchat anhören und über Männer, die Frauen unterdrücken, und über Frauen, die kuschen. In diesen Jahren wurden die Arbeitsverhältnisse sehr kritisch beleuchtet, und nicht nur die.«

Maria lacht.

»Der Gang durch die Institutionen«, zitiert sie, um zu zeigen, dass sie auch etwas darüber weiß.

»Ich mochte meinen Beruf«, sagt Rose lapidar.

Maria nickt, nicht zur Bestätigung, sondern weil sie unschlüssig ist, ob und gegebenenfalls wie sie auf die Ausführungen von Rose reagieren soll.

»Meine vorgesetzten Männer waren zumeist höflich und galant mir gegenüber«, berichtet Rose, während sie noch überlegt, was und wie viel sie von ihrer Arbeit erzählen beziehungsweise wie persönlich sie werden will.

»Das lag nicht nur an ihnen, sondern auch an mir. Ich hätte mich niemals von einem Mann dominieren lassen, unterdrücken schon gar nicht.«

»Aber man hört immer wieder, dass Männer Frauen in diesen und ähnlichen Positionen mobben oder zumindest von oben herab behandeln.«

»Als ich angefangen habe zu arbeiten, existierte dieser Begriff Mobbing noch gar nicht. Ich finde, was alles darunter zusammengefasst wird, ist mir viel zu pauschal und zu undifferenziert. Ich verwende weder den Begriff, noch befasse ich mich mit den Fakten.«

Maria blickt hinüber zu der kleinen Insel im Sonnenschein und sucht nach Worten, zu erklären, was sie bewegt. Sie erkennt jetzt den Leuchtturm auf der Landspitze.

»Aber du kannst doch nicht verleugnen, dass Frauen, vor allem in solchen Jobs, häufig unterdrückt werden«, sagt sie schließlich, und es klingt vorwurfsvoller, als sie es beabsichtigt.

Rose bleibt gelassen und antwortet:

»Natürlich gibt es dies, sogar und leider immer noch sehr häufig. Was ich sagen will, ist, dass ich in meinem Berufsleben von vorgesetzten Männern niemals schlecht behandelt wurde. Und ich will deshalb nicht behaupten, dass Frauen selber schuld sind.«

Maria nickt und lässt ihren Blick wieder übers Meer zu der Insel schweifen. Inzwischen ist auch das Wrack auf der Sandbank im Gegenlicht zu erahnen, wenn man weiß, dass es dort liegt.

»Natürlich erkläre ich mich mit meinen Geschlechtsgenossinnen solidarisch, wenn es darum geht, für mehr Gleichberechtigung und faire Löhne zu kämpfen.«

»Wurdest du niemals angebaggert?«, fragt Maria zweifelnd, eine so gutaussehende Frau wie du.«

Rose lächelt.

»Danke für das Kompliment! Ja, ich wurde, aber die Machos machten nur einen Versuch.«

»Verstehe!«

»Auf dem Konsulat in Mumbai hatte ich einen Chef, der legte mir beim Diktat manchmal eine Hand auf die Schulter.«

»Und …«, fragte Maria neugierig, »wie hast du reagiert?«

»Gar nicht, ich fand es angenehm. Es war ein Zeichen unserer engen Zusammenarbeit. Er wäre niemals weitergegangen.«

Maria schaut sie zweifelnd an.

»Und umgekehrt, hättest du das bei ihm auch machen können?«

»Selbstverständlich! Und ich habe ich es auch getan. Es muss doch nicht immer oder automatisch auf etwas Sexuelles zwischen Männern und Frauen hinauslaufen.«

»Stimmt eigentlich«, sagt Maria nach einigem Nachdenken.

»Auch muss es nicht automatisch um Hierarchien oder Bemächtigung gehen.«

»Ich ahne, was du meinst, aber kannst du es erklären?«

»Nun, es ist auch eine Frage des Rollenverständnisses.«

Rose überlegt kurz und sucht nach einem Beispiel.

»Er rief mich zum Diktat. Damals ging das noch mit Steno. Später benutzte er ein Diktaphon. Er konnte einen Sachverhalt genau erklären und beschreiben, aber seine Wortwahl und Satzstellung, von seiner Zeichensetzung ganz zu schweigen, waren mehr als dürftig. Ich schrieb also den diktierten Text ab. Dabei kamen mir einige Ideen zur besseren Formulierung in den Sinn. Ich wollte ihn nicht kränken, war mir sogar ziemlich unsicher, wie er reagieren würde, wenn ich mich in seine Angelegenheiten einmischte, indem ich ihm meine Vorschläge unterbreitete. Also wählte ich nur einige wenige Stellen aus und fragte ihn in einer entspannten Situation, ob ich die Änderungen einfügen dürfe. Schließlich war es ja sein Brief.«

»Du bist aber sehr vorsichtig mit ihm umgegangen.«

»Ja, selbstverständlich, ich wollte unsere Zusammenarbeit auf keinen Fall belasten. Umgekehrt konnte ich auch einiges Entgegenkommen meine Arbeit betreffend von ihm erwarten.«

»Zum Beispiel?«, fragt Maria skeptisch.

»Donnerstags hatten wir fast den ganzen Tag Publikumsverkehr. An diesem Tag ging nie Post raus. Wenn ich Überstunden machen musste, wurde vorher geklärt, wann ich sie zeitnah abfeiern konnte.« Als sie Marias fragenden Blick bemerkt, fügt sie an: »Ich bin mir sowohl meiner, als auch seiner privilegierten Situation bewusst. Je weiter es nach unten geht in einer Hierarchie, um so schlechter sind die Bedingungen. Irgendwann geht es gar nicht mehr, kooperativ zu sein, selbst wenn Frau oder Mann es noch so sehr wollten, weil die Ressourcen dazu schlicht und einfach fehlen. Ich kann ein Lied davon singen, weil ich zum Beispiel die Situationen in indischen Fabriken sehr gut kenne, besonders die Situationen der Frauen dort.«

»Um nochmals auf dein Beispiel zu kommen: Wie hat dein Chef den Vorschlag angenommen?«

Rose lächelt.

»Einige Sekunden hielt er den Atem an. Ich vermute, es waren die bedeutungsvollsten Sekunden unserer Zusammenarbeit. Dann stimmte er zu. Später brauchte ich weder Vorschläge zu unterbreiten, noch forderte er mich auf, etwas zu ändern, es gehörte einfach zu meiner Rolle.

Er diktierte den Brief in groben Zusammenhängen, alles Weitere erledigte ich.«

»Fühltest du dich nicht ausgenutzt oder zu schlecht bezahlt dafür?«

»Ich bin der Meinung, dass er als Diplomat für seine Arbeit und die Fähigkeiten, die dazu gehören, gut bezahlt werden soll, für die Verantwortung, die er trägt, und dass er seine Macht konstruktiv gebraucht. Ich kannte Leute, die nutzten ihre Position nur dazu, zu repräsentieren. Die hätten das meiner Ansicht nach auch als Ehrenamt machen können. Andere waren, um es mal drastisch auszudrücken, ihr Geld wert, denn sie engagierten sich. Ich für meinen Teil habe regelmäßig Lohnerhöhungen gefordert, und ich bekam sie zumeist auch. Von daher halte ich es für angebracht, dafür zu sorgen, dass ein Schreiben, was die Formulierungen angeht, von mir verantwortet wurde. Diese werden ohnehin zu hoch bewertet, vor allem, wenn sich Leute vor den Inhalten und ihrem Standpunkt drücken wollen.«

»Wie meinst du das?«

»Die Sprache ist Mittel. Formulierungen sind wichtig, gerade in einem Land wie Indien, wo auf Formalien und auch auf Höflichkeit großen Wert gelegt wird. Aber es kommt auf die Inhalte an, darauf, einen Standpunkt zu entwickeln und ihn zu vertreten, und zwar in diplomatischer Weise.«

»Ist dies nicht selbstverständlich?«

»Leider ganz und gar nicht. Es gibt Leute, die drücken sich ihr ganzes Berufsleben erfolgreich darum herum, eine Meinung zu äußern. Bei manchen ist dies auch besser so, denn sie würden nur Schaden anrichten. Sie sind immer bestens über den Status Quo informiert, und danach verhalten sie sich auch.«

Maria kommt auf ihr Thema zurück.

»Ist es nicht so, dass es zumeist als Aufgabe der Frauen angesehen wird, für eine gute Stimmung zu sorgen, während die Männer sich ungehobelt aufführen?« Zwar formuliert Maria ihre Worte als Frage, eigentlich äußert sie einen Standpunkt.

»Ja, leider bestätigt sich dieses Klischee allzu häufig«, antwortet Rose.

»Aber dann handelt es sich doch um einen Fakt, also kein Klischee.«

Rose fühlt sich offenbar nicht angegriffen und antwortet ruhig:

»Als Klischee begreife ich es deshalb, weil Frauen oft selbstverständlich davon ausgehen, dass Männer immer so sind und als müsste es einen anzuwendenden Code oder korrektes Verhalten geben, um die Situation zu verbessern, statt sich einfach dagegen zu wehren. Ich mag das nicht, wenn immer wieder korrektes Verhalten eingespeist werden soll, um Zustände zu ändern, statt sich individuell auseinanderzusetzen.«

»So meinte ich es gar nicht«, widerspricht Maria. »Aber es ist doch nicht zu viel verlangt, anständig miteinander umzugehen.«

»Schon, aber unter Anstand versteht jede und jeder etwas anderes.«

»Aber genau deshalb brauchen wir die Correctness«, entgegnet Maria schlagfertig.

Rose antwortet sofort, als führe sie öfter solche Art Diskussionen:

»Die Regel allein nutzt nichts, wenn wir nicht versuchen, sie umzusetzen.«

»Sag ich doch!« Maria fühlt sich missverstanden.

»Aber wir sind nun mal unterschiedlich erzogen, vertreten unterschiedliche Meinungen, und von daher kann es bei der Umsetzung holpern. Dies gilt es zu akzeptieren oder zumindest zu tolerieren.«

»Du setzt selbstbewusste Menschen voraus, die dies auch können.«

»Nein«, widerspricht Rose, »solche, die es riskieren.«

»Um so mehr ist es eine Frage des Selbstbewusstseins.«

»Da bin ich ganz deiner Meinung. Aber ich erwarte nicht, dass dieses Selbstbewusstsein vom Himmel fällt. Ich muss schon etwas daran arbeiten, am eigenen, meine ich.«

»Aber Frauen leiden ganz oft unter mangelndem Selbstbewusstsein, weil sie so erzogen sind«, wendet Maria ein.

»Ja, so ist es«, stimmt Rose zu. »Aber dies ist keine Entschuldigung, es dabei zu belassen.«

»Leichter gesagt, als getan!« Rose nickt. »Du warst sehr gut in deinem Beruf«, kommentiert Maria bestätigend.

»Weißt du, innerhalb einer Leistungsgesellschaft macht dies Sinn. Fleißige sollen gut bezahlt werden, das ist gerecht. Aber Begabung wird einem vom Schicksal geschenkt. Sicher muss ich etwas dafür tun, dass sie sich entfaltet. Aber eine Leistungsgesellschaft ist letzten Endes niemals fair oder gar gerecht. Einzelne Personen können eine faire Haltung annehmen – dies ist sogar notwendig –, aber der Gesellschaftsvertrag bleibt lückenhaft oder unvollständig und damit auch ungerecht.«

»Dies lässt sich auch auf das Selbstbewusstsein beziehen, von dem du eben sprachst«, meint Maria. »Begabte Menschen haben es bestimmt leichter, das ihre aufzupolieren.«

»Ja, das stimmt«, bestätigt Rose.

»Hast du keine Angst, deine Haltung würde dir als Arroganz ausgelegt?«

»Das kommt vor. Angst habe ich selten, aber häufiger Zweifel. Dann fällt es mir schwer zu unterscheiden, ob ich

Zweifel an meinem Standpunkt oder der Art und Weise habe, wie ich ihn vertrete.«

»Das heißt, du bezichtigst dich selbst der Arroganz?«, fragt Maria.

»Manchmal diskutiere ich mit Männern, die dick auftragen, härter als mit anderen.«

»Das haben sie sich doch selber zuzuschreiben.«

»Im Prinzip schon«, bestätigt Rose, »aber oft sind sie dazu gemacht worden und können selbst nicht aus ihrer Haut raus, wie Frauen auch, baggern wie blöde und müssen unbedingt SUV fahren.«

Dies ist ihr rausgerutscht. Sie hätte ein anderes Beispiel verwenden sollen, denn gestern in Doolin hat sie beobachtet, wie Maria aus einem solchen Auto ausstieg. Diese lässt den Stich kurz in ihrer Mimik erkennen, fährt aber dann gelassen fort:

»Hast du bei deinen Fähigkeiten niemals einen besseren Job haben wollen?«

»Was verstehst du unter einem besseren Job?«, fragt Rose zurück.

»Ich meine eine verantwortungsvollere Tätigkeit«, erklärt Maria, die sich etwas ertappt fühlt.

Greg trottet von der anderen Seite der Weide herüber und hält den Kopf über die Bruchsteinmauer, um sich den Kopf kraulen zu lassen. Maria kommt dieser Erwartung gleich nach, und fast sieht es so aus, als würde Greg zufrieden darüber lächeln.

»Ich wollte zweierlei neben der Tatsache, dass mir meine Tätigkeit Freude machen sollte«, erklärt Rose, »nämlich, dass ich weitgehendst unabhängig arbeiten konnte, und dass ich keinen Beruf ausübte, der mit Machtbefugnissen bezüglich Personalverantwortung ausgestattet war. Macht führt nicht automatisch zu ihrem Missbrauch, aber die Gefahr der Korrumpierbarkeit ist immer gegeben. Ich hätte mich in entsprechend verantwortlicher Position verpflichtet gefühlt, mein Tun immer wieder zu reflektieren. Dies ist schon eine andere Haltung als der beschworene Gang durch die Institutionen.« Sie überlegt kurz. Dann fährt sie fort: »Was die persönliche Verantwortung innerhalb einer demokratischen Gesellschaft angeht, suchte ich mir Tätigkeitsfelder in meiner Freizeit. Ich habe zum Beispiel bei der UN in einem Arbeitskreis für internationale Frauenrechte mitgewirkt.«

Maria ist beeindruckt, nicht nur von den Tatsachen, sondern auch von der Art, wie Rose darüber spricht. Vermutlich hätte Rose nichts darüber gesagt, wenn sie nicht das Thema angeschnitten hätte. Trotzdem fragt sie zweifelnd:

»Ist nicht der Beruf einer Sekretärin sehr von Abhängigkeiten bestimmt, weil es um Zuarbeiten für die jeweiligen Vorgesetzten geht?«

»Das stimmt, ja«, bestätigt Rose zu ihrer Verwunderung gleich, »aber ich betrachtete dies immer als Herausforderung, die Möglichkeiten der Autonomie auszuloten, und die Abhängigkeiten so gering wie möglich zu halten. Dies mag etwas theoretisch klingen, aber ich habe mir bei jeder Aufgabe überlegt, wie ich sie auch unter dem Gesichtspunkt einer möglichen Unabhängigkeit gestalte. Zum Beispiel, was die jeweilige Büroorganisation anging, hatte ich bei allen Vorgesetzten viel Spielraum, denn ich konnte meine Ideen auch in die Tat umsetzen.« Rose überlegt kurz, als wäre sie nicht ganz sicher, ob sie das folgende Beispiel erzählen soll: »Nur bei einer Vorgesetzten war es nicht so leicht.«

»Eine Frau also …«

»Ja, sie meinte in ihrer fürsorglichen Art, alles natürlich gut gemeint, selber bestimmen zu müssen.«

»Und wie hast du reagiert?«, will Maria wissen.

»Ach, ich machte ihr alternative Vorschläge oder sagte besänftigend so was wie, ich mach das schon, was aber nicht gut ankam.«

»Und dann?«

»Ich suchte den Konflikt. Erreichen konnte ich lediglich, dass sie sich zukünftig zurückhielt, sich in meinen Tätigkeitsbereich einzumischen. Immerhin …«

»Bist du geblieben?«

»Ja, bin ich. Ich habe in keiner Arbeitsbeziehung so viel darüber gelernt, was es heißt, Konflikte nicht zu umgehen oder zu vermeiden.«

Das ist doch sehr anstrengend.«

»Ja, das ist es.«

Sie machen Greg für die Wanderung fertig. Er scheint sich über die Abwechslung zu freuen, indem er, wie zur Bestätigung, mit dem Kopf nickt und dabei wieder dreinschaut, als würde er lächeln.

»Hier kannst du deinen Rucksack festschnallen. Es ist gut, wenn das Gewicht auf beiden Seiten etwa gleich verteilt ist. Aber für eine Tagestour nehmt ihr ja nicht so viel Gepäck mit.«

Maria hätte Rose gerne gefragt, wie sie ihren Mann kenngelernt hatte, welchen Beruf der ausgeübt hatte und was die Ursache dafür war, dass sie sich ein solches Altersdomizil leisten konnten. Stattdessen schaut sie auf einen Vogel, der, gar nicht scheu, nur wenige Meter entfernt auf der Mauer sitzt.

»Das ist ein Wiesenpieper«, klärt Rose auf. »Der wohnt hier in der Nähe und kommt jeden Tag mehrmals vorbei.«

Maria schwankt innerlich, weiß nicht, ob sie sich auf den Wiesenpieper, die Landschaft im morgendlichen Sonnenschein, die bevorstehende Wanderung oder auf ihr Gespräch über Roses Leben und Arbeiten konzentrieren soll. Sie ahnt, dass Rose ihr eine wichtige Frage für ihr eigenes Leben beantworten könnte, die sie sich bisher in dieser Klarheit noch gar nicht gestellt hat.

Rose öffnet eine Wanderkarte.

»Ihr müsst von hier aus hinunter zur Straße. Nach einigen hundert Metern zweigt rechts eine kleine Straße ab. Keine Sorge, sie ist nur sehr wenig befahren.«

»Ich will kurz Eric anrufen und ihm sagen, dass wir in wenigen Minuten bereit sind.«

Nach dem Telefonat gehen die beiden Frauen mit Greg am Zügel zur anderen Seite des Hauses, um Sally für die Reise fertigzumachen. Im Gegensatz zu Greg zeigt sie sich nicht besonders einsatzfreudig und muss, wie Rose angekündigt hat, mit Möhrchen gelockt werden.

»Kann alles so glatt gehen in dieser verrückten Zeit, in der nichts mehr stimmt?«, fragt Maria unvermittelt. »Selbst das Klima spielt verrückt.«

»Worauf beziehst du das?«, fragt Rose, obwohl sie ahnt, worauf Maria hinauswill.

»Ich meine, was du mir von deinem Leben erzählst. Du wohnst hier sehr idyllisch, warst erfolgreich in deinem Beruf, bist bestimmt glücklich verheiratet. Kinder und Enkel hast du auch.«

»Ja, unsere Kinder sind beide glücklich verheiratet – soweit ich dies beurteilen kann«, schränkt sie lächelnd ein.

Maria zögert, bevor sie es ausspricht:

»Ich weiß nicht, ob ich skeptisch oder neidisch sein soll. Zu beidem habe ich keinen Anlass, aber es spukt mir durch den Kopf. Und Leute, die so offen über sich und ihren Erfolg reden, misstraue ich eigentlich, und zumeist halte ich sie auch noch für arrogant. Aber wenn ich es recht bedenke, sprichst du gar nicht über deinen Erfolg. Ich bin es, der in Erfolgskriterien denkt. Und für arrogant halte ich dich durchaus nicht.«

»Das ist mir oft begegnet, dass mich Leute, die mich nicht näher kannten, für arrogant hielten, wir sprachen ja eben darüber«, erklärt Rose. »Manchmal frage ich mich auch, ob es nicht besser wäre, statt hier den Eseln Asyl zu geben, auf die Straße zu gehen und mit den jungen Leuten für ein besseres Klima und einen menschlicheren Umgang miteinander zu kämpfen.«

»Du hast gearbeitet und dir einen Ruhestand verdient«, widerspricht Maria.

»Ach, dies sind auch solche Klischees unserer Wohlstandsgesellschaft«, meint Rose. »Du sollst fleißig in der Schule lernen, fleißig deinen Beruf ausüben und alles geben, und dann sollst du dein Rentnerdasein verkonsumieren.«

»Aber du hast doch selbst gesagt … beziehungsweise, du bist ein Bespiel dafür, wie man … ich meine, wir Frauen es richtig machen.«

»Aber ich habe es nicht aus dieser Motivation heraus gemacht. Jedenfalls bilde ich mir dies ein. Nein, ich bin mir dessen eigentlich sicher«, verbessert sie sich. »Ich habe vorhandene Möglichkeiten genutzt, um möglichst meins zu machen, und es fair zu machen. Aber kein Mensch kann dem entkommen, wie eine Gesellschaft organisiert ist und welchen Einfluss das Politische hat. Ich meine nicht, davor kapitulieren zu müssen. Aber es ist kaum möglich, dieser Konsumfalle – welch blödes Wort – zu entkommen.«

»Aber bist du nicht mit deinem Leben hier aus dieser Konsumfalle ausgestiegen?«

»Bestimmt nicht!«, entgegnet Rose sofort. »Aussteigen, das ist in einer globalen Welt nicht mehr möglich, auch nicht, wenn man an der Westküste Irlands lebt. Das Gegenteil ist eher der Fall.« Sie denkt eine Weile nach, dann fährt sie fort: »Manchmal denke ich, Menschen verlernen es immer mehr, als Individuen zu entscheiden. Sie warten auf ein besseres Weltgewissen, dem sie sich anschließen können. Sie wollen weiterhin fliegen und ein großes Auto fahren und sind beruhigt, wenn das Kerosin höher besteuert wird, und das neue Auto zwei Liter weniger auf hundert Kilometer verbraucht.«

»Das ist aber ein hartes Urteil«, meint Maria und ist sich nicht mehr sicher, ob sie Rose nicht doch für etwas arrogant halten soll.

Sie sieht Simon in die Straße einbiegen und winkt ihm zu. Die beiden Mädchen winken vom Rücksitz aus. Er stellt seinen Geländewagen auf einem Grasstreifen am Straßenrand ab.

»Can I parc the car here?«, ruft er herüber.

»Sie können ihn in die Einfahrt stellen«, antwortet Rose, der Traktor von O'Hara kommt sonst da nicht vorbei.«

Am Nachmittag sitzen Rose und Thomas auf der Mauer vor dem Haus.

»Heute Vormittag waren der Leuchtturm und das Wrack klar zu erkennen«, sagt Rose und legt die Hände in den Schoß. »Jetzt versinken sie wieder im Nebel.«

»Ich kann mich noch immer nicht daran gewöhnen, dass der Nebel hier so oft nachmittags aufkommt. Von zu Hause her verbinde ich ihn immer mit dem Morgen.«

»Bist du immer noch mit unserer Wahl zufrieden, an die Westküste zu gehen?«, fragt sie.

»Bin ich«, antwortet er ohne zu zögern.

»Empfindest du Glück?«, fragt sie weiter.

»Ja«, antwortet er sofort. »Ich bin glücklich mit dir – jetzt und hier.«

»Ja«, sagt sie, »mit dem Glück, das ist so eine Sache. Man sollte es bemerken, wenn es sich gerade mal ereignet.«

Sie schweigen eine Zeit lang und schauen zur Insel hinüber.

»Hast du dich in meiner Gegenwart mal schwach gefühlt?«, will sie unvermittelt wissen.

Er denkt eine Weile nach und befürchtet dabei nicht, dass ihn sein Nachdenken verrät.

»Ja, habe ich, aber du warst nicht der Grund für meine Schwäche.« Dann sagt er noch: »Wenn ich mich so fühlte, war es eigentlich keine Schwäche. Eher war ich im Zweifel mit mir, und diesen wollte ich nicht vor dir verbergen. Warum auch? Als Junge habe ich diese Gefühle nicht nur vor anderen zu verbergen versucht, sondern auch vor mir selber, was mir nie so gut gelungen ist.«

Sie nickt und nimmt zärtlich seine linke Hand.

Eine Nebelschwade verdeckt jetzt die Inseln.

»Ist das falsch?«, fragt er.

»Was?«

»Die Art und Weise, wie wir leben. Es kann doch nicht sein, dass es uns in dieser verrückten, grausamen Welt gut geht.«

»Morgen haben wir Zweifel, übermorgen zanken wir uns wegen einer Kleinigkeit, machen uns Sorgen um unsere Kinder, vertragen uns wieder, wettern über die Politik, sind traurig über die Armut in der Welt, über das Artensterben, über die Klimakatastrophe.«

»Schon gerät die Stimmung ins Wanken. Selbst die Häuser da vorn verwinden im Nebel.«

»Der Leichtigkeit des Seins ist niemals wieder zu trauen«, sagt sie. »Ich muss ständig daran denken. Es trifft mich persönlich ... Wir haben durch unsere Lebensweise das Dilemma dieses Planeten mit verursacht.«

Sie senkt den Kopf.

»Ich habe Angst vor der Zukunft«, bekennt sie.

»Ja, ich auch.«

Wie werden unsere Kinder und Enkelkinder damit fertig?«

»Ich möchte mir gerne einreden, dass sie stark und tatkräftig sind, dass sie Alternativen finden, und dass sie sich wehren gegen dieses Weiter-So.«

Sie schweigen wieder und starren in den immer dichter werdenden Nebel.

»Kann Hoffnung ein Prinzip sein?«

Sie überlegt mit ihm.

»Ich finde, es ist möglich«, sagt sie nach einiger Zeit. »Aber ich möchte sie lieber bei mir ergründen. Ich meine, ich will erkennen, wenn sie ins Schwanken gerät oder wann und warum ich sie immer wieder schöpfe. Sie einfach zum Prinzip zu erklären, erscheint mir zu einfach für die Bewältigung aktueller Lebenssituationen.«

»Aber als Grundsatz, als innere Gewissheit ist sie mir schon wichtig«, meint Thomas.

»Ich glaube, ich verstehe, was du meinst. Aber von einem rein philosophischen Standpunkt aus liegt mir das Prinzip als Prinzip zu nah an der christlichen Morallehre.«

»Ja, da stimme ich unbedingt zu«, sagt er lächelnd. »Wobei ich gar nichts gegen die christliche Morallehre habe. Aber was die Priesterkirche damit anstellt, gefällt mir ganz und gar nicht.«

»Da spricht auch der gute, alte Heinrich Böll«, ergänzt Rose. »By the way, wir könnten mal wieder hinauf nach Achill-Island fahren.«

»Gute Idee!«

Sie lassen ihren Blick wieder über die Bucht schweifen.

»Hast du diese Leute eingeladen?«, fragt er nach einer längeren Pause.

»Nein, aber womöglich laden sie uns in den Pub ein. Die Frau ist sehr sympathisch. Aber ich weiß nicht, ob ich es wirklich möchte.«

Am späten Nachmittag ruft Maria an und lädt sie tatsächlich für den Abend in den Pub ein. Rose schlägt vor, sich heute nicht bei O'Connor's in der Fisherstreet zu treffen, sondern nach Roadford zu Macgann's oder McDermot's zu fahren.

Die Leute sitzen bereits dicht gedrängt auf niedrigen Hockern oder Holzbänken. Hin und wieder werden weitere Schemel über die Köpfe der Anwesenden gereicht, und die Leute rücken weiter zusammen, um neu Ankommenden Platz zu machen. An der Theke hat sich eine lange Schlange von Leuten gebildet, die Getränke bestellen. Eine Reisegruppe von Frauen aus Australien ist vor einer halben Stunde angekommen. Zwei Frauen haben sich an ihren Tisch gesetzt und berichten von ihrem Ausflug in den Burren. Sie zeigen Fotos auf ihren Mobiltelefonen, die sie vom Poulnabronne-Dolmen gemacht haben. Thomas unterhält sich kurz mit der Frau mit dem gelockten, langen Haar, die das Essen aufträgt.

»Das ist Geraldine«, sagt er, als er sich wieder gesetzt hat. »Sie ist Sängerin und wird nachher mit einigen Musikern aus der Gegend auftreten.«

Maria schaut sich die vielen Plakate und Fotos an den Wänden an, Aufnahmen lokaler Musiker oder bekannter Interpreten und Folkbands. Die Mädchen haben sich mit einer Limonade nach draußen verzogen.

»Was machen Sie ... ich meine, was machst du hier so den ganzen Tag?«, will Simon von Thomas wissen.

Der zuckt kurz mit den Schultern.

»Ich gehe am Meer spazieren, wandere im Burren, beobachte Vögel, arbeite im Garten, striegele und füttere die Esel, lese oder schreibe.«

»Du schreibst?«, fragt Simon zurück, obwohl er Thomas verstanden hat. Dieser nickt beifällig. »Was schreibst du?«

Thomas zögert, als sei ihm diese Frage zu persönlich.

»Ich befasse mich seit einiger Zeit mit der Geschichte der IRA?«

»Die IRA?«, fragt Simon skeptisch zurück, obwohl er Thomas wieder gut verstanden hat.

Die Geräuschkulisse im Pub ist durch die vielen Leute und die niedrigen Decken ziemlich heftig, weshalb man recht laut reden muss, um einander zu verstehen. Thomas hebt beschwichtigend die Hand, als sei ihm das Thema in dieser Umgebung unangenehm.

»Das interessiert mich«, meint Simon.

»Lass uns später darüber reden«, schlägt Thomas vor.

»Geraldine hat in den Siebzigern in einer Band namens Oisin gespielt«, erzählt Rose gerade Maria.

»Und sie hatte mal einen Pub in Hannover. Habe ich gerade gegoogelt«, ergänzt diese.

Als das Essen gebracht wird, ruft Simon die Mädchen herein, die sich zwischen sie und die Australierinnen quetschen. Sie erzählen begeistert von ihrer Tour mit den Eseln. Übermorgen wollen sie eine Tour alleine mit Sally und Greg machen.

Kurz nach dem Essen beginnt die Session. Ein Banjo-Spieler aus der Gegend, der jeden Abend in einem der drei Pubs spielt, wie Thomas erklärt, und ein Gitarrist, der mit seinen langen Locken aussieht, als wäre er eben den späten Sechzigern oder frühen Siebzigern entsprungen, spielen Jigs und Reels. Später kommt Geraldine dazu und singt einige Lieder, nicht nur Traditionals, auch Songs von Dylan, Joani Mitchell oder Gordon Lightfood. Bei den Tanzstücken begleitet sie die Männer am Bodhran. Im Laufe des Abends spielen sie diese Stücke immer schneller. Fast scheint es, als würde sich Kevin, der Banjo-Spieler, in einen Rausch hineinspielen. Seine Finger huschen nur so über die Saiten, und er wagt immer riskantere Melodieläufe. Der Gitarrist schlägt nur noch die Akkorde an, sonst würde er gar nicht den Takt halten können. Manchmal unternimmt Kevin kleine Ausfälle, indem er die Melodie phrasiert oder ein Zwischenspiel einlegt oder einfach zwei Stücke miteinander verbindet, um das Ganze einige Zeit später wieder aufzulösen und zum ursprünglichen Stück zurückzukommen. Auf dem Höhepunkt der Session erheben sich alle von den Plätzen und schauen gebannt dem frenetischen Spiel zu.

Nachher schlägt Thomas vor, mit den halb vollen Gläsern nach draußen zu gehen. Die Mädchen beschließen, zu Fuß zu ihrem B&B zu gehen, das nicht weit entfernt liegt.

»Das war toll!«, meint Maria, und die anderen bestätigen diesen Eindruck.

Simon fragt Thomas, wie er zu der Beschäftigung mit der IRA gekommen sei.

»Sind das nicht alles Terroristen?«, fragt er weiter, ohne Thomas Antwort abzuwarten, aber es klingt mehr wie eine Behauptung.

»Nein, so ist es nicht«, antwortet Thomas und spürt ein

gewisses Widerstreben, die Gründe dafür zu benennen. Er kann es nicht leiden, wenn andere Menschen Aussagen treffen, die sie nicht belegen, und er sich in die Situation gebracht fühlt, sich rechtfertigen zu sollen.

Simon sieht ihn forschend an, als warte er darauf, dass Thomas Weiteres ausführe.

»Und wenn sie Terroristen sind, haben sie in den wenigsten Fällen als solche angefangen«, erklärt dieser schließlich.

»Hast du einen Forschungsauftrag?«, fragt Simon.

»Bewahre«, meint Thomas beschwichtigend. »Was ich tue, kann auch nicht als Forschung bezeichnet werden. Mich interessieren die Einzelschicksale und in diesem Zusammenhang, wann und wodurch sich Leute in welcher Weise radikalisieren.«

»Aber das ist doch Forschung!«, beharrt Simon.

»Forschung hat immer eine Art Umfassungsanspruch, also möglichst aus allen zugänglichen Quellen zu schöpfen, um ein Phänomen zu ergründen. So verstehe ich es jedenfalls.«

»Also handelt es sich eher um eine journalistische Arbeit?«, insistiert Simon weiter.

Rose meint zu spüren, dass Thomas diese Fragen unangenehm sind, entweder, weil ihn die Bezeichnung seines Tuns nicht interessiert, oder weil er sich nicht festlegen lassen will.

»Nein, mit Journalismus hat es nur am Rand zu tun.«

»Irgendwann, falls du es veröffentlichen willst, wirst du es einer Sparte zuordnen müssen.«

Thomas nickt, ohne weiter darauf einzugehen.

»Aber die IRA hat doch Terroranschläge gemacht?«, fragt er rhetorisch.

»Ja, hat sie«, antwortet Thomas kurz.

»Also ist es eine terroristische Organisation!«, meint Simon, feststellen zu müssen.

»Worauf willst du hinaus?«, fragt Thomas schroff.

»Ich will auf gar nichts hinaus«, antwortet Simon. »Wenn es sich um Terroristen handelt, muss man sie auch so benennen.«

»Wenn es das ist, was dich an diesem Thema interessiert, kannst du dies natürlich tun«, bestätigt Thomas.

»Bist du denn nicht dieser Meinung?«, insistiert Simon weiter.

»Mich interessiert, wie ich schon sagte, was Menschen dazu führt, sich zu radikalisieren, die persönlichen, die gesellschaftlichen, die politischen Umstände.

»Du weichst meiner Frage aus«, beharrt Simon.

»Das mag sein«, antwortet der Angesprochene. »Es ist deine Frage. Möglicherweise bin ich unhöflich, wenn ich deine Frage nicht beantworte. Mich interessiert sie nicht sonderlich.«

»Könnten wir nicht das Thema wechseln?«, schlägt Maria vor.

»Aber du wirst doch irgendwann auf die Frage stoßen, wenn du dich mit diesem Thema beschäftigst.«

Thomas nickt.

»Das kann schon sein.«

»Ich werd da nicht schlau draus«, erklärt Simon kopfschüttelnd.

»Dann bleibst du eben dumm«, entfährt es Thomas spontan.

Er ärgert sich sofort über sich selbst, dass ihm dies herausgerutscht ist. Zugleich fühlte er sich durch Simons Fragerei provoziert und musste sich Luft machen.

»Nun kriegt euch doch mal ein!«, fordert Maria.

»Du nimmst mich wohl nicht ernst«, meint Simon.

»Ich meine eher, dass du mich nicht ernst nimmst. Sonst könntest du dich damit zufriedengeben, wie ich mein eigenes, selbst gestelltes Thema anfasse.«

»Aber das ist noch lange kein Grund, mir an den Kopf zu werfen, dass ich dumm bleiben würde.«

»Ihr könntet nun wirklich das Thema beenden«, fordert auch Rose.

»Was für mich ein Grund ist, dies oder jenes zu tun, entscheide ich selber«, beharrt Thomas verärgert.

Rose legt ihm beschwichtigend die Hand auf den Arm.

»Nun lass mal, Tom«, sagt sie sanft.

»Aber er hat doch anfangen …«

Jungs im Sandkasten, will Maria sagen, aber sie verkneift sich diese Bemerkung.

»Ich hab nur mal gefragt, weil mich das Thema interessiert«, widerspricht Simon.

»Mein Thema interessiert dich überhaupt nicht«, blafft Thomas zurück. »Du willst lediglich deine Vorurteile auf meine Kosten loswerden.«

»Haben wir nicht noch einen Kosakenzipfel, den wir teilen könnten«, versucht Maria es mit einer witzigen Bemerkung und um etwas abzulenken. Als die Mädchen noch jünger waren, funktionierte eine solche Intervention fast immer, erinnert sie sich.

»Ich weiß nicht viel über die IRA«, versucht Simon einzulenken. »Aber seit wir in Irland sind, stoße ich immer wieder auf das Thema. Und mich hätte deine Meinung interessiert, wie du die IRA einschätzt.«

Er versucht, Thomas freundlich auffordernd anzuschauen.

»Kein Kommentar!«, antwortet dieser nur schroff.

»Warum schlägst du sein Friedensangebot aus?«, fragt Maria, eher zugewandt, denn vorwurfsvoll.

»Ich denke, ihr habt euch da etwas verrannt«, meint Rose und sieht beide abwechselnd an. »Wir kriegen das jetzt wohl nicht geklärt.« Sie schaut Maria an und meint lächelnd: »Ich hätte jetzt auch Lust auf einen Kosakenzipfel.«

Mit dieser Bemerkung entlockt sie sogar Thomas ein vorsichtiges Grinsen.

»Was haltet ihr von der Idee, uns bei Sonnenaufgang an den Cliffs zu treffen?«, fragt Maria spontan. »Das wollte ich schon machen, seit wir hier sind.«

»Das ist eine gute Idee«, stimmt Rose sofort zu. Die beiden Männer schließen sich mit einem schweigenden Nicken dem Vorschlag an.

Als sie sich am frühen Morgen an der Brücke zur Fisherstreet treffen, ist es noch fast finster. Rose und Thomas kennen eine Einfahrt zu einer Weide an einer weniger steilen Stelle, wo sie das Auto parken können. Von dort gehen sie zu Fuß weiter. Inzwischen dämmert es. Sie gehen schweigend hintereinander auf dem schmalen Pfad. Fast stolpern sie über ein Paar, das sich, in ihre Schlafsäcke vermummelt, an eine windgeschützte Stelle neben die Stufen gelegt hat, die an dieser Stelle nach rechts abbiegen. Jetzt sind einige Lichtstreifen zwischen den Wolken über dem Meer zu erkennen. Die Felsen heben sich als dunkle Konturen von Himmel und Meer ab. Bald sind sie auf der höchsten Erhebung angekommen. Von unten hören sie Möwenschreie und die Brandung des Meeres, das gegen die Felsen anbrüllt.

Der Himmel über ihnen färbt sich in unterschiedliche Rosa-, Rot- und Orangetöne. Auf einen zu bewundernden Sonnenaufgang werden sie heute vergeblich warten. Mit zunehmender Helligkeit nimmt das Möwengeschrei aus der Tiefe zu. Dann lassen sich einige Vögel in ihrer unmittelbaren Nähe nieder. Auch ein Sturmvogel ist dabei, für diese Jahreszeit ungewöhnlich. Plötzlich deutet Maria auf eine Stelle schräg hinter dem spitzen Felsen, der einsam aus den Wellen ragt.

»Delphine!«

»Ja, ich sehe sie auch.«

Rose holt das Fernglas aus ihrer Tasche. Nachdem sie kurz hineingeblickt und die Scharfeinstellung vorgenommen hat, reicht sie es herum. Eine Schule von Tümmlern, etwa zwanzig Tiere, schwimmt in südlicher Richtung vorbei. Ihre Körper glänzen im frühen Sonnenlicht, wenn sie aus dem Wasser stoßen.

»Ja«, sagt Simon nur, freudig erregt, mehrmals hintereinander.

Nachher bleiben sie noch lange schweigend und innerlich erfüllt stehen. Auch wenn sie nichts sprechen, ist Rose der Überzeugung, ohne sich diesen Gedanken bewusst zu machen, dass alle vier dasselbe empfinden.

Später am Vormittag blickt Thomas hinüber zur Eselsweide. Rose öffnet gerade das Gatter und die Esel kommen ihr freudig entgegen. Er stellt seinen PC auf Ruhezustand und geht zu ihr hinunter. Sie hat gerade begonnen, Greg zu striegeln.

»Manchmal brauche ich körperliche Arbeit«, sagt sie. »Meine Eltern auf ihrem Bauernhof mussten immer etwas tun. Ferien kannten sie gar nicht, und Feierabend war erst, wenn alle Tiere versorgt waren. Wenn ich nicht ab und zu etwas Zupackendes mache, bekomme ich regelrecht Schuldgefühle.«

Thomas nickt.

»Ja, das kenne ich auch. Deshalb werde ich jetzt mal hinter dem Haus den Wegrand mähen. Weißt du, wo die Sense steht?«

»Sie hängt unter dem Vordach am Schuppen.«

Während sie Greg mit einer Bürste durch die Mähne fährt, dem dies offensichtlich gefällt, denkt sie an die glänzenden Körper der auftauchenden Delphine in der frühen Sonne.

Marc liebt Julia

Dies jedenfalls behauptet Marcs bester Freund Lukas.

Marc selbst empfindet dies auch so, aber manchmal überfallen ihn plötzlich Unsicherheiten, und er fragt sich, ob er Julia wirklich liebt.

Julia ist sich sicher, dass sie Marc liebt, aber manchmal fragt sie sich, ob er sie wirklich liebt.

Julias Mutter glaubt, dies sei nur eine Schwärmerei ihrer Tochter, sie sei noch viel zu jung für die Liebe. Marc hält sie für einen Aufschneider.

Marcs Vater behauptet, er glaube gar nichts, außer dass ein gutes Stück Fleisch gekocht eine gute Fleischsuppe gibt.

Julias Vater ist von der gegenseitigen Liebe des Paares überzeugt, aber er sagt auch, die Liebe sei wie ein flatternder Schmetterling, mal hier, mal dort.

Marcs Mutter sagt nichts dazu.

Julias zweitbeste Freundin Sue meint, Julia und Marc passten irgendwie nicht zusammen, ohne dass sie dies näher begründen könne.

Julias beste Freundin Iris behauptet das Gegenteil, auch irgendwie.

Marcs Oma sagt öfter: »Jetzt lasst die Kinder doch mal!«

Julias Oma mütterlicherseits ist immer anderer Meinung als ihre Tochter. Sie spricht von Einwänden, die sie habe.

Marcs Kumpel Mick aus dem Fußballverein findet Julia klasse. Deshalb ist er überzeugt, dass Marc sie liebt.

Marcs anderer Kumpel Ben weiß nicht, dass Julia und Marc ein Paar sind. Jedenfalls glaubt dies Marc.

Julias Tante Freda verliebt sich öfter. Sie ist überzeugt, dass Julia Marc liebt, möglicherweise deshalb.

Julias etwas jüngere Cousine Tania regt das Thema auf. Sie schaut regelmäßig eine Fernsehserie, in der sich dauernd Leute verlieben und bald wieder trennen.

Pitt, ein Freund von Marcs älterem Bruder Kevin, behauptet, die Menschen legten auf die Liebe ein viel zu großes Gewicht, es komme doch viel mehr auf Zusammengehörigkeit an.

Kevin meint, ihm stünde keine Meinung zu, dies sei nur eine Sache zwischen Julia und Marc.

Julia hat sich immer eine große Schwester gewünscht, die sie in diesen Fragen beraten würde.

Was ihre jüngere Schwester Marie denkt, gibt sie vor, sie nicht zu interessieren.

Marie behauptet, Marc würde sich bestimmt bald eine andere suchen.

Marc liebt Julia.

Marcs Mitschüler Sven hat diesen Satz in roter Farbe an die Gartenmauer eines Wohnhauses gegenüber der Schule gesprüht. Am Nachmittag desselben Tages war die Schrift mit weißer Farbe übermalt.

Marc behauptet, Sven habe gelogen, und dies habe nie dort gestanden.

Die wahre Geschichte von Kain und Abel

Ältere Brüder werden dieses Gefühl kennen, wenn der jüngere geboren wird und ihm alle Aufmerksamkeit zuteilwird. Sie fühlen sich vom Thron gestoßen. Zudem wissen sie gar nichts mit diesem kleinen Balg anzufangen, der die meiste Zeit des Tages verschläft oder greint, weil er Hunger oder die Windel voll hat.

So erging es wohl auch Kain mit seinem jüngeren Bruder Abel. Als die beiden Brüder alt genug waren, um ihre Eltern zu unterstützen, gingen sie arbeitsteilig vor, indem Kain die Feldarbeit übernahm und Abel die Schafherde des Clans hütete.

Von ihren Eltern, Adam und Eva, hatten die Jungs gelernt, dass mit Gott nicht zu spaßen war. Der hatte diese damals kurzerhand aus dem Paradies geworfen, nachdem sie von den verbotenen Äpfeln der Erkenntnis gegessen hatten. Trotz dieser Kündigung der Aufenthaltserlaubnis erwartete Gott weiterhin Respekt und regelmäßige Opfer, drohte gar damit, weitere Unterstützung zu verweigern, falls diese ausblieben.

Die Brüder hielten sich an diese Forderung, nicht etwa, weil sie diesem Deal zustimmten – zudem wären sie gar nicht nach ihrem Einverständnis gefragt worden –, sondern weil sie Gottes Rache fürchteten.

Abel, der Hirte, opferte regelmäßig ein Schaf, sein Bruder Kain von den Erträgen des Feldes. Nun geschah es, dass Gott auf das Opfer des Jüngeren mit Wohlgefallen blickte, während er das des Älteren verschmähte. Wenn er, Gott, schon im Gegensatz zu anderen Göttern auf Menschenopfer verzichtete, war ein Tier das Geringste, was er als Opfer anerkannte. Was sollte er mit diesen billigen

Feldfrüchten? Kain war sich durchaus dieses Frevels bewusst, denn er und Gott kannten einander gut. Schließlich war auch er nach dessen Ebenbild erschaffen. Aber Kain hatte darauf spekuliert, mit dem Opfer der Feldfrüchte bei Gott durchzukommen. Schließlich musste er seine Familie ernähren und brauchte etwas Überschuss zum Handeln und für neue Investitionen. Zudem musste Gott sich nicht wundern, wenn sein Einfluss sich geschmälert hatte, nachdem er die Menschen, nun ausgestattet mit freiem Willen, aus dem Paradies entlassen hatte. Schließlich waren sie selbst für ihr Schicksal verantwortlich. So dachte Kain im Stillen, denn er befürchtete, dass Gott in seiner Allmacht auch seine Gedanken las.

Kurzum, Kain fühlte sich von Gott ungerecht behandelt. Aber da er gegen diesen nichts ausrichten konnte und sich schon gar nicht getraute, sich mit ihm anzulegen, verlagerte er seinen Groll auf seinen Bruder Abel. Wenn er diesen aus dem Weg räumte, war der nicht mehr länger Konkurrent in seinem Deal mit Gott. Da er stärker war als sein Bruder Abel, hätte er seine Wut auch loswerden können, indem er ihn ordentlich verprügelte. Aber schließlich hatte Gott selbst gesagt: An ihren Taten werdet ihr sie erkennen. Obwohl Kain genau wusste, wie Gott diesen Satz verstanden wissen wollte, interpretierte er ihn so um, dass Handeln besser sei als Nichtstun, was in diesem Falle hieß, statt seine Wut auf Abel zu erkennen und sie anderweitig auszuleben, indem er ihm zum Beispiel ein Schaf wegnahm, einen Knüppel zu ergreifen und ihn in seinem Jähzorn, der sich in eine regelrechte Raserei gesteigert hatte, zu erschlagen. So der Tatmensch Kain.

Danach fühlte er sich erleichtert. Obwohl Gott die zehn Gebote erst viele Generationen später verkünden ließ, überkamen Kain bald heftige Schuldgefühle, nachdem seine Raserei abgeklungen war. Ob seiner Schuld dachte er weniger an die Strafe Gottes, sondern daran, wie er vor seine Eltern treten sollte. Ihnen gegenüber musste er seine Tat unbedingt verbergen.

Obwohl Gott in seiner Allmacht alles wusste, stellte er Kain zur Rede und fragte: »Was hast du getan?« Und obwohl Kain genau wusste, dass Gott wusste, verleugnete er die Tat, wie Kinder es ihren Eltern gegenüber tun, weil das Eingeständnis der Schuld fast genauso schlimm wiegt wie die Tat selber. Und wer ohnehin für seine Tat bestraft werden wird, braucht nicht auch noch Reue zu heucheln.

Selbstverständlich kannte auch Gott sich mit diesen Zusammenhängen aus. Zudem hatte er die Menschen in all ihrer Fehlbarkeit erschaffen und sie in die Freiheit entlassen. Sie mussten selbst über Gut und Böse entscheiden. Strafen trugen diesbezüglich wenig zu Verhaltensmodifikationen bei. Und was Gott in seiner grenzenlosen Weisheit auch wusste: Wenn die Menschen vorher nachdachten und ihr böses Tun daher unterließen, machten sie ihn beziehungsweise er sich überflüssig. Warum sollten sie ihm zukünftig Opfer bringen, wenn die Menschen sich unabhängig von ihm machten beziehungsweise wenn er, Gott, kaum mehr Gründe haben würde, sie zu bestrafen? Und zudem: Wie sollten Menschen ohne eine gewisse Robustheit in dieser rauen Welt außerhalb des Paradieses, wo der Wolf nicht mehr beim Lamm lag, sondern es auffraß, zurechtkommen? Gott dachte in seiner Allwissenheit auch an zukünftige Generationen, die nicht nur aus sanftmütigen Abels bestehen konnten, sondern auf die körperliche Präsenz von Kains angewiesen waren, die nicht weiter nachdachten, sondern handelten.

Er musste die Menschen erst mal gewähren lassen, damit sie sich vermehrten. Die zehn Gebote konnte er später immer noch einführen. Deshalb ließ er Kain, was dessen Strafe anging, vergleichsweise harmlos davonkommen. Nicht nur dies, stellte er ihn sogar unter seinen besonderen Schutz. Stattdessen baute er eine Art Sicherheitscode ein: Nicht nur die bösen Werke galten ihm als sündhaft, sondern neben diesen auch die Gedanken und Worte. So blieben die Menschen in ihrer Fehlbarkeit weiters an ihn gebunden. Auch wenn sie Kriege führten, andere Menschen beraubten und üble Reden führten, wussten sie Gott auf ihrer Seite, wenn sie es in seinem Namen taten.

Der Französischlehrer

Nachdem Christian, der ehemalige französische Kriegs-
gefangene, seine Eltern in den Fünfzigerjahren auf dem
Bauernhof in ihrer Heimat Kärnten besucht hatte – die
Eltern seiner Mutter, die den Hof betrieben hatten, lebten zu diesem Zeitpunkt bereits nicht mehr –, hatte Bert
beschlossen, Französisch zu lernen. Später hatte er in
Graz Französisch, Geschichte und katholische Theologie
auf Lehramt studiert. Nach dem Studium fand er eine
Anstellung an einem neusprachlichen Gymnasium in Vil-
lach.

Im Kollegium galt Bert als höflich und zurückhaltend.
Bei den Schülerinnen und Schülern war er beliebt. Stets
kam er gut vorbereitet in den Unterricht. Seine Freundlichkeit und mangelnde Strenge wurde aber auch von
einigen der älteren Schüler ausgenutzt. Als sich dies herumgesprochen hatte, zog er sich einige befremdliche
Blicke im Lehrerzimmer zu, was er jedoch kaum bemerkte, oder dessen Ursache er nicht auf sich bezog.
Auch sprach ihn niemals jemand aus dem Kollegium
darauf an. Es war nicht üblich, sich in die Unterrichts-
methoden oder die Haltungen, den Schülerinnen und
Schülern gegenüber, einzumischen. Er wurde oft gefragt,
ob er Klassenfahrten nach Frankreich begleiten würde,
was er gerne tat, da er allein lebte und somit niemand zu
Hause auf ihn wartete.

Zu Beginn seines fünften Jahres an der Schule wurde
eine junge Kollegin für Erdkunde und Biologie angestellt. Im Lehrerzimmer, wo alle feste Plätze einnahmen,
hatte sie sich den freien Stuhl neben ihm ausgesucht. Hin
und wieder kamen sie während der Pausen ins Gespräch.

Sie fragte ihn um Rat über methodische Dinge, beispielsweise wie sie ein neues Thema vorstellen sollte. Einmal ließ sie sich von ihm zeigen, wie das Matrizengerät zu bedienen war.

Als er sie in einer Pause zwischen zwei Unterrichtsstunden auf dem Gang traf, sah er sich vorsichtig um, und als er sicher war, dass sie niemand hören konnte, fragte er, ob er sie an einem Samstagabend zum Essen einladen dürfe. Sie willigte sogleich ein. Erst unmittelbar danach, als er in den Gang zu seiner nächsten Klasse einbog, wurde ihm bewusst, wie viel Überwindung ihn diese Frage gekostet hatte. Seine Aufregung darüber registrierte er jedoch nicht, auch weil er sie sich nicht hätte erklären können. Es war doch nichts dabei, seine Kollegin, die er ja nun schon seit einigen Wochen kannte, zum Essen einzuladen. Warum sich also aufregen? Man hielt ihn inzwischen nicht nur für zurückhaltend, sondern auch für schüchtern. Ihm selbst wäre dies niemals in den Sinn gekommen. Er dachte nicht einmal über solche Dinge nach. Er zählte sich zu den Normalen. Dies sollte genügen.

Beim Essen sprachen sie über Frankreich, französisches Essen, die Unterschiede zwischen regionalen Küchen, über französische Geschichte, auch über unterschiedliche Mentalitäten von Franzosen, Österreichern und Deutschen. Sie erzählte von ihrem Erdkundeunterricht über Frankreich in der Mittelstufe. Von da kamen sie auf die Geschichte des Elsass und weiter, dass der Rhein vor seiner Bändigung in der Neuzeit sich oft nach Überschwemmungen ein neues Bett gesucht und dabei ganze Dörfer weggeschwemmt hatte. Irgendwann im Laufe dieses Abends, jedenfalls nicht vor dem Nachtisch, waren sie übereingekommen, einander mit Du anzusprechen. Sie hieß Mathilde.

Als eine Lehrerin für eine Klassenfahrt nach Straßburg gesucht wurde, bot sich Mathilde spontan an, mitzufahren. Der Direktor hatte bereits mit ihrer Zusage gerechnet, bevor er offiziell angefragt hatte.

Wie üblich bei Klassenfahrten beaufsichtigte die Kollegin in der Unterkunft die Zimmer der Mädchen, er die der Jungs. Der Kollege Reuter als der nur wenig Ältere erklärte sich wie selbstverständlich verantwortlich für die Disziplin. Am dritten Abend fand Bert einen Zettel, der in der Nacht unter der Tür seines Zimmers durchgeschoben worden war. Bert ist verliebt in Mathilde, stand darauf.

Nach dieser Klassenfahrt galten sie im Kollegium als Paar. Dies war beiläufigen Bemerkungen zu entnehmen, die eine Kollegin oder ein Kollege im Lehrerzimmer fallen ließ. Sie unternahmen gemeinsame Ausflüge, fuhren im Sommer zu einem der Seen in der näheren Umgebung zum Baden und luden sich gegenseitig zum Essen ein.

Für die Sommerferien hatten sie eine Reise nach Burgund geplant. Er freute sich darauf, ihr die Weinberge, die Flusstäler, die Orte und die romanischen Kirchen, oft in fast jedem kleinen Dorf, in dem die Zeit stehen geblieben zu sein schien, zu zeigen. Sie übernachteten in kleinen Hotels auf dem Land. Größere Städte mieden sie.

Einige Wochen, nachdem sie von dieser Reise zurückgekehrt waren, wurde Bert von einem Mitarbeiter der Volkshochschule angefragt, ob er nicht zu unterschiedlichen Themen, Frankreich betreffend, Vorträge halten oder Seminare geben wollte. Er nahm dankend an.

An einem Abend im Oktober rief ihn Mathilde abends an, um ein Treffen für den nächsten Tag abzusagen. Sie nannte keine Begründung. Bei ihrer nächsten Begegnung außerhalb der Schule verhielt sie sich auffällig distanziert, vermied jegliche körperliche Berührung. Zwar fiel Bert dies schnell auf, auch ihr veränderter, scheuer Blick, aber er führte dies auf eine Begebenheit ihres Alltags zurück, dem er weiter keine Beachtung schenkte. Als ihm schließlich bewusst wurde, dass sich etwas verändert hatte zwischen ihnen, war es bereits zu spät für ein Einlenken.

Während eines Abendessens in seiner Wohnung teilte sie ihm mit, dass sie mit Reuter zusammen sei. Bert wusste nichts darauf zu sagen, nickte nur stumm. Sie trafen sich nicht mehr.

Er dachte darüber nach, wie es zu dieser Trennung gekommen sei, beziehungsweise warum ihre Verbindung nicht weiter fortgeschritten war. Nach reiflicher Überlegung kam er zu dem Schluss, das Schicksal habe einfach so entschieden. Weiteren Überlegungen oder Gefühlen verschloss er sich. Dieses Verschließen war jedoch keine bewusste Entscheidung, er merkte nicht einmal, dass er es tat. Eher fasste er es so auf, dass etwas zu Ende war, bevor es begonnen hatte, eine feste Form anzunehmen. Dies würde er hinnehmen.

Auch wenn keine der drei Personen etwas verlauten ließ, sprach sich die Sache schnell herum. Bert spürte deutlich wie vielleicht niemals vorher in seinem Leben, wohl auch deshalb, weil ihm nie so viel Aufmerksamkeit zuteilgeworden war, dass er beobachtet wurde und dass man hinter seinem Rücken tuschelte. Er musste sich nicht besonders disziplinieren, sich nichts anmerken zu lassen. Seine Schüler, in diesem Fall auch die Schülerinnen, schienen auf eine Schwäche, einen Ausbruch oder Ähnliches zu warten. Als eine entsprechende Reaktion ausblieb, verloren sie ihr Interesse daran.

Bert blieb ein beliebter Lehrer, in den Unterstufenklassen, weil er nicht streng war und gute Noten gab, in der Mittel- und Oberstufe auch deshalb, weil er keine persön-

lichen Erwartungen stellte, auch nicht im Religionsunter-
richt.

Mathilde und der Kollege Reuter hatten bald geheiratet
und zu Beginn des nächsten Schuljahres eine Anstellung
in einem Gymnasium in Graz angenommen.

Bert arbeitete nach wie vor für die Volkshochschule,
galt als ausgewiesener Kenner auf fast allen Gebieten, die
Frankreich betrafen. Auch bei den jeweiligen Vertretungen von Partnerstädten hier und dort war er bekannt und
wurde oft bei Begegnungen als Übersetzer und kultureller
Sachkundiger angefragt.

Als junger Mann hatte Bert sich hin und wieder gefragt, ob er etwas vermisse. Mit zunehmendem Alter stellte sich ihm die Frage nicht mehr. Jedes Jahr in den großen
Ferien suchte er sich eine Region in Frankreich, die er be-
reiste. Er mietete sich in einem zentralen Ort, in der Regel
ein kleines Hotel oder eine Pension, ein und unternahm
von dort aus sternförmig ausgiebige Wanderungen. Gerne
befasste er sich mit französischen Dialekten und zog oft
die Bewunderung seiner Gesprächsteilnehmer auf sich,
wenn er erriet, aus welcher Gegend sie kamen. Auch die
Sprache der Literatur war ihm vertraut. Hauptsächlich
die großen Autoren wie Victor Hugo oder Honoré der
Balzac konnte er leicht an ihrer jeweiligen Vertrautheit im
Umgang mit der Sprache erkennen. Über Prosper Merimee entwarf er ein ganzes Seminar für die Volkshochschule. Leider gab es nicht genug Anmeldungen. Aber er
konnte über Merimee und seine diversen Aktivitäten bei
unterschiedlichen Anlässen referieren.

Im Lauf der Zeit hielten ihn seine Schülerinnen und
Schüler für etwas absonderlich. Manche äußerten in Ge-
sprächen auf dem Schulhof, er sei schwul. Andere meinten, er habe ein geheim gehaltenes, körperliches Leiden.

Hin und wieder wagte es einer der älteren Jungs, ihn mit einer andeutenden oder abfälligen Bemerkung aus der Reserve zu locken, aber er überhörte diese einfach, ging bewusst nicht darauf ein oder beendete das Thema mit einem nebenhin gesagten Satz. Einmal fragte ihn ein Primaner mitten im Unterricht rundheraus, ob er auf Frauen oder Männer stehe. Es war mucksmäuschenstill in der Klasse.

»Das geht Sie wohl gar nichts an«, antwortete er trocken und schickte ihn zum Direktor. Die spätere Entschuldigung quittierte er mit einem beiläufigen Nicken.

Bei einer organisierten Reise ins Brionais, für die er als Reiseleiter engagiert worden war, als er bereits seinen Ruhestand angetreten hatte, wurde er von zwei Frauen umworben, die gerne näher mit ihm in Kontakt treten wollten. Er ließ sich überreden, sich abends mit ihnen in der Hotelbar zu treffen. Sie fragten ihn aus, auch über sein Leben. Da sie sich so interessiert an ihm zeigten und auch weil der gute Wein die sprichwörtliche Zunge lockerte, erzählte er mehr von sich als gewöhnlich. Irgendwann meinte eine der beiden Frauen, diejenige, welche ihn zuerst angesprochen hatte, dann sei ja Wesentliches in seinem Leben an ihm vorbeigelaufen. Dieser Satz, ungewohnt am meisten für ihn selbst, trat sofort in die Mitte seines Bewusstseins, und er spürte eine abgrundtiefe Beschämung, wie er sie seit Kindertagen nicht mehr empfunden hatte. Eigentlich hatte er nie in seinem Erwachsenenleben Grund zur Scham empfunden. Nicht der Inhalt dieser Bemerkung traf ihn, weil er selbstverständlich davon überzeugt war, nichts in seinem Leben versäumt zu haben, jedenfalls nichts, für das sich ein besonderer Einsatz gelohnt hätte. Was ihn so traf, war der Verweis in ein Außenseitertum, das er geradezu als Ächtung empfand.

Zukünftig ging er Begegnungen, von denen er annahm, sie könnten ihn in dieser Weise treffen, aus dem Weg. Seine Tätigkeiten mit Gruppen gab er bald auf.

Inzwischen hat er die Achtzig überschritten. Er unternimmt noch immer seine Reisen nach Frankreich in unterschiedliche Regionen. Seine Wanderungen sind nicht mehr so ausgedehnt wie früher. Manchmal lernt er beim Frühstück zufällig andere Reisende kennen und unterhält sich mit ihnen. Er gibt mal hin und wieder einen Tipp, welches kleine Museum man besuchen oder welche Dorfkirche man anschauen könnte. Das genügt ihm.

Ein Fenster in die Vergangenheit

Da sie noch etwas warten musste, blätterte sie in einer Tageszeitung, die offenbar eine Kundin hier hatte liegen lassen, denn beim Friseur gab es sonst nur Zeitschriften mit bunten Bildern berühmter Leute oder solcher, die sich dafür hielten.

Sie las über den Tod eines bekannten Pressefotografen aus den USA. Als sie das kleine Foto unten auf der Seite betrachtete, durchfuhr sie der Schrecken nicht gleich. Es war eher so, als sei mit einem Mal eine Schutzschicht aufgerissen, die ihre Seele umhüllt hatte, oder diese habe sich im Lauf der Jahre abgenutzt und ließ zuerst nur dies eine Bild in ihrer Erinnerung frei, zuerst undeutlich, dann immer klarer. Vielleicht hatte sie das Foto irgendwann vor Jahren schon einmal gesehen, aber der Verschluss des Erkennens hatte damals noch gehalten.

Das Foto zeigte eine ausgezehrte Frau in Lumpen, die ihren nur noch aus Haut und Knochen bestehenden Körper kaum bedeckten. Mit einem Kind auf dem Arm und dem größeren an der Hand, das halb rückwärts gewandt mit seinen weit aufgerissenen Augen in die Kamera starrte, taumelte sie durch den Wüstensand.

Wie hätte sie die Ereignisse damals vergessen können? Aber dieses Foto zeigte mehr als Ereignisse: Es zeugte von endloser Angst, von Hunger, Verzweiflung, abgrundtiefer Scham und Ausgeliefertsein – in einer Weise, so bodenlos und so, als würde sie jemand schütteln, während sie weiter in diesem Höllentraum blieb. Deshalb durchfuhr sie jetzt, hier beim Friseur, nur wenige Meter von dem Haus entfernt, in dem sie mit ihrer Familie seit Jahren lebte, einzig dieser Schreck, der wie eine Blase an die Oberfläche ihres Bewusstseins gedrungen war. Instinktiv hielt sie sich die Hand vor den Mund, als müsste sie ihn, und was er im Gefolge wie ein Steinschlag im Gebirge mit sich führte, wieder unkenntlich machen und verbergen.

Der Fotograf hatte sie etwas auf die Seite gewinkt, weg von ihren Leuten und auf die Wüste zu, und da ihr Wille schon Tage vorher erloschen war, wie Wassertropfen im heißen Sand verdunsten, war sie diesem Wink gefolgt. Ein letzter Funken von etwas, dem sie keinen Namen geben konnte, hatte sie ihren Blick nach vorne richten lassen in die Unendlichkeit aus Sand und Wind, während Meret, ihre ältere Tochter, mit ihren großen, dunklen Augen in ihrem von Hunger und Durst faltigen Gesicht wie das eines uralten Menschen zuerst ihn an- und dann in das Auge der Kamera geblickt, das wie ein Teil von ihm selbst gewirkt hatte.

Nicht ihr, sondern dem Kind hatte er den Geldschein in die Hand gedrückt. Zwei Tage später erreichten sie völlig erschöpft dieses Camp, das von Rot-Kreuz-Schwestern gerade aufgebaut worden war. Sie wären verdurstet oder verhungert, sie und die anderen Frauen, Kinder und die wenigen alten Männer aus ihrem Dorf, die der Krieg verschont hatte, wenn sie es nicht gefunden hätten. Erst Tage später erklärte ihr ein Mann den Wert des Geldscheins. Einhundert Dollar!

Nachdem ihre Mädchen wieder zu Kräften gekommen waren – sie hielt es bis heute für ein Wunder, dass ihre Kleine überlebt hatte, die heute als Ärztin in einem Krankenhaus arbeitete –, gelangten sie auf Kamelen bis zur sudanesischen Grenze, von dort auf der Ladefläche eines LKWs nach Khartoum, mit dem Zug weiter bis zur ägyptischen Grenze, von dort mit einem Schiff über den Staudamm, dann wieder mit dem Zug bis Kairo. Dort hatten sie zwei Jahre gelebt, bis diese Touristen ihr ein Flugticket nach Deutschland besorgt hatten. Den Schein hatte Meret immer nur vorgezeigt. Sie besaß ihn noch heute.

Sie war jetzt an der Reihe. Draußen dämmerte es bereits, was die Weihnachtsbeleuchtung besonders zur Geltung brachte.

Der Preis

Das Haus war von einem altertümlichen Bretterzaun aus rohen Bohlen umgeben, und ihm fiel gleich die Anfangsszene aus »Tom Sawyer« ein. Da sich weder Klingel noch Namensschild am Tor befanden, drückte er einfach die Klinke herunter und trat ein, obwohl er sich nicht sicher war, an der richtigen Adresse zu sein.

Er kam in einen kleinen Hof, an den sich zu beiden Seiten des Hauses ein Garten anschloss. Das Haus selber, ungewöhnlich für diese Gegend, war aus Holz gebaut und von einer überdachten Porch umgeben, wie man sie in älteren amerikanischen Filmen noch sehen konnte. Die ursprüngliche Farbe, ein helles Blau, war durch die Sonneneinstrahlung noch heller geworden und an manchen Stellen abgeblättert.

»Hallo!«, rief er vom Tor aus. »Ist jemand zu Hause?«

Es dauerte eine Zeit lang, bis eine alte Frau, gepflegt aussehend in ihrem grauen Kurzhaarschnitt, ihm öffnete.

»Mein Name ist Denner, ich suche Herrn Huth.«

Die Frau nickte.

»Warten Sie einen Moment. Ich rufe meinen Mann.«

»Adam …!«, rief sie nach drinnen, hier ist ein Herr Denner für dich.« Erst dann fragte sie den Wartenden: »Worum geht es denn?«

Denner räusperte sich und antwortete verlegen:

»Das würde ich ihm gerne selber sagen, Frau Huth.« Sie schaute skeptisch. »Nein, nichts Unangenehmes, ganz im Gegenteil«, beeilte er sich mit einem Lächeln zu erklären.

Sie nickte, öffnete ihm die Fliegengittertür und ließ ihn hinein.

Er brauchte eine kurze Zeit, um seine Augen an die Lichtverhältnisse zu gewöhnen. Draußen war es sonnig und hell.

»Was will er denn?«, fragte eine alte, etwas brüchige Stimme aus dem Nebenzimmer.

»Das würde er dir gerne selber sagen.«

»Ich wollte vorher anrufen«, entschuldigte sich Denner, »aber es ging niemand als Telefon. Eine Nummer für ein Mobiltelefon hatte ich nicht.«

»Wir haben kein Mobiltelefon«, informierte sie ihn. Der Satz klang nicht unfreundlich.

»Setzen Sie sich doch!«, forderte sie ihn auf. »Mögen Sie einen Kaffee?«

»Wenn es keine Umstände macht …«

»Nein, gar nicht, Adam und ich trinken auch einen.«

Er nahm auf der Eckbank neben dem Fenster Platz. Sie füllte Kaffeepulver in einen Filter.

»Ich gebe immer eine Kardamomkapsel hinzu. Macht es Ihnen etwas aus?«

»Nein, nein, ich probiere gern mal was Neues.«

Jetzt kam Huth aus dem Nebenzimmer. Er wirkte älter als sie mit seinem schütteren Haar und der eingefallenen Haut, als habe er früher einige Kilo mehr gewogen. Denner stand auf, stellte sich noch einmal vor und machte eine kurze Verbeugung, weil er sich das Handgeben seit Corona abgewöhnt hatte. Huth forderte ihn auf, sich wieder zu setzen, und nahm ebenfalls Platz.

»Wir wollten nicht, dass sie es aus den Medien erfahren«, hob Denner etwas unsicher an. »Ihre Adresse war auch nicht leicht herauszufinden. Sie leben hier wohl etwas zurückgezogen.«

Huth reagierte nur mit einem kaum zu bemerkenden Nicken.

»Wir sollten mal das Namensschild neu anbringen«, bemerkte seine Frau von der Küchenecke aus.

»Um es gleich auf den Punkt zu bringen, Herr Huth, ich bin vom Komitee beauftragt, Ihnen mitzuteilen, dass Ihnen der Nobelpreis für Literatur verliehen wird.«

Huth blickte ihn an, aber es war an seiner Mimik nicht zu erkennen, wie er die Nachricht aufnahm. Nicht einmal ungläubig schaute er.

Seine Frau wollte etwas sagen, vielleicht, dass sie es schon immer gewusst habe, verkniff es sich aber, weil sie befand, dass er, als der Betroffene, zuerst reagieren sollte.

»Sie … haben verstanden?«, erkundigte sich Denner vorsichtig.

Es dauerte eine Weile bis Huth reagierte:

»Das muss ich jetzt erst mal an mich heranlassen.«

Denner fand dies eine merkwürdige Formulierung, hütete sich aber, den Satz zu kommentieren. Beide Männer warteten darauf, dass die Frau ihnen in der Situation weiterhalf.

»Wie sind Sie denn auf mich gekommen? Ich dachte, ich wäre längst in Vergessenheit geraten.«

»Oh, das kann ich Ihnen auch nicht sagen«, antwortete Denner, »ich bin nur der Überbringer der guten Nachricht.«

Huth nickte. Seine Frau lächelte am Herd vor sich hin oder in sich hinein.

»Bezieht sich das Komitee auf ein bestimmtes Werk?«, fragte er nach einiger Zeit.

»Nun, soweit ich weiß, geht es um Ihr Gesamtwerk. Aber ›Jenseits der Einfühlung‹ wird besonders herausgehoben.«

»Mhm«, meinte er nur darauf und schaute zu seiner Frau. »Das sind die Essays, nicht wahr?« Sie nickte zustimmend. »Das Buch besteht mehr aus Fragen, denn aus Antworten«, meinte er und ergänzte dann »… über den Zeitgeist.« Und nach kurzer Überlegung: »Ich muss es noch einmal lesen, meine Gedankengänge von damals verfolgen.«

»Wahrscheinlich stellen Sie die richtigen Fragen«, sagte Denner spontan.

»Heute würde ich sie nicht mehr stellen«, erklärte Huth, und es klang, als wollte er Denner darauf aufmerksam machen, dass er den Präsens benutzt hatte. »Ich weiß gar nicht mehr, welche Fragen ich gestellt habe. Wissen Sie, wenn ich mit einem Buch fertig bin, verlässt es mich. Ich denke kaum noch darüber nach, auch nicht, besser gesagt, nicht mehr, wie es aufgenommen wird.«

»Das verstehe ich«, antwortete Denner schnell. »Vielleicht sah es das Komitee deshalb als seine Aufgabe an, dessen Wirkung auf das kulturelle Leben nachzuholen …« und ergänzte einige Sekunden später »… oder es zu bestätigen.«

»Da bin ich skeptisch«, meinte Huth. »Damals gab es so gut wie keine Resonanz auf das Buch. Jetzt, nachdem diverse sprichwörtliche Knaben in ebenso viele Brunnen gefallen sind, nutzt die Erkenntnis nichts mehr. Und außerdem brauche ich mir nicht einzubilden, ich hätte auch nur einen Funken Einfluss auf diesen Zeitgeist oder eine Kultur oder eine Gesellschaft.«

»Aber ist der Nobelpreis nicht Ausdruck …?«

»Nein, ist er nicht«, unterbrach er schroff. »Er ist ein Preis, in der Hauptsache für alte, weiße Männer, die mal etwas Kritisches geschrieben oder allenfalls ein paar kritische Fragen gestellt haben – meist schon etwas länger her –, die nichts bewirkten, durchkonsumiert und nun in Form eines Preises wieder ausgeschieden werden.«

»Jetzt übertreibst du aber«, sagte seine Frau und schenkte ihnen Kaffee ein. »Und außerdem kann doch Herr Denner nichts dafür. Mögen Sie Milch und Zucker, Herr Denner?«

»Nur Milch, danke!«

»Wahrscheinlich haben sie ausgerechnet dieses Buch ausgesucht, weil es durch seine unbeantworteten Fragen etwas Unergründliches hat. Irgendwelche hellen Zeitgeister können spekulieren beziehungsweise besser wissen, was und wie ich es denn gemeint habe.«

»Wolltest du nicht ein alter, weiser Mann sein, der zurückgezogen lebt und jetzt gebeten wird, seine Weisheiten von sich zu geben? Das passt doch, oder nicht?«, fragte seine Frau schelmisch lächelnd.

»Ja, das passt«, gab er ohne Umschweife zu. »Aber offenbar hänge ich mehr an dieser Gesellschaft, bin immer noch mehr Zeitgenosse, als ich glaubte.«

»Das freut mich natürlich auch«, meinte sie, immer noch lächelnd. »Das hält jung. Und jegliche, in Sanftmut umgewandelte Aggression, muss irgendwann skeptisch wirken und außerdem nach außen etwas aufgesetzt.«

Frau Huth hatte sich auch gesetzt. Denner saß zwischen ihnen und fühlte sich nicht wohl. Er konnte das Gespräch des Paares nicht einordnen. Meinten sie es ironisch oder war es ihnen ernst mir diesen Erkenntnissen?

»Aber Sie werden den Preis doch annehmen?«, fragte er zaghaft.

»Natürlich werde ich«, antwortete er. »Eitelkeit macht bestechlich. Jedenfalls Leute wie mich, die sich aus Geld nichts machen.« Er nahm einen Schluck von seinem Kaffee. »Ich werde keine Rede halten über hungernde Kinder im Jemen, über Waffengeschäfte mit Saudi-Arabien und auch nicht über Menschen auf der Flucht, die im Mittelmeer ertrinken. Das stünde mir nur zu, wenn ich den Preis nicht annehme. So hingegen gehöre ich zu denen, die es bei bedächtig formuliert kritischen Anmerkungen bewenden lassen, die wohlwollend angehört werden, weil sie in dieser Weise dazu gehören und nichts bewirken außer einem Beruhigungseffekt. Mit Handke haben sie es auch so gemacht, beziehungsweise er hat mitgemacht.«

»Wahrscheinlich wollte er kein Spielverderber sein. Sie hätten ihn zur beleidigten Leberwurst geschrieben, wegen der Sache damals in Serbien«, ergänzte seine Frau.

»Ja sicher«, stimmte er zu, »aber er hat ihn auch unbedingt gewollt, den Preis. Er war der festen Meinung, er stünde ihm zu.«

Denner wollte etwas einwenden, unterließ es aber, denn es würde wie der Versuch einer Besänftigung wirken, die Huth erst recht aufbringen würde.

»In dieser Kultur kann und darf es keine Erkenntnis mehr geben, schon gar keine Weisheit. Das ist romantisches Zeug. Es kann nur einen Zorn geben, der entweder abgefangen wird oder sich so radikalisiert, dass er ins Unrecht gesetzt und wiederum abgefangen wird, oder der schlichtweg verpufft. In dieser Gesellschaft wird alles konsumiert, gefressen, von einem monströsen Markt verschlungen. Es bleibt nichts weiter übrig als eine Gleichmäßigkeit, eine Gleichförmigkeit ohne Gegenwart und Zukunft.« Er goss sich noch etwas Kaffee nach. »Und nun werde ich durch diesen Preis auch in diese Maschinerie eingespeist. Lehne ich ihn ab, werde ich zu Recht als überheblich beschimpft. Nehme ich ihn an, kann mich jede und jeder zu seinem Freund oder Feind erklären. Die Stellen in meinen Büchern sind leicht zu finden und lassen sich entsprechend interpretieren. Der Eindeutigkeit habe ich ohnehin nie getraut.«

Freuen Sie sich denn gar nicht?«, wandte Denner nun doch ein, auf die Gefahr, eine barsche Abfuhr erteilt zu bekommen.

»Natürlich freue ich mich«, sagte Huth, etwas widerstrebend. »Wie gesagt, ich brauche noch etwas Zeit, um die Freude an mich heranzulassen. Ich muss innerlich noch etwas Platz für sie schaffen.«

Denner schaute leicht skeptisch, was er gar nicht wollte, aber nicht vermeiden konnte.

»Ich meine es nicht ironisch«, erklärte Huth freundlich. »Es widerstrebt mir, meine unterschiedlichen Gefühle auf diese unerwartete Nachricht auch nur zu sortieren. Und die eine gegen die andere ausspielen will ich auch nicht ... später vielleicht«, ergänzte er dann noch.

»Ich verstehe«, sagte Denner, obwohl er mehr ahnte, als dass er verstand.

»Nichts hätte ich mir für mich mehr gewünscht als diesen Preis – vor zwanzig oder dreißig Jahren. Jetzt ist er die Bestätigung, dass ich nichts Bedeutendes mehr schreiben werde, beziehungsweise es nicht mehr fertigbringe, und dass ich bald endgültig abtrete. Das weiß ich natürlich schon lange, denn ich bin alt. Oder der Nobelpreisträger wird noch etwas schreiben, was beachtet wird, eben weil er der Nobelpreisträger ist, und deshalb wird er seinem eigenen Werk nicht mehr trauen. Denn ich weiß um meine Verführbarkeit durch Bestätigung. Da bin ich wie ein Kind, und der Stolz erweist sich früher oder später immer als ein falscher.«

»Sie wussten es also noch nicht aus den Medien?«, fragte Denner.

Huth schüttelte verneinend den Kopf.

»Wollen Sie noch einen Kaffee?«, fragte seine Frau.

Die Stimmung war ernüchtert. Denner spürte, dass

nun alles gesagt war. Er verstand dieses Mal bis in diverse Verästelungen, dass zu der Zeit, in der sie lebten, auch dazu gehörte, dass sich alles, selbst ethische Vorstellungen oder gerade diese, irgendwie relativierten. Alles war gleichgültig, das heißt, gleich gültig, der Sinn verloren. Es ging nicht um einen Sinn, sondern um ein Ergebnis. Huth würde den Preis bekommen, und er würde ihn annehmen. Er würde eine erbauliche Rede halten, wie er es selbst nannte. Und dies wäre es dann gewesen.

Als er draußen im Hof stand, verblasste diese Erkenntnis wieder, und er fand in seine alte Denkweise zurück. So bedeutende Leute wie James Joyce, Jorge Louis Borges oder Max Frisch hatten ihn nicht bekommen. Was bildete sich dieser Alte mit seinen verstaubten Statements eigentlich ein? Sollte doch froh sein, dass ihm am Abend seines Lebens diese Ehre zuteil wird ...